SUMMA AUTISTIKA
III

AF170499

Impressum
Alle Rechte vorbehalten
auch auszugsweise
oder als Hörbuch
erschienen Juni 2015
Herstellung und Verlag
BoD - Books on Demand,
Norderstedt
ISBN 978-3-7392-7255-9

Das Brotsuppenmonster
und andere Kuriositäten

Aufzeichnungen eines autistischen alten Mannes

Inhaltsübersicht

Tantensalat	S. 12
Änderungsvorschläge	S. 19
Aus südlichen Gefilden	S. 27
Politisches Geschwätz	S. 29
Warum schmecken Frochschenkel?	S. 32
Im Theater	S. 36
Der Auszug der Goten	S. 39
Die Waschfrau von Paris	S. 45
Religiöse Fiktionen	S. 65
Brot und Schimmel oder Das Brotsuppenmonster	S. 70
Hochzeitskuchen	S. 94
Die Rotunde von Delphi	S. 100
Seltsame Begebenheiten	S. 106
Hinein ins Wurmloch!	S. 136
Über eine absonderliche Musikerziehung	S. 143
Aus Schüleraufsätzen	S. 158
Zum Konzil von Nicäa	S. 166
Aus dem Tagebuch eines Verrückten	S. 171
Grundzüge des Sektenwesens	S. 184
Judas Ischariot	S. 192
Somnambulismus	S. 194
Gedankenspiele auf dem Konzil v. Nicäa	S. 202
Begegnungen	S. 206
Selbstkritik	S. 217
Vernunft und Offenbarung	S. 227
Jungenstreiche	S. 269
Ein Konflikt unserer Zeit	S. 295
Pilskneipenbesuch	S. 308
Die blauen Dragoner, sie reiten ...	S. 329
Kamtschatka	S. 340
Eine Tigergeschichte	S. 352
Sekten und ich	S. 380
Der Tod der Tante	S. 390
O du grausamer Führer	S. 399
Über Maximilian de Robespierre etc.	S. 410
Über den Begriff 'Staat'	S. 429

VORWORT

Der Verleger, für den ich als Lektor und Herausgeber arbeite, sträubte sich ja zunächst heftig dagegen, diese Blätter zu veröffentlichen, weil niemandem zugemutet werden dürfe, sich mit solchen Verrücktheiten den Kopf zu füllen.
Mich selber erfasste ein nicht gelinder Schrecken, als mir John Robspier bei einem Sonntagvormittagsgespräch beiläufig mitteilte, er werde in Zukunft nur noch schreiben, was ihm spontan einfiele, ganz egal wie verrückt oder albern es klänge. Geschichten zu erfinden, hätte er keine Lust mehr, sondern verspüre eine unüberwindliche Abneigung dagegen.
Ich gab zu bedenken, das ginge doch wohl nicht gut an; denn wer würde lauter Verrücktes oder Albernes lesen wollen. Aber er meinte, da die ganze Welt nur so strotze von Verrücktheiten und Albernem, verspräche ein Buch, welches ebensolches enthielte, ein Bestseller zu werden - und wenn auch nicht gerade das, so zumindest einen enormen Absatz, der dem Verleger einen Riesengewinn einbringen würde.
Nachdem es ihm mit diesem Argument gelang, mich zu überzeugen, gab ich mir große Mühe, den Chef umzustimmen. Er gab schließlich nach mit dem Argument, daß das Buch, wenn auch kein Bestseller in der Gegenwart so vielleicht doch als hervorragendes Zeitdokument in zwanzig oder dreißig Jahren seinem Sohn zugute kommen werde, dem er den Verlag vererben zu können hoffte.
Außerdem glaubte er nicht, John Robspier würde seine Ankündigung durchhalten und wirklich ein komplettes Buch in dieser spontanen Manier verfassen können, sondern würde sicherlich wieder in eine rationale Pha-

se geraten und dann weniger Vernunftwidriges von sich geben.
Aber die bisher abgelieferten Blätter ließen meiner Meinung nach diese Hoffnung nicht grünen. Im Gegenteil, die letzten übertrafen die ersten ganz beträchtlich an Verrücktheit, und wenn diese Tendenz sich fortsetzen würde, müssten die nachfolgenden eigentlich ungenießbar ausfallen.
Robspier hat bis jetzt zweimal einen Stoß von hundert Seiten eingesandt, und jeden Monat sollten hundert weitere folgen, und er schlug vor, das Buch auf siebenhundert Seiten anwachsen zu lassen, weil man eine große Menge von Verrücktheiten wieder interessant und erstaunlich finden würde. Denn was nur spärlich tröpfele, könne nicht beeindrucken, einzig allein eine gewaltige Flut könne mitreißen.
Doch dazu wollte mein Chef sich ja nun überhaupt nicht verstehen; fünfhundert Seiten seien mehr als genug - wenn überhaupt er sich zu einer Drucklegung breitschlagen ließe, dessen er sich zu dem jetzigen Zeitpunkt, da ich dieses prophylaktische Vorwort verfasse, noch gar nicht sicher war.
Aber angesichts so vieler Einsendungen mit abgeschmackten, schier bereits unendlich oft dargestellten Geschichten und jeden Mangels an etwas Originellem, hielt er es immerhin für möglich, daß Robspiers Absurditäten auf dem Buchmarkt, weil wenigstens etwas Ungewohntes darstellend, ankommen würden.
Man könnte sie durchaus etwas Neues nennen. Sie mit Stilrichtungen der 20er und 30er Jahre des vorigen Jahrhunderts zu vergleichen, sie etwa einen aufgewärmten Dadaismus oder Surrealismus zu nennen, halte ich für nicht angebracht. Denn Robspiers Intentionen unterscheiden sich beträchtlich von jenen und dementsprechend auch im Ergebnis. Mitnichten will er

jemanden schockieren oder ein Publikum zu irgendetwas aufrütteln.
Eine Wirkung nach außen ist ihm inzwischen - im Gegensatz zu seinen Erstlingswerken - nur insofern nicht gleichgültig, als die Veröffentlichung eines Textes bereits ein Wirkenwollen nach außenhin verrät.
Im Grunde ist er - so paradox es klingt - gegen die Schriftstellerei und nennt sie geradezu eine seelische Exhibition oder geistige Prostitution.
Viel eher als mit Dadaisten, Surrealisten und ähnlichen Leuten möchte er sich, wie er mir gegenüber äußerte, als verwandt mit Herrmann Hesse und seinem "Weg nach Innen" sehen - nur mit dem Unterschied. daß jener ihn schon vor dem Schreiben gegangen war, während Robspier ihn erst im Vollzug des Schreibens gehen und gleichzeitig seine Methode hierzu dem Leser vorführen will.
Er erforscht sich selbst mit der Absicht, in die Strömungen unterbewusster Schichten seines Selbst mithilfe des spontanen Schreibens einzudringen. Jedenfalls behauptete er das mir gegenüber.
Ob diesem Verfahren ein Erfolg zugesprochen werden kann, lässt sich zu diesem Zeitpunkt noch nicht sagen. Man muss abwarten, was die anschließend folgenden Seiten bringen werden. Die abgelieferten zweihundert Seiten lassen jedenfalls ein Ergebnis in dieser Richtung noch vermissen und könnten manchem Leser als der blanke Unsinn ohne jeden Wert erscheinem, obwohl wir bereits die schlimmsten Stellen zum Leidwesen Johns und gegen seinen lautstarken Protest gestrichen haben. Er meinte, dadurch gehe die ganze Spontaneität verloren, worauf es ihm doch ankäme, und außerdem fühle er sich dadurch gleichsam seelisch kastriert. Naja, das war uns egal; das Seelenleben John Robspiers schien uns weniger wichtig als

die Rücksicht auf Gewinn oder zumindest Deckung der Unkosten; denn wir sehen uns nicht als caritativer Verein, und auf das Seelenleben der Leser war schließlich auch ein wenig Rücksicht zu nehmen.
Wir legen nun das Ergebnis, wenn auch etwas besorgt und skeptisch, dem Publikum vor und raten jedem Leser, sich niemals und an keiner Stelle zu empören, sondern immer dann, wenn es soweit kommen will, sich für ein Lachen zu entscheiden.

* * *

Der LKW parkte knapp einen halben Meter von der Mauer entfernt. In dem Moment, als ich mich durch diesen Zwischenraum quetschen wollte, öffnete sich die Fahrertür und schlug meinen Kopf gegen die Mauer. Daher muss ich jetzt mit plattgedrücktem Gesicht herumlaufen.
Diesen Anblick kann nicht jeder ertragen; aber wegblicken können diese so Zartbesaiteten (beinahe hätte ich geschrieben Zartbeseitigten) auch nicht. Dazu ist das Phänomen eines plattgedrückten Gesichtes zu interessant und fasziniert die Leute. Wer so etwas im Laufe des Tages gesehen hat, kann den ganzen Abend lang davon erzählen. -
Die Maya drückten ihren Babies ja auch die Köpfe platt, weil das ihrem Schönheitsideal entsprach. Jedoch in der anderen Richtung. Mein Kopf ist von vorn gesehen platt, ein Mayakopf von der Seite gesehen. Wer mich von weitem sieht, denkt, da kommt einer ohne Kopf.
Den Maya gefiel auch ein leichtes Schielen; anscheinend auch den alten Griechen; denn der Aphrodite dichteten sie einen sogenannten "Silberblick" an. So einen Silberblick scheinen die Frauen immer dann zu bekommen, wenn sie auf dem Höhepunkt des Orgasmus irgendwie gestört werden. Das klingt seltsam. Ich habe es auch nur gelesen und für Gelesenes sollte man sich nie und nimmer verbürgen. Nicht einmal auf das, was man mit eigenen Augen gesehen hat, kann man sich hundertprozentig verlassen. Denn es gibt sogenannte Hallizunationen oder sowas ähnliches. Am besten ist, man verlässt sich auf gar nichts und enthält sich jeglicher Behauptungen, was allerdings manchem sehr schwerfällt. - Endlich weiß ich jetzt, wie Flunder, Steinbutt und all die anderen Tiere sich fühlen, deren Augen zu weit seitlich stehen, um ein überlappendes

Bild zu ergeben. Wie sie sehe ich ständig zwei Bilder, und mein Gehirn hat Mühe, daraus eine Gesamtansicht zu konstruieren. -

Tante Agathe ist verschwunden, Tante Margarete hat sich im Kleiderschrank versteckt, Tante Paula ihn von außen abgeschlossen, bevor sie die Wohnung verließ und Tante Altamira hat ihre Puste verloren, mit der sie ganze Saalböden trocken pusten konnte und liegt jetzt im Lungensanatorium. Der reinste Tantensalat! Wer soll sich jetzt um die Katzen und Kanarienvögel kümmern? Ich kann das doch nicht; denn ich vergesse glatt, sämtliche Katzen einzusperren, wenn ich die Vögel aus dem Käfig lasse, die täglich eine halbe Stunde im Zimmer herumfliegen sollen zwecks Training ihrer Flügel.
Ich weiß gar nicht, wie viele Katzen zu unserer Wohnung gehören, und die Viecher sind ja so listig, verstecken sich unter dem Kanapee und stürzen sich dann, hastdunichtgesehen, auf die herumflatternden Kanaris oder auch Wellensittiche oder was sie sind.
Können Sie sich vorstellen, was vier Tanten mit ihrem Neffen anstellen, wenn einer ihrer Vögel aufgefressen wurde oder gar aus einem offenen Fenster flog?
Nein, das können Sie sich nicht vorstellen!
Dagegen waren die Foltermethoden des Höllenhundvereins der Gestapo ein sanftes Gestreichel. Tante Paula zum Beispiel hat im Kopf die gesamte Liste aller Nerven, die bei Reizung ganz besonders wehtun, und Tante Margarete weiß Ohnmachtsanfälle schon im Anfangsstadium zu verhindern ohne Anwendung von Elektroschocks, einfach durch Kitzeln an den richtigen Stellen. - Weglaufen kann ich leider nicht; denn in meinen rechten Oberschenkel pflanzten sie einen Positionsmelder ein, sodaß sie mich sofort wiederfinden.

Ich habe auch normalerweise nicht das Bedürfnis, wegzulaufen; denn wenn ich brav bin, behandeln sie mich ja gut. Wenn man sie nicht erzürnt, gibt es keine lieberen Tanten. Leider erzürnt man sie sehr leicht.
Wenn man sich aus ihren Strumpfbändern einen Gummischießer macht, dann rasten sie zum Beispiel völlig aus, und auch, daß man mit dem Kartoffelstampfer Nägel in die Wand schlägt, mögen sie nicht.
Ganz eigen haben sie sich mit ihren Möbeln und Wandtapeten. Nicht den kleinsten Kratzer oder Flecken übersehen sie und für jeden werde ich dann ebenfalls mit Kratzern oder Flecken bestraft, mit blutigen und mit blauen, welche tagelang wehtun.
Einmal steckte ich der Tante Margarete einen Harzer Roller in ihr Handtäschchen, weil sie gesagt hatte, in der Oper brauche sie immer eine Kleinigkeit zum Knabbern, da wurde er mir eine ganze Nacht lang auf die Nase gebunden und die Hände auf den Rücken gefesselt. Wem so etwas nie geschah, kann hier gar nicht mitreden, wie das tut. Es klingt relativ harmlos, doch man verflucht seine Mutter dabei, daß sie einen jemals geboren hat. Es ähnelt stark der chinesischen Wassertropfenfolter, von der man sich zunächst auch nicht vorstellen kann, was für Qualen sie hervorruft.
Aber genug von meinen Tanten! Es ist ja nun doch schon lange her, daß ich mir den Positionsmelder mit Hilfe eines Schweizer Taschenmessers aus dem Oberschenkel operierte und ihnen dann entlief.
Insofern hatten die Torturen etwas Gutes, weil ich durch sie völlig schmerzunempfindlich geworden bin. Ich könnte mich heutzutage auf eine heiße Ofenplatte setzen, ohne daß es mir wehtäte.
Allerdings würde meine edle Sitzfläche mir dabei weggeröstet werden, weshalb ich mich nicht auf eine Demonstration einlassen möchte.   -

Vom Islam muss man alles abstreifen, was typisch arabisch und vom Christentum alles, was typisch jüdisch und italienisch ist, dann bleibt vielleicht etwas Gescheites übrig.

Da höre ich nun eine Stimme, die mir einreden will, das sei alles Sache des Geschmacks. Der katholische Stil werde eben von Vielen schöner als der nüchterne der reformierten Kirchen und die arabische "Mannhaftigkeit" (erkeklik) edler als die jüdische Sanftmut empfunden. Diese Stimme soll ihr unverschämtes Maul halten. Da könnte ich mir vor Verdruss die Haare einzeln ausraufen. Denn es geht hierbei nicht um Geschmacksfragen, sondern um Wahrhaftigkeit und den Fortbestand der Menschheit. Aber das wollen diese tauben Ohren ja nicht hören, da schluchzen sie lieber bei Rockandrollmusik (ich mache da ein Zugeständnis, indem ich das Wort Musik verwende, obwohl es eigentlich Radau heißen müsste) und reißen den Pferden die Hufeisen ab, dann tanzen sie Polka auf dem Chimborasso und lehren Chingachgook, den letzten Mohikaner, Esperanto zu sprechen. Um keinen Preis wollen sie auf Wohlleben mit Austern, Sekt und Kaviar verzichten und halten sich Tausende von Wildschweinen für die Trüffelsuche.

Obwohl ihre Nasen triefen, sie Plattfüße und Säbelbeine haben, nennen sie sich unverfroren Ebenbilder Gottes und meinen, er wache im Maßstab 1:1 Million vergrößert über sie oberhalb der Milchstraße.

Pustekuchen, was husten wird er euch! Auf Nimmerwiedersehen ist er verschwunden, hat sich verabschiedet auf französisch, sich verduftet, aufgelöst und ist gefallen aus allen Wolken. In Wind und Nebel treibt er noch als Resteverwertung sein Unwesen und guckt mal hier und mal dort durch die Fenster, um zu sehen, was aus seinen Geschöpfen nach vierzigtausend Jahren Geschichtsträchtigkeit wurde. Doll können er und ich das Gesamtergebnis nicht finden, obwohl es sowohl erstaunlich Dicke als auch erstaunlich Magere gibt, ebenso außergewöhnlich Kluge und außergewöhnlich Geschickte. Aber das Erstaunliche und Außergewöhnliche bleibt eben immer nur Ausnahme. Die Normalen, den Durchschnitt, kann man nur als erbärmlich bezeichnen, mich mit inbegriffen, wenn ich nicht ausgeschlafen bin - und das bin ich meistens nicht, sondern müde, *so müde, daß er nichts mehr hält* und nicht einmal mehr Schafe über die Hecke springen sehen, geschweige denn sie zählen kann.

Die Zahlen habe ich als etwas typisch Arabisches natürlich vergessen; daher weiß ich auch nicht mehr, wieviel Tage die Woche hat und renne am Sonntag zum Einkaufen. Das ist alles so maßlos traurig, daß selbst die größte Wildsau das Grausen ankommt und der Lärm alle Musik verschluckt.

Ich kann mich gar nicht so aufregen, wie ich eigentlich möchte, um die Angelegenheit adäquat zu verurteilen. Das Immense überwältigt mich. Gewaltige Arme stoßen mich in die Erde und riesenhafte Füße stampfen sie über mir fest. Und trotzdem finde ich keine Ruhe, sondern muss auch im Dunkel des Grabes sinnieren, *warum mir das geschah von wem*. Denn im Grunde hätte ich das Fliegen lernen können, wenn ich mich an die allgemeinen Regeln des Anstands gehalten hätte. Aber ich wollte zu hoch hinaus, durchbrach alle Tabus und da stürzte ich natürlich ab - und nun liege ich da, eingezwängt zwischen vier Ichweißnichtwasfürholzbrettern und bin mit meinen unablässigen und unsinnigen Gedanken allein. Kein Schwein ist anwesend - und nicht einmal Würmer - , sie mir zu bestätigen oder zu widerlegen. Keine Taube bringt mir hierher einen Ölzweig und verkündet mir das Ende der

Flut. Die Flut ist nicht pünktlich, sondern sie ist ewig. Wenn ich mir wenigstens Geschichten ausdenken könnte! Wenn da doch noch ein inneres Auge wäre, Gestalten und Figuren zu sehen! Aber nichts als Buchstaben! Buchstaben, die meine zu sich selbst sprechenden Worte begleiten! Das Denken beschränkt sich auf ein Sprechen und zeigt dabei gleichzeitig die Buchstaben des inwendig Gesprochenen, die jedoch undeutlich hin und her tanzen. - - -

Und wieder beschäftigt mich die Frage, ob die Träume uns mahnen sollen, daß da etwas ist, was man "Hintergrund des Daseins" nennen könnte, oder ob die Träume schuld daran sind, daß wir einen "Hintergrund des Daseins" für möglich halten und uns davor fürchten oder aber Hoffnungen mit ihm verbinden.
Kann man das noch schöner ausdrücken? Vielleicht morgen, heute nicht mehr! -

So stark ist in mir dieses "Eigentlich" und jenes "Eigentlich doch nicht", daß es mich zur Verzweiflung treibt und gleichzeitig einschläfert.
Klingt wohl recht undeutlich!? Man kann auch vereinfacht mit einem Wort den zur Rede stehenden Gegenstand bezeichnen: Ambivalenz!
Die Ambivalenz sitzt überall von den Schuhen bis zu den Zähnen. Schuhe sind immer entweder zu groß oder zu klein, Zähne zu locker oder zu fest zusammengebissen, Suppen immer entweder zu flau oder versalzen, das Wetter zu warm oder zu kalt.
Wie soll man unter solchen Voraussetzungen schlafen können?
Übrigens halte ich das "Clearing" der Christian Scientologysekte für eine gute und erstaunlich wirkungsvolle Sache. Aber würde ich mich einem solchen Verfah-

ren unterziehen mögen? Eigentlich wohl doch nicht!

Aus Mereschkowski's Leonardo da Vinci: "Mag es einen Gott geben oder nicht - zweimal zwei bleibt vier." - Also wäre Gott auch nicht allmächtig; denn er könnte nicht machen, daß zweimal zwei fünf ist.
In dieser Tatsache, daß wir das erkennen können und uns darüber einig sind, sehe ich ein Argument dafür, daß Gottes Vernunft von der unseren nicht grundsätzlich verschieden, sondern lediglich unendlich weit umfassender, tiefergehender und gründlicher sein kann. Deshalb hasse ich das Gerede von dem unerforschlichen Ratschluss Gottes und daß er die Weisheit der Weisen zuschanden werden lasse. Und seine eigenen Gesetze könnte er nicht umstoßen. Deshalb gibt es keine gegen die Natur gerichteten Wunder, sondern alles findet seine rationale Erklärung, wenn auch erst hundert jahre später. Aber kann man so sagen: er habe diese Gesetze gemacht? Müsste es nicht vielmehr heißen: Er ist die Summe all dieser Gesetze?

Ist die ganze Welt ein flop oder ein hit?

Meine Bauklötzchen türme ich aufeinander und schlürfe vergnügt meine Milchsuppe und lasse die Truthähne kreischen, die mich aus dem Garten vertreiben wollen. Wer mich derbleckt, den will ich wieder derblecken, daß ihm Haare, Zähne, Fuß- und Fingernägel ausfallen. Wer mich verflucht, soll selber verflucht sein und in der untersten Hölle schmoren, in der Scheiße und Honig zusammen verbrannt wird, was nicht übel stinken tut.
Wer aber mit mir auf der Avus fahren will, setze sich neben mich und lasse sich von mir kutschieren, und dann wechseln wir und er kann mich kutschieren.

Wird uns im Gedränge zu heiß, steigen wir aus und trinken Limonade aus Ananas, Orange und Mango. Das hält uns gesund und macht lustig.
Wir können auch ein schickes Mädchen aufgabeln und selbdritt in die Eisenbahn steigen und nach Mailand fahren, um das Heilige Abendmahl des Leonardo zu besichtigen und nachzuzählen, ob er wirklich einen Jünger zuviel gemalt und ihm das eigene Gesicht gegeben hat. Er soll übrigens in seiner Jugend rötlichblondgelockt und leuchtendblauäugig gewesen sein; also ein echter Nachkömmling der Langobarden.
Gar keine Ähnlichkeit mit Girolamo Savonarola! Daß zwei so ungleiche Menschen zur gleichen Zeit, am gleichen Ort lebten! Irgendwie stört mich das. (Um jedoch sagen zu können, warum, muss ich erst längere Zeit nachdenken; wenn das Ergebnis sich einstellt, werde ich es mitteilen.) Aber was will man machen? Niemand kann sich seine Zeitgenossen selber aussuchen. Dafür ist ein anderer zuständig; vielleicht aber auch niemand, und alles ist ein bloßer Zufall.
Meine Zugehfrau bestreitet das zwar; aber die flunkert viel zusammen in den drei Stunden, die sie bei mir Staub wischt und Hemden bügelt. Dennoch höre ich ihr gerne zu; lieber als dem Gebimmel der Kirchenglocken, welches mich zu unrühmlichen Taten aufreizt. Leider bin ich ihm jetzt stärker ausgesetzt, seit das Gebäude, das zwischen mir und der Kirche stand, abgerissen wurde. Ich habe dem Pfarrer mit einem erhobenen Stiefel drohend zugewinkt, aber es hat sich nichts geändert. Ich möchte bloß einmal wissen, wieso er für die "Wandlung" eine geschlagene Viertelstunde braucht. Andere machen das in drei Minuten ab! – und diese Glocken hier sind keine hellklingenden Glöckchen, sondern dröhnen machtvoll fast wie Kanonenschläge. Mir tun die Türken leid, die in unmittelbarer

Nähe der Kirche wohnen - ein ganzer Mietblock voll. Es wundert mich geradezu, daß sie den Turm nicht in die Luft sprengen, obwohl er extra für sich allein steht und sehr gut gesprengt werden könnte, ohne den Rest der Kirche zu beschädigen.
Ich würde es tun, wenn ich die entsprechende Menge Sprengstoff auftreiben könnte. Vielleicht würde ich mich sogar einer islamistischen Terrorgruppe anschließen, nur um zu diesem Mittel zu kommen - nein, nein, das sollte nur ein Scherz sein, ein etwas skurriler zwar, aber ein Scherz.
Allerdings bin ich mir sicher: Wenn die Türken einmal über 50 % der Bevölkerung stellen, werden sie sich für den erlittenen Lärm rächen mit riesigen Lautsprechern, die sie ihrem Muezzin zur Verfügung stellen, der sie fünfmal am Tage zum Gebet aufruft - und unter Umständen, nur um uns Deutsche zu ärgern, vollständige Suren verliest. −

Wer die Winkelsumme im Dreieck verändern will, muss sehr früh aufstehen, sich gründlich recken und strecken und gut frühstücken, sonst wird es ihm nicht gelingen. Er muss die hydraulischen Hebelgesetze anwenden und sich Reiskörner über die rechte Schulter werfen, um die Geister auf dieses Werk günstig einzustimmen. Dann fragt sich immer noch, ob es funtionieren wird. Denn die bereits vorhandenen hundertachtzig Grade sträuben sich hartnäckig gegen jede Vermehrung oder Verminderung.
Den höchsten Gott um Hilfe anzurufen, hat in diesem Fall gar keinen Zweck; denn der steht nicht auf ihrer Seite. Auch er sträubt sich gegen derartige Veränderungen. "Wenn hier jemand etwas verändert, dann bin *ich* es, halte es aber in diesem Fall nicht für nötig." Diese Antwort wird man von ihm erhalten.

Man lasse also ab von dieser vergeblichen Liebesmüh' und versuche sein Glück auf einem anderen Gebiet.

Für sehr nützlich würde ich es halten, wenn es jemandem gelänge, die Tiefdruckfronten immer so zu verschieben, wie sie gebraucht werden. Damit es dort regnet, wo der Regen benötigt wird und nicht da, wo Sonnenschein erwünscht ist, sei es zum Zwecke des Sonnenbadens oder dem der Reifung von Feldfrüchten.

Dem würden wir nicht nur den Friedensnobelpreis, sondern auch den Friedenspreis des deutschen Buchhandels, den Robert Schumann-Preis, den Orden wider den tierischen Ernst und noch zehn weitere Preise zuerkennen. Er mag sich diese Auszeichnungen alle gleichzeitig um den Hals hängen und an die Brust stecken, wenn es ihm behagt.

Für ebenso verdienstvoll würde ich es ansehen, gelänge es jemandem, die Reblaus und den Ebolavirus zu vertilgen. Der Schaden, den diese beiden anrichten, geht in die Millionen.

Darüber hinaus halte ich es für höchst wünschenswert, den Ausdehnungskoeffizienten der Edelmetalle zu verringern, damit sie nicht mehr die Tresorfächer in den Banken sprengen, wenn es im Sommer sehr heiß wird.

Es gibt noch vieles andere, was ich als wünschenswert betrachten würde, kann es aber gar nicht alles hier aufzählen. Außer daß das zu weit führen würde, habe ich auch noch anderes zu tun. -

Mir liegt leider ob, die Löcher zu verkleben, die der Hagel in die Fensterscheiben meines Stadtviertels geschlagen hat. Daß er sich gerade dieses ausgesucht hat, muss ich als persönliche Provokation ansehen.

Auch in dieser Beziehung sind Umlenkungen erforderlich. Darüber bin ich mit allen Hagelversicherern einer Meinung. -

Auf der letzten OSZE-Konferenz wurde ja beschlossen, spezielle Hagelvertreibungsluftflotten einzusetzen. Aber wer soll die erforderlichen Gelder dafür bereitstellen? Das will keiner; das schiebt jeder auf den anderen ab. Dabei bräuchte man bloß alle Steuerbefreiungen (z.B die für die griechischen Reeder) annullieren, dann hätte man die Gelder.
Aber an solche haarigen Aufgaben wagen unsere Politiker sich ja nicht heran. Ich täte sie allesamt austauschen, wenn ich die Macht dazu hätte - und ihre Zahl drastisch verringern. Es geht ja auf keine Kuhhaut mehr, wieviel die Getränke kosten, welche sie auf ihren zahllosen, zumeist überflüssigen und ergebnislosen Konferenzen verkonsumieren. Das sind ganze Hekatomben von Flüssigkeit! Die dann irgendwo anders fehlen! Wenn es sich wenigstens um alkoholfreie Getränke handeln würde; aber das ist leidergottes nur ausnahmsweise der Fall.
Mit diesem vielen Trinken schaden sich die Politiker selbst, denn bei den männlichen vergrößert sich die Prostata, bei den weiblichen vermehrt sich die Zellulitis. Der internationale Terrorismus ist das kleinere Übel. - Doch auch er ist zu groß, um weiterhin geduldet zu werden. Um ihn auszurotten, wurde der Vorschlag gemacht, sämtliche Bürger zu bewaffnen, sodaß sie jeden Bombenleger, den sie erwischen, sofort liquidieren könnten und nicht erst auf die Polizei warten müssten, welche meistens erst kommt, wenn der Attentäter bereits entfloh. Die Absicht ist lobenswert; dennoch halte ich den Vorschlag für verfehlt. Denn wie will man Terroristen von friedlichen Bürgern unterscheiden, wenn sie alle bewaffnet herumlaufen? Der Waffenindustrie gefällt natürlich dieser Vorschlag, obwohl sie zugibt, daß man mit der Lieferung nur langfristig nachkommen könnte. Aber

man schüttet ja auch keinen Wein in poröse Schläuche; also sollte man von einer allgemeinen Bewaffnung abstehen.
Ich würde es auch für verantwortungslos halten, wenn man diesem Ansinnen nachgeben würde. Schließlich könnte dann schon bei den kleinsten Streitfällen jeder auf jeden schießen wie früher im Wilden Westen, und das wäre doch ... mir fehlen die passenden Worte!
Wesentlich wichtiger als die Bekämpfung des Terrorismus wäre die des Einzelgrabwesens mit dem Verwelken unzähliger Blumen auf jedem frischen Grab. Da sollte man doch immer einige hundert Leichen zusammenkommen lassen und die dann geschlossen in *einer* Truhe bestatten, wobei man vom Kompletten absehen und den Rest vorteilhafter verwenden könnte.
Bis jetzt stehe ich mit diesem Vorschlag noch allein. Aber ich werde eine Partei gründen, um ihn durchzusetzen, und außerdem könnte ich dann von den Mitgliedsbeiträgen und Parteispenden mir ein schönes Leben machen und müsste mich nicht in irgendeinem schmutzigen Arbeitsverhältnis abnutzen lassen. -

Doch nicht nur das Konsumverhalten von Politikern, auch das *aller* Mitteleuropäer schreit nach Veränderungen. Das viele Fleischgefresse *muss* ja zur Erhöhung der Aggressionsbereitschaft führen, und wenn es auch nicht immer zu Tätlichkeiten kommt, so verhindert es doch das Zustandekommen von Einigung, den zu einer vernünftigen Politik unbedingt notwendigen Konsens oder, wie die Franzosen sagen, das d'accord.
Obst und Gemüse sollten eigentlich nicht exportiert, sondern nur im Anbaugebiet verzehrt werden, und auch dort nur roh und nicht verkocht oder verschmort. Wenn es bei uns ankommt, ist es schon denaturiert, und wenn es wochenlang in den Regalen der Super-

märkte liegt, gar nicht mehr zu empfehlen. Milchprodukte wiederum, immer als besonders gesund bezeichnet, fördern die Arterienverkalkung, an der alle Völker sterben, die überwiegend davon leben (wenn auch in erstaunlich hohem Alter). Ebenso bekannt ist die Gefährlichkeit der Kombination Weißmehl/Zucker, welche in der Wirbelsäule die Neuronen schädigt und zu Bandscheibenbeschwerden führt.
Sowohl die satten als auch die ungesättigten Fettsäuren schädigen bekanntermaßen die Herzkranzgefäße, verursachen einen Großteil der Herzinfarkte und sollten gemieden werden.
Also Fleisch, Obst, Gemüse, Milch, Zucker und Fett sollten weitgehend aus den Ernährungsplänen verschwinden. Es bleibt dann immer noch genug zum Verzehr Geeignetes übrig. Zum Beispiel: Blätter, Gräser, Baumrinden, Bucheckern, Hanfsamen, Mehlbeeren und Hagebutten.
Es gibt, wenn auch bisher nur im Untergrund, sogar die Meinung, man sollte Essen und Trinken ganz bleiben lassen und nur von Prana leben.
Darüber was dieses Wort Prana bedeutet, informiere man sich im Internet oder in einem Yogabuch! –

In den Sumpfgebieten des Orinoko leben und schlängeln sich die langen Anakondaschlangen und verschlingen heute noch wie sie seit langem verschlangen die vor ihnen bangen Wasserschweine.
Das Wort Anakonda liebe ich sehr und würde es seitenlang wiederholen, wenn ich nicht wüsste, daß mein Verleger so etwas nicht drucken lassen würde. Rigoros würde er das als groben Unfug streichen, und ein jeglicher Leser wird ihm dafür dankbar sein, obwohl ich der Ansicht bin, daß ihm dadurch ein hoher Genuss entgeht. Aber vielleicht eignet sich das Wort Anakon-

da mehr für eine Oper als für ein reines Lesebuch. Endlos gesungen wirkt es sicherlich besser als endlos hingeschrieben.

Anakonda ist ein höchst musikalisches Wort. Ich würde am liebsten Anna Konda heißen und ein Handtäschchen aus Anakondahaut besitzen. Diese ist so schön gelb/grün/braun gemustert. - Nur am Orinoko leben möchte ich nicht. Dieses feuchtheiße Klima mit seinen Myriaden von Mücken könnte ich nicht ertragen.

Wenn ich ehrlich sein soll: Im Grunde gibt es überhaupt kein Klima, welches ich gut ertragen würde. Überall ist es entweder zu heiß oder zu kalt, zu nass oder zu trocken. Die wenigen Orte, an denen ich es aushalten könnte, sind leider schon hoffnungslos überbevölkert. Dort rottet sich alles zusammen, was Geld und Namen hat. Da kostet ein Hotelzimmer pro Nacht tausend Dollar, und es gibt tatsächlich Leute, die das zahlen können.

Ein einziges Mal in meinem Leben begegnete ich einer Person dieser Güteklasse. Ich erzählte dem Mann von meiner Sorge, eine Schuld von zweitausend Mark nicht rechtzeitig zurückzahlen zu können. Da sagte er: "Was sind denn schon zweitausend Mark? Das verdiene ich an einem Tag!" Da staunte ich nicht schlecht; denn ich brachte es damals nur auf etwa fünfundsiebzig Mark pro Tag.

Einer wie der kann sich natürlich leicht im Urlaub eine Hotelsuite von tausend Dollar pro Nacht leisten. Auf die naheliegende Idee, mir zweitausend Mark zu schenken, kam er leider nicht, und ein Anbetteln lag mir zu fern.

So ungerecht sind die Vermögen verteilt! Nein, das ist Quatsch - rutschte mir nur gerade so heraus, weil man diesen Satz oft genug zu hören bekommt. Wenn Geld "ehrlich verdient" ist, liegt keine Ungerechtigkeit vor.

Jeder nach seinen Fähigkeiten! Das kann ich nur immer wiederholen und mir selber vorsagen, bei jeder Gelegenheit, sogar wenn ich auf dem Nachttopf sitze. Fast jeder fühlt sich vom Schicksal ungerecht behandelt, wenn er nicht zu den "Oberen Zehntausend" gehört. Das ist natürlich eine Verkehrtheit, aber wer will sie ihm verübeln?
Ja, das sind so Weisheiten, die ich mir in einem langen Leben erworben habe und die ich hier nun gratis abgebe (vom geringfügigen Buchpreis abgesehen). -

Was glänzt dort so hell im Sonnenschein? Glänzt so hell und regt sich? Es sind die Maschinengewehre der Kurden, die in Kobane gegen jene Mordbuben, die einen Gottesstaat gründen wollen, kämpfen.

Ist es nicht ein wunderschönes Paradox, wenn eine Musikantengruppe, die sich "Die Malefizbuben" nennt, eine Benefizkonzert gibt, wie das augenblicklich hier bei uns auf Plakaten angekündigt wird? -

Die Türken greifen nicht in den Kampf zwischen Kurden und IS-Dschihadisten ein. Natürlich nicht! Wie könnte man erwarten, sie würden gegen Sunniten, welche ihre Gesinnungsgenossen sind, kämpfen zugunsten der Kurden, welche ihre Feinde sind, da sie einen Teil der Türkei abspalten wollen für einen selbständigen Kurdenstaat! Jetzt befürchte ich, daß es zu einer Vereinigung zwischen Türken und den IS-Leuten kommt. Dann wird ein Natopartner zu unserem Gegner. Wie weit sie auf diesem Wege schon sind, zeigt die Verweigerung, den Amerikanern einen Luftwaffenstützpunkt einzuräumen.
Was bringen doch die Muslime für eine Verwirrung in die Welt! Wäre doch dieser Mohammed nie geboren

worden! Und man hat keine Chance, diese Sturköpfe von ihrem Irrglauben abzubringen - genausowenig wie die katholischen Sturköpfe.

Welche Ströme von Blut werden noch fließen für einen Wahn, welche Wellen der Zerstörung über die Erde ergehen wegen eines blindwütigen Fanatismus'!

Und wenn nun tatsächlich der Islam sich über die ganze Welt verbreiten würde, weil alle seine Gegner umgebracht wurden, was für ein entsetzlicher Rückschlag für die ganze Menschheit!

Dann herrscht der Dummstolz und die Wahnvorstellung, der geistige Stumpfsinn und der Hass.

Dann werden Jahrhunderte vergehen bis der Islam seine eigene Sinnlosigkeit erkennt und wieder mildere Sitten in die Welt kommen.

Vielleicht können die Errungenschaften von Wissenschaft und Technik den wilden Fanatismus ein wenig abbremsen, weil sie teilweise unverzichtbar sind. Aber die Auffassung, was nicht im Koran steht, sei auch nicht wichtig und könne abgetan werden, wird auch die Wissenschaft um Jahrhunderte zurückwerfen.

Die einzige Hoffnung könnte darin bestehen, daß arabische Welt nicht unbedingt gleich muslimische Welt bedeutet, weil doch viele Araber aufgeklärte und moderne Menschen sind, in deren Köpfen die Religion eine ebenso zurückgedrängte Rolle spielt wie mehrheitlich in unseren.

Ein prophetisches Wort sprach der letzte Schah von Persien bei seiner Enthronung aus: "Immer wenn in unserem Land die Religion vorherrschte, ging es ihm schlecht." -

Aber was geht mich das alles eigentlich an? Wieso muss ich mich, weil ich den ganzen Salat im Fernsehen mitkriege, darüber aufregen und mir furchtsame Gedanken machen? Ja, furchtsame ...darin liegt es! die

ganze Weltsituation macht mir Angst, lähmt mich, deprimiert mich - und weil meine Aggressivität nach innen geht, macht sie mich unendlich müde.
Lasst uns hoffen, daß wenigstens der eine Satz aus der Bergpredigt sich bewahrheitet: Die Sanftmütigen werden das Erdreich besitzen! Das ist eine Prophezeiung gegen alle Wahrscheinlichkeit; aber vielleicht bringen sich die Zornmütigen gegenseitig um, und die Sanftmütigen bleiben übrig.

Was mich hier bewegt, sprach ja eigentlich schon Friedrich v. Schiller aus: "Es kann der Frömmste nicht in Frieden leben, wenn es dem bösen Nachbarn nicht gefällt." - Nun stehen wir leider vor dem Problem, daß der böse Nachbar noch viel frömmer ist bzw. sich einbildet, es zu sein.

Inzwischen weiß ich auch, was mich an dem Gegensatz Leonardo da Vinci/Girolamo Savonarola störte: Der schwarz- und glutäugige Fanatiker, der dem hell- und kläräugigen, musischen Menschen die Erkenntnisfreude und die Lebensheiterkeit kaputtmachen will. Der Gegensatz zwischen den dunklen und den hellen Mächten. -
Was leichtfertige Schwärmer hierzu sagen möchten, kann keine Relevanz für sich beanspruchen. Das Kuckucksei ist gelegt, und man muss nun warten, bis der Vogel ausschlüpft. Normalerweise würde ich mich eher auf Fisch als auf Vogel gleichnishaft beziehen, aber die Marinade, den Fisch einzulegen, ist noch nicht fertig. Darum lassen wir ihn vorerst in seinem Becken schwimmen und begeben uns in die Berge, um die Kräuter für die Marinade zu holen.
Von diesen Bergen können wir dann auch gleich noch auf das apulische Meer blicken und uns an den weißen

Schaumzacken auf den blauen Wellen, die ihnen wie Kronen aufgesetzt sind, weshalb sie auch Schaumkronen genannt werden, sowie an dem blutroten Sonnenuntergang hinter dem Horizont ergötzen.
Bienenfresser und Pflaumenschmeißer umsummen mich und meine Konkubine, während wir hoch über dem Meer auf einem Felsen sitzen und rund um uns herum die Flut steigt. Werden wir noch zurück zur Stadt kommen? Nein, bis wir unten am Fuß des Felsens ankommen, ist es schon zu spät.
Wir werden die Nacht hier oben verbringen müssen, zwischen Kamillenblüten, Hornklee und Margueriten. Ein weiches Lager ergibt das nicht. In den frühen Morgenstunden tritt die Ebbe ein. Bis dahin müssen wir es aushalten. Was aber, wenn die Ebbe nicht genügend weit zurückgeht, daß wir trocknen Fußes auf die Landstraße nach Cimarosa kommen? Ein kleines Stückchen können wir natürlich auch schwimmen. Vielleicht könnten wir auch ein Boot heranwinken. Wir sind keineswegs verzagt und ruhen gegenseitig in unseren Armen. Himmel, Meer und Felsen verschmelzen zu einem einheitlichen Schwarz. Mond und Sterne leuchten uns leider nicht.
Diese Idylle wird beendet durch das Bellen mehrerer Jagdhunde. Erschreckt erheben wir uns und schauen uns um. Wir sehen sie nicht, spüren aber ihr Jagen um uns herum. Hören wir die Hunde der Diana? Oder des "Wilden Jägers", welcher Wotan heißt? Auf einmal merken wir, daß unser Felsen sich zur Seite neigt. Er kippt um! Wir stürzen! Dann versinken wir in den Fluten. -
Ich komme mir sehr komisch vor mit der Konstruktion von solchen Bildern. Das ist eigentlich nicht mein Metier; sehe das alles auch nur zu undeutlich vor mir, um eine intensivere Schilderung geben zu können. Ich

fülle meinen Korb lieber mit abstrakten Gedanken, die ich lieber austeile als schöne Bilder.
Schöne Bilder gebe ich direkt wieder, nicht auf dem Weg über Buchstaben. Ich zeichne und photographiere. So entstehen mehr als genug Bilder, um viele Stunden lang daran zu schauen, um die Wände großer Schlösser damit zu tapezieren, um zwanzig dicke Bilderbücher zu machen. Also man erlasse mir das Geschichtenerzählen! Es gibt doch auch schon so unendlich viele davon!
Was viel nötiger wäre: Die Verworrenheit der politischen Meinungen zu Klarheit und Einheit zu führen. Es darf nicht vorkommen, daß geschäftliche Interessen Vorrang erhalten vor den dem allgemeinen Wohl dienenden politischen Interessen, vorausgesetzt daß diese wirklich allgemeine und keine Partikularinteressen vertreten, was natürlich auch nicht vorkommen dürfte.
Ja, du lieber Mensch, die geschäftlichen Interessen dienen doch auch der Allgemeinheit! Nein, das tun sie nicht. Es wird zwar behauptet, das Geschäftsinteresse erhalte die Arbeitsplätze und diene damit der Allgemeinheit; aber Arbeitsplätze bedeuten Unfreiheit und Knechtschaft. Jeder etwas besser veranlagte Mensch strebt danach, ein Arbeitsverhältnis zu vermeiden und sich selbständig zu machen. Darum gilt ja auch ein Selbständiger im Rangbewusstsein mehr als ein Lohn- oder Gehaltsempfänger. Nur wird leider mit der Zeit aus den meisten Selbständigen selber ein Arbeitsplatzeinrichter, und damit mutet er anderen zu, was er selber nicht tun will. Und darin besteht das Wesen der Unmoral.
Jetzt bin ich wieder da angelangt, wo ich schon hundertmal war: Beim Moralisieren! Und ich hatte mir doch versprochen, davon abzukommen. Aber diese Arbeitsunmoral, die heute als etwas ganz Selbstver-

ständliches gilt, ich meine diesen Gegensatz zwischen Arbeitgeber und Arbeitnehmer, zentriert in sich das Grundübel der ganzen verworrenen ökonomischen und politischen Welt. Schafft man dieses ab, lösen sich nahezu alle politischen und ökonomischen Probleme von selbst. Nur muss man sich dazu mindestens hundert Jahre Zeit lassen. Eine sogenannte "Regierungsperiode" reicht dazu nicht aus, auch nicht zwei oder drei. Man kann auch die Veränderung nicht von vornherein flächendeckend erreichen. Man muss in einem begrenzten Gebiet anfangen und sehen, welche Fehler man machen darf und welche zu lassen sind.

Ach, was soll dieses Geschwätz? Du bist doch schon viel zu alt, um noch irgendetwas bewegen zu können. Trink deinen Kaffee, nimm dir ein Buch vor und gib dich zufrieden! Schweig fein stille - wie es in einem alten Liede heißt! Du wirst die Bauklötze nicht zusammenstürzen lassen und wieder neu aufeinandertürmen. Du darfst froh sein, daß du noch gehen kannst und nicht im Rollstuhl sitzen musst! Denke doch immer wieder daran, daß dir die nötigen Informationen fehlen, um die Weltlage angemessen zu beurteilen! Was du tun konntest, hast du getan - jetzt gib Ruhe! Du weißt einfach zu wenig, um mitreden zu können. - Jaja, du hast schon recht. Aber andere wissen auch nicht viel und reden trotzdem mit. *Die haben bessere Stimmbänder - lass sie reden! Irgendwann einmal werden sie, auch ohne daß du dich einmischt, zu den Standpunkten gelangen, die du vertreten hast.*

Es hat keinen Zweck, daß du dich kaputtgrübelst. Tun kannst du jedenfalls mit Sicherheit nichts. Du bist kein Tatmensch und verstehst auch nicht als Redner zu überzeugen. Also halte dich zurück!

Soweit, sogut! Aber man <u>darf</u> doch nicht schweigen! Man hat Wut im Bauch und Angst im Herzen.

Eben das ist keine gute Ausgangsbasis, um etwas ins Positive zu verwandeln. Man braucht einen kühlen Kopf, Mut im Herzen und Föhlichkeit in den Adern. Das hast du alles nicht. - Nein, das hab' ich alles nicht. *Also halt's Maul und geh zu Bett!* Du wirst wohl gestatten, daß ich noch ein wenig aufbleibe. *Meinetwegen bleib auf, aber quatsche nicht mehr 'rum von Weltlage, Weltsituation und so weiter! Löse deine eigenen Probleme und nicht die der ganzen Menschheit! Oder hältst du dich für den Herkules, der den Augiasstall dieser Welt auszumisten kam?*
Wer weiß, vielleicht habe ich es sein sollen; vielleicht hätte ich es werden können, wenn ich mich nicht hätte ablenken lassen und hätte nicht fünferlei Brunnen gegraben, aber keinen tief genug. Du weißt, man hat immer gesagt, ich sei sehr begabt. - *Richtig! Begabt, aber schlampig!* - Ich hatte für vielerlei Begabung; kann man es mir verargen, daß ich mich für vielerlei interessierte? *Außer dir selber verargt dir niemand etwas. Du selber machst dir Vorwürfe - eigentlich überflüssige Vorwürfe; denn alles, was du tatest, war kausalbedingt. Du hattest gar keine Wahl.* Mir kommt so vor, daß ich in einigen entscheidenden Momenten, nicht in vielen, nur in dreien oder vieren, doch eine Wahl hatte und mich falsch entschied. *Nun ja, was sind drei oder vier unter zehntausend Entscheidungen, die du im Leben treffen musstest und die du auch nicht bereutest.* Also gut, geh'n wir zu Bett! Leg du dich auf die rechte Seite und ich leg' mich auf die linke. Gute Nacht - *Gute Nacht, Kamerad.*
Im Wegdämmern fiel mir noch ein altes Lied ein, welches wir in der Jugendbewegung sangen:
> *Gute Nacht, Kameraden,*
> *Bewahrt ein festes Herz*
> *Und Fröhlichkeit in euren Augen,*

Denn einmal kommt der Tag
Daher wie Glockenschlag,
Und für ihn sollt ihr taugen.

Die Forschung bemüht sich zur Zeit herauszufinden, wie es kommt, daß Amphibienbeine grundsätzlich so viel besser schmecken als die von Säugetieren und Geflügel. Die Feinschmecker Europas, die Franzosen, beweisen, daß das so ist, mit ihrer Vorliebe für Froschschenkel. Die übrigen europäischen Völker ziehen da nur sehr langsam nach.
In Deutschland zum Beispiel wissen nur sehr wenige, daß man Froschschenkel essen kann, und noch wenigere haben sie probiert. Sonderbarerweise nach den Franzosen goutieren die Schweden die Beine dieses Amphibiums. Vielleicht deshalb, weil es in den nordischen Sümpfen so viele davon gibt oder weil die Schweden weltoffener sind als die übrigen Europäer. Es soll ja auch der Verzehr von *fugu, dem sushi des giftigen Kugelfisches* bei den Schweden in Mode gekommen sein. Auch dieses Gericht bekommt man in Deutschland nur in Berlin und Frankfurt. Höchstens noch in München; aber das vermute ich nur, weil in München sehr viele Japaner leben.
Wenn dieses Gericht tatsächlich noch in anderen Städten Deutschlands zu haben sein sollte, dann teile man mir das bitte mit; das wäre dann ein zwingender Grund für eine Neuauflage des Buches.
Aber der Kugelfisch namens Fugu gehört ja nicht zu den Amphibien, obwohl er auch das Wasser über alles liebt, jedoch geht er nicht über Land und besitzt auch keine Beine. Deshalb gehört er eigentlich gar nicht zu unserem Thema, und die Erwähnung desselben bitte ich als überflüssige Abschweifung zu entschuldigen. Also ich wiederhole noch einmal unsere Themafrage:

Warum schmecken Froschschenkel so gut? Jedenfalls denen, denen sie schmecken; denn jedem schmecken sie freilich nicht.

Bei den an der Cote d'Azur lebenden Franzosen stehen außer den Schenkeln der echten Schwanzlurche auch die des Grottenolms, eines entfernten Verwandten, der in vom Meer ausgewaschenen Karsthöhlen haust, auf dem Speiseplan. Die Nordfranzosen essen ihn nicht, weil sie ihn nicht kennen; denn er kommt nicht bei ihnen vor, weil es bei ihnen keine Karsthöhlen gibt. Der Grottenolm ist außerdem fast blind, sodaß er sehr viel Licht braucht, um überhaupt etwas sehen zu können, und dieses Licht findet er eben nur am Mittelmeer, aber nicht in der finsteren Bretagne oder der stets venebelten Normandie.

Aber wieder habe ich mich von unserem Thema entfernt. Wir wissen immer noch nicht, warum die Froschschenkel so gut schmecken, jedenfalls denen, welchen sie schmecken; das sind ja längst nicht *alle* Franzosen, aber immerhin doch sehr viele.

Eigentlich ist mir das Ganze ein Rätsel, weil ich persönlich noch nie einen Froschschenkel im Mund hatte. Ich kann also nur vom Hörensagen urteilen.

Ich persönlich stehe auf Geflügel und da zwar auch bevorzugt auf die Schenkel, aber ich nehme auch die Brust an. Wesentlich ist dabei die richtige Menge an Salz. Wenn zu viel Salz dran ist, schmeckt das Fleisch zu sehr nach Salz und man muss es demnach als versalzen bezeichnen. Wenn zu wenig Salz dran ist, schmeckt das Geflügel so, als ob es zu wenig gesalzen wurde, mithin fade und flau.

Man muss ja eigentlich ehrlicherweise zugeben: Fleisch selber, allein und ungewürzt, schmeckt im Grunde nach gar nichts; erst das richtige Gewürz gibt ihm den richtigen Geschmack. Mit den Gewürzen

muss man sich daher auskennen; wer sich nicht damit auskennt, versteht es auch nicht, irgendein Fleisch, ob Geflügel, Weidevieh oder Froschschenkel so zu würzen, daß es schmeckt. Das Würzen ist beim Fleisch das A und da O, mehr das O, denn man würzt meistens zuletzt. Das A sind eher die Marinaden, weil man das Fleisch _vor_ dem Braten in sie einlegt. Jedenfalls ich mache das so - manchmal sogar einen ganzen Tag lang vorher. Andere machen das vielleicht anders. Ich weiß es nicht, kann es nur vermuten, weil gewöhnlich die Menschen nie alle genau das gleiche machen. -
Um auf das Thema zurückzukommen, warum manchen Leuten, und wie bereits gesagt, besonders den Franzosen, Froschschenkel so gut schmecken, müssen wir vom Geheimnis der Zubereitung sprechen. Mit dieser sind natürlich *mehrere* Geheimnisse verbunden. Wer diese nicht kennt, wird nie wohlschmeckende Froschschenkel zustande bringen. Diese stehen auch nicht in gewöhnlichen Kochbüchern. Im bayrischen Kochbuch zum Beispiel kommt nach Fritieren gleich die Fruchtcreme, mit den Buchstaben Fro ... taucht da gar nichts auf.
Umgekehrt wird in französischen Kochbüchern nichts über Semmelknödel stehen oder über Weißwürste mit süßem Senf. Dagegen hat Sauerkraut - ursprünglich nur in Bayern beheimatet - sich inzwischen über ganz Europa hin durchgesetzt. Sogar seinen Weg über den Ärmelkanal hat es gefunden wie der Film "Der große Diktator" von Charlie Chaplin beweist, denn dort wird die deutsche Sprache mit den Worten Stock, Sauerkraut, Schnitzel, Sauerkraut, Stock apostrophiert.
"Stock, Sauerkraut, Wurst, Schnitzel, Sauerkraut, Stock, einsperren!, vernichten!", lässt Chaplin seinen Hitler mit dessen heiserer Stimme und rollendem R unter heftiger Gestik ausrufen.

Doch mir scheint, ich wollte ganz etwas anderes sagen. Ach ja, wir sprachen vom guten Geschmack korrekt zubereiteter Froschschenkel. Übrigens gilt, was für Froschschenkel gilt, auch für Krokodilschenkel, obwohl Krokodile zu den Reptilien und nicht zu den Amphibien gehören. Die Schenkel der Molche und Salamander, die auch zu den Amphibien gehören, haben sich nicht in der couisine nouveau durchgesetzt; sie sind einfach zu klein, weil sie sich bei diesen Arten zurückgebildet haben. Das ist natürlich bedauerlich, weil dadurch die Auswahl eingeengt wird. Und was die Krokodile betrifft, sind sie in Europa schwer zu beschaffen, weil es in Europa keine Krokodile mehr gibt. Sie müssen aus Afrika herübertransportiert werden. Das erhöht natürlich den Preis ganz unverhältnismäßig zu ihrem Wohlgeschmack. Da sagen die Franzosen: Lieber hundert kleine Froschschenkel als einen großen vom Krokodil. Das kann man verstehen. Dennoch wird für die schwarzafrikanischen Studenten an den europäischen Universitäten massenweise Krokdilfleisch eingeflogen.

Was ich nun nicht weiß: Gibt es bereits Froschzuchtanstalten? Denn in der Natur könnten die Frösche bald ausgerottet sein, wenn der Verzehr ihrer Hinterbeine im gleichen Maß zunimmt wie bisher. Die Leute kommen nämlich immer mehr auf den Geschmack, obwohl man immer noch nicht herausgefunden hat, worauf er eigentlich beruht.

Man vermutet freilich, daß die proteinreiche Nahrung des Frosches: Fliegen, Mücken, Heuschrecken, Grillen, Tausendfüßler und Regenwürmer dabei eine Rolle spielt. Das besondere Enzym jedoch, welches dem Froschschenkel vermutlich seinen Wohlgeschmack verleiht, vermochten die Wissenschaftler bisher noch nicht zu isolieren und infolgedessen auch noch nicht benennen und beschreiben.

Deshalb kann ich nicht mehr darüber sagen, als daß es vorhanden sein muss. Darüber sind sich die Ranidologen, so nennen sich die Froscherforscher, einig.

Mit einer detaillierten Information, warum die Froschschenkel so gut schmecken dem, welcher ihren Geschmack liebt, kann ich leider noch nicht aufwarten. Ein Ergebnis wird in absehbarer Zeit auch nicht zu erwarten sein.

* * *

Von meinem gestrigen Theaterbesuch möchte ich jetzt berichten, weil er recht ungewöhnlich verlief und somit des Erzählens wert sein könnte.

Mit dabei waren meine Mutter und einige entfernte Verwandte, unter anderem ein Vetter 2.Grades, ein schwarzes Schaf der Familie, weil er der Neigung zum Alkohol in nicht akzeptablem Maß frönt.

Wir saßen etwa in der Mitte des Parterre, und dieses war bis auf den letzten Platz besetzt. Wir erwarteten eigentlich, daß sich der Vorhang spätestens zehn Minuten nach dem angekündigten Beginn öffnen und das Schauspiel beginnen würde.

Es sollte "Hamlet" von Shakespeare gegeben werden. Aber wir warteten und warteten und es geschah nichts, gar nichts. Der Vorhang blieb unbewegt, und es kam auch niemand, um die Verzögerung zu erklären. Wir warteten, sage und schreibe, geschlagene 55 Minuten, ohne daß sich irgendetwas rührte.

Mir fiel unterdes die Geschichte ein von dem indischen Fakir, der auch sein Publikum eine ganze Stunde warten ließ und der, als die Leute, nachdem er endlich gekommen war, sich beschwerten, zu ihnen

sagte, sie sollten einmal auf ihre Uhren schauen - und da zeigten sämtliche Uhren die eine Stunde zurückliegende Uhrzeit des ursprünglichen Beginns.
Darüber musste ich nachdenken und fragte mich, ob hier wohl dasselbe geschehen würde.
Doch inzwischen war das Publikum unruhig geworden. Viele erhoben sich und drängten zum Bühneneingang teils, um sich zu beschweren, teils, um zu erfahren, was los sei. Ich selber begann zu zweifeln, ob wir das richtige Datum erwischt hatten. Aber nein, dann müssten sich ja rund zweihundert Personen im Datum geirrt haben, und so etwas gibt es doch nicht.
Wir erfuhren dann: die Mitglieder der Theatertruppe saßen im Keller bei der "Premierenfeier", die sie höchst sinnigerweise vor die Erstaufführung gelegt hatten. Im Eifer des Gelages hatten sie dann die Aufführung vergessen.
Der Theaterdirektor tat sehr erstaunt, daß es schon über zwanzig Uhr hinaus war, entschuldigte sich mit vielen Worten und versprach, man würde sofort beginnen.
Dann wurde es dunkel im Saal und der Vorhang hob sich. Auf der Bühne herrschte ebenfalls eine ziemliche Dunkelheit. Man erkannte die Mauern einer Festungsanlage, man hörte Geräusche von Sturm, Regen und Gewitter, man sah einige Gestalten umherhuschen, das sollten wohl die Wachsoldaten sein, und dann erschien im aufleuchtenden spotlight ein Greis mit sehr verwilderten Haaren, fuchtelte ein paarmal mit den Armen, schrie laut: "Gedenke mein! Gedenke mein!" und schlug dann, so lang er war, hin auf die Bretter, welche die Welt bedeuten. Er wurde von der Kulisse aus an den Beinen von der Bühne gezogen.
Dann wurden wir Zeuge eines Streits hinter den Kulissen zwischen dem Theaterdirektor und dem Geistdar-

steller; vernahmen jedoch aus dem ganzen Redeschwall nur den Satz: "Wie kann man sich denn derart besaufen?" - Dann kam der Theaterleiter auf die Bühne, trat dicht an die Rampe und entschuldigte sich mit trauriger Miene, daß alle Szenen, in denen Hamlets Vater beziehungsweise dessen Geist, aufzutreten habe, wegen Unwohlsein des Darstellers ausfallen müssten. Da der jedoch auch gleichzeitig seinen eigenen Bruder, der ihn ermordet hatte, in Personalunion darstellte, musste auch die Szene mit dem Hochzeitsschmaus ausfallen und noch einige weitere Szenen wegen Volltrunkenheit der Darsteller.
Man begann also gleich mit der Szene, in der Hamlet von Ophelia Abschied nimmt.
Hamlet zu sich: O Gott, die grässliche Ophelia, beschirme mich, Herr, vor dieser giftigen Kröte!"
Hamlet zu Ophelia: "Sieh da, Ophelia, du reizende Nymphomanin, in mein Gebet...äh, in deine Sünden ..ich, ich, ich mein ....In mein Gebet schließ' ich all deine Sünden ein." - dann schlug auch er lang hin auf die Bühne und bewegte sich nicht mehr.
Ophelia, die auch nicht mehr ganz fest stand, sagte nur das eine Wort: "Fürwahr!" zuckte verächtlich mit den Achseln und verließ die Bühne.
Inzwischen war auch ich nicht mehr so ganz da; denn mein Vetter 2.Grades hatte sich in der Theaterbar eine Flasche Whisky mit zwei Gläsern besorgt und uns beiden laufend eingeschenkt. Ich war so hingerissen von den Ereignissen, daß ich gar nicht zählte, wie viele Gläser ich von dem Zeug trank. Ich merkte nur verschwommen, daß wegen des Ausfalls mehrerer Darsteller das Publikum aufgefordert wurde, sich an der Aufführung zu beteiligen.
Plötzlich hörte ich wie durch einen Nebel eine Stimme fragen: "Kann jemand aus dem Publikum den berühm-

ten Monolog des Hamlet übernehmen?" Da erhob ich mich ganz automatisch; denn dieses: "Sein oder nicht Sein .... ob's edler im Gemüt ...und so weiter" war mir von der Schulzeit her so vertraut, daß ich nicht eine Sekunde zögerte.
Ich begab mich also auf die Bühne, das heißt, ich wollte mich begeben. Da ich jedoch sonderbarerweise auf einmal einen langen Mantel trug - vielleicht war es auch eine Mönchskutte -, trat ich mehrmals auf den Saum desselben und kam nur schwankend und stolpernd an die Rampe. Ich versuchte an derselben hinauf zu klettern, wurde aber dann erschreckt durch eine dunkle Masse, die auf der Bühne lag.
Während ich nun immer wieder vergeblich einen Aufschwung machte, um hinauf zu kommen, erkannte ich plötzlich, daß es sich bei der dunklen Masse um eine Moorleiche handelte, wie sie im Abendprogramm des Fernsehens gezeigt worden war.
Da wusste ich natürlich, daß ich nur träumte.

* * *

Den Ranunkeln, Karfunkeln und Furunkeln gefiel es nicht mehr zu Hause, und die Muhme Kunkel munkelte, über kurz oder lang würden sie auswandern - wohin, das sollte geheim bleiben, damit nicht die Pfoten von den Lofoten mit ihren Langbooten sie überholten und zuvorkämen. Denn die wollten ebenfalls auswandern, und alle zog es in Richtung Süden.
Hetmann Palmström, der Neffe der Muhme Kunkel machte den Anführer aller Unkelstämme und herrschte mit unerbittlicher Strenge. Das war auch nötig, denn wegen ihrer völkischen Verschiedenheiten, drohte ihre Vereinigung auseinander zu brechen. Nur mit Ruten und Honig konnte Hetmann Palmström sie zusammen-

halten. Er liebte es eigentlich nicht, seine Leute zu züchtigen, aber die Vernunft ließ einfach keine Milde zu. Besonders die Ranunkeln besaßen einen störrischen Charakter und machten Schwierigkeiten. Sie wollten ihren ganzen Besitz mitnehmen und nichts zurücklassen. So viele Wagen aber, um ihr gesamtes Hab und Gut zu transportieren, konnten die Unkeln nicht auftreiben. Jeder musste sich von Vielem, was ihm lieb und teuer war, trennen.
Die Wagen mussten auf die Boote geladen werden, und selbst bei dreihundert Langbooten - eine Menge, welche die Welt bisher noch nicht gesehen hatte - war der Platz und damit die Mitnahmemenge begrenzt,
Die persönlichen Wertgegenstände mussten weitgehend zurückbleiben oder man hätte kein Vieh mitnehmen können. Dieses war aber das Allerwichtigste. Die Tiere wurden gebraucht sowohl für die Ernährung als auch für den Weitertransport, wenn man am Südufer des Nordmeeres angekommen wäre.
Nun gedachten einige, zurückzubleiben und sich alles, was zurückgelassen wurde, anzueignen, aber der Hetmann befahl, alles zu verbrennen. Denn erstens sollte sich keiner auf Kosten der anderen bereichern und zweitens sollten so wenige wie möglich zurückbleiben. Je mehr Leute mit auf die Wanderschaft kamen, desto unbesiegbarer waren sie bei der Begegnung mit eventuellen Feinden.
Palmström kannte das Land südlich des Nordmeeres, und daher wusste er, was für Schwierigkeiten auf die Unkeln zukommen würden.
Die Ranunkeln wollten nicht mit den Karfunkeln zusammen ziehen und die Karfunkel nicht mit den Furunkeln. Am liebsten wäre jeder Stamm für sich gezogen; doch das duldete der Hetmann Palmström nicht und teilte die Heereszüge so ein, daß in jedem

alle drei Stämme jeweils ein Drittel bildeten. Dadurch erzwang er den Zusammenhalt seiner Vasallen.

Da sie sich neue Länder nur durch Raub würden erwerben können, wählten sie zu ihren Wappen und auf ihren Fahnen drei Raubtiere: Die Ranunkeln den Adler, die Karfunkel den Wolf und die Furunkel den Bären.

Als im nächsten April das Eis geschmolzen war, legten ihre Boote ab für die Große Fahrt nach Süden. Sie verließen das Land, in dem sie zuletzt nur noch gehungert hatten, auf Nimmerwiedersehen.

Ohne den Hunger hätten sie sich nicht aufgerafft; der Wunsch nach dem Süden rumorte schon lange in ihnen, als die Nahrung noch nicht so knapp war. Sie hatten auch die Kälte und die Gleichförmigkeit des Lebens in den nordischen Wäldern satt. Sie sehnten sich nach Wärme. Außerdem hatten Wanderkaufleute ihnen den Mund wässrig gemacht nach den wunderbaren Schätzen, die es in den Südländern zu holen gab.

Übrigens trug der Hetmann gar nicht den völlig ununkelschen Namen Palmström; ich nannte ihn nur so, weil er an einer Sehnsucht nach römischen Palmen litt und sich in dieser Sehnsucht verströmte.

Auch die Bezeichnung Hetmann trifft nicht ganz zu, denn sie kam eigentlich erst in viel späteren Zeiten bei den Kosaken auf, aber leider wissen wir nicht, wie bei den Unkelstämmen die Anführer bezeichnet wurden. Die spärliche Überlieferung gibt da einfach zu wenig her. Sie werden sie doch nicht etwa "Onkel" genannt haben, obgleich das Wort Onkel sich durchaus von den Unkeln herleiten könnte. Eine Unterstützung findet diese Theorie durch das englische "uncle" für Onkel. Die Tatsache, daß Furunkel auf englisch furuncle heißt, könnte ebenfalls als ein meine Theorie stützendes Indiz angeführt werden, obwohl mancher es ein etwas fadenscheiniges nennen würde.

Befassen wir uns aber nicht weiter mit der Frage, wie die Unkeln ihre Anführer genannt haben könnten, sondern verfolgen wir, was weiterhin aus ihnen wurde! Sie landeten in der Umgebung des später untergegangen Vineta, das heutige Forscher auf dem Grund des Barther Boddens vermuten. Schon dort begannen sie fleißig mit dem Plündern und warteten gar nicht erst ab, bis sie nach Italien kämen. Sie sagten sich, Gold ist Gold, egal wo es herstammt. Damit nahmen sie in gewisser Weise den Merkantilismus vorweg. Sie liebten überhaupt sehr das Praktische und machten keine Umwege. Sie schlugen auch alles kurz und klein, was sich ihnen in den Weg stellte und nannten das den Lauf der Geschichte.

"Wenn irgendwo ein Volk im Lauf der Geschichte etwas Großes erreichte, tat es das aufgrund seiner Brutalität." Wer sagte das?* Das sollte man wissen, um nicht in Versuchung zu geraten, daran zu glauben. Wenn man in der Geschichte Belege für die Wahrheit des Satzes zu finden meint, dann muss man eben die so zustande gekommene Größe ablehnen, sie nicht Größe nennen, sondern Verwahrlosung des Geistes oder Durchsetzung mit Gewalt aus Mangel an intelligenten Mitteln. Hetmann Palmström war auch so einer, der zuschlug, wenn er nicht mehr weiter wusste. Und so kamen die Unkel's bis an die Ufer des Dnjepr und ließen sich dort nieder. Später nannten sie sich die Unken, noch einmal später die Kröten. Danach spalteten sie sich in Kroaten und Goten und wanderten westwärts. Unterwegs gerieten sie mit den Wallachen in Konflikt. Das waren keine Pferde oder Zentauren, son-

---

* A. Hitler in 'Mein Kampf' nicht wörtlich zitiert

dern ein Volksstamm, nach dem die spätere Walachei benannt wurde.

Es ging alles ein bißchen drunter und drüber in jener Zeit der Völkerwanderung. Deshalb hört man auch so viele widersprüchliche Aussagen über sie.

Von der Abstammung der Goten von Ranunkeln, Karfunkeln und Furunkeln will heute kaum noch ein Wissenschaftler etwas wissen. Sie halten das für nebulose Hirngespinste und haltloses Geschwätz. Damit haben sie aber sehr unrecht. Ich weiß es besser, weil ich bereits in dem noch jugendfrischen Alter von sechs Jahren beim Graben im Strandsand von Rauschen an der Ostsee mit Eimerchen und Schaufel auf beweiskräftige Funde stieß, die jedoch leider auf der Flucht vor den Russen im Winter 44/45 verloren gingen.

Man muss sich nun mit dem begnügen, was übrigblieb. Die Sternstunden der Menschheit sind endgültig vorbei. Es blitzt und kracht zwar überall und allenthalben, doch hat das alles nichts mit den Überhöhungen und Steigerungen zu tun, die Stefan Zweig als Sternstunden bezeichnete, und auch nichts mit den Achsenzeiten des Karl Jaspers. Das ist alles nur Schaum und leere Luft, wenngleich es gewaltig raffiniert klingt und aussieht.

Man müsste, wenn man sich selbst gegenüber ehrlich sein will, eigentlich das Meiste von dem, was als moderne technische Errungenschaft gilt, wieder abschaffen; aber leider geht das nicht; man kann nicht zurück. Ich rede nicht davon, daß der Einzelne nichts tun kann, der Unbedarfte, der in den unteren Rängen Herumkriechende. Das versteht sich von selbst. Aber die führenden Leute, die an den Quellen der Information sitzen (oder gibt es die gar nicht?), die Vertreter der Gesamtheit, die Spitzen in Politik und Wirtschaft können es auch nicht. Es hat sich alles verheddert.

Man muss ganz überflüssige Dinge dulden, mitschleppen, sie sogar mitbezahlen, deren Abschaffung jedermann wünschen würde (bzw. eine überwiegende Mehrheit, einen Konsens von jedermann gibt es bei der Querköpfigkeit so vieler nicht mehr, der kommt nicht mehr zustande.).
Zum Beispiel: Das Werbefernsehen will kein Mensch, der sich einen Spielfilm ansieht (nach Obigem: fast kein Mensch), aber es kann nicht abgeschafft werden, weil das Fernsehen davon finanziert wird. Jedenfalls wird so gesagt. Ob diese Finanzierung nötig ist, weil angeblich die Fernsehgebühren nicht reichen würden, ist im Grunde zweifelhaft.
Beispiel zwei: Über die Gesundheitsschädlichkeit mehrerer Stoffe ist sich die Welt im Klaren, aber sie können nicht verboten werden, weil Steuern darauf liegen und der Staat (angeblich!) diese Steuern braucht.
Diese beiden Standardbeispiele müssen genügen. Aber es gäbe noch viele desgleichen, das kann man mir glauben.
Vom Standpunkt des Publikums aus gesehen wäre ein besonderer Reklamesender gut, der nur Werbung und sonst weiter gar nichts enthält. Aber da sagen die Firmen wieder: Der nützt uns nichts, weil er zu selten eingeschaltet wird. Damit geben sie zu, daß sie den Fernsehzuschauer absichtlich seelisch vergewaltigen. Man kann das gar nicht stark genug ausdrücken.
Wo soll das noch hinführen, frage ich mich ernsthaft besorgt, wenn ich nicht einschlafen kann - und warum kann ich nicht einschlafen? Weil mich das Fernsehen seelisch vergewaltigt und aufgeputscht hat! Und ich kann es nicht abschaffen, weil ich es ja auch dann bezahlen muss, wenn ich nicht fernsehe.

Ich muss also fernsehen, wenn ich kein Geld umsonst verschenken will.

Da sagen diese Schlaumeier; nicht fernzusehen sei ein asoziales Verhalten und wenn auch nicht gerade verboten, so doch gesellschaftlich geächtet. "Wer da fernsieht, ist bereits selig, wer da nicht fernsieht, ist schon gerichtet." (frei nach Johannes 3, 18)

Es läuft mir immer heiß und kalt den Rücken 'rauf und 'runter, wenn ich anfange, über das alles nachzudenken. Eben deshalb rette ich mich ja in den Blödsinn. Dann habe ich wenigstens meinen Spaß, und wenn ihn der Leser nicht hat, tut es mir leid; aber er kann sich ja leicht selber helfen, indem er dieses Buch an die Wand schmeißt, doch möglichst so, daß keine Vasen oder Bilder dabei kaputtgehen.

Einige tanzen die Nächte durch im Tropicana oder im Waldorf Astoria, im Coventgarden oder in der Moulin Rouge und an tausend anderen Orten, schlafen bis zum Mittag, ruhen dann bis zum Nachmittagskaffee, telefonieren danach ein bißchen, hören kurz die Nachrichten, um nicht völlig uninformiert zu sein, und schlagen sich dann eine weitere Nacht um die Ohren, sei es in einer Spielhölle, einem Nachtclub, einer Discobar oder sonst wo. - So ähnlich, aber nicht ganz so schlimm, treibe ich es auch, weil ich nachts nicht schlafen kann, doch ich bleibe wenigstens wie alle anständigen Leute zu Hause. Daran kann ich mich dann wieder moralisch emporranken und mir sagen: Herr, ich danke dir, daß ich nicht bin wie jene. -

Es gab in Paris einmal - und Paris ist wohl die einzige Stadt, in der es so etwas geben kann - eine Putz- oder Waschfrau, die genau so lebte und bei den prominenten Nachtschwärmern bekannt und sehr beliebt war.

Vor zwei Uhr nachmittags stand sie nie auf. Anfangs ging sie noch nachts an ihre Arbeit in einem der großen, berühmten Pariser Nachtclubs und traf dort mit den Schwerenötern und Paradiesvögeln, Bohemiens, Lebedamen und -männern der Pariser Haute volee, Schickeria und Halbwelt zusammen. Diesen bereitete sie durch Witz und Schlagfertigkeit viel Vergnügen. Sie verstand es sogar, sich unter diesen meistens sehr reichen Leuten Freunde zu machen, indem sie diese außerdem noch tröstete, in ihren Sorgen beriet und ihnen auf die verschiedensten Weisen half, verzwickte Probleme zu lösen.

Es blieb gar nicht aus, daß ihre neuen Freunde sich dafür revanchierten, weshalb sie schließlich finanziell unabhängig wurde und das Arbeiten während der Nacht aufgeben konnte, um sich nur noch mit ihrer 'Klientel' zu befassen, wenn ich das so nennen darf.

Mit der Zeit wurde sie dieser geradezu unentbehrlich. Kurzum: Diese phänomenale Frau wurde weltberühmt, man konnte von ihr in vielen Zeitschriften, unter anderem auch im Readers Digest lesen, und so erfuhr auch ich von ihr. Sonst täte ich nämlich gar nichts von ihr wissen, derweil ich selten Gelegenheit habe, am Pariser Nachtleben teilzunehmen, wenn ich's mir genau überlege, sogar nie.

Ich muss zugeben, daß ich diese Frau beneidete, denn meinem innersten Wunsch entspräche es, ebenfalls täglich bis zwei Uhr nachmittags schlafen zu dürfen.

Dieses früh Aufstehen und zur Arbeit oder zur Schule gehen zu müssen, trägt möglicherweise an allen Krankheiten und Verdrehungen der Charaktere die Schuld - und wenn es sich um Frauen handelt, sogar an der Hässlichkeit sehr vieler. Denn ihnen fehlt der Schönheitsschlaf, welcher zwar genau genommen vor Mitternacht und nicht am Vormittag geschehen sollte;

aber wenn die Abende bis spät in die Nacht hinein dem Vergnügen gehören, müssen wenigstens die Vormittage der Wiederaufmöbelung von Schönheit und Lebenslust dienen dürfen.

Diese ganze Unsitte des früh aufstehen Müssens stammt noch aus den Zeiten, da es weder elektrisches noch Gaslicht gab und man nach Dunkelwerden kaum etwas anderes tun als schlafengehen konnte. Das elektrische Licht befreit uns vom natürlichen Tag- und Nachtrhythmus und einige nützen das aus, während bei anderen der althergebrachte Rhythmus gewohnheitsmäßig weiterläuft.

Es gibt ein paar einsichtige Firmen und Institutionen, welche auf die unterschiedlichen Schlafgewohnheiten eine teilweise Rücksicht nehmen und die "gleitende Arbeitszeit" einführten. Man braucht mir gar nicht zu erklären, daß das nicht überall ginge. Denn es ginge überall, erfordert nur ein wenig Umdenken und Umorganisation. Oder nehme ich da schon wieder den Mund zu voll? Man verzeihe mir meinen jugendlichen Elan, mit dem ich noch in hohem Alter (oder vielleicht gerade deshalb wieder) leichtfertige Urteile von mir gebe! -

Aber das Ringen um die ernsthaftesten Verwicklungen treibt mich, nicht den Mund zu halten, sondern die Mißstände erbarmungslos anzuprangern, wage aber nicht zu hoffen, daß sich jemand davon beeindrucken lässt. Doch die eklatanten Vorkommnisse der letzten Zeit stempeln jedes Schweigen zur Feigheit.

Wenn ich mir auch vieles nachsagen lasse, ohne davon einen dicken Kopf zu bekommen, aber Feigheit nicht. Dagegen bin ich allergisch und spritze jemandem, der das behauptet, Eisenvitriol ins Gesicht; denn ich bin mutig, nicht wie ein Löwe, denn den kann ein winziger Buschmann in die Flucht treiben, indem er hoch-

springt, mit den Armen fuchtelt und Uhuahuah schreit, sondern wie eine Löwin, die ihre Jungen verteidigt. Das walte Hugo!
Das peripathetische Grinsen jenes bei Hamburg lebenden Schriftstellers, der den Nobelpreis erhielt, kann mich gar nicht beunruhigen. Der soll sich still verhalten; sonst mache ich etwas Illegales mit ihm.
Manche Leute bilden sich ein, sie könnten mir auf dem Kopf herumtanzen. Das können sie nicht. Sie würden mir nur von der Glatze rutschen. Ich habe in Berlin welche von dieser Sorte gekannt. Sie waren alle noch jung, leben aber heute nicht mehr. Nur die Spree weiß, wo sie geblieben sind - und dunkle Flecken an manchen Tapeten in Häusern von Kreuzberg zeugen von ihrem einstigen Dasein.
So stirbt man ohne etwas zu hinterlassen und ohne etwas für die Unsterblichkeit getan zu haben. Don Carlos würde sich schämen, so gelebt zu haben. Dabei hatten sie in unserer Zeit alle Gedankenfreiheit, die nur möglich ist. Don Carlos hätte sich nach dieser alle zehn Finger abgeleckt - übertragenen Sinnes gesprochen. Denn natürlich lecken Prinzen nie und nirgendwo.
Aber die Gedanken werden heutzutage meiner Meinung nach *zu* frei gelassen. Da denkt sich jeder, was er will ohne Rücksicht darauf, ob es gut, schön und wahr ist. Oder wenigstens eines von diesen dreien! Man verlangt ja schon gar nicht mehr nach jener vollkommenen Dreiheit. Man hat gelernt sich zu bescheiden.
Diese Gedankenfreiheit mitsamt der Presse- und Meinungsfreiheit gebiert nur Plattitüden, Trivialitäten, Banales oder aber Verstiegenes, Absurdes, Imkommensurables und Imkompatibles, welches keinen Gewinn bedeutet. -

Über all dem haben wir die Urenkel der Unkeln ganz aus den Augen verloren, genau wie sich ihre Spuren in der Geschichte verloren.

Unter dem Decknamen Goten wanderten sie bis Griechenland, danach wanderten sie nach Italien und zum Schluss sogar bis Südfrankreich und Spanien. Sie brachten große Könige hervor; ich nenne davon nur Theoderich den Großen, den Dietrich von Bern der Sage. Über das Ende der Ostgoten, die Ostrogohts, gibt es unterschiedliche Versionen, die nur als Gemeinsames den gewaltigen Kämpfer Teja haben, der nach langem Kampf vom Heer des Narses besiegt wurde.

Ob das am Vesuv geschah oder bei einem anderen Vulkankegel, darüber streiten sich die Gelehrten.

Die Westgoten, die Wisigoths, beherrschten fast ganz Spanien bis sie von den Mauren nach Norden abgedrängt wurden und eine Zuflucht in Asturien fanden. Aber wenn Sie heute nach Asturien fahren, werden Sie keine Goten mehr dort finden. Es gibt noch den Streit, ob die Guanchen auf den Kanaren, die ganz offensichtlich Nachfahren germanischer Stämme waren, mehr von Goten, mehr von Vandalen, mehr von Sueben oder mehr von einem ganz anderen Volk abstammen. Aber wenn Sie auf die Kanaren fahren, finden Sie auch von den Guanchen keinen mehr vor.

Nur auf dem Domvorplatz von Candelaria finden Sie noch etwa ein Dutzend überlebensgroßer Bronzestatuen, welche die berühmtesten Häuptlinge der Guanchen zeigen. In deren Gesichtszügen glaube ich Spuren des Unkelschen entdeckt zu haben. Mehr ist von diesen nicht übrig geblieben. Aber wir ehren ihr Andenken in einer Blume, einem Edelstein und einer Eiterbeule bis zum Ende aller Tage.

* * *

Ein bißchen Betrug ist schon dabei, bei meinem sogenannten "spontanen" Schreiben. Man kann doch nicht alles durchlassen, was einem ins Gehirn schießt. Es scheint mir übrigens nicht aus einer einzigen Quelle zu stammen. Offenbar senden da verschiedene Institutionen oder Instanzen ihre Signale aus. Manchmal blockieren sie sich gegenseitig. Zeitweise will sich auch eminent Unanständiges einschleichen. Das unterdrücke ich natürlich, denn das fände ich jedem Leser unzumutbar. Was selbst für mich unerfreulich klingt, wird einem anderen wohl kaum erfreulich klingen - nicht einmal denen, die sonst vielleicht gerne Bücher mit einem schweinischen Inhalt lesen. Und dann erlebe ich auch einen Zug in mir, gänzlich aus der logischen Sprache hinauszugeraten und nur unverständliche Wortgebilde zu kre-ieren, was mir nicht opportun erscheint.

Ich muss also zugeben, es ist mir doch nicht völlig egal, wie verrückt oder albern das klingt, was ich schreibe, obwohl ich andererseits sehr viel Vernunftwidriges ertragen kann und daran meinen Spaß habe.

Wenn jedoch etwas *zu* Blödes herauskommt, greife ich korrigierend ein; sonst würde die ganze Sache unleidlich werden.

Manchmal muss ich gewaltsam ein Stocken des Gedankenflusses überwinden. Das ergibt dann zumeist merkwürdig klingende Stellen, die ich aber liebe, weil ich mich da anstrengen musste.

Nach dieser Exemplifizierung meiner Schreibgewohnheiten, diesem Blick "behind the scenes", gehe ich nun wieder in medias res: Das Lächeln der Mona Lisa sowie das sprichwörtliche der Auguren, wenn es auch leicht zwiespältig, doppeldeutig, um nicht zu sagen etwas schwammig ausfällt, bleibt doch weit entfernt von dem fiesen Grinsen einer Catherine Deneuve auf den Photos der New York Times. Und das sollte nun seinerzeit die schönste Frau der Gegenwart sein!

Da tut mir die arme Gegenwart leid, obwohl wir auch heute noch eine Menge typischer Renaissancegestalten unter den Oberen Zehntausend verzeichnen können.

Die arabischen Scheichs und Sultane von heutzutage dagegen erinnern mich alle an Ali Baba und die vierzig Räuber. Und was ist doch dieser Arafat für ein Rumpelstilzchen! Auf ihn könnte auch passen, was jemand von Frank Sinatra sagte, nämlich daß er der Kreuzung zwischen einem Ziegenbock und einer vertrockneten Rosine gleiche. Aber es ist doch zugegeben ein weiter Abstand von Arafat zu Catherine Deneuve. Diesen Vergleich wollen wir deshalb auch nicht weiter ausmalen, denn er fruchtet nichts.

Man könnte sich höchstens fragen, ob Catherine Deneuve schöner sei als es Grace Kelly, Rita Hayworth oder Ava Gardner waren. Doch da halte ich es nun für völlig angemessen zu sagen, das sei eine Geschmacksfrage, welche Redensart ich sonst meistens, wie schon erwähnt, ablehne. Ob man einen Kakao mit Milch oder mit Wasser anrühren soll, das ist zum Beispiel keine Geschmacksfrage. Wer das erstere tut, den halte ich für unfähig, überhaupt ein Geschmacksurteil abgeben zu können. Eine derart verwirrte Person dürfte ihren Mund gar nicht mehr aufmachen. Denn in Milch löst sich Kakao nur unvollkommen auf, das sieht man doch sofort an dem fleckigen Resultat.

Ob einem der Barock- oder der Biedermeierstil besser gefällt, das hinwiederum will ich als Gechmacksache gelten lassen. Wundersame Verirrungen gibt es zwar in beiden Stilen, aber doch auch viel Herzerwärmendes und Freudespendendes. Man denke nur an Bachmusik für das Barocke und an Meißener Porzellantassen für's

Biedermeier. Selbstverständlich steht es jedem frei, auch an etwas anderes zu denken. Wir sind ja sowohl tolerant als auch flexibel, und der Beispiele gäbe es unendlich viele.

Die Dächer von Biedermeierhäusern liebe ich sehr. Neuerdings gibt es für Dächer eine neuartige Variante: Man baut keinen Dachfirst mehr in der Mitte, von dem aus nach beiden Seiten die Dachschräge abfällt, sondern nur eine einzige Schräge von einer Hausseite zur anderen. Das sieht zwar im ersten Moment etwas ulkig aus, so als ob man nur ein halbes Haus vor sich hat, aber bald erkennt man, daß ein solches Dach eminent praktisch ist: Man verliert keinen Platz für einen nur als Gerümpelkammer verwendbaren Dachboden und braucht auch nur auf einer Seite eine Dachrinne.

Doch ich will mich jetzt gar nicht weiter in architektonische Fragen einlassen; denn es ging mir doch in erster Linie um das berühmte Lächeln der Mona Lisa und um die Frage, wer von beiden schöner lächelt, sie oder Catherine Deneuve auf jenem Photo das um die ganze Welt ging mit der Anmerkung, sie sei die schönste Frau auf derselben.

Da machte ich an mir selber nun eine merkwürdige Beobachtung: Zuerst ging Catherine Deneuve als klare Favoritin hervor. Doch je länger ich die Bilder betrachtete, desto mehr gewann Mona Lisa, während die andere langsam immer fader wurde. Schließlich kam ich nahe daran, zu verstehen, warum Männer sich vor dem Bild der Mona Lisa knieend aus lauter Sehnsucht, sich mit ihr im Tod zu vereinen, erschossen haben.

Nahe heran kam ich, so sagte ich, aber so ganz verständlich war es mir doch nicht. Ich verspürte keinerlei Drang, mich ihr zuliebe zu erschießen.

Da gibt es doch heutzutage ganz andere Frauen, bei deren Anblick mich ein solches Gelüste ankommen könnte. Im Zeitalter der Silikonisierung gibt es doch Exemplare von solch körperlicher Vollkommenheit, die sich Maler wie Da Vinci, Rubens, Watteau, Goya, Renoir oder Klimt nie hätten träumen lassen.

Da hörte ich doch einmal einen Professor für Indologie sagen, solche Brüste, wie man sie auf altindischen Tempelfiguren zu sehen bekommt, gäbe es nicht und hätte es auch nie gegeben, aber da befindet er sich in einem gewaltigen, um nicht zu sagen, eklatanten Irrtum. Es gibt sie und dazu noch von einer so wunderbaren Goldbräune wie sie vor den modernen Solarien nicht möglich gewesen wäre. Das Silikon und die UV-Röhre muss man doch wirklich zu den erfreulichsten Erfindungen rechnen.

Was waren doch jene schlaffbrüstigen, braunweiß gestreiften Exemplare der Gattung Weib des vorigen Jahrhunderts für unansehnliche Gebilde! In dieser Hinsicht, im Gegensatz zu anderen Hinsichten, können wir von einem echten Fortschritt sprechen.

Abgesehen von dieser vorteilhaften Allgemeinentwicklung fand ich ja Sophia Loren und Türkan Schoray sowieso tausendmal schöner als diese blasshäutige Catherine Deneuve. Das walte Hugo! -

Aber nun, was soll ich euch Neues erzählen? Nachdem die Meerschweinchen ausgestorben sind, fehlt es überall auf der Welt an Kuscheltieren. Die Plüschterrier können die Lücke nicht ersetzen. Pudel in Konserven gibt es noch nicht. Überhaupt lässt der Markt auf diesem Gebiet sehr zu wünschen übrig. Man bekommt doch in keinem der einschlägigen Supermärkte lebende Kaninchen, von allen andern Nagetieren abgesehen.

Man verweist uns auf sogenannte Haustierläden, die es irgendwo im Westerwald geben soll. Wie kann man es uns zumuten, alle in den Westerwald zu fahren, wo bekanntlich so kalte Winde wehen.
Wenn es nicht gelingt, die Meerschweinchen wieder zu erwecken, müssen die Regierungen für Ersatz sorgen. Diese Aufgabe muss erste Priorität haben!
Die Parlamente müssen ihre Diskussionen über Haushaltsdefizite, Korruption und Pannen bei der Europäischen Zentralbank und über Epidemien im fernen Afrika zurückstellen. Wir brauchen etwas zum Kuscheln, wenn keine Meerschweinchen, dann wenigstens Kaninchen und wenn die auch nicht, dann Goldhamster, Zwergpudel oder Chinchillas. Irgendetwas muss unverzüglich her! Begreift doch, ihr Torfköpfe, es handelt sich um eine echte Notsituation! Wie kann man da noch lange herumpalavern? Zur Tat zu schreiten wird es jetzt allerhöchste Zeit!
Die üblichen Probleme sind alle viel Lärm um nichts und noch lange nicht darf es heißen Ende gut, Alles gut. Diese Komödie der Irrungen muss endlich beendet werden! Das kann man für seine Steuergelder verlangen! Da, nimm dein Pfund Fleisch, Jude! Aber es gibt ein Gesetz in Venedig.... - Und dann verwandle den Winter meines Missvergnügens in einen Sommer der Behaglichkeit! Wenn nicht auf den Seychellen, dann meinetwegen auch in der Karibik, die allerdings schon etwas überlaufen ist. Das Geld dafür verlange ich umgehend auf mein Girokonto zu überweisen! -
Das Plombieren des Festeuters hat auch keinen deutlich erkennbaren Zweck. Zwar können die Erbsen dann nicht mehr herausfallen, aber dem Erbübel des Versumpfens in Festtagsgewändern ist dann immer noch nicht abgeholfen. Zu viel Geschrei machen die Leute auch wegen der Pamphlete des Armesünderdok-

tors Vitzliputzli. Dieser liebe Mensch will ja nur das Allerbeste, und daß er allen die Haare abschneiden will, ist doch keine sadistische Schikane, sondern eine rein hygienische Maßnahme.

Es gilt der Kampf den Wanzen und Läusen, Schuppen und anderen Haarpilzen, die mit der Zeit nicht nur die Kopfhaut verletzen, sondern auch das Seelische angreifen. Natürlich übertreibt er ein wenig. Durch gründliche Kopfwäsche alle sieben Tage könnte man dem Übel wehren; aber Vitzliputzli traut eben den Herstellern von Haarshampoos nicht über den Weg. Er beklagt, daß sie alle möglichen Fette, Eiweiße, Mayonnaisen und Tierharne verwenden, welche die Schuppenbildung vermehren und die Läuse ernähren anstatt sie auszurotten. -

Doch das soll uns nicht hindern, von unseren Schränken den Staub abzuwischen. Denn auch im Hausstaub kann sich eine Menge seelenfressendes Ungeziefer entwickeln. Das Wohnen in Zelten würde sich in dieser Hinsicht als vorteilhafter erweisen. Ja, wenn man das Ungeziefer wenigstens essen könnte; aber zu allem äußerlichen Ärger ist es auch noch ungenießbar, weil es innerlich unausdenkliche Schäden anrichtet. Da zerreißt es die Magenwände, zerfetzt die Milz und die Leber, verstopft die Blutgefäße und zersetzt das Knochenmark. Wollen Sie das dulden? Glauben Sie mit solchen Beschwerden noch angenehm weiterleben zu können? Das wäre ein verhängnisvoller Irrtum.

Darum ruhig herunter mit den Haaren! Wenn wir alle skinheads sind, haben die uns nichts mehr voraus.

Aber ich gebe zu, es gibt größere Probleme. Zum Beispiel das Surren der Elektromotoren von morgens früh bis spät abends kann ebenfalls ganz üble Folgen haben. Es schafft Gehörprobleme der allerschlimmsten Sorte. Die bisher bekannten Ohrgeräusche wie Tinnitus und Ohrensausen sind niedliche Harmlosigkeiten dagegen. Wenn Sie an das Abbremsen einer Düsenmaschine vor dem Start oder aber an Presslufthämmer, welche in einem fort die Asphaltdecke aufreißen, denken, dann haben Sie in etwa das, was Ihnen blüht, wenn dem Surren der Elektromotoren von morgens früh bis abends spät nicht ein baldiges Ende gesetzt wird.

An dieser Aufgabe könnten die Politiker beweisen, daß sie etwas von Realpolitik verstehen. Ihre üblichen Palaver bei Sekt und Kerzenschein schwirren ja nur wie Wahngebilde im Wolkenkuckucksheim umher. Kommt 'runter, auf den Boden der Wirklichkeit, ihr hanebüchenen Scharlatane, bevor euch einer unsanft 'runter *stößt* und ihr dann allzu hart aufschlagt! Das ist mein Rat für euch zu dem bevorstehenden Erntedankfest, das wir in einer Woche begehen.

Ich sage nicht: "Es wird", denn ich bin kein Prophet, sondern rechne nur Tendenzen der Gegenwart hoch, die sich auch unter nicht voraussehbaren Einflüssen umkehren könnten, ich sage nur: "Es könnte" eine Zeit kommen, in der ihr eure Füße verflucht, weil es keine Schuhe mehr gibt und ihr euch die Fußsohlen wundlauft, und euren Durst, weil es nichts mehr zu trinken gibt. Nach einem so schönen Fruchtsaft wie den "Tropicana" aus Orangen, Ananas und Mango werdet ihr euch dann umsonst zurücksehnen, und noch nach vielem anderen werdet ihr euch zurücksehnen, das ihr heute gedankenlos genießt und das es dann nicht mehr gibt und nie wieder geben wird. Die schönen Tage von Aranjuez sind dann endgültig vorbei. Dann ist nicht nur dieses oder jenes Mangelware, dann ist alles Mangelware. Von nichts mehr gibt es dann noch genug, und um die Reste müsst ihr euch dann raufen - raufen keineswegs mit bloßen Fäusten, sondern mit Handgranaten und Maschinengewehren, mit Giftgas- und Milzbrandbomben, bis ihr so Wenige geworden seid, daß es dann wieder reicht für's Nötigste. Aber viele Herrlichkeiten der heutigen Zeit sind dann für immer dahin.

Freilich wird dann auch mit einer ganzen Reihe von Übeln aufgeräumt sein; das kann ich euch zum Trost versprechen. Allerdings die Uralten werden das nicht mehr erleben, hauptsächlich die, welche noch nicht zur Schule gehen, sondern ihre Zeit im Kindergarten vertrödeln.

So jedenfalls sieht es in meinem Kopf aus, wenn ich die Tendenzen der Gegenwart bedenke. Ein Prophet aber bin ich nicht. -

Ich blicke in ein Gewebe aus leuchtenden Konturen und Strukturen, wie sie bei Solarisationen entstehen, im wesentlichen atmet es Nachtschwärze, aber von einem filigranen Netzwerk aus bunten Fäden durchzogen, und mit einer Neigung sich auszudehnen zu einem Gewölbe, welches dem Himmelsgewölbe gleicht, jedoch bald wieder zusammenfällt, und ich liege darunter und vergehe in der Schwere, ich löse mich auf, ich imaginiere die Unendlichkeit. An manchen Stellen verdichten sich die Fäden zu Knoten und dann zu Kugeln, fast sieht's aus, wie wenn sich Sterne bilden wollen. Dieses diffuse Gebilde ähnelt Photos, welche Sternenstaubwolken zeigen, etwa den Pferdekopfnebel - aber nur entfernt ähnlich; denn es bewegt sich nichts, das Muster verändert sich nicht, bleibt statisch, ohne Rand und ohne Mitte, dunkle Girlanden von farbigen Punkten ziehen sich quer über das Bild, Ströme gleißenden Messings fließen schräg von einer Seite zur anderen; doch nur für einen Moment, dann erstarrt wieder alles zu Unbeweglichkeit, Ruhe und Stille - nein Stille nicht, es tönt ein kontinuierliches Summen in meinen Ohren, welches mich verrückt

macht, dazwischen klingt es wie Signale, die mich warnen oder rufen wollen.
Jetzt fängt alles an zu kreisen, da wird mir die Plage zu groß - da gehe ich doch lieber frühstücken.
Wenn mein Fernseher nicht auf allen Kanälen gestört wäre, würde ich ihn jetzt einschalten. Eine Zerstreuung könnte ich gebrauchen. Dieses Gefunkel und Geflimmer, dieses Gebrause zerstört jede Nachtruhe.
Nach solchen Abenteuern hätte ich mich gesehnt, als ich jung war. Damals wäre ich aufgestiegen zu den Sternen, hätte im Vorbeiflug den Mond mal kurz gestreichelt und wäre dann weitergeflogen zur Andromeda. Ich hätte das Weltall als angenehm kühl empfunden und nicht seine 273 Grad minus, und in Sternennähe wäre es mir wohlig warm geworden und von der enormen Gluthitze hätte ich nichts gespürt. Für einen Astralleib haben die Weltraumtemperaturen wenig zu bedeuten.
Nur einen Gefährten hätte ich gerne zur Seite gehabt, mit dem ich hätte Gedanken austauschen und meine Freude teilen können. Oder hätten wir uns etwa gestritten? Hätte er vielleicht in eine andere Richtung gewollt als ich? Nun ja, es ist müßig, darüber zu spekulieren. Ich war allein, ich bin allein und ich werde ewig allein sein. Das ist mein Schicksal. Deshalb braucht mich niemand zu bedauern! Ich leide nicht darunter. Wenn ich auch an Verschiedenem leide, jedoch an Einsamkeit leide ich nicht. Das ist längst vorbei. Sie macht mich eher froh - relativ gesehen, denn insgesamt gesehen hält sich meine Froheit in Grenzen. Ihr stehen doch verschiedene andere Gefühle entgegen.
Die Pomeranzen und Tuberanzen stören mich nicht, die Eruptionen und Explosionen ebensowenig. Sie faszinieren mich wie ein speziell für mich veranstaltetes

Schauspiel. Nur wüsste ich nicht, wer der Veranstalter sein könnte. Die Materie selber muss auch gleichzeitig der Veranstalter sein. Sie hat ihre Gesetze. Wer ihr diese Gesetze gegeben hat, könnte man fragen. Aber ich glaube, diese Frage wäre falsch gestellt. Die Materie hat ihre Gesetze, weil es schlechterdings unmöglich ist, sie nicht oder andere zu haben. Da besteht ein Zwang, eine Notwendigkeit, die hieß bei den alten Griechen: die Anangke.
Ihr sind alle Gesetze unterworfen; sie bestehen nicht freiwillig und könnten gar keine anderen sein.
Unter solchen Erwägungen durcheile ich den Sternenraum, schnuppere mal hier und mal dort ein bißchen; so entstehen die Sternschnuppen.
Das Bedürfnis irgendwo zu landen und für immer dort zu bleiben, verspüre ich seltsamerweise nicht.
Die Planetenoberflächen in anderen Gefilden sind doch zu wüst und leer. Gras, Blumen und Bäume gibt es nirgendwo. Interessante Formationen und Farbenspiele ja, aber keine Vegetation, keine Lebewesen. Da scheinen wir die einzigen zu sein im ganzen Kosmos. Aber wohlgemerkt, ich sage: scheinen, denn den gesamten Kosmos kann ich noch nicht durchreist haben; bei all den riesigen Entfernungen, die ich zurücklegte, doch nur einen winzigen Teil.
Ich glaubte, mir müssten Flügel gewachsen sein, aber nein, ich fiel mit einem lauten Plumps wieder in mein Bett, daß es krachte. Der Nachbar unter mir fragte mich am andern Morgen, ob mein Bettgestell zusammengebrochen sei. Ich sagte, ich sei aus dem Bett gefallen. Ich glaube, er glaubte mir das nicht. Ich weiß nicht, was er glaubte; aber er gehört zu den Menschen, denen es Vergnügen macht, von anderen immer das Schlechteste zu glauben, weil das ihr Selbstwertgefühl

anhebt. Doch ich gab mir nicht die Mühe, ihn etwas Besseres von mir glauben zu lassen. -

Soeben suchte ich wieder einmal verzweifelt meine Brille; dabei hatte ich sie auf der Nase. Es passiert mir oft, daß ich etwas nicht sehe, das direkt vor meiner Nase liegt, weil ich es auf einem bestimmten Platz vermute. Daran sieht man, wie sehr ich nach innen gerichtet bin und die Außenwelt nur sporadisch wahrnehme.
Leider ging mir das ein paarmal im Leben auch so mit Menschen: Ich übersah sie einfach. Nicht aus Böswilligkeit, sondern sie hatten schlicht nichts an sich, was meine Aufmerksamkeit auf sie gezogen hätte. In einem Fall muss es besonders schlimm gewesen sein; denn das Mädchen kündigte mit der gegen meine anderen Kolleginnen geäußerten Begründung, daß ihr die Nichtbeachtung von meiner Seite unerträglich sei.
Sie befand sich zu ihrem Pech als hässliches Mädchen unter lauter schönen Mädchen, und ich besaß damals noch nicht die Weisheit, - ach was sage ich, ich besitze sie auch heute noch nicht - jenes chinesischen Spruches: *Ein hässliches Mädchen, das weiß, daß es hässlich ist, finden wir nicht hässlich, ein schönes Mädchen, das weiß, daß es schön ist, finden wir nicht schön.*
Ich fiel damals, als ich das erfuhr, aus allen Wolken; denn ich war mir meiner Nichtbeachtung gar nicht bewusst geworden. Meine Hinwendung zu den schöneren Mädchen geschah offenbar ganz automatisch.
Aber was soll diese Reminiszenz? Es interessiert doch keinen, wen ich im Lauf meines Lebens beachtete und wen nicht. Es klingt zwar etwas scheinheilig: aber vielleicht kann jemand daraus eine nützliche Lehre ziehen. Das unabsichtliche Übersehen findet doch

häufig statt und kann, wie man in obigem Fall sieht, Übles anrichten. Ich kannte jemanden, der sich umbrachte, weil seine sehr schöne Schwester den älteren Bruder liebte und *ihm* nur wenig Beachtung schenkte.

Es kommen die wildesten Sachen vor in derer Welt: Der eine erhängt sich, weil der Nachbar ihn nicht grüßte, ein anderer wirft sich vor den Zug, weil seine Freundin ihn einen impotenten Hirsch nannte, und die dritte ersäuft sich, weil ihr Freund eine andere anlächelte. Auch mich betrübte, daß meine letzte Freundin sich mit anderen jungen Männer viel besser amüsierte als mit mir. Aber das liegt ja alles schon so lange zurück! Was rede ich noch davon!

"Wilde Gesellen vom Sturmwind durchweht ....uns geht die Sonne nicht unter." Ja, das war einmal und ist auch schon lange her, die Zeit des Liedersingens. Eine Laryngitis machte aus meinem Singen ein heiseres Krächzen; da verlor ich viel von meinem Selbstbewusstsein und Lebensmut.

Was wäre gewesen, wenn... das geht mir oft durch den Kopf, aber ich will das nicht weiter ausmalen.

Mir fehlt es gegenwärtig etwas an Milch und Honig, um glücklich leben zu können. Obwohl ich nicht zur Schlemmerkaste gehöre! Wie manche Leute sich doch aufregen, wenn die Kartoffelchips nur ein klein wenig versalzen sind. Wie werden sie erst schreien, wenn es keine Chips mehr zu kaufen gibt und sie sich diese selber machen müssen! Wenn sie Kartoffeln schälen und dann mühselig von Hand die Stäbchen schneiden müssen, dann wird ihnen die Menge des Salzes ganz unwichtig sein - und wohin mit den Kartoffelschalen, wenn keine Müllabfuhr mehr kommt?

Auf den höheren Ebenen wird das, so fürchte ich, keinen Eindruck hinterlassen. Für deren Chips ist gesorgt und sogar für Ketchup, Senf und Mayonnaise.
Man kann mir vorwerfen, daß ich mich in allen möglichen Prophezeiungen ergehe. Ich betone, es handelt sich nur um vage Vermutungen. Es könnte zwar möglich sein, daß alles in einem fürchterlichen Disaster zusammenbricht, aber vielleicht gehen wir auch im Geschwindschritt paradiesischen Zeiten entgegen, paradiesischer als es im Paradies mit seinen verbotenen Früchten gewesen ist. Jetzt ist keiner mehr da, der uns von irgendwelchen Bäumen die Früchte zu pflücken verbietet, sie könnten höchstens möglicherweise nicht für alle reichen. Ach, das ist schon wieder so eine pessimistische, scheinprophetische Äußerung! Ich muss auf eine andere Schiene aufspringen.   -

Die ganze Theologie kann mir gestohlen bleiben. Dieser Lehrstuhl an den Universitäten dürfte von mir aus abgeschafft werden. Denn was soll uns eine "Wissenschaft" von lauter Fiktionen? Dieser Jahwe war ja für die Juden sehr nützlich. Er gab ihnen Mannesmut und Selbstvertrauen, tröstete sie in Stunden der Verzweiflung und hob ihr Selbstwertgefühl, weil er sie auserwählt hatte.
Wie wichtig solche Unterstützungen sind, kann man bei der Kindererziehung bemerken. Ein Kind, dem man immer wieder sagt, daß es etwas ganz besonderes sei, das man lobt selbst bei Dingen, die eigentlich selbstverständlich oder aber gar nicht lobenswert wären, und dem man in einem fort zärtlich das Köpfchen streichelt, wird natürlich ein viel stärkeres Selbstbewusstsein entwickeln als ein Kind, dem man andauernd zürnt, welches es nie den Eltern recht machen kann, das viel allein gelassen oder sogar ange-

schrien und geschlagen wird. Allerdings kann sich im ersten Fall das Selbstbewusstsein bis zum Verzogensein steigern.

Ich erlebte das konkret in der Türkei, wo ich unter vielen Kindern lebte. Diese wurden seelisch derart aufgepäppelt, daß es mich gar nicht wunderte, als während der Zypernkrise Sechsjährige behaupteten, ein türkischer Soldat sei so viel wert wie zehn englische Soldaten und würde spielend leicht mit ihnen fertig werden. Und ältere Kinder nicht anders.

Wenn ich dann manchmal, weil mich der Hafer stach, daran erinnerte, daß die Türken in der Schlacht von Gallipoli (heute Gelibolu) vor den Engländern davongelaufen seien und sie die Schlacht verloren hätten, wenn nicht der geniale Kemal Pascha die Wende herbeigeführt hätte, indem er den Fliehenden befahl: "Alles hinlegen!", dann glaubten sie das nicht.

Ein türkischer Soldat läuft nicht davon! Das Gegenteil zu behaupten, ist ganz unerhört! (Er vermeidet höchstens den Kampf und sieht zu, wie andere kämpfen wie vor Kobane. Auch nicht dumm!)

Zum besseren Verständnis für die, welche den Hergang jener Schlacht im Jahr 1915 nicht kennen, füge ich hinzu: Die Flucht der Türken endete zwangsläufig, als sie sich hinlegen mussten. Denn da konnten die Engländer sie in dem unübersichtlichen Gelände nicht mehr sehen, blieben stehen und hörten zu schießen auf. Da sie die Türken für verschwunden hielten, nahmen sie auch keine Deckung, sondern standen ratlos herum. Jetzt fassten die Türken wieder Mut, griffen erneut an und errangen nunmehr den Sieg. Diese und noch ein paar andere Geschichten nehmen mich sehr für diesen Mustafa Kemal Pascha Atatürk ein.

Unter anderem auch die, daß er, als seine Stadtplaner ihn fragten, ob man die Hauptstraße von Ankara zwölf oder fünfzehn Meter breit anlegen solle, antwortete, sie sollten sie hundertfünfzig Meter breit machen, worauf sie ihn zunächst für verrückt hielten; aber er setzte sich durch. Diese weise Voraussicht über das zukünftige Verkehrsaufkommen hat mir stets imponiert, und deshalb habe ich diese Geschichte auch so gut im Gedächtnis behalten.

Aber ich komme wieder von meinem ursprünglichen Thema ab. Was war denn noch mein Thema? Ach ja, der Vorteil des Jahweglaubens für die Juden und sein Nachteil für deren Feinde.

Inzwischen dürfte es leider weit mehr Nichtjuden als Juden geben, die an Jahwe, auch Jehovah genannt, glauben, und das relativ zur Anzahl der Juden. -

Ich traf einmal eine Gruppe Kibuzzmitglieder, deren Führer antwortete mir auf die Frage, ob sie eine religiöse Gemeinschaft seien: "Hast du schon jemals etwas von einem Gott gesehen, gehört, gefühlt, gerochen oder geschmeckt? Natürlich nicht, also warum glaubst du an einen Gott?"

Da war ich ein wenig verdutzt. Nebenbei bemerkt hatte ich diese Israelis für Norweger gehalten; so nordgermanisch sahen sie mir aus. Diese Begegnung und auch die Bemerkung Ephraim Kishons, daß Hitler an den blonden und blauäugigen "Sabres" der neuen Generation in Israel seine Freude gehabt hätte, veranlassen mich dazu, nicht alle Juden für Semiten zu halten und diese ganze Rasseneinteilung in Semiten, Hamiten und Japhetiten abzulehnen.

* * *

Dieses wunderbare Getränk wird gemacht aus den Schwanzfedern des Schwans. Darum heißt es auch "Federweißer" und wird vornehmlich getrunken in der Zeit, wenn die ersten Schneeflocken fallen. Im

Idealfalle geschieht das während des Advents. Wenn kein Schnee fällt, wie bei uns im vorigen Winter, dann wird es trotzdem getrunken; denn was soll man sonst mit ihm anfangen? Doch der Genuss erhöht sich bei Schneefall beträchtlich. Das liegt an der Ähnlichkeit des Flaums der Schneeflocken mit dem Flaum der Schwanzfedern des Schwans. Sela.

* * *

Unter den Fiktionen innerhalb der Theologie verstehe ich Begriffe wie Gott, Gnade, Sünde, Segen, Weihung und Entweihung, Verdammung, Seligpreisung, Heiligeit, Versöhnung, Gebet, Fluch, Bann, Gut und Böse und ähnliche.
Diese Begriffe haben alle ihren gesunden Sinn und eine konkrete Bedeutung. Sobald sie aber in die Religion gezogen und mystifiziert werden, verlieren sie jene und werden zu Begriffen ohne festen Boden, ohne Hintergrund, fast dürfte man sagen zu hohlem Wortkram, wenn sie nicht unter den Menschen eine so wesentliche Verbreitung gefunden hätten.
Wenn eine Kirche von "geweihter Erde" spricht, so liegt darin eine Fiktion, denn in Wirklichkeit ist mit der Erde nichts geschehen, was ihr gegenüber jeder anderen Erde zum Vorteil gereicht. Das Wort "Segen" bezeichnet jede Fülle, jedes reichhaltige Gedeihen. Wenn jedoch der Priester seine Hände erhebt und seinen Segen "ausgießt" über die Gemeinde, so passiert da gar nichts. Es ist genauso sinn- und folgenlos, wie wenn die Leute einem ein schönes Wochenende wünschen. Auch wüsste ich nicht, was ein "geweihter" Priester einem nichtgeweihten voraushaben sollte, außer daß er sozusagen von der Kirchenbehörde genehmigt wird, und wenn er nichts weiter

voraushat wie etwa eine gründliche Kenntnis der Bibel und ihrer Auslegungen sowie einen besseren Lebenswandel.
Ich leugne auch keineswegs den tiefen Wert des Begriffs "Sünde"; denn sie ist das zu "Sühnende", die Folge von Handlungen, die man zwangsläufig bereuen wird, weil sie einen Schaden bewirken.
Aber wenn man ihn mit Himmel und Hölle in Verbindung bringt, mit einer Bestrafung oder Belohnung im Jenseits, wird er verfälscht und alles läuft verkehrt, weil dann auf die diesseitigen Folgen zu wenig geachtet wird.
Eine besonders stark fiktive Handlung ist das Gebet. Da ist niemand, der Gebete erhört und die vielen Millionen Bitten, die an ein imginäres Wesen herangetragen werden, erfüllt. Dieses käme auch oft mit sich selbst in Konflikt, z.B. wenn zwei Parteien um den Sieg bitten.
Hinter dieser Wirklichkeit steht nur das Große Schweigen, eventuell noch des Augustinus "Glanz der stehenden Ewigkeit" - kein himmlisches Jerusalem, kein Knien vor Gottes Thron und Erblicken seines Antlitzes, wie im Neuen Testament versprochen.
Das alles ist kein Grund zu Trauer und Verzweiflung. Darin, daß hinter dieser Wirklichkeit nicht noch eine unsichtbare, zweite Wirklichkeit sich verbirgt, von der aus wir beobachtet, beurteilt oder sogar manipuliert werden, liegt unsere Freiheit, diese wunderbare Eigenschaft des Menschseins, wiewohl wir an die Natur durch das Kausalgesetz gebunden sind.
Aber das Kausalgesetz beeinträchtigt die Freiheit, auf die es ankommt, gar nicht, sondern macht sie erst möglich ("Und das Gesetz nur kann uns Freiheit geben." Goethe). Ohne dasselbe wäre ein vorausbedenkbares, folgerichtiges Handeln gar nicht möglich,

und eine andere Freiheit, als in diesem Sinne handeln zu können, haben wir nicht und brauchen wir auch nicht.

Diese Ausführungen machen mich weder zum Atheisten noch zum Materialisten (was gewiss mancher behaupten würde). Es steht bloß eine abstraktere Gottesauffassung dahinter und keine anthropomorphe. Und der Gegensatz zwischen Materialismus ist hier aufgehoben. Ein akribisches Ausführen und eine bis auf den Grund gehende Vertiefung dieser Gedanken würde den Leser, der doch gewiss hier keine philosophische Abhandlung erwartet, langweilen, und mich würde das über Gebühr anstrengen. Daher muss das bis hierher Gesagte genügen.

* * *

Diese Handschuhnummer ist mir zu groß, oder auch: meine Hände sind zu klein. Das hängt davon ab, ob ich die Handschuhe oder meine Hände als Bezugssystem wähle. Insoweit hat Einstein völlig recht.

Aber daß mein Zwillingsbruder auf seinem lichtschnellen Weltraumflug nicht altern würde, das glaube ich dem Albert nicht. Seine Uhren werden langsamer gehen, und damit erhält er eine andere Zeitrechnung, für ihn vergehen weniger Wochen als für mich, der ich auf der Erde zurückbleibe. Aber das biologische Altern wird doch davon nicht berührt, will mir scheinen. Wenn er zurückkommt, wird er behaupten, wir hätten erst Mai, während bei mir schon längst Oktober wurde. Doch seine Haare wären genauso weiß geworden wie meine. Alles andere würde ich erst glauben, wenn man es mir empirisch bewiesen hätte, und dann würde ich nicht mehr glauben, sondern Bescheid wissen. - Glauben heißt nicht Wissen, und alles verstehen heißt alles begreifen, wie schon Baltus Powenz in der ersten Hälfte des vorigen Jahrhunderts erkannte, weil er mit viel Nüsse- und Rosinenessen sein Gehirn in Höchstform gebracht hatte. −

Ich liebe die Anspielungen auf Bücher, die ich nicht geschrieben habe. Schade nur, daß niemand die gleichen Bücher liest wie ich. Es gibt auch viel zu viele Bücher, seit es den Weibern erlaubt ist, wie die Männer Bücher zu schreiben. Ihretwegen fahren auch viel zu viele Autos auf den Straßen. Um die Verkehrsdichte zu vermindern, schlage ich vor, daß Montags, Mittwochs und Freitags nur Männer Auto fahren dürfen und die Frauen nur Dienstags, Donnerstags und Samstags. An Sonntagen, weil sich da sowieso auf den Straßen weniger abspielt, kann man es dann beiden Geschlechtern erlauben.
Frauen sind nicht immer nur hold, manchmal sind sie auch rechte Unholde. Wenn man nicht mit dem Charme eines Giacomo Casanova ausgestattet ist, hat man unter ihnen nichts zu lachen. Ich kann ein Lied davon singen. Ich könnte sogar viele Lieder davon singen. Leider kann ich überhaupt nicht mehr singen, wie ich in Obigem schon einmal erwähnte. Lass dich trotzdem ruhig bei mir nieder! Du hast keine Bosheiten von mir zu befürchten. Wo man singt, können hingegen auch Bosheiten vorkommen. Die Nazis sangen auch sehr viel und hielten sich für gute Menschen, für das Licht in der Dunkelheit. −
Den leichtfertigen Umgang mit Worten muss man ablehnen. Hat jemand gesagt! Gehe ich leichtfertig mit den Worten um? Ist mit den Worten spielen ein leichtfertiger Umgang? Ist das Wort wirklich so etwas Hohes, das furchtbar ernst genommen werden muss? Sagte nicht jemand, der allerdings heute von jungen

Menschen als "nicht mehr IN" bezeichnet wird: "Ich kann das Wort so hoch unmöglich schätzen. Ich muss es anders übersetzen." Mir erscheint es vielmehr als eine maßlose Anmaßung, zu sagen: Am Anfang war das Wort. Vielmehr müsste es heißen: Am Anfang war die Stille - das Schweigen. Erst viel später wurde es laut. "Am Anfang war der Wind" lautet ein Buchtitel. Schon der Wind? Oder nur erst ein Hauch? "Der Geist Gottes wehte über den Wassern". Das klingt sehr shön. Ist es aber nicht reine Lyrik, die nichts darüber aussagt, wie es wirklich anfing, als alles begann?
Am Anfang gab es einen großen Knall, sagen die Astronomen. Auch eine Möglichkeit!
"Am Anfang war das Feuer", ein Filmtitel von Jean Jaques Annaud. Klingt auch sehr schön und ist auch nicht wahr. Denn wie lange doch musste die Menschheit warten, bis sie den Nutzen des Feuers erkannte und nicht mehr vor ihm erschrak!
Die griechische Sage lässt Zeus das Feuer den Menschen bis zuletzt vorenthalten als das Vorrecht der Götter - sodaß Prometheus es ihnen rauben musste, damit es an die Menschen kam.
Wie war der Anfang? Gab es überhaupt einen Anfang? War die Materie nicht ewig? Das behaupten ja Schopenhauer und die Buddhisten, innerhalb deren Lehre es irgendwo heißt, daß es eine große Sünde sei zu glauben, ein Gott habe die Welt aus dem Nichts erschaffen.
Aus nichts kann nichts werden! Alles muss einen Anfang haben. Was nicht anfängt, kann auch nicht da sein! - Wenn man über den Anfang nachdenkt, verwickelt man sich in lauter Widersprüche, stößt auf lauter "Antinomien", wie die Philosophieprofessoren das nennen. - "Alles hat ein Ende, nur die Wurst hat zwei." Ist das nun ein leichtfertiger Umgang mit Worten?

Liegt darin nicht vielmehr eine Resignation, die Erkenntnis, daß man in diesen Fragen nicht weiterkommt? Soll man nicht lieber, als sich zu quälen, in ein Gelächter ausbrechen? Wie die alten Griechen es auch den Göttern des Olymp nachsagten? -
Der Ernst ist furchtbar. Der Ernst ist eigentlich in seinem höchsten Grade unerträglich. Da muss man ausweichen; wenn nicht ins Lachen, dann in den Wahnsinn! Wollen vielleicht darum die Menschen immer etwas zum Feiern haben? Weil der Ernst des Alltags nicht ununterbrochen ertragen werden kann?

Naja, so unerträglich ist er nun auch nicht immer und längst nicht für jeden.
Ich wurstele mich durch den lieben, langen Tag, daß es eine wahre Pracht ist. Vom Arbeiten halte ich gar nichts mehr. Das habe ich hinter mir, und der Erfolg war mäßig.
Kein ekstatisches, aber ein stilles Vergnügen leiste ich mir; so Gott will, noch heute und noch morgen und vielleicht auch übermorgen, doch dann hat's ein End' und der Ernst wird ganz bitter und schwarz wie die Nacht. Aber so sei es!

* * *

Brot und Schimmel

Mir gelang vorgestern durch Zufall etwas, wovon die Wissenschaftler schon seit Jahrhunderten träumen: nämlich die Schaffung des Lebens aus toter Materie.
Das heißt, so ganz tot war meine verwendete Materie vielleicht doch nicht. Denn ein Teil des Brotes begann schon zu schimmeln, und wie weit diese Tatsache den Ausschlag gab, weiß ich natürlich nicht so genau. Ich glaube aber schon, und das, obwohl ich die ange-

schimmelten Teile alle wegschnitt, Aber es wird ja immer gesagt, wenn man Schimmelflecken auf einer Brotscheibe findet, soll man die ganze Scheibe wegwerfen, weil der Schimmelpilz sich dann auch schon in den Teilen befindet, auf denen man noch nichts sieht.

Mit altem Brot, besonders mit den Kuppen vom Brotende, die ich wegen schlechter Zähne nicht mehr kauen kann, pflege ich mir Brotsuppe zu machen, nach einem alten Rezept meiner Mutter. Sie stammte ja aus Ostpreußen, und dort liebte man das Süßsaure.

Deshalb enthält ihre Brotsuppe nicht Zwiebeln und Wurzelwerk wie die bayrische, sondern Rosinen und Zitronen. Sind die Rosinen gut, kann man auf Zucker verzichten, da ihre Süße beim Kochen abgegeben wird. Aber heutzutage sind sie oft wenig süß, und dann muss man mit zwei bis drei Esslöffeln Zucker nachhelfen, sonst schmeckt die Suppe nichtssagend. Aus dem gleichen Grund muss man auch unbedingt einige Fingerspitzen Salz hinzugeben. Den letzten Schliff bekommt diese Brotsuppe mit etwas Koriander, einer halben Tasse Traubensaft und einem ganz kleinen Stückchen Butter.

Nach diesem Rezept wollte ich also verfahren. Ich weichte das Brot eine Nacht lang ein, das mache ich um Strom zu sparen, verkochte es dann zu einem Brei, den ich durch ein Sieb passierte. Dann kamen die soeben erwähnten Zutaten hinzu. Nach dem Abschmecken probierte ich gleich einen Teller voll und stellte dann den Topf für den kommenden Tag zur Seite.

So ein Topf Brotsuppe reicht für drei Mahlzeiten, wenn man sich beherrscht. Man kann auch alles auf einmal essen, um sich dann hinterher an dem Gefühl zu erfreuen, im nächsten Moment zu zerplatzen.

Ich ging dann schlafen. In den frühen Morgenstunden hörte ich plötzlich einen lauten Knall aus der Küche. Noch im Schlafanzug ging ich hinüber nachsehen, was da passiert war. Ich traute meinen Augen kaum: Der Topf mit der Brotsuppe lag am Boden und bewegte sich. Aber in ihm befand sich gar nicht mehr die schöne, erdigbraune Brotsuppe, sondern eine weiße, zuckende Masse, die versuchte den Topf zu verlassen, was ihr aber nicht gelang, und so kroch sie mit dem Topf über den Küchenboden wie am Meeresgrund ein Einsiedlerkrebs mit seinem Schneckengehäuse.

Zunächst empfand ich nichts als Bedauern darüber, daß meine für diesen Tag geplanten Mahlzeiten perdü waren und ich etwas anderes einkaufen musste. Dann erst kam mir das Wunderbare dieses Topfverhaltens zu Bewusstsein. Doch nicht sofort dachte ich an etwas Lebendes, sondern hielt die Bewegung des Topfes für das Ergebnis einer chemischen Reaktion, etwa für ein Gären mit kleinen Explosionen von eingesperrter Luft. Erst als ich mit einem Esslöffel in der Masse herumzustochern begann, ging mir das Ungewöhnliche des Vorgangs auf; denn sie umschloss den Esslöffel und versuchte, ihn mir zu entreißen.

Da wurde mir dann doch ganz seltsam zumute. Was war hier geschehen? Schon der Umschlag ins Weiße dieser an und für sich doch braunen Brotsuppe kam mir spanisch vor. Die Masse war ganz homogen und glänzte wie eine kosmetische Salbe.

Als ich den Topf hochnahm und auf den Tisch stellte, spürte ich ein heftig ansteigendes Vibrieren. Kaum ließ ich ihn los, da setzte er sich wieder in Bewegung und fiel vom Tisch herunter. Ich überließ ihn nun sich selbst und beobachtete nur. Er kroch nicht ziellos umher. Er suchte die Küchentür und wollte hinaus auf den Korridor. Dort nahm er, als ob er bewusst gesteuert wurde und sich in der Örtlichkeit genau auskannte, den Weg zur Wohnungstür. Diese war natürlich geschlossen, und das schien die Masse geradezu wütend zu machen. So kam es mir vor; denn sie rumpelte mit dem Topf gegen die Tür, als ob sie die aufsprengen wollte. Der Topf schlug gegen den Lack so stark, daß Kratzer entstanden. Daher nahm ich ihn weg von der Tür, und was glauben Sie, daß da geschah? Die Masse biss mich! Sie umklammerte meine Finger. Das verursachte mir einen brennenden Schmerz. Ich zerrte nun an dem weißlichen Brei, um meine Finger frei zu bekommen. Er klammerte sich aber so fest an, daß ich ihn ganz aus dem Topf herauszog und dann an meiner Hand hängen hatte.

Die Masse kam mir schwerer vor als es die Brotsuppe eigentlich hätte sein dürfen. Ich musste stark schütteln und mit einem Schaber nachhelfen, um sie von meiner Hand loszubringen.

Nun fiel sie auf den Boden und begann durch Zusammenziehen und Strecken genau, wie man das bei einer Amöbe unter dem Mikroskop sieht, sich wieder in Richtung Tür zu bewegen. Davor stockte sie zunächst und schien nicht weiter zu wissen. Dann aber *sah* sie, anders kann ich das nicht ausdrücken, daß die Tür unten nicht ganz dicht mit dem Boden abschloss. Durch diesen Zwischenraum von drei Millimetern quetschte sich die Masse hindurch wie eine Flüssigkeit. Ich öffnete die Wohnungstür, und da sah ich sie schon eilig die Treppe hinunterfließen.

Sie sah jetzt nicht mehr wie ein dem Topf nachgeformter Klumpen aus, sondern wie eine überdimensionale Pizza, die jeweils auf die nächstuntere Stufe einen Vorläufer, fast könnte man sagen ein Bein, ausstreckte und dann den übrigen Körper nachzog. - Die Haustür stand offen, und davor spielte das junge Kätzchen

meines Nachbarn, und wie die Katzen so sind, wenn sich etwas bewegt, erregt das ihren Jagdtrieb. Sie streckte ihre Pfote nach der davonlaufenden Masse aus. Das bekam ihr aber schlecht, denn diese umklammerte die Pfote genauso wie sie meine Hand umklammert hatte und ließ nicht wieder los; da konnte die Katze so viel fauchen wie sie wollte. Dann machte sie aber den Fehler, mit ihrer anderen Pfote, deren Krallen sie nunmehr ausgestreckt hatte, die Masse kratzen zu wollen; doch da griff die Masse auch nach dieser, und jetzt steckte die Katze mit beiden Pfoten fest. Sie versuchte, durch im Kreis herumhüpfende Hin- und Herbewegungen die Masse loszuwerden. Hilfe leisten konnten wir dabei nicht.
Außerdem sah es sehr lustig aus, fast wie ein Spiel zu zweit; aber die Katze empfand es wohl nicht als lustig. Man konnte auch schlecht sagen, ob die Katze an der Masse hing oder die Masse an der Katze.
Und dann tat sich etwas Unheimliches: Die Masse zog die Katzenbeine immer weiter in sich hinein, bis der Kopf unmittelbar an sie rührte. Die Katze schrie jetzt schon entsetzlich, und dann geschah das Unfassbare und war schneller geschehen als man denken konnte. Die Masse umschlang den Katzenkopf und man sah, wie die Katze erstickte und aufhörte sich zu bewegen. Die Masse verleibte sich den ganzen Katzenkörper ein. Man selle sich das als Schlagzeile vor: Brotsuppe frisst Katze auf! -
Hatte ich mit dem Katzenbesitzer anfangs noch gelacht wie über ein amüsantes Spiel, so waren wir jetzt entsetzt. Der Schrecken stieg aber noch an, als wir plötzlich bemerkten, die Masse hatte ihren Umfang verdoppelt. Mein Nachbar wurde jetzt natürlich wütend. Er holte einen Spaten aus dem Keller und schlug damit auf die Masse ein. Er zerteilte sie auch in meh-

rere kleine Stücke, aber dadurch starb sie nicht. Die Einzelteile blieben lebendig und machten sich in verschiedene Richtungen davon. Mein Nachbar schlug auf die, welche er noch erreichen konnte, weiter ein, aber er vermehrte bloß die davonlaufenden Teilstücke.

Zu diesem Zeitpunkt machte ich mir noch keine große Sorgen, staunte nur über das merkwürdige Ereignis und beschloss, einen Bericht an die naturwissenschaftliche Fakultät unserer Uni zu schicken; sagte mir aber dann, daß ich vorerst noch einen zweiten Versuch machen müsste. Denn es würde ja sehr schlecht aussehen, wenn eine Wiederholung des Versuchs unter den Augen der Biologen misslang.
An die Notwendigkeit, die kleingehackten Einzelstücke einzusammeln, wurde ich erst durch meinen Nachbarn erinnert, der sich wegen des Verlusts seiner Katze nicht beruhigen konnte.
Wir fanden dann auch wohl die meisten zwischen den Büschen unseres Vorgartens wieder, wussten allerdings nicht, ob wir wirklich alle erwischt hatten. Wir verbrannten sie in der Zentralheizung.
Nach Erledigung einiger anderer Angelegenheiten machte ich mich wieder an die Herstellung einer Brotsuppe, und da ich sie gar nicht essen wollte, schnitt ich auch diesmal die verschimmelten Brotstellen nicht heraus, weil ich mir dadurch eine Verstärkung des Phänomens erhoffte. Denn ich machte die Schimmelpilze für die Metamorphose der Brotsuppe verantwortlich. Zwar erreichte ich, daß diese neue Brotsuppe am anderen Morgen auch weiß und ungenießbar wurde. Aber von einer Lebendigkeit keine Spur! -
Inzwischen machte ich eine Brotsuppe nach der anderen, doch wollte sich das vor einigen Tagen erlebte Phänomen nicht wieder einstellen. Wie gut, daß ich

keinen Bericht an die Uni abgeschickt hatte! Was wäre das für eine Blamage geworden?!
Augenscheinlich hatten wir nicht sämtliche Stücke der ominösen, lebenden Brotsuppe wiedergefunden. Denn in unserer Umgebung geschehen einige Dinge, die sich niemand erklären kann. Ich aber ahne, daß sie mit jener Masse zusammenhängen.
Erstens: Auffallend viele Umwohner beklagten sich, wie mir zu Ohren kam, über den Verlust ihrer Katzen und kleineren Hunde. Das schien mir schon einmal verdächtig.
Zweitens: Es machten sich gewisse Verwüstungen in den umliegenden Gärten bemerkbar. Es zogen sich Schleifspuren hindurch "wie von einer überdimensionierten Schnecke", so erzählte mir ein Gartenbesitzer, und der wusste, daß das Gleiche auch in anderen Gärten geschehen war.
Meinen direkten Wohnungsnachbarn habe ich um Stillschweigen gebeten, und er hat es mir auch zugesagt. Gleichzeitig meinte er, wir müssten das Ding suchen; wir dürften es nicht sich selbst überlassen. Da das Ding nicht zu erschlagen war, wollten wir es mit Säure zu töten versuchen. Wir füllten also zwei Thermosflaschen mit Salzsäure und Salpetersäure, in der Hoffnung, daß eine der beiden wirken würde, falls wir das Ding überhaupt finden würden und machten uns auf den Weg. Wir versuchten die Schleifspuren zu verfolgen. Das führte jedoch zu keinem Ergebnis, weil sie immer auf nackter Erde oder Asphalt abbrachen. Einen sichtbaren Schleim wie die Schnecken hinterließ dieses Gebilde nicht. Nach einigen Tagen gaben wir die Suche auf. Denn in welcher Richtung sollten wir suchen? Es gab keinerlei Anhaltspunkte.
Inzwischen verging wieder eine Woche, und heute morgen erschreckte uns die Zeitungsmeldung, daß an

sämtlichen in der ....berger Straße parkenden Autos des nachts alle Reifen auf einer Seite beschädigt worden waren. Die Zeitung gebrauchte sogar den Ausdruck "angefressen", und dieser alarmierte mich und meinen Nachbarn. Das sah irgendwie nach der Tätigkeit meines Brotsuppenmonsters aus.
Wir machten uns wieder auf die Suche und schauten unter allen Autos auf der ....berger Straße und in den Nebenstraßen nach. Wir wurden auch tatsächlich fündig, obwohl wir mehrmals an dem Objekt vorbeiliefen; denn erstens war es nicht mehr weiß, sondern graubraun und zweitens kein Klumpen, sondern es lag wie eine flache Pfütze auf der Straßendecke, und nur zufällig entdeckte ich eine minimale Bewegung. Die genügte uns, um die Sache genauer zu betrachten und in ihr mit dem Spazierstock herumzustochern.
Da wurde sie wild, krallte sich um den Stock herum, zog sich wieder zu einem Klumpen zusammen und bot uns ein Schauspiel äußerster Wut. Kein Zweifel, was wir da vor uns hatten, benahm sich wie ein richtiges und vollständiges Lebewesen. Mein Begleiter holte schnell seine Flasche mit Salzsäure hervor und goss sie auf das Wesen aus. Das schadete dem Objekt am Leben gar nichts, war ihm aber doch unangenehm, denn es lief davon - schneller als wir ihm folgen konnten. Wir hinter ihm her, bis es sich durch das Gitter eines Kanaldeckels quetschte und im Abwasserschacht verschwand.
"Was war denn das?" ertönte plötzlich hinter uns eine Stimme. Ein alter Mann hatte uns also beobachtet. Was sollten wir ihm antworten? Am besten doch wohl die Wahrheit, soweit wir sie überhaupt begriffen; doch nicht, ohne ihn vorher zum Schweigen zu verpflichten. Wir sagten ihm auch, daß ihm vermutlich niemand glauben würde, wenn er erzählen würde, eine unförmi-

ge, breiige Masse sei lebendig und würde nachts Autoreifen anfressen.
Wir machten ihn also zu einem Geheimnisträger, was ihm gefiel, und forderten ihn auf, mit uns zusammen in der kommenden Nacht die Kanaldeckel dieser Straße zu überwachen, ob das Ungeheuer - jetzt nannten wir es schon so, was erst nur ein Topf Brotsuppe mit Rosinen gewesen war - wieder heraus käme.
Aber wenn, was dann? Säure half nichts, Spatenhiebe schadeten ihm nicht nur, sondern verschlimmerten die Sache sogar - also wie konnte man ihm beikommen? Vielleicht mit einem Flammenwerfer; aber den konnten wir nirgends auftreiben, so etwas gibt es nirgendwo zu kaufen.
"Ich besitze ein Schweißgerät", sagte unser neuer Kumpan, "Es ist bloß etwas schwierig, damit auf der Straße herumzufahren," fügte er noch hinzu. "Wir müssten Dynamit haben", meinte ich. Doch mein Nachbar hielt davon nichts, weil das Ding dann bloß in unendlich viele, winzige Stücke explodieren würde, von denen man nicht wüsste, ob sie nicht ihr Eigenleben beibehielten.
Wir sprachen uns ab, nach Dunkelwerden wieder herzukommen und aufzupassen, und trennten uns dann voneinander.

Zu Hause überlegte ich mir zum hundertsten Mal, was wohl die Brotsuppe dazu veranlasst haben könnte, zu einem lebendigen Wesen zu mutieren. Ich erinnerte mich, daß beim ersten Mal eine Hornisse in der Küche herumgeflogen war und ich sie auch vom Topf hatte vertreiben müssen. Sollte etwa *sie* etwas übertragen haben? War es überhaupt eine ganz gewöhnliche Hornisse gewesen? War sie mir nicht etwas absonderlich vorgekommen, sodaß ich einen Moment lang daran

gezweifelt hatte, ob sie wirklich eine Hornisse sei?
Die Außerirdischen würden vielleicht gar nicht in riesigen Raumschiffen bei uns landen, sondern in Form von winzigen Fluginsekten oder sogar noch kleineren Organismen, die ohne Schaden durch den Weltraum treiben konnten.
Ich kam zu keinem Ergebnis, wollte aber an jenem Abend keine neuen Experimente machen. Von Brotsuppen hatte ich jetzt erst einmal die Nase voll.
Abends versammelten wir drei Alienjäger uns an der ....berger Straße, und jeder postierte sich an einem Kanaldeckel. Leider waren in dieser Straße fünf davon vorhanden. Zwei konnten wir dann immer nur aus der Ferne beobachten. Doch während der ganzen Nacht bemerkten wir nichts, was auf die Anwesenheit des Gebildes schließen ließ. -
Im übrigen fiel uns auf, wieviel weniger Autos jetzt die "Straßengarage" benutzten. Jetzt bequemten sich die Autofahrer doch, ihre Fahrzeuge in ihre Garagen zu fahren, soweit sie nicht zuviel Gerümpel darin aufbewahrten, von dem sie nicht wussten, wohin damit.
Also die in der ....berger Straße parkenden Wagen blieben in dieser Nacht unbehelligt. Doch in der Mittagsausgabe der Stadtzeitung schockierte mich die Meldung, daß am anderen Ende der Stadt in der Justus v.Liebigstraße dasselbe passiert war wie in unserer Straße. An ungefähr fünfzig Autos mussten erst jeweils zwei Reifen ausgewechselt werden, bevor die Besitzer ihren normalen Tagesablauf aufnehmen konnten.
Eine durchaus nicht geringe Anzahl von aufgebrachten Personen fuhr an diesem Tag überhaupt nicht zur Arbeit, sondern versammelte sich in einer Gaststätte, um über diese Reifenanfresserei zu beraten. Die meisten glaubten an Marder, Bisamratten oder Biber und

wollten die Stadtwerke veranlassen, auf diese Tiere eine gründliche Jagd zu machen. Ein Chemikalienhersteller wurde beauftragt, ein Gift herzustellen, mit dem man Autoreifen vor dem Angefressenwerden schützen konnte. Jedoch ich dachte mir, wenn nicht einmal Salzsäure dem Gummifresser schaden konnte, dann würde wohl auch kein Gift etwas ausrichten. -

Weil nach zwei weiteren Nächten der Autoreifenfraß in drei weit voneinander entfernten Straßen aufgetreten ist, nehme ich an, und meine in das Geheimnis eingeweihten Kumpane ebenso, daß sich die Masse in drei selbständig Teile aufgeteilt hat.
Damit verringern sich unsere Chancen des wieder Einfangens und unschädlich Machens beträchtlich.
Übrigens lässt sich deutlich feststellen, daß der Autoverkehr abnahm und es wesentlich stiller auf den Straßen unserer Stadt geworden ist.
Es trat nämlich bei den Reifenhändlern ein Engpass ein, und solange der nicht behoben ist, müssen viele Autofahrer ihre Wagen unbenutzt stehen lassen. -
Die Anwohner von lauten, verkehrsreichen Straßen werden diese Entwicklung begrüßen. Ich selber begrüße es, daß ich jetzt leichter zu Fuß über unsere Hauptstraße komme, über welche während der "rush-hour" immer schwer hinüberzukommen war, wobei mir jedesmal der Witz einfiel von dem Jungen, der einen anderen fragt, wie er über die Straße gekommen sei, welcher darauf antwortet: "Ich bin auf dieser Seite geboren." -
Die Polizei intensivierte ihre nächtlichen Streifenfahrten und bekam starke Taschenlampen, um im Vorbeifahren unter die Autos leuchten zu können. Gift auszustreuen ist offiziell verboten; aber viele Leute, die keine Garagen besitzen, tun es doch.

Es gibt auch gegen Marder und Co Schutznetze, sodaß sie nicht an die Reifen heran können, gegen das Brotsuppenmonster hilft das freilich nicht. - - -

Natürlich behielten wir das Geheimnis von der Brotsuppe für uns. Wir machten auch schon die Erfahrung, daß uns niemand die Geschichte glaubt, und jeder darüber lacht.
Inzwischen vergingen wieder einige Tage, in denen sich das Wesen offenbar mehrmals geteilt hat. Denn jetzt trieb es sein Unwesen in sechs bis sieben Straßen gleichzeitig, und die Polizei war ratlos.
Die Bürger, die keine Garage besaßen, gerieten jetzt langsam in Panik. Man ging dazu über, auch nachts die Parkhäuser zu benutzen. Alle Kaufhäuser stellten ihre Tiefgaragen auch des nachts zur Verfügung. Doch das nützte nur teilweise etwas. Einige Tiefgaragen wurden, obwohl verschlossen, von dem Reifenfresser heimgesucht. Schließlich genügte diesem ein Schlitz von wenigen Millimetern, um hinein zu gelangen.
Es fand nun sogar eine Verlagerung des Wirtschaftsbooms statt: Fahrräder bekam man nur noch nach längeren Wartezeiten, und Tankstellenbesitzer jammerten, weil ihr Umsatz erheblich zurückging. Dagegen erfreute sich der Nahverkehr auf einmal einer weit höheren Ausnutzung. Taschenlampen und hohe Stiefel waren bald ausverkauft. Man sprach von einer Marderplage und weil diese Tiere auch den Menschen in die Beine beißen, wenn sie gereizt werden, gingen die Damen nur noch in hohen Stiefeln einher.
Mir selber war bei alledem ziemlich elend zumute; denn ich fürchtete, man würde mich lynchen, wenn herauskäme, daß ich - wenn auch unabsichtlich - der Urheber dieser ganzen Kalamität war. Wie sollte das bloß weitergehen? Die Hälfte aller Autos dieser Stadt

schien lahmgelegt zu sein. In meiner sonst ziemlich lauten Straße herrschte tagsüber eine nahezu himmlische Ruhe. Bei dem Teilungstempo dieser seltsamen Masse konnte bald das ganze Land davon betroffen werden.
Manchmal war ich nahedran, meine Schuld öffentlich zu bekennen und zu erklären, um was für eine Wesenheit es sich bei dem "Reifenfresser" handele. Nur machten mich meine beiden Mitwisser darauf aufmerksam, daß das gar keinen Zweck hätte und diese Epidemie - ja, von einer Epidemie könnte man fast schon sprechen, von einem Virus, der sich auf Autoreifen spezialisiert hatte - würde durch mein Bekenntnis nicht beendigt werden.
Meine beiden Freunde begleiteten mich auch gar nicht mehr, wenn ich nachts mit zwei starken Taschenlampen bewaffnet durch die Straßen schlich und unter jedes Auto leuchtete, welches ich noch fand. Viele waren es ja nicht mehr. Die Straßen waren jetzt immer ganz schön frei von parkenden Fahrzeugen.
Und dann - gerade als die Stadtverwaltung die Bundesregierung einschalten wollte, geschah das Wunder. Es fing nämlich an zu regnen und regnete drei Tage lang ununterbrochen durch. Die Kanaldeckel konnten soviel Regen auf einmal gar nicht fassen, und sehr viele Straßen standen unter Wasser - und das von mir in die Welt gesetzte Wesen konnte offenbar kein Wasser vertragen. Salzsäure und Salpetersäure ja, aber kein Wasser! Anscheinend löste es sich dann einfach auf. Wie auch immer, fortan wurden keine Reifen mehr angefressen, was sich natürlich erst nach einiger Zeit des Misstrauens herausstellte.
Der Verkehr wuchs wieder auf sein normales Maß an. Manche Leute bedauerten das. Einmal sah ich auf der Straße eine merkwürdig trübe, weiße Schlammpfütze;

ob das der traurige Rest eines Teils meiner Brotsuppe gewesen ist? Es ist anzunehmen. Man kann sich denken, wie froh ich war, als die ganze Sache zuende war.

Demnächst möchte ich einen Käsekuchen backen, einen nach Berliner Art, wozu man eine Messerspitze ranzige Butter verwendet. Ranzige Butter fand ich heute in meinem Kühlschrank, und die brachte mich auf diese Idee, denn ich bin sehr für Resteverwertung und lasse so leicht nichts verkommen. Natürlich hoffe ich inniglich, daß daraus nicht so etwas Ähnliches entstehen wird wie aus der Brotsuppe. Aber wäre es denn sehr wahrscheinlich, daß sich so etwas wiederholen könnte?

* * *

Die Kerzen sind ausgebrannt. Das Licht ist verloschen. Durch Nacht und Nebel ziehen wir unseren Karren, immer nah am Rand eines Abgrunds entlang. Wie schwer mir dieser Weg hier wird, darf ich niemandem zeigen. Ich gebe mich heiter. Mögen sie mich einen Heuchler nennen!
Ein steileres Gebirge als dieses gibt es nicht, und wenn Monologe nicht erwünscht sind, muss ich schweigen. Der Dialog ist abgebrochen. Ich höre eure Stimmen nicht mehr. Was soll auch dieses Steinewälzen in unermüdlichen Diskussionen, die zu keinem Ergebnis gelangen, weil jeder auf seiner eigenen, vorgefassten Meinung beharrt?
Da wandere ich lieber einsame Feldwege, an denen die blaue Wegwarte steht. Die ist mir lieber als Thujen, Eiben und Zypressen. Man soll das Dunkel nicht noch mit Sichtblenden verstärken. Keiner sieht den andern, keiner will vom andern gesehen werden.

Die einen liegen mittschiffs, die andern steuerbord oder backbord - und das Schiff schaukelt durch endlose Meere. Aber ich bin kein Passagier. Ich habe mich mit dem Kapitän verfeindet. Er stieß mich von Bord, und nun muss ich die steile Küste hinauf und meinen Karren hinter mir herziehen, der so überladen ist, daß jederzeit eine der Achsen brechen könnte.
Andere Menschen sind hier schon spurlos verschwunden und wurden als verschollen geführt in den Listen der trauernden Hinterbliebenen. Aber ich darf nicht verzagen; das Liebste blieb mir ja noch, wenn ich auch viel verlor. Es verging kein Tag, an dem mir nicht irgendetwas abhanden kam. Die Reisegefährten irritierten mich auch zu sehr, sodaß ich durcheinander geriet und immer irgendetwas liegen ließ und dann vergaß. Manchmal suchte ich stundenlang mein Selbst und fand es nicht. Gelenke und Muskeln lassen auch schon stark nach. Mit denen kann ich keine großen Sprünge mehr machen. Nur auf diesen Berg hinauf muss ich noch, während alle anderen sich bequem auf Kreuzfahrten tummeln. -
Ich wundere mich immer wieder, daß die Flaumfedern es schaffen, durch die dichtesten Kissenbezüge zu dringen. - Man denkt eben Dieses und Jenes, während man einen Berg hinanklimmt. Dabei sollte man besser aufpassen, daß man nicht über Wurzeln oder Steine stolpert. -
Diese Nacht sah kein Abendrot und wird auch kein Morgenrot sehen. Grau erscheinen die Zinnen eines Schlosses. In ihm wohnt die Weiße Frau mit der Bleichen Prinzessin, einer Mörderin. Dort muss ich vorüber kommen. Die Stelle ist gefährlich wie der "Kropper Busch". Manchmal hört man sie singen; aber nicht sehr schön. Zum Bleiben verlocken kann der Gesang niemanden. Daher fangen sie ihre Opfer in

Fallgruben. Was sie mit ihnen machen, weiß ich nicht. Sie pökeln sie vielleicht ein. Aber ich will nichts gesagt haben.
Ich sollte nicht solche morbiden Sachen denken, sondern auf den Weg achten, der jetzt nicht mehr ganz so steil ist wie vorher. Lieber wäre es mir, der Mond schiene; dann müsste ich nicht so durch das Zappendüstere kriechen und könnte die Fallgruben erkennen.
Früher besaß ich ein Pferd; aber es stürzte eines Tages und brach sich ein Bein. Da musste ich es notschlachten lassen. Seitdem muss ich meinen Karren selber ziehen.
Aber warum sollte ich weinen, obwohl der Schmerz immer neben mir herläuft?
Manchmal glaubte ich, es werde hell werden. Die Wolken vor dem Mond schienen sich zu öffnen. Doch das war nur für wenige Augenblicke, dann verdeckten die Wolken den Mond aufs Neue, und es wurde dunkler als zuvor.
Einmal dachte ich, daß ich bald zuhause wäre, weil ich Licht aus meinem Fenster zu sehen meinte. Aber es war wohl nur das Positionslicht eines Schiffes auf dem Fluss. Ich war noch weit weg von zuhause.
Endlich kam die Morgendämmerung. Tiere des Waldes schauten mich neugierig an. Ein Eichelhäher flog den Wald alarmierend auf. Später hörte ich den Specht wie einen Telegrafen hämmern. Er morst so unheimlich schnell. Das erstaunt mich jedesmal aufs Neue. Die Tiere können so vieles, das wir nicht können. "Oh Mensch, wofern du Emma heißest......"* - Der Tag zog langsam herauf, aber Sonnenschein versprach er nicht. Den Himmel deckte eine dicke, undurchsichtige Wolkenschicht. Da erwärmte sich noch nichts, und da wird sich auch nie wieder etwas

---

* Anspielung auf "Möwenlied" von Christian Morgenstern

erwärmen. Alles blieb kalt und trübe, und es wird auch immer kalt und trübe bleiben. Ich durfte nur aufatmen, weil die Steigung hinter mir lag, und der Weg nunmehr über eine flache Ebene ging.
Weit unter mir lag das Meer, wenn ich nach rückwärts schaute. Aber man soll ja nicht nach rückwärts schauen. Man muss immer auf das Ziel gerichtet bleiben. So hat mein Vater mich gelehrt. Doch vor mir liegt nur eine graue Steppe, die mit einem grauen Himmel nahtlos verschmilzt. Was gibt es da noch zu schauen?
Der Blick zurück macht mich froher. Da sehe ich auf das, was ich überwunden habe. Wenn schon die Sonne nicht mehr scheint, so bleibt mir doch die Erinnerung an sonnige Tage. -
Wenn Hunde an der Staupe leiden, ist das ja etwas ganz Normales; aber wenn der Gänserich die Hundestaupe kriegt, fragt man sich doch, ob er sie kriegte, weil er es mit seinen Gänsen zu wild getrieben hat oder warum sonst?
Eigentlich gehört er dann geschlachtet. Man soll aber nie ein Übel mit einem anderen Übel austreiben. Ich glaube, das sagte zum ersten Mal ein gewisser Aristoteles. Doch vielleicht hat auch er den Gedanken schon gestohlen; denn wer kann wissen, wer was wo und wie zum ersten Mal.
Man sollte doch lieber versuchen, den Gänserich von seiner Staupe zu befreien. Das wäre ein menschenfreundlicher Akt. -
Der Tag bleibt so dunkel, daß man ohne Elektrizität gar nichts sehen kann. Da sehen alle Huren und Nonnen gleich aus. Auch Wasserfälle und Gebirgskämme sehen bei Dunkelheit alle gleich aus. Farben gibt es bei Dunkelheit überhaupt nicht. Da ist dann nichts mehr mit: "Am farb'gen Abglanz haben wir das Leben." Ohne Sonne kein farbiger Abglanz! Deshalb

braucht man mich noch nicht zu den Sonnenanbetern zu rechnen. Selbstverständlich bete ich mit Abraham dasjenige Wesen an, welches die Sonne und alles andere erschaffen hat, eben jenes Wesen, welches "hinter" den Erscheinungen steht. Wie das ausssieht, weiß ich natürlich nicht, und daß es einen Namen hat, glaube ich eigentlich nicht, das wäre mir zu anthropomorph. Niemand kann es wissen, meiner Meinung nach, und wer von Offenbarung spricht, gehört als Krimineller in den Knast oder als Geisteskranker in ein Irrenhaus. Sela.

Also von einem Jehovah oder Allah zu sprechen macht in der deutschen Sprache gar keinen Sinn, mehr schon von einem Ichbinderichbin.

Denn dieser "Name" macht nachdenklich. Ich bin auch, der ich bin und jeder ist, der er ist. Heißt das nicht: Ich bin das Existierende schlechthin, oder auch Ich bin das Existieren, das Sein an sich? Ich bin das Sein des Seins - Ich bin, daß überhaupt Etwas ist und nicht Nichts ist.

Die Tatsache, daß man ist, ist allein schon ein Wunder, ein göttliches Wunder; man kann schon sagen, das Göttliche selber.

Aber es ist durch diese Formulierung nicht viel gewonnen. Wenn man den Begriff des Göttlichen weglässt und nur sich des Daseinswunders überhaupt bewusst wird, genügt das schon, einen mit dem Gefühle erst des Staunens, dann des Bewunderns, dann der Dankbarkeit und zuletzt der Liebe zu erfüllen.

Was darüber hinaus geht, fällt unter Zinnober und Brimborium. Wer daran - und an Zeremonien aller Art - seine Freude hat, wird mir immer unverständlich bleiben. Mich lassen solche Exaltationen, um nicht zu schreiben Exsaltationen, völlig kalt und ärgert es, daß Leute mit diesem Abakadabra ihren Lebensunterhalt

verdienen. Das lasst euch mal gesagt sein, ihr blutigen Narren, ihr frisch aus dem Mutterleib gekrochenen Schwachköpfe!
Ich könnte das zwar ohne weiteres auch sanfter und höflicher ausdrücken, aber dann läuft es ja an euch ab wie das Wasser an der Ente. –

Als die Wirklichkeit an mich herantrat, zerplatzten meine Illusionen.
Als meine Illusionen zerplatzten, trat die Wirklichkeit an mich heran.
Die Wirklichkeit schmeckte bitter. Die Wirklichkeit tauchte alles in ein graues Licht. Bunt schillerten die Illusionen. Nicht auftauchen wollte ich aus den Illusionen, doch die Wirklichkeit schmiss mich heraus - mit Wucht, sodaß ich hart aufschlug. Danach konnte ich nicht mehr tanzen, auch das Singen verlor sich. -
Illusion und Wirklichkeit wechseln ab wie Tag und Nacht. Man braucht das eine wie das andere. Fleisch braucht ein Skelett, ein Skelett braucht Fleisch und beide zusammen brauchen eine Haut.
Traum unterscheidet sich von Illusion. Die Träume macht ein anderer, die Illusionen macht man sich selbst. Für seine Träume kann man nichts, an seinen Illusionen ist man selber schuld; daher muss man sie zerbrechen, oder man zerbricht an den Illusionen.
Die Illusionen machen dich zum Narren. Die Abwesenheit von Illusionen lässt dich erfrieren, denn die Wirklichkeit gleicht dem Frost. Die Illusionen bedeuten eine ansteigende Wärme. Wenn diese zur hitzigen Leidenschaft wächst, wirst du zerrissen.
Man nennt *den* einen Realisten, der nicht an Illusionen leidet. Adler und Freud meinen, er sei dann erst erwachsen, die Illusionen seien typisch für das Kind, welches nach dem Lustprinzip lebt und nicht nach

dem Realitätsprinzip. Aber man kann beides übertreiben!

Auf das Zusammenspiel kommt es an. Dieses hat bei mir nie so recht geklappt. Im Winter wollte ich baden und im Sommer Ski laufen, als Jüngling schwärmte ich für reife Frauen, als Greis für neunzehnjährige Mädchen. Das ging alles beides gegen das Realitätsprinzip. In beiden Fällen machte ich mir falsche Hoffnungen.

Der Jüngling litt noch lange an diesen Illusionen, auch als er aus dem Jünglingsalter längst heraus war. Dem Greis genügte ein einziges Erlebnis, daß sie zerplatzten. Jetzt scheint er endgültig von dieser Art Illusion befreit zu sein. Aber was macht er sich für Illusionen über die Zeit nach dem Tode?

Das Realitätsprinzip sagt ihm da, daß dem Lebensende kein neues Leben nachfolgt, jedoch das Lustprinzip lechzt nach einer ewigen Glückseligkeit wie der Säugling nach der Mutter Brust. Das gibt vielleicht noch einmal ein böses Erwachen; das wäre dann aber das letzte. Allerdings spiele ich immer noch lieber Trompete als daß ich im Garten umgrabe oder Unkraut jäte.

Der Putzteufel hat mich nie gefasst. Doch das dolce far niente sah ich den Italienern ab, und im Kef halten bin ich fast so gut wie ein Orientale, nur kann ich nicht so langsam spazierengehen (gezmek) wie die Türken. Da habe ich immer mehr Eile als Würde.

Das Würdevolle liegt mir gar nicht, meistens kommt es mir lächerlich vor.

Die Sonne legt einen Glanz auf die Welt; die Wolken trachten ihn zu verhindern. Wolken und Sonne stehen gegeneinander wie Realität und Illusionen.

Zu den gefährlichsten Illusionen, gehört die, daß eine bestimmte Gefahr nicht existiert, jenes: Es wird schon alles gut gehen! Die umgekehrte Illusion, daß man

eine Gefahr fürchtet, die gar nicht besteht, wirkt sich weniger fatal aus. Diese Illusionen bestehen oft innerhalb einer Gemeinschaft zur gleichen Zeit, und dann bilden sich zwei Parteien. So in Athen als die Gefahr des Perserangriffs erst von weitem drohte.
Dieses Problem besteht überall, wo es Falken und Tauben gibt. -
Im Meer schwimmen Haifische und Delphine. Geraubte Illusionen beißen die Seele wie ein durch Zwang aufgelöstes Nummernkonto; mit aufgebauten Illusionen wohnt man in dem trauten Heim des Alsob.
Priester bauen Illusionen auf, was vor Gericht zutage kommt, baut Illusionen ab.

Der Vollmond lässt mich wieder nicht schlafen. Er segelt von der einen Fensterseite zur anderen, und da ich keine Jalousien oder dichte Vorhänge habe, scheint er mir erst von Osten und dann von Westen ins Bett.
Vielleicht schlafwandelte ich sogar und merkte es gar nicht. Möglicherweise begegnete ich da einer Schalfwandlerin, und wir haben miteinander somnambuhlt. Wer kann das ausschließen?
Miltiades und Themistokles, beides Athener mit einem ausgewogenen Missverhältnis von Wirklichkeitssinn und Illusionen, schlafwandelten auch. Trotzdem siegten sie, der erste bei Marathon, der zweite bei Salamis und wurden dennoch beide später verbannt. Dieses schrieb ich nur deshalb, damit ich es nie mehr vergesse! -
Das Wort Illusion würde ja, wenn man es wörtlich übersetzt, Erleuchtung heißen. In unserem Sprachgebrauch werden diese beiden Dinge jedoch sorgfältig terschieden. Die Erleuchtung macht einen eo ipso zum Heiligen, die Illusion bestenfalls zu einem Genie, doch meistens zu einem wirklichkeitsfremden Narren.

Außerdem ist die erste eine höchst seltene Erscheinung, die zweite steckt auf irgendeine Art in jedem Kopfe. Etwas Ähnliches, aber doch deutlich Unterschiedenes, scheint mir die Wahnvorstellung zu sein. Illusionen macht sich auch ein gesundes Gehirn, Wahnvorstellungen entstehen nur in einem kranken - oder machen es krank.
Mir fällt in diesem Zusammenhang ein der Begriff der "fixen Idee". Ich würde diese als eine zum festen System gewordene Reihe von Wahnvorstellungen definieren - identisch mit dem, was die Psychologen einen "Komplex" nennen. ....so ganz aus dem Stegreif. Bei einer exakten wissenschaftlichen Erforschung mit statistischen Belegen und so weiter könnte sich eine andere Definition ergeben; ich will da nicht auf die meine bestehen und würde mich nicht für sie köpfen lassen oder lebendig verbrennen, wie die buddhistischen Mönche es oft tun in der Meinung, damit die Wahrheit ihrer religiösen Überzeugung zu beweisen.
Dabei kommt mir die Frage, ob nicht alles Märtyrertum auf Illusionen beruht und ihr Erhoffen einer ausgleichenden Belohnung auf Täuschung.
Ich zähle es zu den großen Schandtaten der mohammedanischen Indoktrinäre, daß sie ihren Adepten einreden, unter gewissen Aspekten könne man sich durch Mord das Paradies verdienen. Ein Gipfelpunkt der gegenseitigen Illusionierung unter den Menschen!
Sich in Phantasien ergehen ist wieder etwas anderes als sich Illusionen machen.
Ein letztes zu diesem Thema: Ich mache mir die Illusion, daß viele dieses lesen würden und davon begeistert wären. Oder fällt das nur unter: Unangebrachter Optimismus? -
Im Zeitalter der Fernbedienungen kann man Gott an- und abschalten nach Bedarf; ganz wie man ihn

braucht. Ich hasse Schnittwunden. Nur an eine Schnittwunde zu denken, geht mir schon durch und durch. So ein empfindsames Bürschchen bin ich. Von einem Indianer oder Spartaner habe ich ich gar nichts an mir. Übrigens schrieb ich die erste Zeile dieses Absatzes nicht im Ernst, sondern nur um den Protest hervorzurufen, den sie unweigerlich hervorrufen muss, wie ich ja überhaupt vieles schreibe, um den entgegengesetzten Gedanken zu provozieren. Diese Art von Humor versteht natürlich nicht jeder. Das kann ich nicht ändern, ich hab' nur diesen.
Des Humors der schlagenden, witzigen Pointen, die zu einem unwiderstehlichen, lauten Lachausbruch führen, ermangle ich. Darin war Ephraim Kishon ein so großer Meister. Das wäre ich auch gerne; aber es funkt nicht. Ich wäre schon froh, wenn man mir einen trockenen Humor zugestände, obwohl das ja eigentlich eine contradictio in adjecto wäre; aber immerhin doch etwas, wofür man die Engländer so rühmt - und den Engländern fühle ich mich verwandt, weil ich in Angelsachsen aufwuchs, allerdings nicht geboren bin. Aus meinem Geburtsland Ostpreußen bringe ich meine unwahrscheinliche Gemächlichkeit, um nicht zu sagen Langsamkeit, und Trägheit, um nicht zu sagen Faulheit mit und die Vorliebe für den Zusammenklang von süßen und herzhaften Speisen - also zum Beispiel von Erbsensuppe mit Majoran und Schaumomelettes oder Holundersuppe und Kartoffelflinsen (hierzulande sagt man Plinsen - aber ohne mich!). Die Holunderbeerensuppe kann auch durch eine Stachelbeersuppe ersetzt werden. So etwas kennt man hierzulande gar nicht. Dieses ist überhaupt eine ganz beschissene Gegend - nein, nein, auch dieses sage ich im Sinne obigen Humors; denn sonst wäre ich ja gar nicht so viele Jahre lang hier geblieben.

Nach Ostpreußen zieht es mich allein schon deshalb nicht mehr, weil ich vermute, daß im Zuge des allgemeinen Klimawandels auch dort nicht mehr das Kontinentalwetter herrscht wie früher: lange, heiße, sonnige Sommer und kalte schneereiche Winter und beide an einem Stück. Auch an der ganzen Ostsee soll ja inzwischen dieses Mischmaschwetter herrschen - keine richtigen Sommer, keine richtigen Winter, meistens grauer Himmel und trübe Sicht.

Wie hat man doch bis jetzt schon den Planeten verdorben! Wie wird das erst in fünfzig Jahren aussehen? Daran mag ich genauso gerne denken wie an Schnittwunden.

Da ich nun unversehens auf das Thema Umweltverschlechterung geraten bin, will ich schnell von dem einzigem Mittel berichten, welches ich zur Umweltverbesserung eigenständig herausgefunden habe, obwohl wahrscheinlich nicht als einziger: Zum Töpfeentkalken braucht man keinen chemischen Entkalker zu kaufen, sondern man nimmt eine Zitrone, dazu braucht man nicht einmal heißes Wasser, kaltes tut es auch. - Mein weiterer bedeutsamer Beitrag: Ich benutze keinen Kühlschrank. Das kann ich mir allerdings erst leisten, seitdem ich Rentner bin und täglich zum Einkaufen gehen kann.

Das Heranschaffen von Zitronen führt allerdings, wenn ich es recht bedenke, auch wieder zu Prozeduren, welche nicht gerade umweltverbessernd wirken. Was anderes wäre es, wenn sie bei uns in Gewächshäusern mit subtropischer Atmosphäre gezogen werden könnten. Eigentlich halte ich das für möglich.

* * *

Hochzeitskuchen

Wir zitterten darum, ob der grönländische Lebertran, den wir über eine isländische Delikatessfiliale bestellt hatten, pünktlich zum Hochzeitstermin eintreffen würde. Tatsächlich traf die Sendung zwei Tage vorher ein; gerade noch Zeit genug, um den Hochzeitskuchen zu backen. Wir benutzten dazu ein altes Familienrezept: Der Lebertran wird mit Honig, Pfeffer und Salz in genau abgemessenen Mengen vermischt, diese Mischung in einer Pfanne mit Olivenöl leicht angeschmort und dann in einen Teig gegeben, der mit reichlich Bierhefe, Essig, Weintraubenlikör und Krokant angesetzt wurde. Wenn das Backen gelingt, entsteht aus diesen Zutaten ein pfundiger Festtagskuchen, der über keinen Allerweltsgeschmack, sondern über einen ganz besonderen verfügt. -
Bei meiner Hochzeit schmiss er ein ganzes Dutzend Leute um, die erst nach drei Tagen in der Lage waren sich zu beschweren. Früher konnten sie nicht aufstehen. Denn eines hatte ich vergessen, den Gästen zu sagen, nämlich daß sich dieser Kuchen nicht besonders gut mit alkoholischen Getränken verträgt.
Nun wollten sie von mir hören, was für ein Gift ich in den Kuchen getan hätte, und als ich ihnen sagte, nicht ein Milligramm von irgendeinem Gift, sondern nur allerbeste Zutaten, da wollten sie mich foltern und mein mir frisch angetrautes Eheweib vergewaltigen. Das nenne ich Freunde! Erst als mein Opa ihnen zu bedenken gab, daß er und viele andere Leute auch von dem Kuchen gegessen hätten und ihnen nichts geschehen sei, ließen sie sich besänftigen. Vor dem alten Mann hatten sie doch mehr Respekt als vor mir.
Er fragte sie dann: "Was habt ihr alles an dem Abend zusammengetrunken? Denkt lieber einmal darüber nach!" Da meinte der erste: "Mehr als achtzehn Maß

Bier waren es auf keinen Fall." - und ein anderer: "Das bißchen Wodka und die drei Gläser Whisky, die ich nach den drei Flaschen mit einem leichten Wein trank, können mich doch nicht umgeworfen haben. Da war etwas drin in dem Kuchen. Das beschwöre ich." Und in dem Stil auch die übrigen zehn. Als sie mit der Beschuldigung von wegen Gift nicht durchkamen, wollten sie Schadenersatz wegen zu rigorosen Ausschanks von Alkohol. Aber es hat niemand ausgeschenkt. Es gab eine offene Bar, und jeder konnte sich nehmen, was und soviel er wollte.
Meine Familie und ich hatten natürlich gedacht, wir hätten es mit Erwachsenen zu tun gehabt, die wissen, was und wieviel sie vertragen.
Alles auf den Kuchen zu schieben, betrachtete ich als eine bodenlose Gemeinheit. Dann wollten sie das genaue Rezept wissen von dem Kuchen. Er hätte eigenartig geschmeckt; nur aus Höflichkeit hätten sie mehr als ein Stück davon gegessen. Wir gaben es ihnen natürlich nicht; denn es stammt von der Urgroßmutter und wurde immer nur an die älteste Tochter weitergegeben. -
Heute nach mehr als zwanzig Jahren und nachdem aus meiner Ehe keine Kinder hervorgingen - trotz jeden Morgen einen Esslöffel voll grönländischen Lebertrans - besteht kein Grund mehr, das Rezept geheim zu halten. Man probiere es aus, und man wird sehen, welch herrlicher Genuss dieser Lebertranhonigpfefferundsalzkuchen ist. Übrigens fand ich ein fast identisches Rezept in einem indischen Kochbuch. Darin kam allerdings noch Ziegenkäse und Curry hinzu. -
Jene zwölf Schwächlinge, die nichts vertrugen, zogen dann grollend ab und versprachen, sich zu revanchieren. Daraufhin erwartete ich, daß im Lauf der nächsten Tage Fenster eingeschlagen würden oder eine meiner

Kühe abgestochen, aber es geschah gar nichts, und schließlich war der ganze Streit vergessen und das Leben verlief weiter so freundschaftlich oder gut nachbarlich wie bisher. -
Bis ich dann eines Tages zu einer Hochzeitstafel eingeladen wurde. Ich hatte das Gefühl, besonders herzlich vom Bräutigam empfangen zu werden. Mir wurde sofort ein Glas Likör kredenzt. Ich muss wohl mein Gesicht verzogen haben; denn der Bräutigam hielt es für nötig zu erklären. "Ja, es ist kein süßer, sondern ein halbbitterer; die Wenigsten lieben diese ganz süßen Liköre." - "Recht haben sie", gab ich ihm zu und dachte mir nichts weiter dabei.
Dann bekam ich auf einmal einen maßlosen Appetit. Woran das lag, ob an dem Likör oder an dem appetitlich angerichteten kalten Buffet, welches man neben der Haupttafel sah, kann ich nicht sagen. Ich glaube fast, in den Likör hatten sie einen besonders starken Appetitanreger hineingetan. Jedenfalls begann ich zu fressen wie noch nie in meinem Leben.
Es gab drei verschiedene Braten und ich nahm jedesmal zwei Stück davon. Die Gäste neben mir und mir gegenüber guckten zwar ein wenig erstaunt, aber keiner sagte etwas. Zum ersten Gang gabe es Tokaier, zum zweiten Burgunder und beim dritten da kann ich nicht sagen, ob es Mosel- oder Rheinwein war; denn so ein guter Weinkenner bin ich nicht, daß ich das ohne das Etikett der Flasche zu sehen sagen könnte.
Erst als ich beim vierten Gang versuchte, vom herumgereichten Spargel die Köpfe abzuschneiden, da sagte mein Sitznachbar links: "Aber Herr Robspier! Was machen Sie denn da?" - Da errötete ich schamhaft, weil mir einfiel, daß man so etwas nicht tut, denn die anderen Gäste lieben doch auch am meisten vom Spar-

gel die Köpfe. Ich antwortete: "Oh, Entschuldigung! Ich werde doch lieber meine Brille aufsetzen, damit ich sehe, was ich da tue." - Das war jedoch nur der erste Fauxpas, den ich mir auf dieser Hochzeitsgesellschaft leistete.
Unterdessen ging das Gespräch der Gäste darum, ob man die Bonobos in Zentralafrika durch Spenden unterstützen sollte oder nicht. Eine Bäuerin fragte, ob das die seien, welche immer einen Ring durch die Nase und an den Armen Reifen bis hinauf an die Schultern trügen. Niemand hielt es für nötig, sie aufzuklären. Das Für und Wider bezüglich der Spenden hielt sich die Waage.
Ich beteiligte mich nicht an der Diskussion, hatte genug zu tun, die holzigen Spargelstangen, die man überhaupt nicht zerschneiden konnte und an einem Stück in den Mund schieben musste, zu zerbeißen. An der letzten Stange verschluckte ich mich und prustete sie über den ganzen Tisch hinweh meinem Gegenüber wie ein Geschoss an die Brust. Der Herr sprang entsetzt auf und nach hinten weg und schrie: "Wollen sie mich umbringen? Sie Schwein!"
Da ich auch noch Wein im Mund gehabt hatte, war das ganze Tischtuch vollgespritzt. Es war mir sehr peinlich. Alles Gespräch verstummte, die Mienen wurden eisig, die Gastgeberin gab der Bedienung einen Wink mit einer kleinen Kopfbewegung, in die sie ihre ganze Verachtung legte, und in diesen Moment der Stille platzte ich hinein mit einem Rülpser, der mir in China zu Ruhm und Ehre gereicht hätte, hier im ländlichen Bayern einen schockierten Aufschrei hervorrief.
Was soll man in so einer Situation sagen? Wie sich verhalten? Ich weiß, man könnte aufstehen, sich verbeugend eine Entschuldigung murmeln und gehen. Aber so ein demütiger Abgang widerstach meinem

innersten Wesen. Ich sagte zur Gasgeberin, also zur Brautmutter, gewandt: "Liebe, gnädige Frau, sowohl der Wein als auch der Spargel sind leider ungenießbar. Dehalb musste ich beides von mir geben. Ich hoffe, Sie verzeihen mir. Sie dürfen jetzt das Dessert auftragen lassen!" -
Leicht ist es nicht, soviel geballte Empörung auszuhalten und dabei noch nach allen Seiten freundlich zu grinsen. Der Bräutigam sprang vermittelnd ein. Da ich immer noch hustete, schlug er mir mit der flachen Hand auf den Rücken, während er an alle Gäste gewandt ausrief: "Meine Herrschaften, beruhigen Sie sich doch! So etwas kann jedem einmal passieren!" -
"Mir nicht!" sagte mein Gegenüber und tat so, als müsse er sich Flecken vom Anzug wischen. "Mir auch nicht!" pflichtete ihm seine Tischdame bei. -
Herbert, der Bräutigam, gab mir dann eigenhändig eine große Portion Dessert auf den Teller. "Nun iss mal schön langsam weiter"; redete er mir zu mit einer Stimme, als ob er zu einem kleinen Kind spräche. Da ich brav mit einer Miene der Ergebenheit gehorchte, erheiterte das die Gäste, und es lief die Tafel ohne Störung weiter bis die Brautmutter sie aufhob und sich die Geschlechter trennten für den Damen- und Herrensalon. Im ersten standen diverse Liköre auf einer Kommode, im zweiten mehrere Sorten französischen Cognacs und eine Schachtel Zigarren.
Dieser Gang ins Herrenzimmer fiel mir bereits schwer; meine Bauchdecke war bis zum Platzen gespannt, meine Beine fühlten sich gummiartig an. Ich hätte zu diesem Zeitpunkt schon nach Hause gehen sollen. Doch Herbert gab mir gleich ein Glas Cognac in die Hand, bot mir dann eine Zigarre an und spielte mir ein ernstliches Beleidigtsein vor, weil ich die erst nicht nehmen wollte. Weil er sich so sehr tief gekränkt

stellte, nahm ich sie schließlich doch, und mir wurde auch prompt schlecht davon.

Ich suchte nach einer Toilette, fand aber keine. Da passierte mir etwas, was mich nun aber dringend zwang, diese Gesellschaft zu verlassen.

Als ich zu Hause ankam, dachte ich, ich müsse sterben. Die genossenen Speisen kamen mir vorne und hinten 'raus. Es entstand eine Riesenschweinerei.

Danach legte ich mich erschöpft ins Bett, konnte aber keineswegs einschlafen, weil sich wie ein Brummkreisel alles in mir und vor den Augen drehte.

So revanchierte sich der Erste von den Zwölfen.

Mir standen aber jetzt noch elf weitere Einladungen bevor. Ich erwog, wegzuziehen. aber dann wäre ihr Triumph ja noch größer gewesen. So blieb ich denn und machte noch elf Feiern mit, die alle ähnlich verliefen.

Herbert hatte sich noch mit dem relativ harmlosen Mittel eines Appetitanregers begnügt, von den anderen rächte sich der eine mit Mescalin, sodaß ich hinterher nicht mehr wusste, wer ich bin und an Wahnvorstellungen litt, - einer mit einer Knockout-Tablette, sodaß ich während des Essens einfach umkippte und auf den Boden knallte - einer mit einem starken Aphrodisiakum, sodaß ich meinen guten Ruf verlor, weil ich allen anwesenden Damen, den jungen wie den alten, unseriöse Anträge machte - der vierte servierte mir nach einem Hirschbraten mit Preißelbeerkompott einen Heringssalat - nur mir allein - und der richtete in meinen Gedärmen eine solche Verheerung an, daß ich wiederum dachte, ich müsse sterben.

Ich weiß nicht, was die anderen sonst noch für Mittelchen anwendeten, ich weiß nur, daß ich von jeder dieser Parties sauelend nach Hause kam und deshalb nie mehr wieder auf eine gehen werde.

Das war die Revanche der Lebertranhonigpfefferundsalzkuchengeschädigten.

* * *

Für einen Menschen stumpfen Geistes hält man mich wohl im allgemeinen nicht, höchstens Personen, die ich nicht mag und denen ich mich verschließe, deren Worte mir nichts bedeuten und die ich mit einem gewissen hohlen Blick anschaue, der sie zu der Einsicht bringen soll, daß sie besser daran täten, mit ihrer Rednerei aufzuhören.
Diesen Blick könnte man auch einen stumpfen Blick nennen, weil ich im Grunde diese Person gar nicht mehr wahrnehme und innerlich mit ganz anderen Dingen beschäftigt bin. Doch meine Freunde, dessen bin ich mir ganz sicher, würden mir einen geistreichen, intelligenten und interessierten Blick zugestehen und mich auch nach diesem beurteilen.
Dennoch - muss ich zugeben - fühle ich mich bei bestimmten Gelegenheiten geradezu abgestumpft und weiß, daß ich dann aussehe wie der berühmte Ochs vor dem Berge oder wie der Hund, der in eine Gurke hineinbiss, weil er sie für eine Wurst hielt.
Solch eine Gelegenheit ist immer dann gegeben, wenn ich vor einem Kunstwerk stehe, welches man mir höchlich, lautstark und über alle Maßen gerühmt hat und mit dem ich absolut nichts anzufangen weiß, das mir nichts sagt, das ich weder verstehen noch beurteilen kann, das vor mir, wie soll ich sagen, tot oder leer dasteht und mir geradezu mit seiner Sinnlosigkeit ins Gesicht schlägt. -
So stand ich auch da, als ich auf dem Weg zu den Sehenswürdigkeiten von Delphi an eine kleine Ruine kam, vor der eine Reisegruppe stand und dem Vortrag

einer Reiseleiterin oder Fremdenführerin lauschte. Da ich aus Erfahrung weiß, daß solche Leute es nicht lieben, wenn sich ein Nichtdazugehöriger dicht neben sie hinstellt und mithört, blieb ich stehen - gerade so weit entfernt, daß ich nicht hören konnte, was geredet wurde.

Die Ruine war rund, sah aber nicht wie eine Tempelruine aus und stand etwa auf halber Strecke zwischen dem heiligen Bezirk und der nächsten Ortschaft. Sie bestand aus fünf mehr oder weniger geborstenen Säulen. Eine davon lehnte sich schräg gegen eine der vier anderen, darüber ein Stückchen Architraph ohne jede Verzierung und halb eingestürzt. Eine kleine Treppe führte nur etwa einen Meter unter die Oberfläche. Dieser Meter war unbedingt notwendig gewesen, wenn in dieser Rotunde Menschen hätten aufrecht stehen wollen; denn sonderbarerweise waren diese Säulen - im Gegensatz zu allen anderen Säulen Griechenlands - nur anderthalb Meter hoch, sehr dick und nicht kanneliert.

Das Gebäude sah in meinen Augen nach gar nichts aus, und über seinen früheren Zweck war ich mir völlig im unklaren. Darum rätselte ich auch, was die vortragende Person über dieses Gebäude alles zu erzählen hatte. Ich weiß nicht, wie lange sie schon gesprochen hatte, bevor ich dort aufkreuzte, aber während ich dort stand, verging eine halbe Stunde bis sie aufhörte und die ganze Gruppe weiterging in Richtung der kleinen zur Orakelstätte gehörenden Ortschaft. Ich fand nicht, daß es über diese Ruine mehr als zwei Sätze zu sagen gab und starrte sie blöde an - eben mit jenem stumpfen Blick, von dem ich oben sprach.

Aber ich erfuhr schon mehrmals, daß Wissenschaftler aus den unscheinbarsten Dingen eine Unmenge von

Informationen herausholen können. Wo ich nichts sehe, offenbart sich ihnen eine ganze Welt.

Neben der Ruine stand ein Olivenbaum, über den ich weit mehr aussagen könnte als über die Ruine; über die sonderbare Krümmung seines Stammes, über die bizarre Anordnung der Äste, über seine grüngrau verstaubten Blätter, über die Insekten, die um ihn schwirrten und über die Narben in seiner Rinde, über die Vögel, die ihn besuchten und an den Oliven pickten, und über die Richtung, aus der am häufigsten der Wind wehte.

Solche Dinge interessieren einen Altertumsforscher nun wieder gar nicht. Ein Baum ist für ihn wie der andere. Da bekommt er einen stumpfen Blick. Dieser leuchtet aber sofort auf, wenn er am Boden einen Stein sieht, der von einem Steinzeitmenschen behauen sein könnte oder ein versteinerter Knochen eines vorsintflutlichen Tieres.

Auch über die Farbtöne einer Landschaft würde er sich nicht lange aufhalten, während diese mir Stoff für ein langes Vergnügen geben können und die ich, wenn es möglich ist, gerne mit meiner Kamera einfange. -

Also jenes Gebäude, vor dem die Reisegruppe lange gestanden, sah mir völlig belanglos aus, gab nichts her, schien mir nicht der Rede wert. Gerne hätte ich erfahren, was jene Frau darüber mehr als eine halbe Stunde lang zu sagen gehabt hatte.

Trotzdem trat ich näher heran, und als ich meine Augen ein wenig anstrengte, sah ich ein Zeichen eingeritzt, welches, wie mir bekannt war, in der Antike "Für Männer" bedeutete, und auf der Rückseite fand ich das "Für Frauen". Da wurde mir klar, daß dieses Gebäude als Toilette für die Festspielteilnehmer gedient hatte und für gar nichts weiter. -

Die Reisegruppe übernachtete in dem selben Hotel wie ich. Sie hatte aber einen Speiseraum geschlossen für sich gebucht. Infolgedessen kam ich mit niemandem aus der Gruppe während und auch kurz vor oder nach den Mahlzeitenahlzeiten in Kontakt. Doch abends in der Bar ergab sich die Gelegenheit, mit einem der Teilnehmer, der in einem Sessel neben mir eine deutsche Zeitung las, ins Gespräch zu kommen.
"Was gibt es Neues in der Heimat?" leitete ich das Gespräch ein. Er seufzte und murmelte hinter der Zeitung: "Ach, es ist immer dasselbe; es passiert nichts, was nicht schon hundertmal passiert wäre. Ich bin gleich fertig; dann können Sie die Zeitung haben."
"Ach danke, ich will mir gar nicht die Augen verderben. Mich interessiert nur, ob wir demnächst mehr Mitte-rechts oder mehr Mitte-links regiert werden."
Er seufzte noch einmal: "Wenn sie sich bloß entscheiden könnten! Das Koalieren dauert jetzt schon eine ganze Woche, aber der Wahlsieger weiß nicht, mit wem er zusammen gehen will. Die Linken haben die intelligenteren Leute, aber die Rechten das realistischere Programm. Was soll man da machen?"
"Ja, ja, Politik ist eine schwierige Sache." - "Ach geh'n Sie mir doch los! Es wäre alles ganz einfach, wenn es nur ehrenamtliche Politiker geben würde; dann würden sich die Schlawiner, die sich nur ihre Taschen füllen wollen, gar nicht in die Politik drängen." -
Nun faltete er die Zeitung zusammen, schob sie mir herüber und ließ sich noch umfangreich über die Geldgier unserer Volksvertreter aus. Ich hörte gar nicht genau hin, weil ich nach einem Übergang suchte zu dem nachmittaglichen Vortrag vor der kleinen Ruine.
"Was haben Sie und Ihre Gruppe denn heute alles besichtigt? Waren Sie recht fleißig?"

Er stockte in seiner Tirade auf das Volkswohl und sagte dann: "Naja, der übliche Rundgang und am Schluss führte man uns zu dem Demetertempel kurz vor dem Ort." - "Ein Demetertempel? Wie sieht denn der aus?" - "Ein kleiner, halbverfallener Tempel. eigentlich nichts Besonderes. Unsere Reiseleiterin hob die wundervollen Proportionen hervor, die der Tempel trotz der geringen Höhe aufweist, und dann soll eine Treppe früher tief unter die Erde geführt und in einem Raum geendet haben, wo man Mysterienspiele des Demeterkultes aufführte, die streng geheim gehalten wurden, weil sie irgendwie blutig abliefen." - Na bitte, da hatte ich ja schon die Informationen, die ich suchte. Ich forschte weiter: "Was heißt das: irgendwie blutig? Gab es dabei Tote?" - "Eben weil die Sache so geheim gehalten wurde, weiß man das nicht. Es befand sich unter den Eingeweihten kein Dichter oder Tragödienschreiber, der das später ausgeplaudert hätte - anders wie beim Dionysoskult, dessen haarsträubende Gebräuche ja bekannt gemacht wurden, ich glaube von einem Pausanias oder Plutarch." -
Von Plutarch - das war natürlich Unsinn; aber ich sah keine Veranlassung, ihn zu korrigieren und sagte nur: "Was Ihre Reiseleiterin alles weiß!" - "Allerdings. Sie erzählte eine ganze Menge. Früher soll der Tempel bemalt gewesen sein, jedoch nicht grellbunt, sondern in dunklen Farbtönen, wie es der Göttin Demeter entspricht, die ja auch gleichzeitig Persephone war. In der Mitte soll eine vergoldete Statue der Demeter gestanden haben.
Demeter ist, wie Sie sicher wissen, die Fruchtbarkeitsgöttin, und gleichzeigt ist sie identisch mit ihrer eigenen Tochter, der Unterweltsgöttin Persephone. Im Winter als diese, im Sommer als jene. Ein recht ulkiger Glaube, finden Sie nicht auch?"

"Ulkig ist vielleicht nicht das richtige Wort. Erzählte sie noch mehr?" - "Ja, viele berühmte Männer sollen in dem Tempel gebetet haben, unter anderem Perikles und sein Neffe Alkibiades; der erste um ein besseres Gedeihen der Landwirtschaft, der andere um Stärkung seiner sexuellen Potenz." - "Woher hat sie denn das alles?" - "Wohl auch wieder von Pausanias oder Plutarch. Vielleicht auch von einem anderen. Wer kann sich diese Namen alle merken? Anaximander, Anaximenes, Anaxagoras, Agesilaos, Epaminondas usw.?
Diese Namen fielen alle heute im Vortrag der Reiseleiterin; aber ich weiß nicht mehr, welcher wohin gehört. Sie erzählte die ganze Demetersage, nach der Zeus ihr Vater gewesen sei, gleichzeitig auch ihr Bruder, der dann aber auch mit ihr die Persephone zeugte, sodaß er gleichzeitig deren Vater und Großvater sei und anscheinend noch Onkel war. Zusätzlich, wenn ich das richtig verstanden habe, wurde sie auch von Poseidon, dem Bruder des Zeus, gezeugt. Die Verwandtschaftsverhältnisse der griechischen Götter scheinen mir recht undurchsichtig zu sein. Da zeugte jede mit jedem; das war alles sehr verzwickt, zumal in jeder Landschaft von Hellas andere Varianten erzählt wurden."
Ich kann gar nicht alles wiederholen, was er mir vom Inhalt des Vortrages der Reiseleiterin mitteilte; aber es war grotesk angesichts der Tatsache, daß es sich bei jenem Gebäude nur um eine Rotunde oder ein Toilettenhäuschen handelte. Es schien mir nun nicht angebracht, ihm seine Illusionen zu zerstören; aber ich nahm mir vor, mit der Reiseleiterin ein Wörtchen zu reden.
Es dauerte jedoch eine Weile, bis ich sie einmal ohne ihren Anhang traf und mit ihr unter vier Augen sprechen konnte. Da sagte ich ihr, daß das, was sie für

einen Demetertempel hielt, nur ein Abort gewesen sei. Sie reagiert aber zu meinem Erstaunen weder verblüfft noch empört, sondern antwortete: "Das weiß ich. Aber man muss doch den Leuten etwas Hübscheres erzählen. Sie wollen für ihr Geld doch keine so profanen Sachen hören. Sie werden den Spruch kennen: Mundus vult decipi - die Welt will betrogen sein, und dehalb habe ich auch gar kein schlechtes Gewissen bezüglich meines Vortrags."
So etwa, vielleicht nicht ganz wörtlich, sprach sie zu mir. - Dieses also noch ein Nachtrag zu dem Thema Illusionen.

* * *

Dem Vernehmen nach sollen alle Bäume auf ihrer Wetterseite Moos oder Flechten angesetzt haben, und die Tatsache soll dem verirrten Wanderer, dem weder Sonne noch Kompass noch Uhr zur Verfügung stehen, helfen, wieder die richtige Richtung zu finden.
Wie man eine Uhr als Kompass verwenden kann, lernt man als Pfadfinder; freilich muss dabei die Sonne scheinen, und wenn man weiß, daß die Sonne um 12 Uhr im Süden steht und um 18 Uhr im Westen, dann kann man sich schon zurechtfinden.
Aber ich hatte weder Uhr noch Kompass noch schien die Sonne, und die Bäume waren auf allen Seiten gleichmäßig bemoost, weil es offenbar in dieser Gegend keine ausgesprochene Wetterseite gab. Von Westen her schützte ein Gebirge diesen Wald, und diese Seite wäre die Wetterseite gewesen. In diesem Fall setzten sich Moos und Flechten rundherum an und ich konnte sehen, wo ich bleibe.
Vielmehr ich konnte *nicht* sehen, wo ich geblieben war und in welche Richtung ich gehen sollte. In so

einer Situation bräuchte man den Instinkt eines Tieres oder Indianers; mir war beides nicht gegeben - ich war ein reiner Stadtmensch und stand nun völlig orientierungslos da. - Auf jeden Fall konnte der Abend nicht mehr fern sein, und mir graute davor, hier nachts im Wald übernachten zu müssen. Wenn ich wenigstens auf Sterne hätte hoffen können. Der Polarstern hätte mir schon weitergeholfen und das Sternbild Orion auch. Diese beiden waren aber auch alles, was ich vom Sternenhimmel kannte, und daß der Mond im Osten aufgeht und im Westen unter, das wusste ich auch noch. Aber wenn der Himmel so bedeckt blieb wie bisher, konnte ich weder mit Mond noch mit Sternen rechnen.

Nun stellte sich die Frage, ob ich in irgendeiner beliebigen Richtung weitergehen sollte in der Hoffnung, durch Zufall die richtige zu erwischen oder ob es zweckmäßiger sei, an Ort und Stelle sitzen zu bleiben, weil eine falsche Richtung mich noch weiter von der Poststation entfernen würde, und sie war ja die einzige menschliche Siedlung weit und breit. Die nächsten Ortschaften lagen mindestens hundert Meilen weit weg. Ich beschloss sitzen zu bleiben, solange bis mir irgendein Indiz die richtige Richtung anzeigen würde. Wenn ich Glück hatte, könnten das schon die Sterne tun und wenn nicht sie, dann die aufgehende Sonne.

    Nun musste ich nur noch ein regengeschütztes Plätzchen suchen und auch für eine weiche Unterlage sorgen. Vor Kälte brauchte ich keine Angst zu haben; denn die Sommernächte in dieser Gegend sind warm, meine Windjacke würde genügen, um mich nicht frieren zu lassen. Nur meine Beine staken in einer dünnen Hose, die wahrscheinlich die Nachtkühle nicht abhalten würde. Aber ich würde mich halt zusammenkauern, dachte ich.

Das trockene Plätzchen fand sich unter einer dichtgewachsenen Fichte, und die abgefallenen Nadeln brauchte ich bloß ein wenig aufzuhäufen, um ein einigermaßen weiches Lager zu erhalten. Als ich mit dessen Einrichtung fertig war, begann es auch schon zu dämmern. Nun trat allerdings etwas ein, woran ich noch gar nicht gedacht hatte: ich bekam Hunger und hatte nichts zu essen dabei; denn um diese Zeit hatte ich ja schon längst bei meinen Leuten auf der Poststation sein wollen.

Bei dem Gedanken an diese wollte mir ein Hoffnungsschimmer aufleuchten, indem ich es für möglich hielt, daß sie mich suchen und vielleicht sogar finden würden. Andererseits wusste ich, wie faul und träge sie waren, und so gut standen wir uns nicht, daß sie sich meinetwegen ein Bein ausreißen würden. Aber möglich war es immerhin.

Wie ich nun so dalag und auf die Nacht wartete, gingen mir natürlich alle möglichen Gedanken durch den Kopf. Ich machte mich selber gruseln, indem ich mir nacheinander vorstellte, was ich tun würde, wenn plötzlich ein Bär oder ein Luchs oder ein Puma auftauchen würde. Mit einem Luchs getraute ich mich fertig zu werden. Obwohl man sich auch dabei täuschen kann! Sogar eine in die Enge getriebene Ratte soll einmal einem Menschen an den Hals gesprungen sein und ihm die Halsschlagader aufgebissen haben, und selbst ein wildgewordenes Eichhörnchen kann einem Menschen derart das Gesicht zerkratzen, daß er ohne Wundbehandlung Gefahr läuft zu verbluten.

Für alle Fälle schien es mir gut, noch einmal aufzustehen und nach einem Knüppel zu suchen, bevor es ganz dunkel wurde. Ein Taschenmesser hatt ich ja gottseidank dabei. Leider weder Feuerzeug noch Streichhölzer! Was ich fand, ließ sich eher eine starke Rute

nennen als ein Knüppel. Aber sie pfiff ganz schön, wenn ich sie sausen ließ. Zur Not würde sie ein feiges Tier zurücktreiben. Dann legte ich mich wieder hin, und nun begann ich, mir andere Erscheinungen vorzugaukeln. Zu ihnen gehörte auch der Teufel. Wie würde ich wohl reagieren, wenn er mir Schätze gegen meine Seele anböte. Ich war mir gar nicht sicher, ob ich ihm widerstehen würde. -
Dann fiel mir die letzte Gelegenheit ein, bei der über Engel und Teufel gesprochen wurde. Das war an Halloween in der Bäckerei, wo sich die Verkäuferinnen als kleine Teufelchen mit roten Hörnern auf dem Kopf herausgeputzt hatten. Ich fragte sie, ob sie nicht lieber Engelchen anstatt Teufelchen sein wollten. Nein, das wollten sie nicht. Da fiel mir ein kleines Mädchen ein, eines von etwa sechs Jahren, das ich mit "Engelchen" angeredet hatte, worauf sie ganz empört trotzte: "Ich bin kein Engelchen!" - "Na, was bist du dann, lieber ein Hexlein, ein Teufelchen oder was sonst?" - "Ich bin ein kleines Mädchen, du Arschloch!" klärte sie mich auf. Mich wunderte das. Denn ist es nicht ein merkwürdiges Zeichen der Zeit, daß niemand ein Engelchen sein möchte, eher schon ein Teufelchen? Was spricht sich darin über unsern Zeitgeist aus? Mir kommt das komisch vor. Sind wir schon alle vom Teufel besessen, und das Ende aller Tage steht bevor? Oder das Reich des Antichrist? Oder ist es etwa schon da, und wir haben es bloß noch nicht kapiert?
Als ich das dachte, lief mir eine Gänsehaut über den Rücken. Mir graute vor meiner eigenen Phantasie. Damit musste ich aufhören. Ich musste mir etwas Erfreuliches vorstellen. aber das ist gar nicht so einfach, wenn man es absichtlich will. Da ging es mir genauso wie dem Schatzsucher, der beim Schatzaus-

graben auf keinen Fall an ein Nashorn denken sollte - dann wär' alles umsonst - und der, obwohl sonst nie an ein Nashorn denkend, es im entscheidenden Moment einfach nicht mehr aus seinem Kopf herausbrachte. - Mir fiel einfach nichts Erfreuliches, Schönes oder Angenehmes ein. Ich musste fortwährend an Grässliches, Unheimliches oder Blutrünstiges denken - bis ich dann endlich doch einschlief.

Was? Amerika hat uns den Krieg erklärt? Nein, wir Amerika. − Es gibt bei ihnen aber auch nichts, was man besitzen könnte. Sie müssen die glücklichsten Menschen sein. − Ich liebe mein Vaterland, aber auch meine Pantoffeln. Ich hoffe doch, das Vaterland kommt zuerst. − Überlegen Sie sich Ihren nächsten Ausspruch gut! Es könnte Ihr letzter sein. − Wenn das Wasser zuendegeht, verlassen sie fluchtartig die Gegend. − Nicht hier! Mein Haus bleibt sauber! − Sie machen mir Spaß. Sie mir nicht unbedingt. − So leicht nicht, wenn ich mein Gewehr gehabt hätte. − Wir sind leider nicht auf einer einsamen Insel. − Ein Mann, der keine Krawatte trägt, kommt für uns von vornherein nicht in Frage. − Auch in Ihrer Abwesenheit sind wir tätig. − Ist er tot? Na, das will ich doch hoffen (I hope so sincerely). − Soll ich ihr denn jetzt alles sagen? Nicht doch, rauben Sie ihr nicht alle Illusionen

− Meine Mutter hätte mich nie enterbt, ganz egal wieviel Geld sie nicht gehabt hätte. − Ich habe diese Frau noch nie gesehen. − Ich sehe ihnen mang de Kiemen - Holzauge sei wachsam! − In Hongkong weiß ich einen guten Schneider. − Der einzige, der sich darüber aufregen könnte, ist ihr Mann. − Wer in New York überlebt, schafft's hier auch. − Ich verstehe, Sie hatten noch nie Hirn. − Hilf mir doch! Ich bin ja so unglücklich. − Bei Ihren Plattfüßen sollten Sie

keine Pfennigabsätze tragen, Colonel Bovar! – In diesem Apfel ist ein Wurm! Und ich weiß auch, wie der Wurm heißt. – Sie haben ja so recht. Nein, es hilft nicht. – Er war die Python und ich war die Ziege Ich habe alles mögliche andere, aber kein bisschen Phantasie. – Das Schlimmste, was ich kenne, ist menschliches Versagen. – Da ist ja das Gesindel wieder beisammen. – Ein Mann mit Ihrem Charakter lässt mir keine andere Wahl. – Ich mache Ihnen ein Angebot von Sportsmann zu Sportsmann. – Richtig gehört - sie lesen die Nachrichten. Es steht alles in den Sand geschrieben. – Ich übernehme die volle Verantwortung, sagte der letzte Hosenknopf. – Meine Herrschaften, Sie haben doch das nicht wirklich geglaubt!
Sonst war ja die ganze Fahrt umsonst. – Sie hätten Bademeister werden sollen! – Ich glaubte, ich hätte einen Platz für Sie in der GOFTA, aber Sie sind nur ein dummer Polizist. – Ich glaube, ich habe ihre mütterlichen Instinkte geweckt. – Schwitze langsam, schwitze schnell - Schwitzen macht die Äuglein hell. – Die Soldaten zu töten war eine gute Sache. Aber jetzt hassen sie mich. – Ich will meine Oper! Ich will meine Oper! – So schöne wie im Garten des Gouverneurs? Tritt aber nicht auf den Rasen! - Also was will er? Kann er nicht für sich selber sprechen? – Wenn ich ihnen meinen Namen sage, dann wissen sie ja, wie ich heiße. – Keine Gnade angesagt! Keiner kommt hier lebendig 'raus. – Oh, er spricht sogar französisch! – Es war ziemlich viel Verkehr auf der Piste. Seien Sie ein liebes Mädchen und schalten Sie auf Automatic. – Wahrscheinlich ist Frau Minister der Hund weggelaufen. – Wessen Beerdigung ist das? Deine! – Er will Sie nicht hören. – Wenn es

misslingt, verzeihe ich dir die Affaire Sobinsky, komme ich aber wieder zurück, ist das was anderes. – Was macht der Goldfisch? Welcher Goldfisch? – Schmuggeln ist eine Kunst. – Du lebst gefährlich, Cowboy – Ich liebe dich auch ohne Pumps – Du hast mich nicht verlassen, ich wollte, daß du gehst. Weißt du noch warum? – Auf Paris wird eine Eisdecke von fünf Kilometern Dicke liegen. – Für Sie da oben nicht; aber ich bin hier unter für sie ein gefundenes Fressen. – Woher soll ich denn wissen, ob das ein Männchen oder ein Weibchen ist? – Ich habe nur mit ihm geredet. Nicht einmal angelächelt hab ich es. Rhinos tun sowas. – Ich will nicht darüber sprechen. Die kommen schwarz 'rüber – Liebe ist doch so einfach – Liebe ist ätzend – Unser neues Motto: Jeder kommt hier lebendig 'raus. – Das hat mir gerade noch gefehlt, ein verdammter Autoverkäufer! –

Als ich aufwachte, fühlte mein Kopf sich an wie eine matschige Birne von all dem Durcheinander, das ich da zusammengeträumt hatte. Um mich herum herrschte ein dichter Nebel und ich fror. Gerade als ich mich erheben wollte, um mich durch Bewegung zu erwärmen, sah ich durch den Nebel hindurch die Schemen einiger dunkler Gestalten sich hin und her bewegen. Zunächst war nicht zu erkennen, was sie trieben, aber dann schienen sie mir etwas zu vergraben. Ich glaubte Schaufeln oder Spaten in ihren Händen zu sehen. Sie sprachen auch dabei, waren aber zu weit weg, um etwas zu verstehen.

Ich beobachtete sie etwa zehn Minuten lang; dann verschwanden sie. Nach einigem Abwarten ging ich an die Stelle, wo sie gestanden hatten und erwartete niedergetretenes Gras und die Spuren des Grabens zu sehen. Aber ich fand gar nichts, weder das eine noch das andere. Das verblüffte mich. Dann wurde mir etwas unheimlich zumute. Das konnten keine normalen Wesen gewesen sein. Sie mussten über dem Boden geschwebt und das Loch, das sie gegraben, so gut kaschiert haben, daß nichts mehr davon zu sehen war. Oder hatten sie gar nicht gegraben? Ich ging auf dem Platz hin und her; meine Fußstapfen waren ganz deutlich im Gras zu sehen. Also was war hier geschehen?

Bis jetzt konnte ich noch keine Himmelsrichtung erkennen, wusste also nicht, wo die Poststation mit meinen Kameraden lag, hatte auch nicht sehen können, in welche Richtung die Gestalten verschwunden waren. Dann hörte ich meinen Namen rufen. Nein, sie riefen nach einem Jochen, und ich heiße doch John.
Dann kamen vier Personen auf mich zu, die ich gar nicht kannte, und begrüßten mich mit: "Endlich haben wir dich gefunden, Jochen. Wir waren in großer Sorge um dich, vor allem deine Mutter." Das kam mir höchst sonderbar vor; denn meine Mutter lebte schon lange nicht mehr. Das sagte ich ihnen und auch, daß ich nicht Jochen heiße; da lachten drei von ihnen und der vierte sagte ernst: "Er scheint gelitten zu haben." -
"Ihr verwechselt mich mit jemandem. Sagt mir lieber, wie ich zur Poststation an der Straße nach Albuquerque komme!" - Da blickten sie sich gegenseitig höchst belustigt an und der Sprecher sagte: "Poststation? Hier gibt es nirgends eine Poststation und ein Albuquerque schon gar nicht. Der nächste Ort ist Grubau, wo deine Familie einen Hof hat, und du bist der Jochen Grubauer, der ihn eines Tages erben wird." -
Ich wiederholte, daß ich John Robspier heiße und unterwegs sei von Denver nach Frisco und mich nur im Wald verirrt hätte.
"Das hast du dir fein ausgedacht; Jochen. Aber das

Schreiben ist eine, bequeme, wenig abenteuerliche Sache, etwas für faule Schwächlinge. Du solltest damit aufhören und in die Realität zurückfinden. Deinen Computer haben wir repariert, du kannst nach Hause kommen und an deinen Programmen weiter arbeiten." "Wovon redet ihr, von was für einem Computer?"
"Anscheinend weiß er gar nichts mehr. Er leidet offensichtlich an Amnäsie." - Jetzt wurde ich wütend: "Ich leide an keinem Gedächtnisschwund, und ich kenne euch gar nicht. Sagt mir nur, wo Norden ist; denn in die Richtung muss ich." - Jetzt fasste mich eine der Personen am Arm und sagte: "Kennst du auch mich nicht? Ich bin doch deine Schwester." - Ich habe keine Schwester. Lasst mich jetzt zufrieden! Wo ist Norden?"
Sie sahen sich bestürzt an, und der Sprecher sagte: "Du musst mit uns kommen. Im Norden ist nur das Meer, die Ostsee, und du gehörst auf den Grubauer Hof, der im Süden liegt."
Jetzt hatte ich ehrlich genug von der Geschichte und wollte sie beenden. Aber es fehlt noch ein brauchbarer Schluss, und so fühle ich mich genötigt doch noch weiter zu schreiben, obwohl die Sache ganz sinnlos ist. Dieses ringen um eine Schlusspointe macht mir das Geschichtenschreiben so verhasst. Da würde ich ja noch lieber Fußball spielen oder in der Disco tanzen oder mir auch ein Buch in der Bibliothek holen oder meine Füße waschen, Hemden bügeln oder Zimmer aufräumen. aber was man angefangen hat, soll man auch zuende führen, habe ich verschiedentlich zu hören bekommen.
Es müsste jetzt etwas Dramatisches passieren; aber das Dramatische liegt mir nicht. Das muss wohl daran liegen, daß in meinem Leben nie etwas Dramatisches

passiert. Meine Tage verlaufen einförmig und still. Was soll ich jetzt machen? soll ich einige Außerirdische auftreten oder einen blutrünstigen Mord geschehen lassen, der an mir verübt wird und dann wäre Schluss? Soll ich das Vergraben der Gestalten im Nebel noch einmal aufnehmen und mich einen Schatz finden lassen? Das wäre mir zu biedermeierlich, zu mörickehaft. Es ist nicht so, daß ich nicht genug Phantasie hätte, um mir etwas Phantastisches ausdenken zu können, sondern mir gefällt das alles gar nicht, was meine Phantasie mir vorschlägt. Das ist alles zu banal und abgeschmackt und schon hundertmal dagewesen.
Anderen macht Banalität und Abgeschmacktheit nichts aus; sie schreiben munter drauflos und können sicher sein, eine Mehrheit für sich zu haben und daß ihr Buch ein Bestseller wird. Mein Publikum ist nur klein an Zahl und verlangt neben Originalität vor allem Niveau und gediegene Bildung - oder gar nichts.
Den vorerwähnten Sprecher lasse ich jetzt sagen: "Du hast doch deinen Ausweis bei dir. Dann schau doch da mal nach!" -
Ich zog ihn aus der Tasche meiner Windjacke, öffnete ihn und erwartete selbstverständlich dort den Namen John Robspier zu finden, gebürtig in Milwaukee, Wisconsin, und dreiundzwanzig Jahre alt. Doch das Namensfeld in meinem Ausweis war leer. Da stand gar nichts und geboren war ich 1949 in Oslo, also anscheinend ein Norweger, und wohnhaft in Rostock, Mecklenburg-Vorpommern, Warnemünder Chaussee 171. Demnach wäre ich jetzt über sechzig Jahre alt gewesen. "Sehe ich vielleicht wie ein Sechzigjähriger aus?" fragte ich entrüstet. Dieser Ausweis gehört mir gar nicht. Den habt ihr mir wohl beim Schlafen in die Jackentasche geschoben!"
"Es ist seltsam", gab der Sprecher zu "Sechzig Jahre

alt bist du nicht, und in Oslo geboren auch nicht. Irgendwie ist da etwas falsch gelaufen."
Dann befiel mich ein neuer Schrecken: Anstatt vier Personen standen da auf einmal sechs; aber ich hatte keine dazukommen sehen. Sie standen so da, als ob sie schon die ganze Zeit da gestanden hätten. Sollte ich mich ganz einfach verzählt oder sie übersehen haben? Die Angelegenheit wurde immer ominöser und ich immer unsicherer. War ich etwa verrückt? - Dann hörte ich das Motorgeräusch eines Kraftwagens. Aber hier gab es doch gar keine Straße! Der Sprecher sagte: "Aha, der alte Grubauer ist gekommen. Jetzt geh mit - nach Hause!" Sie packten mich und schleppten mich in Richtung des Motorengeräusches. Da half kein Sträuben. Währenddessen musste ich mich fragen, warum der sonst so großmütige Alexander den Palast von Persepolis verbrennen ließ. Dieses einmalige Baukunstwerk! Oder geschah das gegen seinen Willen? Wie das ja von manchen Historikern vermutet wird! Diese Frage beschäftigte mich weit mehr als das Ende dieser langweiligen Geschichte. Wie konnte ein Dreiundzwanzigjähriger so große Taten vollbringen? Es muss wohl doch etwas dran gewesen sein, wenn seine Mutter Olympias, diese "thrakische Hexe", immer behauptete, sein Vater sei nicht der König Philipp, sondern Zeus gewesen. Also damals schon dieser Gedanke der Gottessohnschaft! Dann braucht man sich natürlich nicht zu wundern, wenn unsereins keine solche Taten verrichtet. Nicht einmal mit dreiundsechzig Jahren! "Auf Größe muss der Mensch zumeist verzichten, die Güte aber......" Ich weiß, ich weiß - trotzdem gefiel es mir nicht, so mir nichts dir nichts abgeschleppt zu werden, als sei ich ein Wildpret, das man im Wald erlegt hatte, und nun sollte ich noch einem völlig fremden Manne vorgestellt werden, der

angeblich mein Vater war. Außerdem hatte ich noch nie ein Auto gesehen; ich kannte nur Pferdekutschen. Sie warfen mich auf die Ladefläche eines Lastwagens und zwei Mann bewachten mich, die anderen vier lösten sich auf und waren weg.

Im Fahrerhaus saß neben dem Fahrer, der mein Vater sein sollte, das Mädchen, welches sich als meine Schwester bezeichnet hatte. Sie war doch dann aber die siebente Person! Die Gegend sah auf einmal auch ganz anders aus. Das war ja gar nicht mehr der wilde Urwald von Colorado, sondern eine kultivierte Landschaft mit Feldern, Wiesen und Bauernhäusern. Wie war dieser Wandel möglich?

Der Laster holperte über eine ungepflasterte Straße. Dann hielt er auf einem Hof, der auf drei Seiten von Gebäuden umgeben war. Meine beiden Bewacher öffneten die Seitenklappe und ließen mich auf den Boden fallen. Dann nahmen sie mir die Fußfesseln ab. Ich kam mir vor wie bei den Karl May-Festspielen von Bad Segeberg. Fehlten nur noch künstliche Indianer! Im Hause wurde ich in einen Sessel geschubst, aus dessen Tiefe ich mit gefesselten Händen gar nicht herauskam, obwohl die Füße frei waren. "Wer bist du?" fragte mich der alte Mann, der angeblich der "alte Grubauer" und mein Vater sein sollte.

Und nun kannte er mich nicht einmal. Ich wollte sagen: "Ich bin John Robspier", aber meine Zunge war wie gelähmt, und nur ein Lallen kam aus meinem Mund. "Wir haben ihn neben Jochen's Grab gefunden. Er aber behauptete, Jochen Grubauer zu heißen und dein Sohn zu sein. Ich wollte schreien: "Das ist eine unverschämte Lüge!" aber es ging nicht.

"Ob er Jochen's Mörder ist?" - "Gut möglich!" Ich erstarrte. "Aber irgendwie auch unwahrscheinlich. Jochen war doch viel kräftiger als dieser schmächtige

Kerl, der kann kaum den Jochen mit seinen kleinen Händen erwürgt haben." Da atmete ich wieder auf.
"Übergeben wir ihn der Polizei?" - "Nein - die lassen ihn bloß laufen; verhängen höchstens eine Geldstrafe. aber der Kerl gehört verprügelt." - Da fiel mir wider das Herz in die Hose. "Aber gebt ihm erst was zu essen und zu trinken!" Da stieg mein Herz wieder etwas höher. Man schob mir einen Becher mit Milch an die Lippen und ließ mich von einem Rosinenbrötchen abbeißen. Das fand ich ungewöhnlich nett, fast zu nett, um nicht in Angstschweiß zu geraten. Die Indianer mästeten ja auch erst ihre Gefangen, bevor sie an den Marterpfahl kamen.
Die Schwester betrat jetzt den Raum mit einem Tablett, auf dem lauter kleine Zangen und Skalpellmesser lagen. Sie ließ das Tablett los und es fiel nicht herunter, sondern schwebte wie von Geisterhand gehalten in der Luft. Dann kam ein Ferkel in die Stube gelaufen. "Wen sollen wir jetzt schlachen? Den Kerl oder das Ferkel?" fragte der Alte. "Wie du willst." sagte meine angebliche Schwester. "Na gut, dann schlachten wir das Ferkel. Aber verbindet ihm die Augen und setzt ihm eine Pudelmütze auf!" Tatsächlich verbanden sie aber *mir* die Augen und zogen *mir* eine Pudelmütze über die Ohren. Mein Herz sackte wieder ab in bodenlose Tiefen; also war doch ich das Schlachtopfer.
Dann erscholl dicht neben meinem Ohr die Frage: "Sag, wofür bist du?" - Da ich nicht wusste, was er meinte, sagte ich nichts. Da brüllte er mir ins Ohr: "Sag, für welche Staatsform du bist! Für Demokratie oder Aristokratie?" - Jetzt konnte ich auf einmal wieder reden: "Ich bin für eine Demokratie, die gleichzeitig eine Aristokratie ist; für eine Pöbeldemokratie bin ich nicht." - "Sehr gut! Dann bist du einer

von uns; dann können wir dir die Augenbinde wieder abnehmen." -

Ich sah nun, daß ich mich in einem großen Saal befand, der mich an unsern Kongress-Saal in Washington erinnerte. Anscheinend handelte es sich bei den vielen Männern, die darin saßen, um Abgeordnete. Am Rednerpult stand aber kein Amerikaner, sondern der Deutsche Helmut Schmidt und hielt einen Vortrag über Rettungsmaßnahmen bei Sturmfluten. Dabei verzehrte er, soviel ich sehen konnte, ein Wurstbrötchen, vielleicht war es auch ein Schinkenbrötchen. Natürlich beeinträchtigte es seine Rede, wenn er mit vollem Mund kaute. Doch alle Volksvertreter auf der linken Seite applaudierten, die auf der rechten Seite warfen mit Papierkugeln.

Dann sprach ein Herr Gerstenmeier: "Ich habe die traurige Pflicht, Ihnen mitzuteilen, daß unser langjähriges Bundestagsmitglied Alfons Rappelhauser nicht mehr unter uns weilt. Er ist beim Anziehen seines Hemdes, dessen Ärmel und Kragen von einem schändlichen Attentäter zugenäht wurden, erstickt." Da standen alle Abgeordneten auf, Helmut Schmidt erhob seinen Taktstock und sie sangen: "Ein Römer stand in finstrer Nacht am deutschen Grenzwall Posten, fern vom Kastell war seine Wacht das Antlitz gegen Osten....." Beim Kehrreim: "Ha, ha, ha, ha ham mer dich amol bei deinem zerschlissenen Lederkamisol (einige sangen auch bei deinem beschissenen Lederkamisol) stampften sie alle mit den Füßen, daß die Wand wackelte.

Ich staunte nicht schlecht und wunderte mich, wo all die Gestalten von vorher, der alte Grubauer, meine Schwester und der Sprecher hingeraten waren.

Nunmehr begann sich der ganze Plenarsaal wie die Kulisse einer Drehbühne wegzudrehen, und plötzlich

lag ich im Liegestuhl auf dem Deck eines Spreedampfers und das Panorama einer Großstadt zog an mir vorbei, höchstwahrscheinlich das von Berlin.
Als wir uns einem Flughafen näherten, sammelten sich lauter Kraniche am Himmel und landeten aber als viermotorige Flugzeuge, die den Kranich auf Rumpf, Tragflächen und Leitwerk aufgemalt hatten. Dann trat einer fahnenschwingend aus dem Flughafenterminal heraus und rief: "Es lebe die Frauenquote!", worauf ihn ein Stein am Kopf traf und er umfiel.
Aber was hatte *ich* da zu suchen? Wieso, warum und wodurch wurde ich gezwungen, all diese Fragwürdigkeiten mitzumachen? Ich wollte jemanden fragen, ob er wüsste, wer ich wäre und warum ich hier sei, sagte mir jedoch, daß, wenn ich es nicht wusste, es irgendein anderer erst recht nicht wissen konnte und vielleicht wütend werden würde.
Dann sah ich einen kleinen Jungen auf Inline-Skatern vorbeilaufen. Das schien mir der Inbegriff höchster Lust zu sein - das wollte ich auch. Ich fragte jemanden nach einem Geschäft für diese Geräte. Ich bekam nicht nur keine Antwort; die Person schien mich nicht einmal wahrgenommen zu haben. War ich etwa gar nicht vorhanden (im existenziell bürgerlichen Sinn)?
Oder nur noch ein reines Geistwesen? Ich stürzte mich auf die Auslage eines Obststandes und wollte einen Apfel wegnehmen. Es ging nicht. Ich griff ins Leere. Na, das war ja ein dicker Hund! Im gleichen Moment biss mir ein schwarzweißgefleckter Terrier in die Wade. Und es tat weh, was ja eigentlich im Kontrast stand zu dem vorher Erlebten.
Ich war also doch kein Geistwesen. Jedoch die mich umgebenden Dinge waren nur teilweise vorhanden. Ich bemühte mich, das zu unterscheiden. Welche Dinge waren real und welche nur Halluzination?

Durch bloßes Anstarren ließ sich das nicht feststellen; ich musste mit den Händen um mich greifen. Wenn mich jemand dabei beobachtete, musste er mich zweifellos für verrückt halten, es sei denn, daß er selber auch nur eine Halluzination wäre.
Dann sah ich eine zweite Wirklichkeit durch die erste sozusagen hindurchschimmern und dachte mir, wie furchtbar das wäre, wenn das jetzt immer so bliebe.
Zwei Wirklichkeiten sind entschieden eine zuviel. Mit einer Daseinsebene hatte ich mehr als genug zu tun. -
Nun sah ich auch den alten Grubauer wieder. Er machte eigenartige Armbewegungen. Ich war mir nicht ganz sicher, ob das ein mir Zuwinken bedeuten sollte.
Mein Drucker hat mir übrigens heute zwei Bilder übereinander gedruckt, worüber ich mich natürlich ärgerte. Anderseits brachte mich das Malheur auf die Idee von der zweiten durchschimmernden Wirklichkeit. Alles hat eben eine schlechte und eine gute Seite. Ich bin davon überzeugt, daß noch nie jemand vor mir so etwas Weises gedacht.
Aber ich will mich nicht mit Selbstlob begießen, zumal ein Knabe auf dem Deck über mir sein Süppchen auf mich schüttete. Ich begann zu schimpfen und mit dem Zeigefinger zu drohen, hörte aber auf, als sein Vater über die Brüstung schaute. Mit dem war nicht gut Kirschen essen; das sah ich gleich. -

Waren wir an diesen Häusern nicht vorhin schon vorbei gekommen? Anscheinend fuhren wir im Kreis. Ist denn die Spree eine Schlange, die sich selber in den Schwanz beißt? Musste ich mich wie jene Blindschleiche im Bauch des Storches auf eine Rundreise einrichten?
Wie lange sollte denn das noch so weiter gehen? Quo usque tandem, Catalina, patientiam nostram abuteris?

Ich bin doch schließlich nicht dazu geboren, um eine unendliche Kreisfahrt auf einem Spreekahn zu machen! Zwar weiß ich auch nicht, wozu sonst ich geboren sein könnte; aber für eine ewige Kahnfahrt auf keinen Fall - und der Styx war dieses Gewässer ja noch nicht.
Aber wie jetzt daraus fortkommen? Sollte ich einfach über die Reling springen? Irgendetwas aufregend Neues würde dann höchstwahrscheinlich passieren, aber ich scheute das kalte Wasser. Doch dann bot sich eine günstige Gelegenheit, die ich nutzen konnte, um von Bord zu kommen; denn der Spreekahn fuhr in eine Schleusenkammer, und da war dann das Schiffsdeck für einen Moment mit der Beckenkante auf gleicher Höhe. Da schwang ich mich über die Reling und stand endlich wieder auf festem Boden. -
Von ferne hörte ich einen Elefanten schreien, besser sagt man ja wohl trompeten, obwohl ich das eigentlich gar nicht besser finde. Dieser Elefant erinnerte mich daran, daß der Berliner Zoo in nächster Nähe lag (es muss sich dabei um eine pränatale Reminiszenz gehandelt haben; meine Mutter stammte aus Berlin. Ich selber war vorher noch nie in Berlin gewesen). Ich beschloss, ihn zu besuchen.
Merkwürdigerweise ließ man mich ohne Eintrittskarte hinein, und dann stand ich gleich vor dem Löwenkäfig. Auf einmal verschwand der ganze Zoo, und ich stand dem Löwen ungeschützt gegenüber, und ringsherum lag die weite Wüste, ob die lybische oder arabische oder marokkanische kann ich Ihnen bei bestem Willen nicht sagen.
In den Augen des Löwen sah ich meinen Tod. Aber in dieser Wüste müsste ich ja sowieso verdursten. Deshalb unternahm ich nichts, als der Löwe sich zum Sprunge duckte. Weglaufen hätte gar keinen Sinn

gehabt, eine Waffe besaß ich nicht und mit einem Kinnhaken konnte ich ihn wohl kaum erledigen. Das Einzige, was ich tat, wenn man so sagen will: Ich befahl meinen Geist in SEINE Hände.
Der Löwe sprang - aber über mich hinweg. Dann ertönte hinter mir der Todesschrei eines Mannes. Ich drehte mich um und sah den Löwen auf einem bärtigen Mann in langem, schwarzen Gewand liegen. Der Mann war bereits tot. Neben ihm lag ein Gewehr. Um es aufzuheben, hätte ich zu dicht an den Löwen heran gemusst. Dessen getraute ich mich nicht. Dann versanken Löwe, Mann und Gewehr im Sand, und ich stand mutterseelenallein in der weiten Wüste, genau so hilflos wie tags zuvor im Urwald von Colorado.
Jetzt konnte ich zwar die ungefähre Himmelsrichtung erkennen; die Sonne stand hoch, also musste in ihrer Richtung Süden sein vorausgesetzt, daß ich mich auf der nördlichen Erdhalbkugel befand. Doch ich wusste nicht, in welcher Richtung die nächste menschliche Siedlung lag; also nützte mir diesmal die Sonne gar nichts.
Ich fragte mich, ob ich jetzt Schluss machen sollte mit meiner literarischen Existenz als John Robspier und mit der ganzen Geschichte, doch dann dachte ich, daß ich noch einmal die "Kämpfer" auftreten lassen könnte, die ich im Zusammenhang mit einer Reise auf dem Planeten Go beschrieb[*] und deshalb ließ ich jetzt im Westen eine Staubwolke sich erheben.
Nah herangekommen enthüllte sie ein Dutzend schwerbewaffneter Gestalten auf Sandschlitten, die durch große Luftschrauben angetrieben wurden. Wegen ihrer grimmigen Gesichter wirkten sie sehr bedrohlich. Einige trugen moderne Maschinenpistolen verschiedenster Bauart, andere waren ganz altmodisch

---

[*] Siehe: Die Manuskripte des Thomas Goll, Teil I

bewaffnet mit Schwert und Lanze. Einer sah aus wie ein typischer Beduinenreiter, ein anderer wie ein Samurai. Einer war tief vermummt, ein anderer trug ein Lederhemd mit weitoffenem Kragen, der eine schwarzbehaarte Brust sehen ließ.
Sie schwiegen und ich schwieg auch. Wahrscheinlich zitterte ich ein wenig und guckte ängstlich, und sie warteten möglicherweise darauf, daß ich vor Angst zusammenbrechen würde. Den Gefallen tat ich ihnen jedoch nicht. Ich holte tief Luft und sagte möglichst unbefangen. "Guten Tag, meine Herren! Ziemlich heiß heute, nicht wahr? Und eine höchst einsame Gegend hier!" -
Dann schien der Anführer etwas zu fragen, und einer antwortete: "Ce que Deutsch." Er trat hervor und fragte mich: "Wer bist du? Wo kommst du her und wie kommst du hierher? Was willst du hier?" -
Ich brachte stotternd hervor: "Wer ich bin, weiß ich nicht mehr; früher dachte ich, ich sei ein Amerikaner mit Namen John Robspier; aber das scheint nicht zu stimmen. Mein letzter Aufenthaltsort war Berlin; aber wie ich von dort hierher gekommen bin, weiß ich ebenfalls nicht. Ich bewegte mich eigentlich nicht. Die Stadt Berlin war plötzlich weg, und stattdessen umgab mich plötzlich diese Wüste. Welche Wüste ist das hier?" - "Man nennt sie die Wüste Gobi." -"Ach du meine Güte, dann befinde ich mich ja in der Mongolei. Ihr seid aber keine Mongolen." - " Nur zwei von uns. Hast du irgendeine Waffe bei dir?" - Als ich verneinte, zogen sich seine Mundwinkel verächtlich herab: "Du bist wohl einer von diesen weichlichen Stadtmenschen, die nie einen Kampf auf Leben und Tod gewagt haben?" - "Allerdings, aber wozu soll das auch gut sein, ohne zwingenden Grund auf Leben und Tod zu kämpfen? Ist es nicht besser, friedlich zu leben und

keinem wehzutun?" -
"So denken nur dekadente Menschen. Früher wart ihr noch anders; da sang einer eurer Dichter:"....und setztet ihr nicht das Leben ein, nie wird euch das Leben gewonnen sein." - "Ich kenne das. Da war er noch sehr jung, der Friedrich Schiller, als er das *"Wohlauf, Kameraden, aufs Pferd, aufs Pferd!"* dichtete." -
"Jung und voller saft und Kraft war er da und noch nicht müde. Wenn *wir* jemandem begegnen, wollen wir mit ihm kämpfen. Schade, daß du nicht waffengeübt bist. Hast du denn wenigstens einmal Kampfsport getrieben - Ringen, Boxen, Judo, Karate, Taekwondo oder ähnliches?" - "Nein, ich beschränkte mich auf Leichtathletik: Laufen, Springen, Werfen und noch Korbball."
"Und war das nicht ein herrliches Gefühl, wenn du siegtest?" - "Auf das Siegen kam es mir nicht an, sondern lediglich auf die richtige Selbsteinschätzung. Man wollte wissen, wer besser und wer schlechter ist, damit man nicht an falscher Überheblichkeit litt.
Der Sprecher wandte sich zu seinen Mitkämpfern und rief in einer anderen Sprache: "Er macht sich nichts aus Siegen. Habr ihr so etwas schon gehört?" - "Sag ihm, das glauben wir ihm nicht", sagte einer, und alle sahen mich ungläubig an, was mich veranlasste, hinzuzufügen: "Natürlich empfand man es erfreulich, wenn man siegte. Aber dieses Gefühl wurde von unseren Lehrern nicht gefördert, sondern wir wurden ermahnt auch an die Gefühle des Verlierers zu denken. Jedem erfreulichen Sieg steht eine traurige Niederlage gegenüber. Wenn man diese mitempfindet, hält sich die Siegesfreude in Grenzen und wird nicht lauthals ausgedrückt, um den Verlierer nicht zu verletzen und in ihm keine Neid- und Hassgefühle zu erwecken."
"Dann wird ja ein gewichtiger Grund zur Freude aus

eurem Leben ausgeschlossen, und übrig bleibt nur ein freudloses, tristes Dasein." -
"Es gibt genug andere Dinge, an denen man sich erfreuen kann. Leider wird einem jede Art von Freude von irgendwem madig gemacht."
"Also mit dir ist nichts los, man kann mit dir nicht kämpfen. Deshalb verschwinde schleunigst in Richtung Osten, da kommst du an den Hoangho-Fluss und von dort zu Schiff weiter in zivilisierte Gegenden. Denn dieses Gebiet hier ist ein Reservat für Männer, die Freude an Kampf und Krieg haben. Da hast du nichts zu suchen."
Im selben Moment sah man eine Staubwolke aus dem Osten zu uns herankommen, und aus ihr enthüllten sich ebensolche zwölf Gestalten wie die vor mir. Beide Gruppen glichen in Kleidung und Bewaffnung wie ein Ei dem anderen. Erst als ich die Gesichter erkennen konnte, sah ich, daß es nicht genau dieselben Männer noch einmal waren. Sie begrüßten sich mit freudigen Hurras. Dann sagte der Sprecher zu mir: "Jetzt wirst du gleich einmal erleben, was ein edler, männlicher Kampf ist."
Der im Lederhemd rief ihm etwas zu, und dann banden sie mich an einem Felsenstück fest, und der Sprecher sagte: "Das geschieht, damit du nicht fliehen und nicht das Gesicht abwenden kannst."
Dann stellten sich alle gegenüber auf, die Speerträger den Speerträgern, die Schwertträger den Schwertträgern, die Schusswaffenbesitzer jeweils denen aus der anderen Gruppe. Dann ertönte ein Kommando und vier Speere flogen durch die Luft, dicht aneinander vorbei, und fuhren dem Gegenüber in die Brust. Alle vier fielen tot um. Ein neues Kommando - und die Schwertträger traten sich gegenüber. Als nächstes sah ich vier abgeschlagene Köpfe gleichzeitig auf die Erde

fallen. Und genauso wie Klaus Störtebeker mit abgeschlagenem Kopf noch zehn Schritte weiterging und damit zehn seiner Leuten das Leben rettete, so kämpften auch diese vier kopflosen Leiber noch zehn Sekunden lang weiter und fügten sich klaffende Wunden zu. Das wurde von beiden Parteien mit freudigem Johlen begrüßt. Dann folgte ein Pistolenduell, und beide Kontrahenten trafen tödlich. Nun lagen bereits zehn Leichen vor mir, und über uns sammelten sich die Aasgeier. Die restlichen Kämpfe wurden nicht zu Fuß ausgeführt, sondern von den Sandschlitten aus. Da jagte jeder seinen Gegner in der Wüste herum und wurde von ihm gejagt. Das wirbelte viel Sand auf, sodaß ich nicht alles genau erkennen konnte. Aber ich sah doch, wie sie reihenweise fielen und der Kampflärm immer geringer wurde. Dann war plötzlich alles still, die Kämpfe offenbar beendet. Doch der Staub lag noch lange in der Luft.
Ich versuchte angestrengt, von dem Felsen loszukommen, was mir jedoch nicht gelang. Als nächstes bemerkte ich, daß sich die Geier an die Leichen heranmachten. Es kamen auch immer neue angeflogen.
Zusehen zu müssen, wie sie die Leiber zerrissen, war eine Qual ganz eigener Art vermischt mit Faszination, gedämpft nur dadurch, daß die Geier sich so dicht um die Leichname scharten, daß ich nicht viel sehen konnte. Doch allein ihr krächzendes Geschrei war grässlich.
Plötzlich flogen etwas weiter entfernt einige Geier wieder auf. An der Stelle erhob sich schwerfällig einer jener Krieger und kam blutüberströmt und wankend auf mich zu. Es war mein Sprecher. Bei mir angekommen sank er zu Boden und ächzte: "Alle waren sich ebenbürtig; nur mein Gegner war um eine Kleinigkeit schlechter als ich, und so bin ich der einzige, der

übrigblieb." - Ich fragte ihn: "Erlebst du nun ein stolzes, herrliches Gefühl deswegen?" - "Nein", stöhnte er "Es ist entsetzlich traurig!"
Ich bat ihn, mich loszubinden, damit ich die Geier verscheuchen könnte. Da sagte er: "Ach, lass die Geier! Die wollen auch leben, und wenn so viele beisammen sind und du sie reizt, können sie auch dich angreifen, obwohl du dich bewegst. Verbinde lieber meine Wunden! Geh' zu dem nächsten Sandschlitten; unter dem Fahrersitz findest du einen Verbandskasten." -
Während ich ihn verband sprach er wie zu sich selbst und wie ein Hellsichtiger, in dem eben eine neue Erkenntnis aufblitzt: "Nein, ich freue mich nicht, ich schäme mich sogar. Denn genau genommen war ich gar nicht besser als mein Gegner, sondern hatte nur Glück. Du siehst die beiden Streifschüsse rechts und links. Sie zeigen, daß ich genau zwischen eine Schussgarbe gekommen bin, und darin liegt keine besondere Leistung, der ich mich rühmen könnte.
Deshalb kann ich nicht in mein Lager zurück. Man würde mich dort nicht mehr achten. Ich werde dich begleiten müssen auf dem Weg nach Osten." -

Deshalb brauchte ich den langen Weg nicht zu Fuß machen; wir nahmen einen der heilgebliebenen Glider. Unterwegs schien er mir eine Wandlung vom Krieger zum Pazifisten durchzumachen. Er seufzte: "Unsere Kampfspiele waren ja immer sehr schön, und man fühlte sich körperlich wunderbar durch das harte, muskelstählende Training. Aber wie ich jetzt alle meine Kameraden tot am Boden liegen sah, kam mir doch die ganze Sache ziemlich sinnlos vor. Diesen letzten Kampf auf Leben und Tod hätten wir uns sparen sollen. Wir hätten weniger tödliche Wettkämpfe

veranstalten und alle noch lange leben können. - Weißt du übrigens, daß es sich in einer Wüstenoase sehr schön leben lässt?" - "Nein, ich meine, es müsste ein fortwährender Mangel an Nahrung herrschen."
"Wir haben alles, was es an Obst und Gemüse in diesem Klima geben kann, dort angebaut und mithilfe von unterirdischen Kanälen bewässert. Auch Brot konnten wir genügend backen, weil wir zwischen den Obstbäumen Getreide aussäten. So nutzten wir die Anbaufläche doppelt. Wir warfen auch Hügelbeete auf, welche die Anbaufläche vergrößerten, und auf die flachen Dächer unserer Häuser setzten wir Hochbeete in Holzkästen für Salat, Gewürze und solche Sachen."
"Dann wirst du Sehnsucht nach der Oase bekommen."
"Ja, und beide werden wir Hunger bekommen; denn unterwegs finden wir nichts zu essen, und was viel schlimmer ist, auch kein Wasser."
"Weißt du vielleicht, wieviel Tage ein Mensch ohne Wasser auskommen kann?"
"Durchschnittlich rechnet man maximal vier Tage. Aber bei uns lebte ein Mann, der machte jedes Jahr eine Fastenkur und kam zwanzig Tage ohne Essen und zehn Tage ohne zu trinken aus. Er trank nur am Anfang, in der Mitte und am Ende der Fastenperiode."
"Warum dieses intensive Fasten?" - "Ich glaube, er wollte ein Heiliger werden. Er erstrebte göttliche Visionen. " - "Und ist er ein Heiliger geworden?" - "Nein, ich glaube nicht; aber sehr intelligent. Wir wurden einmal von tausend Mongolenreitern angegriffen. Wir waren nur dreihundert Mann stark. Aber mithilfe seiner außerordentlich klugen Strategie gelang es uns, diese Mongolen zu besiegen. Er zwang sie, sich zu teilen und die Teile fielen uns zum Opfer."
"Werden wir innerhalb von vier Tagen den Fluss erreichen?" - "Kommt darauf an, wie lange der Sprit im

Glider reicht. Wenn er ausreicht, könnten wir es in drei Tagen schaffen. Wahrscheinlich wird er nicht reichen, und wir werden den Rest auf unseren Sohlen zurücklegen müssen. Das könnte hart werden." -
Am Dienstag waren wir dann wieder in unseren angestammten Zellen zurück. Die Schweigepflicht hätte uns besser angestanden. Mit Vehemenz fuhr ich zurück, als ich die Unordnung im Saal bemerkte. Kein Stück des "Dreivierteldollar" war heil geblieben. Wir gaben Unsummen für die Reparatur aus. Die Genicksteife ließ nur allmählich nach. Kaum war ein Schwanz zu sehen, der uns geholfen hätte. Alle standen sie herum mit Kaugummi oder Zigarette im Mund und Händen in den Hosentaschen.
Ich will meinen, eine gewisse Willkür lag darin. Außerdem könnte es scheinen, als hätten wir uns nur vor dem Sonntagnachmittagspaziergang drücken wollen. Mit barscher Stimme forderte er seinen Gutschein auf ein Glückslos ein. Das war nicht sehr geschickt.
Seeigel kletterten die Stiege hinan, und kleine, gewandte Chinesen stiegen in die Wanten, so schnell als ob es da oben Rosinen zu kaufen gäbe. Und das ganze Wurmzeug wurde in ein Wurmloch hineingezogen. Deshalb ging für uns die Zeit auch zeitweilig rückwärts, ansonsten wären wir verschmachtet. Ich besinne mich noch auf manches hübsche Stückchen an diesem endlosen Sandstrand. Nur das ewige Geklöppel der holländischen Spitzenklöpplerinnen fiel mir auf den Wecker.
Weizenbrot mit Butter und Honig hätte ich gern gegessen wie in Dänemark, als ich mir beim Fallen aus der Koje den Unterkiefer gebrochen hatte. Oder war das jemand anderer gewesen? Ich weiß einfach nicht, woran ich mich noch erinnern soll, wenn ich

gar nicht mehr ich selber bin. - "Der scheißt mich zusammen, daß ich in keinen Schlappstiewel mehr passe!" Die Geschichte hat mir der Erich mindestens hundertmal erzählt. O Tannenbaum, o Tannenbaum, wie schön sind deine Schlappstiewel! - Nichts, was ich lieber täte! Du musst nur vorangehen! Ich habe viel zu viel Sand im Maul. Nun fluche nicht, mein Bester! Man soll doch nicht fluchen; das gehört sich einfach nicht. - Mit dem Hute in der Hand kommt man durch die ganze Wüste Gobi. - Am Mittwoch erreichten wir dann den fisch- und wasserreichen Strom. Von Schiff-fahrt konnte aber an dieser Stelle noch gar keine Rede sein. Dazu floss er viel zu schnell und zu flach über rundköpfige Felsen dahin, und gischtisch schäumten die brausenden Wellen.

Wir beide tranken den Fluss halb aus, dann war uns wohler, und die Delirien schwanden wieder aus unseren Köpfen.

Wir marschierten dann einen ausgetretenen Uferpfad entlang, kamen nach zwei Stunden an ein Dorf und konnten dort unsere Mägen füllen. Am Ende dieses Dorfes stießen wir auf eine Fabrik ganz merkwürdiger Art: Sie stellte Saurierskelette her. Eines von sage und schreibe vierzig Meter Länge wurde gerade auf einen Speziallaster geladen. Wir erfuhren, es handelte sich um das Skelett eines Titanosaurus, das nach Argentinien exportiert wurde, um dort in der Pampa vergraben und später von Paläontologen als prähistorisches Objekt aus, ich weiß nicht, ob dem Kambrium, Pleistäozen, Tertiär oder Quartär gefunden zu werden - ich kenn' mich mit diesen vorsintflutlichen Epochen nicht aus.

Die Welt enthält erstaunliche Wunder. Es ist eine Lust in ihr zu leben. Und wie klug ist doch der Mensch und erfindet immer wieder gewinnbringend Neues.

Neuerdings laufen massenweise Hunde in späten Abendstunden mit leuchtenden Halsbändern herum. Bis vor einem halben Jahr habe ich das in den ganzen fünfundsiebzig Jahren meines Lebens nicht gesehen. Da ist also wieder einmal jemand mit einer neuen Idee Millionär geworden! Wieso bin *ich* nie auf solch eine Idee gekommen? Weil ich auch nie auf den Hund gekommen bin - ganz klar! - - - Irgendwann trennte ich mich von meinem Wüste Gobi-Krieger. Aber ich weiß nicht mehr genau, wo. Ich glaube, es war in einer der Straßenschluchten von Singapur, wo die Sonne nie hinkommt, weil die Wolkenkratzer zu viel Schatten werfen. Da gibt es Schlingel, die lassen aus einem 20. oder 30. Stock rohe Eier auf die Straße fallen. Meistens fallen sie nicht auf die Straße, sondern auf einen Kopf. Deshalb sollte man in Singapur nie ohne Hut gehen.

In Amsterdam hätte mir die dicke Specksuppe gemundet, wenn nicht so viele Würmer drin gewesen wären. Sehr schade, daß ich sie wegkippen musste. Die Klöße konnte man nicht kauen. Es war das reinste Trauerspiel mit der holländischen Küche. Kein Wunder, daß die Holländer sich nicht in Surabaya halten konnten. Wer so schlecht kocht, geht unter. Das wussten schon die alten Römer. Die kochten zwar viel besser, gingen aber trotzdem unter. Denn die Christen entpuppten sich als Spielverderber. Sie machten den Römern die mit Trüffeln und Wachteln gefüllten Schweinsköpfe madig.

An all diese Dinge erinnerte ich mich auf dem Weg zum Titicaca-See, den ich unbedingt sehen wollte, bevor ich sterbe. Mit einer Handvoll Dollars kommt man leider nicht weit. Ich musste mit Seiltanzen, Kartenlegen, Handlesen, Schuhputzen, Kloakensäubern, Hemdenbügeln, Ringelpietzen und Strandräubern erst das Reisegeld verdienen, ohne daß das Finanzamt etwas davon bemerkte. Auf das Bilanzenfrisieren verstand ich mich nämlich nicht so recht; deshalb sollten sie gar nicht erst von meiner Existenz erfahren. Dieses Registriert- und behördlich Erfasstwerden war mir schon immer ein Greuel.

Das war nicht immer so; aber man wird ja mit der Zeit reifer. Man sammelt an schlechten Erfahrungen und lässt sich nicht mehr so leicht hereinlegen. Dennoch fand ich, irgendwie den Boden unter den Füßen verloren zu haben. Titicaca-See - sehr schön! Aber was danach? Ich konnte mich doch nicht unter die peruanischen oder bolivianischen Indianer mischen, obwohl ich das ohne weiteres getan hätte, wenn es dort schönere Mädchen gegeben hätte. Sie und die ewigen Maisfladen sagten mir nicht zu.

Und obwohl ich nun den Titicaca-See gesehen hatte und ruhig hätte sterben können, wollte ich doch noch nicht sterben. Es schien mir immer noch zu früh und durfte hinausgeschoben werden.

Indessen fiel mir ein, daß der Mensch auch noch Neapel gesehen haben muss, bevor er sterben darf. Da musste ich also auch noch hin. Leider waren dazumal mir die Drüsen derart geschwollen, daß ich nicht arbeiten und mir das Geld für die Überfahrt verdienen konnte. Hinüberschwimmen ging unter sotanen Umständen überhaupt nicht. Ich setzte mich also auf eine Riesenschildkröte und ließ mich bis nach Teneriffa tragen.

Dort machte ich erst einmal Pause; denn Teneriffa ist auch ganz schön, da konnte Neapel noch ein wenig warten - und die Schildkröte verkaufte ich an ein Restaurant in Puerto de la Cruz und lebte vierzehn Tage lang hauptsächlich von Schildkrötensuppe. Heute mag ich Schildkrötensuppe weder sehen noch riechen geschweige denn essen. Ohne Abwechslung könnte ich nicht leben. Auf Teneriffa die Schildkrötensuppe, in Peru den Maisfladen - nein, das war nicht das kulinarische Niveau, welches ich für angemessen hielt. Ich verstehe zum Beispiel gar nicht, wie man Tag für Tag Kartoffeln essen mag, selbst wenn sie auf die unterschiedlichsten Arten zubereitet werden. Außerdem behauptete jemand, daß Kartoffeln essen dumm macht. Vielleicht hat er damit recht; vielleicht aber hat er nur selber zuviel Kartoffeln gegessen; was wiederum nur zuträfe, wenn er tatsächlich recht hätte. Das gleicht in etwa dem Paradox von den lügenden Kretern. -

Weder das Rudel Hirsche im noch die beiden steinernen Löwen vor dem Schlosspark können in diesen Fragen einen Anspruch auf Kompetenz erheben, da schon sogar ich hierbei überfordert bin. Auch das Hallelujahsingen der Engel schafft hierbei keine Klärung. Auch intensive Bauchnabelschau führt nicht zur Erleuchtung; ebensowenig führen die Methoden des alten Osho, der sich ehemals Bhagwan nannte, zu dem speziellen Ziel, welches mir vorschwebt.

Neapel hielt allerdings nicht, was ich mir davon versprochen. Meine Informationen stammten offenbar aus dem 18. Jahrhundert, als Neapel tatsächlich noch verführerischen Glanz besaß.

Heute, das heißt also im 21. Jahrhundert, macht es keineswegs in seiner Gesamtheit einen berauschenden Eindruck - in Teilstücken ja, auch von Weitem oder vom Meer aus. Aber die engen Gassen der Innenstadt reden zu deutlich von der Lieblingsbeschäftigung ihrer Bewohner: dem dolce far niente.

Aber mir konnte das ja egal sein. Ich rauchte meine Zigarre vor dem Castel Nuovo, stattete Capri und

Pompeji einen Besuch ab und kaufte mir für den nächsten Tag eine Fahrkarte nach Peking.
In Pompeji beeindruckte mich die hohe Qualität der altrömischen Wandmalerei. Nur das jahrhundertelange Verschüttetsein in der Asche des Vesuvs hat sie retten können; an keinem anderen Ort kann man noch so alte Fresken sehen.
Wenn ich sagte, daß ich eine Fahrkarte nach Peking kaufte, so traf das nicht zu; vielmehr entspricht es den Tatsachen, daß ich eine kaufen wollte, aber das nicht ging, weil der Schalterbeamte am neapolitanischen Hauptbahnhof keine vorrätig hatte, ja, nicht einmal wusste, wo Peking lag. Er bot mir eine Fahrkarte nach Rom an und dort sollte ich weiter sehen. Schwer aufseufzend unter so viel Unfähigkeit nahm ich die nach Rom und stand dann drei Stunden später auf dem Bahnhof Termini, war aber unterwegs anderen Sinnes geworden. Da es so schier unüberwindliche Schwierigkeiten machte, per Eisenbahn von Italien nach Peking zu gelangen, verzichtete ich auf Peking, schlich mich außerhalb der Stadtmauer Roms in eine der halbverfallenen, nicht von Touristen besuchten Katakomben und beschloss, in eines der Wurmlöcher hineinzukriechen, die ich in meinem Gehirn gefunden hatte.
Bemerkt hatte ich sie schon seit langem, weil mir jedesmal, wenn ich mit meinem Bewusstsein in ihre Nähe kam, die Zeit stehen zu bleiben schien und gleichzeitig mit ihr auch mein Verstand. In diesem Zustand konnte ich ein Wort bei allergrößter Anstrengung und bestem Willen nicht wiederholen. Es stand still und blieb fest hängen wie der Kursor eines Computers, welcher der Maus nicht mehr gehorcht, oder wie die Nadel eines Grammophons, welche ununterbrochen in derselben Rille läuft. Schon längst hatte

ich mir vorgenommen, mich mit diesem eigenartigen Zustand näher zu beschäftigen, und jetzt schien mir der richtige Zeitpunkt für diese Beschäftigung gekommen. Dazu brauchte ich einen ruhigen, gut temperierten Ort, an dem ich keine Störung befürchten musste, und diese antiken Begräbnisstätten, in denen sich schon die ersten Christen zu versammeln pflegten, kamen mir gerade recht. -
Wenn man sich hinsetzt und die Augen schließt, kommt es einem so vor, als ob man nichts als eine schwarze Wand sieht - und doch sieht es anders aus als wenn man wirklich vor einer schwarzen Wand stünde.
Die Schwärze erscheint als von hauchdünnen, bunten Fäden und winzigen, leuchtenden Punkten durchzogen. Die Augenoptiker nennen das ein Spiel der Retina. Aber nicht lange, so scheint die Schwärze auch nicht einer Wand zu gleichen, sondern sich langsam in einen Raum auszudehnen - und in diesen Raum, muss man versuchen, tiefer hinein zu kommen.
Man kann dabei alles mögliche kurzzeitig vor sich sehen. Dem darf man jedoch keine Bedeutung beimessen. Da kommen Erinnerungsreste hoch, Wunschbilder entstehen, und es kann auch manches Phantastische dabeisein, sodaß man glaubt, es sei wunderwerweißwas. Die Gehirnströme gaukeln einem die seltsamsten Erscheinungen vor, auf die man gar nicht weiter achten sollte; von denen man sich gar nicht beeindrucken lassen darf. Solange man nicht das Gefühl hat, sich mit seinem ganzen Körper in einem anderen Raum zu befinden, hat es mit dem besonderen Phänomen, welches ich als Wurmloch bezeichne, das andere aber auch anders nennen, noch gar nichts zu tun.
Auch die Atmung zeigt während dieses Bemühens Merkwürdigkeiten, die man bisher noch nicht an sich beobachtet hat. Da sie aber von Person zu Person sehr

verschieden auftreten, möchte ich nicht näher darauf eingehen, um nicht falsche Erwartungshaltungen zu wecken.

Man braucht jedenfalls vor diesen Merkwürdigkeiten nicht zu erschreckem; es sei denn, man erlebt etwas völlig Unerträgliches. Dann muss man aufhören, sich Bewegung verschaffen und einen neuen Anlauf nehmen, falls man die Sache nicht ganz aufgeben will. Die Wurmlöcher sind eng und pressen einen ganz schön zusammen, was nicht jedermann verträgt. Vor Jahren bestand ich einmal eine solche Reise; aber diesmal wollte mir das Eindringen nicht glücken. Ich ließ mich auch zu sehr durch Geräusche ablenken, die von der Katakombendecke über mir herkamen. Die Gegend schien doch nicht so einsam zu liegen, wie ich geglaubt hatte.

Mehrmals täglich wurden Schafherden über mich hinweggetrieben, und deren Getrippel lässt ja nun gar keine Konzentration aufkommen; dazu noch das Bellen der Hunde sowie das Rufen und Peitschenknallen der Schäfer. Das brachte mich vollends aus der inneren Sammlung hinaus. Auch innerhalb der Katakombe raschelte es hie und da. Ratten konnten es nicht sein. Denn schon ein anderer vor mir hatte Rattenpulver ausgestreut und Tafeln aufgestellt "Vorsicht Rattengift" und ich selber hatte in meiner nächsten Umgebung auch noch mit einer ganzen Tüte voll die Ladung erneuert. Vielleicht raschelten nur die alten Blätter, wenn ein Windstoß durch eine der Lücken im Gestein ging.

Unter diesen Umständen konnte das nicht eintreten, was ich erwartete. Zwar fühlte ich auf einmal, daß ich aufgeblasen wurde und wie ein riesiges Luftschiff vom Boden abzuheben schien, und mich erfasste eine ungeheure Erwartung, wo ich jetzt wohl hinschweben

würde, obwohl ich mir gleichzeitig sagte, daß in dieser Form nicht durch ein Wurmloch hindurchzukommen sei, jedoch diese Erscheinung brach in sich zusammen und ich lag wieder am Boden wie vorher. -
Dann muss ich wohl ganz einfach eingeschlafen sein; denn ich träumte etwas, was sich eventuell in einer Großstadt des 23. Jahrhunderts abspielen könnte, in der eine unvorstellbare Wohnungsnot herrschen würde. Vom Baustil her kam es mir vor, als ob es sich um Paris handelte. Die Bauten bestanden alle aus einem Verbund von Metall und Keramik, Mauersteine gab es überhaupt nicht mehr, und die Leute trugen alle eine Art Labtop mit sich herum, auf welchem anscheinend angezeigt wurde, wo es eine freie Wohnung gab.-
Dieses Tablett enthielt lauter halbfingernagelgroße gelbe Flächen; das waren die belegten Wohnungen, und wenn eine derselben frei wurde, leuchtete die Fläche rot auf. Das geschah jedoch immer nur für Sekunden, weil sich offenbar sofort wieder ein neuer Interessent meldete. So befand sich diese Fläche in einem fortwährenden Blinken, und die Leute befanden sich in einer schrecklichen Hektik, weil sie fast immer mit dem Klicken zu spät kamen.
Jeder Klick gab automatisch den Namen des Wohnungssuchenden mit allen weiteren erforderlichen Angaben ein. Es musste aber, wie mir jemand auf meine Frage - hastig und im Vorbeigehen mitteilte - jeder innerhalb einer Stunde bei der für ihn reservierten Wohnung eintreffen und den Vertrag abschließen. Sonst wurde sie weitervergeben, und es leuchtete rot in dem enstsprechenden Tabulaturfeld auf.
Nun stellte ich aber fest, daß diese Wohngebäude sich zum Teil außerordentlich lang hinzogen. Was bei uns einen ganzen Straßenzug ausmacht, bestand bei ihnen aus fast nur einem einzigen Block, in welchem Türen

verhältnismäsig selten gesät waren. Man sah die Leute also hin und her rasen, um zu der von ihnen avisierten Wohnung zu gelangen, und oft schien ihe Bemühung kurz vor dem Ziel zu zerplatzen. Was ich an zahlreichen Szenen der Verzweiflung beobachten konnte.
Soagar der ganz harmlose Versuch ein belegtes Brötschen einzukaufen, wurde mir zu einer langwierigen, nervenaufreibenden Handlung, weil ich eine halbe Stunde brauchte, den Eingang zu einem Bäckerladen zu finden. Der Bäckermeister jammerte mir dann vor, daß die Leute alle so gemein wären, fünf bis sechs Wohnungen gleichzeitig anzuklicken in der Hoffnung, dann wenigstens eine zu erlangen. Dadurch wurde natürlich das Ausmaß der Wohnungsnot total verfälscht und die Panik vergrößert.
Diese ganze Hektik und Hinundherraserei mit dem vielen Geblinke machte mich ganz nervös. Ich wollte wieder meine Katakombe aufsuchen, fand sie allerdings nicht mehr und durfte nun rätseln, wohin sie oder wohin ich inzwischen gekommen sei.
Nach längerer Recherche stellte ich fest, ich befand mich weder in Rom noch in Paris, sondern offenbar in einer so entfernten Zeit, daß es weder unsere Sprachen noch unsere Städtenamen gab.
Es gab Zeitungen - leider immer noch, aber für mich boten sie die einzige Möglichkeit, etwas über Ort und Datum zu erfahren. Kaufen konnte ich mir natürlich keine, musste warten bis eine weggeworfen wurde. Die erhaschte ich mir und las als Zeitungstitel: Franitzische Misturingen und als Datum: 1. Akzeptaber 3115
Die Ziffern gab es wenigstens noch, möglicherweise hatten aber auch sie ihre Bedeutung verändert, sodaß eine 1 jetzt etwas ganz anderes bedeutete als früher.
Vom Inhalt verstand ich kein einziges Wort; es kam mir aber doch so vor, als ob es sich um eine Weiterent-

wicklung der deutschen Sprache handelte. Franitzische... bedeutete möglicherweise Frankfurter...
Dann sprach ich einen Passanten an in der Hoffnung, von ihm etwas über Zeit und Ort zu erfahren. Und wieder musste ich feststellen, daß ich für ihn gar nicht vorhanden war. Da ahnte ich schon, daß ich mich lediglich in einem Traum befand, machte aber noch einen Versuch mit einem kleinen Jungen, der mich wahrzunehmen schien, weil er mich anlächelte. "Kannst du mir sagen, in welcher Stadt ich hier bin?" fragte ich ihn. "Natürlich. Sie sind hier in der Stadt, in der Sie geboren wurden." - "Das kann ich nicht glauben - sag' den Namen!" - Er sprach den Namen so schnell und undeutlich aus, daß ich ihn gar nicht richtig wiedergeben kann. Er klang wie: Wetschlinechoskijewo - also typisch russisch; die ganze Atmosphäre war jedoch eher pariserisch, und Schnee lag auch keiner, wie es sich für eine russische Stadt gehört hätte.
Dann wollte ich mich einer vornehmen, halbverschleierten Dame nähern, um sie ebenso nach Ort, Datum, eventuell auch nach dem Planetennamen fragen, weil ich mir gar nicht mehr sicher war, noch auf dem Planeten Erde zu weilen, aber sie wich vor mir zurück. Das heißt, sie machte keine Schritte nach rückwärts, sondern die Entfernung zwischen uns vergrößerte sich wie von einer geheimnisvollen Apparatur gesteuert - oder als ob sich ein Taboo unserer Annäherung entgegenstemmte. Das ärgerte mich ganz furchtbar. Wäre ein Apfelbaum neben mir gestanden, hätte ich mit Äpfeln nach ihr geworfen - und wenn der ganze Traum davon geplatzt wäre.
Offenbar sollte er noch ein wenig weitergehen. Eigentlich sehnte ich mich schon nach meinem Bett. Leider kann man einen Traum nicht mit Gewalt und auf Befehl beenden - nur in den allerseltensten Fällen. -

Der Beifallstaumel, den mir das Volk für meine Träume zollte, das sich zu immer wieder neuen Ovationen hinreißen ließ, beglückte mich natürlich. Obwohl weniger meine darstellerische Kunst als vielmehr die dramaturgische Gesamtleistung höchstes Lob verdiente. Solche gewaltigen Szenen auf die Bühne zu bringen hatten weder Fellini noch Coppola geschafft, von den geringeren wie Polansky, Petersen oder Spielberg ganz zu schweigen. Allein die lebendigen Formen der Wasserfluktuationen als sich die Erde in Meer verwandelte; diese bizarren Auswuchtungen hätte kein Gott besser machen können. Die sieben Oskars für die Darsteller, für Szenenbild und Photographie und der Friedensnobelpreis für den Regisseur schienen mir durchaus angemessen.
Daß die Regierungen von sechzehn Staaten dagegen Einspruch erhoben, empfinde ich als Skandal. Sie verließen demonstrativ den Saal der Preisverleihung und sammelten sich auf der Terrasse an der Rückwand des Gebäudes, welches direkt auf einem Felsen über dem Meer lag. Ich sehe sie noch stehen in ihren straff gebügelten, schwarzen Hosenbeinen, jeder für sich an die eiserne Brüstung gelehnt. Da die ganze Rückwand aus Glas bestand, konnte man sie gut von innen aus beobachten. Dann geschah das Entsetzliche - oder auch Erfreuliche, wie man's nimmt -, die Brüstung gab nach und alle Sechzehn verschwanden in der Tiefe, und wurden zerstoßen von den aus dem Wasser herausragenden Scheren an dieser Küste. -
Komm, lass uns auf leisen Sohlen gehen - vielleicht können wir noch nachträglich etwas retten!   -

Wenn ich alle meine Träume in HD-Qualität auf den Markt bringen und ihre Herstellungsart geheim halten könnte, würde ich ganz sicher so manchen Oscar

einheimsen. Wenn alle das könnten, dann natürlich wiederum nicht. Dabei mache ich mir im Grunde aus den Oscartrophäen gar nichts, der mit ihrer Verleihung verbundene Barscheck alleine würde mir genügen. Mache mir nicht einmal was aus überflüssigen und brachliegenden Millionen! Ein Grundstück zu besitzen und darauf eine Villa wie etwa Georgia O'Keefe und dann ganz schlicht und bekömmlich zu leben - das wäre mein Ideal. Und wie diese Dame über so guten Geschmack und so sicheres Stilgefühl zu verfügen, das ließe ich mir auch noch brennend gerne gefallen. Auf ihr Maltalent könnte ich verzichten unter der Voraussetzung, daß mir künstlerisch ebenbürtige Photos gelängen. Dieses als kurzer Programmentwurf für ein späteres Leben! Rechne ich alle meine Programmentwürfe für spätere Leben zusammen, dann hab' ichs ja bis zum endgültigen Nirwana noch weit. Und nun noch die nichtgewollten durch angehäuftes Karma zu absolvierenden! Ach Gott, ach Gott, da kann einem ja ganz mulmig werden!
Wozu schreibe ich das eigentlich auf? Aber worüber könnte ich schreiben, worüber noch nichts geschrieben worden ist? Weh mir, daß ich ein Enkel bin, oder sogar Urenkel eines Urenkels!
Über meine Traurigkeit kann ich jedenfalls nicht schreiben. Dann schon lieber herumblödeln! Leider fehlen mir dafür die lustigen Einfälle.
In dieser Nacht, in der mir das Einschlafen wieder einmal völlig misslang, fielen mir zwei alte, deutsche Lieder ein: "Ich wollt' ein Bäumlein steigen, das nicht zu steigen war. Da brachen alle Ästelein, da brachen alle Ästelein, und ich fiel in das Gras." Von der gleichen Lustigkeit das Lied: "Es blies ein Jäger wohl in sein Horn, und alles, was er blies, das war verlor'n, das war verlor'n." - Es ist in diesen Novembernächten

auch zu kalt zum Schreiben. Wie soll einem da etwas Lustiges einfallen? In warmen Sommernächten bewegen sich meine Gehirnmoleküle viel schneller. Das haben Moleküle so an sich. Und es ist jetzt noch zu dunkel, um ohne Lampenlicht schreiben zu können; aber ich muss Strom sparen. Bei Kerzenlicht schreiben wie Schiller und Goethe? Nein, das geht auf gar keinen Fall. Wo sind wir denn hier? Doch nicht mehr im 18. Jahrhundert! Ich möchte fliehen - aber wohin? Ich möchte zu jemandem sagen können: "Du Licht meiner Tage!" - Es ist keiner da. -
Ach, Schwamm drüber und Strich drunter! Ein paar Blätter am Kirschbaum sind noch dran! Die Situation ist so und so verfahren; das Ganze fast schon wieder zum Lachen. -
Mein Vater war ein adliger Schürzenjäger; meine Mutter eine fromme Bauerntochter - wie soll da etwas Gescheites herauskommen! Ein Wunder, daß ich nicht schief und krumm bin, sondern mein Misswuchs sich nur auf einen überzähligen Zahn erstreckt, der das Staunen aller meiner Zahnärzte hervorrief. Da konnte ich wenigstens in meinem Pass etwas als besonderes Kennzeichen angeben.

* * *

Über eine absonderliche Musikerziehung

Mein Landeanflug verlief etwas problematisch, weil die Bremsraketen nicht einwandfrei funktionierten, sodaß ich mit einer ziemlichen Geschwindigkeit auf den Planeten Teralonia hinabsauste, und erst in den allerletzten Sekunden gelang es mir, diese soweit zu zügeln, daß ich bei der Landung nicht die Keramitplatten der Landepiste des Raumflughafens von Godwinia

zertepperte. Aber wie wenig vorschriftsmäßig meine Landung ausfiel, zeigten mir die ergrimmten Mienen des Flughafenpersonals als ich meiner Rakete entstieg. Doch machte ich mir wenig daraus und schritt stolz erhobenen Hauptes dem Empfangskomitee entgegen, welches am Ende des roten Teppichs auf mich wartete. Da ich als Kommissär für kulturelle und ästhetische Belange angemeldet war, empfing mich der entsprechende Funktionär Teraloniens in festlicher Kleidung mit einem Gefolge von fünf Mann, die alle nur die Größe etwa von Buschmännern aus der Kalahari besaßen, während er selber meiner Größe entsprach.
Dieser Größenunterschied zeigt den Rang der Personen in biologisch konkreter Form an so wie bei uns auf alten Tafelbildern der Rangunterschied durch die Größe der gemalten Figuren angezeigt wurde. Offensichtlich erhielten hier die unteren Ränge eine schlechtere Nahrung als die oberen, weshalb sie im Wuchs zurückblieben.
Man hielt mir ein schwarzes Stück Holz vor die Brust, und ich wusste zuerst nicht, was das bedeuten sollte, bis ich mich daran erinnerte, daß das sozusagen den Willkommenstrunk darstellen sollte, der aber auf diesem Planeten in fester Form verabreicht wurde, weil die Teralonier keine Getränke zu sich nehmen.
Ich musste also dieses Brettchen verzehren, weil man sonst beleidigt gewesen wäre. Es schmeckte auch gar nicht einmal schlecht; etwa ähnlich wie Schokolade.
Dann wurde ich in ein Gefährt verfrachtet, und ab ging's durch die hell erleuchteten Straßen Godwiniens zum Rathaus, wo mich der Bürgermeister nebst Honoratioren gemessen aber nicht unfreundlich empfing.
Nachdem die wechselseitigen Begrüßungsansprachen vorüber waren, durfte ich mich im ersten Hotel der Stadt von meiner langen Reise ausruhen. Ein Bankett

war für den nächsten Vormittag angesagt. -
Was waren nun die Teralonier für Leute, und welchem Zweck diente mein Besuch auf diesem von uns immerhin mehrere Lichtjahre entfernten Planeten? Das muss wohl als erstes geklärt werden, bevor ich auf meine einzelnen Erlebnisse eingehe.
Beide Nationen, die Terraner und die Teralonier, lieben die Musik, und diese bildet einen gewichtigen Bestandteil beider Kulturen. Doch spielt sie auf Teralonia noch eine viel größere Rolle als bei uns - eine um wieviel größere, das sollte ich erst peu á peu erfahren.*
Ich möchte sie auch als musikalisch begabter bezeichnen als uns. Kein Wunder bei ihren viel größeren Ohren! Ehrlich gesagt, um ihre Ohren anschaulich zu beschreiben, müsste man sogar von Eselsohren sprechen. Ihnen das ins Gesicht sagen darf man natürlich nicht; da hören sie lieber ihre "wunderbaren Klangempfänger" loben - und um Klangphänomene geht es auch bei meiner Mission. Denn zwischen unseren beiden Planeten herrscht ein reger Austausch in Bezug auf Musikstile, Musikinstrumente, Musikerziehung, Musiktheorie und Notenmaterial. So überbrachte ich ihnen zum Beispiel als Gastgeschenk unsere gesamte Musik des 18. Jahrhunderts soweit sie noch bei uns in Form von Akustikmedien und Noten vorhanden war. Ich erwartete dafür insgeheim als Gegenleistung ein Instrument mit ganz eigenwilligen, bei uns noch nie gehörten Klangfarben.
Ich hoffte stark, diese Erwartung nicht offen aussprechen zu müssen, sondern daß sie von selber darauf kämen. Aber das hatte ja noch Zeit; denn mein Besuch war auf dreißig Tage festgesetzt.
Als den hervorstechendsten Unterschied zwischen

---

* nach und nach klingt doch zu dialekthaft und plebejisch, nicht wahr?

ihnen und uns muss man ihre ungeschlechtliche Vermehrung betrachten. Den Vorgang der Zeugung und zwei verschiedene Geschlechter gibt es bei ihnen nicht. Sie vermehren sich durch Knospung. Wie diese in Gang gebracht wird, habe ich in den ganzen vier Wochen nicht in Erfahrung bringen können. Sie äußerten sich zu diesem Thema, wenn ich danach fragte, äußerst unbestimmt, sodaß ich nichts davon begriff. -
Bei dem Festbankett, welches mir zu Ehren gegeben wurde, fiel mir auf, daß keinerlei Musik ertönte - etwas was doch bei ihrer Musikliebe verwunderte und bei uns ganz undenkbar wäre. Überhaupt schien es bei ihnen kaum musikalische Veranstaltungen zu geben. Jeder spielte zwar mindestens zwei Instrumente und das gerne und häufig, aber fast nur jeder für sich, ganz selten hörte ich Duette oder gar größere Gruppen. Als ich bei einem abendlichen Besuch in der Wohnung des Kulturreferenten vorschlug, gemeinsam einige Audiodisketten anzuhören, rief das ein allgemeines Missfallen hervor, fast wie wenn ich etwas Ungehöriges vorgeschlagen hätte.
Doch als die übrigen Gäste gegangen waren, spielte mir mein Gastgeber eine wundervolle Barkarole auf seinem, unserer Querflöte ähnelnden Lieblingsinstrument vor, lehnte es jedoch ab, noch ein zweites Stück vorzutragen; spielte aber mir zu Gefallen die gleiche Barkarole, übrigens von Numquam Glunk komponiert, noch auf der teralonischen Entsprechung unseres Klaviers.
Ganz besonders genoss ich dabei seine vollkommene, nahezu selbstvergessene Hingabe. Unwillkürlich dachte ich an Rilkes Zeilen aus den Sonetten an Orpheus: *"Dies ists nicht, Jüngling, daß du liebst, wenn auch die Stimme dann den Mund dir aufstößt, - lerne vergessen, daß du aufsangst....."* Dann erwachte er

wie aus einem Traum und erschrak, als er mich vor sich sah. Meine Anwesenheit hatte er ganz vergessen.

Am nächsten Tag machte man mit mir eine Rundfahrt durch märchenhaft schöne Landschaften und malerische Dörfer. In einem der letzteren führte man mich in eine Musikschule, um mich die Art und Weise des teralonischen Musikunterrichts hautnah und aktuell erfahren zu lassen. Der Unterricht fand in modernen, hellen Räumen statt, die so verwandelt werden konnten, daß man bei gutem Wetter praktisch im Freien saß umgeben von Pflanzen und Blumen.
Die Klasse, die man mir vorführte, bestand aus fünfzehn Schülern. Der Lehrer war schon ein ziemlich großer Mensch, aber der Schuldirektor überragte ihn noch um anderthalb Köpfe und somit auch mich um einen halben. Offenbar trug er schwer an seiner hohen Würde. Größer als er waren nur noch Staatsminister, und der Ministerpräsident war natürlich der allergrößte, ein wahrer Riese von Gestalt.
Die kleinen, etwa elfjährigen Schüler, so sagte man mir, hätten heute ihren ersten Unterricht, und er begann damit, daß jeder aus der Menge von bereitliegenden Instrumenten sich eines auswählte, was dann für sein ganzes Leben lang als sein Lieblings- und Hauptinstrument gelten sollte. Ein zweites wurde dann als Nebeninstrument gewählt - und eben weil die Wahl für das ganze Leben gelten sollte, war sie ungeheuer wichtig, und die Schüler gingen dabei mit großem Ernst und genauer Selbstprüfung vor. Der Lehrer unterstützte sie dabei mit Hinweisen auf ihre physischen Besonderheiten, für manche Instrumente brauchte man besondere Hände, für andere Kraft, für Blasinstrumente feste Lippen, ein fehlerfreies Gebiss und gute Lungen und für die violinähnlichen Instru-

men war beispielsweise ein langer Hals und eine flache Brust ungünstig.

Das zog sich stundenlang hin und war mit einem großartigen Lärm verbunden, denn die Vielzahl der Instrumente, die da nacheinander durchprobiert wurden, war ganz erstaunlich und sie alle einmal zu hören für mich sehr interessant. - Der Unterricht spielte sich dann so ab, daß der Lehrer eine Komposition auf dem Klavier vorspielte und dann abwartete, welcher der Schüler die Melodie auf dem Instrument seiner Wahl nachspielen würde. Die Wahl der Komposition oblag der selben strengen Regelung, eine Wahl für das ganze Leben zu sein.

Nicht alle Schüler fanden gleich am ersten Tag eine ihnen zusagende. Es klingt unglaublich, aber wer sich für eine Komposition entschieden hatte, durfte sein ganzes Leben lang keine andere spielen oder anhören. Mir schien diese Philosophie ja höchst absurd, und ich bat um Erklärung.

Man sagte mir, soweit ich das behalten habe, ungefähr folgendes: Musik sei zwar eine wunderbare Sache, aber keineswegs eine für das Gehirn ungefährliche. Zuviel Musik, und vor allem zu viel verschiedene Musik, wirke, so seltsam das klingen mag, auf das Nervensystem zerrüttend. Der Direktor erinnerte mich an die Irrsinnsfälle, die auf der Erde durch die Musik Richard Wagners hervorgerufen worden waren und wies ferner auf die geistigen Zerrüttungen hin, an welchen wilder Jazz und ähnliche, die Sinne aufpeitschende Musik die Schuld gehabt hätten.

Er behauptete auch, daß unsere romantische Musik bei einer Vielzahl von Persönlichkeiten zu geistig-seelischer Umnachtung geführt hätte. Er nannte neben einer Reihe von teralonischen Komponisten, deren Namen ich mir nicht merkte, auch Robert Schumann und Felix Mendelsohn-Bartholdy. Vor allem hielten Pianisten, die ständig in einer Flut von Tönen schwelgten, auf die Dauer das nicht aus und hätten an den verschiedensten Arten und Abarten von Dementien gelitten. Ich musste das zugeben, denn ich hatte selber von solchen Fällen gelesen, fand es aber trotzdem geradezu schwachsinnig, einen Musiker ein Leben lang auf ein einziges Musikstück festzunageln. Ich sagte, den Teraloniamusikologen, wie sehr es mich betrübe, daß mein Leben zu kurz sei, um mehr als nur einen Bruchteil der vielen herrlichen Musik, die es gäbe, hören zu können. Für diese Auffassung brachten sie nicht nur kein Verständnis auf, sondern fanden sie sogar lasterhaft und leichtfertig.

Ich sprach dagegen von der fürchterlichen Verarmung der Musikseele bei ihrem System und meinte auch, daß nach einer verhältnismäßig kurzen Zeit jeder Schüler der von ihm gewählten Musik überdrüssig werden müsse.

Sie konterten mit der Behauptung, daß die Lebenszeit kaum ausreiche, die inneren Werte auch nur eines einzigen, von einem Meister komponierten Musikstückes, voll auszuschöpfen.

Man klärte mich dann auf, wie der weitere Unterricht vonstatten ginge. Wenn der Musikschüler sein ausgewähltes Stück vollkommen zu beherrschen gelernt habe und es fehlerfrei mit optimalem Gefühlsausdruck vor jedem Publikum vortragen könne, was bei Hochbegabten zwar schon nach einigen Monaten einträte, bei den meisten aber durchschnittlich ein Jahr dauere, müsse er als nächstes sein ausgewähltes Stück in sämtliche zwölf Tonarten zu transponieren lernen und sich dann Variationen in allen Stilrichtungen der Musikgeschichte ausdenken. Bis er diese Übungen zur Zufriedenheit der Musiklehrer auszuführen gelernt habe, würden durchschnittlich drei bis vier Jahre vergehen. Mit inbegriffen seien in ihnen alle Satztechniken von Kontrapunkt über Pentatonik bis hin zu modaler Spielweise.

Dann folge - an welcher Speise so mancher viele Jahre zu kauen habe - die Fähigkeit der fehlerfreien Variation aus dem Stegreif zu erwerben vor einem kritischen Publikum, welches jeden Fehler bemerken und ausbuhen würde. Wenn einer so weit gekommen sei, habe er seine Lebensmitte schon meistens überschritten. -

Diese konzentrierte Beschäftigung mit einem einzigen Musikstück fördere außerdem weitaus mehr als nur die reine Musikalität, nämlich geistige Fähigkeiten auch auf anderen Gebieten und nicht zuletzt auch den Charakter, vor allem Ausdauer, Geduld, Genügsamkeit und Gründlichkeit.

Wenn der Musikadept dann sein ausgewähltes Stück von allen Seiten beleuchtet und durchleuchtet habe, könne er daran denken in der gleichen Art etwas Ebenbürtiges zu komponieren. Sie betonten das: "in der gleichen Art". An irdischen Komponisten bemängelten sie, daß diese etwas Neues nur schaffen könnten, indem sie auf eine gänzlich andere Art auswichen und so jede Möglichkeit einer vergleichenden Kritik umgehen würden. Das sei in den meisten Fällen von Scharlatanerie nicht weit entfernt. Man könne dabei gar keine Aussage machen, ob sie mehr oder weniger könnten als ihre Vorläufer. Ein Beethoven und ein Ligety seien einfach nicht miteinander vergleichbar. Sie nannten zwar teralonische Namen; aber die würden ja dem Leser nichts sagen, weshalb ich ein entsprechendes irdisches Beispiel hernahm.

Mir leuchtete das sogar ein; trotzdem gelang es mir nicht, diese rigorose Selbstbeschränkung der Teralonier gutzuheißen, zumal sie bedeutete, daß viel zu viele, herrliche Stücke gar nicht mehr gespielt würden.

Was mich bei dieser ganzen Diskussion außerdem noch störte, war, daß sie meine Auffassung als geradezu sündhaft beschimpften, ganz so als ob sie ein unerhörtes Sakrileg an irgendwelchen göttlichen Geboten darstelle. Manchmal musste ich mich zwingen, meine Wut über diese Hirnrissigkeit zurück zu halten und nicht zu laut und zu erregt zu werden, was sich natürlich für einen Diplomaten nicht geziemt hätte und sogar zu einer Verstimmung zwischen beiden Planeten hätte führen können.

Trotz dieser Spannung, die sich zwischen uns ergeben hatte, wurde ich für den nächsten Abend zu einer kleinen Feier eingeladen. Sie wurde veranstaltet, weil jene fünfzehn Schüler nunmehr ihre Auswahl getroffen hatten und jetzt in einer Art Vermählungszeremonie darauf vereidigt wurden, ihrer Wahl auch die Treue zu halten. Diese Leutchen glaubten so fest an die Richtigkeit ihrer Überzeugung, daß meine Einwendungen sie nicht im Geringsten beeindruckten, sondern sie offenbar nicht daran zweifelten, mich von der Wunderbarkeit ihrer Musikauffassung überzeugen zu können, indem sie mich an diesen weihevollen Augenblicken teilnehmen ließen.

Ich machte natürlich gute Miene zum bösen Spiel, beglückwünschte die Schüler ebenso wie alle übrigen Anwesenden zu diesem Ereignis und ließ mich auf keine weiteren Auseinandersetzungen zu diesem Thema ein.

Nur mit dem Kulturreferenten, in desen Haus ich inzwischen wohnte, sprach ich noch einmal darüber, weil er von sich selber aus eine kritische Bemerkung über das teralonische System machte. Er führte mich dann auch - inoffiziell und unter Geheimhaltungsvorkehrungen - in eine Lokalität, wo sich junge Leute um

jenes Musikgesetz gar nicht kümmerten, sondern munter drauflos musizierten und sich dabei köstlich amüsierten. Sie spielten in wechselnden Gruppierungen zusammen, und viele Zuhörer saßen um sie herum. Dazu aßen sie von jenen schwarzen Brettchen, die wie Schokolade schmeckten und rauchten süßlich parfümierte Zigaretten. Aber getrunken wurde interessanterweise auch hier nichts. Die chemische Zusammensetzung ihrer Körper ist eben eine ganz andere als unsere und nimmt die lebensnotwendige Feuchtigkeit nur beim Waschen und Baden durch die Haut auf, weshalb man von ihnen sagen kann, daß sie ein "sehr sauberes Völkchen" seien.
Ich begann nun auch zu ahnen, daß die offiziell geförderte Methode der absoluten Hingabe an ein einzelnes Musikstück etwas mit der "Knospung" zu tun hatte, durch die sie sich vermehrten. Aber wie schon erwähnt, Genaues erfuhr ich hierüber nicht und musste mich mit der Ahnung begnügen. -
Mein Gastgeber bat mich auch, niemandem zu verraten, daß er oft mit einem Kollegen Duette für Katapulchra und Chimaira spiele, also etwa für Viola d'amore und Laute, denen ich manchmal zuhören durfte und die ich sehr schön fand, obwohl sie von allen unseren Musikstilen weit entfernt waren.
Solche Genüsse dürfen sich nur Personen erlauben, die in Häusern wohnen, von denen keine Töne nach außen dringen können.
Wegen der leichten Bauweise müssen sich die meisten Teralonier diese Genüsse versagen, sofern sie ihnen nicht durch die allgemeine Musikerziehung längst verleidet sind. Jene Lokalitäten, von denen ich oben sprach, werden in regelmäßigen Abständen von polizeilichen Razzien heimgesucht und aufgelöst. -
Im Musikleben unserer lieben, alten Mutter Erde gibt

es insofern etwas dem teralonischen Vergleichbares, als es Musiker gibt, die sich auf das Werk eines einzigen Komponisten konzentrieren. Das lasse ich mir noch eingehen; denn etwa das gesamte Klavierwerk Beethovens oder das Orgelwerk Bach's bis zur Konzertreife einzuüben, kann wirklich und im Ernst eine Lebensaufgabe sein. Es kann auch jemand gerade für einen einzigen Komponisten eine spezielle Begabung besitzen - aber jeden Musikausübenden auf ein einziges Musikstück zu beschränken und zu verpflichten, scheint mir, ich kann mir nicht helfen, absurd, grotesk und unsinnig zu sein. Einzelne mögen sich ja ruhig eine solche Askese auferlegen; aber ein allgemeines Gesetz daraus zu machen, das ist doch zum Aufheulen und Davonlaufen.

In der Öffentlichkeit hielt ich es für besser, meine Ansicht zu verbergen; denn schließlich gehörte es zu meinen Aufgaben, zwischen Terra und Teralonia ein gutes Einvernehmen zu schaffen und keine Kontroversen herauf zu beschwören; aber in Privatgesprächen, wenn ich das Gefühl hatte, auf Verständnis zu stoßen, wagte ich es verschiedentlich doch, meine Meinung zu äußern, und dabei erkannte ich, daß es unterirdisch in der Bevölkerung gärte. Es konnte durchaus damit gerechnet werden, daß auf Teralonia demnächst eine Gegenströmung eintreten und eine Gegenpartei an die Macht kommen werde.

Solche Dinge vorauszusehen, gehört ja doch auch zu den Aufgaben eines geschickten Gesandten.

Deshalb interessierte mich ein Gerichtsprozess gegen drei Musiker, die gegen das Gesetz verstoßen hatten und die man deshalb wegen Eidbruchs verklagte.

Was sie in der oben erwähnten Vereidigungszeremonie versprochen hatten, hatten sie nicht gehalten, und das verlangte nach teralonischer Auffassung eine Bestra-

fung. Das Auffinden des rechten Strafmaßes erwies sich allerdings als ein schwieriges Problem, bei dem zwischen Ankläger, Verteidiger und den drei Richtern ein abscheuliches Hickhack getrieben wurde.
Bei diesem Prozess kam auch die Fiktivität der Begriffe Recht und Unrecht in Anwendung auf die musikalische Aufführungspraxis deutlich zum Vorschein, und aus dem Publikum wurden Stimmen laut, die wütend einen sofortigen Abbruch des ganzen Gerichtsverfahrens forderten, weil es nichts anderes als einfach nur lächerlich sei. Und sie hatten unter den Juristen sogar einige auf ihrer Seite.
Jedoch die Traditionalisten pochten auf die unveränderlichen, ewigen Werte der Musik und warnten vor einem Untergang der Kultur, wenn die Verderbnis der musikalischen Sitten auf Teralonia einreiße und forderten ein dieser Gefahr entsprechend hohes Strafmaß. Doch worin sollte das bestehen? In Geldstrafe, Freiheitsentzug, Zurücksetzung in eine tiefere Ernährungsstufe, Musikverbot oder Hiebe auf die Fußsohlen - das alles wurde erwogen und verworfen, wieder aufs Tapet gebracht und noch einmal abgelehnt.
Seltsamerweise erfolgte nicht der geringste Hinweis auf einen Zusammenhang zwischen Musik und Knospung, was doch das zwingendste Argument für diese Partei gewesen wäre; da muss mich also wohl meine Ahnung doch getrogen haben. Oder sprachen sie etwa von diesen Dingen nur im Geheimen?
Dreimal wurde vertagt, und so zog sich die Sache wochenlang hin und beschäftigte ein Dutzend Amtspersonen und nur deshalb, man bedenke, weil die Musiker etwas außerhalb ihrer ursprünglichen Auswahl musiziert und einige gehässige Lauscher das zufällig mit angehört hatten.
Einige einsichtige Leute von der Presse machten den

Vorschlag, auf Wunsch eine Trennung zwischen Musiker und seiner in frühester Jugend getroffenen, urprünglichen Auswahl gesetzlich zu ermöglichen. Doch der Widerstand dagegen war zur Zeit noch zu groß, bin mir aber sicher, daß er eines Tages gebrochen werden wird, weil der jetzige Zustand einfach unvernünftig und unhaltbar ist. Wobei es der rigorose Zwang ist, den man ablehnen muss. Auf freiwillige Basis gestellt mag ja dieses Einmusikstücksystem einige Argumente für sich und positiven Wert haben.

Als ich von Teralonia wieder abflog, war der Prozess immer noch nicht beendet; daher weiß ich nicht, für welche Strafart die Richter sich schließlich entschieden. -
Ich musste nun so langsam betreffs des Musikinstrumentes, welches ich mit zur Erde nehmen wollte, ein wenig mit dem Zaunpfahl winken. Mir war nicht ganz klar, ob sie sich nur zum Schein in dieser Hinsicht taub stellten oder wirklich so taub waren. Ich spielte täglich eine Stunde lang auf ihm und drückte meine Begeisterung in den höchsten Tönen aus; aber sie reagierten nicht so, wie ich es mir gewünscht hätte.
Oder beabsichtigten sie vielleicht, mich kurz vor dem Abflug überraschend mit einer Überraschung zu überraschen? Darauf konnte ich es aber nicht ankommen lassen. Wenn die erwünschte Überraschung ausblieb, musste ich ohne Instrument abfliegen, obwohl ich natürlich ausschließen konnte, daß man mich mit rein gar nichts überraschen würde; aber eben vielleicht mit irgendeiner Überraschung, mit der ich gar nicht überrascht zu werden wünschte.
Mir blieben nur noch sieben Tage bis zum geplanten Start. Was konnte ich bis dahin noch unternehmen, um zu meinem Ziel zu gelangen? Konnte ich eventuell die

noch ausstehende Rundreise nach drei anderen Großstädten Teralonias für diesen Zweck benutzen? Ich wusste, ich würde da hauptsächlich Museen besuchen müssen. In irgendeinem derselben musste ich irgendwie zum Angriff übergehen. Es handelte sich übrigens bei dem bewussten Instrument um eine elektronische Orgel vom Umfang mindestens dreier Keyboards üblicher Größe. Es war also nichts, was ich heimlich hätte in die Tasche stecken können.
Eines der Museen galt als die größte Musikinstrumentensammlung der ganzen Galaxie. Angeblich enthielt es die Musikinstrumente von über hundertzwanzig Planeten. Auch fast alle die unseren gab es dort zu sehen; nur mussten die Beschriftungen für Mandoline, Gitarre, Balaleika, Bandura, Laute, Banjo, Ukulele, Theorbe und Saz von mir erst berichtigt werden. Ebenso hatte man Violoncello, Violine und Viola durcheinandergebracht. Aber ansonsten fand ich den Besuch hochinteressant.
Als ich dann auch an jener Orgel vorbeikam, die ich gerne auf die Erde mitbringen wollte, sagte ich kühn zu dem Museumsleiter: "Dieses Stück fehlt uns noch in unserer Sammlung auf Terra." Wie erfreut war ich, als er daraufhin sein Notizbuch hervorholte und mir versprach: "Ich werde diesen Wunsch weiterleiten." -
Dann geschah mir allerdings ein kleines Missgeschick: Es wurde ein Mordanschlag auf mich verübt! Mir fielen schon vorher Demonstranten auf mit Plakaten wie "Nieder mit dem Sündenpfuhl der terranischen Musik" oder "Wir bleiben bei der Einheit" - "Kein Aufweichen der musikalischen Moral!" - "Weg mit der Massenmusik!" - "Verhaut den irdischen Gesandten!" - "Terraner, go home!" - "Keine musikalische Vielfresserei auf Teralonia!" - und ähnlichem Unsinn.
Ich hatte mir wenig dabei gedacht; deshalb war ich

völlig verblüfft als ein kleines Bürschchen vor mir hochsprang und mir mit dem Ausruf: "Verschwinde aus unserer Stadt, du Botschafter des Satans!" ein Messer in die Brust stoßen wollte. Als geübter Judoka konnte ich jedoch den Stich abwehren, und im nächsten Moment flog das Männchen in hohem Bogen durch die Luft. Dann nahm mein Begleitschutz den Mann fest. Solchem Fanatismus zu begegnen, schockierte mich nicht wenig.

Angesichts derartiger Feindseligkeiten verzichtete ich auf die restlichen, vorgesehenen Großstädte und ließ mich lieber durch einen riesigen Nationalpark nach Godwinia zurückfahren. Von Museumsbesuchen hatte ich sowieso die Nase voll. Die Fauna und Flora Teralonias faszinierte mich wesentlich mehr, doch sehe ich davon ab, sie näher zu beschreiben.

Mein Kulturreferent empfing mich mit unerfreulichen Nachrichten von der Erde. Dort waren mehrere Kriege ausgebrochen, und ich musste befürchten, sie nur noch als geschrumpfte Kartoffel anzutreffen, wenn ich demnächst dort eintraf.

Drei Tage vor dem Starttermin wurde ich zum Raumflughafen beordert, um das Auftanken und Beladen meiner Rakete zu überwachen, und da stand dann auch zwischen den Versorgungsgütern ein großer Kasten mit der gewünschten Orgel.

Ich hatte mich dann nur noch bei der Regierung herzlich zu bedanken und einige protokollarische Termine zu absolvieren, Abschiedsreden über mich ergehen zu lassen und selber eine zu halten, danach durfte ich in meine Rakete steigen und mit Kurs auf unser Sonnensystem abfliegen.

* * *

Welchem großen Vorbild ich mit dieser kleinen Allegorie nacheiferte, wird jedem einigermaßen belesenen Leser deutlich geworden sein. Den Namen brauche ich gar nicht zu nennen. Er war lange Zeit mein Lieblingsautor überhaupt, und ist es heute noch innerhalb der Science-Fiction. Einen besseren in diesem Bereich habe ich nie gefunden; natürlich kann es inzwischen bessere Autoren geben. Alles auf diesem Gebiet kenne ich nicht. Seine "Sterntagebücher" las ich mindestens zehnmal, so etwas färbt ab; dennoch hoffe ich, man wird mich nicht des Plagiats beschuldigen, sondern sich damit begnügen, mich als Epigonen zu bezeichnen. Des Niveauunterschiedes bin ich mir bewusst.

* * *

Aus Schüleraufsätzen über das Thema:
Vor- und Nachteile der Supermärkte gegenüber Einzelhandelsgeschäften unter Berücksichtigung des Transportwesens, des Verpackungsmülls und des Onlinekaufens

Supermärkte sind sehr viel praktischer als Einzelhandelsgeschäfte, weil sie alles unter einem Dach haben. Man muss es bloß finden.
K. H. 12 Jahre

Früher musste man Schlange stehn, bis man bedient wurde, heute muss man Schlange stehn, bis man bezahlen darf.
J. E. 11 Jahre

Supermärkte wären eine sehr gute Sache, wenn sie wirklich <u>Alles</u> hätten. Wenn man von einem Supermarkt zum andern laufen muss, weil der eine dies nicht hat und der andere jenes nicht, dann geht der

Vorteil, den sie über die kleinen Läden hätten, wieder verloren.
F. G. 14 Jahre

Als es noch keine Supermärkte gab, kamen die Lebensmittel größtenteils aus der näheren Umgebung, und sie waren frisch. Die Bauern brachten ihre Produkte frühmorgens auf den Großmarkt, wurden dort von den Einzelhändlern wenige Stunden später und von den Hausfrauen im Laufe des Vormittags eingekauft; infolgedessen war kein Lebensmittel älter als einen Tag. Nur ein kleiner Anteil, der nicht sofort verkauft wurde, blieb für mehrere Tage liegen.
Die heutigen Supermärkte beziehen ihre Waren größtenteils von weither, und sie stehen oft tagelang, wochenlang, ja, monatelang herum bis sie gekauft werden. Daher bekommt man bei ihnen weder frisches Obst noch frisches Gemüse, auch keine frische Milch oder Eier, und was man bekommt, schmeckt nach gar nichts und enthält auch wahrscheinlich keine Vitamine mehr.
A. G. 14 Jahre

Das Supermarktwesen füllt unsere Straßen mit Großraumlastern und verdirbt unsere Infrastruktur. Alle seine Vorteile werden durch Nachteile auf irgendeiner anderen Seite wieder aufgehoben.
B. B. 14 Jahre

Das Schöne am Supermarkt ist, wenn man sein Frühstück haben will, muss man nicht nacheinander zum Milchgeschäft, zum Bäcker und zum Lebensmittelhändler gehen, sondern nur zum Supermarkt. Besonders schön am Supermarkt ist, daß man sich da auch

mit Kaffetrinken laben und dabei ratschen und labern kann
G. H. 12 Jahre

Es lohnt sich nicht zu fragen, ob das Supermarktsystem irgendwelche Nachteile haben könnte. Die Vorteile sind vielleicht nicht so groß wie allgemein angenommen wird; aber es hat sich nun einmal durchgesetzt und man kann die Entwicklung nicht zurückdrehen und plötzlich wieder den Einzelhandel fördern. Die Leute haben sich inzwischen so daran gewöhnt, daß irgendwelche von der Regierung ausgehende Maßnahmen, das Supermarktwesen einzuschränken, mit heller Empörung abgelehnt werden würden.
Wenn eine Bevölkerung sich erst einmal an bestimmte Bequemlichkeiten gewöhnt hat, lässt es sich diese nicht so leicht entreißen, selbst dann nicht, wenn derartige Versuche im Interesse der Umwelt vernünftig wären. - Aus diesem Grund scheiterte ja auch das Experiment mit der "mechanischen Milchkuh" Die Leute waren nicht dazu zu bewegen, Milchkannen von zu Hause mitzunehmen, wenn sie einkaufen gehen.
H. N. 16 Jahre

Supermärkte wären sehr gut; aber sie müssten mehr Personal einstellen. Jedenfalls gilt das für technische Supermärkte wie Mediamarkt, Promarkt, Obi usw. -
In diesen steht man oft als Kunde ganz hilflos herum, weil keiner da ist, den man fragen kann, und die, welche da sind, werden oft von so vielen Leuten gleichzeitig beansprucht, daß man lange warten muss, bis einer frei ist - und dann muss man wieder an der Kasse warten, weil von drei Kassen, welche vorhanden wären, nur eine besetzt ist.
J. N. 14 Jahre

Am besten wäre es, das Einkaufen ganz abzuschaffen.
F. T. 11 Jahre

In einem großen Supermarkt lässt sich das Geld viel effektiver ausgeben als in mehreren kleinen Geschäften.   D. T. 11 Jahre

Die Supermärkte haben zweifellos Vorteile wie das "Alles-unter-einem-Dach", die große Produktauswahl und die niedrigen Preise; aber die Nachteile summieren sich ganz schön.
Was soeben als Vorteil genannt wurde, nämlich die große Produktauswahl, hat doch auch seinen negativen Aspekt. Es schleichen sich in den Supermärkten zu viele minderwertige Produkte ein, welche, sobald sie nur in den Regalen stehen, bei der Vielzahl der S-märkte ihren Erzeuger schon reich gemacht haben, auch wenn sie gar nicht verkauft werden oder nach dem Kauf von den Kunden gleich weggeworfen und nie mehr wieder gekauft werden.
Die Einkaufsmanager schauen ja bei den Bestellungen hauptsächlich auf den Preis und glauben bezüglich der Qualität den Anpreisungen der Erzeuger oder ihrer Vertreter.
Meine Eltern haben schon oft Produkte gleich nach dem Öffnen der Verpackung oder spätestens nach dem ersten Probieren wegwerfen müssen.
In einem Tante Emma-Laden könnte man sich darüber beschweren, beim S-markt kann man das nicht so gut, weil man an die für den Einkauf Verantwortlichen nicht herankommt. Die meisten Beschwerden wandern vermutlich ungelesen in den Papierkorb.
Darin liegt einer der Nachteile.
Dann finde ich es auch nicht so gut, daß die Kunden durch allerlei Tricks zu allen möglichen Käufen verlei-

tet werden, an die sie vorher gar nicht gedacht haben, was man bekanntlich "künstliche Bedarfsweckung" nennt. Die gesamte Werbepsychologie, welche den Kunden durch Wirkung auf das Unbewusste zum Erwerb von ganz überflüssigen Dingen verführt, muss hier als Nachteil genannt werden - aus der Sicht des Kunden jedenfalls. -
Bis ein S-markt die Minderwertigkeit eines Produktes erkennt und dann nicht mehr bestellt, vergeht viel Zeit. Tante Emma reagiert da sehr viel schneller.
Ferner muss man die S-märkte als einen riesigen Verpackungsmüllerzeuger betrachten. Da muss jedes einzelne Teil in eine Plastikhülle eingeschweißt werden, die der Kleinladen in einer Schublade aufbewahren würde und in einer schlichten Papiertüte verkauft.
Da wird die Konservennahrung verbreitet, die Einwegflaschen und -gläser, die Kartonagen - alle in einer riesigen Menge, die infolge der Betriebsgröße anfällt.
Dann ist noch zu fragen, ob die Sozialstruktur von Supermärkten und Supermarkt-Großketten eine begrüßenswerte Erscheinung darstellt oder ob sie nicht als ein Faktor für Vernichtung eines Mittelstandes, der bekanntlich für das Volkswohl möglichst groß sein soll, angesehen werden muss.
Auf der einen Seite Millionäre, auf der anderen Seite Arbeitssklaven - daß diese Entwicklung positiv zu bewerten sei, möchte ich bezweifeln. -
Was kann man aber Besseres dem Supermarktwesen entgegensetzen? Nicht leicht zu sagen! Es gibt jedoch inzwischen eine Vielzahl von sozio-ökologischen Projekten, in denen die erwähnten Nachteile nicht auftreten, weil deren Mitglieder ernährungstechnich Selbstversorger sind. Ihnen muss nichts in Großraum-

lastern zugeführt werden, in ihnen brauchen die Nahrungsmittel nicht groß verpackt zu werden, weil sie an Ort und Stelle verbraucht werden. Sie bekommen frisches Obst und Gemüse und laufen keine Gefahr vom krebserzeugenden Orgon angegriffen zu werden (Falls Wilhelm Reich mit seinen diesbezüglichen Thesen recht hat). Diese Projekte machen nicht nur Supermärkte, sondern auch Kleingeschäfte der alten Art überflüssig, weil ihre ganze soziologische Struktur nicht wesentlich auf das ewige Kaufen und Verkaufen angelegt ist, mit anderen Worten sich so weit wie irgend möglich gegen eine Kommerzialisierung richtet.
Leider werden solche Projekte in naher Zukunft Inseln bleiben in einem Meer von Industrie, Großfelderwirtschaft, Kommerz, Umweltschädigung und allgemeiner Unvernunft.
B. v. R. 17 Jahre.

In Dänemark braucht man nicht zum Einkaufen zu fahren. Da wird einem alles ins Haus gebracht. Man bestellt es über Telefon und dann kommt es.
B. S. 11 Jahre

Wenn man einen Komputer zu Hause hat, muss man nicht mehr einkaufen gehen. Der macht das alles von alleine.
J. G. 11 Jahre

Je mehr man essen will, desto mehr muss man einkaufen. Mein Hund frisst auch sehr viel. Deshalb nehme ich ihn zum Einkaufen immer mit. Leider darf ich ihn nicht in den Supermarkt hineinnehmen, und dann bellt er immer, bis ich wiederkomme und ihm ein Stück

Hundekuchen gebe. Hier gibt es auch ein Geschäft für Tiernahrung, aber wir gehen immer in den Supermarkt.
R. R. 11 Jahre

Der Autoverkehr würde sich sehr verringern, wenn die Leute nicht mehr zum Supermarkt fahren müssten, sondern der Supermarkt mit einem LKW zu ihnen käme, wie das der Biofrost und der Seemiller machen, bei dem wir immer frische Eier kaufen.
S. P. 13 Jahre

In unserem Stadtteil gibt es einen Nettomarkt für Lebensmittel, einen KIK für Bekleidung, einen Woolworth für Bekleidung und Haushalt und einen Nahkauf, und das ist immer noch nicht genug. Meine Mutti muss mit mir jede Woche in die Stadt fahren, weil wir etwas brauchen, was es hier nicht gibt.
U.K. 12 Jahre

Supermärkte sollten auf eine andere Art hergestellt werden als bisher. Jetzt ist es so, daß ein Unternehmer mit seinen Managern sich ein Warenangebot nach ungefähren Vorgaben ausdenkt und dieses dann den Leuten anbietet. Er kann aber nicht wissen, was die Anwohner, in deren Gebiet der S-markt dann steht, wirklich wollen und brauchen. Deshalb bleibt vieles für immer in den Regalen liegen und das Verfallsdatum wird überschritten und die Ware muss weggeworfen werden. Und welche Kunden und wieviele den Supermarkt besuchen werden, weiß der Unternehmer vorher auch nicht.
Daher sollte man lieber beim Aufbau eines Supermarktes von einem festen Kundenstamm, also etwa den Bewohnern eines festdefinierten Stadtgebietes

ausgehen. Diese Kunden sollten dann in vorgedruckten Formularen ihren regelmäßigen Grundverbrauch der Leitung des S-marktes zukommen lassen, sodaß schon ein ungefähres Pauschalangebot mit einer ungefähren Pauschalnachfrage übereinstimmt. Sonderbestellungen und Sonderangebote wären dann immer noch möglich. - Wenn man das so macht, gibt es weniger Ausschussware, die weggeworfen werden muss, und außerdem viel weniger überflüssige Produkte, die gar keiner will. - Es ist besser, daß ein S-markt sich nach den Wünschen und nach der Anzahl der Kunden richtet als daß sich die Bevölkerung nach den Vorgaben eines S-markt-Unternehmers richten muss.
J. B. 16 Jahre

Manche Supermärkte sind so groß, daß Eltern ihre Kinder darin verlieren.
M. K. 12 Jahre

Am schlimmsten ist es, wenn ein Supermarkt immer wieder alles umräumt, sodaß man gar nichts mehr findet.
J. R. 12 Jahre

Je länger man sich in einem Supermarkt aufhält, desto mehr findet man, was man gerne haben möchte oder gut gebrauchen könnte.
M. M. 13 Jahre

Bei uns stehen sich zwei Supermärkte an der selben Straße gegenüber. Dort halten täglich Großraumlaster aus ganz Europa und verstopfen die Straße. Deshalb finde ich es richtig, wenn diese Fahrzeuge Mautgebühr zahlen müssen, und diese muss so hoch sein, daß sie

gar nicht mehr wiederkommen. Ist sie zu niedrig, kommen sie doch und schlagen die Gebühr auf die Preise auf.
H.C. 14 Jahre

Zum Konzil von Nicäa

Im Jahre 325 n. Chr. sah sich Kaiser Konstantin gezwungen, im Interesse einer Vereinheitlichung der verschiedenen Auffassungen von Christentum ein Konzil in Nicäa einzuberufen, zu dem er etwa 300 Bischöfe des ganzen römischen Reiches lud und ihnen sogar die Reisekosten ersetzte, die nicht niedrig waren, da jeder Bischof noch mehrere Diakone mitbringen durfte.
Es muss damals eine bunte Mischung aus allen Glaubensrichtungen zusammengekommen sein und sich heftig um höchst subtile Dinge gestritten haben.
Da gab es zunächst die Arianer und Athanasianer, die sich buchstäblich um ein Jota stritten und gegenseitig verketzerten. Es ging um die Worte homoousios und homoiousios. Das erste bedeutet "wesensgleich", das zweite "wesensähnlich", und sie bezogen sich auf das Verhältnis von Gott, Jesus und dem Heiligen Geist zueinander. Die Anhänger dieser Parteien vertraten ihre Standpunkte so überzeugt und vehement, als ob sie selber im Himmel gewesen wären und deren Wesen anschaulich beobachtet hätten.
Heute fragt man sich, was denn an diesem Unterschied so ungeheuer wichtig wäre und ob Gott sich etwas daraus machen würde, welche von diesen Positionen ein Mensch einnimmt.
Dann gab es eine Gruppe, die sich Novatianer nannte nach einem gewissen Novatian, der eine Zeit lang als Gegenpapst aufgetreten war und ein echtes Schisma

hervorgebracht hatte. Von ihm konnte man wirklich sagen, er sei päpstlicher als der Papst und strenger als der liebe Gott gewesen. Während doch dem Apostel Petrus verziehen wurde, daß er in der Bedrängnis seine Anhängerschaft zu Christus verleugnete, sogar dreimal verleugnete, wollte Novatian den von den Römern verfolgten und gefolterten Christen diese Verzeihung verweigern und sie nicht wieder in die Kirche aufnehmen, wenn sie schwach geworden und abgefallen waren..

Es gab auch noch eine andere Sekte, die sogar jedem den Status eines Christen absprechen wollte, der nie in eine Verfolgung hineingeraten war und seine Befähigung zum Märtyrertum noch nie bewiesen hatte.

Weiter finden wir auf dieser hochwohllöblichen Versmmlung sogenannte "Circumcelliones". Die wüteten gegen sich selbst noch schlimmer als die Römer, indem sie nach Martyrium geradezu süchtig waren, sich selbst verstümmelten und auch zu Tode brachten, indem sie sich von Felsen herabstürzten. Es ist vielleicht ganz gut, daß man nicht weiß, was sie sich sonst noch antaten; da würde einen vielleicht das Grauen packen. Aber sie brachten auch anderen auf höchst drastische Weise bei, was der wahre christliche Glaube sei und daß sie gegen diesen verstoßen hätten. Sie schlugen diese mit Knüppeln zusammen und ließen sie dann in der Wüste verschmachten. Weil aber einige doch mit dem Leben davonkamen, gingen sie von Knüppeln zu Schwertern über und schlugen ihen gleich den Kopf ab.

Sie betrachteten sich als "Soldaten Gottes" und wurden unter dem Namen Agonistiker (also Kämpfer) bekannt - oder auch als Donatisten.

Es muss die Hitze und Trockenheit jener Gegenden sein, welche diese Grausamkeit bis in unsere Tage

hinein erzeugt. - Unter diesen frommen Klerikern saßen auch die Karpokratianer, Gefolgsleute eines gewissen Karpokrates und seines Sohnes Epiphanus, die aber wiederum ganz im Gegensatz zu den Vorerwähnten nichts weniger als streng waren, indem sie das seinen Begierden Folgen, also kurz das Sündigen, für unbedingt notwendig hielten, um die ewige Seligkeit zu erlangen. Das Unterdrücken von Begierden aller Art ernähre nur die Dämonen der Hölle und mache sie in ihren Leibern dick und fett und in ihren Seelen stark und vorherrschend. Das Sündigen sei also das probateste Mittel, um den Teufel aus sich auszutreiben.
Auch diese Auffassung findet ihre Entsprechung in der Gegenwart, nämlich in einigen Richtungen der modernen Psychologie.
Eine ähnlich merkwürdige Lehre vertraten die Kainiten. Man muss sich eigentlich wundern, daß auch sie als eine "christliche" Sekte galten, obwohl ihre Ansichten dem, was normalerweise als Christentum gilt, völlig entgegengesetzt waren. Sie verehrten nämlich gerade die Bösewichter, die in der Bibel vorkommen, wie den Brudermörder Kein, die perversen Bürger von Sodom und Gomorrha, den Abiram und vor allem den Judas Ischariot. Wie sie diese Verdrehung zustande brachten, ist mir schleierhaft. In den Bibeltexten weist nicht die geringste Andeutung darauf hin, die eine solche Auffassung rechtfertigt.
Aber sie gehörten ja zu den "Gnostikern". Also wird es wohl ihre Gnosis ihnen eingegeben haben. Sie haben eben *erkannt,* wo gewöhnliche Sterbliche nur stumpfsinnig *glauben* müssen. Auf dem gleichen Trip bewegten sich die Ophiten, die das Böse gleich in seiner Urform verehrten, nämlich in der Schlange, die Adam und Eva aus dem Paradies hinausmanipuliert hatte.

Ein netter, liebenswerter Spezialverein hieß: die "Antitakten". Sie propagierten, eine systematische Zerstörung jeder staatlichen Ordnung und das Brechen aller Gesetze und meinten, das hätte Jesus von Nazareth eigentlich so gefordert. - Die Adamiten hinwiederum glaubten, Gott verlange von ihnen die völlige Nacktheit, wenn sie zu ihm beteten oder sonstige Zeremonien verübten. Bei ihnen handelte es sich um eine afrikanische Gruppe; deshalb kann man ihnen vielleicht ihr Gebaren nachsehen; denn bekanntlich ist es in Afrika sehr heiß und viele Völker laufen ununterbrochen nackt herum.

Es kam auch einmal im Inneren Afrikas ein gutkatholischer Missionar in die Zwangslage, von seinen Schäflein zu verlangen, daß sie nackt zur Kirche kommen müssten. Sie gingen eigentlich von Natur aus so, wie Gott sie schuf. Aber er hatte ihnen beigebracht, daß das unanständig sei und man bekleidet die Erdoberfäche zu zieren hätte.

Es begab sich dann leider, daß sie während des Gottesdienstes nicht auf seine Predigt achteten, sondern nur darauf, was die anderen anhatten und das mit Gewisper und Gekicher begutachteten. Da befahl er: Sie könnten überall bekleidet gehen, wo sie wollten, aber zum Sonntagsgottesdienst hätten sie nackt zu erscheinen.

Dann gab es noch Valentinianer und Cäcilianer, die sich nur geringfügig von den anderen Gruppen unterschieden. Diese Unterschiede sind mir jedoch zu subtil, als daß ich näher darauf eingehen möchte.

Diese alle schrien nun auf dem Konzil herum, beschimpften alle anderen, hielten sich selbst für die allein Seligseienden und - machenden, und es heißt, daß nicht viel daran gefehlt hätte, und sie wären selbst in Anwesenheit des Kaisers gegeneinander tätlich vorgegangen. Zumeist leiteten sie ihre Ansichten mit zwingenden Gründen und Zitaten aus der Bibel ab, aber zum Teil beriefen sie sich auch auf ihnen besonders zuteil gewordene, geheime Erkenntnisse höherer Welten. Im Ganzen gab es zu jener Zeit über 80 verschiedene Sekten, die ihre Maximen zum allgemeinen Glaubensbekenntnis erhöht zu werden wünschten, von denen allerdings mindestens die Hälfte gar nicht auf dem Konzil erschien.

Es muss recht kunterbunt zugegangen sein auf diesem ersten Konzil von Nicäa. Schließlich beendete Kaiser Konstantin es durch ein Machtwort und reichte den Athanasiern die Siegespalme. Allerdings blieb er dabei nicht endgültig, sondern schwankte in der Folgezeit zwischen Ariern und Athanasiern hin und her, weshalb mal Athanasius und dann wieder Arius verbannt und wieder heimgeholt wurden.

Denn im Grunde war es dem Kaiser völlig gleichgültig, ob Wesensgleichheit oder Wesensähnlichkeit in der höchsten Etage vorliege; ihm ging es nur um seine Macht, die sich bei Einheitlichkeit innerhalb des Imperiums leichter handhaben ließ.

Wenn man das alles so liest, wundert man sich nicht mehr, daß Mohammed das christliche Sektenwesen als Beweis für die Unsinnigkeit des gesamten Christentums nahm.

Denn diese Sekten waren ja nicht mit dem Abfassen des nicäischen Glaubensbekenntnis verschwunden, sondern bstanden im 7. Jahrhundert immer noch oder hatten sich sogar um etliche vermehrt.

Auch versteht man, daß die Römer diese Religion als staatsgefährdend ansahen und deshalb auszurotten sich bemüht hatten.

* * *

Aus dem Tagebuch eines Verrückten:
Weißt du, wie es sich anfühlt, wenn die Wasser über dir zusammenschlagen? Wenn das Örtliche Telefonbuch zerreißt und die Schmettelinge Schmerbäuche bekommen? Wie Dickwänste fliegen sie durch die Luft; es ist ein grässlicher Ton und du fühlst dich wie vom Weihnachtsmann ersäuft.
Da bleibst du nicht auf deinem Direktorposten sitzen und die Füße werden dir so kalt, kalt, kalt und du wirst so alt, alt, alt, weil keine Brünnelein mehr fließen. Da würdest du gerne Schmerzensgeld zahlen; aber das nimmt dir keiner ab. Da hörst du Revolverschüsse knallen und hörst die Kugeln an deinem Kopf vorbeifliegen und bittest Gott, daß er dich aus dieser verdammten Jauche erretten möge.
Das alte Hindugeschwätz von der vollkommenen Leere darfst du dann vergessen, auf Mitleid nicht rechnen - und wenn du rülpst, weil dir der Bohnensalat von gestern hochkommt, wirst du flugs guillotiniert, wie es im 'Schwarzen Buch' geschrieben steht.
Nach dir kommen andere an die Reihe. Warum sollte es ihnen besser gehn als dir, da sie genau so viele Steine im Schuh haben wie du? Das alles ist nur ein unzulängliches Gleichnis. Ich kann es beschwören, und du wirst es trotzdem nicht verstehn.
Die Großen Mütter haben deine Habilitationsschrift gelesen und verworfen, weil du nicht ordentlich immatrikuliert warst.
In Winnetous Schoß werden die Maiskörner zu Maismehl vermahlen - und niemand wird die Tortillas essen, die daraus gebacken werden.
Ihr habt euch umsonst gesorgt; die Feldzeichen des Gotenherzogs Fredigern weisen den Weg nach Norden. Der einzige Ort, an dem ich mich sicher fühlte, war Olbia am Schwarzen Meer.

Die Stückpforten auf den Karavellen wurden bei hohem Seegang immer geschlossen. -
Am anziehendsten ist der geheime Kukluxklan, wenn er die Gewehre ölt, mit denen er um Mitternacht auf Menschenjagd geht. Wie es heißt, sollen damals in Dalmatien die Wände gewackelt haben, als die Erde erbebte. Es geschehen noch Zeichen und Wunder; nein, es geschehen keine Zeichen und Wunder mehr.
Das ist alles vorbei; versunken mit der Sturmflut von 1871, als gerade das Deutsche Reich gegründet worden war - von Bismarck, dem alten Trottel. Ich liebe ihn, wer liebt ihn nicht? "Ich liebe meine Frau." - "Wer tut das nicht?" - Das Lächeln einer Filmszene ruft mich wieder zurück in die Wirklichkeit aus wundersamen Träumen.
Ein Papierschiff segelt nach Madagaskar und rosa Pelikane fliegen mit. Es geht immer entlang an der ostafrikanischen Küste, an der die Winkerkrabben so zahlreich mit ihrer linken Schere winken. Die Winkerkrabben tun das rein prophylaktisch, um ihren Namen nicht zu Unrecht zu tragen; einen besonderen Zweck verfolgen sie damit nicht. Wenn die Biologen da von einem erotischen Motiv sprechen, so ist das hypothetische Schwafelei. Niemand kann jemals wissen, warum irgendwer winkt. Warum winken die Menschen einander zu? Man weiß es nicht. Es ist vielleicht ein neurotisches Verhalten. Das müsste endgültig einmal geklärt werden. Quel malheur - wenn es Nostalgie oder eine Folge von Alzheimer wäre!
Mit einem Schiffstau ein Kind zu verprügeln, ist eine ungute Sache. Da muss ein guter Kapitän unbedingt verhindernd eingreifen. Tut er das nicht, könnte Zoroaster wieder auferstehen und am Schellenbaum läuten. Dann wäre der Herbst des Lebens nahe.
Wer weiß, was nach uns kommen wird!? Werden die

Erdmännchen wachsen und unsere Rolle übernehmen? Gewisse Indizien sprechen dafür. Aber das Lächeln der Auguren spricht dagegen. Unser Papierschiff wird an Land gespült wie eine tote Qualle. Der dicke Diokletian diktierte sein Toleranzedikt in Mailand, wo ihn keine Muselmänner stören konnten. Auf das Eistreiben in der Ostsee gab er gar nichts, weil es ihm am Mittelmeer nichts anhaben konnte.
Ein wunderbares Spiel, dieses vergöttlichte Treiben! "Fürwahr, ihr machtet es mich glauben."
Wie Honigseim gingen ihm die Schmeicheleien seiner Höflinge hinunter. Ich war der einzige, der ihm die Wahrheit ins Gesicht zu sagen sich traute, aber dafür wurde ich in die Silberbergwerke am Kaukasus verbannt. Dort schürfte ich eine Menge Silber, bis ich blind wurde und es nicht mehr von Gold zu unterscheiden wusste. Da warf man mich auf den Leichenberg der vorher Blindgewordenen. So sauer wurde mein Mut belohnt.
Für die, welche sich in Shakespeares Werken nicht so gut auskennen: Jenes Fürwahr war die Antwort Ophelias, als Hamlet zu ihr sagte: "Ich liebte euch einst." Es ist eine Kulturschande, daß diese Erklärung heutzutage nötig ist. Vom 18. bis zur Mitte des 20. Jahrhunderts wäre das nicht nötig gewesen. Damals kannte jeder seinen Shakespeare und wusste auch, was: "Ein Pferd! Ein Pferd! Ein Königreich für ein Pferd!" bedeutete. Heute wissen das nur noch Wenige, weil man sein Gedächtnis mit anderen Dingen anfüllen muss, die einen wie Heuschreckenschwärme anfallen, gegen die man sich nicht wehren kann. Es gibt vieles heute, was es früher nicht gab. Das Umgekehrte gilt logischerweise auch. Und deshalb kann man auch niemanden zum Lachen bringen, wenn man ihm erzählt, daß jemand aus der obersten Galerie

gerufen hat: "Warum ein Pferd? Genügt nicht ein Esel?" Die Antwort, die er darauf erhielt, halte ich zurück für eine Quizmeisterfrage. - Immer denke ich, wenn ich eine Alabastervase vor mir sehe, an Piroschka und an die Gänse, die mich bissen, als ich klein war. -
Aus babylonischer Numismatik mache ich mir eine moderne Münzkollektion und überreiche dir meine Glückwünsche brieflich; soviel habe ich zur Sesshaftwerdung der Nomaden zu sagen. Von Angelhaken verstehe ich leider gar nichts. Deshalb bleiben sie mir immer im Mund stecken. Grässlich werde ich gequält und muss doch gute Miene zum unerträglichen Spiel machen. Das verlangt das Gewissen von mir.
Obwohl ich schon wieder weit über die Berge bin - jenseits der Glarner Alpen. Ob man mir das übel auslegen wird? Ich bin durchaus kein Schnellläufer. Wenn man sich ein wenig Mühe gibt, kann man mich leicht einholen. Aber irgendetwas ist des Glückes Unterpfand. Das habe ich doch irgendwann gehört und wieder vergessen. Doch ich muss zugeben, die Zeiten sind besser geworden. Heute gilt schon als Elend, was früher noch zum Wohlstand, wenn auch zu seiner untersten Stufe, gerechnet wurde.

In einem holsteinischen Knick verbergen sich gewöhnlich viele Kaninchen. Er schützt nicht nur die Felder vor dem Wind, sondern auch die Kaninchen vor dem Fuchs und dem Jäger. Vögel und Insekten finden in ihm Wohnung und Nahrung. Er prägt das Landschaftsbild der Geest in Schleswig Holstein.
Wir wären froh gewesen, wenn uns auch etwas geschützt hätte, aber wir waren dem Schneesturm schutzlos preisgegeben. Wir tauchten tief in den Schnee ein und arbeiteten uns durch die Erde bis nach

Australien, was allerdings nur möglich war, weil wir zufällig ein vorgegrabenes Wurmloch fanden.
Dort kamen wir nun wieder in die Gluthitze der australischen Sonne, sodaß wir uns gar nicht schnell genug unserer Lodenjoppen entledigen konnten. Einer von uns wollte den Aborigines seine Joppe schenken, aber von denen wusste keiner etwas damit anzufangen. So hängte er sie an einen Baum und ging davon. Wir anderen nahmen die Joppen lieber mit, weil wir von den kalten Nächten hierzulande gehört hatten. Am liebsten hätten wir auch unsere Hemden und Hosen ausgezogen; aber wenn man einen fremden Kontinent bereist, muss man doch ein bisschen auf das Schamgefühl der Einwohner Rücksicht nehmen.
Wir befanden uns in einer Steppe mit bereits vertrocknetem, gelbbraunen Gras und wenig Bäumen. Es flogen viele rote und blaue Libellen durch die Luft. Also musste sich in der Nähe eine Wasserstelle befinden. Aber in welcher Richtung? Die Eingeborenen konnten wir nicht mehr befragen; sie hatten sich verzogen. Wir teilten uns auf in alle vier Himmelsrichtungen und fanden einen kleinen Teich westlich von uns.
In seiner Mitte blühte ein riesiger, weißer Lotos - so riesig und so schön, wie ihn noch keiner von uns gesehen hatte. Aber an ihn heran konnten wir nicht; denn zu unserem Entsetzen umgaben ihn ringsherum große Krokodile, die ihn als eine lebendige Mauer schützten. Wir mussten demnach auch beim Trinken und Wasserschöpfen sehr auf diese Reptilien achten. Sie setzten sich aber gar nicht in Bewegung, sondern blieben stur im Bereich der Lotosblüte liegen fast so, als ob sie den Auftrag in sich verspürten, den Lotos gegen jede Gefahr zu bewachen.
Als die Sonne mit ihrem Untergang begann, kamen all

die roten und blauen Libellen angeflogen und tauchten in die Lotosblüte ein, und mir kam es für einen Moment so vor, als ob sie lauter Elfen wären.

Mit dem Erscheinen des Mondes am gegenüber liegenden Horizont stieg aus dieser Blüte eine leuchtende Mädchengestalt empor und verbreitete einen Schein über den ganzen Teich und auch über die Uferfläche, auf der wir uns gelagert hatten. Und ein Summen erhob sich wie von einem unsichtbaren Frauenchor. Ich geriet in einen Zustand zwischen Erstaunen und Erschrecken, während meine Kameraden alle fest schliefen und ganz unpassenderweise indiskrete Schnarrchtöne von sich gaben, wodurch die lyrische Stimmung fast zerstört wurde.

Dann stieg diese Mädchengestalt von ihrer Blüte herunter, stellte erst einen Fuß auf eines der Krokodile, nach einer Weile, in der sie abzuwarten schien, ob demselben das auch genehm wäre, auch den anderen. Dann setzte sie sich auf dessen Rücken und ließ die Beine ins Wasser baumeln. Das Krokodil begann im Kreis herum zu schwimmen, wobei es dem Ufer immer näher kam. Auf einmal war es kein Krokodil mehr, sondern ein schneeweißes Pferd, und das Mädchen ritt auf ihm in die weite, mondbeschienene Steppe hinein.

Das Pferd war über einen meiner schlafenden Kameraden hinweg gesprungen, doch weder Mädchen noch Pferd schienen ihn bemerkt zu haben.

Ich starrte diesem märchenhaften Bilde nach und verspürte einen Drang in mir ihm zu folgen. Doch das Pferd schien Flügel zu haben; es war bald weit weg.

Dann verschwand der Mond hinter Wolken, es wurde stockdunkle Nacht, und nur in der Ferne, wo die Reiterin am Horizont zu verschwinden im Begriff war, hinterließ sie einen hellen Schein, der sich wie ein

Wetterleuchten über die Landschaft legte.
Ich schlief dann ein, obwohl ich gerne die Rückkehr dieser Erscheinung beobachtet hätte. Denn ich nahm es als sicher an, daß sie in den Morgenstunden wieder in ihre Blüte zurückkehren würde. - Als ich aufwachte, war es bereits heller Tag. Die Blüte inmitten des Teiches, welche sich über Nacht geschlossen hatte, begann sich zu öffnen. Die Krokodile lagen genau so reglos und träge da wie am Abend. Ich ging um den Teich herum und suchte die Pferdespur, fand aber keine.
Meine Kameraden erhoben sich, gähnend und sich streckend, ein wenig verschlafen noch und steif von der Morgenkühle. Sie meldeten ein Bedürfnis nach Kaffee und Frühstück an, jeder auf seine eigene Art und Weise, der eine fluchend, weil die Aussicht dafür gering war, der andere ergeben in der Einsicht, daß wir erst in eine Ortschaft kommen müßten, um etwas Essbares zu finden. Zum Trinken gab es immerhin das Wasser des Teiches; aber jeder nahm davon nur wenig, weil es etwas muffig schmeckte. Das kam sicherlich von den Krokodilen.
Piet stellte die Frage, wovon sich diese wohl ernährten, denn Fische gab es hier offensichtlich keine. Janhinrich hingegen meinte, Krokodile bräuchten jahrelang nichts zu essen, und meine Meinung war, daß es sich bei diesen Krokodilen um eine ganz spezielle Art handele, die sich vielleicht auf eine mystische Art und Weise ernähre.
Wir wanderten also ostwärts - der Sonne entgegen; aber nicht so recht von Freude erfüllt wie es das Lied: "Wer recht in Freuden wandern will, der zieh' der Sonn' entgegen!" suggerieren will, sondern wir waren in Sorge darüber, wie lange es wohl dauern würde, bis wir an eine Ortschaft oder wenigstens an ein

Gehöft kommen würden. Selbst ein Eingeborenenlager wäre uns in dieser Situation recht gewesen.
Es wurde langsam immer heißer, und bald trocknete uns der Mund aus, während uns von den Stirnen die Schweißperlen liefen. - Dann kamen wir an eine Steilkante, die sich unabsehbar nach rechts und links erstreckte. Nun war unser Marsch erst einmal zuende; denn wir wussten nicht, wie wir da hinunter kommen sollten.
Jetzt entstand ein Streit zwischen uns. Einige wollten im Süden, die anderen im Norden nach einer Abstiegsmöglichkeit suchen. Wir wussten ja nicht, wo innerhalb Australiens wir uns befanden. Wir hätten uns von den Aborigines, die wir tags zuvor trafen, informieren lassen sollen. Genau genommen war es nicht einmal hundertprozentig sicher, ob wir uns tatsächlich in Australien befanden. Wir nahmen das an aufgrund des Landschaftsbildes und des Aussehens der Eingeborenen, welche beide dem entsprachen, was wir in Fernsehfilmen über Australien gesehen hatten. Doch ausgeschlossen war es nicht, daß wir uns ganz woanders befanden. Zum Beispiel von solchen Riesenlotosblüten hatten wir im Fernsehen nie etwas gesehen. Das gaben alle zu.
Ich sprach mich gegen eine Aufteilung unserer Gruppe aus. Aber was konnte ich machen? Hier an Ort und Stelle endlos warten konnten wir auch nicht. -
Auf einmal stand ich ganz allein an dieser Klippe. Von meinen Kameraden war die eine Hälfte nach Süden, die andere nach Norden abmarschiert. Versprochen war mir von ihnen, wieder zurück zu kommen, sobald sie eine Abstiegsmöglichkeit gefunden hätten. Ich sollte mich auf keinen Fall von der Stelle rühren.
Das alles erschien mir irgendwie logistisch nicht ganz

richtig. Doch wegen Hitze und Hunger konnte ich nicht mehr klar denken. Mir flimmerte die ganze Landschaft vor den Augen, und die Ferne verschwand in einem Staub oder Nebel, der alle Konturen verwischte. So stand ich und wartete ich, bis mir die Augen zufielen. Da sah ich auf einmal eine Straße vor mir mit viel Verkehr und im Hintergrund die Skyline einer Großstadt. Zwischen dieser Skyline und der Steilkante, vor der ich stand, lagen ganz so wie in Rio de Janeiro zahlreiche Favelas auf ebenso zahlreichen Hügeln. Dazwischen glänzten Gewässer auf, Flüsse oder Seen. Es schien mir auch gar nicht so schwierig, dort hinunter zu kommen. Es wäre gar nicht nötig gewesen, daß meine Kameraden im Norden und Süden nach einem Abstieg suchten. Wir hätten - mit ein wenig Mühe zwar - auch hier hinunter gekonnt.
Schwierig war jetzt für mich nur die Entscheidung: Sollte ich hier stehen bleiben und auf sie warten wie ausgemacht oder sollte ich ohne sie hinunterklettern? Ich litt unter diesem Konflikt. Die Auflösung in die eine Richtung bedeutete Aufgeben der Freundschaft und in die andere Richtung Aufgeben meiner selbst, meines vitalen Eigeninteresses. Ich hatte Hunger und Durst, war hundemüde, und die Rückkunft meiner Freunde stellte sich mir als ganz ungewiss dar.
Zuerst durch wegloses Gebüsch und über Geröll, später auf einer uralten, ausgetretenen Steintreppe kletterte ich dann hinunter ins Tal. Am Anfang standen nur Wohnhäuser an der Straße. Bis ich zu einem Gasthaus kam, ging ich fast eine Stunde. Dort nahm ich einen Imbiss ein, und schon tauchte das nächste Problem auf: In meiner Jackentasche fand ich nur deutsches Geld, welches der Wirt nicht annehmen wollte.
Mir fiel auf, daß man hier kein Englisch sprach,

sondern ein mir völlig unbekanntes Idiom. Demnach aber befand ich mich keineswegs in Australien! Ich dachte, man würde mich wegen Zechprellerei der Polizei übergeben, aber man begnügte sich damit, mich mit einem Fußtritt aus dem Laden zu befördern - und so stand ich dann völlig ratlos auf der Straße und wusste nicht, wohin ich mich wenden sollte.
"Dieses ist eine traurige Situation", sagte ich mir, "nicht wert, weiter fortgeführt zu werden. An einen Laternenpfahl zu pinkeln, scheint mir der einzige sinngemäße Ausdruck für diese Kalamität zu sein. Sonst habe ich das Recht der Erstgeburt verloren.
Ich kann hier nicht ewig steh'n und an meinem Hemdzipfel nuckeln. Ich brauche etwas mehr Substanzielles: ein Holzfällersteak etwa oder eine knusprige Kalbshaxe. Aber das Mitleid mit mir hält sich bei diesen austro-englischen Spießbürgern in Grenzen. Sie schaufeln und schaufeln sich den süßen Brei des Wohlstands ins Maul und jagen sich den Schnaps durch die Kehle, daß das Geräusch in der Gurgel eine Toilettenspülung übertönt, aber einem Landstreicher eine Kleinigkeit schenken, das liegt ihnen nicht.
Die Chose klappt niemals so gut, wie wenn der Magen prallgefüllt ist. Wir singen und sagen vom Grafen so gern, daß er ein ganzer Mann ist, der sich nicht durch ein ganzes Dutzend Weiber in Verlegenheit bringen lässt - und wenn ihm auch schon die Haare aus den Ohren und den Nasenlöchern sprießen, so steht er doch seinen Mann, ist ein ganzer Kerl, ein Pfundskerl sozusagen, der aber auch irgendwie dem Kasperle im Marionettentheater gleicht. Buh, buh ruft er dem 'Schwarzen Mann' zu und zupft ihn an der Nase. Der - nicht faul - kneift ihm in die seine, und so zusammenhängend tanzen sie ein Ballett, daß die Mäuse unter den Bühnenbrettern mitgerissen werden

zu eigenen Tänzen. - Man kann ja stundenlang von Kasperpuppen träumen, aber irgendwann überfällt einen dann doch wieder einmal die Realität und lupft einem die Augenlider, damit man aufwacht und den bitteren Kern des Daseins erkennt. Wenn man da nun sich einsam in einer fremden Stadt auf der Straße stehen sieht ohne einen Pfennig Geld in der Tasche, dann sagt man sich doch zweifellos: "Das Leben ist beschissen!" - Es läuft ganz anders als man wollte, daß es laufen sollte. Da kann man auch nicht mit guter Laune dienen. Da krampft einem die Existenzangst das Herz zusammen und auch mit "Humoristwennmantrotzdemlacht" ist da nichts mehr zu machen. Die Lachmuskeln versagen ihren Dienst, fallen einfach aus; klar daß man dann ein wenig miesepetrig aussieht. Ohne eine körperliche und seelische Aufpäppelung ist der Mann nicht mehr zu retten. Vielleicht tut es schon eine Schüssel Porridge mit einem Zusatz von Mescalin, Novococain und Oxybutyrin. Für Risiken oder Nebenwirkungen fragen Sie mich oder lesen Sie den Aufdruck auf Ihrem Klosettpapier! Sie werden sich gleich besser fühlen und neuen Lebensmut fassen!"

Bei diesen Gedanken fühlte ich mich gleich besser und empfing neuen Lebensmut. Ich sagte mir, daß ich wieder den Steilhang hochklettern und mich wieder an den Ausgangspunkt unserer Wanderung zurückbegeben musste, um das Wurmloch zu finden, welches uns hierher gebracht hatte. Vielleicht würde ich auch oben meine Kameraden wiedersehen. Ich durfte bloß nicht mein Gebiss verlieren; ohne Gebiss kann man Obst nicht kauen. Aber ohne den Spezialporridge musste ich ja sowieso verhungern.

Oder sollte ich lieber zum Hafen gehen? Vielleicht lag ein europäisches Schiff am Kai und würde mich mitnehmen. Aber wenn nicht, was dann? Dann nützte mir das Meer auch nichts. Deshalb wandte ich mich doch landeinwärts. -

Als ich endlich den Rand der Steilkante erreicht hatte, wurde es dunkel; so dunkel, daß ich weder die Dornen noch die Steine sehen konnte, die hier den Weg versperrten. Ich kauerte mich nieder, um den Tag zu erwarten. Da wurde es auf einmal hell, und das Mädchen aus der Lotosblüte auf dem weißen Pferd erschien vor meinen Augen. Sie lächelte und hob die Hand wie zu einer Beschwörung. Da wurde ich auf einmal zu einem Albatros und erhob mich auf breiten Schwingen in die Lüfte. "Flieg' über's Meer!" rief mir die Fee zu, wendete ihren Schimmel und verschwand. Ich aber flog über die Stadt zum Hafen, sah dort ein riesiges Containerschiff den Hafen gerade verlassen und ließ mich dort auf einen der Container nieder.

Aber man schoss auf mich. Warum, das verstehe ich eigentlich nicht, hatte ich doch gelesen, daß den Seeleuten der Albatros als heilig gilt.

Aber vielleicht galt das nicht für die Russen; denn es handelte sich um ein russisches Schiff, auf dem ich gelandet war. Nach Russland wollte ich nun auf gar keinen Fall und nach Japan, wo man ja voraussichtlich vorbei musste, auch nicht. Damals war gerade die Zeit der Stalin'schen Verfolgungen, und es erschien mir überhaupt als ein böses Land.

Ich breitete also meine Flügel aus und strich ab dicht über den Wellen, sodaß man mich vom hohen Bord aus nicht entdecken konnte.

Dann flog ich immer nordwestwärts in der Hoffnung, bald auf eine der indonesischen Inseln zu stoßen. Sie erfüllte sich auch. Dort konnte ich mich ausruhen und in einer Lagune auch kleine Fische fangen, um meinen Hunger zu stillen. Ich wusste natürlich damals nicht, daß ich auf der Insel Timor gelandet war. Aber mein Vogelinstinkt leitete mich richtig über die Sawu-See nach Sumba und von dort aus über Lombok nach Surabaya auf Java.

Als ich auf einem Berg oberhalb Surabayas landete, wurde ich ohne mein Zutun wieder ein Mensch. So weit also reichte die Kraft jener australischen Lotosblütenfee. Doch, ehrlich gesagt, war jetzt die Situation genau die gleiche wie in Australien. Ich stand auf der Anhöhe über einer Großstadt und wusste eigentlich nicht, wie ich mich jetzt weiter retten und nach Hause kommen könnte. Ich durchsuchte alle meine Taschen danach, ob mir die Fee möglicherweise etwas Geld hineingezaubert hatte, fand aber nicht einen Sou, nicht einen Peso, Para oder Cent. Daher zögerte ich lange, bis ich mich dann doch abwärts nach der Stadt wandte.

Die indonesischen Städte stinken. Die Leute lassen allen Abfall - oder ließen ihn wenigstens damals, und das ist ja schon über fünfzig Jahre her - auf den Straßen verfaulen, bis der nächste Monsunregen alles wegspülte. Auch wurde viel geschossen in der Stadt; denn die Eingeborenen vertrieben damals gerade die Holländer. -

Und wie nun, werte Damen und Herren, soll ich dieses Gesumse, das mir unter der Hand zu einer Art Märchen ausgerutscht ist, obwohl ich, wie ich beschwöre, auch hierbei mich nur des automatischen Schreibens befleißigte, das heißt, daß ich am Ende eines Satzes noch nicht wusste, wie der nächste lauten würde, Ihrer geschätzten Meinung nach beenden?

Soll ich mich einen Geldschatz finden lassen oder ein Mädchen, dessen Mitleid ich errege und das mir weiterhilft, oder einen reichen Mann, der sich mir gegenüber als Mäzen betätigt? Soll ich mich auf dem

Weg von Surabaya nach Europa gefährliche Abenteuer bestehen lassen, etwa von Piraten, Sklavenjägern oder einer Schmugglerbande gefangen werden oder sonst irgendetwas Furcht und Entsetzen Erregendes geschehen lassen? Karl May wären da bestimmt eine Menge Ereignisse und seltsame Begegnungen eingefallen. Aber ich mag nicht; ich habe es satt, Geschichten zu erfinden und womöglich noch in ausführlichen Schilderungen breit auszumalen. Da esse ich doch noch lieber Bries oder rohe Leber, obwohl mich beides zum Kotzen bringt. Da bügle ich sogar noch lieber meine Oberhemden, die schon vier Wochen gewaschen daliegen und auf das Bügeln warten - und das will etwas heißen; denn ich kann mir kaum eine unangenehmere Tätigkeit im Rahmen eines Haushalts vorstellen als Hemdenbügeln. All diese Falten und Fältchen, diese aufgenähten Taschen und Rüschen! Warum hat hat man bloß diese entsetzliche, nicht einmal besonders schöne, sondern langweilige Mode erfunden?
Aber genug von alledem, machen wir ein Ende und setzen diesen Passagen einen endgültigen Schlusspunkt!

* * *

Die Beschäftigung mit dem Konzil von Nicäa und mit den dort vertretenen Sekten brachte mich auf Gedanken, die ich für wesentlich wertvoller halte aufgeschrieben zu werden als mehr oder weniger alberne Geschichten.
Es fiel mir auf, daß selbst bei den Sekten mit den absurdesten Gesamtprogrammen immer wieder ganz bestimmte Forderungen auftauchten, die bis in unsere Zeit von religiösen Vereinen, Revolutionären, Utopis-

ten, Weltverbesserern aller Art und sogar in Parteiprogrammen gestellt werden.

Die zwei wesentlichsten scheinen mir die "gerechte", das heißt möglichst gleichmäßige Besitzverteilung und die Auflösung der Ehe zugunsten eines "Allgemeinbesitzes" der Frauen, was immer das auch heißen mag, gewesen zu sein. Diese allgemeinen Formulierungen verraten uns aber nichts darüber, wie sich diese ansonsten so verschiedenen Gruppierungen diesen Gemeinbesitz im Detail vorstellten. Möglicherweise verbanden viele damit ganz absurde und unmöglich durchzuführende Vorstellungen. Aber meines Erachtens darf man solche nicht allen Gruppierungen und nicht allen Personen innerhalb einer Gruppierung unterstellen.

Ich glaube, daß hinter diesen Formulierungen teilweise ganz vernünftige Thesen stecken, die auch heute noch immer wieder von den verschiedensten Seiten her aufgestellt werden - dem Establishment und den Kirchen so sehr zum Trotz, daß sie sich nur durch Verteufelung derselben retten können.

Utopische und revolutionäre Systeme richten sich fast alle gegen Ehe, Kirche und Großgrundbesitz. Aber natürlich meinen sie nicht, daß alle Männer mit jeder Frau und alle Frauen mit jedem Mann sexuelle Beziehungen eingehen sollen oder wenigstens dürften. Sie meinen auch nicht (teilweise zumindest), daß jemandem verboten wird, das zu glauben, was zu glauben er nicht anders kann, und ferner nicht, daß jeglicher Gegenstand allen gehören soll oder daß keiner etwas besitzen darf, was ein anderer nicht besitzt.

Das wäre ja alles höchst absurd und auch unmöglich.
Aber sie wollen keine strengen Ehegesetze, deren Einhaltung entsetzlich schwer ist und deren Nichteinhaltung bestraft wird (beispielsweise durch Steini-

gung), keine Gesetze, die ein Paar für ein ganzes Leben aneinander binden, auch wenn sie sich nicht mehr mögen, keine Gesetze, welche den Sex als "Vollzug" der Ehe betrachten und außereheliche, sexuelle Betätigung als "Ehebruch" bezeichnen.
Sie wollen auch keine Institution, welche ihnen Geld abknöpft, damit einige Schwächlinge, die zu keiner körperlichen Arbeit willens oder fähig sind oder welche nicht das Erstgeburtsrecht besitzen ein arbeitsloses Einkommen haben und sich überdies noch als Vormünder und als Kontaktperson zu Gott aufspielen können.
Und sie wollen nicht, daß das Staats- und Wirtschaftsleben so organisiert wird, daß es möglich ist, auf der einen Seite riesige Vermögen zu erwerben auf Kosten einer anderen Seite, die dann zwangsläufig, weil die Güter nun einmal nicht in unendlicher Menge vorhanden sind, in Armut leben muss.
Es lässt sich absehen, daß diese Bestrebungen nicht zur Ruhe kommen, solange sie ihr Ziel nicht erreicht haben. Genauso lange wird es Kriege, Revolutionen, Streiks, Meuchelmorde und Krawalle geben.
Bisher hatten sie, da stets in der Minderzahl, keinen Erfolg; aber eines Tages werden sie die Mehrheit haben.
Ich nannte nur drei Dinge, die durch die Jahrhunderte hindurch gefordert wurden, weil sie die Hauptübel der Geschichte betreffen, daneben gibt es noch einige andere, die sich auf Bildung, Kunst und Berufsordnung beziehen, aber mehr oder weniger mit den drei Hauptübeln verbunden sind und mit deren Abschaffung sich wahrscheinlich automatisch miterledigen lassen.
Ein Trick der herrschenden sowie der besitzenden Klasse, der etablierten Institutionen und Rechtsinhaber

besteht darin, die erwähnten drei Forderungen nach Änderung durch eine negative Namensgebung zu verteufeln. So wird etwa die Forderung nach Auflösung von Gesetzen, die eine ungerechte Gesamtsituation unterstützen, als "Anarchismus" bezeichnet, die Propagierung einer realistischen Sexualität mit Worten wie "Promiskuität", "Amoralität" oder noch schlimmeren belegt, und die Forderung nach Abschaffung von fiktiven Weltanschauungen als das absolut Böse bezeichnet.

In manchen Fällen könnten sie dabei durchaus im Recht sein und mit diesen Bezeichnungen das richtige treffen - aber eben nicht in allen. Manche dieser "Aufmüpfigen" werden in ihren Forderungen zu weit gehen und mit ihren Aktionen zu radikal vorgehen; aber man muss doch erkennen, daß wenn bestimmte Forderungen von Jahrhundert zu Jahrhundert immer wieder aufgestellt werden, sie in irgendeiner Weise berechtigt sind. Ein Schmerz, der nur für einige Augenblicke auftritt, ist noch keine Krankheit, aber ein Schmerz, der langdauernd anhält, ist eine und muss behandelt werden. -

Zu den traurigsten Übeln, die sehr häufig vorkommen, gehört, daß junge Mädchen, die ein Kind bekommen und keinen dazugehörigen Vater angeben oder ihn nicht vorzeigen können, weil er sich seiner Verantwortung durch Flucht entzogen hat, von ihren Eltern verstoßen oder von den Behörden an den Pranger gestellt werden. Ein solches Mädchen wird erst zur Hure gestempelt, und dann bleibt ihr meistens gar nichts anderes übrig als tatsächlich eine zu werden. Der in einem zivilisierten Staat Lebende wird sagen, das gäbe es heute nicht mehr; aber in vielen Ländern gibt es das leider eben heute noch.

Ein weiteres Übel besteht darin, daß die schöne Zere-

monie der Hochzeit mit einem ewigen Treueversprechen verbunden wird, welches nur in den seltensten Fällen eingehalten werden kann und dessen Bruch zu den entsetzlichsten Tragödien innerhalb der Menschheitsgeschichte geführt hat.
In den diese Vorgänge bestrafenden Maßnahmen liegt eine ganz sinnlose Strenge, die dem Übel nicht wehrt, sondern es im Gegenteil vermehrt. Allerdings muss man zugeben, daß in früheren Zeiten etwas unbedingt notwendig gewesen sein kann, was heute als ganz überflüssig erscheint. Ich denke dabei (unter anderem) an die Strafjustiz mit ihrem Gefängniswesen. Heute halte ich die Psychologie für so weit entwickelt, daß man zur reinen Besserungsjustiz übergehen und das Mittel Gefängnis als Bestrafungsmaßnahme weitgehend, wenn auch nicht völlig, abschaffen kann.
Die Nichtbesserungsfähigen gibt es ja nun leider noch, obwohl man annehmen kann, daß auch irgendwann diesen beizukommen sein wird. -
Der Gegensatz zwischen Arm und Reich ist eine Fehlentwicklung der Gesellschaft und keine naturgegebene Notwendigkeit. Diesen Gegensatz muss man abschaffen, was freilich nur durch einen kompletten Umbau der Gesellschaft und ihrer Produktionsmethoden geschehen kann. Das "Reichwerdenkönnen" darf gar nicht erst möglich sein. Denn wenn einer erst reich geworden ist, kann man ihn schlecht deswegen umbringen oder sonstwie beseitigen. Leider werden jedem, der von einem derartigen Umbau spricht, anarschistische Umtriebe vorgeworfen. Daher kommt es dann, daß manche Gruppierungen sich dieses Kleid anziehen und sich den Anarchismus auf die Fahnen schreiben, aber damit nicht das völlige Chaos meinen, sondern eine gerechte und vernünftige Ordnung im Gegensatz zu der jetzigen ungerechten und absurden

Ordnung. Und weil nun Steuern jedem Bürger als Benachteiligung erscheinen, aber für die Existenz des Staates notwendig sind, wird eben auch die Staatlichkeit als Ganzes angegriffen. Aber auch der radikalste Anarchist wird doch einsehen, daß ohne irgendeine Form von Ordnung keine Gesellschaft einrichtbar geschweige denn lebensfähig ist.
Auch eine Bodenreform stand meistens auf dem Programm solcher Gruppen. Daß das Land einige Große besaßen und der Rest als Leibeigene diente, gehörte freilich zu den eines Abschaffens allerwertesten Dingen, stand übrigen auch nahezu ununterbrochen auf den Regierungsversprechungen aller Könige. Leider sahen alle diese Reformpläne eine Aufteilung des Ackerlandes in kleine Parzellen vor und jede sollte eine einzige Bauernfamilie ernähren. Diese Struktur halte ich nicht für empfehlenswert. Große Wirtschaftseinheiten bieten viel mehr Vorteile als kleine.
Das gemeinsame Wirtschaften von größeren Gruppen kann viel eher allen Schwierigkeiten begegnen als eine einzige Bauernfamilie, die vielleicht nur aus drei, vier oder fünf Personen besteht.
Es ist bloß unabdingbar notwendig, daß keiner den Boss spielen kann, der hoch über allen anderen steht, über die alleinige Entscheidungsgewalt verfügt und den Löwentanteil der Einkünfte in die eigene Tasche steckt. -

Von den Sekten auf dem Konzil von Nicäa erregten besonders die Kainiten meine Aufmerksamkeit, deren Verehrung den Bösewichtern der Bibel galt. Wie konnte es zu solch einer Verdrehtheit kommen?
Nun habe ich mehrere Male im Leben persönlich festgestellt, daß ein Böser, wenn ihm ein guter Mensch seine bösen Taten verwehren will, keineswegs diesen

für einen Guten hält, sondern für einen eminent Bösen, gegen den er geifert, bis ihm der Schaum vor dem Mund steht. Das Gutsein beansprucht er für sich selber.

Ganz genau so, wie ein dummer Mensch von einem intelligenten Menschen sagt: "Was ist denn das für ein merkwürdiger Depp?" Meine eigenen Erlebnisse in dieser Hinsicht möchte ich jetzt nicht wiedergeben, sondern auf Karl May hinweisen, der in seinen Büchern, die den Sklavenhandel berühren, sehr gut darstellt, daß die finstersten Bösewichter und grausamsten Massenmörder von denen, die ihnen das Handwerk legen möchten, nur in den allerschlimmsten Ausdrücken sprechen und sie als mit dem Teufel im Bunde stehend beschimpfen.

Ein Guter ist für sie nur, wer ihre schändlichen Taten gutheißt.

Vom Bösen wird nur das Böse bewundert, und von dieser Sorte scheint es so viele zu geben, daß auch manchmal ein Zusammenschluss in Form einer Sekte zustande kommt. Auch Kukluxklan und Mafia, obwohl ihr Handwerk der Mord ist, halten sich für gute Vereinigungen; die Mafia nennt sich selber: Die ehrenwerte Gesellschaft.

Es ist nur nicht zu verstehen, daß sich die Kainiten als eine "christliche" Sekte betrachteten.

Nun ist zu der Gestalt des Judas Ischariot, von dem wohl die Meisten denken, daß er wegen seines Verrats in der untersten aller Höllen braten müßte, und Jesus selbst von ihm sagt, daß es für Judas besser wäre, nie geboren worden zu sein, allerdings einiges zu sagen. Denn erstens einmal setzte sein Verrat die Leidensgeschichte Jesu überhaupt erst in Gang, deren Sinn und Zweck doch die Erlösung der Menschheit von ihren Sünden war. Ohne den Verrat des Judas gäbe es also

die Erlösung gar nicht. Das muss man ihm doch unbedingt positiv anrechnen.
Zweitens war sein Verrat von Jesus vorausgesagt. Judas konnte also zu dem Zeitpunkt gar nicht mehr anders als verratend handeln. Sonst hätte Jesus sich ja geirrt und falsch prophezeit, was bei einem Sohn Gottes doch gar nicht vorkommen kann. Der Verrat war also von Gott selber vorherbestimmt, und deshalb glaube ich nicht, daß Judas Ischariot, wenn es denn eine Hölle geben würde, in ihr sitzen und schmoren müsste. Er müsste m.E. durchaus seinen Platz im Himmel haben wie alle anderen Apostel, zumal er ja seine Tat ernsthaft bereute und die dreißig Silberlinge dem Hohenpriester zurückgab.

Ein Schmuggler wird einen Nichtschmuggler nicht loben, sondern ihn einen Feigling nennen, der Angst hat vor dem Erwischtwerden.
Einer der Bestechung aktiv oder passiv ausübt, wird einem Unbestechlichen ganz bestimmt keine freundschaftlichen Gefühle entgegen bringen.
Jeder wird nur den zum Freund wählen, der die gleichen Schwächen oder Charakterfehler hat wie er selber.
Das kann man geradezu als Naturgesetz aufstellen. Deshalb wird sich auch ein Alkoholiker nie mit einem Nichtalkoholiker anfreunden. Ich habe mir sogar sagen lassen, daß wenn mehrer Alkoholiker in einer Entziehungskur beisammen sitzen und ein Nichtalkoholiker betritt den Raum es vorkommt, daß manche der Alkoholiker Tobsuchtsanfälle vor Abscheu verbunden mit schweren Krämpfen bekommen.
Ähnliches in abgeschwächter Form lässt sich ja auch auf Feiern oder Parties beobachten: Wenn die Leute angeheitert sind und in bester Weinlaune und es

kommt plötzlich ein Nüchterner hinzu, geht den Angeheiterten die ganze Stimmung verloren, und sie behandeln den Neuankömmling feindselig.

Jeder zimmert sich sein Weltbild so zurecht, daß er mit seinen persönlichen Eigenschaften und Fehlern am besten wegkommt.

Jeder hält für gut das, was er macht und das Gegenteil für böse, schlecht oder hässlich.

Das stimmt auch mit der Lehre des Sokrates überein, daß keiner das Böse *wollen* kann, sondern es nur tut, weil er es für gut hält. -

Um noch einmal auf Judas Ischariot zurückzukommen: Seine Tat war vorherbestimmt. Aber was wird er sich selber dabei gedacht haben? Als Jesus ihn während des Abendmahls als Verräter bezeichnete, da hat er dieses zweifellos nicht zugegeben, falls er es überhaupt mitbekommen hat. Die Situation ist nicht genau geschildert. Wir wissen nicht, ob Judas gehört hatte, was es bedeuten sollte, daß Jesus ihm plötzlich ein Stück Brot in den Mund schob. Ich möchte eher annehmen, er hat es nicht gehört und hatte seine eigenen Gedanken, als er sich zu dem Verrat entschloss d.h. zu entschließen meinte, obwohl er schon längst auf dieser Bahn festgelegt war.

Erscheint es logisch, daß er wusste, was auf Jesus zukommt, wenn er ihn verrät? Nein, mit größter Wahrscheinlichkeit ist anzunehmen, er wusste es nicht. Was aber wollte er dann erreichen? Daß es ihm wesentlich um das Geld ging, können wir wohl ausschließen.

Wenn man versucht, sich die ganze Angelegenheit zu erklären, kommt man darauf, daß der Bericht in den vier Evangelien höchst unvollkommen, geradezu ungereimt ist und außerdem noch unterschiedlich ausfällt.

Nun verlief die Situation nach Matthäus etwas anders als ich sie oben aus dem Gedächtnis heraus und mehr nach Johannes schilderte Bei Matthäus sagt Jesus: "Der mit dem ich die Hand in die Schüssel tauchte, der ist's." Aber es ist ja geradezu absurd anzunehmen, daß wenn Judas diese Worte gehört hätte, er die Hand zu gleicher Zeit wie Jesus in die Schüssel getaucht hätte. Ich glaube, daß die ganze Geschichte wesentlich verwickelter ist als sie in den Evangelien zu lesen steht. Entgegen dem, was in der Bibel stehen oder nicht stehen mag, nehme ich an, daß Judas nicht wollte, daß Jesus einen Weg ging, der unvorhersehbare Folgen haben musste. Er hatte ja gesagt, er könnte den Tempel zerstören und in drei Tagen wieder aufbauen. Da Judas unmöglich begreifen konnte, daß Jesus damit den Tempel seines Leibes meinte, kann er möglicherweise haben verhindern wollen, daß Jesus tatsächlich den Tempel von Jerusalem zerstöre.
Es gibt auch noch andere Möglichkciten. Er könnte beispielsweise mit den Priestern dasselbe Interesse gehabt haben, nämlich ein göttliches Zcichen aus Jesus herauszukitzeln, daß seine Gottessohnschaft mit absoluter Sicherheit bewiesen hätte.
Im übrigen saß Jesus, wie er selbst sagt, täglich im Tempel und hätte dort oder davor verhaftet werden können. Ein Verrat war gar nicht notwendig, und die Priester hätten sich die Ausgabe von dreißig Silberlingen sparen können. Aber wahrscheinlich wollten sie bei der Verhaftung keine Zuschauer.
Jedenfalls gelange ich zu der Erkenntnis, daß Judas Ischariot das Opfer einer heiligdreieinigen Politik war und er es eigentlich nicht verdient, dafür in der untersten Hölle zu schmoren und *"sich zu wünschen, daß er nie geboren worden wäre."* So spricht Jesus nach Matthäus.

Von dieser Erkenntnis ist aber immer noch ein weiter Weg bis dahin, ihn und alle anderen Bösewichter der Bibel zu verehren, wie das angeblich die Kainiten taten.

* * *

Als ich von der Zirkusnummer, die sich Frühchristentum nennt, genug hatte, wandte ich mich, nachdem ich im Schwimmbad zur Erfrischung mehrere Saltos rückwärts geschossen hatte, dem Problem des Noctambulismus zu. Dieser hat im letzten halben Jahr in erschreckendem Maße zugenommen (um mehr als 160 %) und wird nachgerade unerträglich, weil die Nachtwandler, auch Somnambule genannt, den nächtlichen LKW-Verkehr erheblich stören.
Sie überqueren sorglos, ohne nach rechts oder links zu schauen, die Straßen und zwingen die LKW-Fahrer zu abrupten Bremsmanövern, bei denen sie ins Schleudern kommen und die Hänger teilweise umkippen.
Viele Tonnen Lebensmittel endeten auf diese Weise schon im Straßengraben.
Diese Nachtwandler springen auch von Bäumen und Stromleitungen auf die Wagendächer und irritieren so die Fahrer auf's Höchste. Leider fallen sie nie von den Wagendächern herunter, sondern entlaufen, sobald das Fahrzeug hält.
Und um das Maß voll zu machen hat man unter ihnen auch schon splitterfasernackte gesehen. - Die Fernfahrerinnung hat jetzt beschlossen, alle ihre Fahrer mit Gewehren auszurüsten, damit sie sich der Nachtwandler erwehren können.
Diese Maßnahme trifft natürlich auf den Widerspruch aller polizeilichen Organe, denn sie befürchten, daß jeden Morgen die Nachtwandlerleichen von den Straßen

eingesammelt werden müssen wie die überfahrenen Igel, Hasen, Krähen, Füchse und manchmal auch Rehe. Das verletzt zutiefst das moralische wie auch das ästhetische Empfinden.

Man überlegt sich nun, wie man dem Phänomen des zunehmenden Nachtwandelns, auch Noctambulismus genannt, beikommen kann. Bis jetzt gelang es noch nicht, die Ursachen herauszufinden, obwohl es inzwischen über dreißig Theorien dafür gibt. Die albernste behauptet, die Nocturnos von Chopin seien daran schuld, die in letzter Zeit zu häufig durch den Äther gesendet werden. Die älteste Theorie, nämlich daß der Mond daran schuld sei, bestätigt sich nicht, weil die Fälle auch bei Neumond auftraten. Noctambulismus ist auch keineswegs dasselbe wie Mondsüchtigkeit. Der Mondsüchtige schläft sozusagen und nimmt seine Umwelt gar nicht wahr. Er erschrickt auch ganz furchtbar, wenn man ihn durch Anrufen aufweckt und fällt vom Dach.

Der Noctambulist, üblicherweise als Nachtwandler bezeichnet, schläft eigentlich nicht oder auf eine ganz andere Art und Weise. Er rekrutiert sich sogar, wie es scheint, hauptsächlich aus solchen, die immer sagen, daß sie nicht schlafen können. Aber bisher begnügten sie sich damit, sich im Bett herum zu wälzen oder durch ihre Wohnung zu wandeln. Warum sie nun auf einmal die Straßen unsicher machen, kann man bis jetzt noch nicht erklären.

Professor Ganglium vom Institut für Schlafstörungen meint, es müsse aus den Nahrungsmitteln kommen, die ja, wie man schon seit langem weiß, mit allen möglichen und unmöglichen Chemikalien versetzt werden. Man befragt nun alle, die man nachts auf den Straßen erwischt, was sie abends gegessen haben.

Außerdem versucht man herauszubekommen, was für

Chemikalien neuerdings, genauer vor einem halben Jahr, denn solange grassiert diese Seuche, auf den Markt gekommen sind.
Die Noctambulisten schlafen nicht, sagte ich, aber richtig wach sind sie auch nicht. Wenn man sie anspricht, blicken sie einen höhnisch an, das heißt also, sie bemerken einen, antworten aber nicht, und wenn man sie schüttelt, fangen sie an wie verrückt zu schrein. Offenbar sind sie jedem moralisch-wertendem Empfinden entzogen, und über einen Selbsterhaltungstrieb verfügen sie auch nicht mehr. Es ist ihn alles gleichgültig.
Dr. Erdfried von Heugenpflug von der Forschungsanstalt für Bakterio- und Virologie hält einen Virus für möglich, der jedoch nur mit irgendetwas anderem zusammenwirkt, das gewissermaßen als Katalysator auftritt, das man aber noch nicht kennt.
Als sehr merkwürdig wird empfunden, daß eine Gemeinsamkeit alle bisher identifizierten Noctambulisten oder Noctambulen darin besteht, nur Nachthemden zu tragen - niemals einen Pyjama oder sonstige Schlafanzüge. Die Nachthemden werden manchmal vom Nachtwind hochgeweht, wodurch die ganze Angelegenheit zusätzlich eine sittenwidrige Komponente bekommt, welche sich noch steigert, wenn die Nachthemden ganz wegfliegen, was in stürmischen Nächten schon vielfach vorkam.
Spricht man sie in actu daraufhin an, regieren sie mit einem Gelächter; zeigt man ihnen jedoch anderntags Photos oder Filme von ihrem Treiben, bekunden sie helles Entsetzen und wollen die Sache gar nicht wahrhaben, sondern halten das Ganze für einen Scherz von Vorsicht Kamera! oder aber für eine böswillige Verleumdung. So ganz genau kann man sie ja auch auf den Nachtaufnahmen nicht erkennen.

Von der Bundesregierung wurden die Kommunen aufgefordert, zusätzliches Wachpersonal einzustellen. welches nachts alle Straßen lückenlos kontrolliert. Der Streit darüber, wer das bezahlen soll, dauert noch an.
Viele der Personen, die man bisher schon erwischte und die nicht irgendwo dringend gebraucht werden, liegen in Quarantäne. Sie protestieren zwar, aber das hilft ihnen nichts. Es werden ihnen Blut- und Gewebeproben abgenommen, Speichelabstriche gemacht und die Gehirne durchleuchtet. Nachts werden sie an ihre Betten festgebunden. Meine Redaktion hat vorgeschlagen, daß man genau so, wie man im Automobil die Anschnallpflicht einführte, eine allgemeine Bettanschnallpflicht einführen sollte, wobei allerdings das Porblem besteht, wie man verhindern soll, daß die Somnambulisten ihre Schnallen selber öffnen können.
"Diese Nachtwandler sollen doch Schlaftabletten nehmen!" wird so mancher Bürger sagen. Aber das tun sie ja schon längst; es hilft ihnen gar nicht. Manche vermuten sogar, daß die Schlafmittel an dem Dilemma schuld sind.
Das bringt natürlich wieder die Pharmaindustrie auf die Palme. Also ich kann bloß sagen, die ganze Republik hallt wider von den Kontroversen der hier involvierten Parteien, sodaß man fast keine Kirchenglocken mehr hören kann. Da fällt mir ein, daß Geistliche schon von einer Strafe Gottes gesprochen haben und es die erste von noch sieben kommenden Plagen nannten.
Das Verbreitungsgebiet dieses Phänomens ist sehr groß. Es schließt ganz Europa in sich ein, ferner Nord- und Mittelamerika, Südostasien und Australien. Wieso Afrika, Südamerika, Russland und Indien völlig frei davon ist, weiß niemand zu sagen.
In Australien wirkt es sich fatal aus, weil die nachts

fahrenden Lastzüge mit zwei oder drei Anhängern überhaupt nicht schnell bremsen können.
Man forderte auch schon ein generelles Nachtfahrverbot, damit die Nachtwandler nicht behindert werden, doch man ist ja froh, daß man die Schwerlaster tagsüber von den Straßen weg hat. Außerdem müssen ja die Supermärkte nachts aufgefüllt werden. Wenn sich diese Seuche nicht eindämmen lässt, sondern sogar noch ausbreitet, sehe ich Probleme voraus, die diesem Erdball seine Schönheit nehmen.

Es wird sein, wie wenn alle Bäume gefällt wurden und du nur noch blanke Stubben schaust. Dann recken sich keine Äste mehr gen Himmel. Kein feines Filigran der Zweige entzückt dich. Du staunst, wie so vieles, das war, auf einmal weg sein kann. Das sah niemand voraus; das konnte niemand in seinen Handlinien lesen. Es kam alles so überraschend. Der Wind schlug die Fenster zu, und brauste durch die Stadt, daß alle Straßen leer gefegt wurden.
Jetzt ist das ganze Land voller Erwartung. Ob es wohl schneien wird? Eine weiße Ablösung vom Schwarz und vom Grau wäre erwünscht gewesen. Die Nürnberger Lebkuchen und der Glühwein hätten dann besser geschmeckt.
Aber so müssen wir die Kreuzfahrerschiffe fahren lassen wie sie gekommen sind. Keine Fracht entladen; keine neue Fracht gestaut! Die Kapuzenmänner haben jede vorteilhafte Möglichkeit verhindert.
Ich weiß, daß diese kahle Ebene früher ein Urwald war, ein grüner Regenwald mit vielen bunten Vögeln, Blumen und Insekten. Hier wanderte der Helmkasuar stolz durch die Gegend, und die Baumkänguruhs kamen ins Haus und holten sich ihr Futter.
Die Olivenfliege verdarb das alles. Deshalb musste

man erst alle Oliven- und Akazienbäume fällen, und dann auch alle anderen. "Jetzt nicht mehr", sagte Tang Ti Tetuan, als man ihm sagte, es gäbe keine Bäume in der Sahara. "Ein guter Holzfäller schafft zehntausend Bäume pro Tag. Ein Regenwald ist weggeholzt wie Nichts." Was dann übrig bleibt, reicht nicht aus um einen Schatten zu spenden.
Auf Trinakia bläst ein Nashorn in ein Trockenhorn.
Die Zeit der Stille ist die Zeit da ich ein Leopardenjunges als Buchzeichen benutzte. Das war eine Weile bescheidenen Glücks. Darüber hinaus kann sich nichts strecken. Die Zeit des Bäumefällens ist vorbei. Nur das Theater der Fanfaren im Ohr beeinträchtigt noch. Morgen werden wir die Sonnenwende feiern. Dann wird sich alles, alles wenden....
Ich möchte dir ein Weihnachtsgeschenk machen; aber ich habe keins. Die Moschusochsen sind alle gestorben; deshalb kann man kein Parfüm mehr machen und jetzt stinkt die Welt. Wunderkerzen werden zu Abfall.
Auf dem Christkindlmarkt gibt es ciserne Rechenschieber zu kaufen mit Verzierungen aus Elfenbein und Ebenholz. Deshalb Trainingsanzüge anziehen! Keine Gürtelringe unter den Schnallen! Keine Geldkatzen!
Wir sind versprengte Peschmerga und kommen nur langsam zu Kräften. Unsere Segel müssen Erschöpfung überwinden. Feuriges Schuhwerk schürt Verdachtsmomente gegen Giftmischer und Meuchelmörder. Kinder sind da nicht zugelassen.
Unfein war's, die abgeschlagenen Piratenköpfe auf Stangen aufzuspießen und dem Anblick der Bevölkerung preiszugeben. Das hätte man heimlich hinter Vorhängen machen sollen. Diskretion ist immer Ehrensache. Außerdem bewirkt eine solche Zurschau-

stellung keine Besserung, sondern nur angenehmen Nervenkitzel. Da kommen die Flegel bloß auf dumme Gedanken, und andere Aasvögel werden angelockt, die sich dann auf die Masten der Schiffe setzen und sich kostenlos über die Weltmeere fahren lassen.
Das nenne ich negative Auspizien und werde es in Zukunft zu verhindern wissen.
Mit Giftgas werde ich arbeiten; die Zeit des Köpfeabschlagens ist vorbei. Es ist auch besser, die Leiber in einem Stück zu begraben als in Einzelteilen, und eine Propagandamaßnahme halte ich dabei grundsätzlich für überflüssig. Wir sind ja doch schließlih zivilisierte Menschen. Nur Wilde erfreuen sich an kruden Grausamkeiten.
Wer sich Totenköpfe auf den Oberarm tätowieren lässt, gehört natürlich auch zu den Wilden und darf sich nicht mehr einen zivilisierten Menschen nennen. Wir erwägen, solche Leute in ein besonderes Ghetto zu sperren, und die Raucher in ein anderes, welches fern von den Städten der anständigen Leute liegt.
Ich hoffe, noch lange genug Oberbürgermeister zu bleiben, um diese Pläne verwirklichen zu können. Wenn man mich vorher abwählt, werde ich auf jeden Fall die Stadtkasse mitgehen lassen; dann sitzt ihr auf dem Trockenen und könnt euch mit Sand die Visagen waschen. Keine Zwischenrufe bitte! Von Liebe war zwischen uns nie die Rede. Es ging immer nur um's Geld und um den gemeinsamen Vorteil.
Ich habe euch Schiffe gebaut und ihr habt nach Kartoffeln gebuddelt, mit denen wir sie beladen und in alle Welt geschickt haben. Kartoffeln sage ich natürlich nur als pars pro toto; denn es waren auch noch eine Menge anderer Sachen dabei.
Das Kartoffelessen macht sowieso dumm, deshalb überschütteten wir vorsorglich unsere potentiellen

Gegner damit. Sie revanchierten sich mit grünen Bohnen, von denen sie hofften, wir würden sie in roher Form als Bohnensalat essen, weil sie nicht wussten, daß wir wissen, wie giftig grüne Bohnen, wenn roh genossen, sind.

Unsere Zeit kann man mit Fug und Recht eine Zeit des Lebensmittelkrieges nennen. Was alles in die Konserven hineinkommt, die zwischen unseren Ländern im- und exportiert werden, hält eine gewaltige chemische Industrie am Leben. Wenn's nicht so traurig wäre, der Kasus brächte mich zum Lachen, obwohl ich mich so schwach fühle, daß ich mich hier am Geländer abstützen muss.

Ich sage euch, wenn ihr mich absetzt, geht ihr noch herrlicheren Zeiten entgegen. Vor allem wird der Wasserspiegel steigen, daß ihr nur noch in hohen Gummistiefeln gehen und eure Keller nicht mehr benutzen könnt. Das sehe ich voraus und bin der Einzige, der mit diesem Problem fertig werden könnte, weil ich ein Geheimmittel dagegen kenne. Mehr will ich nicht verraten. Beinahe wäre es mir herausgerutscht, aber im letzten Moment gelang es mir, es zurückzuhalten.

Ihr sollt schon seh'n, was ihr davon habt, wenn ihr mich absetzt. Ich bin das A und das O eures Wohlbefindens. Daran braucht ihr keinen Augenblick lang zu zweifeln. Alles was nach mir kommt, kann mir nicht das Wasser reichen, wie man so sagt, obwohl man manches so sagt, was kompletter Unsinn ist.

Wer jetzt nicht aufgeklärt ist, wird es nimmer werden, wird so dumm wie Scheiße bleiben und lauern hinter blinden Scheiben. Sela.

* * *

Ich möchte doch noch einmal auf die Gedankenspiele der frühchristlichen Sekten zurückkommen, weil Ausläufer davon ja auch heute noch Bedeutung haben. Sie beziehen sich zumeist auf das Verhältnis von Jesus, Gott und Heiligem Geist zueinander.

In Bezug auf Jesus nehmen sie zu der Frage Stellung, was er in Wirklichkeit sei: wahrer Mensch, wahrer Gott oder beides zusammen, und wenn das letztere, wie diese Gleichzeitigkeit möglich sei.

Die Position, Jesus sei durch und durch wahrer Mensch gewesen, wird so begründet, daß er nur als Mensch ein wirkliches und echtes Leiden habe durchleiden können. Wäre er durch und durch Gott gewesen, wäre die ganze Passionsgeschichte nur ein vorgetäuschtes Spiel gewesen, denn ein Gott verspürt keine Schmerzen - und dann wäre nicht einzusehen, wie dadurch eine Erlösung zustande kommen könne.

Die Gegner sagen, eben weil er durch und durch Gott gewesen sei, darum habe die Passion kosmische Bedeutung und er die Macht besessen, zur Hölle nieder zu fahren und den Satan und mit ihm alles Böse zu überwinden und dadurch die Menschheit von ihren Sünden zu erlösen.

Da nun beide Positionen ihre Schwachpunkte haben, kam eine dritte Gruppe auf die Idee, daß er sowohl wahrer Mensch als auch wahrer Gott gewesen sei. wodurch jene Schwachpunkte rein formal als behoben angesehen werden konnten. Nur kann leider niemand ein Zugleichsein von zwei so großen Unterschieden begreifen. Der menschliche Verstand kann hier nur ein Entweder Oder begreifen. An dieser Lehre wurde jedoch solange herumgetüftelt, bis sie vielen Leuten plausibel erschien. Diese nennt man die Katholisch-Orthodoxen.

Verkompliziert wurden diese Lehren noch dadurch,

daß man außer den zwei "Naturen" auch noch zwei "Willen", einen menschlichen und einen göttlichen, und ebenso zwei "Energien" unterschied und das alles munter miteinander mischte. Da gab es dann also Monophysiten, Miaphysiten, Monotheletisten, Dyotheletisten, Eutotychianisten und zwei Dutzend andere Da sich all diese -ismen in Sekten konkretisierten und unter ihrem eigenen Patriarchen standen, die sich gegenseitig aus der Gesamtkirche ausschlossen, zerrissen sie die Einheit des römischen Imperiums und erhielten dadurch ihre wichtige historische Bedeutung. In Byzanz war man monophysitisch, in Ägypten miaphysitisch, woanders eutotychianistisch, in Persien war man Nestorianer usw. usf.
Die byzantinischen Kaiser, vor allem Herakleitus, aber auch ein Kaiser Honorius bemühten sich nun, alle diese Richtungen unter einen Hut zu bringen, was zu ausgedehnten Kontroversen, zum Teil sogar zu kriegerischen Auseinandersetzungen führte.
Die Byzantiner und Römer nannten sich Monophysiten. Die wegen ihrer Kornexporte wichtige Provinz Ägypten war miaphysitisch und die an Persien grenzenden Provinzen waren Nestorianer. Herauszufinden, wie sich die übrigen -ismen auf die verschiedenen Provinzen verteilten, wäre eine zeitraubende Arbeit in einem rein englischen Internet gewesen, der ich mich nicht unterziehen mochte.
Und in diese Zeit hinein wurde nun Mohammed geboren, und man kann es verstehen, daß er wegen dieser vielen Lehrmeinungen und Sekten vom Christentum nicht begeistert war.
Dagegen nicht verstehen kann man, warum diese Verfechter jener Thesen so vollkommen überzeugt waren von der Richtigkeit derselben, daß sie bereit waren, sich dafür totschlagen zu lassen und andere totzuschla-

gen, wobei man doch klar erkennen kann, daß es sich nur um reine Spekulationen über Dinge handelt, die für den Menschen transzendent, also schlechthin nicht erkennbar sind.

Die neue katholisch-orthodoxe Glaubensformel (von 630 herum) enthält den Satz: "Wenn einer nicht bekennt.....Christus und Gottessohn, die eine Person seien, wirken Göttliches und Menschliches in einem gottesmenschlichen Sinn...., dann sei er verdammt: Anathema!"

Dann muss ich noch mehr als verdammt sein, weil ich bestreite, daß der Satz einen begreifbaren Sinn ergibt.

Wie konnten sich die Theologen damals bloß um so zweifelhafte Fragen ereifern? Ich bin zu der Ansicht gekommen, daß es sich bei all diesem Theoretisieren in Glaubensfragen um ein Ablenkungs- und Ausweichmanöver handelt, um an der wahren und konkreten Nachfolge Christi vorbeileben zu können. Die Bischöfe und Patriarchen lebten ja weder in Armut noch in Keuschheit, liebten weder ihren Nächsten wie sich selbst noch ihre Feinde, und man hätte sie eigentlich gar nicht Christen nennen können, wenn sie nicht so viele Worte über das Christentum gemacht hätten, sodaß es ausssah, als sei ihnen das Christentum wichtig. Man muss auch das Neue Testament geradezu vergewaltigen, wenn man all diese -ismen aus ihm entnehmen will. Es sagt über wahre Natur, Willen und Energieform Jesu herzlich wenig bis gar nichts.

Es steht zwar an einer Stelle: "Ich und der Vater sind eins.", aber es steht auch: "Wenn möglich, lass den Kelch an mir vorübergehen, doch nicht wie mein Wille, sondern wie dein Wille geschehe es."

Diese nachhellenistischen Kleriker fühlten sich anscheinend in der Nachfolge der griechischen Philosophen bemüßigt, viel zu theoretisieren, sich an logi-

schen Plänkeleien zu erfreuen, um Recht zu bekommen viel nach Rom und Byzanz zu reisen, viele Konzile und Synoden zu veranstalten oder zu besuchen und darüber die wahre und praktische Nächstenliebe weitgehend zu vergessen.
Wenn ich bedenke, wieviel Unheil diese Glaubensformeln über die Welt brachten, z.B. auch dadurch, daß sie den Mohammed so sehr gegen die christlichen Dogmen einnahmen (besonders gegen das der Dreieinigkeit und der Gottessohnschaft), gelange ich zu der Auffassung, daß man überhaupt keine Glaubensformeln und Dogmen aufstellen sollte, sondern weiter nichts als tätig sein sollte, die einzelnen Werke und Verhaltensweisen, welche Jesus gebot, ununterbrochen auszuführen. Über seine wahre Natur nachzudenken ist ein ausssichtsloses Bemühen und zudem auch überflüssig. Es ist nicht unsere Aufgabe, über die Natur der heiligen Dreieinigkeit oder Uneinigkeit und über transzendente Geheimnisse nachzudenken, sondern eine Lebensform zu entfalten, die den Geboten und Lehren Christi entspricht. Aber das fällt natürlich sehr viel schwerer als Worte zu machen.
In der Zeit der Verfolgungen kam natürlich dem Bekennen des Glaubens ein anderer Stellenwert zu als in unserer heutigen, bürgerlich beruhigten Welt Aber auch in jener Zeit hätte sich ein mit der Auffindung von Christen beauftragter Römer wohl wenig darum geschert, zu welcher Richtung der aufgespürte Christ sich bekannt hätte. Für einen Außenstehenden waren und sind diese theologischen Haarspaltereien einfach nur lächerlich.
Es macht mich immer wieder traurig, wenn ich bemerke, wieviel Gehirnschmalz auf die religiösen Fiktionen verschwendet wird. Persönlich erlebte ich das, als einer meiner Schulfreunde, der Theologie studierte,

mir eine seiner Exegesearbeiten vorlas und meinte, von soviel Intelligenzleistung müsste ich total überwältigt sein - und für mich war das nichts als unnütz aufgewendete Arbeit an unbeweisbaren, biblischen Fiktionen. - Er studierte Theologie, war indessen ein richtiger, kleiner Bosnickel, ein Spötter und Herunterzerrer aller, die mit ihm zu tun hatten. Damals wurde mir die Diskrepanz zwischen christlicher Theorie und Praxis zum ersten Male deutlich.

* * *

Begegnungen
(Aus relativ kleine, absolut wahre Geschichten)
An einem Heiligabend der 80er Jahre wanderte ich durch die fast menschenleeren, schneematschbedeckten Straßen Münchens, beschaute die hell erleuchteten Schaufensterauslagen und sah in die Fenster der Wohnungen hinauf, wo die Leute unter ihren Tannenbäumen saßen - da kam mir in der Augustenstraße, etwa auf der Höhe des Cafe Hölzl, ein Mann entgegen und fragte mich, ob ich ihm nicht zwei Mark geben könnte. Der Mann sah eigentlich gar nicht aus wie ein Bettler. An seiner Kleidung gab es nichts Ärmliches oder Abgerissenes, und seine Physiognomie deutete ebenfalls nicht auf Elend hin. Deshalb kam keinerlei Mitleid mit ihm in mir auf. Das Mitleid mit mir selbst war viel größer. Darum gab ich ihm nichts. "Ich bin leider nur ein armer Künstler und kann es mir nicht leisten, Geld zu verschenken." - Das log ich gar nicht. Denn damals ging es mir so, daß mein Küchenplan vorsah, niemals mehr als eine Mark pro Mahlzeit auszugeben. Daraufhin langte er in die Tasche seines Trenchcoats, holte ein Zweimarkstück heraus und sagte: "Wenn das so ist, dann - schau her - gebe i c h dir zwei Mark. Ich brauche eigentlich kein Geld. Ich will nur feststellen, ob die Menschen noch ein gutes Herz haben." Da musste ich natürlich lachen. Dann wünschten wir uns gegenseitig Frohe Weihnachten, und jeder ging seiner Wege. -

Zwei merkwürdige Menschen lernte ich in einer Wirtschaft kennen, in der ich öfters essen ging. Der Wirt selber war auch ein Unikum. Seine Frau erzählte mir, er habe einmal ihre sämtlichen Kleider in den Ofen geworfen und verbrannt, weil er aus einem mir nicht näher mitgeteilten Grund mit ihr unzufrieden gewesen war.
Er selber behauptete von sich, er sei einer der ganz Wenigen in Deutschland, die einen achtspännigen Pferdewagen zu kutschieren verstünden. -
Bei ihm beobachtete ich oft einen alten Herrn, welcher - vor sich ein Weinglas - alleine am Tisch saß, sich aber trotzdem in allerbester Gesellschaft befand. Er blickte abwechselnd auf die Nachbarstühle, prostete nach rechts und nach links, und man hörte Sätze wie: "Da haben Sie recht, Herr Geheimrat!" - "Hier muss ich Ihnen widersprechen, Herr Professor." - "Gewiss, Herr Kommerzienrat, so kann und darf es nicht weitergehen. Ich werde beim Minister intervenieren." - In den Pausen zwischen den Sätzen hörte er offensichtlich imaginären Personen, die vor ihm saßen, mit reichhaltigem Mienspiel zu. -
Da dachte ich: Ja, Sooo einen Rausch ließe ich mir gefallen, aber mir wurde von Alkohol stets nur übel.
Ein anderer Gast saß auch immer dort, und eines Tages kamen wir ins Gespräch. Man sah ihm nicht im Geringsten an, daß er betrunken war, vielleicht war er auch tatsächlich verrückt. Jedenfalls bei einer kleinen Meinungsverschiedenheit sprang er plötzlich auf und brüllte mit drohend geballten Fäusten: "Ich warne Sie! Ich bin ein ehemaliger SS-General. Ich lasse Sie erschießen. Dafür habe ich meine Leute." - Da wurde mir natürlich angst und bange, und ich setzte mich an einen anderen Tisch. -
Einen ähnlich merkwürdigen Menschen traf ich in dem Buchladen am Augsburger Hauptbahnhof. Er blätterte in den Zeitschriften, ich blätterte ebenso, plötzlich zeigte er auf eine Überschrift: JELZIN TRITT ZURÜCK und sagte: "Da sehen Sie einmal, was die Kraft der Gedanken vermag. Vor drei Tagen, habe ich gebetet, Jelzin möge zurücktreten, und heute tritt er tatsächlich zurück." Ich erwiderte: "An so etwas haben die Steinzeitmenschen auch geglaubt mit

ihren Jagdbeschwörungen." - Diese Antwort gefiel ihm nicht. Er warf mir einen bitterbösen Blick zu und verschwand im Gedränge.

Eine der interessantesten Bekanntschaften machte ich auf folgende Weise: Wenn ich von meinem Arbeitsplatz zu meiner Wohnung wollte, musste ich durch die Isaranlagen. Eines Tages begegnete mir dort ein Sikh mit weißem Turban und schwarzem Bart und fragte mich auf Englisch, ob ich ihm sagen könne, wie er nach Oberaudorf käme. "Oberaudorf? - Oberaudorf liegt doch bei Rosenheim. Hier bei uns gibt es kein Oberaudorf." - Wie weit es denn bis dahin wäre? - "Ja, mindestens 50 km, vielleicht sogar 75 km. Heute kommen Sie da nicht mehr hin." - Ob er in diesem Fall bei mir übernachten könne? - Ich ließ ihn mit mir kommen: Wenn er damit einverstanden wäre, in meiner Werkstatt zu schlafen, könne er das tun. In meinem kleinen Appartement im fünften Stock wollte ich ihn nicht gerne schlafen lassen.
Unterwegs erklärte er mir dann seine Absicht, in Oberaudorf bei den Coca-Cola-Werken Arbeit suchen zu wollen, da sein Vater in Indien auch eine Coca-Cola-Fabrik habe und er sich auf diese Arbeit verstünde. Im Laufe des Abends ergab sich, wenn er hier in München eine Arbeit fände, wäre ihm das auch recht. Er wollte nämlich weiter nichts als sich die Überfahrt nach Kanada verdienen. Er besaß einen sehr schön klingenden Namen: Yoginder Singh Mataru. Geld besaß er keines mehr. Denn die 40 Dollar, die man bei der Ausreise aus Indien mitnehmen durfte, waren aufgebraucht. Mit nur 40 Dollar in der Tasche von Indien bis nach Europa zu kommen, stellt eine ganz schöne Leistung dar. Das imponierte mir wie mir auch seine ganze Gestalt imponierte. Eine "imposante Erscheinung" konnte man wirklich von ihm sagen. In meiner Werkstatt zeigte ich ihm eine Nische, in der ein Sofa stand, damit war er als Schlafplatz einverstanden. Am nächsten Morgen nahm ich ihn mit zu meiner Firma, und er bekam dort tatsächlich einen Job. So lebte er dann zwei Monate bei mir, bis er die Reise nach Montreal bezahlen konnte.
In dieser Zeit erfuhr ich eine Menge über die Sikhs, und er gab

beim Abschied zu, auch einiges von mir gelernt zu haben. Ich weiß noch, wie verwundert er war, daß ich meine Werkstatt nach getaner Arbeit aufräumte und sauber machte. Er sagte: "Wir machen das immer morgens, vor der Arbeit. Aber eure Methode ist besser." Es ist sehr selten, daß ein Orientale irgendwelche europäischen Methoden besser findet. Schon allein das hebt ihn von anderen Personen ab. Sich abzuheben von gewöhnlichen Menschen bestrebte er sich ganz allgemein. Er wollte sein: a distinguished person, was in seiner Aussprache des Englischen klang: a dstngschd psn, weshalb ich ihn zunächst nicht verstand. Das Wort University klang bei ihm nvrsty.
Also Vokale kennen die Einwohner des Punjabs anscheinend nicht oder halten sie nicht für wichtig, ähnlich wie die Hebräer.
In Kanada wollte er Politikwissenschaft studieren, um später in seiner Heimat ein hohes Staatsamt bekleiden zu können. Minister zu werden, war das Mindeste, was er sich erhoffte. Ich glaube sogar, sein Ziel war allen Ernstes, dereinst Ministerpräsident von Indien zu werden. Außerdem erschien es ihm erstrebenswert, hundert Länder der Erde kennen zu lernen und 100000 Dollar zu verdienen. Bei jedem anderen würde das lächerlich klingen, aber ihm traute ich zu, das alles zu erreichen. Seine beeindruckende Wirkung auf Menschen wurde mir immer deutlich, wenn wir in den Isaranlagen spazieren gingen. Er nahm den Müttern aus den Kinderwagen die Kleinkinder heraus, hob sie hoch, herzte und küsste sie, und die Frauen bekamen keinen hysterischen Anfall, sondern lächelten geschmeichelt, daß ihre Leibesfrucht die Beachtung eines so interessanten Mannes fand.
Fast könnte ich ihn einen Heiligen nennen. Er las jeden Abend in dem Buch, das unserer Bibel entspricht, in den Worten des Guru Nanak. Über diesen erzählte er mir viel - leider habe ich das meiste vergessen. Ich erinnere mich nur noch ungenau an einen Vorgang, bei dem dieser Guru seine Anhänger in sein Zelt kommen und dann das Blut eines geschlachteten Tieres unten am Zelt hervorlaufen ließ, um die davor Stehenden glauben zu machen, er hätte den Mann getötet. Das Ganze sollte irgendwie eine Art Prüfung für sei-

ne Jünger darstellen, aber wie gesagt, den richtigen Zusammenhang weiß ich nicht mehr und fand auch keine Literatur darüber.
Eine Besonderheit der Sikh-Religion ist, daß ein Mann zugleich Heiliger und Krieger sein soll, zugleich Priester und Soldat, Es handelt sich also um eine ausgesprochene "ecclesia militans". Darum trägt jeder fromme Sikh ständig ein Messer bei sich, ein Armband mit scharfen Kanten, das ebenfalls als Waffe benutzt werden kann, - und er schert sich nicht das Haupthaar, sondern schürzt es zu einem Knoten unter dem Turban zusammen, um einen eventuellen Schlag abzudämpfen. Dieses Messer überreichte er mir eines Tages zur Aufbewahrung. Er wollte es nicht in die Arbeit mitnehmen, weil dort ein Arbeiter wäre, der in einem fort über Indien schimpfe ("Indien ist Scheiße") und er nicht in Versuchung kommen wollte, in einem Augenblick der Wut den Mann zu erstechen.
Unser deutsches Brot wollte er nicht essen. Ich musste ihm eine Eisenplatte und ein besonderes Mehl besorgen, damit er sich selber sein gewohntes Fladenbrot backen konnte. Mich kritisierte er weil ich Tomaten mit der Schale aß, welche er für unverdaulich hielt. Am allerverrücktesten jedoch: Honigbrot bestreute er mit Pfeffer und Salz und hielt das für ganz natürlich. Meine Ablehnung dieser Kombination blieb ihm unverständlich.
Etwas machte mir am Anfang Kummer, weil ich nicht dahinter kam, warum auf einmal die Klosettbrille immer so schmutzig war. Dann fand ich heraus, er setzte sich nicht auf dieselbe, sondern stieg mit den Füßen drauf und ging dann in die Hocke. Ich kann das gut verstehen; denn indische Hygiene ist ein Kapitel für sich. Viren und Bakterien sind dem Durchschnittsinder (des Jahres 1972 jedenfalls) unbekannt. - Als ich 1972 für zwei Wochen Pondycherry besuchte, sah ich einmal zu meinem Entsetzen eine Frau das Wasser für ihren Zahnputzbecher aus dem Rinnstein schöpfen und sich damit vor der Haustür die Zähne putzen.
Als ich einmal meine Toilette reinigte, trat er hinzu, wurde ganz feierlich und sagte:"Now I have seen really a great thing." -
Damit meinte er die Tatsache, daß er mich eigenhändig diese verachtete Arbeit tun sah. Er tat zwar so, als ob er eine solche Selbst-

überwindung bewunderte, aber ich glaube doch, im Stillen bin ich dadurch in seiner Achtung gesunken.

Wieder ein besonderes Mehl brauchte er, um das Tuch seines Turbans nach dem Waschen zu stärken. Dieses Tuch war ganz erstaunlich lang; ich schätze, mindestens sechs Meter. Auch seine Haar- und Bartpflege erregte mein Erstaunen wegen der Kompliziertheit und Zeitdauer.

In einer Sache, glaube ich, irrte er sich: Er meinte, er hätte, wie man ein Flugzeug fliegt, und andere Dinge im Traum gelernt. Aber ich habe auch schon geträumt, daß ich prima Klavierspielen und Zeichnen konnte, und in Wirklichkeit konnte ich es dann doch nicht. Aber er besaß durchaus ein gewisses technisches Wissen. Als er mich einmal an meinem Arbeitsplatz besuchte, musste ich staunen, daß er alle unsere Geräte wie Amperemeter, Voltmeter, Oszillator usw. kannte.

Zu seinem Abschied im November schenkte ich ihm noch einen alten Wintermantel; denn mit dem, was er an Kleidung besaß, wäre er in Kanada sicher erfroren. Er meldete mir seine Ankunft in Montreal, ich schrieb einen Antwortbrief, und dann habe ich nie wieder etwas von ihm gehört.

Etwa zwanzig Jahre später versuchte ich herauszubekommen, ob es in Indien einen bedeutenden Politiker namens Yoginder Singh Mataru gäbe. Der Name Mataru schien den Gefragten auch irgendetwas zu sagen, aber möglicherweise kommt der Name im Punjab so häufig vor wie bei uns der Name Maier. -

Eines anderen Mannes will ich noch gedenken, dem ich viel verdanke und den ich bewunderte. Er ist inzwischen tot; aber seine Söhne leben noch. Daher nenne ich nur den Anfangsbuchstaben R seines Vornamens.

Ihn lernte ich in einem Betrieb kennen, den ich noch gar nicht erwähnte[*], obwohl ich in ihm auch immerhin fünf Jahre lang tätig war. Es handelt sich um eine große Keramikfabrik, welche Wand- und Fußbodenfliesen herstellte. Meine Tätigkeitsbezeichnung dort lautete "Brenner" und meine Aufgabe bestand in der Überwachung

---

* Dieser ganze Abschnitt stammt aus einem inzwischen zurückgezogenen Buch

211

eines Tunnelofens, eines Ofens von rund 180 Metern Länge. -
Wenn ein "Neuer" in den Betrieb kam, wurde meistens R. ausgewählt, ihn anzulernen, weil er die Materie am besten beherrschte und erklären konnte. Die Arbeit am Tunnelofen war nicht leicht; erstens wegen der schweren Brennwagen, die man, wenn die Räder nicht mehr gut liefen, nur mit Hebelstangen vorwärts bewegen konnte, zweitens wegen der großen Hitze, die im Bereich der Brennzone besteht und drittens wegen des Staubes, den wochentags die Trockenpressen für die diversen Keramikplatten verursachten, Darum nahm man gewöhnlich nur kräftige Bauernburschen für diese Arbeit. Aber damals - offenbar wegen akuten Personalmangels - stellte man sogar schwächliche Intellektuellenbürschchen wie etwa mich ein. Während nun alle anderen mit Missbilligung auf mich herabsahen, behandelte mich der Mann, von dem ich hier erzählen will, freundlich, geduldig und hilfreich. Die allergrößte Schwierigkeit bei dieser Arbeit lag aber darin, die Temperatur richtig einzuhalten. Man setzte auf die Brennwagen sogenannte Brennkegel und diese mussten in einer bestimmten Weise schmelzen, die ich aber hier nicht näher beschreiben will. Für diese Arbeit brauchte man schon ein wenig Grips, besonders dann, wenn der Wagenbesatz wechselte oder sich die Schubzeit änderte. Und in dieser Hinsicht tat ich mich etwas hervor. R. sagte mir mehrmals, so schnell wie ich, hätte die Sache noch keiner begriffen. Die Schubzeiten richteten sich danach, wieviele vollbeladene Brennwagen im Trockenkanal standen. Wenn der Sonntag zuende ging, reichte die Wagenmenge oft nicht aus, und wir mussten mit "langen" Schubzeiten arbeiten. Das bedeutete für uns lange Ruhepausen. Da saßen denn die Brenner herum, aßen, tranken und "erzählten sich was", wie es in dem Lied von den drei Japanesen heißt.
Die Brennwagen musste man übrigens behandeln wie rohe Eier. Die Plattenstapel waren bis zu 1,80 m hoch und vertrugen keine Erschütterungen. Wenn diese Stapel umstürzten, waren mehrere Tonnen Material aufzuräumen. Dann musste man ackern, um bis zum Ende der Schicht das Wagengeleise wieder frei zu bekommen.-
Gleichzeitig geriet dabei die Temperatur außer Kontrolle, weil ja

nun momentan kein Wagen nachgeschoben werden konnte. Mir ist es Gottseidank in all den Jahren nie passiert, daß ich einen kompletten Wagen umschmiss, aber einzelne Stapel wurden öfters umgerissen, weil an der Seite eine einzelne Platte ein wenig herausragte und an die Begrenzungsschablone anstreifte.

Um die Platten schön auszurichten, gab es ein kleines Holzbrett mit einem Griff. Wer hatte es angefertigt? R. - Um die Brennkegel in einen Tonstreifen einzubetten, gab es eine Schablone. Wer hatte sie angefertigt? R. - Wer hatte die Hebelstangen für das Schieben schwergängiger Wagen angefertigt? Natürlich R. - Also im Laufe der Zeit stellte ich fest, alles, was wir an großen und kleinen Hilfsmitteln zur Arbeitserleichterung besaßen, stammte von ihm. Erstaunlicherweise fiel ihm selbst nach Jahren in fast jeder Schicht etwas Neues ein, was allen Brennern zugute kam. Er brachte Haken an, damit man die Schutzhelme und Asbestanzüge ordentlich aufhängen konnte, er besorgte die Kannen, die für das Nachfüllen von Sand und Öl gebraucht wurden, er entwickelte Gläser, um die Kegel in der Weißglut besser erkennen zu können, er richtete für uns alle eine Sitzecke ein mit Kochherd und Kühlschrank (Ich muss ergänzen, daß für sechs Öfen auch meistens sechs Brenner anwesend waren.), er schliff die Kanten an den Schienenkreuzungen ab, damit die Wagen nicht anstoßen konnten. Zum Schluss, das weiß ich noch gut, weil es mit allerlei Streiterei verbunden war, baute er sogar nur für die Brenner ein eigenes Pissoir, welches wegen der starken Trinkerei von einem halben Dutzend Männern häufig benutzt wurde. Diese letzte Einrichtung schuf er jedoch vielleicht mehr im eigenen Interesse als dem der anderen. Denn im Laufe einer Zwölfstundenschicht trank er mindestens einen ganzen Kasten Bier, den er zu jeder Schicht auf seinem Fahrrad mitbrachte. Nun denkt man vielleicht, ich berichte hier von einem Alkoholiker. Aber das ist falsch. Dieser Mann konnte nämlich nichts oder fast nichts mehr essen, sondern nur noch trinken, weil ihm der Magen im 2.Weltkrieg zerschossen worden war. Er lebte nur von dem Bier und noch von ein wenig Fett. Richtiges Fleich verdauen, das ging nicht mehr. Nur noch das Fett das sonst keiner wollte, das löste sich

anscheinend in seinem Bauch auch ohne Magen irgendwie auf. Als ich ihn wegen dieser Ernährungsweise eines Tages ein wenig komisch ansprach, schob er sein Hemd hoch und zeigte mir seine Narben: Vorne ein tellergroßes Loch und im Rücken ein Dutzend oder mehr kleine Löcher. Eine Granate war ihm im Bauch explodiert und hinten die Splitter wieder herausgekommen. Es sah schrecklich aus! Natürlich fragte ich, wo und wie das passiert war. Da sagte er: "Ich war bei der Gruppe Skorzeny. Lauter Sondereinsätze! Wir haben Mussolini aus der Festung Gran Sasso befreit." Ich hatte keine Ahnung, weder von Skorzeny noch von Mussolinis Befreiung. "Und den ungarischen Reichsverweser Horthy befreiten wir auch. Hast du nie davon gehört?" -
Und dann erzählte er mir die Geschichte, wie sie mit lautlosen Gleitseglern in die als uneinnehmbar geltende Festung auf dem "Gran Sasso" eindrangen und wie er, während sich seine Kameraden um Mussolini kümmerten, sich eine große Geldkiste geschnappt hätte, und sie dann wieder abgeflogen seien. Ich fand das sehr interessant. Er erzählte auch von der Befreiung Horthys. Aber ich weiß gar nicht mehr, ob er bei dieser Gelegenheit seine Verwundung erhielt oder bei einer anderen.
Und dann erfuhr ich von ihm etwas, das mir diese ganze Geschichte erzählens- und nachdenkenswert macht. Er gab nämlich zu, selber dabei gewesen zu sein, wie diese Gruppe Skorzeny ein ganzes Dorf irgendwo im Balkan (Ich glaube nicht, daß es sich um Lidice handelte, sondern um irgendein anderes Dorf.) dem Erdboden gleichmachte. - "Aber jetzt frag mich: Warum? Das erzählt nämlich keiner. Da schreiben sie immer von den Greueltaten der SS, aber was man uns für Greueltaten angetan hat, davon spricht niemand. Stell dir vor, wir kamen in ein Dorf, in dem unsere Vorauspatrouille Quartier machen sollte, und als wir uns dem Marktplatz nähern, hören wir schon von weitem ein fürchterliches Schmerzensgebrüll, und wie wir nun auf dem Marktplatz ankommen, sehen wir unsere Leute an Bäume und Pfähle gebunden und jeden mit einer Blechbüchse vorm Bauch, in der eine Ratte saß, die sich durch die Eingeweide hindurch den Weg nach außen suchte. Da packte uns eine

solche Wut, daß wir unsere Flammenwerfer nahmen und das ganze Dorf in Brand steckten." -
Ich meine, es ist verständlich, daß in einem solchen Moment keine Zeit ist für moralische Erwägungen, ob diese Handlungsweise, verwerflich sei oder nicht. Ich würde das nicht als Racheakt bezeichnen, sondern als Reflexhandlung. - Ich fragte ihn, ob er denn damals so ein begeisterter Nazi gewesen sei, um freiwillig der SS beizutreten. "Ich, ein begeisterter Nazi?", empörte er sich. "Ein begeisterter Motorradfahrer war ich, weiter gar nichts, als ich zum Militär eingezogen wurde, übrigens bereue ich das heute, daß ich als Achtzehnjähriger meine Zeit mit Motorradfahren verplemperte, anstatt einen anständigen Beruf zu erlernen. Aber das nur nebenbei. Eines Tages - noch in der Grundausbildung - mussten wir alle antreten und dann hieß es: "Alle, die über 1,80 m groß sind, zwei Schritte vortreten!" - Das traf auf mich zu, also machte ich die zwei Schritte. Dann hieß es: Sie sind abgeordnet zu einer Spezialausbildung. Melden Sie sich morgen ...usw. ! Ja, und da war ich dann, ohne es auch nur zu ahnen, schon bei der Waffen-SS." -
Diese Spezialausbildung muss übrigens sehr interessant gewesen sein. Er zeigte mir Tricks: z.B. wie man eine Person ohne jeden Strick so um einen Pfahl oder einen dünnen Baum herum drapieren kann, daß sie nicht in der Lage ist, sich selber zu befreien - oder wie man ein zentimeterdickes Tau mit einem einzigen Ruck durchreißen kann. -
Jetzt frage ich mich, ob man mir es wohl verzeihen wird, daß es mir nicht gelingt, in diesem Mann einen Kriegsverbrecher zu sehn? Aber um es deutlich zu sagen: Ich bewunderte ihn nicht wegen seiner Kriegserlebnisse, sondern wegen seiner Kreativität, die er bei der alltäglichen Arbeit bewies. Den anderen Brennern - mich mit eingeschlossen - fiel nie etwas ein. Sie saßen nur entweder stumpfsinnig da oder spielten Karten. Sogar für die Kartenspieler erfand er etwas, nämlich zwei aus den Kolbenringen eines Motors umgebildete Aschenbecher. Seine größte Glanzleistung bestand jedoch darin, daß es ihm gelang sowohl die Kollegen als auch die Betriebsleitung davon zu überzeugen, daß Achtstundenschichten

für alle Beteiligten besser wären als die endlos langen Zwölfstundenschichten. Sie wurden eingeführt, ohne daß deshalb mehr Brenner einzustellen gewesen wären. Diese Leistung verstand ich erst viel später richtig zu würdigen, als ich bei der bereits mehrfach erwähnten Autofirma, wo es ebenfalls Zwölfstundenschichten gab, das Gleiche versuchte und es nicht schaffte. –
Jetzt bin ich am Ende angelangt. Zum heiteren Kehraus, gleichsam als kleines Satyrspiel, gebe ich nun noch etwas wieder, was ich immer Ausländern erzähle, die sich über Ausländerfeindlichkeit der Deutschen beschweren oder darüber, daß man so schwer mit ihnen Kontakt bekommt. Ich sage ihnen: Das kommt zum Teil daher, daß ihr immer so schnell beleidigt seid und gleich aggressiv werdet. Wenn man einen Neger einen Neger nennt, ist er beleidigt, einen Zigeuner darf man nicht mehr Zigeuner nennen, nur die jungen Juden sind etwas weiser, da hörte ich einmal, wie einer zu seinem Vater sagte: "Warum soll ich beleidigt sein, wenn einer Jude zu mir sagt? Ich bin ja Jude," - Es wird keiner vor euch hintreten und etwas sagen wie: "Entschuldigen Sie vielmals! Sie scheinen mir eine hochinteressante Persönlichkeit zu sein. Ich möchte Sie gerne kennenlernen." -
Auf welche Weise die Freundschaft zwischen einem Deutschen und einem Ausländer beginnen kann, zeigt folgende Geschichte, deren Zeuge ich einmal wurde und deren Wortlaut ich nicht vollkommen, aber ziemlich genau wiedergeben kann.
Ein echter Urmünchner mit Gamsbarthut, Lederhosen und Wadlwärmern auf einem Fahrrad hat einen Beinahezusammenstoß mit einem Auto, in dem ein dunkelhäutiger Fahrer sitzt. Er schreit: "Du Kongoneger, geh doch zurück in deinen Urwald, wenn du die Verkehrsregeln nicht begreifst!" -
Der so Angesprochene ist erstens kein Neger, sondern etwa ein Ägypter oder Abessinier, zweitens ist er im Recht, drittens ist Deutsch für ihn keine Fremdsprache, da er hier geboren ist. Er antwortet: "Kriech du doch zurück in deine Höhle, du Neandertaler! Wer von uns beiden hat denn Vorfahrt?" - "Ich natürlich, denn ich bin auf der Hauptstraße, du Hornochse!" - "Wo siehst du hier ein

Dreieck oder das gelbe Vorfahrtszeichen? Hier gilt rechts vor links, du bayrisches Riesenrindvieh!" - Als dem Urmünchner dämmert, daß der andere recht hat, steigt er wieder in die Pedale und will den Disput mit einem Goethezitat beenden:"Ach, leck mich doch am A—!" - Der Ägypter oder was er ist, kann aber mit gleicher Münze heimzahlen: "Das glaube ich, daß dir das gefallen würde, du schwule Sau." - Das kann der Bayer natürlich nicht auf sich sitzen lassen. Gewissermaßen bedächtig steigt er vom Fahrrad und belehrt sein Gegenüber: "Es ist nicht an dem, daß mir das gefallen täte, sondern damit ich dir ins Gesicht scheißen kann." -"Ach bei dir kommt ja die Scheiße aus dem Mund raus." -
Ein wenig verblüfft ist der Radler jetzt schon, und es gibt eine winzige Pause, bis er sich fängt und dann entgegnet: "Woaßt wos? Du bist gar nicht so dumm wie du ausschaust. Du bist noch viel dümmer." - Der Andere nun wieder: "Bei dir geht das ja nicht mehr. Denn dümmer als du ausschaust, kann ein Mensch gar nicht sein." Erstaunlichwerwiese erheitern diese Worte den Bayern und er sagt: "So, moanst dös? Bua, du gfallst mir. Das war jetzt amol a netts Gespräch."
"Ja, du gefällst mir auch." -
"Ja, dann trinken wir doch mal einen zusammen!" -
"Ja, wann und wo?"
"Im Löwenbräukeller am Stiglmeierplatz. Do bin i heut abend, und mindestens dreimal in der Woche. Do kannst mi treffen."
Und fröhlich winkend fuhr jeder in seiner Richtung davon.

* * *

Mir vorzuwerfen, ich sei schlampig wäre eigentlich nicht ganz richtig. Ich bemühe mich, in meinen Sachen Ordnung und Sauberkeit zu halten und "für einen Junggesellen haben Sie einen ganz ordentlichen Haushalt" hat man mir gesagt. Aber es fehlt mir an Akuratesse, es mangelt mir die Fähigkeit zur Exaktheit und Präzision, ich übersehe vieles, vor allem Staub, den

ich ohne Brille gar nicht sehe, und ich leide an einer gewissen Flüchtigkeit, die auf innerer Unruhe und auf von einem zum anderen Springen beruht. Positiv ausgedrückt könnte ich ja mich loben, kein Pedant zu sein, kein Haarespalter oder Erbsenzähler; aber das wäre nur Schönfärberei. Die Fähigkeit zur Konzentration lässt bei mir zu wünschen übrig, und vergesslich bin ich auch. Sachen lege ich nicht immer so hin, wie sie gehören, sondern schmeiße sie provisorisch auf einen erstbesten Platz in der Absicht, sie hinterher richtig zu verwahren, was ich dann aber oft vergesse.
Und so entsteht dann manchmal Unordnung in meiner Wohnung. Das störte meinen Vater sehr: "Immer muss man hinter dir her räumen!" schimpfte er oft.
Eines Tages erfuhr ich, warum ich so bin. Es kommt davon, daß ich in meinem vorigen Leben über mehrere Diener verfügte, die mir das Aufräumen und Saubermachen abnahmen. Die Erinnerung daran kam plötzlich - nach einer Operation während des Erwachens aus der Narkose.
Da sah ich mein Schloss wieder, das ich einst besessen. Sehr groß war es nicht - kein Königsschloss, eher das eines Duodezfürsten. Sie wissen, was ein Duodezfürst ist. Nein? Dann muss ich es erklären: Viele von den europäischen Fürsten des 18. Jahrhunderts mit ihren winzigen Fürstentümern wollten doch auch wie die Großen ihre eigenen Soldaten haben, brachten es aber wegen ihrer beschränkten Geldmittel selten auf mehr als auf zwölf, und zwölf heißt auf Lateinisch duodezim. Daher also Duodezfürsten.
Mein Schloss besaß immerhin eine Ahnengalerie. Diese wurde mir in jener Erinnerung ziemlich genau gezeigt. Vor jedem Bild stand ich längere Zeit und versuchte herauszufinden, wie ich mit den betreffenden Personen verwandt gewesen sein könnte, kam aber

nicht dahinter. Die Personen blieben mir fremd; aber verschiedene Gegenstände erkannte ich als ehemals zu meinem Besitz gehörig, besonders einen sehr schönen, mit Goldbrokat überzogenen Polstersessel. An ihn und an das Fenster mit Blick auf den Park konnte ich mich gut entsinnen. Da muss ich wohl bis kurz vor meinem Tode oft drin gesessen und hinausgeschaut haben.

Es müssen früher Vögel in dem Park gelebt haben. Die fehlten jetzt, und das fiel mir sofort auf. Es muss da Fasanen und Pfauen gegeben haben, wahrscheinlich auch ganz gewöhnliche Hühner, und in dem Teich, den ich im Hintergrund erblickte, müssen früher Enten geschwommen und mich erfreut haben. Jetzt war er zu Dreivierteln von Entenflott bedeckt.

Die Erinnerung führte mich dann durch verschiedene Räume, alle sehr prunkvoll eingerichtet, aber alle tot und menschenleer. Keine einzige Person in dem ganzen Schloss traf ich an. Das machte mich nachdenklich. Wie sollte ich das verstehn? War das Schloss irgendwann nach meinem Tod verlassen worden, und stand es jetzt leer in der Welt herum? Als ich starb, hinterließ ich doch reichlich Personal und jüngere Geschwister. Diese waren natürlich inzwischen auch alle verstorben; aber auch sie müssten doch Nachfolger gehabt haben. War das Schloss überhaupt noch irgendwo real vorhanden oder nur noch in meinem Gedächtnis gespeichert?

Solche Überlegungen ließen sofort das Bild verschwimmen; deshalb hörte ich damit auf.

Ich drückte die Klinke einer großen, dunkelgebeizten, zweiflügeligen Tür mit geschnitzten Feldern nieder und stand dann in einem Schlafzimmer mit einem meergrün überzogenen Doppelbett unter einem ebensolchen Himmel. Das konnte nur das Schlafzimmer meiner Eltern gewesen sein; denn ich war ja nie in die

Verlegenheit gekommen, ein Doppelbett benutzen zu müssen.
Es standen auch Bilder auf den seitlichen Nachttischen. Sie zeigten ein Ehepaar mit drei Kindern, und wenn die Frau auf ihnen meine Mutter gewesen war, hatte ich eine sehr schöne gehabt im Gegensatz zu meinem diesmaligen Leben.
Im Souterrain lag die Küche. Da glaubte ich, Geräusche zu hören, wie sie entstehen, wenn ein Festessen vorbereitet wird, sah für eine Sekunde mehrere Küchenmädchen und die Frau von dem Bild im Schlafzimmer - und dann lag die Küche still und verlassen da wie all die anderen Räume.
Als nächstes sah ich mich in einer Kutsche die Anfahrtsallee zum Schloss hinauffahren. Ein Kutscher mit Zylinderhut saß auf dem Kutschbock. Die zwei vorgespannten Pferde waren schöne Rappen mit glänzendem Fell. Die Kutsche hielt. Der Kutscher öffnete mir in devoter Haltung die Wagentür, und dann war das ganze Bild verschwunden. Plötzlich hörte ich Gewehrschüsse und lautes Angstgeschrei. Dann sah ich das Dach des Schlosses brennen.
Und das war das letzte, was ich sah, bevor ich aus der Narkose voll erwachte.
Wenn das wirklich ein Ausschnitt aus einem früheren Leben war, dann habe ich es in diesem Leben wesentlich schlechter getroffen, und es scheint so, daß etwas in mir sich darüber beleidigt fühlt und es deshalb mir nicht so den rechten Spaß macht, nicht so die rechte Lebensfreude hervorbringt, weshalb ich eben alles mit einer gewissen Nachlässigkeit und Gleichgültigkeit behandle und darum weder an meiner Person noch in meiner Behausung alles so pico bello aussieht, wie es auch ohne besonders kritisch zu sein, aussehen sollte.
Mein Missgeschick ließ mich ein Jahr vor Beginn des

2.Weltkrieges geboren werden; das wirkte sich in mancher Hinsicht ungünstig aus. Nach dem Krieg hätte ich alles essen können, doch da gab es nichts. Heute gibt es alles; aber ich darf vieles nicht mehr essen, vor allem keine Süßigkeiten. Wahrlich ein trauriges Los habe ich da gezogen - und doch noch ein viel besseres als so mancher andere! Das muss der Neid mir lassen und lässt es mir auch.

Ein ziemlich langsamer Mensch zu sein, habe ich mir auch schon sagen lassen müssen. Langsamkeit betrachte ich jedoch nicht als einen Fehler; außerdem bin ich Ostpreuße und darf von der Rasse her langsam sein. Das Gegenteil von Langsamkeit ist Hektik, und die hasse ich wie große Hitze[*], und ich hasse jene Leute, die mir durch hektisches Treiben ihre Tüchtigkeit beweisen wollen.

Die jungen Leute von heute scheinen Angst davor zu haben, sich langsam zu bewegen. Vielleicht hat man ihnen schon früh von der "zögernden Attitüde" des Neurotikers erzählt, und als Neurotiker möchten sie auf gar keinen Fall gelten. Deshalb bewegen sie sich so eigenartig ruckartig und treten betont forsch auf, vermeiden jedes Zögern, fahren im Auto nicht langsam an, sondern immer rasant, was besonders beim rückwärts Anfahren oft daneben geht.

Am Computer fahren sie mit der Maus wie verrückt kreuz und quer über den Bildschirm, wenn sie eigentlich stillhalten und überlegen müssten. Aber zeigen, daß sie momentan nicht weiter wissen, gerade das wollen sie nicht, ist ihnen unangenehm, sogar peinlich; man könnte sie für neurotisch halten.

Dabei ist der Neurotiker das Salz der Erde. Ohne Neurotiker gäbe es niemals neue Ideen. Im *Ausführen* von Ideen sind sie vielleicht schwach. Dem Starken

---
[*]wie die Pest kann ich nicht gut sagen, da ich noch nie eine erlebt habe

aber kommen eben keine Ideen, jedenfalls keine neuen, großartigen.

Eine Zeit lang habe ich das ja auch mitgemacht und mich schneller bewegt als mir eigentlich angenehm war. Das führte nur zu allem möglichen Bruch und zu leidigen Pannen. Da kehrte ich schnell zur Langsamkeit zurück, natürlich nicht so schnell, daß man es hektisch hätte nennen können.

Ich bewunderte stets Leute, die langsam und würdevoll sprechen konnten. Seltsamerweise war ich im Sprechen nicht langsam, empfand es immer als zu schnell und deshalb als weniger wirkungsvoll, verhaspelte mich auch oft.

Allerdings sprach ich noch lange nicht so schnell wie meine derzeitige Wirtsfrau, bei der man nur von Herunterrasseln, nicht aber von Sprechen reden kann. Bei einem Gespräch mit ihr kommt man auch kaum zu Wort. Man kommt nicht einmal dazu zu sagen: "Darf ich jetzt auch mal was sagen?" Man muss ihr praktisch den Mund zuhalten, dann kapiert sie eventuell; aber vielleicht nicht einmal dann. Ich vermute, sie ist italienischer Abstammung. Wenn nicht direkt, dann aus der Zeit, da die Römer die Provinz Rätien mit der Augusta Vindelicorum als Hauptstadt bevölkerten.

An und für sich mag ich diesen zierlichen, dunkelhaarigen Frauentypus, aber sich mit ihm unterhalten? Nein. Da trifft wirklich der Spruch zu: Ein Mann - ein Wort; eine Frau - ein Wörterbuch. -

Einer der Flüche meines Lebens: Die Menschen, die ich lieben könnte, können mich nicht lieben; ein anderer: Mich lieben Menschen, die ich nicht lieben kann. -

Eine Familie kann bestehen aus einem Mann, einer Frau und ein, zwei oder drei Kindern; aber auch aus einem Mann und drei Elefanten (wie gesehen im Fernsehen drei Tage vor Weihnachten).

Ich kann das Pedalenpack und die Kletteraspiranten auf den Karriereleitern nicht mehr riechen und sehen; mir genügen schon, soll heißen, sind mir bereits viel zu viel: alle Ikonodulen und Ikonoklasten, besonders die erotischen Ikonodulen, welche man auch Voyeure nennt, die diese französischen Bilder gerne anschauen und sie an kleine Bubis verteilen. Diese ganze Muschpoke habe ich dick. -
Ein "ausgedehntes Tief", wie die Wetterfrösche immer sagen, zieht gerade über meine Seele hinweg. Possen reiße ich trotzdem.
Ich wandere in einem Traumschloss umher. Den Bezug zur Außenwelt brach ich ab. Es ist mir, als ob das Vorhandensein einer Welt außerhalb meines Gesichtskreises gar nicht mehr wahr wäre. Besteht sie überhaupt noch hinter dem Horizont, oder ist sie dort schon längst untergegangen? Wenn wochenlang die Sonne nicht scheint, kann es einem so vorkommen. Der Blick aus dem Fenster fällt auf eine öde Trostlosigkeit und eine trostlose Öde. Warum ist hier alles so schäbig und kleinkariert und im Fernsehen alles so herrlich und schön? Da führen viele wunderbare, kluge und gewandte Menschen anscheinend ein fröhliches Leben, sind gesund und glücklich, üben interessante Tätigkeiten aus, auf die ich nie gekommen wäre, und schwimmen in Geld. Wo nehmen die Medien nur immer diese lachenden Menschen her? In meiner Umgebung sehe ich solche nie.
Es geht etwas in der Welt vor, was ich nicht mehr verstehe. Alle sind so klug, und ich bin so dumm! Viele haben so viel Geld, und ich habe so wenig. Andere sprechen bei bloß vierstelligen Beträgen

bereits von "peanuts", und ich wäre froh, wenn ich einige von solchen Pinatz hätte. Aber was hilft es zu jammern? -
Man kann alle Misèren vergessen, indem man sich in ein gutes Buch vertieft - in eines, das befreit, indem es einen fesselt. Man muss nur ein solches Buch erst einmal finden, was leider bei den vielen schlechten Büchern schwer fällt. Ein gutes Buch ist so selten wie eine Auster mit Perle. Austern ohne Perle gibt es viel, viel mehr. Berge, die keine Goldmine enthalten, gibt es auch viel, viel mehr. Nieten gibt es ebenfalls viel, viel mehr als Treffer. Aber wenn das alles umgekehrt wäre, dann wäre wieder alles umgekehrt und die Auster ohne Perle wertvoller als die mit.
Es ist eigentlich alles mehr zum Kichern als zum Weinen, also nicht nötig, Trauergesänge anzustimmen. Bei diesem Gedanken rappeln wir uns so langsam wieder auf. -
Die Menschen sind alle verückt; anscheinend bin ich der einzige Nichtverrückte. Aber so zu denken, daß sei typisch für einen Verrückten, sagt man. Aber indem ich das erkenne, bin ich also doch noch nicht ganz verrückt. Infolgedessen komme ich zu dem Schluss: Verrückt zu sein ist das ganz Normale. "Jeder hat einen Sparren, und wer's nicht glaubt, hat deren zwei."
So lautet ein alter Spruch, welchem noch nie jemand widersprochen hat.
Niezsche nannte alle Religion und noch manche andere schlechte Angewohnheit "Formen des kollektiven Wahnsinns" und hielt ihn für wesentlich häufiger als den individuellen Wahnsinn. Wenn er recht hat, müsste eigentlich das Oberhaupt eines solchen Kollektivs der Allerwahnsinnigste sein.
Aber darf man denn so etwas überhaupt sagen? Das

ist doch Blasphemie! Aber stimmt das denn? Dieses Wort bedeutet doch Gotteslästerung, und das passt nicht; denn man redet von einem Menschen.
"Verleumdung" würde auch nicht passen, denn man spricht ja logisch gesehen eine Wahrheit aus. Wie übersetzt denn der Duden jenes Fremdwort ins Deutsche? Dort steht tatsächlich außer Gotteslästerung nichts. Also ist, das Oberhaupt einer Religion als den Verücktesten der Verrückten zu bezeichnen allenfalls außerordentlich schändlich, aber keine Blasphemie; denn man lästert damit nur einen Menschen ganz gleich, wessen Vertreter zu sein er beansprucht.
Aber natürlich tue ich das gar nicht ernsthaft, sondern reiße nur Possen, um mich aus dem "ausgedehnten Tief" meiner Seelenstimmung heraus zu reißen - jetzt bin ich fast schon wieder fröhlich.
Man sage nicht, ich würde ein Verwirrspiel treiben! Ich verwirre bewusst und absichtlich gar nichts. Die Dinge sind von sich aus so verwirrt und verwirrend - ganz ohne mein Zutun. -
Nicht nur auf dem Gebiet der Erotik gibt es die Ikonoklasten und Ikonodulen, sondern auch (und eigentlich ursprünglich) auf dem der Religion, ganz abgesehen von den religiösen Somnambulen und Abolitionisten. Letztere wurden in Amerika von den Kukluxern verfolgt. Doch die Verfolgung der Kukluxer gelang besser, weshalb es heute fast keine mehr gibt. Leider muss ich sagen: fast keine; denn vereinzelt vermummen sich immer noch welche auf die gleiche Art und treiben ihr Unwesen. Neulich wurde im Fernsehen mal einer interviewt - natürlich nur mit Kapuze; denn hätten sie im Fernsehen sein Gesicht gezeigt, hätte ja jeder gewusst, wer er ist, und dann hätte man ihn höchstwahrscheinlich gelyncht oder zumindest die Fensterscheiben eingeschmissen. Denn die Nicht-

kukluxer sind auch keine Engel. -
Man muss sich auch darüber wundern, wer alles berühmt wird und warum ganz unbedarfte Bücher zum Bestseller werden. Mit Sachtalent hat das sicherlich nur ganz wenig zu tun, sondern mit besonderen Fähigkeiten, von denen ich nicht die geringste Ahnung habe, nämlich mit "publicity" und "public relationship", wofür es nicht einmal deutsche Wörter gibt,
Die Reaktionen der Masse erstaunen mich immer wieder. Als etwas Typisches für die heutige Zeit fallen mir sogenannte "Ersatzhandlungen" und "Symbolsetzungen" auf. Man sagt nicht mehr "Willkommen" und "Aufwiedersehen", weil man selber merkt, daß es gelogen wäre, und hängt dafür Tafeln auf z. B. an Ortsanfängen und -enden mit "Willkommen in Dingsda" - "Aufwiedersehen und gute Fahrt" - oder man legt Fußmatten mit der Aufschrift "Willkommen" und auf dem Kopf stehend "Aufwiedersehen" vor die Haustür. Man trauert nicht, sondern setzt Zeichen der Trauer und des Mitgefühls, man bekundet....usw. Man ist auch nicht mehr dankbar, sondern äußert Dankbarkeit in Worten und Gesten, die nichts kosten, was völlig genügt. Es wird einem bei jeder Gelegenheit so viel Gutes gewünscht, daß es einem schon zum Hals heraushängt. -
Meine wertvollste Erkenntnis der letzten Woche: Den Herrn Bismarck liebe ich weit mehr als die Herren Mattjes, Brat und Bückling und von den Damen Pell, Salz und Brat weitaus mehr die erste. Aber ich erwarte von niemandem die gleiche Vorliebe, obwohl ich manchmal sehr für Gleichheit bin und die Unterschiede bedaure, weil sie dazu führen, daß sich die Menschen bis auf's Blut bekämpfen. -
* * *

Zur Abwechslung will ich jetzt keine Possen mehr reißen, sondern ernsthaft schreiben über ein Thema, welches die ganze Kirchengeschichte durchzieht und mich auch persönlich berührt, nämlich über den Gegensatz zwischen Vernunft und Offenbarung. Damit jeder, der darüber noch nichts weiß, eine ungefähre Vorstellung bekommt, worum es dabei geht, setze ich einen Ausschnitt aus einem Streitgespräch zwischen Petrus Abälardus und Bernhard von Clairvaux an den Anfang. Abälard vertrat die Seite der Vernunft und sprach Sätze wie z.B.: *"Je erhabener göttliche Dinge sind, je ferner sie der Sinnenwelt liegen, desto mehr muss sich das Streben der Vernunft auf sie richten; denn nur um seiner Vernunft willen ist der Mensch mit dem Bilde Gottes zu vergleichen."*
oder: *"Die Kunst der Mathematiker kennt keinen Glauben, sondern nur Wissen, sie ist höchste, bewährte und beweisbare Wissenschaft. Es gibt keinen Meinungsstreit darüber, ob ein rechter Winkel das Viertel eines Kreises ist. Wissen schafft Sicherheit, Glauben lässt alle Türen offen ..."*
und: *"Es geht darum, die Wissenschaft aus allen Fesseln zu befreien, das Denken dem Glauben überzuordnen ... Die Philosophie soll nicht mehr bloß die Rolle einer Magd für die Theologie spielen."*
Bernhard von Clairvaux bringt in jenem Gespräch folgendes Gleichnis, um die Gegenposition zu untermauern (zit. nach Otto Zierer, Bild der Jahrhunderte Band 10 S. 41): *Du wirst nicht leugnen, daß du die Musik mit dem Gehörsinn aufnimmst und als Wirklichkeit feststellst. Wie nun, wenn du von Geburt an taub wärest, aus den Gebärden deiner Mitmenschen aber schlössest, daß da etwas ist, was du nicht zu fassen vermagst, und du sprächest: Ich wünsche Musik zu sehen! Du siehst aber nichts, du kannst trotz*

aller Mühe keine Spur von Musik sehen; und weil du ein gründlicher, wissenschaftlicher Mann bist, erklärst du den Deinen: Wirklich ist nur, was ich sehe, da ich aber Musik nicht zu sehen vermag, darum ist es Lüge, daß es sie gibt. Genauso verfährst du mit den Geheimnissen der Ewigkeit, mit dem Bilde Gottes und der Dreifaltigkeit. Gott und die Ewigkeit sind Realitäten, die man nicht mit dem Mittel der Vernunft, sondern einzig durch den Glauben aufzunehmen vermag. Wenn du aber mit den Mitteln der Wissenschaft sie zu begreifen versuchst, so gleichst du dem Tauben, der Musik zu sehen, oder dem Blinden, der Farbe zu hören versucht. Denn der Glaube allein führt zu Gott, nur die innige Hingabe an das Ewige vereinigt unsere Seele mit ihrer mystischen Heimat." -

Dieses Gespräch fand statt irgendwann zwischen 1130 und 1142, dem Todesjahr Abälards. In unmittelbarer Folge desselben wurde Abälard als Häretiker verdammt und gezwungen, seine Lehren zu widerrufen und seine Schriften eigenhändig zu verbrennen. -
Abälard geriet nicht als erster mit der Kirche in Konflikt. Vor ihm kamen schon Joh. Scottus Eriugena und Gerbert von Reims in Schwierigkeiten wegen der selben Problematik.
Warum die offizielle Kirchenmeinung immer auf der Seite der Offenbarung stand, lässt sich leicht erklären. Denn bei Anwendung der Vernunft fällt ihr ganzes Lehrgebäude zusammen, da es auf lauter unbeweisbaren, absurden Dingen beruht. Nimmt man die Gesetze der Physik und Biologie als Grundlage des Weltgeschehens, kann das alles, was das Bekenntnis der offiziellen Kirchen ausmacht, niemals geschehen sein.
Aber selbst dann, wenn man von den ganz neuen Ansichten der Wissenschaft ausgeht, daß es hundert-

prozentige Naturgesetze nicht gäbe, und man demnach zugesteht, daß so etwas wie Jungfrauengeburt, Himmelfahrt und Auferstehung unter hunderttausend oder einer Million Fällen einmal möglich wäre, taugt das ganze wissenschaftliche Denken nicht für die Kirche, weil, wenn sie sich auf den Standpunkt eines logischen Denkens gründet, sofort die meisten ihrer Anhänger verlieren würde; denn diesen liegt das logische Denken wesentlich ferner als ihre abergläubischen und gefühlsduseligen Neigungen und ihr Hang für althergebrachtes, feierliches, zeremonielles Brimborium, für das "Zelebrieren" von Messen und anderen irrationalen Handlungsweisen.

All diese Dinge zusammen genommen nennen sie ihren "Glauben" und hängen daran wie an ihren eigenen Haaren.

Die meisten Menschen leben aus dem Gefühl heraus, und dem kommen die Sentimentalitäten des Glaubens sehr entgegen. Vor allem gefällt ihnen, daß der Priester sie von ihren Sünden lossprechen kann. Das Sündenbewusstsein hat er jedoch selber ihnen in ihrer Jugend eingepflanzt, und wenn sie erwachsen sind, profitiert er davon.

Wissenschaftliches Arbeiten, Denken und Forschen ist dagegen anstrengend. Logischen Gründen zu folgen fällt ihnen schwer, weshalb Demagogen auch meistens mit Bildern und Gleichnissen arbeiten. Durch sachliche Argumente ist die Menge größtenteils nicht zu beeinflussen, was schon Le Bon in seiner "Psychologie der Massen" beschrieb.

Ich habe es selber innerhalb meiner Berufsarbeit erlebt, wie bösartig die Leute werden, wenn man sie mit sachlichen Gründen, die nicht ganz leicht einsehbar sind, zu etwas zu bewegen versucht. -
Die Kirche setzt der Vernunft hartnäckig ihren Wider-

stand entgegen, weil selbst die Kirchenobersten eher armen Geistes Kind sind*. Ein Kirchenvater (Tertullian?) schrieb sogar: Credo quia absurdum. Also er glaubt, weil die Sache absolut absurd d.h. unglaubwürdig ist.
Zu dem Widerstreit zwischen Vernunft und Offenbarung wurde schon sehr viel geschrieben, und es wäre eigentlich überflüssig, mehr dazu zu sagen, wenn mir nicht ein Gedanke gekommen wäre, der mir noch neu zu sein scheint, was allerdings ein Irrtum sein könnte.
Das oben erwähnte Gleichnis des Bernhard von Clairvaux führt mich nämlich zu folgender Überlegung: Wenn so, wie ein Tauber keinen Zugang zur Musik haben kann, ein Denkender nicht zum Glauben gelangen kann, dann heißt das, daß diesem aufgrund seiner Veranlagung nicht die Fähigkeit gegeben ist, "glauben" zu können, und auf gleiche Weise ist dem Glaubenden nicht die Fähigkeit zum Denken gegeben. Beide leiden nur an einem gegensätzlichen Defekt, so als ob der eine taub und der andere blind wäre, was sie sich nicht gegenseitig vorzuwerfen und sich dafür gegenseitig zu verdammen hätten. Das Glauben ist schön und gut, und das Denken ist auch schön und gut. Zu behaupten, daß *alle* glauben oder *alle* denken müssen, ist verkehrt. Die gegenseitige Verketzerung ist überflüssig. Die Kirche sagt zwar, daß der Glaube eine Gnade sei, der nicht jeder teilhaftig wird; aber er ist sogar mehr als eine unbestimmte Gnade, nämlich eine Fähigkeit, eine Begabung, ein Talent, welches der eine hat und der andere nicht. Der religiöse Glaube oder die Welt und ihren Urgrund durch philosophisches Denken zu erfassen, stellen zwei verschiedene, aber durchaus gleichberechtigte Methoden der Weltan-

---

*(was sie ja auch nach der Bergpredigt sein sollen)

schauung dar. Es ist, die eine oder die andere Methode von **Allen** zu verlangen oder zu erwarten, ebenso verkehrt, wie allen Tauben das Hören oder allen Blinden das Sehen abzufordern und, da sie es nicht können, sie zu verdammen zu exkommunizieren und der Hölle angehörig sein zu lassen. Genauso handelte durch das ganze Mittelalter hindurch die Kirche. Aber umgekehrt hielten auch die Weltmenschen, besonders die Philosophen, jeden, der ihre Art der Argumentation ablehnte oder gar nicht verstand, mehr oder weniger für einen Idioten, der des Lebens kaum wert sei.
Diese zwei Parteien stehen sich auch heute noch unversöhnlich gegenüber. -

Die unterschiedlichen Begabungen der Menschen werden im allgemeinen viel zu wenig berücksichtigt. Die einen verfügen über mehr Herz, die anderen über mehr Kopf. Nur wenn eine dieser Qualitäten in jemandem überhaupt nicht mehr vorhanden wäre, läge eine Fatalität, fast eine Missgeburt vor. Ganz ohne Herz oder ganz ohne Kopf kann man nicht leben.
Wünschenswert wäre es wohl, wenn beides in gleichem Maß in jeder Person vorhanden wäre. Ob es eine geschichtliche Entwicklung zu diesem Ziel gibt, weiß ich natürlich nicht.
Es gibt aber noch eine dritte Partei - eine Partei, welche mit großer Verachtung sowohl auf Philosophen als auch auf Gläubige herabsieht - bestenfalls mit unendlichem Mitleid. Das sind die Asketen, die Sucher nach einem Martyrium, die religiösen Masochisten.
Auch diese haben besondere Begabungen, nämlich die geringere Schmerzempfindlichkeit, die größere Leidensfähigkeit, den größeren Durchhaltewillen und die geringere Sucht nach weltlichen Genüssen. Dafür sind

sie in allen anderen Hinsichten meistens stumpfsinnig und halten sich hochmütig für die allein Seligen und des Himmelreichs Teilhaftigen.

Ich erwähnte es schon, daß beim Konzil von Nicäa im Jahr 325 n.Chr. eine Sekte auftrat, die niemandem, sich Christ nennen zu dürfen zugestand, der nicht in irgendeiner Form, sei es durch Verfolgung, sei es durch Selbstkasteiung, ein Martyrium erlitten hatte. Sie waren ebenfalls taub oder blind für jede andere Haltung. -

Also die Ablehnung der Vernunft in religiösen Fragen kommt dem weitaus größeren Teil der Bevölkerung sehr entgegen. Dennoch sollten die Kirchen nicht so sehr auf das Gefühl der Menschen bauen, denn schließlich ist Gott selber die Vernunft. Dieser Gedanke geht jedoch unter, wenn man das griechische λογοσ mit "Wort" übersetzt und es dann heißt: *Am Anfang war das Wort, und das Wort wohnete bei Gott, und Gott war das Wort. Alle Dinge sind durch dasselbe gemacht, und ohne dasselbe ist nichts.* Der Wahrheit viel mehr entsprechen, wenn auch nicht schöner klingen, würde es, wenn man übersetzte: Am Anfang war die Vernunft, und Gott war die Vernunft, und alle Dinge sind durch dieselbe gemacht.

Die Frage, wie wohl diese Vernunft, die vor dem allerersten Anfang der Welt war, möglicherweise ausgesehen und funktioniert hat, kann ich in diesem Zusammenhang nicht näher untersuchen, sondern nur auf das Ergebnis hinweisen, daß sie eben das ist, was man "die Wahrheit des Seins an und für sich" nennt, sofern man nicht von der einfachen Wahrheit spricht, die nichts weiter ist als die Übereinstimmung eines Satzes mit einer Tatsache[*].

Man könnte es auch so ausdrücken, daß diese Vernunft

---
[*] Wie die Definition Schopenhauers lautet

die Tatsache ist, daß es eine logische Gesetzmäßigkeit gibt, die durch keine Macht umgeworfen werden kann, eben weil sie selber die stärkste aller Mächte ist. Im Menschen vollzieht sich diese logische Gesetzmäßigkeit durch das Denken, wozu er aber in höchst unterschiedlichen Graden in der Lage ist. Die es nicht sind, nennt man dumm und verspottet sie. Solcher Spott ist jedoch ein Charakterfehler; denn die nicht denken können, haben eben dafür andere Begabungen, die man als Fühlen, Herzhaben oder auch als Glauben bezeichnen kann. Diese Fähigkeit enthält in sich auch die Fähigkeit zum Mitleidenkönnen und zum Sicheinfühlenkönnen in den Anderen. -
Die Aussage, Gott sei selber die Vernunft, bedeutet natürlich nicht, er sei nur die Vernunft und sonst weiter nichts, denn er ist auch die Liebe, die Barmherzigkeit, die Versöhnlichkeit, die höchste Energie und vieles mehr. Grundsätzlich sind Sätze, die Gott etwas anderes sein lassen als eben Gott, unvollkommen. Nicht einmal, wenn man sagt, Gott ist Alles, wäre das richtig.
Gott ist eben nichts als Gott; er ist, der er ist, und auf diese Weise kann man sich den Namen Jehovah erklären, welcher bedeutet: "Ich bin, der ich bin."
Allerdings könnte das jeder andere ebenfalls von sich sagen. Der Unterschied besteht nur darin, daß von Hans und Franz kecklich auch alles mögliche andere ausgesagt werden kann, etwa Hans ist blond und Franz ist dunkel, Franz ist faul, Hans ist fleißig, und diese Aussagen lassen sich in der Anschauung beweisen.
Derartige Einzelaussagen von Gott zu machen, ist jedoch immer höchst unsicher, also auch das ewige Allah akbar der Mohammedaner. Man kann Gottes Eigenschaften auch nicht beobachten wie bei Hans und Franz. Daher lässt sich auch nicht absehen, in

welchen Fällen Gott Barmherzigkeit üben wird und in welchen nicht; man kann nie mit Sicherheit erkennen, ob er zürnen wird oder nicht. Es lässt sich in Bezug auf ihn gar nichts Bestimmtes glauben, höchstens etwas erhoffen, aber nur in ganz unbestimmter Weise.- Die Unbestimmbarkeit Gottes kann man erkennen, etwas Bestimmtes von ihm glauben sollte man lieber nicht, weil man sich da zu leicht irren kann. -

Die Begriffe Vernunft und Offenbarung wurden von mir bisher so gebraucht, als ob es sich bei ihnen um etwas ganz Eindeutiges handele, das ich durch und durch verstehen würde. Aber was für den einen vernünftig ist, ist es noch lange nicht für den anderen, und was mir morgens vernünftig erscheint, kann mir abends als die größte Torheit vorkommen. Umgekehrt kann mir morgens eine Eingebung wie eine göttliche Offenbarung erscheinen und abends als eine unsinnige Halluzination. Wer nun stur an der einen Seite festhält, dem mangelt es höchstwahrscheinlich an Objektivität, und er hat noch lange nicht das Wahre herausgefunden. Es lohnt sich eigentlich nicht, einen krassen Gegensatz zwischen Vernunft und Offenbarung herauszuarbeiten. Beides sind zu unsichere Kandidaten, die den Menschen täuschen können.
Deshalb sollte man auf keinem dieser Begriffe eine allgemeine und feste Weltanschauung aufbauen. In vielen Fällen wäre es das Beste, beim sokratischen Nichtwissen ("Ich weiß, daß ich nichts weiß") stehen zu bleiben und sich aller Behauptungen über das Transzendente zu enthalten.
Soweit wie Luther, der die Vernunft eine Hure des Teufels nannte, braucht man nicht zu gehen; und soweit, daß man alle Propheten als irre Halluzinierer bezeichnet ebensowenig. -

Auch die Vernunft lebt von Eingebungen und nicht allein von logischen Schlussfolgerungen, damit ist sie gar nicht so unendlich weit von Offenbarungen entfernt. Wie die Mathematik von Eingebungen lebt, zeigt die bekannte Geschichte des Carl Friedrich Gauß, der als Schüler bereits die Summenformel für alle Zahlen von n bis n' herausfand, indem er auf die keineswegs nahe liegende Idee kam, die erste und die letzte Ziffer einer Reihe untereinander zu schreiben und zu addieren. Wenn ich meinen Physiklehrer richtig verstanden habe, wurde auch die berühmte Lorentz-Transformation rein intuitiv entdeckt und nicht logisch abgeleitet.

Es ist früh am Morgen und es hat geschneit. Da kommt mir gerade ein Gedanke, den ich, bevor ich ihn vergesse, notieren muss, obgleich er nur ganz entfernt in den Zusammenhang passt: Selbst wenn einer sich in der kühnen Sicherheit wiegt, daß mit dem Tod alles aus und zuende ist, sollte er sich vielleicht trotzdem nicht umbringen und sein Leben vorzeitig beenden; denn das schrecklichste Leben könnte immer noch besser sein als das absolute, leere und schwarze Nichts.

Hand in Hand mit den Versuchen, der Vernunft einen größeren Spielraum innerhalb der Offenbarungsreligion einzuräumen, gingen Bestrebungen der Kaufleute und Handwerker dahin, mehr Mitspracherecht, zumindest innerhalb ihrer Stadtmauern, zu bekommen. Mit dem Aufflammen der Vernunft kamen in vielen italienischen Städten ausgehend von Brescia, wo der Kleriker und Philosoph Arnold von Brescia wirkte, so etwas wie demokratische Bewegungen auf. Das durfte natürlich nicht sein. Dieser Arnold von Brescia, ein

Schüler des Abälard, wurde denn auch später, nachdem er tatsächlich aus der Stadt Rom eine Republik gemacht hatte, vom Papst Hadrian IV. als Ketzer gehängt, seine Leiche verbrannt und so manchem Gildemeister der Kopf abgeschlagen. Denn es ist klar: So wie Vernunft und Demokratie miteinander zusammenhängen (wenn auch manchmal nur undeutlich), so hängen Offenbarungsglauben und Herrschaft von Gottes Gnaden zusammen, sind voneinander abhängig, unterstützen sich gegenseitig. Und in jenen Jahrhunderten war die Zeit noch lange nicht reif genug, daß sich die Demokratie hätte durchsetzen können. Die kleinen Bürgerheere wurden fast überall von den fürstlichen Söldner- oder Ritterheeren besiegt. Die Macht der Adligen und Kirchenfürsten war einfach zu groß.
Im übrigen waren Adel und Kirche so sehr miteinander verquickt, daß die Bischöfe nicht schlicht und einfach Bischöfe, sondern größtenteils Fürstbischöfe waren, weil Fürstensöhne, die sich einen Bischofssitz gekauft hatten.
Als ich den ehemaligen Fürstbischofssitz Pommersfelden besuchte, erzählte der Fremdenführer überaus köstliche Geschichten von Bischöfen, die außer der Erstkommunion keine Ahnung von ihrer Religion besaßen und erst als Bischof Religionsunterricht erhielten und anschließend erst zum Priester geweiht wurden. Sie verstanden mehr von der Jagd und von Festessen als vom Kirchendienst.
Man konnte sich damals geistliche "Pfründen" kaufen, und das geschah nicht nur ausnahmsweise, sondern war das gängige Verfahren. -
Wenn ich weiter oben sagte, daß die Obersten jenes Wahnsinnskollektivs Kirche die Wahnsinnigsten sein müßten, so entsprach das zu manchen Zeiten ziemlich den Tatsachen.

Man stelle sich vor: Der Papst Stephan VI. (896 - 897) ließ seinen Vorgänger, einen Papst Formosus, exhumieren, ließ ihm die Papstgewänder wieder anziehen, ihn auf den Papststuhl setzen und dann einen Schauprozess veranstalten, der damit endete, daß der Leiche die Schwurfinger abgehackt wurden. Die Gründe dafür hingen einerseits damit zusammen, daß damals ein Bischof nicht zum Papst gewählt werden durfte und sind viel zu konfus, um in Kürze auseinandergesetzt werden zu können, und andererseits hatte sich Formosus des Vergehens schuldig gemacht, den deutschen König Arnulf von Kärnten um Hilfe gegen die Fürsten von Spoleto nach Rom zu rufen und zum Kaiser zu krönen, und dieser Stephan VI. gehörte zu den Spoletanern.

Damit war die Leidensgeschichte des Formosus jedoch noch nicht zuende. Einige Jahre später ließ ein Papst namens Sergius III., den man auch den pornokratischen Papst nannte, weil er eine erhebliche Maitressenwirtschaft unterhielt, den Formosus nochmals wieder ausbuddeln und ihm diesmal die gesamte rechte Hand und auch noch den Kopf nachträglich abschlagen. Das Skelett ließ er in den Tiber werfen, denn freilich durfte der Formosus nicht in geweihter Erde ruhen. Mitleidige Mönche fischten die Knochen wieder heraus und gaben ihm doch noch ein ehrliches Grab, in dem er nun hoffentlich bis zum Jüngsten Tag ruhen wird, falls nicht irgendein zukünftiger Papst auf die Idee kommt, ihn noch einmal ausbuddeln zu lassen.

Die Geschichte der Päpste enthält überhaupt eine Reihe von Merkwürdigkeiten. So soll zwischen 1294 und 1303 ein Papst regiert haben, ein Bonifatius VIII, der zwar noch so gerade eben an Gott glaubte, aber weder an Jungfrauengeburt, Auferstehung und Him-

melfahrt noch an die Wandlung beim Abendmahl.
Allerdings behaupteten das nach seinem Tod seine Gegner von ihm, sodaß man diese Sache auch ohne Scheu bezweifeln kann. Denn das wäre ja doch wohl ein wenig zu stark. Aber zu recht bezeichnet man die Katholische Kirche als die Römisch-Katholische; denn es steckt so viel von den altrömischen Gebräuchen in ihr, daß wenn jemand es wagen würde, sie halbheidnisch zu nennen, ich dem nicht mit Vehemenz widersprechen könnte.
Indessen, die Päpste sind nicht mein Thema, sondern die Klärung des Verhältnisses von Vernunft und Offenbarung zueinander.
Da gibt es nun unter den akademischen Theologen, wenn ich die Abhandlung eines solchen namens Stosch richtig interpretiere, drei Denkmodelle: Die absolute Vorrangstellung der Offenbarung gegenüber der Vernunft, die Gleichberechtigung von Vernunft und Offenbarung sowie die Überordnung der Vernunft über die Offenbarung. Aber ich werde mich mit der akademischen Darstellung dieser drei Modelle durch besagten Herrn Stosch in diesem Aufsatz nicht näher beschäftigen, weil es sich grundsäzlich nicht lohnt für einen Nichtakademiker akademische Schriften zu lesen. Sie sind meistens in einem typisch akademischen Sprachstil geschrieben, den ein durch ein Universitätsstudium nicht verbildeter Verstand nur sehr schwer versteht. Er muss immer im Zweifel darüber sein, was eigentlich genau gemeint ist, und an den entscheidenen Stellen lassen ihre Texte es an Präzision und Bestimmtheit vermissen, geraten ins Nebulose, beziehen sich auf dem Laien völlig Unbekanntes und gebrauchen selbstgebastelte Begriffe, für die sie Definitionen nicht mitgeben.
Ich begnüge mich mit dem Versuch, herauszufinden,

was denn nun meine eigene Meinung zu diesem Thema ist. Sie wird wahrscheinlich für andere kaum relevant sein; für mich ist sie die einzig wichtige, obwohl es gar nicht leicht ist, sich über die eigene Meinung klar zu werden.

Zunächst einmal finde ich, daß die Theologen ein viertes mögliches Denkmodell ganz außer Acht lassen, nämlich daß es überhaupt keine Offenbarung geben könnte und es sich dabei um einen Scheinbegriff handelt, dem in der Wirklichkeit gar nichts entspricht. Das Wort 'Offenbarung' muss natürlich eine irgendwie geartete Bedeutung haben; aber die muss nicht darin bestehen, daß zu irgendwelchen Zeiten sich Gott höchstpersönlich durch Worte bemerkbar gemacht hätte. Die Annahme, daß Gott zu einem Menschen in menschlicher Sprache *spricht,* muss man für völlig abwegig halten, und insofern gäbe es keine Offenbarung.

Aber nun haben wir ja auch die Worte Jesu, die man durchaus als Offenbarung gelten lassen kann. Natürlich sind sie wie alles lang Zurückliegende nicht beweisbar und müssen geglaubt werden sowohl daß sie getan wurden als auch, daß ihr Inhalt wahr ist. Aber anstatt an sie zu glauben, kann man auch mithilfe der Vernunft versuchen, sie zu verstehen, was zweifellos wertvoller wäre als nur an sie zu glauben. Darauf wird noch näher einzugehen sein.

Prinzipiell bin ich der Ansicht, daß man diese drei bzw. vier Denkmodelle gar nicht für sämtliche theologischen oder religiösen Probleme rein durchhalten kann. Sie müssen jenachdem alle angewendet werden und behalten von Fall zu Fall alle ihre Geltung.

Gewisse Probleme sind für die Vernunft tatsächlich unerreichbar, und da muss sie schweigen.

Wenn Abälard, wie oben ausgeführt, sagt: "Je erhabe-

ner göttliche Dinge sind, ... desto mehr muss sich das Streben der Vernunft auf sie richten" - so kann das ein ganz aussichtsloses Vorhaben sein z.B. wenn sie versucht, das Dasein Gottes zu beweisen oder sein Wesen zu bestimmen, was, wie wir seit Kants "Kritik der reinen Vernunft" wissen, außerhalb ihrer Möglichkeiten liegt. Ob es einen Gott gibt oder nicht, muss man glauben, ein Wissen gibt es da nicht. Und daran ändert sich auch nichts, ganz gleich, ob man an Offenbarungen glaubt oder nicht. Ein Wissen verschaffen Offenbarungen auch nicht, wenn sie vor vielen tausend Jahren geschahen, wie denn eigentlich alles Historische geglaubt werden muss und man sich nie mit absoluter Sicherheit darauf verlassen kann, daß es wirklich geschah.
Doch könnte man eventuell sagen, dieses Geglaubte sei einem ganz evident oder auch offenbar. Insofern gäbe es eine Offenbarung. Aber daß Gott zu jemandem spräche, etwa: "Ich bin Gott, und du musst an mich glauben, mich fürchten und lieben, mich anbeten, verehren und in allem gehorsam sein." - das halte ich für unmöglich, und wenn jemand tatsächlich eine solche Stimme hören sollte, halte ich das für eine Halluzination, der kein objektiver Tatbestand zugrunde liegt, sondern da produziert das Unterbewusstsein etwas genauso wie es die Träume produziert.

Im Wesentlichen geht meine Meinung dahin, daß es Offenbarung nicht in dem Sinne gibt, daß sich da eine transzendente oder jenseitige Wesenheit aktiv offenbart, sondern nur im Sinne eines Offenbarwerdens irgendeiner Tatsache im Innern eines Menschen als ein rein weltimmanenter, seelischer Prozess, der keines Wesens von außerhalb bedarf.
Eine solchermaßen definierte Offenbarung kann bei

allen möglichen Gelegenheiten geschehen, besonders auch bei der Bewunderung der Schönheit der Natur und der Mannigfaltigkeit der Tierwelt. Sie kann sich steigern zur Liebe der Idee eines Schöpfers, jedoch ohne daß das Dasein eines solchen Schöpfers mit Bestimmtheit von der Vernunft angenommen wird. Das klingt etwas widersprüchlich; aber ich bekenne, daß ich ein solches Gefühl in mir erlebe und dabei doch nicht die rationale Idee von einem Selbstwirken der Natur, die keinen transzendenten Gott nötig hat, verliere, also den Standpunkt der Naturwissenschaft, die ohne einen Gott auskommt, nicht dabei aufgebe.

Weiterhin stelle ich fest, daß es eine ganze Reihe von Aussagen im Neuen Testament gibt, die erst durch die Anwendung der Vernunft, nämlich durch einen Verstandesakt zu einer Erkenntnis werden, die man dann auch eine Offenbarung nennen kann.
Als Standardbeispiel führe ich immer die Geschichte des Simon von Kyrene an, der dem Jesus das Kreuz auf den Berg Golgatha tragen half. Die Bedeutsamkeit dieses Ereignisses erhellt aus der dreimaligen Erwähnung in den ersten drei Evangelien. Wenn man es nur rein historisch nimmt und sich darauf beschränkt, es als geschehen zu glauben, bleibt das Ganze eine Nebensächlichkeit, von der sich nicht recht einsehen ließe, warum sie gleich dreimal erwähnt wird.
Erst wenn man hier das ethische Motiv begreift, welches hinter der Geschichte steckt, tut sich ihr Sinn auf, nämlich daß einer dem andern das Leiden in der Existenz erleichtern und nicht schwerer machen soll, daß der Mensch einem Menschen in Not und Bedrängnis helfen soll - und wenn diese Erkenntnis einem tief genug unter die Haut geht, kann man mit Recht sagen: Da ist ihm etwas offenbart worden. Das heißt es: Sein

Kreuz tragen bzw. dem andern das Kreuz abnehmen.
Als zweites Beispiel will ich anführen die Worte Jesu: "Wenn Zwei in meinem Namen versammelt sind, dann bin ich mitten unter ihnen." Wenn man diesen Satz so nimmt, als ob Jesus als eine Art unsichtbares Gespenst um sie herumstreicht, wird er albern. Und was soll es überhaupt heißen: In seinem Namen versammelt sein? Wie bin ich mit jemandem "in seinem Namen" beisammen? Das ist höchst erklärungsbedürftig. Hier muss man das Denken anstrengen, um dem Satz einen gesunden Sinn entnehmen zu können.
Meine Meinung ist diese: Nicht eine irgendwie mystisch-körperliche Anwesenheit der Person Jesu in astraler oder sonstwie gearteter Form ist hier das Ausschlaggebende, sondern seine Geistigkeit, seine Lehre, seine Ethik. Wenn Zwei in der Nachfolge derselben, beseelt von demselben Geist miteinander verkehren, dann ist dieses des Nazareners Mittenunter-ihnenseins. Und diese Auffassung hat auch eine entsprechende Bedeutung für das Reich Gottes, welches dereinst auf der Erde bestehen soll "unter der Herrschaft Jesu". Auch diese darf man nicht so verstehen, daß da die Person Jesus vom Himmel herniedersteigen bzw. aus irgendeinem Raum des Weltalls hier eintreffen und auf irgendeinem Thron Platz nehmen wird, um von da aus mit verbalen Anordnungen und Gesetzesverfügungen die Welt zu regieren, sondern: Das Reich Gottes kann nur im Sinne seiner Lehre existieren, indem sich christliche Ethik, die aber auch in großen Zügen die Ethik aller Religionen[*] und im Begriff der Nächstenliebe konzentriert ist, sich auf Erden verwirklicht hat. Er wird also nicht als Person aus Fleisch und Blut herrschen, sondern seine Lehre wird weltdurchgängig herrschen, das, was er gewollt

---
[*] die Abweichungen sind genau das, was überwunden werden muss

und für die Menschheit angestrebt hat, wird überall und in allen Menschenseelen Eingang gefunden haben. Es wird der Weltfrieden und das Wohlergehen herrschen, es wird Freude und Liebe unter den Menschen und die Welt kein Jammertal mehr sein. Es wird dann auch keine unterschiedlichen Kirchen und Religionen geben, die sich gegenseitig befeinden. Denn die Wirklichkeit hat keinen doppelten Boden, und es besteht hinter der ersten keine zweite Wirklichkeit, die mit allen möglichen Gestalten, seien es böse oder gute, bevölkert wäre. -

Weiter oben sagte ich schon, daß gute Redner zu den Massen in Bildern und Gleichnissen reden und damit nicht das logische Denken, sondern Gefühle ansprechen. Die Absicht und der Gedanke, den sie ausdrücken wollen, muss wohl der Entstehung eines Gleichnisses oder Bildes vorausgehen; aber wird es anschließend irgendwie logisch abgeleitet oder spontan intuitiv erfasst? Bildet es sich gleichsam von selbst? Das muss wohl so sein; denn man betrachtet die Fähigkeit, so bildreich und zwingend reden zu können, als ein Talent, das man hat oder nicht.

Goebbels z.B. setzt den Zuhörern nicht die Gründe auseinander, warum man die Kriegsbemühungen steigern muss, sondern er sagt oder vielmehr brüllt: "Wollt ihr Butter oder Kanonen?" - und weckt damit ein Schamgefühl und suggeriert jedem, wie schändlich es wäre, wenn er die Butter wählen würde.

Solche Eingebungen liegen wohl mehr auf der Seite der Offenbarung als auf der Seite der Vernunft.

Und so muss man wohl auch die Gleichnisse Jesu als Offenbarungen ansehen.

Nun nützt aber andererseits ein Gleichnis gar nichts, wenn es nicht verstanden wird. Verpufft es sozusagen ins Leere, wenn es nicht interpretiert wird? Aber nein,

das muss nicht unbedingt der Fall sein; denn ein Gleichnis unmittelbar zu verstehen, ist auch ein Talent, eine Fähigkeit, eine Begabung, welche die Volksmassen haben, jedoch der mehr intellektuell Veranlagte nicht. Daher finden wir im Matthäusevangelium die Merkwürdigkeit, daß Jesus dem Volk seine Gleichnisse ohne Erklärung geben kann, die Jünger aber nachträglich nach einer verlangen. Oder ist das nur ein Trick des Evangelisten, der es für nötig hält, die Erklärung auf eine plausible Weise hinzuzufügen?
Es gibt sicherlich Menschen, denen das Gleichnis vom Sämann wie ein unlösbares Rätsel vorkommt und andere, die es sofort verstehen.
Doch die Grade des Verständnisses bzw. des Berührtseins können sehr verschieden ausfallen. Der eine versteht es zwar, es ruft jedoch keine besondere Wirkung in ihm hervor, und er vergisst es wieder. Dann fällt sozusagen das Gleichnis selber auf einen unfruchtbaren Boden. Dem anderen geht dabei etwas auf, was sein ganzes weiteres Leben beeinflusst, ohne daß er weiß, wie - und da kann man wohl sagen, in diesem Moment sei ihm etwas offenbar geworden, oder auch, hier habe sich der Akt einer Offenbarung ereignet.
Den einen berührt ein Gleichnis unmittelbar, dem andere muss es erst auf dem Weg der Deutung verständlich gemacht werden durch einen anderen oder auch durch das eigene Nachdenken.
Ich würde also sagen, daß in Bezug auf die Gleichnisse Jesu Vernunft und Offenbarung gleichberechtigt wären. Entscheidend ist nur die Wirkung, die es hervorbringt. Und es wäre nicht entscheidend, ob historisch gesehen das Gleichnis wirklich von Jesus ausgesprochen wurde oder ob es dem Matthäus oder einem sonstigen Verfasser des Evangeliums in den

Sinn gekommen sei. (Wer die Evangelien geschrieben hat, weiß man ja gar nicht mit Sicherheit, da sie erst viel später aufgezeichnet wurden.) -
Dieses gleiche enthistorisierende Verfahren müsste man m.E. auch auf das christliche Glaubensbekenntnis als Ganzes anwenden. Denn wenn Glauben nur darin besteht, jene Ereigniss zwischen den Jahren Null und Dreiunddreißig als damals geschehen für möglich zu halten oder auch nicht, wenn da nur ein Vermuten vorliegt und kein existenzielles Berührtsein, wenn man also gar nicht versteht, was für einen Sinn jene Ereignisse für das wahre Wesen des Daseins in der Welt haben, dann bedeutet das gar nichts.
Allerdings erwarte man jetzt nicht von mir, dieses wahre Wesen dargelegt zu bekommen. Dazu fühle ich mich weder befähigt noch berechtigt. Dazu sind die studierten Theologen da, und ich bin keiner.
Im allgemeinen sagen diese, daß jemand, der nicht an Jesus glaubt, das wahre Wesen der Welt gar nicht erkennen kann und an ihm vorbeilebt. -

Die gleiche Enthistorisierung darf man auch an den Wundern vornehmen, bei denen es teils nicht so sehr, teils überhaupt nicht darauf ankommt, ob sie wortwörtlich geschahen, sondern darauf, was sie bedeuten und wofür sie nur eine Umschreibung darstellen.
Nimmt man z.B. die Speisung der Fünftausend mit fünf Broten und zwei Fischen, so hat man wenig davon, wenn man glaubt, daß das so geschehen sei. Man kann es auch eigentlich gar nicht glauben, weil es ganz unmöglich ist. Aber was will einem diese Wundergeschichte sagen?
Brot und Fisch stehen hier als Symbole für Jesus selbst. "Ich bin das lebendige Brot, das vom Himmel herabgekommen ist," heißt es im Johannesevangelium

6,51. Der Fisch als christliches Symbol kommt daher, weil Fisch im Griechischen ichthys heißt und diese Buchstaben verwendet werden für I̲ESOS C̲HRISTOS T̲HEOU Y̲IOS S̲OTER = Jesus Christus Gottes Sohn Heiland. Da er seine Jünger zu "Menschenfischern" machte, steht der Fisch auch für die Menschen selber. Wenn nun fünftausend Männer, nicht berücksichtigt Frauen und Kinder, satt wurden, heißt das in etwa, daß er sie mit seiner Predigt befriedigt, beglückt und beseligt hat. - Das Wunder bei der Hochzeit von Kanaa habe ich schon früher einmal ausgedeutet, bin mir völlig klar darüber und brauche es mir deshalb nicht zu wiederholen; kurz gesagt wird da etwas Irdisches in das Himmlische verwandelt, welches er auch wieder selber ist, wie aus den Abendmahlsworten ebenfalls hervorgeht.

Die meisten Wundergeschichten dürfen als Gleichnisse aufgefasst werden. Man kann sich freilich fragen, warum die Dinge nicht klar und direkt ausgesprochen wurden. Das erkläre ich mir auf zweierlei Weise: Erstens war das erste Christentum eine Geheimlehre, die sich verbergen musste. Zweitens liebt der Orientale die Bildersprache noch weit mehr als der Abendländer. Daher wird auch das schwer verständliche Verhältnis zwischen Gott und Jesus durch den Begriff "Sohn Gottes" ausgedrückt, was zwar kurz und wohlklingend ist, aber leider zu Missverständnissen geführt hat.

Natürlich üben echte, unheimliche, bestaunenswerte Wunder einen größeren Nervenkitzel aus als meine nüchternen Erklärungen; denn "Das Wunder ist des Glaubens liebstes Kind", wie unser bedeutendster Zitatenspender schon erkannte. Wunder sind jedoch ein Widerspruch in sich: Da soll etwas Unmögliches plötzlich wirklich sein, und dann war es ja gar nicht unmöglich. Wunder gibt es demnach nicht; nur Ereignisse, die man sich nicht erklären kann, die jedoch wie alle anderen innerhalb der durchgängigen Kette von Ursache und Wirkung liegen müssen. Wunder werden von ihren Liebhabern verteidigt mit der Allmacht Gottes, und daß es ihm möglich sei, die Naturgesetze zu durchbrechen. Aber genau dieses halte ich für unmöglich, weil dann die Naturgesetze keine Gesetze wären, sondern nur momentane Zufälligkeiten, die sich genauso gut anders verhalten könnten.

Wenn man sich weder auf die Gesetze der Logik noch auf vorhersehbare Ereignisse verlassen könnte, wäre Wissenschaft ein höchst wackeliges Gebäude, und zwischen Gott und der Welt bestünde eine unüberbrückbare, kein Vertrauen mehr aufkommen lassende Kluft, indem dann nur scheinbar und irreführend irgendwelche Gesetzmäßigkeiten herrschen würden. Da könnte man sich niemals sicher sein, ob nicht im nächsten Moment ein Wunder geschähe, und ein völliger Fatalismus wäre die Folge. Nicht einmal vor völliger Vernichtung der Menschheit, vor einem zweiten Sodom und Gomorrha wäre man dann sicher, denn darauf, daß einem allmächtigen Gott das Treiben der Menschheit gefallen könnte, möchte ich keinen Cent verwetten.

Was nun die vielen "Wunderheilungen" betrifft, so mögen sie geschehen sein oder nicht, möglicherweise als tatsächlich vorkommende (auch heute noch) Geistheilungen; aber wichtig ist an ihnen nur, daß sie den <u>Wert des Heilens</u> in die Welt gesetzt haben, daß das Heilen zum Guten gehört und das Schädigen zum Bösen. Wegen dieser Heilstaten wuchs in der Menschheit der Wunsch, Arzt zu werden, ganz beträchtlich.

In der Antike und in der Zeit des Hellenismus gab es relativ wenig echte Ärzte; deshalb wurden sie auch sehr geehrt und teilweise nach ihrem Tod zu Göttern erhoben. -

Was nun die Totenerweckungen betrifft, so brachten mich die Bücher des Gregors von Tours (Bischof von 538 bis 574) in denen fast jeder Bischof, der ein bißchen was auf sich hielt, Tote auferwecken konnte, was ja doch nicht möglich ist, zu der Ansicht, daß es sich in den meisten Fällen (d.h. soweit sie nicht frei erfunden waren) um noch nicht völlig Tote handelte. Bis in die Neuzeit hinein gibt es aus dem Orient Berichte, wo jemand für tot gehalten wurde und es noch gar nicht war; denn es ist gar nicht so einfach, einen Tod exakt festzustellen. Der Pulsschlag kann aussetzen und der Tod doch noch nicht eingetreten sein. Außerdem kann auch in manchen Fällen das Sinnbildliche wichtiger sein, nämlich daß jener Jesus aus Nazareth einen geistig Toten geistig wieder zur Hoffnung und damit zum Leben erweckte.

Natürlich kann das jeder glauben, wie er will; entscheidend ist die Wirkung auf das eigene Leben. -

Es gibt allerdings unter den Heilungen eine, die einen stark gleichnishaften Charakter zu haben scheint. Ich meine die, wo die bösen Geister in eine Schweineherde einziehen, die sich dann geschlossen ins Meer stürzt.

Zunächst weiß man gar nichts damit anzufangen. Geister die in eine Schweineherde einzufahren wünschen, gibt es nicht und Schweine, die sich herdenweise ins Meer stürzen auch nicht. Wirklich geschehen kann das Ganze unmöglich sein; aber es enthält eine verborgene Bedeutung, die uns für unser eigenes Leben etwas sagen will und dem Aufnahmefähigen wahrscheinlich auch unmittelbar etwas sagt, aber dem ich versuchsweise eine rationale Deutung gebe wohlwissend, daß sie falsch sein kann.

Unter bösen Geistern, die in Schweine hineinzufahren wünschen, verstehe ich die lüsternen Gedanken, die im Kopf entstehen und in den Unterleib hinunterfahren, ohne daß man das leicht verhindern könnte. Entfernt klingt die Sache an die Geschichte von der Circe an, welche die Kameraden des Odysseus in Schweine verwandelte.

Die hellhäutigen Schweine, die sich gleich massenweise über einen Felsen ins Meer stürzen, scheinen mir eine Metapher für die Ejakulation zu sein, nach welcher der Mensch sich relativ befreit und erleichtert fühlt.

* * *

Es folgen nun Blätter allererster Qualität, die dem Leser allerhöchstes Erstaunen abnötigen werden wegen der Originalität und Weisheit, die meinen Gehirnwindungen zu entquellen imstande sind. Die größten Erfolge aller Literaturpreisträger lassen sich nicht damit vergleichen. Ein solcher Auswurf von Intelligenz war noch nie da, und die Verleger werden sich darum reißen, ihretwegen dieses Buch in ihr Programm aufzunehmen.

Natürlich wird nicht jedermann diesen Gedankenflügen folgen können. Primitive Geister werden diese Zeilen sogar für kompletten Unsinn halten. Mit solchen Fehlbeurteilungen muss ich rechnen; denn wer hat, dem wird bekanntlich noch dazugegeben; aber den Vielen, die nicht haben, wird noch genommen, und es wird düster vor ihren Augen. Das Blei des Unverstandes wird sich auf ihre Lider legen, und sie werden verzagen, wo andere ihr höchstes, geistiges Vergnügen finden.

Wir werden nämlich singen und sagen nicht vom Grafen so gern, sondern von Minikampfhubschraubern, Fangkrabbenschnecken, Stabheuschrecken und Gedächtnisinfusorien, von den Achttausendern Nepals, von Tsunamis in Malaysia, von Eingriffen in die Nasenschleimhäute mit gezielter Antidegeneration, ferner von Einschlussketten in die Gehirnfältelungen und von Rückenmarksneuronen sowie von mongolischen Speiseeisverkäufern, von deren Eisbechern Hunderte von Kindern mongoloid wurden oder zu schielen anfingen. Wenn man bedenkt, zu welchen Hoffnungen diese jungen Mongolenreiter berechtigten, kann man gar nicht genug Trauer bezeigen über diese Eistragödie.
Fangen wir also mit den Minihubschraubern an!
Sie sind so klein und schnell, daß sie, obwohl sie im ersten Irakkrieg zum Einsatz kamen und entscheidend zum Sieg über Saddam Husseins Truppen beitrugen, kaum zu sehen waren und deshalb von den Kriegsberichterstattern niemals erwähnt wurden.
In Friedenszeiten ruhen sie in der linken, oberen Schreibtischschublade von Barrack Obama im Weißen Haus. Wenn er sie wieder einmal loslässt, dann ist irgendwo auf der Welt die Hölle los.
Hergestellt werden sie von den Armbanduhrwerken in Detroit in Geheimfabrikation. Sie besitzen einen Miniphotonenantrieb, besser gesagt, einen Photonenminiantrieb, denn Miniphotonen gibt es natürlich nicht, aber Miniantrieb heißt keineswegs, daß er schwach wäre, und ihre Bewaffnung besteht aus in Akonit getauchten Stecknadeln, die mit solch großer Wucht abgeschossen werden, daß sie sogar diese dickfelligen Araberterroristen töten können.
Wer mir nicht glauben will, daß so kleine Körper eine so große Wucht hervorrufen können, den verweise ich

sogleich auf das nächste Thema, nämlich die Fangkrabbenschnecke (bei manchen Meeresforschern auch Schneckenfangkrabbe genannt), die so winzig wie sie ist, mit ihren kleinen Keulen Muschelpanzer, sogar der größten Kamm-muscheln, zerknacken kann.

Wer das einmal erlebt hat - wer nicht selber taucht, hat das vielleicht einmal in einem Dokumentarfilm über Korallenriffbewohner gesehen - , der kommt aus dem Sichwundern über die Raffinessen der Natur gar nicht mehr heraus.

Hingegen die Stabheuschrecke, auch als Gottesanbeterin bezeichnet, weil sie sich in einer so starren Verzückung zu befinden scheint, verfügt über ganz andere, ebenso erstaunliche Eigenschaften: Aus der Stellung ihrer Arme und Beine können die Ketschuaindianer der Amazonaswälder die Zukunft voraussagen, die Bantuneger hinwiederum - die Stabheuschrecke kommt nämlich (und das ist etwas, was den Biologen sehr viel Kopfzerbrechen bereitet) sowohl in Amerika als auch in Afrika vor - das Geschlecht der noch ungeborenen Kinder im Bauch ihrer schwangeren Frauen.

Nebenbei ist die Stabheuschrecke noch eine Meisterung der Tarnung. Wer nicht über die richtigen Stabheuschreckenentdeckungsaugen verfügt, der hält sie für einen kahlen Ast oder die Verlängerung einer Heugabel. Wenn irgendein komischer Vogel das bezweifelt, sollte er mir lieber nicht beggnen; ich würde ihm ein wenig die Schwungfedern stutzen oder in die Kaldaunen treten.

Ich weiß zwar nicht, ob Kaldaunen etwas mit Daunenfedern zu tun haben; aber jedenfalls wird es für ihn sehr unangenehm.

Es gibt Wanderheuschrecken und Stabheuschrecken, deshalb wahrscheinlich auch Wanderstabheuschrecken, die man vermutlich leichter entdecken kann. Denn wenn so ein Stück kahler Ast plötzlich anfängt zu wandern, dann fällt das natürlich auf. Allerdings muss man dazu in der Lage sein, Standorte zu vergleichen. Man muss bemerken, daß die Wanderstab-Heuschrecke zunächst an einem Ort war, dann mehrere Orte durchläuft, was soviel wie sich bewegen heißt, und sich dann auf einmal an einem anderen Ort befindet. Um das zu können, braucht man ein Gedächtnis. Dieses kann aber einen Schaden erlitten haben, und bei einem der hier in Frage kommenden Schädlinge könnte es sich um Infusorien handeln.

Ich will dem Ungebildeten aufhelfen: Infusorien sind Aufgusstierchen innerhalb eines Wassertropfens, nur unter dem Mikroskop zu erkennen, und zu ihnen gehören unter anderem die Wimpertierchen und die Flagellaten, welch letztere man nicht mit den Flagellanten verwechseln darf, obwohl ein Hinundherpeitschen bei beiden vorkommt. Wenn nun von den Flagellaten im Gedächtnis hinundhergepeitscht wird, lässt sich leicht einsehen, daß es dann nicht mehr richtig arbeitet und Bewegungsabläufe nicht mehr wahrnehmen kann. Es bemerkt dann die Ortsveränderung einer Wanderstabheuschrecke eben nicht.

Es könnte eventuell bemerken, daß die Wanderstabheuschrecke, sei sie männlichen oder weiblichen Geschlechts, plötzlich vor einem anderen Hintergrund sitzt, aber wie der andere Hintergrund auf einmal hinter der Wanderstabheuschrecke sich gegründet hat, ist ihm, ich meine dem geschädigten Gedächtnis, vollkommen rätselhaft.

Nun gibt es zweifellos viel ernsthaftere Bewegungen als die Bewegung einer Wanderstabheuschrecke, die mit Gefahren für den Gedächtnisinhaber oder -betreiber verbunden sind. Daher ist es unbedingt notwendig, die Infusorien, welche sich leicht zu Infusionen und über diese Zwischenstufe zu Invasoren auswachsen können, aus dem Gedächtnis zu entfernen.

Das Gedächtnis besteht aus einer Art Lymphe, die sich zwischen den Gehirnwindungen befindet, und aus ihr müssen die Infusorien mit speziellen Intrusionen herausgespült werden. Kommt eine Intrusion mit einem Infusorium zusammen, gibt es einen Knall, oder nein, nur einen Zisch und beide sind futsch.

Es verhält sich hiermit genauso, wie wenn ein Atom Materie mit einem Atom Antimaterie zusammenstößt; dann sind auch alle beide futsch. Das darf einem nun nicht wie ein Zaubertrick oder gar wie ein Wunder vorkommen. Es ist ganz so, wie plus Eins und minus Eins zusammen gleich Null sind oder wie eine Mark Gewinn und eine Mark Verlust zusammen gar nichts mehr sind.

Die Null wurde in Indien entdeckt; das heißt, es stimmt nicht ganz genau, denn das würde ja heißen, daß gar nichts entdeckt wurde, sondern entdeckt wurde das Zeichen für Null, nämlich dieser etwas in der Senkrechten ausgezogene Kreis. Die alten Römer kannten dieses Zeichen nicht und konnten daher nur bis Neun zählen, und die nächste Ziffer war für sie ein X, was bekanntlich das Zeichen für eine Unbekannte ist. - Und damit gelangen wir zu den angekündigten Achttausendern von Nepal, die einen überwältigenden Anblick bieten und nördlich von Indien liegen, womit der Zusammenhang hergestellt ist. Nepal besticht heute noch durch seine Schönheit, wennauch seine Einwohner behaupten, zur Zeit der alten Könige sei es noch viel schöner gewesen. Dann muss es damals ja vor Schönheit kaum auszuhalten gewesen sein.

Man nennt die Nepalesen ein armes Volk. Ich fand das nicht. Sie sind nur arm an westlicher Technik, aber *reich an Lebensfreude und Glück. Ich wünschte, ich könnte hier zu Hause so schmackhafte und gesunde Mahlzeiten einehmen wie damals auf meiner Reise durch Nepal. Alles Gemüse hat noch sein angestammtes Aroma und seine Würze. Aber was soll's? Auch sie werden verdorben werden durch die moderne Technik und das für kolossalen Fortschritt halten.*

Wie sie allerdings ihre Flüsse versauen, verheeren und verdrecken, das geht über alles, was man in Europa je gesehen hat - und das will etwas heißen, denn vor hundert Jahren waren unsere Flüsse von Industrieabwässern so verseucht, daß weder Fisch noch Biber noch Otter darin leben mochten. Von Bakterien, Bazillen und Viren haben diese Leute noch nie etwas gehört - diese Glücklichen! Oder sie haben vielleicht schon einmal etwas davon läuten gehört, aber nicht daran geglaubt und darüber gelacht.

Aber sie sind große Zauberer, Beter und Künstler. Wenn sie sich weniger religiösen Zeremonien hingeben würden, ginge es ihnen vielleicht besser. Doch wer kann das so genau wissen? Vielleicht gibt es ja ihre siebentausend Geister tatsächlich und müssen bei Laune gehalten werden.

Die Nähe der riesigen Gebirge ist auf jeden Fall furchterregend.

Genauso furchterregend ist das Meer. Ein Volk, über dessen Land ein Tsunami ging, betrachtet es nicht mehr mit Freundlichkeit und schwärmt nicht mehr von romantischen Dämmerstunden am Strand. Es ist froh, wenn es aus ihm ohne Gefahr die Fische herausholen kann, die es zum Leben braucht.

Das alles haben wir in jahrelangen Forschungsstudien erkannt und in ellenlangen Forschungsberichten festgehalten. Dafür verdienen wir einen Orden. Stattdessen - was tut man? Man bewirft uns mit Dreck. Als

ob _wir_ schuld wären an Umweltverschmutzung und Klimaerwärmung.
Der Aralsee soll schon ganz ausgetrocknet sein. Ich kann nicht sagen, ob es stimmt. Ich war nicht da. Aber wenn ich so um mich blicke, kann ich nur resignierend den Kopf schütteln. Mit der Solidarität der Bevölkerung ist es nicht weit her. Als ich aus dem Mutterleib kroch, habe ich mir von der Welt mehr versprochen. Man erlebt, zumindest ich, viel zu viele Enttäuschungen, viel mehr als Erfreuliches, welches sich doch sehr, sehr rar macht. Da können die UNO, die WHO. die OSZE, die OEC, die UHCO und was es sonst noch an Hilfsorganisationen gibt, auch nichts ändern. Mist bleibt Mist, auch wenn er noch so schön stinkt und warm ist.
Mit solchen Erkenntnissen reichern wir uns die langweiligen Abendstunden an - immer dann wenn ein dichter Nebel den Sonnenuntergang verschleiert.
Wir ersticken unter Blumenkränzen und in Weihrauchwolken, unter Gamelanklängen vermischt mit Gong- und Tamboraschlägen. Doch man soll sich zu nichts hinreißen lassen, sondern alles geduldig und mannhaft ertragen. Beschwerden nützen gar nichts - bei wem könnte man sie auch anbringen?
Die Regierungen sind sowieso völlig hilflos und sitzen nur sinnlos, ausgiebig palavernd um große Tische herum, in Räumen, die eine Luftverbesserung durchaus gebrauchen könnten. Ich sage damit nicht zu viel, sondern eher zu wenig. -
Die letzten Berichte über die Außerirdischen erschüttern mich ebenfalls zutiefst. Diese sind auch keine Hilfe für uns; denn sie vertragen unsere Atmosphäre nicht. Sie haben - ausgehend von ihrer eigenen Struktur - Mikroorganismen in unsere Nasenschleimhäute eingepflanzt, weil sie unsere Gedanken lesen wollen;

aber auf diese Weise können sie ja nur die Gedanken unserer Nasenschleimhäute kontrollieren - und was könnten die schon offenbaren? Meine Nasenschleimhäute jedenfalls denken nur herzlich wenig; hauptsächlich nur, wie sie die Nasenpopel loswerden können, und sie fragen sich, warum es überall so bestialisch, diabolisch und infernalisch stinkt. Zum Gestank rechnen sie auch künstlich aus den merkwürdigsten Ingredienzien zusammengesetzte Parfüms. Wenn man erst Wale töten oder Moschusochsen schlachten muss, um zu ihnen zu gelangen, dann verzichte ich doch lieber darauf und auch auf die Gesellschaft von Frauen, die sich mit solchen Mitteln einsprühen. Und den Blumenduft rieche ich doch lieber direkt als wenn er aus der Achselhöhle einer Dame strömt. "Dame"! Wenn ich das schon höre! Da laufen selbst die abgebrühtesten Neger davon. Ich weiß das aus den Tagen, da ich am Kilimandscharo Elefanten jagte und zu unserer Jagdgesellschaft einige Amerikanerinnen von den Oberen Zehntausend gehörten. Meine schwarzen Träger konnten den Geruch einfach nicht aushalten. Na ja, das beruhte auf Gegenseitigkeit. Den Gestank von Kuhmist vermischt mit Urin, der von den Köpfen der Massais und Watussis ausging, konnten unsere Damen ebensowenig ertragen.
Deshalb hielten beide Parteien auf Abstand.
Manches auf unserer Safari verlief ja einfach absurd. So versuchte einer von uns auf einem Nilpferd zu reiten, weil er im Fernsehen gesehen hatte, daß es in Afrika Negerstämme gibt, die sich bei Nilpferdrennen köstlich amüsieren. Er fiel aber immer herunter, weil das Nilpferd ihn unwillig abschüttelte und immer im Kreis lief, was ihn duhn machte.
Ein anderer wollte unbedingt mit Erdmännchen spie-

len, weil er die so süß fand. Aber sie spuckten ihm andauernd ins Gesicht, wobei nicht auszumachen war, ob sie das böse meinten oder ob das Ausdruck ihrer Zuneigung war. Das gefiel ihm dann doch nicht, und als er dann noch von einem Schakal gebissen wurde, zog er sich von den Erdmännchen zurück und filmte sie nur noch von Weitem.

Wir hatten auch ein dickes Schwein dabei, ein rothaariges und sommersprossiges, welches ständig so stark schwitzte, daß ihm richtige Gießbäche über Stirn und Wampe flossen. Es war kein schöner Anblick. Dazu, sich ein Hemd über seinen Dickbauch zu ziehen, war er nicht zu bewegen, nicht einmal in Anwesenheit unserer Damen - bis eine von ihnen auf die Idee kam, ihm ein nasses Hemd überzustreifen. Das akzeptierte er. Aber es musste jeweils nach einer halben Stunde weggeworfen werden, so übel stank sein Schweiß, der sich in das Hemd einsaugte.

Seinem Schwitzen nach hätte er täglich um zehn Liter leichter werden müssen; das glich er leidergottes mit Whisky-Soda und Gin-Tonic immer wieder aus.

Das Lächerlichste an ihm war jedoch, daß er unbedingt einen Elefanten schießen wollte. Aber der Rückstoß des großkalibrigen Gewehrs riss ihn immer um, und so musste er sich einen von einem erfolgreicheren Jäger erschossenen Elefanten ausleihen, um ein Foto in Siegerpose mit einem Fuß auf dem liegenden Elefanten machen zu können.

In einer gewissen, obwohl völlig unberechtigten Siegerlaune wagte er es, sich einer der Amerikanerinnen anzunähern. Als diese ihn aber einen "uneleganten Widerling" nannte, war er beleidigt und ließ sich im Landrover nach Nairobi zurückfahren.

Ein weiterer Safariteilnehmer machte sich ein wenig lächerlich, indem er bei jedem Dinner als Abschluss

nach einem Speiseeis verlangte. Es gab zwar gekühlte Puddingdesserts, aber kein Speiseeis; denn es war zu schwierig eine Eismaschine mitzuschleppen. Bei einer dieser Gelegenheiten erzählte dann jemand, was er während einer Durchquerung der Mongolei in der Kleinstadt Tschojbalsan am Kerulen mit einem Speiseeisverkäufer erlebt hatte.
Den Stadtrand erreichend sah er, wie eine Menschenmenge in einem weiten Kreis herumstand. Zwischen ihnen wurde ein Mann von Reitern, die sich in diesem Geschäft abwechselten, zu Tode geschleift. Da das in weichem Sand geschah, war das ein langer Prozess. Abgesehen von dem so auf langsame Weise gemarterten Opfer, konnte man seine ausgedehnte Freude daran haben. Es wurde geschrien, gejohlt und gelacht, als wäre es das herrlichste Fest.
Dabei war der Anlass ein außerordentlich trauriger. Der Geschleifte war ein Speiseeisverkäufer gewesen, und von seinem Eis waren eines heißen Sommertages Hunderte von Leuten krank geworden, die meisten darunter Kinder. Es handelte sich nicht um ein gewöhnliches Magenverderben, sondern um eine schwere Vergiftung mit Lähmungserscheinungen, Atemnot und Blauanlaufen des Gesichts. Anscheinend hatte er irgendwelche Früchte verwechselt, möglicherweise Tollkirschen mit Holunderbeeren.
Es waren bei dieser Veranstaltung auch Personen zugegen, die im Sterben lagen - oder nahe daran. Das gab der Fröhlichkeit einen makabren Anstrich, und für den Erzähler ergab sich die Unannehmlichkeit, daß er auf Verköstigung und Unterbringung warten musste, bis der Kerl tot und das Fest zuende war.
Solche rauhen Sitten herrschten seinerzeit in der Mongolei.
Diese Geschichte zog dann eine Reihe von anderen

Horrorgeschichten nach sich, die jedoch bei gutem Essen und Trinken seelisch leicht verkraftet wurden und der Fröhlichkeit keinen Abbruch taten - bis dann irgendwer die Bemerkung machte: "Ihr seid aber auch nicht besser!" Da schlug die Fröhlichkeit bei den meisten in Empörung um, nur bei Wenigen in nachdenkliche Besinnung. -
Als dann die Goßwildabschussquote: Zwei Elefanten, drei Löwen und fünf Kudus oder Gnus erreicht war, fuhr ich meine Safariteilnehmer wieder im großen Bogen zurück nach unserem Ausgangsort Daressalem.

In Daressalam las ich vor einer Kaserne ein Schild mit der Aufschrift: ES IST DEN ANGEHÖRIGEN DES MILITÄRS VERBOTEN, KOKOSNÜSSE IN DEN HOSENTASCHEN ZU TRAGEN - DENN WIE SIEHT DENN DAS AUS! - Da ging ich hin und kaufte mir sofort eine Kokosnuss und versuchte, sie mir in die Hosentasche zu stecken. Das gelang nicht, weil die Öffnung der Hosentasche viel zu klein war. Also was für riesige Hosentaschen müssen die Soldaten Tansanias haben, dachte ich mir, wenn sie das fertigbringen! Dem Soldaten, dem ich meine Kokosnuss schenkte unter der Bedingung, daß er sie in seine Hosentasche stecke, gelang das aber ebenfalls nicht - und er bezweifelte überhaupt, daß das irgendjemandem möglich wäre. Warum also dieses Schild? Etwa nur zur Erheiterung der Soldaten?
Mehr weiß ich über Daressalam nicht zu sagen und fahre fort, meinen Gehirnfalten Fluktuationen abzuringen, welche den Leser schauern machen könnten und komme deshalb auf das unheilvolle Treiben kanadischer Biber zu sprechen. Sie haben es doch tatsächlich fertiggebracht, eine ganze Stadt unter Wasser zu setzen. Damit soll nicht gesagt sein, daß sie es

absichtlich taten. Denn was für ein Motiv sollten sie auch für eine derartige Gemeinheit gehabt haben? Aber sie hatten einen breiten Damm gebaut (der Breite des Flusses und ihrer Anzahl entsprechend) und der brach, worauf eine gewaltige Flutwelle das flussabwärts gelegene Land überspülte. Den Bibern war das gar nicht einmal recht. Denn nun waren ihre Wohnungen weg, und ihr Nachwuchs war auch mit fortgespült worden.
Ich finde das schaurig genug. Sie vielleicht nicht?
Ich könnte ja nun, um Ihnen einen Nervenkitzel zu bereiten, sodaß es Ihnen abwechselnd heiß und kalt den Rücken raufundrunter rieselt, eine wilde Gespenstergeschichte erfinden. Doch ist das unter meiner Würde. Solche Kitschmanöver überlasse ich anderen z.B. einer Joan Rowlings. Ich halte mich an die Realität. Ich möchte mir nicht vorwerfen lassen, ein neurotischer Spinner zu sein, sondern lege Wert darauf, für eine distinguierte Persönlichkeit gehalten zu werden und nicht für einen Kinderschreck.
Welches Unheil die Horror- und Fantasygeschichtenschreiber in den Kinderseelen anrichten, kann sich der Laie, der nichts mit durch solche Geschichten verschreckten Kindern zu tun hat, gar nicht ausmalen. Manche verlieren davon die Sprache, manche überfällt ein ununterbrochenes Zittern, sodaß sie wie ein alter Alzheimer keine Tasse mehr an den Mund führen können, bei anderen stellt sich die Lähmung eines Armes oder Beines ein, wieder andere bekommen Gesichtsmuskelzuckungen, was natürlich ihrer Entwicklung ungeheuer schadet, da sie wegen des Spottes ihrer Mitschüler, die diese Zuckungen dann beschämenderweise nachahmen, nicht mehr zur Schule gehen mögen.
Wer sich sein Geld mit dem Schreiben von Schauerge-

schichten verdient, der steht doch außerhalb der bürgerlichen Gesellschaft. Der ist sogar noch schlimmer als die Pornofilmhersteller; die zeigen doch, wenigstens zum Teil, manchmal etwas Hübsches, was erfreut. Man nennt das bekanntlich Pinupeffekt, und dieser hilft den Soldaten, Kriege zu gewinnen. Aber auch zu Friedenszeiten soll man mir diesen Pinupeffekt nicht verachten. Er macht den Menschen munter, lässt ihn sich zur Arbeit aufraffen und schon des Morgens aus dem Bett sich erheben, er zieht die herabhängenden Mundwinkel wieder herauf, gibt dem Erschöpften Elan zurück und macht den trübsten Sauertopf wieder lächeln. Aber wer Horrorfilme oder Horrorgeschichten schreibt, übt gar keinen positiven Effekt aus. Oder ist das alles etwa nur eine Frage der Antenne? Fehlt mir vielleicht da etwas? Zum Teil ist es natürlich einfach eine Geschmacksfrage. Ein Horrorfilm wie "Alien" gefiel auch mir, die Serie "Spezies" schon sehr viel weniger und "Zombies" gar nicht mehr.

Aber genug von Horror und Porno! Das sind keine Themen für mich. Nur noch eins will ich sagen: Rock'nRoll und Jazz sind sozusagen musikalischer Horror und Porno. Da hören wir lieber gar nichts als solche Un- oder Antimusiken. Besonders Jazz ist keine Musik, sondern ein Laster, nach dem man süchtig werden kann. Das weiß ich ganz genau, denn ich war dieser Sucht jahrelang verfallen. Nur der Not gehorchend und nicht aus eignem Triebe ließ ich von ihr ab. Meine Ohren können diesen Lärm nicht mehr vertragen. Auch die Zwischenmusiken bei Fernsehfilmen vertrage ich nicht mehr.

Früher verstand ichs nicht, wenn einer keine Halbtonschritte voneinander unterscheiden konnte und deshalb eine Gitarre zu stimmen, unfähig war; heute

kann ich es auch nicht mehr. Schließlich bin ich schon über Hundert und kann auch nichts mehr essen außer weichen Breichen.
Ja, es gibt leider vieles, was ich nicht mehr kann - es ist ein trauriges Elend! Aber wir wollen nicht verzagen, sondern alles mannhaft tragen, und niemand soll es wagen, uns zu schmähen, schinden oder plagen! Und wir wollen nicht mehr klagen, sondern leben mit Behagen und uns keinen Spaß versagen, wollen durch den Magen alle Hochgenüsse jagen. Dazu kann man ja nur noch Hurra rufen! Das wäre geradezu ein Staatsprogramm.
Aber kurzzeitige Wellen des Optimismus schlagen auch im trübsten Gemüte durch. Pessimist kann man auf Dauer gar nicht sein. Selbst bei größten Zahnschmerzen kann man über einen guten Witz lachen.
Sogar meine alte Tante, als sie mit wundgelegenem Rücken schon halbwegs im Sterben lag, musste lachen, weil ich den Tee in die Zuckerdose goss anstatt in die Tasse.
Aber eigentlich wollte ich von ganz anderen Dingen erzählen: Von schuhplattelnden Kurtisanen, von auf Sandbänke aufgelaufenen Fährschiffen, von umgestürzten Kränen, die quer über der Straße lagen, von Fahrerflüchtigen, die von der Polizei gejagt, zu Geisterfahrern wurden, von einem Bankräuber, der einen ganzen Zentner Diamanten klaute und in einem Abflussrohr verschwinden ließ, von einer Giraffe, die sich den Hals verrenkte, als sie zum ersten Male einen Kuckuck schreien hörte, von dem Fakir, der ein Schwert verschluckte und es nicht wieder herausbekam und von der Schule, die angeblich "WEGEN BAUARBEITEN GESCHLOSSEN" war, sodaß Lehrer und Schüler alle nach Hause gingen und sich der Direktor wunderte, wieso keiner zum Unterricht kam.

Zuletzt hörte ich noch von Magnetbergen in Polen und Italien, welche Gegenstände bergauf rollen lassen. Ja, davon wollte ich erzählen und werde es auch noch irgendwann einmal, aber jetzt muss ich erst einmal schlafen gehen; denn es ist vier Uhr morgens, und um diese Zeit liegt ein anständiger Mensch im Bett und sitzt nicht an seinem Schreibtisch und verfasst Merkwürdigkeiten.

Was muss dieser dumme Junge in der Wohnung nebenan schon um acht Uhr morgens Saxophon spielen? Ist das eine Art für ein wohlerzogenes Kind? Nenne ich das Rücksichtnahme? Warum kann der Lümmel nicht ein Buch lesen oder etwas anderes tun, das keinen Lärm macht?
Jetzt habe ich gerademal drei Stunden Schlaf gehabt! Ich legte mich zwar um vier Uhr morgens ins Bett, schlief aber erst gegen fünf Uhr ein. Kurz vor fünf schaute ich zum letzten Mal auf die Uhr. Was ich träumte, habe ich wieder vergessen. Ein Saxophon kam da, glaube ich, nicht vor. Es sang aber jemand. Anscheinend wurden mir die Saxophontöne im Traum zu Gesang.
Die Wände in diesem Haus sind viel zu dünn. Wenn eine Maus beim Nachbarn eine Tüte anknabbert, hört man das. Was in der Tüte wohl drin sein mag? So etwas beschäftigt einen dann, und man versäumt darüber die Frühnachrichten.
Ich ziehe meinen Morgenrock über und setze mich verärgert an den Schreibtisch und schreibe auf, wie es mich ärgert, daß der Nachbarsjunge um acht Uhr morgens Saxophon spielt und mich damit aus dem Schlaf gerissen hat. Und ich bemängele die Bauart der modernen Miethäuser, in denen die Wände zu dünn sind, sodaß niemand musizieren kann ohne andere

Leute zu stören. Da muss ja die Musikkultur eines Volkes zurückgehen. Deshalb gibt es fast keine Musikgeschäfte mehr in der Stadt. Man hat ja den Media-Markt und kauft bei dem akustische und optische Medien, die man mit dem Kopfhörer hört. Das ist die moderne Welt! Man kann sich schon früh morgens die Gedärme aus dem Leib ärgern. Das Agressionspotential steigt gewaltig an, und das Frühstücksbrot will einem vor lauter Galle gar nicht mehr schmecken. Es ist kein Wunder, wenn es so häufig zu Mord und Totschlag kommt - und zu Autounfällen. Denn wer kann sich unter solchen oder ähnlichen Umständen noch konzentrieren?
Der Blick richtet sich nach innen, und man übersieht die rote Ampel oder das Einbahnstraßenverkehrszeichen. Man darf von Glück sagen, wenn man keinen Fußgänger übersieht. Ich muss mich wundern, daß in der morgendlichen rush-hour nicht viel mehr Fußgänger überfahren werden. Jedoch vielleicht gibt es gottseidank nicht so viele jugendliche Saxophonspieler, die schon um acht Uhr morgens beginnen, ihre Nachbarn zu quälen.
Wenn er wenigstens eine nette Melodie spielen würde! Aber er übt nur einzelne, langgezogene Töne, und die klingen mehr nach Kindertute denn nach Saxophon.
In meinem Schrank habe ich ja sehr viele Bänder mit Saxophonmusik; doch nur mit Jazz, und wie ich diese Familie einschätze, halten sie Jazz nicht für Musik, sondern für musikalische Pornographie (siehe oben!). Wenn das nicht wäre, würde ich sie alle dem Jungen schenken, denn ich selber höre, wie ich bereits sagte, keinen Jazz mehr, weil er mir die Ohren zerreißt.
Ich bin übrigens so rücksichtsvoll und setze, wenn ich eines meiner tonausstrahlenden Geräte einschalte - ich habe vier davon: Fernsehen, Radio, Plattenspieler

und Cassettenplayer - den Kopfhörer auf. -
Was in normalem Gesprächston gesprochen wird, hört man ja nicht. Aber die Eltern streiten sich oft und dann wächst die Lautstärke automatisch an. Und worüber streiten sie sich? Natürlich meistens über die Erziehung der Jugend - und sie haben drei von dieser Kategorie Mensch. *Er* ist für Strenge, *sie* für sanftes, geduldiges Zureden. Diese Aufteilung scheint bei den meisten Eltern zu bestehen. War bei meinen auch so.
In jener Nachbarsfamilie scheint sich die Mutter durchzusetzen, denn sonst würde ich die Kinder mehr brüllen hören, und das wären mit Sicherheit alle drei solche Schlingel, die lauter brüllen als es ihnen wehtut, damit der Vater früher mit dem Prügeln aufhört.
Der Saxophonspieler ist jetzt sechs Jahre alt. Erinnere ich mich recht, bekam die Frau jedes Jahr ein Kind. Dann wären die nachfolgenden jetzt fünf und vier. Mit Schrecken denke ich an das Heranwachsen der beiden, die doch sicher - wie ich die Eltern kenne - auch so einen Ehrgeiz entwickeln werden, eine kleinere Abart der Trapp-Familie zu bilden - und ebenfalls ein Instrument lernen. Dann werden sie zunächst nacheinander üben: der erste von Acht bis Neun, der nächste von Neun bis Zehn und der letzte von Zehn bis Elf - und nach einigen Jahren werden sie zu dritt Hauskonzerte geben und die Eltern vielleicht noch dazu singen. Dann werde ich verrückt!
Hoffentlich wird nicht einer der drei Knaben Bassgitarre spielen wollen; denn gegen deren Töne ist jedes Ohropax machtlos.
Dann muss ich ausziehen!
Man sollte in den neuen Miethäusern das Musizieren radikal verbieten, wie man ja ohne weiteres verbietet, Hunde und Katzen zu halten. Aber das ist eben das

Leidige an der Demokratie, daß so wenig wie möglich verboten wird von wegen der freiheitlichen Grundordnung, während man meiner Meinung nach so viel wie nur irgend möglich verbieten sollte. Da lobe ich mir den Ministerpräsidenten von Tschetschenien, der keine dunklen Farben liebt und deshalb seinem Volk verboten hat, dunkle Autos zu fahren und dunkle Anzüge zu tragen. Die vorherrschende Farbe in Tschetschenien soll seinem Empfinden nach Weiß sein. Ob die Tschetschenen sich darüber freuen oder nicht, wurde leider in den Nachrichten nicht gesagt. Dürfte auch egal sein, weil dieser tüchtige Mann sich darum nicht schert.
Jedenfalls kriegen die Polizisten jetzt Farbtafeln ausgehändigt, damit sie kontrollieren können, ob die Autos und Anzüge auch der Norm entsprechen und nicht etwa um eine Nuance zu dunkel sind.
Wahrscheinlich werden demnächst auch alle Lokomotiven weiß angestrichen, und schwarze Elektrogeräte müssen ausrangiert werden.
Ja, dieser Mann hat sein Volk im Griff! Nicht so wie die Merkel, bei der du machen kannst, was willst du!
Ob die Tschetschenen so etwas erstrebt haben, als sie darum kämpften, von der Sowjetunion frei zu werden? Das muss ich mich fragen und auch noch: Gehört denn zwingend zu einem muslimischen Gottesstaat, daß alles weiß ist?
Bei Adolf Hitler musste alles braun sein und seine Geliebte sogar Braun heißen. Ich glaube, das hängt mit seinem Geburtsort Braunau zusammen. Doch der amerikanische Anthropologe Alan Dunnes, Professor an der Universität von Berkeley Ca. führt Hitlers Vorliebe für die braune Farbe auf eine Analfixierung zurück. Allerdings war Dunnes ein Jude und somit zweifellos voreingenommen. Er wartete auch mit Geheimnissen aus Hitlers Sexualleben auf, wobei

mich außerordentlich wunderte, wie er wohl an sie herangekommen war; denn Adolf Hitler ließ doch niemanden bei seinem Sexualverkehr, soviel ich weiß, zusehen und darüber reden tat er doch auch nicht. Aber es wird ja heutzutage so viel gelästert und verleumdet; jeder will sich mit sensationellen Enthüllungen bekannt machen, und man kann eigentlich nichts mehr glauben von dem, was vor einem Mikrofon geredet oder in Büchern von Journalisten geschrieben wird. Die Frechheit geht sogar so weit, daß man auf dem Bildschirm etwas ganz deutlich sieht, aber der Moderator genau das Gegenteil behauptet.
Das müsste ich eigentlich exakt belegen. Aber mein Gedächtnis ist noch nicht völlig frei von den Infusorien (siehe oben!). Daher muss man auf das konkrete Beispiel verzichten, und ich nehme sogar die Behauptung zurück. Damit kann denn jeder Moderator, der sich eventuell unwillkürlich angesprochen fühlte und dem sich die Kampfhaare schon aufgerichtet haben, wieder beruhigen und zufrieden sein. -

Von schuhplattelnden Kurtisanen versprach ich zu erzählen, wobei manch einem das Wasser schon im Munde zusammengelaufen sein mag, indem er sich diese Schuhplattlerinnen splitternackt oder spärlich bekleidet vorstellte.
Leider gibt die Geschichte gar nicht so viel her, und ich kann dem, der sich allen Ernstes solchen Vorstellungen hingab, eine Enttäuschung nicht ersparen.
Es war so: Ich wohnte als blutjunger Student in Düsseldorf und studierte in Köln, musste also die Strecke zweimal täglich mit der Bahn zurücklegen.
Nun stand, kurz bevor der Zug in den Düsseldorfer Hauptbahnhof einlief, nur durch einen Hof von den Geleisen getrennt, ein Riesenbordell, ein Massenpuff,

mit ich weiß nicht mehr wieviel hundert Fenstern, aus denen die Huren ihre Brüste heraushängen ließen. Es wurden von den Zugfenstern aus bereits Kontakte mit den Damen durch Zuruf und Gewinke geknüpft, und auch ich sah einmal eine schwarzhaarige, glutäugige Schöne mit exotischem Flair, die in mir ein gewisses Verlangen nach ihr hervorrief. Sie glich einer der Idealhuren, wie man sie sonst nur in Kinofilmen sieht z.B. in Filmen von Fellini oder Billy Wilder, welche es aber in der Wirklichkeit kaum gibt, jedenfalls nicht in den 60er Jahren des vorigen Jahrhunderts gab. In den letzten fünfzig Jahren machte möglicherweise die Qualität der angebotenen Ware auf diesem Gebiet enorme Fortschritte. Also damals war dieses Geschöpf eine seltene und verlockende Ausnahme.

Und wenn man nun Woche für Woche und Monat für Monat und immer wieder an einem derartig reizvollen Gebäude mit solch einer Verlockung vorbeifährt, kann selbst der sittsamste Jüngling, der sonst nie an einen Bordellbesuch denken würde, von der Versuchung erfasst werden, einen solchen zu machen.

Also schlich ich mich eines Tages nach Dunkelwerden aus dem Elternhaus, um den Kontakt mit dieser Schönen zu suchen. Mit weichen Knien und bis zum Hals klopfenden Herzen durchschritt ich das Tor zu dem Hof, in dem die Gunstgewerblerinnen herumstanden, und suchte mit den Augen das Ziel meiner Sehnsucht, wobei ich zwangsläufig alle möglichen Gesichter streifen musste, die keineswegs Ziele meiner Sehnsucht waren, aber es gern gewesen wären.

Leider fand ich sie nicht auf dem Hof, und als ich das Haus betreten wollte, um sie ungefähr dort abzufassen, wo ich sie am Fenster gesehen hatte, verwehrte man mir das. Es war nicht erwünscht, das Männer da so einfach im Haus herumliefen, wenn sie noch keinen

Geschäftsabschluss getätigt hatten. Wie ich dann anschließend auf dem Hof wartete, voller Hoffnung, daß ich sie vielleicht doch noch erblicken würde, kam einer durch das Hoftor herein, dem man an seiner Aufmachung den Bayern schon von weitem ansah. Er wurde mit Juhu und Hollaho begrüßt. Dann fühlten sich zwei der edlen Damen veranlasst, um seine Aufmerksamkeit zu erregen, so etwas Ähnliches wie einen Schuhplattler hinzulegen. Er war aber nicht einmal sexuell aufreizend, sondern einfach nur lächerlich. Der Bayer winkte auch bald ab und rief ihnen zu, das sollten sie erst noch einmal zu Hause üben, bevor sie sich damit an die Öffentlichkeit wagen würden.
Ich ging dann weg und nie wieder hin, sah auch die schwarzhaarige, glutäugige Schöne nie mehr wieder am Fenster.

Fährunglück, Giraffenhals, Geisterfahrer und fälschlich geschlossene Schule lasse ich weg, weil das alles aus dem Fernsehen stammt, und geklaute Ideen will ich doch lieber nicht breittreten. Da ziehe ich es vor, von einigen Jugendstreichen zu erzählen. Das ist dann wenigstens etwas Eigenes, selber Erlebtes.
An irgendwelche *Schul*streiche kann ich mich gar nicht erinnern, bis auf so eine kleine Albernheit, einen Radiergummi zwischen Türangel und Tür zu stecken. Anscheinend waren wir eine brave Klasse.
Von der Schule also nichts weiter. Doch mit der Jugendgruppe, der ich angehörte und die ich aus Diskretion nicht nennen möchte weil die Dinge, welche ich zu erzählen beabsichtige, sich nicht mit dem offiziellen Ethos dieser Gruppe vertragen, erlebte ich Einiges, was mir als erzählenswert scheinen will.
Im Sommer 54 machten wir eine Harzfahrt. Wir waren elf Mann, besichtigten als erstes die Kaiserpfalz von

Goslar und zogen anschließend nach einem kleinen Städtchen namens Romkerhall. Dort gab es den "Romkerhaller Wasserfall", eine Attraktion für Touristen aus aller Herren Länder, und sie stehen auch massenweise unten vor ihm herum, starren an ihm hoch und betätigen eifrig die Auslöser ihrer Photoapparate. Wir dagegen standen oben auf der Anhöhe und betrachteten den kümmerlichen Bach, der diesen Wasserfall speiste und nur künstlich vor der Absturzkante verbreitert worden war, um dem Wasserfall ein respektableres Aussehen zu verleihen.

Einer von uns meinte: "Eigentlich könnte man diesen Bach ziemlich leicht absperren." - Wir blickten ihn erschreckt an. "Da weiter hinten scheint so etwas wie ein Damm im Bach zu bestehen. Da wäre es ganz einfach." - "Du hast recht. Stellt euch mal vor, die Leute stehen alle da unten, und plötzlich ist der ganze Wasserfall weg." - Das rief tatsächlich große Begeisterung hervor. Mit unseren kleinen, aber scharfen Wehrmachtsspaten war die Sache auch schnell geschafft. Die Touristen unten müssen sich sehr gewundert haben.

Der Clou dieses Schabernacks kam jedoch erst, als das Wasser keinen weiteren Platz hatte, sich zu stauen und an den Seiten überlief. Da, wo das Wasser nunmehr hin floss, stand ein Hotel. In der Garage desselben hatten wir übernachtet, eingeschlossen in einen PKW, um den mehrere scharfe Hunde herumliefen. Ich erinnere: Elf Mann! Unser Nachtmahl hatte aus einer Tüte harter Makkaroni bestanden. Vielleicht war durch diese Unterernährung unseres Gehirns der ganze Blödsinn entstanden. Unsere Kothe hatten wir am Abend wegen eines überaus starken Gewitterregens nicht aufbauen können.

Unsere redliche Absicht war gewesen, den Staudamm

sofort wieder abzureißen, wenn wir uns an den verdutzten Gesichtern der Touristen genügend geweidet hätten. Inzwischen kamen jedoch von dem Hotel, dessen Keller vielleicht schon unter Wasser stand, mehrere Männer mit Spaten und Schaufeln bewaffnet den Berg hinauf, weshalb es uns ratsam erschien, schleunigst zu verduften. Zum Glück traf in diesem Moment unser Stammführer mit seinem Motorrad ein. Die Kothe wurde, wie sie war, am Stück mit all ihren Stangen quer auf das Motorrad gepackt, und dann gings in den Wald hinein. Saftige Flüche wird man uns gewidmet haben.

Der "Stammführer", von dem ich eben sprach, war übrigens ein echt toller Bursche, nicht nur, weil er ein eigenes Motorrad besaß, sondern sich als ein Anschleichgenie erster Güte erwies. Als wir tief drinnen im Wald unsere Kohte aufgebaut hatten und in der Gegend umherschweiften, entdeckten wir etwa zwei Kilometer von uns entfernt ein großes Pfadfinderlager, in dessen Mitte ein hoher Fahnenmast stand, an dem zwei oder drei riesige Fahnen wehten. "Die klauen wir ihnen, wenn es dunkel geworden ist", sagte er. Wie er denn das wohl anstellen wolle, fragten wir ihn, denn der Mast stünde doch dicht am Lagerfeuer nur wenige Meter außerhalb des Kreises, den die liedersingenden oder den Worten ihres Führers lauschenden Pfadfinder bildeten. "Das lasst mich nur machen. Aber ihr bleibt in ungefähr dreißig Meter Abstand vom Lager zurück, und falls sie mich bemerken sollten, müsst ihr einen Lärm machen wie 50 Mann und mir zu Hilfe kommen." - Nun, das erwies sich als nicht notwendig. Er schaffte es tatsächlich, unbemerkt die Fahnen herabzulassen, abzumontieren und genauso unbemerkt wieder zu uns zu stoßen. -

Dieser Fahnenraub führte später zu einem regen Briefwechsel und einer langjährigen Freundschaft zu jenem Pfadfinderstamm.

Auf dieser Fahrt geschah noch etwas, was mir als erheiternd in der Erinnerung haftet. Einer der Kameraden betrieb eine intensive Margarinekosmetik d.h. er hielt es seiner Gesundheit für förderlich, seinen Körper von oben bis unten mit Margarine einzuschmieren. Er meinte, es sei erstens ein wirksamer Schutz gegen Sonnenbrand und überhaupt gut bei seiner trockenen Haut. Das störte uns nicht, solange jeden Abend eine Bademöglichkeit zur Verfügung stand und er die alte Schicht abwaschen und morgens eine neue auftragen konnte. Aber als wir drei Tage lang diese Möglichkeit nicht hatten, begann der ganze Kerl ranzig zu stinken, und keiner wollte im Zelt neben ihm liegen. Schließlich bekam er Kohteneintrittsverbot. In jenen warmen Sommernächten ließ sich das vertreten. Zwei Tage später kamen wir nach Klausthal-Zellerfeld, wo es eine Jugendherberge gab, in der er sich gründlich abschrubben konnte. So frischgemacht und parfümiert erbot er sich, zum Abendbrot für uns alle eine Nudelsuppe mit Backpflaumen zu kochen, während wir ruhig in der Gegend herumspazieren sollten. Wir besaßen einen riesigen Kochtopf für diesen Zweck. - Ich weiß nicht, wie er es fertigbrachte; aber diese Nudelsuppe geriet ihm zu dem härtesten und zähesten Gericht, das mir je vor Augen gekommen ist. Sie musste mit Messern aus dem Topf herausgeschnitten werden und konnte dann als eine Art Kuchen aus der bloßen Hand verzehrt werden, Wir fragten uns hinterher, ob das irgenwie mit seinem Vokabular zusammenhing; denn essen hieß bei ihm "spachteln". Er benutzte überhaupt eine Menge merkwürdiger Ausdrücke. Ich weiß nicht, entstammten sie zigeunerischem Rotwelsch oder einem alten Wandervogeljargon: Für schlafen sagte er "grunzen", für wandern "klotzen", für die Entleerungsvorgänge "protzen" und "brunzen". Trotz alledem gehörte er zu den beliebtesten Kameraden, der nicht nur gut "klampfen" d.i. Gitarre spielen, sondern sogar eine bauen konnte, und dazu gehört eine ganze Menge handwerkliches Geschick. -

In den Sommerferien des nächsten Jahres war das Berchtesgadener Land unser Ziel. Wir trampten immer zu zweit mit Treffpunkt Jugendherberge München. Heute sagt man ja nicht mehr trampen. Man fährt per Anhalter oder by hitch-hiking oder lifting.

In München besichtigten wir das Deutsche Museum. Das Interessanteste, was wir da sahen, fand vor dem Eingang statt: Ein alter Mann geriet mit einem Jungen in eine Prügelei. Sie dauerte aber nicht lange, Der Junge, offenbar ein Taekwondo-Experte, schlug dem Alten einen Fuß ins Gesicht, da ging er bereits zu Boden, und der Rettungswagen musste kommen, -

Das Innere des Museums faszinierte uns natürlich auch; aber darüber gibt es nichts Lustiges zu erzählen. Das Lustige holten wir im berüchtigten Hofbräuhaus nach, welches einige von uns auf keinen Fall versäumen wollten. In diesem Lokal brodelte es von Menschen. Einen freien Tisch für uns allein gab es nicht, und so setzten wir uns zu einigen zwielichtigen Gestalten. Diese begnügten sich allerdings nicht mit dem hauseigenen Bier, sondern tranken und verführten auch uns dazu: Danziger Goldwasser. So etwas war natürlich verboten. Deshalb mussten wir es unter dem Tisch trinken d.h. nicht wir mussten unter den Tisch, sondern die Gläser, damit die Bedienung sie nicht sah. Aber eine Maß Bier trank natürlich jeder von uns außerdem. Am Ende wussten wir nicht mehr so recht, was wir taten, und gingen unbedenklich mit, als uns

einer von diesen Männern zu Kaffee und Kuchen in ein nahegelegenes Cafè einlud. Er hatte dafür seinen guten Grund. Er bestellte eine Tasse Kaffee für jeden und eine komplette Torte. Von dieser aß er schnell zwei Stück, flüsterte uns dann zu: "So, jetzt müssen wir schnell verschwinden, bevor der Servierer zurückkommt.", sprang auf und weg war er. Und nun zeigte sich, wer von uns Ehre im Leib hatte und bei wem der Hang zum Kriminellen bereits im Ansatz vorhanden war. Einige sprangen ihm gleich nach. Ich schäme mich, es zu sagen, aber es war die Mehrheit. Die Sitzenbleibenden, darunter auch ich, mussten die Zeche zahlen.
Danach wanderten wir an der Isar abwärts durch den Englischen Garten. Solche Rangen wie wir verstanden noch nichts von der Schönheit dieser Parkanlage. Nach einiger Weile begannen wir uns zu langweilen und es erwuchs in uns die Sehnsucht nach großen Taten. Aber was kann man in einem Stadtpark schon für große Taten verrichten?
Da kam es uns sehr zupass, daß wir am Isarufer einen Kleiderhaufen sowie Decken, Handtücher und Taschen liegen sahen mit keinem Menschen weit und breit. Die saßen alle unten im Wasser oder auf den Kiesbänken und konnten nicht sehen, was oberhalb geschah.
Wir nickten uns erfreut zu, jeder packte ein Teil dieser Sachen und dann verschwanden wir damit hundert Meter weiter in einem Gebüsch. Dort legten wir die Sachen nieder, nicht ohne noch ein zusätzliches Durcheinander anzurichten, und dann legten wir einen Zettel hinzu, auf den wir irgendeinen Unsinn schrieben, den ich vergessen habe. Immerhin wurde er von uns in Reimen abgefasst; das weiß ich noch.
Sehr stolz auf unsere Tat und im Gefühl, einen netten Nachmittag verbracht zu haben, wanderten wir dann

zurück zur Jugendherberge in der Wendl-Dietrichstraße, welche so ziemlich am anderen Ende der Stadt lag. Unterwegs leisteten wir uns dann noch solche Scherze, daß wir jemanden fragten, ob er wüsste, wo wir hin wollten, oder wir fragten auch einige, die etwas dumm aussahen, ob sie mit uns um eine D-Mark wetten wollten, daß sie nicht wüssten, ob das Wort "nämlich" mit H oder ohne H geschrieben werde.

Alle, die "ohne H" sagten, mussten die Mark zahlen, weil das Wort ja am Ende ein H hat. Allen die "mit H" sagten, wiesen wir die falsche Othographie nach, und sie mussten auch zahlen. Tatsächlich kamen wir in der Jugendherberge um einige D-Mark reicher an.

Ich erinnere: Das alles fand in den Fünfzigern des vorigen Jahrhunderts statt, wo diese Scherze noch relativ neu waren.

Das nächste Jahr sah uns auf einer Tour von Aachen über Monschau, Maria Laach und Prüm nach Trier. Von dieser Fahrt kann ich mich an keinen einzigen, dummen Streich erinnern, außer daß wir uns in Trier ein wenig mit Moselwein betranken. Aber da waren wir ja auch schon ein ganzes Jahr älter und wesentlich gereifter.

* * *

Notiz:
Die Situation ist beschissen: Trinke ich Kaffee, werde ich nervös; trinke ich keinen, bleibe ich müde. - Sappermenti satt, sagt der Lateiner, dem Weisen reicht es. Mir reichts schon lange, und ich hab' es auch schon seit langem satt.

* * *

Unter echter Demokratie verstehe ich, daß alle der gleichen Meinung sind wie ich. Wer anderer Meinung ist, den soll der Kuckuck holen. Toleranz ist ein Übel, das ausgerottet werden muss. Wer nicht für mich ist, ist gegen mich, und der rechte Arm und das linke Bein sollen ihm abgehackt werden. Wer sich mehr zu sein dünkt als ich, den soll man stäupen, wer sich für weniger hält, teeren und federn!
Es lebe die Gleichheit! Wer da Unterschiede und Trennwände macht, soll verdammt sein. Das sagte schon Jesus, wie man dem Gleichnis von der Samariterin am Brunnen (Joh. 4) entnehmen kann.
Niemand soll ein höheres Gehalt beanspruchen als ein anderer, und genau genommen sollte jeder so aussehen wie ich oder zumindest sehr ähnlich. Andere Gesichter zu sehen ruft in mir Widerwillen hervor.
Mir gefallen Männer wie Napoleon, Hitler und Stalin.
Was ich von Putin halten soll, weiß ich noch nicht so recht; der ist mir ein wenig zu lasch und nachgiebig. Er knickt zusammen und lenkt ein, wenn man ihn richtig anzupacken weiß.
Mit Dissidenten soll man kein Erbarmen haben. Immer weg mit ihnen! Auf irgendeine einsame Insel! Etwa auf die Andamanen, wohin schon früher die Engländer ihre Verbrecher verbannten. Heute kann man mit elektronischen Hilfsmitteln jede Flucht verhindern. Freilich müssen die Lebensverhältnisse einigermaßen erträglich sein. Für sauberes Trinkwasser und anständige Kanalisation muss gesorgt sein.
Untereinander können ja die Verbannten sich so viel terrorisieren, wie sie wollen. Wachmannschaften sind nicht notwendig. Die andamanischen Ureinwohner allerdings dürfen nicht dort bleiben, sondern müssen nach Australien umgesiedelt werden. Sowieso ähneln sie den Aborigines, sind nur etwas kleiner.

Dieses politische Programm darf den Ruhm, von einzigartiger Wunderbarkeit zu sein, für sich verbuchen. In dieser Welt würden sich alle wohlfühlen; denn alle sind miteinander verwandt und gleichen mir wie zweieiige Zwillinge einander. Diese verschiedenartigen Leiber, dicke und dünne, große und kleine, weiße und schwarze, gelbe und rote und die vielen Farbtönungen der Haare sind doch degoutant.

Einzig und allein mein Ejakulat darf in den Samenbanken aufbewahrt und bei allen Befruchtungen verwendet werden. Sämtliche andere Männer sind am besten zu kastrieren, es sei denn, sie sind absolut schwul und keine Gefahr für Frauen.

Mit der Zeit wird es vielleicht dahin kommen, daß alle Frauen gleichzeitig befruchtet werden und alle so etwas um Mitte Mai herum gebären. Denn im Mai gedeihen Babies bekanntlich am besten.

Die Freizügigkeit muss natürlich stark eingeschränkt werden. Niemand darf seine Stadt oder sein Dorf verlassen. Dann hört endlich der Unfug mit der Umzieherei und Herumreiserei auf.

Die Architektur sollte einheitlich sein. Zwei oder drei Serienhäuser mögen genügen!

Mein Nachfolger muss durch Los gewählt werden, es sei denn, daß einer deutlich im despotischen Wesen hervorragt. Dann wird er jeden, der eine Verlosung des ersten Postens vorschlägt, sofort eliminieren. Andernfalls müsste er als regierungsunfähig betrachtet werden, und man müsste doch wieder zur Verlosung greifen.

Friedhöfe müssen verschwinden - reine Platzverschwendung!

Individuelle Bestattungsformen sind verboten. Tote werden ohne Schuh' und Kleider verbrannt, die Asche als Düngemittel auf die Felder verstreut.

Angebaut werden nur Getreide, Reis, Mais und Kartoffeln. Das genügt! Die heutige Vielfalt von diversen Gemüsen ist überflüssig, führt nur zu Blähungen und fördert die Unterschiede. Grundsätzlich gilt: Es wird alles verboten, was nicht unbedingt als für die Existenz notwendig, erlaubt werden muss.
In einer so gebauten Demokratie braucht sich keiner mehr nach einer ewigen Seligkeit im Jenseits zu sehnen; er hat sie schon auf Erden von Geburt an bis zu seinem Ende.
Wie gesagt, das verstehe ich unter Demokratie. Unter Umständen könnte ich mich auch mit einer absoluten Monarchie anfreunden, allerdings nur, wenn das Heer und eine schlagkräftige Polizeitruppe treu und fest zu mir stünden. -

Wenn ich mir das Obige durchlese, kommt es mir lange nicht so spaßhaft vor, wie es gemeint ist. Es hat geradezu verblüffende Ähnlichkeit mit tatsächlich vorkommenden, politischen Programmen. Da wird mir ja gleich ganz komisch zumute!

Der Tag dämmert herauf. Das graue Morgenlicht dringt durch das Fenster. Es ist noch nicht hell genug, daß ich ohne Lampenlicht schreiben könnte.
Warte noch ein wenig, und du kannst die Lampe aus machen! Jetzt sehe ich schon ein leichtes Blau. Der Tag wird also schön werden - aber kalt. Es taut nicht mehr. Der Schnee wird hart und die Straßen glatt werden.
Jetzt geht es auch ohne Lampe. So schnell ist es hell geworden. Nur in mir ist es noch trübe. Mir fiel es beim Aufwachen wie Schuppen von den Augen: Ich bin gar nicht der Mensch, für den ich mich immer gehalten habe. Eigentlich hätte ich kein Recht, mich

irgendwie über große Dinge zu äußern. Mein Verstand reicht dazu gar nicht aus. Alles, was ich im Lauf der letzten zehn Jahre schrieb, steckt voller Denkfehler, abgesehen von dem, was sowieso reiner Quatsch ist, weil ich glaubte, lustig sein und die Leute erheitern zu müssen. - Warum habe ich eine solche Freude an Spott und Blödsinn? Es ist wohl so, daß ich den Ernst als etwas Langweiliges und Leeres empfinde. Ich kann ja auch die Leute nicht ausstehen, die alles immer so ernst nehmen, die hauptsächlich nur das Gelderwerben für vernünftig halten, die jeden Leichtsinn verurteilen und die ihre "Berufe" lieben, obwohl doch nur der erwartete Geldverdienst sie rief.

Nein, auch darin liegt schon wieder ein Denkfehler. Denn es gibt genügend Leute, die von dem echten Gefühl einer wahren Berufung angetrieben werden, selbst dann, wenn es sich um keine großartige, weltbewegende Sache handelt. Manche wissen schon im Alter von zehn Jahren genau, was sie wollen, und sie wollen nur dieses eine und erreichen es auch und werden damit glücklich ihr Leben lang.

Das war ja bei mir alles nicht so. Ich wollte zwar auch immer etwas - und wollte es intensiv - aber dann wollte ich auch wiederum etwas anderes, was sich gar nicht mit dem ersten Wollen vertrug, und das brach meinen Bemühungen die Spitze ab.

"Andere haben Neigung und Beruf; ich aber, ich will beten geh'n." - Mit dem Vordersatz hatte er recht, mit dem Nachsatz log er. Niemand wollte weniger zum Beten gehn als Hamlet - und obwohl der Vordersatz genau auf mich zutrifft, will ich es auch nicht. -

In der Nacht blätterte ich ein wenig in den Sprüchen Salomos. Früher einmal war ich davon beeindruckt, heute verstehe ich das gar nicht mehr. Das gleicht doch auf's Haar dem Geschwätz des Pollonius, als er

mit guten Ratschlägen seinen Sohn Laertes verabschiedete. Im Grunde steht da nichts drin - das aber in erstaunlich vielen Varianten -, als daß die, welche Gott fürchten, immer Heilsames erleben werden, während die Gottlosen stets im Unglück tappen müssen - und das stimmt ja doch alles gar nicht. Es stimmt nicht, auch wenn es hundertmal wiederholt wird. -
Ich habe mich geirrt. Der Tag wird doch nicht schön; der Himmel bleibt bedeckt und genauso milchig grau wie in achtundzwanzig von den letzten dreißig Tagen. Dieses trübe Wetter entspricht meiner Laune. Aber wenn man schlechter Laune ist, soll man meines Erachtens nicht schreiben. Warum diese auf andere Leute übertragen? Demnach höre ich jetzt auf.

* * *

In diesem Winter 2014/15 sind die Nachrichten angefüllt mit folgenden Aktualitäten:
1. Dem tapferen Abwehrkampf der Kurden gegen die ISIS-Terroristen im Nordirak, speziell in Kobane,
2. Der Staatskrise in Griechenland
3. Der Ebola-Seuche in Westafrika
4. Der Pegida- Bewegung (Partei gegen Islamisierung des Abendlandes)
5. Dem Terroranschlag auf die Satire-Zeitschrift Hebdo in Paris

Meine Wenigkeit hat dazu gewisse unabänderliche und unveräußerliche Ansichten, die weder den Ansichten des Straßen- noch des Regierungspöbels entsprechen:
Von dem Herumgelaufe auf den Straßen, welches sich "Demonstrationen" nennt, halte ich überhaupt nichts. Meine Wenigkeit nennt das "Pöbelaufläufe".
Nichtsdestotrotzdennoch hält meine Wenigkeit die

Warnung vor einer Gefahr der Islamisierung des Abendlandes für angebracht. Denn das Programm besteht. Es besteht in ganz genau derselben Weise wie das Missionierungsprogramm der christlichen Kirchen und erstreckt sich in beiden Religionen auf die ganze Welt, und wer nicht aufpasst, der verliert.
Und das Allerentsetzlichste, das ich mir ausdenken kann, ist, daß der Islam sich über die ganze Welt ausbreiten würde, eine Religion, die eigentlich keine richtige Religion ist, auch nicht der Schatten einer Religion, sondern der Schatten eines Schattens von Religion. Das Christentum kann man als einen Schatten des Buddhismus bezeichnen, der auf das Judentum geworfen wurde, da Christus zu den Essenern gehörte, welche vom Buddhismus stark beeinflusst waren - und der Schatten dieses Schattens ist der Islam, der ursprünglich und rechtens ein Christentum für die Araber werden sollte, was leider wegen der arabischen Mentalität misslang.
Die Gefahr besteht; nicht für die nächsten zwanzig, dreißig oder auch vierzig Jahre, aber sicher nach fünfzig Jahren, wenn die mohammedanische Einwanderung in Europa auf über 50% angewachsen sein wird.
Dann werden die Mohammedaner, obwohl sie ansonsten nicht so sehr viel von der westlichen Demokratie halten, auf das Mehrheitsprinzip, das sie sonst verachten, sich berufen und ihre Religion in den Vordergrund drängen, was ja auch verständlich wäre. Dann werden sie sich für die langjährige, erzwungene Duldung des christlichen Glockengeläutes (das auch mir auf den Wecker fällt) damit rächen, daß sie ihre Muezzins fünfmal am Tag von ihren Moscheen - verstärkt durch riesige Lautsprecher - durch unsere Straßen brüllen lassen.
Es ist also entweder gelogen oder ein Irrtum unserer

Regierung, wenn sie die deutschen Bürger damit beschwichtigt, die Gefahr einer Islamierung des Abendlandes bestünde nicht. Sie besteht für die ganze Welt. -

Zur Griechenlandkrise hat meine Wenigkeit folgendes gelernt: Wenn eine Baisse in der Wirtschaft herrscht, soll der Staat nicht sparen, sondern durch Investitionen und Staatsaufträge der Wirtschaft aufhelfen. Wenn er dagegen spart, sinkt das für den Konsum vorhandene Geld, und die Flaute wird noch größer.

Aber was, wenn die Regierung für diese stützenden Maßnahmen kein Geld hat? Das kann natürlich nur passieren, wenn die Staatsausgaben höher sind als die Staatseinnahmen.

Wenn sich das Verhältnis von Einnahmen zu Ausgaben nicht ändert, nützen Kredite nur scheinbar und nur kurzzeitig etwas.

Die Ausgaben müssen also verringert werden. Wenn man jedoch, wie die griechische Regierung das tat, Tausende von Beamten und staatlichen Angestellten entlässt (in der durchaus richtigen Erkennntnis, daß sie unterbeschäftigt und zum Teil ganz überflüssig waren. Ich hörte von Berichten, daß sie oft gar nicht an ihren Arbeitsplätzen erschienen) und diese nun staatliches Arbeitsgeld erhalten, dann gleicht diese Maßnahme dem Wasserausschöpfen aus einem Boot, dessen Leck man nicht verstopft hat. Die Einsparung kann nur geringfügig ausfallen; nur in Höhe der Differenz zwischen Gehalt und Arbeitslosengeld.

Und wenn sie Renten und Gehälter kürzt, dann schwächt sie zunächst einmal den Konsum, und selbst dann, wenn sie das eingesparte Geld sofort gewinnbringend investiert, gleicht der Gewinn nur etwa der Steuereinbuße, welche dem verringerten Konsum automatisch folgen muss.

Die Beamten dürfen also nicht in den Arbeitslosenzustand versetzt werden. Sie müssen unbedingt sofort in der Privatwirtschaft tätig werden.

Leider sind die Menschen so, daß sie so lange wie möglich Arbeitslosengeld kassieren. Hier muss eine Regierung Zwang anwenden, damit die Entlassenen möglichst schnell in eine Verdienstmöglichkeit hineingeraten. Sie wieder im Staat einzustellen, wie die neue Regierung (Tsipras,) das will, hält meine Wenigkeit für verkehrt. -

Zweitens müssen die Steuerprivilegien verschiedener Gutverdiener, vor allem der Reeder, aufgehoben werden. Da in Griechenland sehr viele ein Boot besitzen und damit als Reeder klassifiziert werden, ist der Steuerausfall gewaltig. Hier können also die Staatseinnahmen erhöht werden. -

Wenn es allerdings schon sehr viele Arbeitslose gibt und daher die entlassenen Staatsdiener nicht in der Wirtschaft unterzubringen sind, dann herrscht im Volk ein Mangel an unternehmerischen Personen und ein Überfluss an solchen, die eine typische Arbeitnehmermentalität besitzen und von anderen erwarten, daß sie für Arbeitsplätze sorgen.

In diesem Fall muss man ausländische Unternehmer heranziehen; denn eine Umerziehung des eigenen Volkes, damit unternehmerische Aktivität entsteht, lässt sich kurzfristig nicht durchführen. Das dauert eine ganze Generation.

Es nützt in diesem Fall auch nichts, sich ausländisches Geld zu leihen, wenn es doch keine oder zu wenig Leute gibt, die mit diesem Geld etwas Werteschaffendes aufbauen können, und das scheint in Griechenland der Fall zu sein.

Nun behaupten viele Griechen, daß das vom Ausland geliehene Geld in irgendwelchen dunklen Kanälen hängen bleibt und nicht nach unten weiterverteilt wird. Aber wie sollen die Regierenden die unternehmerischen Leute, die vielleicht da wären, finden - und dann wissen sie nicht, wohin mit dem Geld und stecken es in ihre eigenen Taschen oder bestenfalls in unproduktive Unternehmungen. -

Etwas hat meine Wenigkeit in der jüngsten Vergangenheit verwundert: Es hat in ihr Hunderte von Terroranschlägen gegeben; aber keiner hat solche Aufregung hervorgerufen wie der Anschlag auf die satirische Zeitschrift von Charlie Hebdo in Paris.
Leider kenne ich die Zeitschrift nicht, weiß nicht, ob sie gute oder schlechte Satire macht, habe sogar vor dem Anschlag noch nie etwas von ihr gehört.
Nach den Umschlagbildern, die übers Fernsehen kamen, zu urteilen, scheint sie mir zeichnerisch eher primitiv zu sein, so etwa im Stil amerikanischer Comic-Strips, die man ja nun nicht gerade als Höhepunkte unserer Kultur bezeichnen kann. Der Mohammed auf der Titelseite scheint mir wenig witzig, höchstens albern zu sein - und doch fühlt ganz Europa durch diesen Anschlag die Meinungsfreiheit angegriffen. Höchst seltsam! Die Aufregung verstehe ich, aber nicht das ungeheure Ausmaß der Aufregung. Dahinter scheinen meiner Wenigkeit Geheimnisse zu stecken, die ich nicht ergründen kann. Auf jeden Fall empfinde ich die Bedrohung durch den Islam als eine zu ernste Sache als daß ich über diesbezügliche Witze lachen könnte - und von den circa 600 Millionen Mohammedanern können über Witze auf diesem Gebiet nur die Wenigsten lachen.
Ich möchte auch zu bedenken geben, daß wir zwar Witze über Kirchengrößen akzeptieren können, aber über Jesus selber kaum. Diese Person ist auch so erha-

ben, daß man über sie gar keine Witze machen kann oder nur ganz harmlose wie z.B. den von der ersten Fußballmannschaft ("Jesus stand im Tor von Jerusalem und seine Jünger standen abseits.") Und entsprechend kann man in Bezug auf den Islam sich über alles mögliche lustig machen; aber nicht über den Religionsstifter selber.

So etwas sollte man bei der Herausgabe einer satirischen Zeitschrift bedenken, und das Thema Meinungsfreiheit ist meiner Wenigkeit nach hierbei gar nicht berührt, sondern nur das Thema des guten Geschmacks. Über religiöse Witze können nur diejenigen lachen, die sich von jeder Religion emanzipiert haben, niemals die fanatisch Gläubigen.

Noch eine Ansicht meiner Wenigkeit: Der tapfere Abwehrkampf der Kurden gegen die IS-Terrormiliz imponiert mir so sehr, daß ich ihnen als Belohnung dafür ein eigenes, freies Kurdistan zugestehen würde.
Allerdings ist es noch die Frage, ob sie in einem eigenen Staat besser leben würden als innerhalb eines größeren Staatsverbandes. In dieser Hinsicht täuschen sich die Kurden höchstwahrscheinlich. -
Ich äußerte diese Ansichten nicht, weil ich glaube, daß jemand in der Gegenwart auch nur einen Pups darauf geben würde, sondern damit spätere Forscher etwas von den Problemen unserer Zeit zu Gesicht bekommen, wenn die ganze westliche Kultur untergegangen sein wird und man nur noch meine Bücher findet, die ich so tief vergraben werde, daß sie die "Große Katastrophe" überstehen.
Die Formel "meine Wenigkeit" verwende ich, weil ich ein so bescheidener Mensch bin und man mich nicht für anmaßend halten sollte, auch wenn meine Sätze sich sehr selbstbewusst anhören.

* * *

Zehn warme Mahlzeiten sind entschieden zu viel. Da gerät jeder thermonukleare Haushalt durcheinander. Viel zu verprassen haben wir ja nicht; aber von den Atomkernen wollen wir doch nicht nur die Spelzen essen. Wankelmut und Wackelpudding sind irgendwie miteinander verwandt. Des Dorfältesten Wandsprüche haben einen negroiden Einschlag.
Wir wollen Keimen keine grenzüberschreitenden Möglichkeiten einräumen. Wir wollen mit ihnen nicht Domino spielen, weil Keime so leicht wie Dominosteine umstürzen. Das wäre ein nicht wünschenswertes Resultat. Warum hat eigentlich unser Blut einen Rhesusfaktor? Hat unser Blut etwas mit Rhesusaffen zu tun? Es gibt zwar Resedablüten, aber keine Resedaaffen. Da ist doch irgendetwas nicht in Ordnung! Mir wären ein oder zwei Resedafaktoren durchaus lieber. Aber man kann natürlich nicht im Wahnsinn schwitzen; man muss sich mit Brauereibier abkühlen und damit zufrieden geben. "Sei zufrieden und schweig stille" hieß eine Sarabande von Georg Friedrich Händel. Das war das Gelobte Land der Musik, in dem preußische Offiziere nichts zu sagen hatten. -
Wie war das alles so toll durchdacht, und niemand konnte uns anschwärzen. Wir tranken Himbeersaft und rissen Zoten und stifteten dem Kloster St.Ottilien ein Urinierbecken, auch Pissoir genannt. Allerdings wurden wir danach hinausgeschmissen, mussten uns im Schnee wälzen, bis er taute und der Sommer anfing. Sich so lange zu wälzen, ist keine kleine Leistung. Darauf können wir stolz sein und uns eventuell im Guiness-Buch der Rekorde eintragen lassen. Wenn es nur nicht Mächte gäbe, die uns immer entgegenste-

hen! Wir vertragen keine Mäusefürze, auch wenn sie tatsächlich nur einen geringen Durchmesser aufweisen und nur schwach stinken. Aber sie kratzen im Hals wegen kleiner Widerhaken, die ihnen anhaften.
Das könnte einen Mandrill nicht stören; aber wir sind nun einmal zarte Mannequins und keine grobschlächtigen, buntgestreiften Mandrills (oder auch Mandrille). - Alles was recht ist: Ein Fuhrmann sollte auf seinem Wagen sitzen, auf dem Kutschbock - und nicht unter der Deichsel liegen, um dort seinen Rausch auszuschlafen. Das ist nicht comme il faut, wie der Neulateiner sagt.
Napoleon war so ein Neulateiner, der bei Waterloo schamlos versagte, aber dem Marshall Ney den Schwarzen Peter anhängte. Bei Belle Alliance gaben sich Blücher und Wellington die Hand, während Napoleon sich mit der einen Hand verlegen am Popo kratzte und mit der anderen nach Nasenpopeln in seiner Nase suchte. - Das hätte ein Georg Büchner nicht besser sagen können. Das nun wiederum sollte eine Felicitas Kuckuck gehört haben! Sie würde mir mit dem nackten Hintern ins Gesicht springen; denn sie hasste den Georg Büchner wegen des Woyzecks, der ihr wegen seiner gotteslästerlichen Sentenzen gegen den Strich ging.
Ich liebe ihn auch nicht besonders, ihm fehlte die Quicklebendigkeit eines Grillparzer - Grillpanzer, wie ihn ein österreichischer Adliger in seiner Halbbildung immer nannte. - Das wäre also erledigt. Aber jeder gesellschaftliche Schnickschnack war den nordischen Gesandten zuwider; sie fühlten sich daher in Wien nie besonders wohl und ließen sich lieber nach Berlin versetzen, wo ein Alter Fritz ihren Bedürfnissen mit seiner militärischen Nüchternheit entgegenkam. -
In Schaukästen hielten wir einige Schauprozesse ab,

die mit dem Aufhängen diverser Dissidenten an Laternenpfählen endeten. Rübezahl musste die Leichen dann abnehmen, weil nur er lang genug dafür war. So gleichen sich alle Vor- und Nachteile aus; das muss selbst der dümmste Wiedehopf erkennen.
Von dreiviertel Drei bis viertel nach Vier sangen wir Gassenhauer wie "Auf der Ehelbe sind wir gefahren in dem wunderschönen Monat Mai. Hübsche junge Mahadels haben wir geliehibet in der Naaacht von Zwo bis Drei." Das wurde uns von missgünstigen Anwohnern als ruhestörender Lärm ausgelegt. Deshalb schlugen wir ihnen sämtliche Fensterscheiben ein, damit sie sich beruhigten. Als ob uns ihr Küchenlärm, wenn wir vormittags Schlaf nachholen wollen, nicht auch stören würde!
Das Geknutsche und Getratsche unter den Mirabellenbäumen missfällt uns auch. Wir leben ja aber nicht im Wilden Westen, sonst würden wir diese grässlichen Spießbürger ein wenig mit unseren Colts malträtieren.

Warzen kann man besprechen, Warzenschweine nicht. Das sollte man sich merken, bevor man eine Reise nach Ostafrika bucht. In die westafrikanischen Staaten sollte man jetzt besser nicht reisen, es sei denn, daß man Jagd auf Ebolaviren machen will. Aber im Grunde sind das keine Objekte für einen passionierten Großwildjäger.
In Sibirien ist inzwischen wieder die Jagd auf Mammuts, Mastodons und Dinotherii en vogue, die seit mehren tausend Jahren auf Eis gelegt waren und die man durch Genmanipulation wieder ins Leben rief und in der sibirischen Tundra auswilderte. Aber nur Multimillionäre können sich die Jagd auf diese Tiere leisten. Erstens nimmt schon die sibirische Tundrenverwaltung ein horrendes Geld für die Jagdlizenz und dann muss man ja für jede Jagdtrophäe ein ganzes

Haus bauen. Das geht natürlich ins Geld. Wenn man z.B von jeder Sorte ein Exemplar geschossen hat, muss man gleich drei Häuser bauen.
Jedoch des einen Leid, ist des andern Freud - oder auch umgekehrt. Man kann nach Dingsda am Amur fahren und dort Mittag essen, kann es aber auch bleiben lassen.
Wer heil über den Ural kommt, hat's geschafft. In Kirkutsk kann er sich bei Fiskebollern und Bratkartoffeln erholen. Die russischen Weine lassen zwar zu wünschen übrig. Ich empfehle Wodka-Appelsin. Der reine Wodka wirft einen um, wenn man mehr als einen Fingerhut voll trinkt. Will man Krakowiak tanzen, sollte man als Mitteleuropäer den Wodka lieber ganz weglassen. Sonst verliert man das Gleichgewicht, und wer erst einmal am Boden liegt, wird totgetrampelt. Das ist so Mode bei den Kosaken. Wer diese rauhe Lebensart nicht gewohnt ist, fährt am besten gleich weiter nach Warschau. Dort herrschen doch schon weitaus feinere Sitten. Nur darf man als Mann nicht aus Versehen ein Damenklo betreten. Das nehmen die Polen übel. Dann wird man sofort nach Berlin abgeschoben. Dort herrscht Promiskuität, und es ist ganz egal, in welcher Lokalität man sich erleichtert. Das gehört dort zu den Prinzipien der freiheitlichen Grundordnung. Sie soll noch bis zur Abschaffung jeglicher Kleidungsvorschriften erweitert werden. Die neuen Gesetzesvorschläge stellen obligate, blumige Verzierungen direkt auf der Körperhaut in Aussicht, die nicht abwaschbar sein sollen und bis ans Lebensende getragen werden müssen, und man darf sie nur an eiskalten Wintertagen verhüllen.
Hoffentlich geraten wir nie wieder in Zustände, in denen Gauleiterfrauen oder sonstige hochrangige Damen das Verlangen nach Lampenschirmen aus

tätowierter Menschenhaut befällt. Seltene Liebhaberstücke könnten dann tätowierte Geschlechtsteile sein. Es wird noch so weit kommen, daß ein Nichtätowierter als anomal gilt und zwangstätowiert wird. -
Mir kam zu Ohren, daß Verrückte nicht gerne alleine sind und den Körperkontakt suchen. Demnach bin ich kein bißchen verrückt.
In Kenia begrüßt man Kinder, indem man die flache Hand auf ihren Kopf legt. Das finde ich sehr schön; denn es wirkt gleichzeitig wie ein Segnen. Mir hat seit dem 15. Lebensjahr niemand mehr den Kopf getätschelt. Allerdings hätte ich mir es sehr verbeten, wenn das jemand versucht hätte. Zurückgewiesen habe ich auch stets die Akkolade. Warum bloß haben wir diese Lächerlichkeit von den Südländern übernommen? Ich dachte, ich sehe nicht recht: Sogar der EU-Hochkommissar ließ sich vom griechischen Wirtschaftsminister Varoufakis abknutschen, der ja allerdings auf Schmusekurs durch Europa jettete. -
Wie lange möchte ich nun leben zwischen all diesen Verrücktheiten, die noch die harmlosesten sind. Mir ist das alles fremd geworden. Das Rad ist abgelaufen. Der Staub liegt schon fingerdick.
Die Einschläge von Gewehrschüssen in den Mauern der Kriegsgebiete wirken direkt ornamental. Ich wette, man könnte aus ihrer Anordnung die Zukunft herauslesen. Übrigens gibt es das Wahrsagen aus der Hühnerleber, welches wir von den alten Römern kennen, in Teilen Indiens heute noch. Aber wer will sich denn heute noch die Zukunft voraussagen lassen? Man weiß doch, daß sie rosig nicht sein wird. Wenn es knapp an der Katastrophe vorbeigeht, darf man schon Purzelbäume schießen vor Freude, sofern es die Gelenke noch erlauben. -
Mein Fernseher, vor dem ich im Bett liege, zeigt

verschwommene Bilder. Sehr merkwürdig! Denn er ist nämlich ausgeschaltet. Was für ein illegaler Sender da am Werke ist, würde ich gar zu gerne wissen. Aber wen kann man da fragen? Ich kann mich täuschen, doch der Fernseher rückte in den letzten fünf Minuten um mehrere Zentimeter näher an mich heran. Auch die Zimmerdecke steht nicht mehr fest, sondern schlägt Wellen. Sind das Krankheitssymptome? So ganz wohl fühle ich mich tatsächlich nicht; aber auch nicht richtiggehend krank.
Vielleicht sollte ich aufhören, Karamellbonbons zu lutschen; obwohl, wenn ich keine Karamellbonbons lutsche, ich mich auch nicht besser fühle. Das Wohlfühlen scheint mir überhaupt schon seit längerem abhanden gekommen zu sein.
Wer die Eskimorolle beherrscht, fühlt sich vielleicht auch im Kajak zwischen den Eisbergen Grönlands wohl. Buschmänner sollten diese Gegend meiden; mit Klicklauten ist da nichts zu gewinnen.
Ich liege im Bett und mache die schönsten Reisen. Heute war ich schon in Südafrika, Namibia, Neufundland, Grönland, Vietnam und Indien. Aber von allen Ländern wird gesagt, daß sie ihre Ursprünglichkeit verlieren werden, weil überall die Technik ihre Krallen ausstreckt. Das Grönlandeis wird schmelzen und infolgedessen der Meeresspiegel um 6 bis 7 Meter ansteigen. Dann ade, du teures Dänemark und ade, du liebes Schleswig-Hostein. Dann wird nur wenig mehr als der Bungsberg über das Wasser ragen und vielleicht noch die Rendsburger Hochbrücke. Fernsehtürme werden sich nicht halten können, sondern am Schaft angenagt bald einstürzen. -
Irgendwo unter mir nagen Mäuse; entweder an den Teppichleisten oder an den Pfosten meines Bettes. Na, ich werde es schon merken, wenn das Bett sich neigt.

Merkwürdig, daß heutzutage keiner mehr über Wanzen klagt. Ob die völlig ausgestorben sind? Ich kann mich noch an die Zeit erinnern, da man Wände und Bettgestelle nach Wanzen absuchen musste, wenn man schlafen ging. Nicht, daß das meine wertvollste Erinnerung wäre. Sie kam mir gerade so, denn da wo Mäuse knabbern, könnten sich auch Wanzen herumtreiben. Mehr als vor Wanzen habe ich Angst vor Spinnen. Wenn mir nachts eine Spinne von der Zimmerdecke ins Gesicht fiele, würde ich einen Herzschlag kriegen oder einen Gehirnschlag - oder was es sonst noch für Schläge gibt. Jedenfalls wär das mein Ende. Ich bin bloß froh, daß es bei uns keine großen Spinnen gibt, die an der Decke wandern können. Das tun nur die ganz kleinen, die keine Panikanfälle in mir hervorrufen.
Zur Zeit steht das Barometer sowieso auf minus zehn Grad - ich meine natürlich das Thermometer - und bei dieser Temperatur verkriechen sich Spinnen, Wanzen, Kellerasseln, Mücken, Fliegen, Läuse. Die ganze Gefolgschaft des Mephistofeles hält jetzt Frieden, weil sie entweder schläft oder im Verpuppungskoma liegt.
Wie ich höre, haben in Europa die Plazentatiere über die Beutelsäuger gesiegt. Da bin ich schon froh, denn ich wäre unglücklich, als Beutelsäuger geboren zu sein. Warum Plazentatiere und Beutelsäuger nicht friedlich miteinander auskommen konnten, ist mir rätselhaft. Dieser Umstand macht mir für das Zusammenleben der Primaten Sorgen. - Der Satz "Am Anfang schuf Gott Himmel und Erde" scheint mir verdammt kurz, wenn ich bedenke, was da alles wirklich geschah, bis die Erde so wurde, wie sie sich heute darbietet. Da sind doch die Naturwissenschaften etwas ausführlicher! Auch der Erzengel Gabriel hat

dem Mohammed nur verhältnismäßig wenig von diesen Dingen erzählt.
Innerhalb der Menschheit wird sich vermutlich im Lauf der nächsten Jahrhunderte der Breitarschmensch durchsetzen und der Schmalhintern untergehen, und zwar ganz einfach deshalb, weil die Breitärsche gutartiger und sanftmütiger sind als die Schmalhintern - und die Sanftmütigen werden bekanntlich das Erdreich besitzen.
Zu einer diesbezüglichen Diskussion lade ich alle Bewohner Bayrisch-Schwabens ein am nächsten Mittwoch in der Augsburger Kongresshalle. Breit- und Schmalhintrige sind gleicherweise willkommen. -

Wenn die Bleistifte von Faber Castell die Konvektionszonen nicht durchdringen können, sehe ich schwarz für den Fortbestand der brasilianischen Urwälder, welche maßgeblich von Anton Faber aufgeforstet wurden unter Mithilfe folgender Indianerstämme: Quechua, Aymara, Tupi und Mapuche. -
Eine Kalaschnikow ist leichter zu bedienen als meine Kaffeemaschine. Wenn ich diese nicht richtig einstelle, schießt sie mir dunkelbraunen Schlamm durch die ganze Küche. Mutter Ariballe würde sich das gar nicht gefallen lassen. Sie hat Haare auf den Zähnen und nicht nur dort.
Von der könnte ich Geschichten erzählen - da würden euch die Ohrwascheln wegfliegen; vielleicht auch noch anderes. Woher soll ich wissen, was bei euch nicht mehr ganz fest sitzt. Man soll sich nie in einen Streit mit der Haushälterin eines Pfarrers einlassen. Das kann euch das Interdikt bringen, und dann ist es vorbei mit der Verabreichung sämtlicher Sakramente. Bei der Landgendarmerie Einspruch zu erheben, hat dann auch keinen Zweck mehr. -

Auf der Erdoberfläche leben keine Dinosaurier mehr, das ist einmal sicher. Ob aber unter der Erdoberfläche in sogenannten Kavernen, in denen es auch riesige Süßwasserozeane gibt, noch welche leben, wurde noch nicht genügend erforscht. Man muss damit rechnen, daß sie eines Tages hervorbrechen könnten. Möglicherweise speien einige von ihnen sogar Feuer! Aber eigentlich ist gar nichts mehr sicher. Denn die Genmanipulierer könnten auch schon welche losgeschickt haben.
Darum, Kinder, seid vorsichtig! Bei einem Spaziergang im Stadtwald nehmt lieber ein großkalibriges Gewehr mit unter dem Mantel, so eines wie es Old Shatterhand besaß zum Elefanten- und Bärentöten.
Wenn euch so ein Viech plötzlich aus dem Hinterhalt überfallen und zerrissen hat, beklagt euch nicht bei mir, daß ich euch nicht gewarnt hätte.

Kurznachrichten:
"Der dümmste Bauer erntet die größten Kartoffeln." Sehr richtig! Denn ein kluger Bauer wird Kartoffeln nicht auf Größe züchten. Große Kartoffeln verbrauchen nämlich viel mehr Energie zum Garwerden. Andrerseits muss man von zu kleinen Kartoffeln unglaublich viele schälen, um eine komplette Mahlzeit zu bekommen. Auf solch wunderbare Weise bestätigt sich sogar bei Kartoffeln des Aristoteles' Lehre von der "Goldenen Mitte".
Das Wort Ursache wird ungenau gebraucht. Man sollte Wirksache oder Wirkungsgrund sagen. Ursache wäre die erste in der Kette aller Wirksachen, und die ist unbekannt. Man kann sie Gott nennen; aber dann heißt das nur: Gott ist das Unbekannte.
Schopenhauer wandte sich gegen Kant, weil dieser angeblich irgendwo behauptet hätte, eine Ursache

könne mit ihrer Wirkung zugleich bestehen, das zeige der Ofen, welcher mit der Wärme gleichzeitig bestünde. Jedoch ist der Ofen lediglich der Ort, an dem die Wärme erzeugt wird. Ihre Ursache, oder wie ich meine ihre Wirksache, ist die Verbrennung. Und nun kann man immer weiter fragen: Was verursacht die Verbrennung? Das Zusammenfügen von Brennmaterial mit einer Temperatur, die oberhalb seines Flammpunktes liegt. Der Grund dieser Tätigkeit ist das Absinken der Außentemperatur, was den Menschen frieren macht, was er nicht gerne tut und sich deshalb um Abhilfe bemüht. Das Absinken der Temperatur hängt mit dem Erdumlauf zusammen, dieses wiederum mit der Schwerkraft der Materie - und damit sind wir schon bei dem, welches man mit Recht die letzte bekannte Wirksache nennen könnte und deren Wirkungsgrund wäre dann die Ursache, welche uns unbekannt ist.

* * *

Ein Konflikt in unserer Zeit

Bei seiner Krönung zum König von Romulia schwor sich Wulfila im Stillen, das Reich wieder auf seine frühere Größe zurückzubringen. Unter seinem Vorgänger, einem schwachen Regenten, der zu einer humanen Sanftheit neigte und das Selbsbestimmungsrecht der Völker achtete, war das Reich stark zusammengeschmolzen, da viele der in früheren Zeiten eroberten Provinzen abfielen und sich selbständig machten. Das betrachtete Wulfila als eine Schande, von der er sein Land reinwaschen wollte. Diese Entwicklung, die sich sogar noch fortzusetzen drohte, wollte er unbedingt, koste es, was es wolle, und wenn der ganze Staatsschatz dabei draufginge, korrigieren.

So ohne weiteres konnte er dabei jedoch nicht vorgehen. Denn in den Augen der Welt war, einen Krieg anzufangen schlimmer als alle sieben Todsünden zusammen. Einen sogenannten "Aggressor" schlug der ganze Rest der Welt in Acht und Bann, brach die Handelsbeziehungen ab und verhängte sogenannte Sanktionen. Romulias Macht reichte nicht hin, der Staatengemeinschaft die Stirn zu bieten. Es musste wohl oder übel Rücksicht nehmen.
Nun begnügte sich Krakelia, einer der abgefallenen Staaten, nicht damit unabhängig von Romulia zu sein, sondern es strebte ein Bündnis mit Romulias größtem Rivalen an. Das empfand Wulfila als ganz persönliche Beleidigung und Unverschämtheit, widersprach es doch allen bei der Unabhängigkeitsgewährung mit Krakelia getroffenen Abmachungen. Außerdem wertete er es als Bedrohung.
Daher berief Wulfila ein Jahr nach seinem Regierungsantritt seinen ersten und engsten Berater Draufilus zu sich und fragte ihn, was man denn wohl machen könne, um Krakelia wieder zur Raison zu rufen, es an seinen Bündnisplänen zu hindern und womöglich sogar wieder ins Reich zurückzuzwingen.
Draufilus wackelte bedenklich mit dem Kopf und warnte: "Das wird schwierig sein. Sobald wir die Grenze mit unseren Truppen überschreiten, wird die ganze Meute der übrigen Staaten über uns herfallen. Was jenes geplante Bündnis betrifft, könnten wir es mit Drohungen versuchen und an die alte, jahrhundertelange Zusammengehörigkeit appellieren. Aber zurück kriegen wir damit Krakelia nicht." - "Allerdings nicht. Siehst du denn keine Möglichkeit, wie wir das eventuell mit List erreichen könnten? Etwa indem wir so vorsichtig agieren, daß die übrigen Staaten von unserer Aggression gar nichts merken?" -

"Wir müssten vielleicht als erstes ein paar Dutzend Zivilpersonen nach Krakelia einschleusen, die dort gegen das geplante Bündnis agitieren und überhaupt eine allgemeine Unzufriedenheit mit der dortigen Regierung schüren." -
"Du hast recht; und sie könnten sogar dafür werben, wieder unter unsere Fittiche zu kommen. Man müsste das krakelische Volk an alles erinnern, was in damaligen Zeiten positiv war, und alle Negativitäten ihrer jetzigen Regierung hervorheben." -
"Genau! Ist dann erstmal ein Aufruhr in Gang gekommen mit Demonstrationen, Protestmärschen, Straßenkrawallen, Demolierungen usw., dann müssen unsere Leute das ein wenig eskalieren lassen, sodaß eine sich langsam steigernde Gewaltwelle entsteht, und wenn das Durcheinander eine gewisse Größe erreicht hat, schicken wir einige Soldaten hinüber, die in diese Straßenaufzüge hineinschießen, und dann dürfte so langsam ein Bedürfnis nach einem Eingreifen Romulias zum Schutze der unterdrückten Zivilbevölkerung aufkommen." -
"Diese ersten Soldaten dürften aber keine romulischen Uniformen tragen!" -
"Vielleicht - aber vielleicht sogar im Gegenteil! Die Krakelier sollen ruhig unsere Soldaten sehen - diese können ja auch nur richtig kämpfen, wenn sie ihre Ausrüstung bei sich haben - , und wenn man sich dann bei uns beschwert, sagen wir einfach, daß wir nicht das Geringste davon wissen, und daß diese Soldaten offensichtlich auf eigene Faust handeln, sei es weil sie Verwandte in Krakelia haben, sei es, daß sie zufällig ihren Urlaub dort verbringen und von militärischen Aktionen Krakelias überrascht worden seien. - Zuerst wird man versuchen, die Krawalle mit Polizeieinsätzen zu stoppen. Wir haben selbstverständlich zu

diesem Zeitpunkt bereits so viele Personen infiltriert, daß es ihnen nicht gelingt und Krakelia Militär einsetzen muss." -
"Sehr gut; in diesem Moment können wir dann unter dem Vorwand der Hilfeleistung in Krakelia einrücken. Nicht offiziell natürlich!" -
"Beileibe nicht! Auf keinen Fall offiziell! Wir geben an, es handle sich um junge Idealisten, die ohne Willen und Wissen von unserer Regierung sich dort engagieren." -
"Aber die Journalisten aller Herren Länder sind ein Problem. Die kriegen das ja mit, daß unsere Leute die Grenze mit Kriegsausrüstung überschreiten und werden uns unser Dementi gar nicht glauben." -
"Wir müssen eben so fest und unbeirrbar leugnen, daß sie ihren eigenen Augen nicht trauen, selbst dann nicht, wenn sie die romulischen Uniformen sehen, und wir müssen frech Beweise fordern, wenn sie behaupten, daß wir bewaffnete Kampftruppen über die Grenze bringen. Wie aber könnten sie das beweisen, wenn wir ein wenig vorsichtig sind? Wir streiten alles ab und betonen unsere unverbrüchliche Friedensliebe." -

Die Vorgänge in Krakelia gestalteten sich völlig wunschgemäß, jedenfalls für König Wulfila und seinen Minister Draufilus, weniger für die Zivilbevölkerung.
Es gab nach einer Weile prokrakelische Regierungstruppen und proromulische Rebellen, und beide Seiten bezeichneten sich als die Guten und die andere als die Bösen. Funk und Fernsehen in Romulia traten ganz in den Dienst König Wulfilas, welcher sich frei nach Clausewitz sagte, Angriff sei die beste Verteidigung, und nun seinerseits die protestierenden Staaten beschuldigte, ihrerseits Aggressionen gegen Romulia

zu planen und deshalb Krakelia zu ihrem Einflussgebiet machen zu wollen. Es gelang ihm auch tatsächlich, aus einem Teilgebiet alle prokrakelischen Zivilisten zu vertreiben, sodaß nur proromulische übrigblieben, welche dann bei einer Volksabstimmung sich als zu Romulia gehören wollend erklärten, und deshalb konnte niemand zwingende Argumente gegen Wulfila vorbringen. Es geschah alles völlig friedlich und demokratisch nach geltendem Völkerrecht (von einigen kleinen Schönheitsflecken abgesehen).

Wenn andere Regierungsvertreter bei ihm protestierten, rief er gekränkt aus: "Ich weiß gar nicht, was ihr wollt. Ich habe mit den Vorgängen in Krakelia gar nichts zu tun. Ich bin die falsche Adresse für eure Anklagen. Wendet euch nur an die beiden Konfliktparteien! Ich bin nicht Konfliktpartei und sehe keinen Grund, warum ich mit euch über den Bürgerkrieg in Krakelia verhandeln sollte." - Daß Romulia inzwischen schweres Kriegsgerät, Panzer und Artillerie an die Rebellen liefere, bestritt er energisch.

Damit war die Staatengemeinschaft, welche Krakelia befrieden wollte, erst einmal lahmgelegt.

Inzwischen schossen die militärischen Verbände beider Seiten munter aufeinander los, wobei sie sechs Städte völlig zerstörten und zehnmal mehr Zivilisten als gegnerische Soldaten töteten. Sie richteten ein schreckliches Chaos an. Es war Winter und Zehntausende wurden obdachlos. Die Krankenhäuser besaßen nicht genügend Betten, um die Verletzten alle aufnehmen zu können. Tausende vegetierten in provisorischen Behausungen, die vor Kälte kaum schützten. Es herrschte Hunger, da die Nahrungsmittelversorgung zusammenbrach. In dieser Notlage bot Romulia an, Hilfsgüter für die notleidende Bevölkerung liefern zu wollen - aus purer Güte, obwohl es eigentlich nichts

mit den krakelischen Angelegenheiten zu tun hätte.
Lastwagenconvois wurden zusammengestellt. Krakelia verlangte jedoch, daß diese von ihnen an der Grenze kontrolliert werden müssten; denn es wurde für möglich gehalten, daß Romulia auf diese Weise Waffen und Munition für die Rebellen ins Land schmuggeln wollte. Da ertönte ein beleidigter Aufschrei durch ganz Romulia wegen eines solch ungeheuerlichen Verdachtes. Die Konvoifahrer ließen auch keine Kontrollen zu und durchbrachen einfach die Schlagbäume. Wenn jetzt die Krakelianer diese Lastwagen gewaltsam gestoppt hätten, dann wären sie natürlich die abgrundtief Bösen gewesen, denen das Elend der Zivilisten nicht ans Herz ginge. Deshalb unternahmen sie nichts, wunderten sich aber, als sie aus dem romulischen Fernsehen abends erfuhren, daß jeder einzelne LKW vom krakelischen Zoll aufs Sorgfältigste untersucht worden sei und dabei keinerlei Waffen oder Munition gefunden hätte.
Man erlebte in diesem Winter das Wunder, daß sich die Waffen der abtrünnigen Rebellen ständig vermehrten und an Schlagkraft zunahmen, obwohl keiner sie ihnen lieferte. Die schienen sich selbsttätig durch Knospung zu vermehren. Wulfila wies jede diesbezügliche Anschuldigung entrüstet zurück, und seltsamerweise gab es auf der Gegenseite immer noch arglose Leute, die ihm glaubten.
Ein zweites unerklärliches Wunder bestand darin, daß sich die Anzahl der proromulischen Kämpfer ständig vermehrte. Wulfila, darüber befragt, konnte sich das gar nicht erklären, und zeigte sich auf einer internationalen Pressekonferenz über dieses Phänomen völlig ratlos.
Doch waren die Beobachtungen der Kriegsberichterstatter eindeutig genug, daß ihm niemand glaubte.

Jedoch ihm das Wort "Lügner" an den Kopf zu werfen, traute sich denn doch niemand. -
Die Staatengemeinschaft versuchte, ihn durch "Sanktionen" zum Einlenken zu bewegen. Darüber lachte er, daß ihm alle Falten schwabbelten, weil sie sich seiner Meinung nach dadurch nur selber schädigten. Er drohte mit Gegensanktionen, welche die Weltwirtschaft viel schwerer getroffen hätten. Immerhin: Er drohte nur. -
Die Meinungen der Welt gingen weit auseinander: Einige total Verbohrte wollten sofort mit einem Atomschlag antworten, waren sich aber gottseidank nicht darüber einig, ob er gegen Krakelia oder nur gegen seinen rebellierenden Teil oder gegen Romulia gerichtet werden sollte. Andere sprachen sich für Waffenlieferungen an Krakelia aus, doch die meisten wollten durch Verhandlungen eine Friedenslösung erreichen.
Es dauerte eine Zeit, in welcher munter weiter zertrümmert und getötet wurde, aber eines Tages kam dann zum Erstaunen aller Beteiligten und auch der Nichtbeteiligten ein Verhandlungstermin zustande, auf dem König Wulfila höchstpersönlich zu erscheinen versprach, immer dabei betonend, daß ihn eigentlich die ganze Sache gar nichts angehe und er nur als Schlichter auftrete. Er erschien jedoch nicht, sondern sandte seinen Außenminister, weil die anderen Staaten auch nur einen Vertreter schickten.
Nach langem Hickhack wurde verkündet, man habe einen Waffenstillstand vereinbart und Termine für den Abzug schwerer Waffen festgelegt. Da erfasste viele eine große Erleichterung, aber viele nicht, denn sie bezweifelten die Einhaltung dieser Vereinbarungen.
Die Militärs hielten eine Kampfpause von zwei Tagen für völlig ausreichend und ballerten dann wieder aufeinander los.

Und König Wulfila spielte weiter die gekränkte Leberwurst: "Was wollt ihr denn immer von mir? Ich kann nur wiederholen, daß ich mit der ganzen Sache nichts zu tun habe. Ich bin selber empört über die Kriegstreiber in Krakelia und verstehe nicht, warum die internationalen Gremien sie unterstützen."
Unterdessen gingen die Zerstörungen in Krakelia ununterbrochen weiter, und das Flüchtlingsproblem wurde immer größer. Die Nachbarstaaten mussten mithelfen, da die heilgebliebenen Teile von Krakelia so viele Flüchtlinge weder unterbringen noch ernähren konnten.

Eine gewisse Peinlichkeit empfand König Wufila nur insofern, als er von seinem eigenen Volk bereits als Eroberer enthusiastisch gefeiert wurde. Er versuchte zu verhindern, daß diese verfrühte Euphorie nach außen dränge. Vor der Welt als Eroberer auftreten wollte er ganz und gar nicht, wo er doch von dem Krieg in Krakelia gar nichts wusste und mit der ganzen Sache nichts zu tun hatte. Er hatte nun alle Hände voll zu tun, die Landesmedien von solchen Siegesbezeigungen wieder abzubringen. Sein ganzer Geheimkrieg wäre jetzt beinahe aufgeflogen.
Sein getreuer Draufilus wetterte in einer Fernsehrede lautstark über diese Lügengeschichten, die den König Wulfila in den Augen der Welt verleumden sollten und entlarvte sie als die verbrecherischen Machenschaften der gegen Romulia gerichteten auf der Seite Krakelias stehenden Schmutzstaaten.
(*Angesichts des völlig sinnlosen, auch militärisch unwirksamen Städtezerstörens könnte man durchaus auf den Gedanken kommen, daß Kriege mit Nervengas, welches nicht tötet, sondern nur für einige Stunden betäubt, viel sinnvoller wären als dieses*

Zerschießen und Zerbomben, welches nur menschenleere Trümmer zurücklässt, bei deren Anblick man es kaum für möglich hält, daß man das alles wieder aufbauen könnte.)

Schließlich wusste König Wulfila selber nicht, ob das richtig war, was man da tat und rief wieder den Draufilus zu einer Beratung unter vier Augen. "Wie denkst du dir eigentlich das Weitere? Das ist doch alles Wahnsinn!" rief der König aus, als Draufilus in der Tür erschien. "Sag mir, was bei der ganzen Sache herauskommen kann? Glaubst du immer noch, daß wir einen Streifen von Krakelia abschneiden können?" -
Draufilus hob beschwörend die Hände: "Nur immer ruhig Blut, Majestät! Bloß keine Aufregung, mein König! Die Sachen laufen für uns viel besser, als wir vorher geglaubt haben. Den Präsidenten von Krakelia haben die Ereignisse schon so weich geklopft, daß er sich bereit erklärte, den Gebieten, in denen eine proromulische Mehrheit wohnt, Autonomie zu gewähren - und das ist für uns besser als wenn wir diese Gebiete zum jetzigen Zeitpunkt annektieren würden.
Denn sie sind völlig zerstört und müssen neu aufgebaut werden. Diesen Wiederaufbau, der sehr viel Geld kosten wird, überlassen wir den Krakelianern. Warum sollten wir uns diese Kosten aufbürden? Aber wir werden mit der dann autonomen Regierung dieser Gebiete übereinkommen, uns zwei Drittel aller Rohstoffe, die bei ihnen gefördert werden, zu einem geringfügigen Preis, sozusagen für 'nen Appel und 'n Ei, zu überlassen - und die Zentralregierung darf ihnen dann gar nicht hineinreden, weil sie ja autonom sind. Vielleicht werden wir es sogar schaffen, daß sie einen Teil der Steuereinnahmen nicht an Krakelia, sondern an uns abliefern werden. Besser könnten wir es gar nicht treffen. Nur müsste der Krieg noch eine kleine

Weile weitergehen, damit das für die Autonomie vorgesehene Gebiet etwas größer wird und alle wichtigen Rohstoffquellen in sich einschließt." -
König Wulfila seufzte: "Ja, das klingt sehr gut; aber die Vertreter der anderen Länder setzen mir doch so zu, diesen Krieg zu beenden, und wenn ich immer, wie bisher, sage, daß das gar nicht in meiner Macht stünde, glauben sie mir einfach nicht mehr, sondern besitzen die Frechheit mich auszulachen. Ich soll an einer internationalen Konferenz teilnehmen, die beraten will, wie wir möglichst schnell diesen Krieg beenden können, und sie wollen, daß ich unbedingt in eigener Person daran teilnehme und keinen Vertreter schicke wie letztes Mal."
"Ich hoffe, Majestät werden nicht vergessen, daß für uns das Ganze nur ein krakelieninterner Bürgerkrieg ist, zu dessen Beendigung wir weder ein Recht noch die Möglichkeit haben." -
"Also mein lieber Draufilus, diese Karte ist bereits ausgereizt. Lass dir etwas Neues einfallen!" -
"Majestät, jetzt heißt es konsequent bleiben! Auf eine neue Schiene aufzuspringen, bringt zu diesem Zeitpunkt gar nichts. Majestät sollten ohne jede Hemmungen zu der geplanten Konferenz fahren - dort wird dann wieder ein Waffenstillstand geschlossen verziert mit allem Drumherum, und in der Kampfpause marschieren wir dann wieder ein paar Kilometer vorwärts. Majestät mögen die anderen Konferenzteilnehmer ruhig lachen lassen, solange wir nichts zugeben, sind sie gelähmt wie das Kaninchen vor der Schlange.
Erst wenn die anderen Staaten tatsächlich Waffen liefern und die Regierungstruppen von Krakelia uns dadurch gefährlich werden sollten, dann müssen wir uns überlegen, wie wir weiter vorgehen sollen. Aber

ich glaube, Krakelia wird nicht den Krieg ausweiten wollen und lieber den abtrünnigen Gebieten die Autonomie gewähren und somit die staatliche Einheit erhalten, auch wenn wir dabei einen ökonomischen Vorteil erlangen." -
"Und wenn nicht?"
"Wenn nicht, dann riskiert Krakelia einen dritten Weltkrieg, und das ist höchst unwahrscheinlich." -

* * *

Diese kleine Satire hatte ich am 17. Februar 2015 fertiggestellt. Die weitere Entwicklung in der Ukraine zeigte, wie sehr ich mit meiner Prognose recht hatte.

* * *

Wenn Autos über nicht isolierte Leitungen fahren, gibt es Tote. Dagegen können auch die Götter nichts machen, weder in Haiti noch anderswo. Gebete, die Unmögliches verlangen, sind in den Wind gesprochen. Gott kann Buenos Aires nicht nach Venezuela schaffen, wie ein kleiner Junge aufgrund seiner Geographiearbeit betete.
Man sollte darauf achten, daß keine blanken Leitungen herumliegen. Elektrische Ladungen laden den Menschen nicht auf. Wer das glaubt, wird schnell selig. Nackte Körperteile sind besonders gefährdet. Auch die Elefantenhaut ist nicht dick genug, einen Stromschlag abzuhalten. Deshalb baut man ja Elektrozäune, um bebaute Äcker vor Elefanten zu schützen. Bei all ihrer Klugheit begreifen Elefanten es nicht, daß sie menschliche Siedlungen meiden müssen. Sie meinen im Gegenteil, daß die Menschen ihre Wanderrouten zu meiden hätten. Sie können

äußerst rabiat werden, wenn sie auf ihren seit Jahrhunderten benutzten Pfaden plötzlich eine menschliche Hütte vorfinden - so rabiat wie ein Autofahrer, wenn der Wagen vor ihm bei Grün nicht sofort losfährt.
Heutzutage will niemand ausweichen, niemand will behindert werden, alle wollen stur geradeaus und mitten hindurch, koste es was es wolle. Von Einsicht keine Spur; weder bei Mensch noch bei Tier! Dennoch sagt man, es sei alles so weise eingerichtet, daß man vor Dankbarkeit überfließen sollte. -
Man muss sich eigentlich wundern, daß es so etwas wie Elektrizität überhaupt gibt. Es dauerte auch ziemlich lange, bis man sie entdeckte. Man muss sich auch fragen, ob man sie besser nicht entdeckt hätte, wie so manche andere Entdeckungen. Merkwürdig, daß jede Erfindung, vom Faustkeil bis zum Mikrochip, sowohl zum Guten als auch zum Bösen dient. Dieser Gedanke kam sicherlich schon jedem irgendwann einmal. Ich weiß, daß ich damit nichts großartig Neues sage. Doch es gefällt mir so, ihn noch einmal auszusprechen und darüber nachzusinnen, auf wieviele Errungenschaften des Menschen es zutrifft. Gibt es überhaupt welche, auf die es nicht zutrifft? Die schönsten Erfindungen werden missbraucht.
Sogar das Internet, obwohl ein Wunderwerk der Technik und ein Meisterstück des menschlichen Geistes, dient so viel Üblem, daß man geneigt sein könnte, seine Abschaffung zu wünschen.
In allem herrscht eine Dualität, die wahrscheinlich dazu beiträgt, daß wir an Gott und Teufel glauben. Es lässt sich nicht verhindern, daß jedem Plus ein Minus gegenübersteht und jedem Wellenberg ein Wellental.
So könnte ich fortspinnen, bis der Abend kommt. Wenn man nicht gestört und abgelenkt werden würde,

dies und das tun und hierhin und dorthin gehen müsste - und nicht müde werden würde.
Mein Kopp ist ein grübelwunder Schleifstein,; das Denken gleicht einem Reibeisen oder einem Meer, das die Felsen benagt. Man kann es nicht abschalten. Ich wenigstens nicht. Von einigen großen Männern sagt man ja, daß sie es konnten und darin ihre enorme Leistungskraft lag. Diese Männer schliefen auch gut, soweit ich weiß - kamen sogar mit wenig Schlaf aus. Napoleon hielt jeden, der mehr als vier Stunden schlaf pro Nacht brauchte, für einen Idioten. Dafür brauchte er täglich nach dem Mittagessen eine Frau, wobei er sich nicht einmal den Säbel abschnallte. Das habe ich gelesen; ob es stimmt, weiß ich nicht. Es wird ja so viel gelogen! Vielleicht bin ich deshalb so dumm, weil ich so viel gelesen habe. Allerdings gibt es weitaus mehr, was ich nicht gelesen habe. Demnach überwöge meine Klugheit.
Es wird ja so viel geschrieben!
Es gibt ja auch so viele Menschen!
Und sie vermehren sich immer weiter!
Keinem der zahlreichen Appelle an sie, das sein zu lassen, wurde gefolgt! Sie wurden sogar dazu von höherer Warte aufgefordert! "Seid fruchtbar und mehret euch, auf das die Erde sich fülle!"
Weiß Gott, es ist ja auch noch sehr viel freier Platz auf der Erde! Die fruchtbaren Plätze scheinen mir allerdings schon überbevölkert zu sein. Trinkwasser und Nahrung fehlt doch jetzt schon an manchen Orten. Bratkartoffeln schmecken nur mit Kümmel und wenn die geschnittenen Scheiben ein Nacht lang im Kühlschrank überwintert haben. Schnee liegt nur noch dort, wo er hingehäuft wurde; von geräumten Flächen und von Asphaltdecken schmolz er bereits weg. Diese beiden Sätze füge ich zwanglos hier ein,

weil dafür Kurznachrichten wie oben einzurichten sich nicht lohnt.
Ich fahre fort, über Drangsal und Elend des Menschengeschlechts zu meditieren, wobei ich von einem Glas gewärmten Ingwerbiers mir den nötigen Antrieb verspreche.
Die Welt wird von jedem anders gesehen. Wessen Weltsicht mag nun aber die wahre sein? Offensichtlich keine! Die wahre Weltsicht gibt es so wenig wie den Mittelpunkt der Erdoberfläche. Peking und Rom haben sich für den Mittelpunkt der Erde gehalten, die Osterinseln für den Nabel der Welt. Mit dem gleichen Recht könnte auch ich den Stuhl, auf dem ich sitze, für das Zentrum des Weltalls halten. Will ich aber nicht! Ob Zentrum oder Peripherie ist mir völlig egal!
*Genug, daß ich bin! Und das ist fast schon zuviel - jedenfalls mehr als ich möchte. Mir geht es doch wie dem geschundenen Silen, der sagte, das Beste für den Menschen sei, **nicht** zu sein. Nein, das gilt nur vorübergehend! Zu sein ist doch etwas Schönes - man muss nur über einige Dinge großzügig hinwegsehen können. Das kann ich manchmal; aber nicht immer. Und das spreche ich leichten Herzens aus, weil ich weiß, daß das für jeden gilt. Widersprechen könnten mir da höchstens borniert Ochsen, stumpfsinnige Ignoranten und böwillige Besserwisser, von denen es gottseidank auf dieser Welt nur sehr wenige gibt, weshalb ich mir des Beifalls der Mehrheit sicher bin.*

Aber bei dem Ausdruck 'stumpfsinnige Ignoranten' fallen mir seltsame und unangenehme Bekanntschaften ein, die ich einmal in einer Pilskneipe machte.
Zuvor muss ich erzählen, wie es überhaupt dazu kam, daß ich mich entgegen meiner Gewohnheit an solch einem Ort aufhielt und öfter aufhalten musste als mir

lieb war. - Ich betrieb vierzig Kilometer von München entfernt eine Keramikwerkstatt, und der Fotograf, von dem ich mir zu Werbezwecken und ein wenig auch zur Befriedigung meiner Eitelkeit meine Vasen und Schalen fotografieren ließ, kam aus München, weigerte sich jedoch, die Strecke zu fahren, wenn die Bilder fertig waren, sondern da sollte ich zwecks Abholung und Bezahlung nach München kommen. Er wollte sich aber mit mir an keinem anderen Ort treffen als in besagter Pilskneipe, seiner Stammkneipe, in welcher er mit guten Freunden seine Freizeit verbrachte. In diesen Freundeskreis gedachte er mich einzuführen. Sie waren aber alles Alkoholiker und seltsame Typen, zugegeben lustige Vögel, aber mir doch unangenehm, vor allem deshalb weil ich zum Biertrinken genötigt wurde, welches ich nur dann gerne trinke, wenn ich brennend durstig bin. Das kommt bei mir aber nur an heißen Sommertagen vor.
Ich konnte also nicht meine Bilder nehmen, bezahlen und dann wieder verschwinden, sondern musste mindestens eine Stunde lang mir das typische Stammkneipengeschwätz anhören und dabei mit ihnen "anstoßen", was mir schon deshalb gegen den Strich geht, weil man nur mit Weingläsern anstößt wegen des Klanges, den Biergläser nicht haben.
Wenn ich das nicht getan hätte, wäre mein Fotograf nicht mehr zu mir hinausgekommen und hätte mir nicht mehr unentgeltlich meine Ware fotografiert und die Bilder entwickelt. Er verdiente nur eine Kleinigkeit daran, daß er mir die Entwicklungskosten etwas höher berechnete als sie ihn selber kamen. Ein Berufsfotograf hätte mich sehr viel mehr gekostet und die Anschaffung einer Fotoausrüstung mit Studiolampen und verschiedenfarbigen Hintergründen auch. -
Dort saßen dann also an einer halbrunden Theke von

extrem links bis extrem rechts alle Meinungstypen beisammen und bekakelten, was abends zuvor das Fernsehen gebracht hatte oder sie gerade eben in der Morgenzeitung gelesen hatten. Dabei krächzten sie sich teilweise mit wütendem Geschimpfe an, was aber der Freundschaft keinen Abbruch tat. Ein gedämpfter Unterhaltungston gehörte nicht zum Stil des Hauses und passte nicht in seine Atmosphäre.

Als einer sein Glas hob und auf "unser liebes Deutschland" toastete, da ging es gleich los: "Unser liebes Deutschland? Das gibt es gar nicht mehr! Deutschland ist nur noch ein verrotteter Müllhaufen überschwemmt vom Abschaum der Menschheit aus aller Herren Länder." - "Na, na, na, wagte ich schüchtern einzuwenden. "Genau so ist es," bekräftigte er. "Schau her, was drei Russen aus mir gemacht. Die gingen mit Baseballschlägern auf mich los und haben mich zum Krüppel geschlagen. Und warum? Nur weil ich sagte, Cruschtschow wäre ein Irrer. Dabei sind sie doch vor ihm davongelaufen, weil sie das Regime ablehnen." -

Ich sagte: "Sicherlich doch wäre es dir auch nicht recht, wenn ein Ausländer sagen würde, Bundespräsident Heinemann wäre ein Idiot." - "Was nicht? Der hat auch nicht mit Schuhen wütend auf den Konferenztisch geschlagen - und übrigens ist er tatsächlich ein Idiot. Der wusste ja nicht einmal, wer Uwe Seeler war." - "Das war natürlich eine unverzeihliche Bildungslücke", gab ich ihm zu; aber er spürte die Ironie gar nicht und schimpfte weiter.

"Die Verjährungsfrist für Naziverbrechen hat er auch heraufgesetzt. Dabei waren das damals alles keine Verbrechen, sondern Handlungen streng nach dem damals geltenden Gesetz. Heute, in dieser beschissenen Demokratie, da sind das alles auf einmal Verbrechen." - "Ich entgegnete: "Was ein Verbrechen ist hängt nicht von der Legalität irgendeines Regimes ab. Humanität und Moral stehen über jeder nationalen Gesetzgebung." - "So ein Quatsch! Moral ist, was das Gesetz erlaubt." - "Dann war wohl deiner Meinung nach der Schießbefehl der Volkspolizei an der "Mauer" ebenfalls rechtens?" - "Das auf keinen Fall. Denn das waren ja die linken Kommunistenschweine! Aber Hitlers Gesetze waren ideal - am Anfang jedenfalls, sonst hätte man ihn ja auch nicht gewählt. Wenn wir doch bloß den Krieg nicht verloren hätten! Aber das deutsche Volk war seines Führers nicht wert." -

Ich freute mich. daß ich nicht als einziger bei diesen Worten laut auflachen musste. "Da braucht ihr gar nicht so dreckig zu lachen! Wenn wir den Krieg gewonnen hätten, dann wären heut' alle, die man als Naziverbrecher hingerichtet hat, Helden der Sowjetunion." - "Waaas???" - Ich meine Helden der Nation; ich hab' mich bloß versprochen. Denn der Faschismus war im Kern eine gute Sache. Heute sieht man immer nur die Verzerrungen, das Missratene und die Perversionen. Heute lässt man kein gutes Haar am Faschismus. Aber glaubt ihr Dummbeutel denn, er hätte sich so viele Anhänger gewonnen, wenn an ihm nichts Gutes gewesen wäre?" -

Da er eine Pause machte, weil er sich seine triefende Nase putzen musste, sagte einer: "Was soll denn daran Gutes gewesen sein? Das war doch alles idiotisch! Angefangen von den Braunhemdenaufmärschen bis zu den Konzentrationslagern!" - "Ja, das meine ich eben: Ihr seht nur das Negative, die Miss-stände, vom positiven Kern wisst ihr gar nichts. Braune Hemden haben nichts mit Faschismus zu tun. Braun war zufällig die Lieblingsfarbe von Hitler..." - "...wegen seiner Analfixierung", warf ich ein, worauf er mich aber bloß blöde

anguckte und ich schnell sagte: "Vergiss es !" - "... und die Konzentrationslager sind nur eine Folge seines ganz persönlichen, krankhaften Hasses auf andere Rassen, besonders auf Juden. Das sind am Faschismus nichts weiter als Krebsbeulen, als Tumoren am Leib eines echten und durchaus edlen Faschismus, wie ihn auch nicht ohne Grund die alten Römer hatten und der durchaus nicht zwingend mit Rassenhass verbunden sein muss."
Einer aus dem Kreis fragte nun: "Was bleibt denn am Faschismus übrig, wenn man alles Negative wegstreicht? Würdest du uns das bitte erklären?" -
Und ich fragte ihn: "Bist du eigentlich ein Neonazi?"
"Nein, verdammt, ich bin kein Neonazi! Ich will von Hitler und Hakenkreuzfahnen, von SA, SS und GESTAPO gar nichts wissen. Es geht mir nur um so etwas wie eine Idee, welche diese Leute missbraucht haben. Faschismus bedeutet eigentlich Einheit, Einigkeit und gewissermaßen auch Brüderlichkeit, Abkehr von einem krassen Individualismus, in dem sich jeder so verrückt und pervers aufführen kann, wie es ihm lieb ist und das seine Kreativität nennt, und wenn das Leben wirklich so geworden wäre, wie es deren offizielle Propaganda am Anfang versprochen hatte, und sie nicht ihre abgründigen Heimlichkeiten und Geheimnisse gehabt hätten, dann wäre es auch gut gewesen.
Aber diese Naziführer waren ja alle verrückt, zum Teil pervers, zum Teil schwul, jedenfalls alle irgendwie verdorben, zum Teil voller Hass auf irgendwen, zum Teil voller Habgier. Von edlem Germanentum keine Spur! Sah Hitler vielleicht aus wie ein Germane? War er überhaupt ein Arier? Goebbels, Göring, Himmler, Heydrich und die andern - entsprechen die vielleicht dem Bild eines guten Deutschen? Verkörperten diese Leute etwa das Deutschtum, das sie ständig im Munde

führten? Ihr kennt ja alle den Witz, der aber mehr ist als nur etwas, worüber man lachen kann: Wie sieht der Germane aus? Blond wie Adolf Hitler, schlank wie Herrmann Göring und groß wie Josef Goebbels.
Ich kann das gar nicht verstehen, daß die Massen diesem Gartenzwerg Goebbels zugejubelt haben, und dem Hitler mit seiner hassverzerrten Stimme und seinem grimmigen Mienenspiel - mir kommt da, wenn Hitlerreden im Fernsehen wiedergegeben werden, das Kotzen, und heute weiß man ja auch, daß er geistig nicht gesund war, nur konnten die damaligen Ärzte seine Krankheit nicht richtig diagnostizieren - und der Angriff auf Polen war doch eine Blödheit!
Ich bin also kein Neonazi wie die Neonazis, die Hakenkreuze an die Wände schmieren und jüdische Einrichtungen schänden. Aber trotzdem sehe ich da einen guten Kern. Eine Welt, in der Ordnung und Gerechtigkeit herrscht, wäre zweifellos besser gewesen als diese beschissene, korrupte, geldverschwendende und nur 'rumpalavernde Parteiendemokratie, die wir heute haben. Und was ist das heute für eine Welt!? Es gibt doch nur noch Gauner und Ganoven oder perverse Irre! Allein wie die Jugend heutzutage 'rumläuft! Da kann man doch die Krätze kriegen! Und dann eben diese vielen Ausländer, diese Bombenleger und Krawallbrüder, die bei uns Asyl suchen müssen, weil man sie aus ihrem Land 'rausgeschmissen hat, Und seht, wie mich diese Russen zum Krüppel geschlagen haben!" -
"Hast du wirklich nichts weiter gesagt, als daß Cruschtschow ein Irrer sei? Sie kamen doch sicher zu uns als Gegner des kommunistischen Regimes!" - "Sie klauten Gemüse aus einem Schrebergarten, und da sagte ich zu ihnen, sie würden nach Sibirien gehören und nicht nach Deutschland." - "Und das gefiel ihnen

nicht?" - "Nein, das gefiel ihnen nicht, und sie sagten, ich gehöre geprügelt, und schon prügelten sie auf mich los und ließen mich dann schwerverletzt liegen. Wenn nicht zufällig einer der Schrebergärtenbesitzer gekommen wäre, wäre ich verreckt. Und jetzt bin ich ein Krüppel und kann nur noch humpeln. Da werdet ihr wohl verstehen, daß ich auf Ausländer nicht gut zu sprechen bin. Und weil die Unternehmer immer mehr Ausländer ins Land holen, weil sie den Kanal nicht voll kriegen können, deshalb bin ich gegen diesen ganzen beschissenen Kapitalismus mit seiner viel zu viel freiheitlichen Grundordnung."
Das alles hatte er nicht, so wie ich es schrieb, an einem Stück sagen können, denn die andern unterbrachen ihn oft mit Protestrufen, und mein Nebenmann flüsterte mir zu: "Nimm ihn nicht ernst; er ist total besoffen!" Ich dachte mir jedoch: In vino veritas! Irgendwie füllen diese Gedanken doch wohl sein Innerstes, auch wenn er dergleichen nie in nüchternem Zustand äußern oder gar verteidigen würde.
Nachdem er dies alles von sich gegeben hatte, verfiel er in Trübsinn und war nicht mehr ansprechbar. Mit leblosem Blick starrte er auf den Busen der Kneipenwirtin und bewegte die Lippen als ob er innerlich immer noch weiter schimpfte. Aber er hatte seine Saufkumpane zu einer erregten Debatte über diesen Themenkreis angestiftet, wobei sich zu meiner Verwunderung herausstellte, daß einige meinten er sei mehr Nazi, und andere, er neige eigentlich mehr zum Kommunismus, denn er hasse ja die Nazis.
Mir war das auch nicht so ganz klar geworden; eindeutig war nur seine Haltung gegen die jetzt herrschende Situation, welche er als "Parteiendemokratie" (natürlich ein unmögliches Wort) bezeichnete, und mein Fotograf glaubte, daß er weiter überhaupt nichts

als ein Wirrkopf sei, dem es an Gehirn mangele. Ich selber gelangte zu der Überzeugung, Leute wie er müssen es gewesen sein, die auf die Naziparole hereinfielen: Nationalsozialismus ist das Gegenteil von dem, was jetzt ist. - welche jedem die Möglichkeit ließ, sich darunter das vorzustellen, wonach er sich sehnte.

Da in einer Pilskneipe typischerweise viele Witze erzählt werden, möchte ich einen von dieser Sorte wiedergeben, obgleich das als unliterarisch gilt: *Wir schreiben das Jahr 2400. Kommt einer in den Laden für Ersatzgehirne und verlangt eine Hirnmasse von besonders hoher Qualität. Der Verkäufer: Hier habe ich Professorengehirn, 200g für 1000 Dollar. - Nein, das ist mir zu gewöhnlich. - Dann hier Astronautenhirn 100g für 5000 Dollar. - Besseres haben Sie nicht? - Dann kann ich Ihnen nur noch anbieten: 50g Nazihirn für 10000 Dollar. - Warum ist denn das so wertvoll? - Na, was glauben Sie, wie viele Nazis wir totschlagen mussten, um an 50g Gehirn zu kommen"* -
Der Erzähler bekam aber keinen besonders großen Lacher, weil den Witz offenbar alle schon kannten. Für mich war er neu, doch schallend darüber lachen konnte ich auch nicht. Dazu war mir die Nazizeit mit zuviel Tragik verbunden.

Ich musste über diesen in jungen Jahren zum Krüppel geschlagenen Menschen nachdenken und konnte begreifen, daß seitdem seine Weltsicht sich verdüstert hatte. Aber es gab in diesem Kreis überhaupt keinen, der nicht etwas Finsteres oder Zerschlagenes an sich hatte. Da gab es keinen einzigen Strahlemann. Sie huldigten alle einem Schwarzen Humor, und ihre Lustigkeit bestand mehr oder weniger aus Ironie und Sarkasmus. Diese Pilskneipe stand aber auch in einem Stadtteil, dessen Anblick keine gute Laune aufkommen

ließ. Hier wohnten nur Arme, Alte, Kranke und ein paar Türken aus der Osttürkei, welche auch nur wie die Ärmsten der Armen herumlaufen, obwohl sie keineswegs arm sind. Das gehört zu den vorderorientalischen Gepflogenheiten Wohlhabenheit nicht zu zeigen, weshalb man im Orient oft Paläste findet, die von außen aussehen wie Ruinen .
Es ist kein Wunder, wenn diese Gegend wie ein Mülleimer empfunden wird. Doch ist es ein Wahnsinn, das auf ganz Deutschland zu beziehen. Denn es gibt darin so herrliche Flecken bewohnt von wunderbaren Menschen, die ihr Lebensziel gefunden haben, ihre Träume verwirklichen konnten und sehr glücklich sind; weniger in den Städten, aber doch häufig auf dem Lande. Man muss allerdings eigenen Grund und Boden haben, um dieses Glück genießen zu können, und freilich auch das Geld, um etwas Ansehnliches draufstellen zu können - und viele scheinen es zu haben. Die würden sich natürlich sehr empören, wenn sie hörten, daß jemand Deutschland einen Mülleimer nennt und sich selber auch.
Das Fernsehen liebt es, solche glücklichen Zeitgenossen zu zeigen und sie über ihre Verhältnisse zu interviewen. Auch bietet Deutschland "von oben", besonders wenn die Farben etwas hervorgehoben werden, doch wirklich einen phantastischen Panoramablick. Da sieht man nicht das Elend, welches in manchen Straßen wohnt. Gefilmt bietet sich Vieles wesentlich schöner an als in Wirklichkeit.
Während mir diese Gedanken durch den Kopf gingen, hatte sich am anderen Ende der Theke ein Streitgespräch angebahnt, bei dem es irgendwie um das Arbeitslosengeld ging. Ich musste aber erst eine Weile zuhören, bis ich herausfand, worum genau. Zunächst war da zu viel Polemik: "Du spinnst ja wohl!" - "Wenn

ich spinne, dann bist du verrückt." Und so ging es eine Weile hin und her. Doch dann fand ich heraus: die eine Partei fand das Arbeitslosengeld viel zu niedrig und die andere viel zu hoch. Offenbar hatte einer die Meinung vertreten, man sollte das Arbeitslosengeld so stark kürzen, daß niemand davon leben könne, dann würden sich die arbeitscheuen Drückeberger schon Arbeit suchen.
Das stieß nun auf heftigen Widerspruch. Ich konnte eigentlich nicht glauben, die Behauptung sei ernst gemeint; denn der sie geäußert hatte, war ein Luftikus, der mir danach aussah, daß er nur provozieren wollte.
Aber man stritt mit ihm ganz leidenschaftlich, als ob es um Leben und Tod ginge.
Es schien sich ein etwas schmächtiger Kerl mit grauem und faltigem Gesicht angegriffen zu fühlen, denn ich hörte, wie er sagte: "Ich bin kein Drückeberger. Ich gehe jede Woche zum Arbeitsamt und frage nach einem Job, aber sie haben nichts für mich."
Der Luftikus, ein südländischer Typ mit geschneckeltem Haar, reizte ihn immer weiter: "Zur Not muss man auch eine niedrige Arbeit annehmen, etwa als Fensterputzer. Man darf nicht darauf warten, daß wieder ein Prokuristenposten frei wird." - "Als Fensterputzer? Daß ich nicht lache! Hätte ich liebend gerne angenommen, weil ich am Schwarzen Brett gelesen hatte, daß Fensterputzer gesucht wurden für 28 DM pro Stunde. Was meinst du, was mir der Vermittler sagte? »Wenn Sie noch nie Fenster geputzt haben, machen Sie mehr kaputt als sonst was. Fensterputzen muss man gelernt haben. Da muss man wissen, wie Metallrahmen und wie Edelholzrahmen zu behandeln sind. Das ist nicht so einfach, wie Sie sich das denken - und schwindelfrei müssen Sie auch sein.« Der hat mich gleich abgeschoben und auf nächste Woche vertröstet." -

"Na, dann bewirb dich doch bei der Wach- und Schliegesellschaft, die brauchen immer Leute!" -
"Das ist mir zu gefährlich, und außerdem macht man sich mit Nachtdienst kaputt. Da ist erst neulich einer erschossen worden - stand in der Zeitung." -
"Dann hat der nicht richtig reagiert. Wenn ein Wachmann innerhalb eines Gebäudes direkt auf einen Einbrecher trifft, muss er sofort sagen: »Ich tu dir nichts, tu du mir auch nichts!« Dann passiert nichts!" Weil alle darüber lachten, fügte er noch hinzu: "Das ist sogar Dienstvorschrift. Die Wachmänner sind ja in der Regel nicht bewaffnet und dürfen auch keinen festnehmen. Wenn er natürlich vor Schreck erstarrt und nicht das Maul aufmacht, dann schießt der Ganove sofort: denn er hat ja Angst davor, erwischt zu werden." -
"Und einem andern Wachmann hat man die Schlüsseltasche geklaut - stand auch in der Zeitung - und der musste sich einen Rechtsanwalt nehmen, weil man glaubte, er habe die Tasche nicht tapfer genug verteidigt oder sie sogar verkauft. Denn für eine Schlüsseltasche mit den vielen Generalschlüsseln für komplette Schließanlagen zahlen die Profigauner gerne sehr viel Geld. Nee, nee, bevor ich so einen Job annehme, müsste ich schon sehr großen Hunger haben." -
"Du bist ein elender Feigling! Wieviele Monat liegst du denn schon auf der Bärenhaut und lässt dich vom Staat aushalten?" -
"Und du? Was tust du denn? Ich habe schließlich für den Fall der Arbeitslosigkeit jahrelang Versicherung gezahlt und kassiere nur mein eingezahltes Geld. Aber du, du lässt dich von Papa und Mama aushalten. Das ist viel schlimmer!" - Der hob nun das Bierglas, als ob er den Inhalt auf seinen Gegner ausgießen wollte und knurrte: "Pass auf, was du sagst! Sonst fängst du dir was!" - Aber da griff die Wirtin ein und besänftigte die

beiden Streithähne. So etwas muss sie unbedingt können; sonst gibt es täglich bei ihr eine Prügelei. -
Das Gespräch wurde mir nun unerträglich, denn nun redeten alle gleichzeitig, und um sich akustisch durchzusetzen, mit überlauter Stimme, und die Raucher unter ihnen mit heiserer, krächzender Stimme, die mir wie ein Reibeisen in die Ohren fuhr. Als ich aber Anstalten machte zu gehen, ließ mein Fotograf das nicht zu und tat zutiefst beleidigt. Er bestellte ein weiteres Glas Bier für mich, und nun machte ich einen schweren Fehler. Ich sagte: "Das Bier schmeckt so bitter." - und wollte es nicht trinken. Da war ich aber in ein tiefes Fettnäpfchen getappt. Von allen Seiten tönte es empört auf mich ein: "Seit wann ist Bier bitter? Der macht uns das Bier madig! Ein typischer Saupreuß!" - und verächtliche Blicke wurden mir zugeworfen. "Dora, gib ihm einen Apfelsaft, diesem Jüngelchen!" forderte einer die Wirtin auf. Doch so etwas führte sie gar nicht, nicht einmal Coca-Cola. Wer in diesen Kreisen keinen Alkohol trinkt, der ist ganz unten durch.
Mich wundert immer, daß die, welche auf dem Nachhauseweg am meisten kotzen müssen, das Saufen am leidenschaftlichsten verteidigen - und jetzt fing hier alles an, durcheinander zu quasseln, was bei einem Dutzend Menschen zu einem ziemlichen Radau führt.
Eines der Paare stritt sich darum, ob man das Theater subventionieren sollte oder nicht, wo es doch von Jahr zu Jahr unsittlicher werde, indem die Schauspieler mehr und mehr ohne Kleidung agieren würden.
Ein anderer hielt das Fahren mit Schlittenhunden in Alaska für unnötige Tierquälerei, da es doch so leistungsstarke Motorschlitten gäbe. Sein Gegner behaupte, es sei im Gegenteil das Fahren mit Motorschlitten eine Tierquälerei, weil das Laufen im Schnee den

Huskies Spaß mache. - Eine dritte Gruppe schimpfte auf die orthodoxen Juden wegen ihrer Schläfenlocken, worauf man ihm Antisemitismus vorwarf. Er aber meinte, das habe mit Antisemitismus nichts zu tun, er habe nichts gegen Semiten, er sei nur gegen die Juden, mit Jüdinnen sei das wieder etwas anderes, die habe er sogar sehr gerne, weil sie so rassig seien.
Die mit dem Streit um das Theater waren dann mit diesem Thema fertig und stritten nun über das Attentat auf einen unserer Politiker, der seitdem im Rollstuhl sitzen muss. Mir war nicht ganz klar, ob sie mehr auf der Seite des Attentäters standen und das Misslingen des Mordversuchs bedauerten oder den Abgeordneten. "Misslungene Attentate sind immer etwas Schlechtes, ganz egal, an wem sie verübt werden" glaubte ich, aus dem Lärm heraus zu hören. Jedenfalls schien mir der eine der beiden Streithammel die Ansicht zu vertreten, daß Rollstuhlfahrer im Bundestag nichts zu suchen hätten; denn es sei altes, fränkisches Gesetz, daß die körperliche Unversehrtheit Voraussetzung sei, um sich in der Politik betätigen zu dürfen. Der andere fragte, ob er meine, daß Politik mit den Beinen gemacht werde und nicht mit dem Kopf.
Und in diesem Stil ging das weiter. Dabei war das nur ein kleiner Ausschnitt von dem, was sonst noch alles gequasselt wurde. Mir summte der Kopf davon und auch vom Bier und den zwei Doornkaat, die ich unbedingt trinken musste, um den Spender nicht zu beleidigen. Dieser wurde von den anderen sogar Doornkaat gerufen. - Mein Fotograf fand das alles herrlich, klopfte mir jovial auf die Schulter und rief enthusiastisch: " Gell, hier ist's lustig; hier ist was los! Hier rührt sich was! Nun komm, trink noch ein Bier mit mir und dann kriegst du deine Bilder und kannst gehn! Sie sind sehr gut geworden; kannst du mir ruhig zwanzig

Mark für zahlen!" Ich nickte ergeben und seufzte wohl dabei, denn er fuhr mich an: "Was gibt es da zu seufzen? Das ist doch sehr billig; im Photogeschäft zahlst du das Doppelte für Entwicklung plus Abzügen."
Die Wahrheit war, daß die Entwicklung nur die Hälfte kostete. Allerdings für das Photographieren hätte ich sicherlich über hundert Mark zahlen müssen. Deshalb gönnte ich ihm den kleinen Verdienst.
In diesem Moment brach am anderen Ende der Theke ein Gelächter aus. Dort hatte sich der Mann mit dem grauen, faltigen Gesicht über seine Wohnungsvermieterin beklagt, die ihm immer Briefe schreibe, daß er dies nicht tun dürfe und das nicht, er dürfe nichts im Treppenhaus abstellen, solle seine Miete unbedingt in der ersten Woche des Monats bezahlen, er solle sein Moped woanders hinstellen und lauter solche kleinkarierten Sachen. Daraufhin riet ihm der schwarzgeschneckelte Typ, den ich schon oben Luftikus nannte: "Da schreibst du ihr folgendes: Ich sitze hier auf dem Klo und habe Ihr geschätztes Schreiben vor mir; gleich werde ich es hinter mir haben. - "
Das fand man natürlich lustig und infolgedessen sogleich ein Thema, welches sich zum Frust ablassen hervorragend eignete: Die Wohnungsvermieter und die Mietpreiserhöhungen. Daß die Vermieter alles und jede Kleinigkeit auf die Mieter umlegten, stieß nicht auf Gegenliebe, nicht einmal auf Verständnis, und da hatte jeder etwas beizutragen: In einem Haus erhöhte sich die Miete, weil eine Zentralheizung eingebaut worden war, bei einem anderen, weil den Außenwänden eine Wärmeisolierung verpasst worden war, bei einem dritten, weil der Gartenzaun erneuert wurde, und bei einem vierten, weil eine neue Fernsehantenne installiert worden war, deren Vorteil jedoch nur der Hausbesitzer selber genoss; die Mieter benutzten alle

ihre Satellitenschüsseln. Dann ging es auch um das Rauchen, weil manche Hausbesitzer verboten, in den Treppenhäusern zu rauchen, weil das eine widerliche Angewohnheit wäre und man seine Zigarette nicht anzünden müsse, sobald man aus der Wohnungstür getreten sei, sondern erst, wenn man das Haus verlassen habe. "Und wenn es draußen windet, regnet oder schneit - wie kann ich da meine Zigarette anzünden!" - wurde empört eingewendet.
Es dauerte eine ganze Weile, bis dieses Thema erledigt war. Nach den Mietpreiserhöhungen kamen die Brotpreiserhöhungen dran: "Stellt euch vor, mein Bäcker begründete seine Preissteigerung damit, daß sich der Mehlpreis verdoppelt habe, und als ich andere Bäcker fragte, wussten die von einer solchen Verdoppelung gar nichts! Was soll man davon halten?" - "Sch...ihm vor die Ladentür!" krähte der Luftikus fröhlich, und alle riefen: "Pfui!" - fanden es aber doch sehr lustig und lachten wüst und dreckig.
Es kam dann von draußen noch ein weiterer Spaßvogel hinzu, im Gegensatz zu dem italienischen Luftikus ein blonder Deutscher mit rundem Gesicht, das man gutartig ein Vollmondgesicht, wenn man bösartig sein wollte, ein Mopsgesicht zu nennen geneigt war. Er wurde mit erfreutem Hallo begrüßt, und da ich ihn wohl ein wenig erstaunt anblickte, sagte er sogleich zu mir: "Kuck nicht so frech, sonst hau ich dir eins auf die Birne!" Da aber alle darüber lachten, merkte ich, daß er mich nur "frozzelte", wie man hier in Bayern sagt. Er sagte auch, als die Wirtin den Italiener fragte, ob er noch ein Bier möchte: "Dem geben Sie keins mehr! Ich sehe es ihm an, der hat schon genug. Der fängt sonst an zu randalieren." Der wies natürlich diese Behauptung empört zurück und bestellte zum Bier noch einen 'Johnny Walker'.

Der Trübsinnige aber, als auch ihn die Wirtin fragte, nahm keines mehr, sondern zahlte und humpelte schwer schwankend von dannen. Nach einer Viertelstunde torkelte er wieder herein und jammerte mit lallender Zunge, er könne sein Auto nicht mehr finden. Er sei sich sicher, es rechts von dem Bistro geparkt zu haben, aber da befände es sich nicht mehr. "Du wirst dich irren und hast in deinem Suff rechts und links verwechselt. Schau mal links nach! Aber in deinem Zustand solltest du gar nicht Auto fahren!" Ein anderer fragte: "Bist du denn überhaupt mit einem Auto gekommen?" - Da ging ein Ruck durch den Trübsinnigen, sein Auge leuchtete auf, und mit dem Ausdruck höchster Dankbarkeit lallte er: "Iich gglaube, dddu hahahast recht; ich bin zu Fuß gekommen. Mmmein Aaauto habe ich ja extra in der Garage gelassen, weil ich schon wusste, daß ich hier leicht angeheitert herauskommen würde."
"Leicht angeheitert ist gut; du bist ja völlig voll. Dann geh' mal schön zu Fuß nach Hause und vergreif dich nicht an fremden Autos!" - "Ihr könnt ihn doch nicht allein nach Hause gehen lassen. Der muss doch bis nach Oberföhring!" schrie auf einmal Dora, so hieß die Kneipenwirtin, die Männer an — und da traf mich die Erleuchtung, wie ich mich hier schnell verabschieden konnte. "Ich werde ihn nach Hause fahren", erbot ich mich. "Also gib mir schnell die Bilder. Hier hast du deine zwanzig Mark!" - und schon folgte ich dem Trübsinnigen auf die Straße, ohne den anderen groß Auf Wiedersehen zu sagen. Ich holte den Hinkenden und Torkelnden bald ein und bugsierte ihn zu meinem Wagen. Nun befürchtete ich allerdings, daß er mir den Wagen vollkotzen könnte. Dagegen musste ich etwas tun. Hatte ich denn nicht irgendwo - im Handschuhfach oder im Kofferraum - eine Plastiktüte? Leider

nein! Ich lief zurück zur Pilskneipe und ließ mir eine Tüte geben. Als ich zum Wagen zurückkam, war das Unglück bereits geschehen. Gottseidank lag die Kotze vor der Wagentür und nicht im Wagen, so viel Verstand besaß er also noch.

Wir fuhren nun los, und da merkte ich, daß bei ihm schon der Zustand des Delierens eingetreten war. Die Wirklichkeit sah er gar nicht mehr vor sich, sondern anscheinend schreckliche Bilder. Er faselte etwas von Godzilla oder Konchilla, welcher kommen und die ganze Stadt zerstören würde. Er schrie plötzlich auf, verlangte, daß ich links abbiegen sollte, wo es aber in die Isar ging, weil vor uns ein Ungeheuer die Straße versperren und uns auffressen würde, sobald wir in seine Nähe kämen; es hätte eine ganz lange Zunge, an der wir festkleben würden. "Gut!" sagte ich, "Biegen wir links ab!" Ich fuhr aber geradeaus weiter. "Fahr aber nicht an der Küste entlang!" ängstigte er sich dann weiter. "Die Godzillas kommen aus dem Meer. Anscheinend hielt er die Isar für den Pazifik. "Wir sind weit weg vom Meer", versuchte ich ihn zu beruhigen. Doch er meinte, das Meer käme angerollt und würde uns überrollen, wenn wir nicht aufpassten. "Es gibt da solche Tsinamus!" - "Tsunamis meinst du, aber die kommen nur in Indonesien und auf den Philippinen vor. Bei uns gibt es die nicht. Wir liegen ja auch hier auf 800 Metern über dem Meeresspiegel."

Den Eindruck, daß er das begriff, hatte ich nicht; denn er fing von etwas anderem an. "Wir brauchen Panzerabwehrraketen! Diese Rotkäppchen oder Schneewittchen! Wie heißen denn noch die Dinger?" - "Mit Panzerabwehrraketen kenne ich mich nicht so gut aus," gab ich zu, "genau genommen, kenne ich mich damit überhaupt nicht aus. Im Übrigen brauchen wir keine." -

"Doch, doch - der Gorbatschow hat fünfzig Panzerdivisionen in Richtung Deutschland losgeschickt." -
"So etwas tut der Gorbi nicht." - Doch, doch, der will uns schlucken; aber erst muss er noch heiraten. Vielleicht haben wir Glück und einer wirft ihm am Polterabend einen schweren Blumentopf an den Kopp, ohne daß er das merkt. Dann weiß er nicht, was los ist und überlegt sich hoffentlich etwas anderes." Das alles sprach er natürlich nicht so, wie ich es wiedergebe (und dazu noch aus dem Gedächtnis), sondern in der typischen Sprache eines Vollbetrunkenen. Ich erinnere mich noch, das Weitere war ein teilweise unverständliches Gemurmel, und es interessiert mich nur aus dem einen Grunde, es wieder in mir hervorzurufen, weil es eine gewisse Ähnlichkeit hat mit dem, was ich automatisches oder spontanes Schreiben nenne und was anzuhören für einen Psychotherapeuten ideal wäre, denn in solcher Situation spricht weitgehend das Unbewusste oder Unterbewusste. Im Gegensatz zu manchen Wissenschaftlern mache ich zwischen diesen beiden Begriffen keinen scharfen Unterschied.
Er saß also mit geschlossenen Augen und sabberndem Mund neben mir und fing an, von Fußball zu faseln, daß man die Regeln ändern sollte, daß er aus dem Fußballverein austreten und den Präsidenten zum Rücktritt zwingen wolle und dergleichen mehr.
Plötzlich setzte er sich ruckartig auf und schrie mich an, ich solle aufpassen und die Schlangen nicht überfahren. "Wie lenkst du überhaupt? Fahr doch gerade und nicht solche Schlangenlinien! Wenn das die Polizei bemerkt, hält sie dich für betrunken, (so ganz nüchtern war ich ja tatsächlich nicht, aber ich meine doch, ich sei keine Schlangenlinien gefahren) du musst blasen, und dann entziehen sie uns den Führerschein. Wenn sie uns nicht sogar das Auto wegneh-

men, und wie komme ich dann nach Hause - ich liebe Schlangen - das ist mein Radikal - mein Radikül, ich meine, mein Hobby - es gibt über 2000 Schlangen auf der Welt. " - "Du meinst Schlangenarten." - "Was ich meine, musst du schon mir selber überlassen." - Dann rülpste er laut, und ich hielt ihm vorsichtshalber die Plastiktüte vors Gesicht, Aber es kam noch nichts. Er fuhr damit fort, auf Dora, die Pilskneipenbetreiberin, zu schimpfen. "Alles ein Schlangenfraß, was die macht! Von ihrem Kartoffelsalat ist mir ganz schlecht." - "Das wird wohl das viele Bier sein, wovon dir schlecht ist." - "Nein", sagte er mit Entschiedenheit, "das Bier war gut! Das kommt ja aus Krombach, oder nein, aus Kulmbach. Komisch, jetzt weiß ich das auf einmal nicht mehr genau. Sonst weiß ich das immer. Mir steigt ein leichter Nebel in den Kopf. Das kommt nur vom Kartoffelsalat. Ich glaub', die Dora tut da Heizöl dran anstatt gutes Petroleum. Oder nein, ich wollte etwas ganz anderes sagen; aber mein Gehirn fühlt sich so taub an, als hätte ich Seife gefressen - wie der Hund, der die Seife für einen Knochen hielt. Die Panzer können aber nicht über den Brenner, denn da liegen neun Meter Schnee, wie sie gestern in der Tagesschau ... - ja, ja , die Tagesschau, da laufen auch immer die Mäuse über den Tisch - neulich hat die Aretin geschrien: eine Ratte, eine Ratte! Zu Hilfe! Dabei war's nur eine kleine, weiße Maus, und dann kam ein Bumerang geflogen und zerschnitt die Maus in zwei Hälften, die aber beide weiterlebten. Der kam von einem Australneger und flog auch wieder zu ihm zurück - so ein verdammter Asylant - der noch nicht einmal weiß, wie Deutsch auf Maus heißt. Ich kannte mal einen Schweden, der wusste weder wie Maus auf Deutsch noch auf Russisch heißt - und jetzt sitzt er im Gefängnis und

kriegt nur Mäuse zu fressen." Eine Weile schwieg er und starrte finster vor sich, dann schlug er sich die flache Hand an die Stirn und murmelte: "Du spinnst ja, Karl (mit Karl meinte er sich selber) - was sollen die Panzer am Brenner? Die Elbe, über die Elbe müssen sie! Deshalb müssen alle Elbbrücken gesprengt werden. Damit hatte der Hitler recht. Also los! Fahr jetzt nicht zu mir nach Hause! Nach Dresden müssen wir. Die drei Brücken dort müssen wir heute noch sprengen: morgen kann es schon zu spät sein. Ich will sowieso nicht nach Hause. Meine Frau hat heute Geburtstag, und da sind ein Haufen Tratschweiber zu Gast; vor denen möchte ich mich, so angeheitert wie ich bin, nicht sehen lassen."
"Nein, ich steige hier nicht aus", trotzte er, als ich vor dem Haus hielt, in dem er wohnte. "Mach jetzt keinen Quatsch! Ich will schließlich auch nach Haus' und muss noch fünfzig Kilometer fahren!"
Aber es war nichts zu wollen; er stieg nicht aus und ihn mit Gewalt aus dem Auto zerren wollte ich schließlich auch nicht.
Nach einer Weile des Herumgreinens forderte er mich auf, zum Neuwirt zu fahren. Weil ich früher selber in Oberföhring gewohnt hatte, wusste ich, daß er das Gasthaus "Zum Neuwirt" meinte und auch, wo es zu finden war. "Aber du kannst dich doch nicht dort hineinsetzen und weitersaufen," gab ich zu bedenken. "Nein, nein, aber meinen Hunger stillen darf ich doch wohl; dagegen wirst du doch nichts einzuwenden haben!"
Also fuhr ich weiter; da fing er an zu singen. Den Text fand ich zwar nicht wenig konfus; aber doch irgendwie interessant, sodaß er mir wegen seiner besoffenen Stimme noch bis heute ungefähr in den Ohren liegt:
"Da rollten die Lawinen herunter und Käse fiel mir

auf den Kopp, die Tannen barsten, die Legionen verstopften und versperrten die Straße, an Brennesseln verbrannten sie sich die nackten Beine, aber Arminius nahm darauf keine Rücksicht, der Regen fiel halt sehr dicht und kalt war es auch. Dann schnürten wir uns die Skier an, fuhren jauchzend von den blitzenden Hängen bis Italien hinab. Da gab es triumphale Tore und halbverfallene Katakomben.
Wer nie in Italien war, verdient nicht ein Mensch genannt zu werden, wer bis Mailand kam, ist ein halber Mensch, erst wer nach Rom gelangte, ist ein ganzer Mensch. Dort gibt es was zu sehen, was es sonst nirgendwo zu sehen gibt. Da klettern die Katzen auf dem Kolosseum herum, und da klagen die Carbonieri in den Katakomben, und die Cavallerie rusticana galoppiert die Gassen entlang. - Wegerich und Huflattich heilen alle Wunden. Wer wenig schläft, der sündigt viel. Ausgezeichneten Hodenbraten gibt es in Fiesole. Aber einen leichten, trockenen Rotwein zu trinken gibt es überall. Geliebte Schlangen - ich greife euch auf und wickle euch um meine Arme - und spiele Ball am Strand von Caorle, wo die Babies in Pappkartons und die Teller mit Pasta asciutta auf der Straße liegen und der Parmesankäse vom Himmel fällt. O sole mio, wie das Fernweh an mir zehrt! Die Zypressen sehen aus wie zugeklappte Regenschirme und die Pinien wie aufgeklappte, es ist eine Lust zu leben, und die Oliven, die olivgrünen, kullern munter den Berg hinunter, und die Ohren können wir uns abschneiden, wenn wir das wünschen, ohne daß uns jemand daran hindert. Gewitter sind wie Fürze des Sommers oder der Götter, aber die Götter gelten als ausgestorben, na, macht nichts, sollen sie von mir aus ausgestorben sein, trotzdem gehen die Schiffe auf der hochaufschäumenden Salzflut längsseits, und Bord-

wand scheuert an Bordwand, und rote Wimpel flattern an den Spitzen der Masten."

Dann hielt ich vor der Gaststätte "Zum Neuwirt", aus deren zugezogenen Fenstern noch überall Licht schimmerte. Es war ja auch erst kurz nach 21 Uhr.

Und meine halb trübsinnig, halb weinselige Kneipenbekanntschaft stieg auch sofort aus; vergaß aber, sich zu bedanken oder auch nur Auf Wiedersehen zu sagen. Er war eben einfach nicht mehr bei sich. Wer weiß, was an jenem Abend aus ihm noch geworden ist?

War der Wirt ein kluger Mann, hat er dem Karl keinen Tropfen mehr eingeschenkt und dessen Frau angerufen, daß sie ihn abholen soll. Doch eigentlich bezweifle ich, daß es Gastwirte gibt, welche so selbstlos handeln.

* * *

Die blauen Dragoner, die streiten sich im knietiefen Müll um die letzten noch vorhandenen, nicht angebissenen Heringe. Sie verkeilen sich ineinander; Glieder von Mann und Ross lassen sich nicht mehr voneinander trennen, diese haltlose Schwadron hat nichts mehr zu essen, muss sich zurückziehen, das Schlachtfeld den Kakerlaken überlassen - eine vollständige, blamable Niederlage, umsonst alle feurigen Attacken, in Schlamm und Staub endet der ganze Kriegszug, der General ist schon längst gefallen, sogar schon verwest, denn er war bereits halbverfault, als er seine Reiter in die Schlacht trieb. Mit Essenzen war sein Leib nicht mehr zu retten, mit Binden ihn zu umwickeln gaben sich seine Krieger nicht die Mühe.

Er blieb offen auf der Erde liegen, allen Aasfressern zum Vergnügen, allen Würmen zum Spaß. Auf den

Epauletten spiegelte sich die Äquatorsonne. Es stank nach Fisch; aber nur die Köpfe und die Gräten waren noch übrig, davon konnten die Reiter nicht satt werden. Sie wünschten, sie wären Seeleute und im von gesunden Fischen wimmelndem Meer.
Gerne hätten sie sich unendlich oft kielholen lassen, wenn sie dabei nur einen einzigen, unversehrten Fisch zwischen die Zähne gekriegt hätten.
Aber so ergaben sie nur ein unerquickliches, ekelhaftes Bild von hervorquellenden Gedärmen und blutigen Köpfen. Verschmutzt und nass lagen die blauen Uniformfetzen umher, und Schakale schlichen heran und vertrieben die Geier.
Es war kein Anblick, um ein freudiges Lied zu singen.
Müde winkte noch ein halblebendiger Rittmeister mit der verstümmelten Hand. Es sah aus, als glaubte er immer noch, seine Truppe voranzutreiben. Es hatten seine Gehirnwindungen die Niederlage noch nicht erfasst. So kommt mancher zu spät zur Erkenntnis der Wahrheit.
Eine schönere Beerdigung hätte ich diesen tapferen Soldaten gegönnt. Am anderen Ende der Welt schlugen sie zur Zeit noch auf sich ein; dort war der Kampf noch nicht zu Ende, dort gab es auch noch Fische und Brote. Da wälzten sich die zähflüssigen Heeresmassen gegeneinander und wirbelten den Staub häuserhoch auf. - Blut und Staub ergeben ein göttliches Gemisch, göttlicher als Brot und Wein, die sich beim Kauen mit Speichel mischen. Ein Büromensch, den ein Stäubchen auf seinen Schuhen und ein Haar auf dem Jackett schon irritiert, kann sich das alles nicht vorstellen. Ausgebeulte Hosenknie bedeuten ihm schon das Eingetroffensein der ganz großen Krise. Dann ist er bereits vom Pferd gefallen, und die anderen reiten über ihn hinweg.

*Wenn nur die Hengste nicht so blutgierig wären!
Es mag ein anderer die Stuten zuschanden reiten!*

Kein Lichtblick dringt durch das Dornengebüsch. Die Wagenspuren verlaufen mehrgleisig und überschneiden sich. Die Horizontline, verborgen hinter einem Wäldchen von Krüppelkiefern, lässt sich nicht ausmachen. Weit noch müssen wir reiten, bis wir das Meeresufer erreichen. Wenn ein Sturm uns Bäume in den Weg fällt, erreichen wir es nie. Dann leben die Heringsschwärme länger, falls nicht ein aus der Tiefe heraufschießender Seiwal sie verschlingt.
Wir halten Abstand von den Buhnen, an denen sich die Wogen brechen. Die toten Quallen am Strand träumen vom Weltenende und lösen sich auf.
Wer sich doch wie sie auflösen könnte!
Aber unsereins muss endlose Zeiten über sich ergehen lassen, bevor er von seinen Qualen erlöst wird - nach mindestens einer ganzen Sonnenperiode, nach einer halben Ewigkeit.
Man hört die Frösche quaken. Sie quaken und quaken, man weiß nicht, warum. Sie selber wissen es wohl auch nicht. Das Quaken ist ihnen offenbar angeboren. Schon Ovid dachte darüber nach.
Wir Versprengte müssen ans Ziel gelangen, bevor die Sättel durchgeritten sind.
Des Rittmeisters harte Befehlsstimme treibt uns vorwärts zu einem Ziel, welches er uns nicht verrät. Manchmal steht ihm Schaum vor dem Mund aus lauter Wut. - Ein Matrose sitzt im Mastkorb einer Dreimastbark und träumt von Kartoffelpürree. Da bleibt mein Kopf hängen an der Melodie des Liedes: *Ein kleiner Matrose umsegelte die Welt. Er liebte ein Mädchen, doch hatte er kein Geld ...*
Als wir noch solche Lieder sangen, war es eine ande-

re Zeit. Wie schon bei Storm ist das "Damals" zu allen Zeiten entschwunden, und es bleibt nur die ewige Sehnsucht zurück. Ach, ich möchte heulen vor Sentimentalität! Der Kornett neben mir versuchte auf der Mundharmonika, die Ouvertüre zu Tristan und Isolde zu spielen. Es klang recht kläglich. Immerhin wusste er, daß er auf einem Septimakkord enden musste.
Doch das "Damals" ist unwiederbringlich. Der Versuch, es wieder heraufzubeschwören, etwa durch Buch oder Kino, bringt nur falsche Töne hoch.
Wie ein heiliges Feuer brannte in mir die Melodie zu "Au clair de la lune", und jetzt ist mir zumute als sei ich in eine Urinpfütze getreten. Schäbige Münzen im Klingelbeutel der Erinnerungen - klaftertief verschüttet, kaum noch auffindbar nach der Weltumseglung. Damals noch ritten die Blauen Dragoner mit klingendem Spiel durch das Tor, im Sonnenschein blinkten die Fanfaren, froh wieherten die Pferde. Buben und Mädchen rannten hinterher und ein kleiner Schmetterling flog um die Ecke - tschingbum. -
Das laute Hallo, das die Kavalleriebrigade begleitete, hallte noch lange nach, aber es verebbte inzwischen. Die bunten Theatervorhänge bleiben zugezogen. Es wird nicht mehr gespielt. Fern im blauen Dunst liegen die Berge. Die Lawinen schürfen schaurig zu Tal. Da zittern die morschen Knochen. Die Nebelparder ziehn sich in die hintersten Schluchten zurück.
Der Rittmeister war so wütend wegen der Langsamkeit unserer Pferde. Sie taten ihm auch nicht unter Peitschenhieben den Gefallen, ihren Gang zu beschleunigen. So zockeln wir also müde dahin und verdienen uns unseren Unterhalt, wenn es keine Attacken mehr zu reiten gibt, durch Schreibarbeiten. Das Volk hat immer irgendwelche Eingaben an die Regierung zu machen. Dem einen steht der Grundwasser-

spiegel zu hoch (bis zum Hals), dem anderen zu niedrig. Das Saatgut ist zu teuer und die Zuckerrüben werden nicht gut genug bezahlt. Aber wir müssen den Hafer für die Pferde auch teuer bezahlen; denn wir rauben ja die Bauern nicht aus wie die Landsknechte. Trotzdem reden sie uns Plünderungen und Vergewaltigungen nach. Demnächst werden wir vielleicht doch mit dem roten Hahn zahlen anstatt mit roten Hellern.
Und manchmal müssen wir uns Heringe aus den Mülltonnen klauben, weil es weiter nichts zu beißen gibt, und dann singen wir: "Mehr als Kürassier auf Erden kann der Mensch zur Zeit nicht werden!" - und für Dragoner gilt dasselbe.
Möglicherweise klingt das dem einen oder anderen ein wenig verworren; aber er braucht dann bloß eine Prise Schnupftabak, vermischt mit Petersilie, Hanf und Kirschblättern, zu nehmen - und schon gewinnt er den klaren Durchblick. Er kann danach im Schaukelstuhl die gleichen Freuden erleben wie Ulanen, Dragoner, Kürassiere und alle Sonntagsreiter auf dem Rücken ihrer Pferde. -
Der Z'widerwurzen in meinem Schädel nennt mich einen anachronistischen Schleimscheißer und will mich dazu bringen, mit diesem "Silbendreschen", wie er in seiner widerwärtigen Gemeinheit das nennt, aufzuhören. Aber gerade in diesen trüben Märztagen kann man gar nichts Besseres tun, als sich das Schmalz aus dem Hirn zu drechseln und in Form von Buchstaben aufs Papier zu schmieren. Das Licht ist für Anderes viel zu dürftig. Die Temperatur lässt keine gemütlichen, von Vogelsang begleiteten Spaziergänge zu, die Kinos hat man abgeschafft, Fernsehen kommt bei mir erst nach zwanzig Uhr in Frage und Buchlesen kann man auch nicht ununterbrochen. Heute habe ich schon von Erasmus bis Luther gelesen, von Julius,

dem Zweiten bis hin zu Leo, dem Zehnten, von Kaiser Maximilian (Innsbruck, ich muss dich lassen) bis Karl, dem Fünften, jenem, in dessem Reich die Sonne nicht unterging; von Hutten und Sickingen und von all den Schweinereien, die in den Jahrzehnten vor und nach dem Jahr 1500 p.a.D. geschahen. Da laufen einem Läuse über die Leber und Ratten über den Rücken, wenn man das so alles liest.
Ist es zu glauben, daß Leo X., nachdem er Luthern als Ketzer in Acht und Bann getan, ihn zum Kardinal zu erheben versprach, wenn Kurfürst Friedrich der Weise von Sachsen beim Thema Kaiserwahl sich auf die Seite des Papstes schlagen würde? Man möchte es nicht für möglich halten, wie verrucht der Klerus und wie verderbt die Kirche damals war. -
Ich wurde heute nacht zu einer Weltumseglung eingeladen, und so stand ich denn schon am frühen Morgen an dem See, von welchem aus gestartet werden sollte. Aber außer mir war niemand da. Es regnete, das Bootshaus war geschlossen und auf dem See spritzten die Regentropfen, und es herrschte kräftiger Wellengang. Durch diesen See fließt der Nordostseekanal, weshalb man von hier aus ohne weiteres eine Weltumseglung beginnen kann. Aber es schien so, daß man mich irgendwie gefoppt hatte. Ich blickte lange über den See. Der Himmel war genauso grau wie das Wasser und die Bäume am gegenüberliegenden Ufer. Was sollte ich machen? Ich dachte mir, daß heute das Segeln wegen des schlechten Wetters nicht erlaubt sei. In diesen See mündete von rechts her ein Fluss, welcher die Eider hieß. Ich beschloss an seinem Ufer ein wenig entlang zu gehen, um abzuwarten, ob vielleicht in der Zwischenzeit sich doch jemand würde sehen lassen. Als ich dann wieder in die Nähe des Bootshauses zurückkehrte, stand tatsächlich die

Freundin desjenigen da, der mich zur Weltumseglung eingeladen hatte und die Expedition leiten sollte. Ihm gehörte auch die Yacht.
So besonders gut kannte ich diese Freundin gar nicht. Deshalb freute es mich sehr, daß sie mich wie einen lieben Freund begrüßte und mich warmherzig umarmte. Sie gehörte zu einer Art von Mädchen, in die man sich sofort verliebt nicht wegen Schönheit, sondern wegen eines besonders sympathischen Wesens. Unwillkürlich hielt ich sie fest umschlungen und vergaß es fast, sie wieder, wie es sich gehörte, loszulassen.
Während ich sie noch im Arm hielt, erblickte ich über ihre Schulter hinweg ein schneeweißes Pferd, welches hochaufgerichtet am Ufer des Sees stand. Es fiel mir in dem Moment ein, daß auch Pferde auf der Weltumseglung mitgenommen werden sollten, was mir ein wenig Sorge bereitete; denn ich fand, daß meines Freundes Yacht dafür gar nicht groß genug sei.
Aber vielleicht irrte ich mich auch, wusste ich doch gar nicht, wie viele Personen wir sein würden. Das Mädchen äußerte sich verwundert darüber, daß ihr Freund noch gar nicht hier war und sah sich suchend um. Ich musste immer noch auf dieses Pferd blicken, welches viel weißer als ein normaler Schimmel war und bewegungslos im nassen Gras am Rande des Sees stand, in welchen der Regen klatschte. Vor dem grauen Hintergrund wirkte es wie ein Symbol. Der Anblick dieses weißen Pferdes und die Umarmung des Mädchens, das jetzt an meiner Seite dahinschritt, machten mich sehr glücklich. - Etwas später tauchte dann auch ihr Freund mit den anderen Personen auf, die an der Fahrt teilnehmen sollten. Da merkte ich gleich, daß diese mir unsympathisch waren und ich gar nicht gerne mit ihnen zusammen eine längere Zeit

auf einer engen Segelyacht verbringen würde, und meine Stimmung sank ganz beträchtlich. Ja, ich bekam sogleich mit einer der Personen einen ernsthaften Streit, weiß aber nicht mehr, worum es dabei ging. Jedenfalls wurde - für mich wenigstens - aus der Weltumseglung nichts.

Will man einen anständigen Kassap zubereiten, nehme man anstelle des Teagitt (englische Aussprache), den die gewöhnlichen Leute verwenden, den wesentlich edleren Teajubb und rühre ihn mit einem zweiseitigen Mixstab in die bereits vorher angesetzte Clubumbamasse ein, gebe eine Prise Quiklixy hinzu und stelle das Ganze dann eine Nacht lang in den Kühlschrank oder, wenn man keinen hat, in eine mit Eis gekühlte Höhle.
Bis zum nächsten Morgen reift die Masse aus und kann dann in einem Lehmofen - es muss unbedingt ein Lehmofen sein - gebacken werden.
Als einziges Getränk passt dazu ein frischer Linzinosensaft, der leicht vergoren sein darf, aber nicht muss. Ich bevorzuge den unvergorenen, trete aber damit in Gegensatz zu vielen Leuten, die ich kenne.
Das ist Geschmackssache - ein Ausdruck, den ich in vielen Fällen nicht schätze, der mir hier jedoch durchaus angemessen erscheint.
Die Füchse werden vielleicht bellen und die Wölfe heulen, weil sie vom Geruch des Kassaps angezogen werden; man werfe ihnen ein paar Brocken zu, dann beruhigen sie sich wieder. Lagern kann man das Kassap natürlich nicht; man muss es, sobald es eine angenehme Gaumentemperatur erreicht, sogleich verzehren. Wer im Mund Goldplomben hat, muss sie sich hinterher gut abspülen, sonst bildet sich das giftige Clubumbaamalgam, welches einem Mundhöhle

und Speiseröhre zerfrisst. Ich nehme deshalb auf meinen Reisen stets mehrere Tuben Noceniapaste mit, weil ich einige derartige Plomben trage.
Einmal vergaß ich die Prozedur; die Folgen waren schrecklich. Die eingefressenen Löcher narbten zwar wieder aus, aber das dauerte immerhin mehrere Wochen, in denen ich meines Lebens nicht mehr froh wurde.
In den Wipfeln der höchsten Cinchonabäume fand ich ein wenig Linderung, musste mich da jedoch wiederum vor Mikorabulaschlangen in Acht nehmen, die dort oben nach Konubaäffchen jagten und anscheinend mich manchmal mit diesen verwechselten.
Außer diesem Kassap diente uns noch Ephoridenbraten zur Ernährung und als Dessert Schlampsinülenpudding. Mehr Abwechslung stand leider nicht auf dem Speiseplan. Mit diesen Gerichten schlugen wir uns durch bis an den Fuß der Kordilleren, wo wir reiche Mineropenlager vermuteten. Das erwies sich zwar als Irrtum, dafür fanden wir reichhaltige Extravogerenadern eingebettet in den rötlichen Sandsteinfelsen.
Ausgerechnet mitten in der fruchtbarsten Arbeitsphase wurden wir von Tolosaindianern überfallen, die uns offenbar für eine seltsame Menschaffenart hielten, die sie ohne weiteres umbringen dürften. Wir hatten Mühe, sie einer besseren Ansicht zu belehren. -
Als uns die Vorräte ausgingen, mussten wir geröstete Käfer, Würmer, Grillen und Heuschrecken essen. Davon ist mir heute noch schlecht. Jagdbares Wild fanden wir nämlich in dieser Höhenlage nicht, weil das Korippengestein giftiges Birunkristall enthält, welches die Tierwelt meidet.
(Lachen, daß man nicht mehr stehen kann; sich kringelig lachen - kein normaler Mensch - ein plumpes Kind - ohne

Begleitung vom Dach eines Möbelhauses aus gesehen. Die Kripo rührt sich schon in ihren Betten, gleich ertönen die Sirenen der Streifenwagen. Doch das alles nur nebenbei.)
Die Ausbeute an Extravogerenmetall an die pazifische Küste zu schaffen, kostete uns viel Schweiß sowie wertvolles Menschenleben. Petro Geronimo stürzte in einen Abgrund, und Alan Feistrowsky wurde von einer Gerölllawine zerquetscht.
In den tieferen Lagen fanden wir auch wieder jagdbares Wild, dessen Fleisch wir uns zwischen die Zähne stopfen konnten, ohne daran zu ersticken.
Die Träger fingen wieder an, abends Krakowiak zu tanzen, wie ich ihn einmal in einem Ziegelkeller bei Woronesch gesehen hatte. Die Tänze der primitiven Völker sind sich doch überall sehr ähnlich. Welche Hochkultur dagegen liegt in der Erfindung des Wiener Walzers! Das ist Abendland! Das wiederholt sich nicht! Was die tätowierten Affen heutzutage in den Discobars treiben, kann man doch nicht Tanzen nennen! Da drehen sich die Erdmännchen der afrikanischen Steppe ja geschickter, wenn es sie überkommt! Was Ortega y Gasset voraussagte, ist alles eingetroffen! Der Geschmack des untersten Pöbels regiert gegenwärtig die Welt!
Solche Gedanken beschäftigten mich, als wir unsere Ausbeute im Hafen von Kilona auf ein Schiff verluden. Die Ware sollte nach Wladiwostok gehen, und unsere Mannschaft sollte auf einem Passagierdampfer nachfolgen.(Nach den starken Entbehrungen gönnten wir uns ein wenig Luxus.) Aber als wir in Wladiwostok ankamen, hieß es, das Frachtschiff mit dem Extravogerenerz sei untergegangen. Es wäre der Funkspruch durchgekommen: "Wir sind leckgeschlagen und werden in wenigen Minuten sinken. Sendet umgehend Hilfe!" -

Man fand aber auf dem Meer nur noch einige einsam treibende Holzplanken.

Doch mein Instinkt sagte mir, daß die Kalubrier, denen das Frachtschiff gehörte, mit der ganzen Ladung, die einige Millionen Dollar wert war, irgendwoanders hingefahren fahren, nachdem sie unsere zwei Aufseher wahrscheinlich erschlagen hatten. Ich wollte das Seedetektivbüro Myers&Salm beauftragen, nach dem Schiff in sämtlichen ostasiatischen Seehäfen zu forschen, aber sie verlangten ein derartig exorbitantes Honorar, daß ich verzichtete.

Daher machte ich mich mit zweien meiner Kameraden eigenhändig auf die Suche, nachdem wir uns mit Teajubb für Kassap ausreichend versorgt hatten.

Aber wo sollten wir anfangen? Im Norden? Im Süden? Im Norden kam einzig und allein der Hafen Ajan in Frage, weil nur von dort eine Eisenbahnlinie über Jarkutsk in die Sowjetunion führte, wo sie das Extravogerenerz loswerden könnten. Im Süden gab es viele mögliche Häfen, viel zu viele, als daß wir innerhalb eines Jahres den richtigen hätten ausmachen können.

Deshalb entschieden wir uns für den Norden und dampften ab in Richtung auf Ajan.

Leider wurde es sehr kalt, und kurz vor Ajan saßen wir im Packeis fest. Da konnten wir nichts weiter tun, als uns die Zeit mit Eisbärenjagd vertreiben und hoffen, daß das Eis vor Einbruch des Winters noch einmal schmelzen würde; denn wir schrieben ja erst Mitte Oktober. Das Eis wurde dann nicht durch steigende Temperatur, sondern durch hohen Wellengang aufgebrochen, sodaß wir weiterdampfen konnten.

Tatsächlich fanden wir unseren Erzdampfer in Ajan am Hafenkai liegen; aber bereits ausgeleert bis auf den allerletzten Extravogerenklumpen. Im Verlade-

bahnhof erfuhren wir, daß der Transport am Vortage abgegangen wäre. Unsere Bemühungen, den Transport wieder zurück nach Ajan zu leiten oder aber an das dafür gezahlte Geld zu kommen, blieben erfolglos. Die Russen gaben das Erz nicht mehr her. Unsere Besitzrechte waren ihnen egal und die Kalubrier nicht mehr auffindbar. Sie hatten sogar ihren Dampfer verkauft.

Wir beschlossen, auf Kamtschatka nach Edelmetallen zu schürfen und nebenbei vielleicht auch ein paar Braunbärenfelle zu erlangen, deren Inhaber dort zu mehreren Tausend herumliefen. Ihre Felle erzielten einen guten Preis. Die Bären standen zwar unter Naturschutz, aber wenn wir vorsichtig waren, würden uns die Wildhüter kaum erwischen. Mehr Angst hatten wir vor einem möglichen Ausbruch einer der hundertsechzig aktiven Vulkane, von denen erst im Vorjahr einer eine ganze Siedlung mit einer Schlammlawine überrollt hatte.

Die Bären gedachten wir nicht mit Gewehren zu jagen, sondern nach der Methode Tolstoi mit einem über einen Honigtopf gehängten Stein, der den Bären infolge seines wütenden Wegstoßens und mit zunehmender Wucht Zurückpendelns schließlich erschlagen oder zumindest betäuben würde.

Aber ich weiß nicht, woran es lag, ob die Bären Tolstoi gelesen hatten oder ob sich ihr Verstand seit dem 19.Jahrhundert weiterentwickelt hatte oder ob die Wildhüter sie dressiert hatten, die Methode funktionierte nicht. Die Bären drückten den Stein nur leicht zur Seite und hielten ihn dann fest, sodaß er nicht in die wuchtigen Schwingungen geriet, die den Bären töten sollten. Stattdessen schlugen sie uns die Hüttenfenster ein und klauten uns alles Teajubb, sodaß wir kein anständiges Kassap mehr machen

konnten. Wir mussten Eisengitter vorsetzen. -
Dann bekamen wir ziemlich viel Ärger mit Schneeläusen, die dort genauso verbreitet sind wie Schneefüchse und Moorschneehühner und die auf dem weißen Bettzeug schwer zu erkennen waren. Uns blieb nichts anderes übrig als die gesamte Bettwäsche schwarz einzufärben, dann erst konnten wir nach dem morgendlichen Ausschütteln feststellen, ob sie weg waren.
Erst später fiel uns ein, daß wir die Wäsche anstatt sie umzufärben auch hätten öfter mit einem Dampfbügeleisen plätten können; das hätte die Schneeläuse freilich noch besser beseitigt. Aber uns Männern allgemein behagt das Bügeln so wenig, daß wir einfach nicht auf diese Idee kamen. Da lag eine psychologische Sperrung vor. Erst als uns das ständige Ausschütteln von Kissen, Laken und Bettdecken zu viel wurde, plätteten wir wenigstens ab und zu die Laken und nahmen uns dabei jedesmal vor, beim nächsten Einkauf in der Stadt ein Schneeläusevertilgungsmittel zu besorgen - und waren wir dann in der Stadt, vergaßen wir es jedesmal wieder. -
Als sehr angenehm empfanden wir die vielen warmen Quellen, die uns die vulkanischen Aktivitäten des Erdinnern bescherten. Deshalb brauchten wir wenig Energie beim Kochen. Eine der Quellen lag in einer Höhle, welche wir daher als Sauna benutzen konnten.
Dann kam der Frühling. Der Boden weichte auf. Unsere Hütte begann zu rutschen. Ruckweise! Stück für Stück - in Richtung auf einen See zu - je mehr wir uns ihm näherten, desto steiler wurde der Hang und das Rutschen immer schneller. An unseren Schuhen klebte der Matsch in dicken Klumpen und erschwerte das Gehen.
Doch plötzlich hörte das alles auf. Die Sonne sog die

Feuchtigkeit bis in die tiefsten Schichten hinein auf, der Boden trocknete zu einer harten Kruste und die Hütte rutschte nicht mehr - jedenfalls für dieses Jahr nicht. Im nächsten Frühjahr würden wir uns wieder um ein paar Meter dem Seeufer nähern und im übernächsten Jahr würde die Hütte in den See hineinrutschen. Aber dann waren wir wahrscheinlich nicht mehr hier. Denn ehrlich gesagt lohnte sich unsere Schürferei nicht so recht. Wir fanden zwar Aluminium, Lithium und Nitribittium, Brombonium und Kolofonium, aber kein einziges wirklich wertvolles Metall.
Inzwischen erwachten alle Bären aus ihrem Winterschlaf und zeigten großes Interesse an unserer Hütte sowie an unseren Personen. Wenn wir gruben, musste immer einer mit Gewehr Wache stehn. Wenn wir aus Notwehr einen Bären erschießen müssten, könnte uns ja niemand etwas vorwerfen.
Es gab braune, schwarze, weiße und gelbliche, einer immer größer als der andere und jeder brummte in einer anderen Tonlage. Es genügte aber ein Warnschuss, um sie in respektvollem Abstand zu halten.
Auch Füchse und Vielfraße gab es nebst einer Menge anderer Tiere, die alle aufzuzählen ich zu faul bin. Außerdem weiß ich nicht in jedem Fall ihre Namen. Ich müsste Zoologe (oder schreibt man das mit drei o?), um allein die Hühnervögel auseinander zu halten, die dort herumliefen.
Die Verständigung mit den Einheimischen klappte nicht besonders gut, weil wir mehr als zehn Worte Russisch nicht kannten und sie nicht mehr als zehn Worte Englisch.
Gegen Ende des Sommers geschah dann das, was uns die ganze Zeit über als leise Befürchtung im Hinterkopf gesessen hatte: Einer der zunächstliegenden Vulkane brach aus und überschüttete die Umgebung

mit einem Gesteins- und Ascheregen. Das Wellblechdach unserer Hütte hielt aber aus, wenn es auch hinterher wegen zahlreicher Beulen nicht mehr schön aussah. Der Ausbruch dauerte gottseidank nur einen halben Tag lang Danach begnügte sich der Vulkan damit, eine dunkle Rauchwolke gen Himmel zu senden und den Luftverkehr dadurch zu gefährden. Die Inselverwaltung rief freundlicherweise bei uns an und erkundigte sich nach unserem Wohlergehen. Wir konnten melden, daß außer einem gelinden Dachschaden alles bei uns in Ordnung sei.

Beim Wegräumen der Felsstücke aus der unmittelbaren Umgebung der Hütte traf uns dann das große Glück: Wir fanden einen faustgroßen, lupenreinen Diamantklumpen, den wir auf einen Wert von hunderttausend Dollar schätzten.

Natürlich gierten wir danach, noch mehr Klumpen von dieser Sorte zu finden; aber das gönnte uns das Schicksal nun doch nicht.

Trotzdem hatte sich mit diesem Fund der Aufenthalt auf der Halbinsel bereits gelohnt und wir beschlossen die Abreise. Den Diamantenfund meldeten wir natürlich nicht; ich steckte mir den Klumpen zwischen die Beine an die Stelle, wo sowieso schon ein Klumpen sitzt, dort würde die Flughafenkontrolle bestimmt nicht suchen. Unser übriges Geschürftes verkauften wir an einen kamtschatkalaktischen Metallgroßhändler, der drei LKW's für dessen Abtransport schickte.

Von Petropawlowsk aus flogen wir dann nach Wladiwostok, wo wir uns Motorräder kauften und auf diesen bis nach Moskau knatterten, wozu wir zwei Monate brauchten. Weil es erst in dieser Stadt für unsern Zweck genügend reiche Juweliere gab, holte ich dort den Diamantklumpen zwischen meinen Beinen hervor, und wir boten ihn mehreren Juwelieren

zum Verkauf an. Ein Stein im Wert von 100000 US-$ entsprach etwa fünfeinhalb Millionen Rubel; deshalb empfanden wir es als einen Witz als uns der erste fünfhunderttausend Rubel anbot. Da wir ihn auslachten, drohte er damit, uns bei der Behörde anzuzeigen.
Es war uns natürlich klar, daß wir von keinem russischen Juwelier diese fünfeinhalb Millionen bekommen hätten; aber wir brauchten unbedingt Geld für die Weiterfahrt und waren daher froh, daß wir drei Millionen Rubel erzielten. Das waren nur knapp 5000 Euro. Die reichten gerade für die Nachhausefahrt, sodaß wir in der Heimat mit plusminus Null Gewinn von unserer langen Reise anlangten.

* * *

Ich las den Satz: *Sie sahen keinen Sinn in der erlaubten Herrenlosigkeit. Der stand aber gar nicht da. Meine Müdigkeit gaukelte mir, schon halb im Traum, lauter verzerrte Texte vor: ... immer diese Kinderschokolade! - Ich hätte ihm ja sein Blutigseinwollen verziehen und ihn von seiner Blaseninkontinenz heilen können, aber seine Hirnrissigkeit ... mitten im Sommer Drachen steigen lassen wollen, während es noch an den Herbstwinden mangelt! - das ist kein Training für eines echten Mannes Fußspuren.*
Ich bin einer Ohnmacht nahe. Das Riechsalz steht auf der Palisanderholzkommode. Wir stehen verloren in der Wüste. Abwarten, was der Vater sagt! Die Blackbox wurde noch nicht gefunden. Die Eierschlange stülpt sich wie ein Kondom über das Ei. Das hat der Erfinder sicher nicht gewollt. Aber ich bin nicht befugt, ihn zu korrigieren. Das muss einem ja auf den Magen schlagen! Ich kann dieses Gewinsel und Gewusel nicht leiden. O mein Gott, mit was für Texten

bin ich beladen! Ich kann es dir nachfühlen, wenn du keine Erbsen magst. Im Grunde gibt es gar keine Erbsen. Auch keine Haare, die man spalten könnte.
Man müsste auf Kur gehen und den Zustand der Schwerelosigkeit erfahren dürfen. Aber das wird nur den Privilegierten zugeschlagen; den Blöden wird noch genommen, was sie haben. Die geistige Verwirrung schwimmt immer oben wie das Fett auf der Brühe. Die schlichte Wahrheit wird in tiefen Kellern stets aufs Neue gekreuzigt.
Das laute Türenzuschlagen stört mich auch. Warum bloß lieben die Leute so sehr jeden diabolischen Lärm? Ich habe mit mir gerungen und gerungen, kann das alles aber nicht vertragen. Wer wird denn endlich einmal eine Verordnung erlassen, die das Türenzuknallen verbietet? Es ist doch nicht so schwer, eine Tür leise zu schließen! Verkorkste Leute das!
Wenn einer gegen eine Leitplanke fährt, dann ist das noch lange kein Offroaddriving. -
Bevor ich weiterschreibe, muss ich mir ein wenig "die Beine vertreten", wie man so komischerweise sagt, und schlage den Weg in Richtung Lechfeld ein. *Wenn der Himmel ruht und zur Zeit des Sonnenuntergangs die Wolkenfetzen Lichtfenster freilassen, durch die das gelbrote Abendlicht dringt, ist die ganze Welt eigentlich sehr schön, alles ist voller Bilder und man möchte rundherum das ganze Panorama mit der Kamera einfangen. Was ist denn das nun auf einmal? Du wagst es, mich frech anzuglotzen? Du bist doch nur ein nichtiger Fatzke, der sich weit über sein Niveau erhebt, wenn er mich anzuquatschen wagt. Du bist ein ungebildeter Untermensch! Ein Wurm, der im geistigen Staube kriecht! Rede mich gefälligst nicht an! Und wenn, dann nimm wenigstens deine dumme Mütze ab und neige dein Haupt ein wenig! Ansonsten*

müste ich dir eine Ohrfeige verpassen. - Woher auf einmal diese aggressiven Töne? Aber als ich den schönen Halbmond fast genau über mir erblickte, beruhigte ich mich wieder, und als dann noch zwei einsame Krähen über das Lechfeld heimwärts zogen, wurde ich ganz sanftmütig, fast rührselig. Wo mögen die Krähen ihre Nester haben? Noch nie sah ich Krähennester in den Bäumen. Sie bauen doch Nester! Oder schlafen diese Mönche unter den Vögeln sozusagen auch nur auf Strohsäcken und in keinen Betten wie die Zisterzienser?
Die Krähen vertreiben sehr aggressiv Elstern und Falken. Doch das gehört wohl eher in ein ornithologisches Werk und nicht hierher zwischen Sätze, die rein aus dem Unterbewusstsein dringen.
Wenn ich Krähen abends heimwärts über das Lechfeld fliegen sehe, muss ich unwillkürlich an das letzte Bild Vincent van Gogh's denken ("Krähen über einem Kornfeld"). Was hast du da zu grinsen, du erbärmlicher Banause? Was weißt du schon von van Gogh's Bildern und Briefen? Jawohl, du Flötenaugust und Arschgeigenheini! Van Gogh malte nicht nur schöne Bilder, sondern schrieb auch sehr schöne Briefe, die in viele Sprachen übersetzt zu werden für würdig befunden wurden. Das kann man von deinen Briefen nicht sagen, falls du überhaupt schon jemals einen geschrieben hast, dämlicher Hund! Sei du ganz still und geh hin auf das Fußballfeld und sieh dir das Flutlichtspiel an! Dieses unproduktive Hin- und Hergerenne ist deinem Niveau angemessen. Mich aber lass gefälligst zufrieden! Ich wünsche nicht, im Laufe dieses Abends noch einmal von dir angequatscht zu werden. Hast du das kapiert? Na, also!
Der Feldweg, auf dem ich ging, war ganz hart und trocken. Ich erinnere mich, im vorigen Jahr war er um

diese Zeit noch feucht und matschig, so daß der Lehm dick an den Schuhen klumpte. Dieses Jahr flitzten schon Mäuse im Halbdunkel hin und her. Eine wollte mir den Fuß abbeißen, kam aber natürlich mit ihren Mausezähnchen nicht durch das Schuhleder hindurch. Ich schleuderte sie mit einem Tritt ins Feld; da wisperte sie: "Bist 'n Filou, 'n greuslicher!"
Jetzt bin ich viel zu wach geworden und schreibe schon fast verständliche Sätze, was nicht in meiner Absicht liegt. Dem Leser gefällt das vielleicht besser. Doch ich will an Sätze aus dem Unterbewusstsein gelangen, die - was mich betrifft - mir viel interessanter vorkommen als das, was mein Wachbewusstsein produziert, und deshalb muss ich viel schläfriger werden.
"Seidene Wimpern fallen der Nacht aus Schlaf." Das war so ein Satz aus dem Unbewussten heraus, den ich früher einmal hinschrieb und der, dagegen kann einer sagen, was er will, von ganz eigenartiger Schönheit ist.

Bunte, längliche Glasstäbe hatten die Frauen sich ins Haar geflochten, die sie eigentlich bei jeder Kopfbewegung belästigen mussten. Aber wie schon der Schuhverkäufer Neubert sagte: "Für die Schönheit ertragen die Frauen die größten Schmerzen." -
Bei all diesen Festvorbereitungen war nicht im Geringsten daran zu denken, die kommenden Ereignisse könnten so ausfallen, daß jeder sie verfluchen würde. Tee mit Obstsaft verdünnt wurde in Mengen getrunken. Die allein herrschende Meinung war, daß nichts das Vertrauen in die Zukunft erschüttern könne. Mir blieb übrig, mit bloßen Händen zu tun, wogegen die anderen mit Händen und Füßen sich sträubten. Keinen einzigen Gedanken verschwendeten sie an

meine Ehre und Reputation. - Die bedürftigen Leute laufen sich doch immer wieder Löcher in die Schuhsohlen und die Absätze schief. Einem reichen Pinkel kann das gar nicht passieren!
Der Germanwings-Copilot muss die Blackbox gefressen, bevor er die Maschine gegen den Berg knallte, weil sie trotz intensivster Suche nicht gefunden wurde. Mit Baklawa kann man kein Raubtier zähmen. Wer würde so etwas Dummes auch glauben?
In den Juninächten schweigen die Grillen. Ihren Gesang übernehmen die Regenschnecken und stürzen sich auf die Erdbeeren. Was sich alles auf die Heringsschwärme stürzt! Die Robben, die Pinguine, der Seiwal die Hammerhaie, Basstölpel, Sturmvögel, Albatrosse und Delphine - und sie sterben nicht aus, sterben nicht aus, gehören nicht einmal zu den gefährdeten Arten! Und ich leiste meinen Beitrag durch das häufige Essen von Hering mit Pellkartoffeln.
Im Morgenmantel mag ich nicht auf die Toilette gehen, wenn die Kurgäste in den Hotelgängen stehen und jeden bekakeln, der vorüberkommt. Drei mal Drei ist Sieben. Wer's nicht glaubt, soll vor die Hunde gehen! Auf Billigflüge lassen wir uns nicht ein. Zu den Selbstmordattentätern kommen nun auch noch die Selbstmordpiloten! Ich hab's ja immer gesagt, daß wir herrlichen Zeiten entgegengehn. Wer meine Zukunftsprognosen nicht hören will, der wird sie höchst überrascht zu fühlen bekommen. Das walte Hugo! Es ist doch alles nicht so nichtig, wie es die Volksbeschwichtiger machen wollen. Selbst Totila hielt nicht damit hinter dem Berge, daß es mit dem Gotenreich zu Ende gehe, und wenn der das damals schon erkannte, gilt das heute für das Euroreich um so mehr. Manch einer mag sich durch diese Worte auf den

Schlips getreten fühlen; aber das macht nichts: Schlipse gibt es genug. Die drolligen Heinzelmännchen können die Situation auch nicht mehr retten. Den weinenden Bundespräsidenten trösten sie nicht. Zwar dürfen Männer ruhig neuerdings auch Tränen vergießen - früher weinte ein Junge nicht, das ist vorbei - doch für hochrangige Politiker gilt das nicht. Für sie gehört es sich einfach nicht, daß sie ihre Gesichtsmuskeln bewegen oder gar ihre Tränendrüsen in Aktion setzen. Denn wie sieht denn das aus!? Wir wollen doch keine fluchwürdigen Handlungsweisen in die Welt setzen! Wer einmal weint, der weint auch immer wieder!
Über solche Nichtswürdigkeiten geht die Tagesschau natürlich einfach drüber weg. Doch das wird irgendwann einmal zu ganz unangenehmen Weiterungen führen, die heute noch kein Mensch absehen kann.
Wer heute schon sagen will, wie das Wetter am nächsten Sonntag werden wird, der übernimmt sich. Grüne Bohnen soll man nicht roh essen; sie sind giftig. Aber zum Selbstmord reicht das Gift leider nicht aus. Es ist zum Sterben zu wenig, aber zum Leben ohne Magenbeschwerden zu viel. Ob Honig als Gegenmittel hilft, weiß ich nicht, halte es aber auch ohne wissenschaftliche Nachprüfung für sehr wahrscheinlich.
Auf dem Tretroller in hundert Tagen um die Welt! Das macht mir keine Ameise nach!
Ein Charakterfehler kommt selten allein. Charakterschweine kommen sogar in großen Haufen.
Ich bin allerdings auch kein Engel; möchte auch gar keiner sein. Aber ein bißchen positiv unterscheiden von dem Rest der Welt möchte ich mich denn doch. Wer kann mir das verdenken? Ich will nicht so hoch hinaus wie die jüdischen Pharisäer und Schriftgelehrten, aber ein "distinguished Person" zu sein hoffe ich

bis zu meinem neunzigsten Lebensjahr noch zu erreichen. Schließlich spielte ich schon mit vierzehn Jahren besser Schach als mein Vater. Wer kann das von seinem Vater sagen? Bei Pablo Picasso und seinem Vater lag der Fall so ähnlich. Doch bei der Garderobe des Papstes und bei den bunten Trachten der Andenindianer! Du wirst doch wohl noch einmal errechnen können, wieviel Weizen wir anbauen müssen, damit niemand mehr verhungert! Diese ewigen Klagen über Dürreperioden und Überschwemmungskatastrophen will ich nicht mehr hören. Die Katastrophen müssen doch einmal aufhören; sonst ist das doch katastrophal! Ich habe solche Sachen nie verlangt. Mir wäre eine Welt mit Windhöchststärke 2 viel lieber. Warum das Wetter sich immer so exsaltieren muss, kann ich gar nicht verstehen. Aber ich verstehe ja leider vieles nicht und kann viele Lieder nicht singen.
Mit dem Springen über Zäune und Gräben geht es auch nicht mehr so, wie es früher einmal ging. Heute kriege ich meinen Popo kaum noch von einer Sitzfläche hoch. Da kann man ja nur noch sagen: Gute Nacht, armes Deutschland!
Aber die Jugend bedrückt das ja alles nicht. Sie verstimmen ihre Elektrogitarren, drehen dann auf die höchste Lautstärke auf und nennen das Ergebnis Musik, obwohl man im Grunde dafür ein ganz neues Wort erfinden müsste; mit Worten wie Lärm, Krach, Radau, Gedröhn ist es natürlich nicht getan; das müsste man als generationsbedingte Verunglimpfung bezeichnen - und derartige Allüren wünsche ich gar nicht erst aufkommen zu lassen. Ein doppelter Beinbruch ist viel gefährlicher und heilt auch nicht nur mit Pflaumenmus und Bratensoße.
Wir schreiben mit Pelikantinte, und sie geht uns zur

Neige. In meinem Bett sammeln sich die Schalen von Erdnüssen, Brotkrümel und zusammengeknüllte Bonbonpapiere, fangen an zu pieken und machen mir schlechte Laune. Ich muss die Wohnung wechseln! Sonst kann ich ja nachts gar nicht mehr schlafen! Tristan und Isolde hatten nicht solche Probleme. Doch auch sie starben frühzeitig.
Der Tod verfolgt den Menschen wie ein Kriminalkommissar die Verbrecher. Muss denn das sein? Könnte es nicht anders auch gehen? Loriot's Verkleinerungsmethode würde dann aber notwendig werden - davon bin ich felsenfest überzeugt, wobei ich dazu sagen muss, daß ich sehr selten von irgendetwas felsenfest überzeugt bin.
Auf das Abfahren des Dampfers kannst du lange warten, mein Freund! Eher rutscht der Bungsberg ins Meer oder kriegen die Flundern Beine und steigen an Land. Den in Süddeutschland Wohnenden könnte das ja egal sein. Aber was wird aus den Marsch- und Geestbewohnern? Sie könnten ja heute nicht mehr wie vor anderthalbtausend Jahren nach England ziehen - England ist schon übermäßig angefüllt mit Menschen. Es ist überhaupt nirgendwo mehr Platz auf der Welt, nicht einmal in der sibirischen Taiga; da bauen die Russen Millionenstädte, eine immer größer als die andere. Ich möchte mir Gummischuhe anziehen und übers Wasser laufen - allerdings nur bei geringfügigem Wellengang. Hohe Wellen schaukeln mir zu sehr; da würden meine Gummistiefel seekrank werden, und ein kotzender Gummistiefel ist beileibe kein schöner Anblick.
Überhaupt mangelt es an schönen An- und Ausblicken. Es gibt zu wenig hochgelegene Aussichtspunkte; davon sind vor allem flache Gebiete betroffen.
Aber jetzt sage ich nichts mehr, das wird ja man wohl

noch sagen dürfen. Das wäre ein Plagiat; aber weil ich hinzufüge, daß ich diesen Ausspruch von Karl Valentin geklaut habe, ist es demnach kein Plagiat mehr, sondern nur noch eine Ausschmückung mit fremden Federn, die sich ein Bücherschreiber von Zeit zu Zeit erlauben darf. Dennoch bleibt es dabei: Ich sage jetzt nichts mehr, ich schraube meinen Füller zu und lege mich ins Bett zu meinen Erdnussschalen, Brotkrümeln und Bonbonpapieren. Sela.

* * *

Eine Tigergeschichte

Irrtümer, Aberglauben und absichtlicher Betrug in der heutigen Welt lassen kaum noch zu, das Wahre vom Unglaubhaften zu unterscheiden. Wie kann man heute noch Personen, die sich öffentlich äußern, irgendetwas glauben? Man lebt eingesponnen in einem Gewirr gefälschter Fakten, in dem sich keiner mehr auskennt. Selbst das statistische Zahlenmaterial von staatlichen Behörden wird getürkt, wobei man allerdings zugeben muss, daß die Statistik an und für sich eine höchst zweifelhafte Wissenschaft ist, deren Zahlenreihen man so oder so auslegen kann.
Wie soll man unter solchen Umständen Geschichten erzählen können? Es wird einem ja nichts mehr geglaubt oder im Gegenteil der größte Unsinn für wahr gehalten. Mögliches wird unmöglich genannt und Unmögliches wird plötzlich irgendwo als Tatsache

ausgegeben und verbreitet sich in Windeseile über die ganze Welt und macht aus den Menschen verwirrte Narren.

Die Geschichte, die nun doch zu schreiben im Gegensatz zu dem im Vorwort Angekündigten ich mich überwunden habe, enthält auch einige unglaubwürdige Ungereimtheiten; aber ich schwöre beim heiligen Panuflus, es ist alles genauso passiert wie ich es aufgeschrieben habe von einigen kleinen Ausschmückungen des Lokalkolorits wegen abgesehen.

Wie fange ich an? Vor allem: als wen stelle ich meine eigene Person vor? Da beginnen schon die Schwierigkeiten. War ich der Kriminalkommissar von Nauta bei Iquitos in der peruanischen Provinz Loreto oder war ich der Dieb, den er jagte? Tatsache ist, daß er sich selber jagte, ohne es zu wissen oder andersherum gesagt, daß ich selber von mir polizeilich verfolgt wurde. Aber das stellte sich erst am Ende heraus.

Anfangen muss ich mit dem sonderbaren Wunsch der Einwohner von Iquitos, welche, nachdem sie endlich ihre heiß ersehnte Oper bekommen hatten, nun unbedingt auch einen Zoo haben wollten.

Zu diesem Zweck ließen sie sich - das heißt natürlich die Verantwortlichen, welche mit der Einrichtung des Zoos beschäftigt waren - aus aller Welt Tiere kommen, unter anderem auch zwei indische Königstiger, die sie zunächst in provisorischen Käfigen unterbrachten, weil die Freigehege und Stallungen längst noch nicht fertiggestellt waren.

Viele Leute bezweifelten zwar, daß der indische Tiger in Südamerika überleben könne, da er jedoch als mit dem Jaguar (zumindest bei denen, welche den Unterschied zwischen Panther und Tiger nicht berücksichtigten) verwandt galt, hielten andere wiederum das für gar kein Problem.

Dann geschah genau das, was bei der schlampigen Ausführung der provisorischen Käfige geschehen musste: Die beiden Tiger brachen aus und verschwanden im Dschungel. Sie wurden von den ausgesandten Suchtrupps weder tot noch lebendig gefunden. Man stritt sich dann damit herum, ob sie wohl den Pongo oder den Ucayati flussaufwärts gezogen seien.
Schließlich beruhigte man sich wieder, der Vorfall geriet in Vergessenheit, der Versuch neue Tiger zu erwerben scheiterte daran, daß kein Zoo ihnen mehr welche verkaufen wollte, und selber wilde Tiger in Indien oder Indochina einzufangen, war ihnen dann doch zu teuer. Sie begnügten sich also mit dem einheimischen Jaguar und dem Berglöwen, dem Puma.
Nun begab es sich aber, daß der Indianerstamm der Aguanos, der Jaguarfallen gegraben hatte, in der Höhe etwa der Großen Stromschnellen des Pongoflusses, die beiden Tiger in seinen Gruben einfing und dann nicht wusste, was er mit ihnen anfangen sollte. Die Indios brachten sie schließlich nach Nauta, einer Stadt am Zusammenfluss von Pongo und Ucayati, wo sie von einem Großindustriellen, der sein Grundstück vor Einbrechern oder sonstigen unerbetenen Gästen schützen wollte, auf einer Auktion ersteigert wurden.
Und nun kommt meine Person ins Spiel:
Ich erfahre von zwei Arbeitern einer Gummibaumpflanzung in einer düsteren Pinte von Nauta, daß sich neuerdings zwei Tiger in der Stadt befinden sollen. Ich selber bin übrigens damit beschäftigt, ebenfalls eine Gummibaumplantage aufzubauen. Denn trotz der Erfindung des synthetischen Gummis ist der natürliche Kautschuk für manche Zwecke immer noch gefragt und ein gutes Geschäft.
Mit diesen beiden neben mir an der Theke Sitzenden streite ich mich stundenlang herum, indem ich behaup-

te, daß es in Südamerika keinen einzigen Tiger gäbe außer vielleicht in einem Zoo von Sao Paulo oder Rio de Janeiro - aber höchstwahrscheinlich nicht einmal dort. Es kommt fast zu einer Messerstecherei, weil die beiden Kerle nicht von ihrer Meinung abrücken wollen und mich als verdammenswürdigen Ignoranten beschimpfen.

Schließlich dann sehe ich die beiden Tiger mit eigenen Augen in dem Park, welcher die Villa des Don Sebastiano del Domingo y Vernango umgibt, und fasse den idiotischen Entschluss, diese beiden Tiger zu stehlen und verschwinden zu lassen, nur um die beiden Streithähne ins Unrecht zu setzen. Sie sollen mir doch die Tiger, von denen sie reden, zeigen - und das können sie natürlich dann nicht mehr!

Mithilfe von Fleischstücken einer geschlachteten Ziege gelingt es mir, die Tiger unbemerkt in meinen Kastenwagen zu bugsieren und sie aus der Stadt heraus zu bringen. Aber wie nun weiter? Lasse ich sie im Dschungel frei, könnten sie wieder in die Stadt zurückkommen oder in der Umgebung von Einwohnern bemerkt werden, und wer weiß, zu was für Unfällen das führen könnte.

Die Tiger benehmen sich gottseidank nicht so wie wilde Tiger, sondern sitzen in meinem Transporter ganz ruhig, wenn man nur ihnen ausreichend Fleisch und Wasser gibt. Aber trotzdem muss ich sie irgendwie loswerden und unauffindbar machen. -

Inzwischen war ich auch bei der Kriminalpolizei von Nauta zum Kommissar ernannt worden - natürlich nicht wegen besonderer kriminalistischer Fähigkeiten, sondern ganz einfach wegen akuten Personalmangels, und war mit dem Auftrag betraut worden, die gestohlenen Tiger wieder herbei zu schaffen. Da Don Sebastiano del Domingo y Vernango im Gemeinderat der

Stadt saß, machte er mir die Hölle heiß und drohte mir mit Absetzung, falls er nicht innerhalb von vierzehn Tagen wieder zu seinen Tigern käme, für die er eine "horrende Summe" bezahlt hätte.

Als der Dieb verbrachte ich dann meine Tage damit, mich in den verschiedenen Kneipen, Bistros, Pinten oder Lattrias herumzutreiben und herumzuhorchen, was so alles in Nauta und an den Flüssen vor sich gehe, und dabei vielleicht auf eine Idee zu kommen, wie ich die zwei Tiger unauffällig loswerden könnte.
Der Gedanke, sie einfach zu erschießen, die Körper zu vergraben und die Felle zu verkaufen, ging mir kurzzeitig durch den Kopf; aber das konnte ich gefühlsmäßig nicht fertigbringen. Ich liebe Tiger. Sie sind wunderschöne Tiere, und die tötet man nicht so einfach, wenn es nicht unbedingt notwendig ist.

Mit meinem Transporter fuhr ich den Ucayati aufwärts, weil ich dort eine Lizenz für das Anzapfen von Gummibäumen und Pflanzen von neuen Gummibäumen erworben hatte. Im allgemeinen sprach ich dabei nicht von meinen beiden Tigern im Auto. Doch als ich in einem Indianerdorf hörte, daß es in der Nähe einen Zauberer gäbe, der spielend leicht Menschen in Tiere und Tiere in Menschen sowie auch lebendige Wesen in totes Material und wieder zurück verwandeln könne, wurde ich doch sehr neugierig und beschloss, diesen Wundermann aufzusuchen, nicht in der Annahme, daß er mir helfen könne, sondern eigentlich nur, um mich über seine Taschenspielertricks zu amüsieren.
Wie man tatsächlich die Illusion hervorrufen kann, daß sich ein Mensch in ein Tier verwandele, hatte ich schon mit eigenen Augen in Indien gesehen. Da wird

zum Beispiel ein kleiner Junge mit einem Tuch bedeckt und wenn das Tuch wieder weggezogen wird, sitzt da anstelle des kleinen Jungen eine Ziege oder eine Riesenschlange oder auch ein junger Tiger.
Natürlich handelt es sich nicht um eine echte Verwandlung, sondern nur um einen Trick. Aber wie dieser zustande kommt, lässt sich kaum begreifen.
Vielleicht würde ich bei dem Indianer, der sicherlich nicht so geschickt wäre wie die indischen Fakire oder Zauberer, hinter das Geheimnis dieses Tricks kommen können.
Straßen bis zu seiner Hütte gab es natürlich nicht. Ich musste den Wagen stehen lassen und drei Kilometer auf einem schmalen Dschungelpfad wandern, bis ich ans Ziel gelangte. Die Tiger musste ich leider in der Zeit unbeaufsichtigt lassen; aber ich stellte den Wagen in einen Baumschatten und ließ die Luftklappen offen.
Der Zauberer war ein uralter Mann mit langen weißen Haaren, jedoch ohne Bart. Er gehörte offenbar zu jenen Stämmen, deren Männer sich solange die Barthaare auszupfen, bis sie nicht mehr nachwachsen. Von Natur aus bekommen nämlich auch die Indianer einen Bart. Es war allerdings überhaupt nicht leicht, ihn rassisch einzuordnen. War er überhaupt ein Indianer?
Mein Führer und Dolmetscher stellte mich dem Zauberer vor, und nach einem langen, skeptischen Anstarren fand ich dann Gnade vor seinen Augen und wurde in die Hütte hineinkomplimentiert.
Dort fand sich das für Schamanen und Medizinmänner der ganzen Welt übliche Sammelsurium von getrockneten Pflanzen, Tierkörpern und mir unbekannten Materialien vor, und unwillkürlich blickte ich zu den Holzbalken der Decke empor, ob sich nicht von ihnen giftige Schlangen herabringeln würden. Aber das war gottseidank nicht der Fall. Seine Schlangen saßen alle

in festen Glaskästen. Erstaunlicherweise gab es auch mehrere technische Geräte, wie sie von Chemikern verwendet werden: Bunsenbrenner, Glasretorten, Kolbenflaschen, Gestelle zur Befestigung von Flaschen oder Gläsern und auch Ampere- und Voltmeter. In einer dunklen Ecke stand sogar etwas, was ich für einen Stromgenerator hielt. Bücher besaß er auch. Deshalb wurde es mir immer fragwürdiger, ob es sich wirklich um einen Indio hier aus dem Urwald handelte. Er zeigte mir einige erstaunliche Tricks; so erstaunlich, daß ich gar nicht an Tricks glauben konnte, sondern an echte Umwandlungen zu denken gar nicht umhin kam.

Schließlich gab ich dann mein Geheimins preis und fragte ihn, ob er die Tiger irgendwie wegzaubern könne, ohne sie zu töten. Er antwortete: "Ich kann sie nur in ungefähr gleichgroße Tiere verwandeln, nicht etwa in Kaninchen oder Papageien oder dergleichen. Denn ich brauche für das verwandelte Tier genauso viele Moleküle wie das Ausgangstier aufweist - nicht ganz genau so viele, aber der Unterschied darf nicht zu groß sein." - Das gefiel mir nicht so recht, und ich fragte, wie es denn mit der Umwandlung in totes Material stünde und ob dabei die Tiger hinterher wieder zum Leben erweckt werden könnten.

"Jawohl, das ist möglich. Ich könnte die Tiger in zwei Baumstämme, oder besser gesagt, in ein holzähnliches Material verwandeln, welches dann aber, das ist äußerst wichtig, niemals mit Wasser zusammenkommen darf. Die Berührung mit Wasser würde sofort zur Rückumwandlung führen. Wasserspritzer sind sehr gefährlich, weil dann eine punktuelle Rückumwandlung geschehen würde, bei welcher das Lebendigwerden der Tiger nicht mehr gewährleistet ist. Man darf auch aus dem selben Grund das Material nicht

zerschneiden. Dann bekommst du zwar in Verbindung mit Wasser rückgewandelte Teile, aber keine lebendigen." - Nach einer Pause, die er mir zur Überlegung ließ, fügte er hinzu: "Umsonst wäre diese Behandlung natürlich nicht. Ich muss dafür 5000 Inti nehmen." -
Ich fand das sehr hoch. "Warum muss das so teuer sein?" fragte ich. "Du wirst eine genaue Erklärung doch nicht verstehen. Unter anderem muss ich dafür einige Gramm Gold den Göttern opfern, und verschiedene andere Unkosten entstehen mir bei einer Umwandlung von Tieren in totes Material." -
"Ohne einen Bewies, daß das Material hinterher wieder zu einem Lebewesen wird, kann ich mich natürlich nicht auf die Sache einlassen."
Über dieses Misstrauen schimpfte er eine Weile; aber dann verwandelte er einen Frosch in eine Gürtelschnalle und dann diese wieder zurück in einen lebendigen Frosch. Das überzeugte mich, kostete mich aber auch mehrere Hundert Inti.
Wir gingen dann gemeinsam zu meinem Wagen, betäubten die Tiger und schleiften sie dann zu des Zauberers Hütte. Zwei Gehilfen, Zauberaspiranten oder -eleven halfen dabei mit.
Bei der Prozedur der Tigerumwandlung durfte ich nicht dabei sein, sondern musste in meinem Wagen sitzend drei Stunden lang warten. Dann schleppten die beiden Zauberlehrlinge zwei stabähnliche Gebilde von etwa drei Metern Länge und etwa fünfzehn Zentimetern Durchmesser heran und sagten, das wären genau die selben Moleküle wie die der Tiger nur anders angeordnet. Sie passten so geradeeben der Länge nach in meinen Laderaum. Dann zählte ich ihnen die 5000 Inti auf die Hand, was sich als recht umständlich erwies, weil diese Leute zwar erstaunliche Sachen vollbringen, aber gerade nur bis Zehn zählen können,

wendete meinen Transporter, was nicht ganz einfach war, weil der Sumpf sofort neben dem Fahrweg begann und fuhr, nachdem ich in meiner zukünftigen Gummiplantage nach dem Rechten gesehen hatte, auf einer holprigen Straße wieder zurück nach Nauta.

Da mir nun als Kriminalkommissar von Nauta die Aufgabe oblag, den Tigerdieb zu ermitteln, konnte ich natürlich nicht so tun, als wüsste ich gar nicht, wo die beiden Tiger zu suchen wären. Mein Transporter wurde daher einer polizeilichen Kontrolle unterzogen.
Die beiden Holzstäbe, von denen ich ja wusste, daß es sich bei ihnen um die verwandelten Tiger handelte, wurden von mir beschlagnahmt - mit der Begründung, daß es sich möglicherweise um Sprengstoff handle, da sie ganz genauso aussahen wie riesige Dynamitstangen. Natürlich konnte ich weder meinen Vorgesetzten noch der Bevölkerung den wahren Tatbestand erklären. Es blieb bei der Wendung, daß hier möglicherweise ein geplantes Sprengstoffattentat vorlag.
Da man nun unbedingt den Sprengstoff näher untersuchen und dabei von einer der Stangen ein Stück absägen wollte, konnte ich die Dinge nicht so laufen lassen. Die Kriminallaborantin sprach bereits von einem Zermahlen des Materials und einem Einweichen in Wasser. Dadurch war ich gezwungen, mich quasi selber zu bestehlen und die Stangen aus dem Polizeigewahrsam zu entfernen und in einem Pferdestall zu lagern. Als Kriminalkommissar musste ich nun wieder hinter mir her jagen, um die Stangen zurück zu bekommen.
Der Pferdestall erwies sich nun leider als kein guter Ort, um potentielle Tiger aufzubewahren. Was darin lag, wurde von verschiedenen Personen als Brennmaterial beim Essenkochen verwendet. Ich kam gerade

noch zur rechten Zeit, um einer Frau ein abgesägtes Ende zu entwinden, welches sie gerade in den Ofen schieben wollte. Es blieb mir gar nichts anderes übrig als Tag und Nacht in dem Pferdestall zu wachen und aufzupassen, daß sich niemand an den Holzstangen zu schaffen machte. In dieser Zeit war ich natürlich als Kriminalkommissar abgängig.
Eine gewaltige Suchaktion wurde nach mir gestartet. Als ich mich endlich einmal alleine im Pferdestall befand, klebte ich das abgesägte Stück mit einem Spezialkleber, den mir der Zauberer mitgegeben hatte, wieder an. Er hatte mir dazu gesagt, daß die Schnittstelle erst nach drei Tagen vernarben würde. Als nun die alte Frau wieder nach Brennmaterial suchte, sah sie die noch frische Klebstelle, fing fürchterlich an zu lamentieren, riss es dann wieder ab und warf mir Herzlosigkeit vor; denn sie und ihre Kinder müssten doch wenigstens einmal am Tag eine warme Mahlzeit bekommen. - Der Kleber stank furchtbar, weshalb die Frau sich auf das Waschbecken zu bewegte, um das Teil abzuwaschen. Ich bekam einen mächtigen Schreck und reagierte blitzschnell, riss der Frau zum zweiten Mal das etwa dreißig Zentimeter Holzscheit aus den Händen und schrie ihr zu: " Fassen Sie diese Stangen auf gar keinen Fall wieder an! Das ist kein Holz, das ist Dynamit, und wenn Sie das in Ihren Ofen stecken, explodiert das ganze Haus." Sie wollte es nicht glauben. Lange musste ich auf sie einreden, bis sie mir zu folgen versprach. Da sah ich dann endgültig ein, daß dieser Ort nicht als Lager für mein Spezialgut geeignet sei. Ich musste etwas anderes finden, durfte aber doch die Stangen nicht aus den Augen lassen.
Ich als Dieb gab dem Kommissar einen Tip und ließ ihn die Stangen wieder in Polizeigewahrsam nehmen; aber diesmal so, daß keine Untersuchungen damit

durchgeführt werden konnten. Leider sickerte die Sache durch, und die Kriminalchemikerin wollte nun unbedingt, wenn nötig auch heimlich ohne Wissen des Kommissars, also eigentlich ohne *mein* Wissen, herauskriegen, worum es sich bei diesem so sorgsam geheim gehaltenen Material handelte. Ich gab mir den Befehl, die beiden Stangen wieder aus dem Polizeigewahrsam zu entwenden. Das kam mir zwar selber etwas eigenartig vor. Ich begann, die ganze Angelegenheit als etwas seltsam zu empfinden, so als ob hier ein Fehler des Daseins vorläge. Doch mir schien es so, daß ich keine andere Wahl hätte. Ich musste mich wieder in der Gegenrichtung beklauen. Aber was war da zu machen? Ein unerklärliches Kismet lenkte mit einer fremdartigen Logik diese ganze Geschichte, die ich nicht durchschaute.

Einer der Merkwürdigkeiten bestand darin, daß es immer Frauen waren, die meine in dynamitähnliches Material verwandelten Tiger, die von Rechts wegen mir eigentlich gar nicht gehörten, in Gefahr brachten, indem sie auf irgendeine Weise mit Wasser operierten.

Die eine wollte das Teilstück abwaschen, eine andere hängte ihre Wäsche gerade darüber auf, sodaß ich großes Glück hatte, im selben Moment eine Plane zu finden, mit der ich die Stäbe abdecken konnte - und jetzt ließ wieder eine das Abwasser durch den Raum fließen, in welchem ich geglaubt hatte, sie trocken lagern zu können. Ich musste sie blitzschnell umbetten.

Schließlich wurden mir diese ganzen Aufregungen zu viel. Ich verlor die Nerven und warf die Stäbe selber in den Pongo - oder war es der Ucayati? Das wusste ich in dem Moment schon gar nicht mehr, so durcheinander war ich - hoffte dabei im Stillen, es würden keine Tiger daraus werden, sondern sie würden - wie gewöhnliche Holzstämme auch - flussabwärts treiben und vielleicht weit unterhalb irgendwo als Treibholz anlanden und vielleicht von einem Indio herausgefischt werden. Aber nein, kaum hatten die beiden Stangen das Wasser berührt, bildeten sich zuerst die beiden Tigerköpfe und dann beide Tigerleibe und strampelten sich unverzüglich an das Ufer. Als sie mich stehen sahen, fauchten sie mich erst an, nahmen dann aber ihre Bettelpose ein, die ziemlich genau der eines Hundes gleicht, wenn er Männchen macht, weil sie offenbar Hunger hatten, jedoch gottseidank meine Person nicht als jagdbare Beute ansahen.

In meinem Kleinlaster lagen noch ein paar Stücke Fleisch, inzwischen gut mürbe geworden. Die warf ich ihnen vor und wollte mich zurückziehen. Doch ob man es glaubt oder nicht, die beiden Tiger liefen hinter mir her wie zwei zahme Katzen. Das wollte ich natürlich nicht, denn in diesem Fall wurde es ja offenbar, daß ich der Dieb der Tiger war, und dann wurde ich in meiner Eigenschaft als Angehöriger der Polizei von Nauta, wieder gezwungen mich selber zu verhaften.

Mein Adrenalinspiegel stieg an, daß mir das Herz bis zum Halse klopfte. Klar denken konnte ich jetzt überhaupt nicht mehr. Wie wurde ich bloß die Tiger wieder los? Sie hüpften von ganz allein in meinen Wagen und schnupperten nach restlichen Fleischstücken. Da sie keine fanden, starrten sie mich erwartungsvoll an.

Wenn ich jetzt kein neues Fresschen heranschaffte, würde ganz sicher das Erwartungsvolle in ein aggressives Fordern umschlagen, und wenn ich dann immer noch nicht reagierte, würden sie mich vielleicht doch als Beute akzeptieren, keine ideale zwar, weil von Kleiderstoff umgeben, der sich nicht gut beißen lässt - aber wer großen Hunger hat, nimmt auch Nylonfasern, Wollfäden und Schuhleder in Kauf.

Völlig brenzlich wurde nun die Situation, als der Kriminalkommissar auf dem Platz erschien und sich mein Bewusstsein dermaßen trübte, daß ich nicht mehr wusste, ob er ich oder ich er sei. In diesem Moment sprangen die beiden Tiger los. Aber auf wen? Der rechte auf den Kommissar, der linke auf den Dieb! In der Mitte krachten sie mit ihren Schädeln zusamen. Es ergab sich ein entsetzliches Geknurre und Gefauche. Blut und Schädelteile flogen herum, ich begann zu heulen, schlug auf mich selber ein, versuchte mir Handschellen anzulegen und vor mir selber zu entkommen, was sich natürlich als ganz unmöglich herausstellte. Schließlich schien mir die ganze Welt zu einem Klumpen von Kohlkopfgröße zusammenzuschrumpfen, in dessen Mitte ich als ein immer kleiner werdender Kristall eingeschlossen war.
Dann wurde mir schwarz vor Augen.

*** * * ***

Seit der Eroberung der Salzvorkommen auf der Krim durch tatarische Borschtfresser spreche ich nicht mehr im Brustton der Überzeugung von überirdischen oder unterirdischen Dingen. Man weiß doch nie, wie es kommt. Nicht einmal die schlicht und einfach irdischen Dinge lassen sich leicht durchschauen. Die Identität von verschiedenen Personen wird jedoch durch die Träume einwandfrei bezeugt; ebenso die mögliche Umwandlung von Lebewesen in tote Materie oder umgekehrt.
Schon Schopenhauer erklärte mir, als wir uns eines Tage auf dem Frankfurter Römer trafen und ich mir erlaubte, seinen Pudel zu kraulen, daß jeder selbst der Dramaturg seiner Träume ist, und auch alle Personen im Traum Aspekte seines eigenen Wesens

sind. Das kann man sich mit auf die Gabel spießen, mit der man sich seine Pellkartoffen in den Mund schiebt. Hier ist die Transzendenz der Realität nahe herbei gekommen. Dennoch ist es keineswegs vonnöten, in irgendeiner Form Buße zu tun. Derartiges wird von Niemandem verlangt. Man soll sich doch selber keine Männekens vormachen. Was nicht ausdrücklich verboten ist, ist erlaubt. Das walte Hugo!
Die Meuterei auf der Bounty stellt einen krassen Ausnahmefall dar, der nur auf einem Segelschiff vorkommen konnte und sich auf den modernen Frachtdampfern nicht wiederholt. Dieserhalb muss man sich nicht schlaflos im Bett herumwälzen. Es gibt andere Totschläger des Nervensystems.
Die Westwinde zum Beispiel, die hierzulande sogar Bauzäune umstoßen, sollten einen viel mehr beunruhigen. Sie wirbeln auch die Äste des Kirschbaums vor meinem Fenster derart durcheinander, daß ich Angst um die Glasscheiben bekommen muss. Ob meine Nachbarn bereits alle gestorben sind, weiß ich nicht. Jedenfalls habe ich seit Wochen keinen mehr geseh'n. Die Straße liegt wie ausgestorben da. Kein Hündchen bellt, und der Mond kann auch nicht die Wolkendecke durchdringen. Es besteht kein Grund, Lieder auf ihn zu singen.
Es zeigt sich allgemein, daß heutzutage wenig gesungen wird. Ordinäres Geschrei gibt es allerdings en masse. In solche Konzerte kann man nur mit Ohropax in den Ohren gehen. Zweckmäßigerweise trifft man auch Vorsorge, daß man bei einer eventuellen Panik nicht totgetrampelt werden kann. Nur mit tiefer Erschütterung kann ich mitansehen, wie die Gnus und Kudus sich bei der Überquerung eines Flusses gegenseitig tot trampeln. Damit will ich nicht sagen, daß die Besucher solcher Konzerte Rindviecher seien. Mir

kam da bloß eine rein zufällige Erinnerung. Hier hat die Entwicklungshilfe total versagt.
Für die Wanderherden in der Serengeti muss man doch unbedingt Brücken über die Flüsse bauen. Wer das nicht einsieht, der muss als Baby zu fest gewickelt worden sein. -
Die Unruhe draußen in der Natur macht mich nervös. Der Hut flog mir vom Kopfe, ich achtete des nicht. Von wegen! Ich musste dem Hut hinterher laufen, und jedesmal wenn ich mich bückte, um ihn aufzugreifen, flog er noch ein Stück weiter. Bei starkem Wind darf man keinen Hut tragen. Deshalb nehme ich es auch dem Kemal Ata Türk übel, daß er das Tragen von Hüten in der Türkei einführen wollte. Das war sein einziger Missgriff. Der türkische Fez sah allerdings in der Tat idiotisch aus. Aber was mische ich mich in die Verhältnisse anderer Länder ein? Was gehen mich die Kopfbedeckungen der Türken an?
Man regt sich heutzutage über so vieles auf; man soll doch Ruhe bewahren. Wassertropfen, die ans Fenster klopfen. Der Regen bringt es an den Tag. Ich müsste meine Fensterscheiben putzen; aber durch Liegenlassen erledigt sich das meiste von selber. -
Ich wollte, ich könnte viel schöner husten. Ich werde mich bei den Chinesen einer Kehlkopfoperation unterziehen. Für die ist eine solche so gewöhnlich wie bei uns eine am Blinddarm. Mit einem Sonnensegler werde ich hinfliegen. Natürlich könnten wir bei der augenblicklichen Wetterlage gar nicht starten. Wie die Schmetterlinge brauchen wir Sonnenschein zum Fliegen. -
Mit meinem Enzephalogramm scheint etwas nicht in Ordnung zu sein: Anstatt Zacken wie bei jedem normalen Menschen zeigt es bei mir Wellenlinien; zwar schöne Bögen mit elegantem Schwung; aber die

Sache gefällt mir trotzdem nicht. Die Linien haben aber doch gewissermaßen etwas Erhabenes an sich. Es sind reife Rundungen, die von reiflicher Überlegung zeugen. Die Mitternachtsströme erleuchten die Schwärze der Nacht. Ein geheimnisvolles Leuchten geht von ihnen aus, Polarlichtern nicht unähnlich.
Das kann sich auf das Magma des Erdinneren unheilvoll auswirken. Wir müssen die Umwohnenden warnen. Das Vieh muss evakuiert werden, bevor es von der zu erwartenden Schlammlawine verschüttet wird. Der Katastrophenschutz muss in Alarmbereitschaft versetzt werden. Die tollen Tage sind vorbei. Die Schätze des Erdinnern (vielleicht sogar der ganze Schatz der Nibelungen) könnten emporgeschleudert werden. Könnten wir hoffen, daß uns Gold auf den Kopf fällt und nicht nur Bimsstein oder Asche? Von einem Goldklumpen getötet zu werden, wäre mal was anderes.
Warum birgt das Erdinnere so viel Wertvolleres als die silikatische Kruste? Doch alles wird durch einen ungeheuren Regen hinweggespült. Die Magmaflut wird zischend gelöscht. Wir können in unsere Häuser zurückkehren.; der Spuk ist vorbei, das Drama zuende. Nur der Wind schüttelt die Bäume noch. Ich warte darauf, daß die Äste brechen. Doch die dendrologische Konstruktion wurde von ihrem Erbauer klug durchdacht. Sie biegen sich, aber brechen nicht. Sie schaukeln und scheinen ihre eigene Bewegung zu genießen. Vielleicht enthält die Natur doch viel mehr Seele als wir Heutigen wissen, und die Steinzeitmenschen hatten recht mit ihrem Animismus.
Andererseits nenne ich das eine alberne Spekulation, die für ein Mäusehirn angemessen wäre. Die tote Materie ist tot, nur in den lebendigen Wesen wirkt eine lebendige Seele. Das walte Hugo!

Angesichts neuester Erkenntnisse können wir die gesamte Tierwelt der Kreidezeit klonen Wenn das nichts ist! Ich sag's ja immer wieder: Wir gehen herrlichen Zeiten entgegen. Doch hätte ich es nicht so gerne, wenn schon frühmogens ein Iguanodon oder ein Stegosaurus in meinem Garten stünde oder ein Pterodaktylus auf meinem Dachfirst säße. So leicht unangenehm kribbelt es mir bei dem Gedanken den Rücken hinunter.
Als ich jung war, gehörte ich zu den Progressiven, jetzt im Alter wäre es mir lieber, es bliebe alles beim Alten. Die ganzen Neuerungen gehen mir viel zu schnell vonstatten. Eine Entwicklungsbremse tut not. Seefahrt tut nicht mehr so not. Sie sollte vielmehr eingeschränkt werden. Von Öltankern sollte man wieder auf Segelschiffe umsteigen; bei dem heutigen Stand der Meteorologie und Nautik, bei der Qualität der Nylonsegel und Leichtmetallmasten käme es auch nicht mehr zu solchen Katastrophen wie früher. Darüber lasse man sich doch ohne innere Widerstände belehren! Mit Atlanten und Sextanten, Quadranten und Querulanten, mit Metamorphosen und Zyrrhosen kommt man doch heute sehr viel weiter als gestern. Unter Umständen könnte man Dämme in die Ozeane bauen, die jeglichen hohen Wellengang verhindern. Bei New Orleans hat man ja schon damit angefangen. Und vielleicht auch an anderen Orten, von denen ich nur nichts weiß.
So ein Stubenhocker wie ich erfährt ja vieles nicht von dem, was in der Welt vorgeht. Informiert sein ist alles, wenn man nicht zurückbleiben will. Wer informiert ist, weiß in der Regel mehr als einer, der nicht informiert ist. Das fand schon Descartes heraus, wenn ich richtig informiert bin. Bin ich falsch informiert, dann war es ein anderer. Es ist ja auch nicht so

wichtig, wer es herausfand. Auf den Einzelnen kommt es schließlich nicht an. Das Weisheitsgut der Menschheit als Ganzes macht den Kohl fett. "Fühl, daß der ganze, der rühmliche Teppich gemeint ist", wie schon Rilke an Wilhelm von Humboldt schrieb, als der gerade vom Popocatepetl heruntergerutscht war und dann feststellte, daß er seine Brille oben vergessen hatte.
Wie sind wir denn der Wahrheit am nächsten? Doch dann, wenn wir uns von allen Religionen und jeder Mystik am weitesten entfernen. Wer nun jedoch Wissenschaft eine Ersatzreligion nennt, hat recht mit dem zweiten Wortteil, der erste kann wegbleiben.
Ich merke deutlich, daß ich von Minute zu Minute klüger werde. Das darf nicht sein! Wo sollte denn das noch hinführen? Diese Tendenz muss ich umkehren, durch Einschläferung dämpfen, sonst schießt mir noch die Gehirnmasse nach oben hinaus.
Rätsel: Was haben weibliche Brüste und Kartoffeln miteinander gemeinsam? Antwort: Daß es bei ihnen auf die Größe nicht ankommt. Hieran sehe ich, die Umkehrung ist mir schon ziemlich geglückt. Weiter so! - Die volle Verantwortung für das, was ich hier schreibe, kann ich leider nicht übernehmen. Ich bekomme syntaktisch nicht mehr die Kurven. Die Worte laufen von alleine geradeaus weiter, wenn ich rechtsrum oder linksrum will. Liegt da nicht ein Fall von motorischem Ungehorsam vor? Da sind anscheinend mehrere Schrauben locker. Ich kann nicht mehr dafür garantieren, daß ich jemanden, der sich mir anvertraut, auch wirklich ans Ziel bringe. Wer weiß, wo ich schließlich landen werde!
Ich stürze mich wie ein Kamikazeflieger nicht auf die Kriegsschiffe von Pearl Harbour, sondern auf die Schafherde, welche die Straße blockiert. Ich bremse nämlich nicht wegen Tieren, vor allem nicht, wenn sie

*frisch geschoren sind. Nackte haben auf den öffentlichen Verkehrsstraßen nichts zu suchen. -
Das Plombieren der Zahnlöcher macht mir auch keinen Spaß mehr. Vorsicht Schlaglöcher! werde ich mir vor den Mund kleben. Dann weiß man wenigstens, was man hat! Dann kann mir kein Kunstfehler unterlaufen wie dem Arzt, der mir Lebertran in die Stirnhöhlen spritzte und meinte, dann könnte ich wieder singen wie früher. Er verwechselte mich nämlich mit einem anderen Patienten, welcher von Beruf Opernsänger war.
Solche Pannen dürften eigentlich gar nicht vorkommen. Aber es herrscht ja heute keine Ordnung mehr. Überall wird so entsetzlich geschlampt, daß selbst eine Wildsau das Grausen ankommt. Man denke: In Nigeria wurde zur Präsidentschaftswahl ein Kandidat aufgestellt, welcher schon längst tot war. Die Gehaltslisten waren falsch geführt worden.
Man wird noch aus Versehen einen Krieg anfangen. Daran sieht man, daß die Leute viel zu wenig miteinander reden. Auch **mein** Leib wird höchstwahrscheinlich erst entdeckt werden, wenn er bereits zu stinken begonnen hat. Wer weiß: Da die Miete automatisch abgebucht wird, könnte ich auch erst gefunden werden, wenn ich bereits zu Staub zerfallen bin. Soll mir auch recht sein! Dann spare ich mir wenigstens die Beerdigung.
Doch mit solchen makabren Sätzen will ich nicht fortfahren. Ich bin kein Anhänger des Schwarzen Humors. Irgendein unschuldiges, kleines Mädchen könnte diesen Text lesen und einen lebenslangen Schaden davontragen, wenn ich in Bezug auf meine Leiche zu sehr ins Detail gehe.
Übrigens bin ich nicht dafür, daß man die Klimaerwärmung bekämpft. Man weiß doch, daß die Entfer-*

nung der Erde von der Sonne langsam wächst und es zu einer neuen Eiszeit kommen wird. Diese könnte möglicherweise durch die Klimaerwärmung ausgeglichen werden. Man muss jedenfalls auf alles gefasst sein, wie der Gast sagte, der in seinem Gulasch diverse Holzsplitter und einen Sargnagel fand.

Nach all diesem Unsinn müssen wir jetzt aber endlich einmal tacheles reden: Die Überschüsse aus den Verlockungen der Welt werden wir zur Abschaffung heidnischer Missbräuche verwenden. Das konzentrierte Machtbewusstsein muss von nun ab die herrschende Rolle spielen. Die kleinkarierten Bestrebungen von sentimental frömmelnden Sektenführern müssen gestoppt werden. Es wird aber noch viel Sand verweht werden, bis das gelingt.
Rosige Wölkchen bilden sich am Morgenhimmel, Zeichen einer neuen Welle der Confessio Augustana.
Es ist uns allerdings nicht daran gelegen, für eine Richtung Partei zu ergreifen. In jedem Blödsinn steckt ein Körnchen Wahrheit, und so auch in allen religiösen Splittergruppen. Um das ganze Gebäude in Ordnung zu bringen, muss man sich viel Zeit lassen. Es ist auch die eigene Position immer noch verbesserungswürdig. Man darf sich nicht nur mit den Fehlern der Gegner beschäftigen, sondern muss auch den eigenen die Augen auskratzen.
Die Lufträume sind von bösen Geistern erfüllt, natürlich nur in einem übertragenen Sinn.
Schmalz vermischt mit Gerstenmehl auf die Stirn geschmiert, kann sehr viele Übel vermindern. Auch heiße Kartoffeln wirken nicht schlecht.
Doch sind solche äußerlichen Mittel nur prophylaktisch anzuwenden. Die Direktbehandlung muss auf geistigem Wege erfolgen. Man muss sich nur vor den

Soldaten der Societas Jesu hüten. Sie scheinen weder Dolche noch Pistolen zu tragen, aber da täuscht man sich. Natürlich muss man meine Worte rein symbolisch verstehen. Nimmt man sie wörtlich, verliert man sein Gleichgewicht.
Ich kann nur solche Leute unterstützen, die statt Milchsuppe zu schlürfen, Salzsäure trinken, wenn man versteht, was ich damit sagen will. Nur der Geist kann so ätzen, daß Löcher in der gegnerischen Meinung entstehen. Die Schmerzen beim Besteigen der steilen Berghänge in den Lechtaler Alpen lassen sich nicht vermeiden und müssen ertragen werden, sonst kann man keine Kulturlandschaften retten. Mein Hund Fidel ist ein braves Mistvieh. Ich liebe ihn. Wenn er nur nicht immer hinter den Taubenschwärmen herjagen und die Schafe auseinander treiben würde. Leider richten Erziehungsversuche bei ihm nichts aus. Darin ähnelt er sehr den meisten Menschen.
Mein Freund Franz verspielte seine Altersvorsorge am Roulettetisch, ich weiß nicht in welcher Spielhölle. Bis nach Monaco musste er dazu nicht reisen; er konnte in Bayern bleiben, etwa in Rosenheim oder Garmisch-Partenkirchen. Solche Verhältnisse schlagen natürlich jeder gesunden Maßnahme ins Gesicht. Wer sich verbergen will, der kann sich leidergottes überall verstecken. Da gibt es viele uneindringliche Höhlen. Das ist der Nachtschatten des Leibes, wollte sagen, das ist die Schattenseite aller Diplomatie. Mit Zerren an den Lebensbedingungen kann man den wesentlichen Problemen nicht beikommen. Mit Zerschmeißen der Häuser durch Bombenangriffe natürlich auch nicht. Die Kampflugzeuge unterstützen nur die Feigheit. Wer nicht seine nackte Brust dem Feinde entgegenhält, taugt nichts. Das lernte ich schon im Alter von vier Jahren. Damals drückte mir mein Vater

eine Handgranate in die kleine Faust und zwang mich, auf einen russischen Panzer aufzuspringen und sie durch den geöffneten Deckel des Panzerturmes zu werfen. Leider verstauchte ich mir beim Wiederabspringen den Fuß und konnte deshalb nicht meinen Eltern auf der Flucht in den Westen folgen, sondern musste mich in den Ruinen verstecken und von weggeworfenen Kartoffelschalen und Brennneseln (auch Brenn-Nesseln) leben.
Das verstehe man nicht als Angeberei, sondern lediglich als Beispiel für die verschiedenen, vorkommenden Drangsale des Daseins. Man denke dabei auch an die Heldentaten der alten Römer! An Mutius Scävola zum Beispiel! Doch die rauhen Winde der Ostsee, welchen sich die baltischen Fischer aussetzen müssen, sind auch nicht von Pappe.
Da könnte ich noch unendlich viele Beispiele aufzählen, wenn es nicht schon wieder nötig wäre, schlafen zu gehen und den lieben Gott einen guten Mann sein zu lassen, der alles zum Besten arrangieren wird.

Die das Ichorgan schützenden Deiche können die Bilderfluten nicht immer zurückhalten. Schädigung der Hirnsubstanz kann man dann nicht ausschließen. Da muss mit Blutstillern vorgebeugt werden, welche nebenbei auch Warzen vertilgen.
Auf den Universitäten wird der Hypothesenlärm auch einmal verstummen; denn die göttlichen Gewitter werden nicht ausbleiben. Das Schmachten edler Jünglinge wird hohl in den Töpfen klingen, wenn die Liebesfreud' schwindet und das Liebesleid sich mehrt. Man gibt dann nichts mehr auf die Dissonanzen, die ein verstimmtes Akkordeon hervorbringt. Der Rubikon wurde zu oft schon überschritten. Die verkalkten

*Köpfe wackeln auf faltigen und mageren Hälsen.
Proteste hallen durch die majestätischen Weisheitshallen. Das Echo wirft sie vervielfacht zurück (die Bildzeitung ebenfalls). Alles wird heute vervielfacht. Alles wird vielmals bekakelt und ausgedeutet. Alles wird besudelt mit dialektischem Schleim. Der Konrektor kommt gar nicht mehr nach mit dem Putzen.
Die Kleidung der Stadtsenatoren wird auch immer schäbiger, weil in den Kommunalkassen eine so schreckliche Leere gähnt. Die Kinder stehen zu Dutzenden nackt vor dem Rathaus. So mancher hat in dieser Stadt keine Bleibe. In leeren Containern suchen sie Unterschlupf.
Die Container werden aus New Orleans herübergeschafft, wo sie den Obdachlosen nach dem Taifun "Katharina" als Wohnung dienten. Wenn "Katharina" die Erde umrundet hat, werden die Container bei uns angekommen sein. Jedenfalls steht das zu vermuten.*

*Den Ausfällen bei der Müllabfuhr muss durch größere Sammelaktionen begegnet werden. Jede Straße soll ihren eigenen Wertstoffhof erhalten. Die Kinder in den Tageskinderstätten sollen anstatt mit sinnlosen Spielen mit dem Müllsortieren beschäftigt werden, damit sie schon früh daran gewöhnt werden, sich nützlich zu machen. Das Militär wird dann mit Hubschraubern das Weitere besorgen. Kirchen sollen nur noch - um der Erhöhung willen - auf Müllbergen errichtet werden.
Den Beruf des Müllmannes brauchen wir dann nicht mehr und ein wichtiger Kostenpunkt für die Kommunalkassen entfällt.
Außerdem ist nicht einzusehen, warum die Bürgermeister der einzelnen Stadtteile nicht gleichzeitig das Priesteramt versehen könnten. Die maßlose Ver-*

schwendung an allen Orten und auf allen Gebieten muss endlich einmal aufhören. Wir brauchen eine rigorose Sparpolitik, weil das Meiste sowieso überflüssig ist. Mir kann man nicht mit faulen Ausreden kommen. Wer nicht spart, muss weg! Ich bin das A und das O. Wer nicht für mich ist, der kommt in den Müllzerkleinerer oder in die Betonmischmaschine. Ich werde euch schon zeigen, was die Harke ist! Die süßlichen Töne müssen endgültig weg! Immer dieses heuchlerische Gewünsche: "Schönen Abend noch", "Schönes Wochenende", "Schöne Feiertage" usw. - was soll denn dieses animistische Gebaren? Sowas verrät das geistige Niveau von Steinzeitmenschen, die durch Felsmalereien glaubten, ihre Jagdbeute zu erhöhen.
Auch halte ich es für notwendig, daß sich nicht jeder so völlig frei ein Auto kaufen kann. Jedermann muss gegenüber einer noch einzurichtenden Behörde zwingend nachweisen können, daß er dringend ein Auto braucht; dann kann er eine befristete Lizenz für einen Autokauf erhalten, und wer auf der Straße parkt, obwohl es in der Nähe eine Tiefgarage gibt, hat mit einer empfindlichen Geldstrafe zu rechnen.
Da ich wahrscheinlich unter solchen Umständen nicht wiedergewählt werden würde, muss meine Amtszeit automatisch auf Lebenszeit verlängert werden. Einen Nachfolger brauche ich nicht; denn wenn ich sterbe, ist es mit der Welt sowieso vorbei. Demonstrationen gibt es bei mir nicht. Diese Zusammenrottungen auf öffentlichen Verkehrswegen sind ein für allemal verboten. Wer eine Anregung hat, soll mir einen Brief schreiben. Wo dieser eventuell landet, darf ihn nicht kümmern. Vor dem Bürgermeisteramt werde ich Kanonen aufstellen lassen, damit jeder weiß, was die Stunde geschlagen hat. Wenn trotz des Verbotes

demonstriert wird, werde ich mit Panzerwagen in die Pöbelhaufen hineinfahren. Um es kurzgefasst zu sagen: Ich würde schlimmer wüten als Stalin, Hitler, Idi Amin und Pol Pot zusammen. -

Im Kirschbaum vor meinem Fenster treiben sich schon um sieben Uhr morgens zahlreiche Gäste herum, obwohl er noch gar nicht ausgeschlagen hat. Es ist nämlich in diesem April noch saukalt. Aber Amseln, Kohl- und Blaumeisen, Elstern, Krähen und Spatzen hüpfen frech und munter von Ast zu Ast. Soweit ich das beurteilen kann; denn vielleicht leiden sie ja ganz furchtbar und lassen sich das nur nicht anmerken. Wer kann schon in eine Tierseele hineinblicken? - *Gestern trieben einige Pakistani hier einen Elefanten durch die Straße. Meine Güte, ergab das einen Auflauf! Sie wussten dann nicht, wo sie ihn abstellen konnten, und parkten ihn dann ausgerechnet in einem absoluten Haltevebot, weil das der einzige freie Platz war. Da kam natürlich die Polizei und klebte ihm einen Strafzettel an den Rüssel. Erstens wegen Falschparkens, zweitens wegen Fehlen eines Nummernschildes! Die Ausländer wissen eben einfach nicht, was sich bei uns gehört und was nicht!*
Ich muss schon sagen, bei uns herrschen Zustände, wie meine Großeltern sie nicht für möglich gehalten hätten. Ich hoffe nur, daß es im Himmel keine Fenster gibt, von denen aus sie auf die Erde blicken können.
Es gibt zwar auch immer noch manch Gutes und Schönes zu sehen. Das will ich nicht leugnen. Leider fällt das Böse und Unschöne viel deutlicher in die Augen. Deshalb ja auch enthalten die Nachrichten in Funk und Fernsehen überwiegend Bösartiges und Hässliches und bereiten so der Bevölkerung schlechte Laune, reizen sie sogar teilweise zu Protesten auf, die

nur punktuell berechtigt sind. Ich kann mich mit dem ganzen Theater nur schwer abfinden.

Dieses ganze Tandaradei und Lirumlarumlöffelstiel ist doch zum Kotzen! Wohin kann man sich noch begeben, wo Ruhe herrscht? Überall hämmern sie mit ihren Hämmern, nageln sie mit ihren Nägeln und bohren sie mit ihren Bohrern, sodaß man sich die Ohren mit Ohropax zustopfen muss, um es aushalten zu können. Wenn ich nur wüsste, wie ich ihnen entkommen könnte! -

Plötzlich will mich eine sanftmütige, lyrische Stimmung ergreifen. Dem muss entgegen gearbeitet werden. Ich will schnell an Schlachtfelder und Leichenberge denken. Jedoch es gelingt nicht. Die Sonne lacht zu herzlich, der Himmel blaut zu festlich, eine sanfte Brise fächelt so sanft - die Krokusse und Massliebchen sprießen - die Spatzen zwitschern, die Amseln keckern - es raunt und wispert geheimnisvoll in den Hecken - an manchen Büschen bilden sich schon Knöspchen - kein hässliches Geräusch stört den Karfreitagsfrieden - liebliche Wolkenbäuschchen bevölkern das Himmelsrund - warum rege ich mich eigentlich auf? Es besteht kein Grund, um sich aufzuregen. Man regt sich ganz umsonst auf. Ich will es nie wieder zulassen, daß ich mich grundlos aufrege.

Die Wärme reicht zar noch nicht ganz aus, um sich wohl zu fühlen. Aber wenn man ein sonniges, windstilles Eckchen aufsucht, dann lässt es sich schon ohne Winterjacke aushalten. Jetzt müsste mir nur noch jemand Kaffee und Kuchen bringen; dann würden sich alle meine tyrannischen Gelüste legen. Ein Stück Schwarzwälderkirschtorte zum Beispiel könnte den unerbittlichsten Diktatoren besänftigen, und wenn es auf der Insel Elba in den Jahren 1813/14 ein anständiges Speiseeis gegeben hätte, wäre es nie

zu einem Waterloo gekommen. Denn hauptsächlich das Fehlen von Speiseeis veranlasste Napoleon, die Insel zu verlassen - neben einigen weit weniger relevanten, politischen Gründen.
Waterloo! Das Happyend eines der aufregendsten Lebensromane der Weltgeschichte! Der intelligenteste Mann seiner Zeit! Ein Reitergeneral, wie mein Vater, sah das mit ganz anderen Augen. Er sagte immer, die Engländer hätten die Geschichte total gefälscht und bestritten, daß Wellingon jemals gesagt hätte: "Ich wollte es wäre Nacht oder die Preußen kämen." Ich glaube allerdings auch, daß er das nie gesagt haben kann; denn er wusste ja gar nicht, daß die Preußen in seine Richtung marschierten. Für ihn waren sie geschlagen worden bei Ligny und auf der Flucht in Richtung Heimat.
Da bin ich doch schon wieder viel zu stark ins Wachbewusstsein geraten! Das hat alles nichts mehr mit spontanem Schreiben aus dem Unterbewusstsein zu tun. Es gelingt mir einfach nicht in die Tiefe zu kommen. Immer werde ich hinauf an die Oberfläche gedrückt. Aber an der Oberfläche schwimmt nur ein oberflächlicher Mist, ein Treibgut der Seichtheit, ein geistiges Entenflott.
Ich sollte mich schämen und tue es doch nicht. Alles Ehrgefühl ist mir abgestorben. Es ist mir egal, was ihr Mitaffen über mich denkt. Es ist eine Schande, so zu reden, ich weiß. Ich müsste untertauchen und nie wieder zum Vorschein kommen. Aber das sind ja sündige Gedanken! Und sie sind nicht einmal ehrlich, sondern reiner Schabernack - ein leichtfertig spottendes Gewinsel, wie es meinem Wesen zu meinem Kummer am angemessensten ist. Will ich damit öffentlich in Erscheinung treten? Nein, das will ich eigentlich nicht. Diese intimen Äußerungen muss man als

eine Form von Warnung ansehen und sind nur für posthume Veröffentlichung bestimmt. Das kann aus einem werden, wenn er alt und einsam wird!
Man halte sich lieber an die einfacheren Dinge des Lebens wie zum Beispiel ein heißes Wannenbad und anschließend ein Eieromelett mit Pilzen, Petersilie und Bohnenkraut. Auf das richtige Würzen kommt es an. Wenn die richtigen Gewürze fehlen, wird alles fade. Mensch, das hast du schön gesagt! Naja, wenn mich keiner lobt, muss ich mich selber loben. Das ist doch so: Streicheleinheiten braucht der Mensch nun mal, und notfalls muss man sich selber streicheln. Das ist immer noch besser als zu Drogen, Alkohol oder Süßigkeiten zu greifen.
Nebenbei bemerkt: In meinem Bett gibt es natürlich weder Erdnussschalen noch Brotkrümel oder Bonbonpapier. Mir ist nur so zumute, als ob. Pieken tut es auf jeden Fall, mehr als der Prinzessin auf der Erbse.
Erinnerungen wollen bei der Erwähnung dieses Märchens hochkommen. Aber ich lasse sie nicht. Sie passen mir nicht ins Programm. Ich schaue lieber den Wolken zu, wie der Wind sie treibt und ihre Form sich laufend verändert. Durch ein Wolkenloch steckt die Sonne ihr Gesicht hervor und lächelt mich wehmütig an. Jedenfalls scheint es mir so, wenn mir auch der Verstand sagt, daß das Blödsinn ist. Die Sonne ist absolut gefühllos, absolut erbarmungslos, aber auch die absolute Freude und Tröstung. Wer wollte das verkennen! Höchstens ein Araber, der in der Wüste lebt. Der hasst die Sonne, und seine größte Freude ist eine schattenkühle Oase, weshalb er sich auch so das Paradies vorstellt.
Wie stelle ich das Paradies mir vor?
Ein Sturm hat das Vogelhaus von meinem Kirschbaum auf die Erde geworfen. Nun liegt es da in einzelne

Splitter zerbrochen. - Ja, das Paradies! Wie stelle ich mir es vor? Wenn ich darüber nachdenke, komme ich nie zu einem Ergebnis, nie zu einem Ende. Ich glaube manchmal, mir dies oder das zu wünschen, und dann verwerfe ich es wieder.

* * *

Sekten und ich

Vor einigen Tagen bin ich aufgestört worden durch eine Fernsehsendung, in welcher "Sektenaussteiger" interviewt wurden und von ihren Erlebnissen innerhalb einer Sekte sowie von ihren Gründen, aus denen sie dieselben wieder verließen, berichten sollten.
Da stellte ich mit Erschrecken fest, daß die Thesen meines "Systems", wie ich es in den Manuskripten des Thomas Groll dargelegt habe, eine große Ähnlichkeit mit dem haben, was in den meisten Sekten oder sektenähnlichen Gemeinschaften getrieben wird.
Nun ist mir jedoch jedes sektiererische Wesen ein Greuel, und ich wünsche hier darzustellen, wie wenig ich trotz mancher ähnlichen Züge mit diesem Wesen zu tun habe. Ich lege Wert darauf, zu betonen, wie sehr meine Gedanken von denen der Sekten abweichen, die einem oberflächlichen Betrachter ganz gleich erscheinen mögen.
Es gibt gewisse Grundzüge, die seit Platons "Staat" in allen Utopien (zwischen Sekten und Utopien brauche ich in diesem Zusammenhang keine strenge Unterscheidung zu machen) durch alle Jahrhunderte hindurch vorkommen. Da wollen alle zunächst einmal keine großen Vermögensunterschiede, sondern alles soll weitgehend "Gemeinbesitz" sein und sich gleich-

mäßig - zumindest einigermaßen gleichmäßig - auf alle Mitglieder verteilen.

Der zweite Grundzug besteht in der Ablehnung jener festen, lebenslangen Zweierbeziehung, die man Ehe nennt, in der durchaus richtigen Erkenntnis, daß diese Institution eine höchst problematische Sache ist und vielen Menschen gar nicht gemäß.

Damit in Zusammenhang steht steht dann auch, daß die persönliche Kindererziehung eines einzelnen Paares abgelöst werden soll zugunsten einer Erziehung durch die Gemeinschaft. Bei Platon werden die Kinder den Eltern regelrecht weggenommen und von staatlichen Erziehern erzogen. Es gibt aber auch weniger rigorose Wege, um das Erziehungsproblem zu lösen.

In dieser Hinsicht ergab die Fernsehdiskussion eine Merkwürdigkeit: Die Aussteiger, befragt, warum die Gemeinschaft eine so absolute Kontrolle über die Kindererziehung haben wolle und sie den Eltern entziehe, konnten dafür keine Gründe angeben. Sie sagten, das wüssten sie nicht und verstünden sie auch nicht. Und hatten es doch jahrelang mitgemacht!

Darauf werde ich gleich noch näher eingehen.

Doch als vierten Grundzug fast aller dieser Gemeinschaften, die sich von der Allgemeinheit absetzen und sich durchaus als etwas Besseres als jene empfinden, möchte ich einen gewissen Hang zur Mystik nennen, der natürlich sehr unterschiedliche Formen annehmen kann und auch unterschiedlich stark ausgeübt wird.

Vielfach stecken sich die Sektenführer das Fähnlein an, einen persönlichen Draht zu Gott oder auch zu gewissen höheren Wesen und Welten zu haben, bezeichnen sich als Auserwählte und verlocken mit diesem Auserwähltsein dann auch die, welche ihnen gehorsam folgen und selbstlos dienen. Dieser Hang zur Mystik oder Esoterik bedingt dann auch meistens

eine Ablehnung der etablierten Kirchen und deren Dogmen. -
Nun erschreckt mich, daß ich in vielen Punkten sehr Ähnliches vertrete, mich selber jedoch nicht als Sektierer oder Sektengründer ansehe und mir Sekten der Vergangenheit und Gegenwart in den meisten Fällen als Formen eines kollektiven Wahnsinns vorkommen.
Deshalb will ich ja auch nicht, daß mein "System" von einem Einzelnen oder einer kleinen Gruppe ausgeht, sondern von der Regierung eines Staates oder besser noch von den Regierungen eines Staatenverbundes.
Trennungen innerhalb einer Gesellschaft in nebeneinander- oder sogar gegeneinander gerichtete Parteiungen unterstützen meine Intentionen überhaupt nicht.
Ich stellte ja meine ganze Arbeit unter das Motto: "Verflucht sind alle, die da Trennungen machen!" - welches ein Jesuswort ist, und der Sinn desselben besteht darin, Gegensätze möglichst aufzuheben.
Der oben angesprochene "Hang zu Mystik und Esoterik" kommt nun in meinem "System" gar nicht vor; denn es soll ganz auf dem wissenschaftlichen Weltbild beruhen und keine zweite, mystische Wirklichkeit hinter der allgemein bekannten Wirklichkeit annehmen oder konstruieren. Mein System übernimmt daher von den Religionen nur ihre Morallehren, die im wesentlichen auch alle gleich sind, weil die Erkenntnis dessen, was moralisch gut ist, auch ganz einfach ist und, wenn man es volkstümlich ausdrücken will, auf dem Spruch beruht: Was du nicht willst, das man dir tu, das füg' auch keinem andern zu! Dieser Spruch stimmt grundsätzlich überein mit dem Gebot der Nächstenliebe und mit dem Kategorischen Imperativ und schließt auch das Gebot der Feindesliebe in sich ein, wenn auch dieses schwer zu erfüllen ist.

Wenn jetzt die "Religiösen", wie sie es denn mir gegenüber auch schon oft getan haben, die Wissenschaft als eine Pseudo- oder Ersatzreligion bezeichnen, an die man ebenfalls "glauben" müsse, da längst nicht alles gesichert sei und in ihr ein andauernder Wechsel von Erkenntnissen und Irrtümern im Gange sei, dann mögen sie das ruhig tun (Benennungen spielen hier überhaupt keine Rolle) - wenn sie nur zugeben, daß die Wissenschaft von allen Wahrheiten noch am meisten Wahrheit enthält und auch auf der ganzen Welt gleich ist und daher - abgesehen allerdings von der Verständlichkeit - am wenigsten zu Trennungen und Parteiungen führt.

Ich bin der Ansicht, wenn jemand von göttlichen Offenbarungen zu reden anfängt, soll man ihn - er mag ansonsten ein so lieber Mensch sein wie er will - sofort in die Psychiatrie geben oder in die Wüste schicken oder dahin, wo der Pfeffer wächst. Aus der Behauptung, göttliche Eingebungen zu empfangen, spricht ein derart verwirrter, aber anmaßender Charakter, daß man sich unbedingt von ihm trennen sollte, wenn man den Frieden in einer Gemeinschaft erhalten will. Tut man das nicht, kommt es zwangsläufig zu Anhängern und Widersachern. Mit Leuten, die etwas zu sehen, zu hören oder zu wissen vorgeben, was normalerweise von niemandem gesehen, gehört oder gewusst werden kann, zusammen leben zu müssen, führt zu der Situation, welche in dem Märchen "Des Kaisers neue Kleider" ausgedrückt wird. Da werden die Leute überredet, etwas zu sehen, was sie dann tatsächlich zu sehen vorgeben, um nicht als dumm zu gelten. Und darin liegt eben das furchtbar Unangenehme aller Mystiker und Esoteriker, daß sie alle Nichtmystiker und Nichtesoteriker als dumm verkaufen.

Eines steht ein für allemal fest: Gott spricht nicht.

Es kann einem zwar so vorkommen, aber es ist dann jedesmal eine Selbsttäuschung, ein rein halluzinatorischer Akt. -
Um nun auf das Thema Erziehung zurück zu kommen, die bei Platon ganz vom Staat übernommen werden soll und bei den meisten kleinen Sekten von den Sektenführern selbst in die Hand genommen wird:
Daß den Eltern ihre Kinder ganz weggenommen werden und sie sozusagen gar keine Erziehungsgewalt mehr über sie haben sollen, das ist über das Ziel hinausgeschossen, und das propagiere ich in meinem System überhaupt nicht. Zwischen der Alternative: ein Elternpaar oder der Staat, sehe ich den Kompromiss: mehrere Elternpaare, die sich in einer Großfamilie zusammengefunden haben.
Der Moment, da ich zu der Ansicht gelangte, es sei verkehrt, die Erziehung einem einzelnen Ehepaar zu überlassen, war gegeben, als ich las, wieviele Kinder von ihren Eltern zu Tode gequält werden. Die Zahlen waren schrecklich hoch, und wenn ich mir das geradezu irrsinnig machende Leid vorstelle, welches Kindern widerfährt, die vom Leben eine liebevolle Zuwendung erwarten und stattdessen die eiskalte, mitleidlose Bosheit erfahren müssen, dann packt mich ein solcher Ingrimm, daß ich die ganze Menschheit erschlagen möchte. Nebenbei bemerkt folgere ich aus aus dem Vorhandensein dieser Tatsache, daß es so etwas wie einen Gott, der als ein gütiger Vater über die Menschheit wacht, nicht gibt.
Und wenn Zehntausende ihre Kinder umbringen, wie viele mögen es dann erst sein, die ihre Kinder lediglich vernachlässigen, sich um deren Erziehung gar nicht kümmern. Aber auch bei diesen Eltern selber muss in der Erziehung etwas schief gelaufen sein; denn das sind keine normalen Verhaltensweisen.

Die Beschreibungen, wie diese Elternpaare im einzelnen dabei vorgehen, sind so schrecklich, daß man wirklich an dem Menschen verzweifeln kann.
Das ist also einer der zwingenden Gründe, weshalb man einzelne, voneinander isolierte Ehepaare nicht mit ihren Kindern alleine hausen lassen kann. Es gibt aber auch noch mehrere andere. Der krasse Individualismus, der heute in den westlichen, kapitalistischen Ländern herrscht, bringt dermaßen verschiedene, elterliche Erziehungsweisen hervor, daß auch nur äußerst unterschiedliche Erziehungsergebnisse hervorkommen, die untereinander in einem Gesellschaftssystem sich nur noch anfeinden können, was sich hauptsächlich im Vorgang der Unterdrückung, der Beherrschung von Oberen über Untere zeigt. Es entstehen die Herrscher- und die Nachläufertypen, welche man beide als Folge eines negativen Erziehungssystems betrachten muss.
Insbesondere ergibt auch das ganz unterschiedliche Verhältnis von einzelnen Paaren zur Sexualität ganz unterschiedliche Weisen der Sexualerziehung und damit ganz unterschiedliche Menschentypen, die nicht mehr friedlich miteinander leben können, sich bestenfalls erdulden, aber nicht miteinander kommunizieren.
Nun kommt es gar nicht darauf an, daß vielleicht der weitaus größere Teil der Bevölkerung nicht von solchen Negativitäten betroffen ist und einer guten Erziehung teilhaftig wurde und auch eine gute Erziehung weitergibt. Die Tatsache allein, daß die oben erwähnten Übel *überhaupt passieren können,* lässt das ganze System, in dem so etwas möglich ist, als ein Negativum erscheinen, und seine Abschaffung ist wünschenswert.
Zum Vergleich: Wenn ein Fünftel aller Ehen schlecht verläuft (wie mir eine Statistik sagt) und vier fünftel

gut, kann man das Prinzip der Ehe doch nicht mehr als das allein sinnvolle aufrecht erhalten. Man kann ja auch nicht das Verhungern von zehn Millionen Menschen als relativ akzeptabel gutheißen, weil zehn Milliarden <u>nicht</u> verhungern. Die Tatsache, daß überhaupt jemand verhungern kann, ist abzuschaffen und das System entsprechend zu ändern. Und so ist es mit allen Übeln. Es darf nicht als Gegenargument verwendet werden, daß eine Überzahl <u>nicht</u> von dem Übel betroffen ist. Sonst könnte man sich ja vieles sparen: Ambulanzwagen, Krankenhäuser, Polizisten, Richter, Gefängnisse, Rechtsanwälte und Fachärzte. Sie alle sind nur für Minderheiten tätig. -
Zum sektiererischen Wesen gehört auch das sich Abhebenwollen von der Allgemeinheit durch Kleidung, Essgewohnheiten, Grußformeln und Embleme. Dagegen habe ich mich ebenfalls geäußert in der Besprechung des Films "Dinotopia" in meinen "Materialien zu den Manuskripten des Th. Gr."
Das sind überflüssige Albernheiten. Deshalb machten sich auch die Pfadfinder, die man allerdings nicht als religiöse Sekte bezeichnen kann, schon lächerlich: mit ihrem "Gut Pfad", "Der Große schützt den Kleinen", ihren auffallenden Halstüchern und den Emblemen auf Hemden und Jacken.
Als typisches Merkmal für Sekten muss jedes Mitglied einen monatlichen Beitrag leisten, von dem dann die Sektenführung lebt, welcher sonst keine Einkommensquelle zur Verfügung steht. Man darf sogar annehmen, daß diese Beiträge den Hauptgrund bilden, weshalb eine Sekte gegründet wird. Eine weitere Möglichkeit besteht darin, die ganze Sekte als einen Produktionsbetrieb aufzuziehen, in welchem dann die Mitglieder für 'nen Appel und 'n Ei arbeiten müssen.
Die Sektenmitglieder dienen nur als fromme Schäf-

chen, die von einem Wolf gefleddert werden. Dadurch unterscheiden sie sich von Vereinsmitgliedern, deren Beiträge von einem Kassenwart verwaltet werden und nicht der Vereinsführung zugute kommen (falls es mit rechten Dingen zugeht).

Von solchen Allüren ist mein System frei. Da gibt es auch keine Führungsspitze, keinen "Vorstand", sondern nur zur Organisation notwendige Funktionen, die zwischen Vielen aufgeteilt werden. Die tatsächliche und praktisch verwirklichte Gleichheit, die Abwesenheit eines jeglichen Oben und Unten kennzeichnet als wesentliches Prinzip die von mir vorgeschlagene Gesellschaftsform und unterscheidet sich allein dadurch von den meisten Sekten.

Man könnte wohl kaum behaupten, daß durch mein "System" irgendjemand "verführt" werden könnte, wie das bei den meisten Sekten der Fall ist. Die Freiwilligkeit stellt die oberste Bedingung für mein "System" dar. Jeder könnte jederzeit die Gemeinschaft verlassen, solange noch nicht die Gesamtheit der Bevölkerung innerhalb dieses "Systems" lebt. Sollte es jemals soweit kommen, dann ist das "Aussteigen" allerdings ein Problem; nicht weil man jemanden festhalten will, sondern weil es dann kein Wohin? mehr für ihn gibt.

Weiterhin bemerkt man bei allen Sekten oder sonstigen von der Allgemeinheit sich absondernden Gruppierungen eine Ablehnung von Industrie und Commerz.

Obwohl diese beiden heute als eine übermächtige Selbstverständlichkeit gelten und sie abschaffen zu wollen, geradezu als Wahnsinn und von vornherein zum Scheitern verurteilt zu sein erscheint, hat diese Ablehnung sehr triftige Gründe, denen gegenüber auch mein System sich nicht völlig verschließt. Es hält nichts davon, wenn die Welt nur noch aus Kaufen und

Verkaufen besteht und auch die Nahrung nur über einen Kaufakt beschafft werden kann.

Die Existenzangst wächst mit der Entfernung von den Existenzmitteln; das haben schon andere vor mir erkannt und darum den Autarkiegedanken zumindest auf dem Nahrungssektor propagiert. Diesen Gedanken habe ich in meinem System übernommen.

Es geht nicht an, daß jedes kleine Dorf zum Beispiel in Schleswig-Holstein davon abhängig ist wie die Ernten in Kanada, in der Ukraine oder in China ausfallen. Jede Gemeinschaft - ich spreche da gerne von Lebenseinheit - muss autark sein, d.h. ihre Lebensfähigkeit darf nicht von Agrarstrukturen außerhalb ihrer selbst abhängig sein. Sie darf nicht gezwungen sein, ihre Nahrungsmittel auf dem Umweg über Gelderwerb einkaufen müssen. Die Probleme durch Dürreperioden, Misswuchs usw. müssen einkalkuliert und können gelöst werden.

Was nun die industriellen Herstellungsweisen betrifft, so gibt es trotz aller wunderbaren Erungenschaften doch einiges gegen sie zu sagen. Zunächst muss man es als bedauernswert empfinden, daß Handwerk und Kunsthandwerk von der Industrie verdrängt werden. Dann strahlen industrielle Produkte infolge ihrer technischen Perfektion eine gewisse Lebenskälte und Unpersönlichkeit aus, die zwar von Vielen gar nicht mehr gespürt wird, die von intensiver Beobachtenden jedoch als deutliche Verarmung des Lebens empfunden wird. Von Hand gefertigte Produkte sind trotz oder gerade wegen ihrer Unregelmäßigkeiten einfach schöner. Wer das nicht selber erfahren hat, den kann ich hier in Kürze nicht davon überzeugen. Die Liebe zu individuell gefertigten Produkten hat heutzutage nicht mehr jeder; aber ich betrachte das als geschmackliche Verbildung. Wer mir darin nicht folgen kann, der lasse

es sein und genieße seine Industriepodukte! -
Ein weiterer Fehler der Industrie besteht darin, daß in ihr der Mensch zu monotonen Tätigkeiten verdammt wird, die ihn wenn nicht gerade krank machen, so doch zumindest zu einseitigen Entwicklungen führen, die man als negativ bewerten muss, da der Mensch sich gleichmäßig nach allen seinen biologischen Seiten entwickeln soll, wenn er die Bezeichnung homo sapiens sapiens aufrecht erhalten will.
Außerdem scheint in den oberen Etagen der Industrie und vor allem des Geldwesens eine unredliche Verfilzung zu stecken, die man nicht gutheißen kann. Daher führt sie auch, sobald Anzeichen von ihr irgendwo entdeckt werden, zu Demonstrationen und sogar zu Krawallen.
Es gibt also gute Gründe für das Entstehen von Gruppierungen, welche andere Wege gehen als die Allgemeinheit. Man sollte sich nur nicht gegenseitig verteufeln. Abschaffen kann man Industrie, Commerz und Bankenverfilzung nicht mehr, das Bedürfnis nach den entgegengesetzten Tendenzen jedoch auch nicht.
Jedoch unterscheiden sich meine Intentionen von denen kleinerer Gruppen, daß sie eine gewisse weltgeschichtliche Dimension beanspruchen, wenn sie auch zunächst nur aus rein technichen Gründen auf einem eng begrenzten Gebiet verwirklicht werden sollen.
Mein "System" soll keine Trennung von der Allgemeinheit und von dem Mainstream des Geschehens bedeuten. Es darf keine Elemente enthalten, die nur für bestimmte Gruppen mit Spezialinteressen passen. Man darf auch nicht erwarten, daß es jemals eine absolute Mehrheit erhält. Viele werden so etwas immer ablehnen. Vor allem wird niemand an meinem "System" ein Interesse haben, solange alles so einigermaßen weiterläuft. Erst nach einer großen Weltkata-

strophe würde man vielleicht anfangen, sich zu überlegen: "Was haben wir denn falsch gemacht?" und dann könnten meine Bücher für einen Neuanfang hilfreich sein, sofern sie dann noch existieren.

* * *

Der Tod der Tante

Eine Tante wurde von mir, ach nein, ich habe mich verschrieben, ein Tante von mir wurde ermordet - eine reiche Tante, also eine sogenannte Erbtante, und daher verdächtigte die Polizei alle in Frage kommenden Erben, darunter auch mich. Außer mir sind das noch zwei Vettern mütterlicherseits.
Wegen dieser Vettern habe ich mir nie etwas aus der Erbtante gemacht. Denn durch mindestens drei geteilt (ich sage mindestens, denn es gelten wohl auch noch einige nicht verwandte Personen, die ich nicht kenne, als erbberechtigt) schien mir die Erbschaft nicht mehr so recht attraktiv, so reich war sie nun auch wieder nicht gewesen, und sie selber war mir überhaupt niemals attraktiv vorgekommen; denn sie war alt und runzlig, asthmatisch, schwerhörig, von mehreren inneren Krankheiten geplagt und bigott. - Der Mord war eindeutig; denn sie war im Tod gelbgrün angelaufen und stark geschwollen - wie der polizeiliche Ermittler mir verriet; ich selber kam, weil auswärts wohnhaft, um den Genuss, dieses gelbgrüne Antlitz schauen zu dürfen - und wer anders sollte die Tante ermordet haben als einer der Erbberechtigten. Irgendein anderes Motiv war nicht im entferntesten erkennbar.
Diese völlig ungesellige Tante lebte sehr zurückgezogen, hielt ihre Türen, auch die innerhalb der Wohnung,

immer streng verschlossen, Besuche ihrer Verwandten empfing sie nur nach telefonischer Anmeldung, andere überhaupt nicht - und so konnte die Polizei es sich nicht erklären, auf welche Weise man sie um ihr Leben gebracht hatte.

Nur ihr Arzt und eine ambulante Krankenpflegerin der Barmherzigen Samariter hatten außerdem noch Zutritt zu ihrer Wohnung. Die Krankenpflegerin besaß sogar einen eigenen Schlüssel, weil die Tante in den Zeiten, da die Pflegerin kam, zumeist im Bett lag. Es gehörte ja zu deren Aufgaben, die Tante morgens aus dem Bett zu heben und anzukleiden. Jedoch ein Arzt und eine Barmherzige Samariterin standen natürlich außerhalb jeglichen Verdachts, erstens wegen ihres hohen sittlichen Niveaus, zweitens wegen eines nicht erkennbaren Mordmotivs.

Nachdem die Polizei mein Alibi und die meiner beiden Neffen überprüft und als hieb- und stichfest befunden hatte, denn wir lebten ja in anderen Städten und konnten nachweisen, unsere Wohnorte nicht in der relevanten Zeit verlassen zu haben, richteten sich die Ermittlungen der Polizei vornehmlich auf den Essensbringdienst.

Deren Lieferung war stets von der Samariterin in Empfang genommen und dann von ihr meistens im Bett, selten im Wohnzimmer, serviert worden. Diese Ermittlung schien vorübergehend an einen Erfolg zu streifen, weil an dem gleichen Tag, an dem meine Tante starb, einer weiteren Essensempfängerin übel geworden war. Aber das Essen hatte Broccoli enthalten, welches Gemüse ihr vom Arzt streng verboten worden war. Weil sie es aber so gerne aß, hatte sie dieses Verbot in den Wind geschlagen und prompt die Folgen zu spüren bekommen. Alle anderen, denen das gleiche Gericht in das Haus gebracht worden war,

erlitten keine Beschwerden, nicht einmal die allerkleinste. Dieser Weg führte also die Polizei in eine Sackgasse.
Ich selber hatte ja diese Tante seit Jahren nicht mehr besucht, ihr lediglich zu den Feiertagen eine Postkarte geschickt, stand also insofern außerhalb eines ernsthaften Verdachts, einer meiner Vettern ebenso. Jedoch der andere Vetter hatte zwei Wochen vor dem Grüngelbanlaufen unserer Tante ihr einen Besuch abgestattet - und da konnte er etwas gemacht haben, was dann zu jenem Ergebnis führte. Der Verdacht war eigentlich völlig absurd; aber die Kriminalermittler brauchen immer mindestens einen Verdächtigen, weil sie sonst nicht wissen, wie sie weitermachen sollen. Und so wurde dieser meiner beiden Vettern zum Verdächtigen Nummer Eins.
Sie verhörten ihn stundenlang - solange, bis er wütend wurde und es sich verbat, weiterhin belästigt zu werden, es sei denn, sie könnten ihm irgendetwas nachweisen. "Aha", sagte da der ermittelnde Inspektor, "er verlässt sich darauf, daß wir ihm nichts nachweisen können; damit wird er als der mutmaßliche Täter immer wahrscheinlicher." Dieser Mann erzeigte sich tatsächlich als extrem rührig. Er ließ sogar in den Apotheken des Wohnortes meines Vetters nachforschen, ob er in den Tagen vor seinem Besuch bei der Tante irgendein spezielles Mittel eingekauft hätte, was insofern ganz unsinnig war, weil man bei der Obduktion gar kein bestimmtes Gift hatte feststellen können. Die Kriminalmedizinerin hatte es als lediglich für völlig ausgeschlossen erklärt, daß die Symptome von einem natürlichen Tod herrühren könnten.
Alles in allem, die bekannten polizeilichen Ermittlungsmethoden wie Suche nach Fingerabdrücken, oder nach DNA-Spuren führten zu nichts. Die Kriminalpo-

lizei war ratlos und der Hauptermittler verzweifelt. Dann muss etwas geschehen sein - genau weiß ich das nicht; denn ich war nicht dabei - was zumindest erklärte, wie, auf welche Art und Weise, der Tod der Tante zustande gekommen war. Aber einen Täter hatte man damit immer noch nicht.

Die Sache geschah wohl so: Meine Tante hatte wegen ihrer zahlreichen Krankheiten eine Menge der verschiedensten Tabletten einnehmen müssen, und da man nicht mehr gebrauchte Tabletten nicht in den normalen Müll geben soll, brachte die schon erwähnte Barmherzige Samariterin veraltete Tabletten zur Entsorgung in die nächste Apotheke. Dabei fiel der Apothekerin auf, daß eine Schachtel, die eigentlich hätte gelbe Tabletten enthalten müssen, auf einmal blaue enthielt - und als sie nun die anderen Schachteln, Röhrchen und Gläser untersuchte stellte sie fest, daß diese alle nicht mehr die richtigen Tabletten enthielten, die sie enthalten sollten.

Das hatte nun offensichtlich zu der ganz schrecklichen Folge geführt, daß meine Tante erstens ihre Tabletten zu falschen Zeiten eingenommen hatte und zweitens in den falschen Mengen. Von den Tabletten, die sie dreimal täglich hätte einnehmen müssen, hatte sie immer nur eine genommen, und umgekehrt von den Tabletten, die sie nur einmal täglich hätte einnehmen sollen, hatte sie drei genommen, und so war alles durcheinandergeraten, und sie hatte sich selber vollkommen falsch medikamentiert. In gewisser Weise hatte sie sich also selber umgebracht. Aber wie war diese Unordnung entstanden? Wer hatte die Schachtelinhalte vertauscht?

Nun war wieder alles offen und jeder verdächtig. Besonders aber wiederum der Vetter; denn wenn er bei seinem Besuch vierzehn Tage vorher die Pillen ausge-

tauscht hatte, reichte die Zeit wohl aus, um jene fatale Wirkung hervorzubringen.
Oder war möglicherweise die Pflegerin ihres Dienstes überdrüssig geworden (denn angenehm ist so eine Uraltkrankenpflege nicht) und hatte nach einer Beendigung gesucht?
Sogar der Arzt geriet jetzt in Verdacht, weil vornehmlich ein Mediziner auf die Idee kommen könnte, durch Tablettenvertauschung einen Tod herbei zu führen. Das könnte man sogar als perfekten Mord bezeichnen; denn eine Entdeckung wäre ganz unwahrscheinlich und war hier nur durch einen ebenso unwahrscheinlichen Zufall geschehen. Aber was für ein Motiv sollte er gehabt haben? Etwa die reine Mordlust? In der heutigen Zeit, in welcher Piloten ihre Flugzeuge voll mit Passagieren gegen Bergmassive steuern oder ins Meer stürzen, könnte auch ein Arzt anstatt einen Patienten sinnlos am Leben zu erhalten ihm das Leben nehmen, wenn ihm die Behandlung zu lästig geworden wäre.
Das lag natürlich alles im Bereich der Spekulationen und führte zu keinem Ergebnis. Die Ermittlung trat auf der Stelle.
Schließlich gab es auch die Möglichkeit, daß die Tante selber die Tabletten durcheinander gebracht hatte. Vielleicht war ihr der Kasten, in dem sie die zwanzig verschiedenen Pillensorten aufbewahrte einmal heruntergefallen, die Schachteln dabei aufgegangen, hatten die Pillen auf dem Boden verstreut, und beim Einsammeln hatte sie dann die blauen mit den gelben und die roten mit den grünen verwechselt. Dem widersprach jedoch wiederum die Unbeweglichkeit der Tante. Sie wäre nie aus dem Bett gestiegen und dann am Boden herumgekrochen, um die Pillen wieder einzusammeln. Sie hätte auf ihre Pflegerin gewartet und diese die

Arbeit tun lassen; es sei denn, sie wäre plötzlich von einer unerträglich heftigen Schmerzattacke befallen worden. -

Dann wurden jedoch durch einen Zufall die Nachbarn unter, über und neben der Wohnung meiner Tante in den Kreis der Verdächtigen gezogen.

Das kam so: Die Wohnung war zwar plombiert worden, aber der Inspektor selber hatte die Plombe aufgerissen, weil er Papiere über die Vermögensverhältnisse der Dame finden wollte. Danach aber musste ein Polizist Wache halten bis zur Neuplombierung der Wohnung. Dieser berichtete nun dem Inspektor, daß mehrere Personen aus dem Haus sich höchst befriedigt über Tantes Ableben geäußert hätten, weil sie jede Nacht den Ton ihres Fernsehers so laut aufgedreht hatte, daß die Nachbarn nicht hätten schlafen können und daß die Tante auf Klopfen an die Wände nur mit einem noch lauteren Zurückklopfen reagiert hätte. Daher hätten einige Nachbarn sich mit Ohropax behelfen müssen, während andere eine Klage wegen ruhestörenden Lärms erwogen.

Mit den Schwerhörigen und dem Fernsehen gibt es ja folgendes Problem: Um den Text zu verstehen, müssen sie den Ton weit aufdrehen. Dieses Sprechen dringt nun meistens noch nicht durch die Wände. Aber wenn das Sprechen pausiert, dann setzt die Zwischenmusik ein und das mit einer Wucht, die nun ganz gewaltig durch die Wände dringt und die Nachbarn ganz gewaltig stört, und wenn sie schon geschlafen haben, aus dem Schlaf reißt.

Auch ich hasse diese Zwischenmusiken wie die Pest. Ich habe selber neben einer schwerhörigen, alten Dame gewohnt und an ihnen gelitten. Und da ich jetzt selber schwer höre, bin ich, um *meine* Nachbarn nicht zu stören, gezwungen, den Lautsprecher in einem fort

zu und wieder aufzudrehen. Kommt noch hinzu, daß sehr oft diese Zwischenmusik ganz minderwertig ist, von schlechten Komponisten stammt, die offenbar wenig Aufträge bekommen und nun an diesen Stellen zeigen wollen, was sie drauf haben, und dann einen bombastischen, vollorchestrierten Mist komponieren, um die Sprechlücken auszufüllen. Dabei fehlt teilweise sogar völlig der Zusammenhang mit dem Filmgeschehen und ist nur ein unerträglicher, unpassender Radau. Gute Filmregisseure wie beispielsweise Stanley Kubrick verwenden daher nie die von minderwertigen Filmmusikern gemachte Musik, sondern die Originalmusik von wirklich großen Komponisten und verwenden sie sparsam. Wieso leiden die Filmemacher an einem so stark ausgebildeten akustischen horror vacui, daß sie nicht die kleinste, akustische Pause zu machen wagen, die zu den meisten Szeneninhalten viel besser passen würde?
Und je jünger diese Filmkomponisten sind, desto widerlicher, geräuschähnlicher und musikferner werden diese Zwischeneinlagen, immer dumpf tönender und holzhammerähnlicher, immer elektrofizierter und mechanischer, was ein älteres Ohr absolut nicht verknusen kann. Ich wollte deswegen schon einen Beschwerdebrief aufsetzen; weiß nur nicht, wer dafür der richtige Ansprechpartner wäre. Wenn sie wenigstens Musik und Sprache auf zwei verschiedene Tonkanäle legen würden! Dann könnte man die Musik, sobald sie stört, abschalten. Aber wahrscheinlich wäre das nur tauben Ohren gepredigt. -
Diese Meldung des Polizisten gab dem Inspektor natürlich zu denken: Sollte wegen dieser andauernden, nächtlichen Störungen einer der anderen Hausbewohner die alte Frau umgebracht haben? Deren Motiv müsste man durchaus als besonders stark einstufen.

Denn nichts fuchtet den Menschen so als wenn ihm der Schlaf geraubt wird. War es jedoch auf irgendeine Weise möglich, hier zu einem Beweis zu gelangen?
Nein, das war es nicht. Da nun aber das Erbe nicht ausgezahlt werden konnte, solange der Fall nicht abgeschlossen war, hatte die Kriminalpolizei ein Einsehen mit den Erben, und der Fall wurde als nicht aufklärbar abgeschlossen.
Wer auch immer meine Tante ermordet haben mochte, ihr Tod blieb ungerächt. -
Zwei Wochen später bekam der Inspektor einen Brief, nicht anonym, aber ohne die Anschrift des Absenders. Geschrieben hatte ihn einer der Nachbarn meiner Tante, der aber inzwischen ausgezogen war ohne eine neue Adresse zu hinterlassen. Niemand kannte also seinen jetzigen Aufenthaltsort.
Der Brief lautete: Lieber Inspektor Meyerbeer! Verschwenden Sie Ihre Energie nicht mit weiteren Ermittlungen im Fall Emma Runge! *(meine Tante)* Der für ihren Tod Verantwortliche bin zweifellos ich, muss aber sagen, daß ich mich nur in geringfügigem Maß schuldig fühle, denn diese Frau hatte das grässlichste, zänkischste und rücksichtsloseste Wesen, das man sich denken kann. Alle die ich kenne und die sie kannten, wünschten sie zur Hölle. Sowohl ich als auch andere Nachbarn hatten immer wieder versucht, mit ihr zu reden; aber sie hat ihre Tür nie geöffnet und am Telefon sofort aufgelegt, wenn sie hörte, es war einer von uns. Wir waren alle so wütend wegen des lauten Einstellens ihres Fernsehers, daß wir gemeinsam beschlossen, mithilfe eines Dietrichs in ihre Wohnung einzudringen und ihren Fernseher außer Gefecht zu setzen. Da ich Radiomechaniker bin, wollte ich es unternehmen, den Ton zu entfernen und ihr nur das Bild zu lassen. Aber als ich ihr Schlafzimmer - nach

Anklopfen natürlich - betrat, begann sie sogleich fürchterlich zu schreien und warf mir dann den Kasten mit ihren Tabletten, den sie auf dem Schoß hielt, weil sie wohl gerade etwas einnehmen wollte, ins Gesicht.
Da die meisten Schachteln offen waren, fielen nahezu alle Tabletten heraus und kullerten über den Teppichboden. Nun fing sie an zu heulen und mich zu bitten, die Tabletten aufzuheben, weil sie ja laufend irgendwelche davon einnehmen musste. Ich versprach, das zu tun unter der Bedingung, daß sie in Zukunft nach zehn Uhr abends den Ton ihres Fernsehers nicht mehr aufdrehen würde. Da sagte sie mir zu. Wir verabredeten genau die Lautstärke, welche nicht durch die Wand oder die Decke dringen würde.
Nun war das Einsammeln von mehreren hundert Pillen wirklich kein leichtes Geschäft. Ich konnte nicht wissen, welche Pillen in welche Schachtel gehörten. Zuerst versuchte ich, das anhand der Beschriftungen herauszufinden; aber diese waren wegen ihrer Kleinheit schwer zu erkennen, das Licht am Boden genügte auch nicht. Als ich ihr nun meine Schwierigkeiten nannte und ihr vorschlug, das am Morgen von ihrer Pflegerin machen zu lassen, fing sie wieder an zu krakeelen und nannte mich dabei sogar ihren Mörder, weil sie sterben würde, wenn sie nicht noch vor Mitternacht diese oder jene Tablette einnehmen würde. Da packte mich gleich zweierlei auf einmal, nämlich die Wut und der sogenannte Schalk im Nacken. Ich lud also alle Tabletten, die ich auf dem Boden fand, in die Schachteln ohne mir weiter irgendwelche Gedanken zu machen, ob Schachtel und Tabletten zusammenpassten - und so ist es dann gekommen, daß sie falsche Tabletten zu den falschen Zeiten einnahm. Ich ahnte allerdings nicht, daß das zu mehr als nur zu Magenbeschwerden führen würde. Ich nahm auch an,

daß man gleich am nächsten Tag wieder Ordnung in den Medikamenten herstellen würde. Daß niemand die Verwechslungen bemerkte, habe ich nicht für möglich gehalten.
Ich fühlte nach ihrem Tod trotzdem kaum eine Reue, weil sie nämlich ihr Versprechen, nach zehn Uhr abends Ruhe zu geben, nicht einhielt, sondern so weitermachte wie bisher.
Als ich einem anderen Nachbarn von dem Vorfall erzählte, grinste er nur verständnisvoll und meinte, er hätte es genauso gemacht. Aber natürlich wurde mir die Situation doch zu unsicher. Wie die Menschen so sind, würde sich doch eines Tages der Nachbar verplappern oder vielleicht auch wegen eines Streites mir absichtlich was am Zeuge flicken wollen, und daher zog ich es vor, wegzuziehen.
Damit Sie gar nicht erst auf den Gedanken kommen, mich suchen zu lassen (Warum auch? Mehr als fahrlässige Tötung wäre ja wohl in dem Fall nicht drin!), teile ich Ihnen mit, daß ich nicht nur das Land, sondern auch den Kontinent gewechselt habe und bei Freunden wohne, die nicht auf einer polizeilichen Anmeldung bestehen. Nur weil ich mich so unauffindbar gemacht habe, kann ich es wagen, Ihnen diesen Bekennerbrief zu schreiben, der über mehrere Zwischenstationen an Sie gelangen wird.

gez. Eduard Brenner

* * *

O du grausamer Führer!

Wir saßen zu sechst in einem Auto und verfolgten irgendjemanden. Warum, weiß ich nicht mehr. Vielleicht handelte es sich um Gangster, die wir der

Gerechtigkeit zuführen wollten; aber vielleicht waren wir auch selber die Gangster, die sich für irgendetwas rächen oder jemanden berauben wollten.
Es lag tiefer Schnee und die Straße war nicht geräumt. Deshalb blieben wir manchmal stecken. Darum stand die Laune unseres Anführers sowieso schon auf Sturm. Als nun noch der Motor aussetzte und die Tanknadel auf Null zeigte, kochte sein Zorn wieder einmal über und er brüllte herum wie ein angeketteter Tiger.
Er befahl mir, den Wagen im Leerlauf auslaufen zu lassen und an die Seite zu steuern. Er sah dabei, daß ich das Bremspedal bis fast an den Anschlag durchtreten musste, um eine Bremswirkung zu erzielen und den Wagen zum Stehen zu bringen. Da brach es voller Zorn aus ihm heraus: "Was bist du bloß für ein unfähiger Chauffeur! Nicht ausreichend getankt und die Bremsen auch defekt! Steig aus und hol Benzin, Bremsflüssigkeit und Öl und spann das Bremsseil nach, das hat viel zu viel Spiel! Und frag auch, ob die Leute, die wir suchen, dort vorbei gekommen sind! Kannst du das behalten, du elende Pflaume?"
Sein Stellvertreter und Unteranführer sagte da: "Lass mich mitgehen! Er versteht es doch nicht, so zu fragen, daß sie ihn nicht belügen können, und er vergisst bestimmt eine von den drei Flüssigkeiten, weil er immer eine von drei Sachen vergisst, die er besorgen soll."
Mir kam das sehr zupass, und der Anführer genehmigte das auch.
Wir zogen also zu Zweit los durch den Schnee, wobei wir die Reifenspuren der vorher hier gefahrenen Wagen ausnutzten. Ich sagte dann: "Ich glaube, neue Bremsbacken brauchen wir auch, die sind schon ziemlich abgefahren." Da fragte mich der Unteranführer, der M. Pr. hieß und einer der besten in meiner Schul-

klasse gewesen war: "Warum hast du ihm das nicht gesagt? Jetzt haben wir vielleicht nicht genug Geld mit." - Ich antwortete ihm ziemlich verzagt und betreten: "Ich hatte Angst vor seinem Zorn." - "Und vor *meinem* Zorn hast du keine Angst?"
Ich sagte: "Nein", denn er war ein ganz anderer Mensch, und wir lächelten alle beide.
Das Bisherige ist eigentlich alles ganz nebensächlich. Das Wesentliche an diesem Traum ist das, was ich ihm antwortete auf die Frage: "Warum nicht?"
Da musste ich ihm erklären, welcher große Unterschied zwischen ihm und unserem Anführer bestand - und darüber redete ich noch, als ich bereits halb aufgewacht war.
Unser Anführer war ein goßer, finsterer Typ. Er erinnerte mich zuerst an einen Türken, mit dem ich einmal in einen heftigen Streit geraten war und der Günesch hieß - betont auf der ersten Silbe. Betont auf der zweiten Silbe entspricht das türkische Wort Günesch (eigentlich keine sch, sondern ein s mit einem Punkt darunter, was wir im Deutschen nicht haben) der deutschen "Sonne". Doch dann fiel mir ein, vor dem Schlafengehen über Ludwig XIV. - den Sonnenkönig - gelesen und auch das Photo eines Wachsabdruckes seines Gesichts gesehen zu haben. Dieses zeigte einen ziemlich finsteren, herrischen und verächtlichen Ausdruck. Bekanntlich trat er sehr autoritär auf. Das Volk galt ihm nur als Steuerzahler, Soldat und Galeerensklave etwas. Damit glich er der Anführergestalt meines Traumes. Ich werde diesen weiterhin Günesch nennen. Diese Zusammenziehung zwischen jenem Türken und dem Sonnenkönig finde ich traumpsychologisch ganz interessant.
Mein Begleiter fragte also: "Warum nicht?" - mit dem Unterton: "Bin ich etwa nicht streng genug zu euch?"

Da musste ich ihm nun folgendes antworten: "Zwischen deiner Strenge und seiner Strenge besteht ein gewaltiger Unterschied. Wenn ER seinen Zorn über einen von uns auschüttet, dann ist man ganz geknickt, völlig am Boden zerstört, und man kann ihn nur noch hassen. Von ihm könnte der Spruch stammen, den Gaius Julius Cäsar gesagt haben soll: Oderint, dum metuant - mögen sie mich hassen, wenn sie mich nur fürchten!
In seinem Zorn liegt soviel Verachtung, man fühlt sich einfach nicht mehr als Mensch, sondern sozusagen zur Schnecke gemacht. Man möcht ihm nie mehr vor die Augen kommen. Seine Strafen kommen einem immer ungerecht vor, und man verzeiht sie ihm nie." Da fiel M. Pr. ein: "Aber er bestraft ja selber niemandem. Das überlässt er mir." - Ja, eigentlich richtig! Er straft nur mit grenzenloser Verachtung und sie endet nie." - "Zugegeben, es ist schwer, seine Gunst wiederzugewinnen, wenn man einen Fehler gemacht hat. Da genügt es nicht, wenn einer etwas Gutes vollbringt, was sowieso im Rahmen seiner Pflichten liegt, da muss einer schon mit etwas Außergewöhnlichem aufwarten, um wieder in seiner Achtung und Gunst auf den vorigen Grad zu steigen, was er dann leider meistens nur andeutungsweise zeigt."
"Eben! Man kann nie sicher sein, ob man sie sich wirklich wieder errungen hat, und deshalb wird die Kluft zwischen ihm und seinen Untergebenen, wenn einmal aufgebrochen, nie wieder überbrückt. Und das ist bei dir ganz anders. Wenn du zornig bist, ist man zwar auch zerknirscht, aber man hat nicht dieses Gefühl des völligen Weggeblasenseins, fast möchte ich sagen, man hat bei dir nicht das Gefühl, dich als väterlichen Freund verloren zu haben. Für dich gilt der Spruch: "Wen der Vater lieb hat, den züchtigt er." -

Du bestrafst einen Fehler, aber du verzeihst ihn dann auch. Man nimmt dir die Bestrafung auch nicht übel, weil sie nie ungerecht ist; man nimmt sie gewissermaßen gerne auf sich, weil damit die Beziehung zu dir wieder gutgemacht wird. Du bist versöhnlich, aber Günesch ist unversöhnlich. Du bewahrst dir auch im Zorn einen gewissen Humor und eine innere Ruhe. Der Zorn überwältigt dich nicht und vergewaltigt nicht den, welchen er trifft.
Also dein Zorn hat einen völlig anderen Charakter als der Zorn unseres Anführers. Man könnte mit ihm auch niemals so offen reden, wie ich jetzt mit dir rede.
Du verstehst, daß der Mensch manchmal einen Fehler macht. Günesch, weil er selber ziemlich fehlerlos ist, fällt wie aus allen Wolken, wenn jemand einen Fehler macht. Er scheint davon auszugehen, daß der Mensch vollkommen zu sein hat. Du erwartest keine Vollkommenheit vom Menschen, daher regen dich Fehler nicht so auf wie ihn. Das kleinste menschliche Versagen dünkt ihm eine Katastrophe, du siehst es als gewöhnliches Vorkommnis an.
Nur ein innerhalb seines Arbeitsbereiches fehlerloser Mensch findet in seinen Augen Gnade, und andere sind für ihn gar nicht richtig da, er bedauert sogar ihr Dasein, empfindet es fast als persönliche Beleidigung."
"Ja, er ist ein sogenannter Hardliner, das stimmt schon. Aber nur solche Leute drücken schwierige Dinge durch." - "Nur daß dabei viele auf der Strecke bleiben, von ihm niedergewalzt und tiefunglücklich gemacht werden. Außerdem könnte er alleine gar nichts durchdrücken. Nur weil er Leute wie dich findet, kann er seine Ziele erreichen. Du bist es, der für ihn handelt. Er befiehlt nur. Er kann nichts weiter als befehlen, und wenn er niemanden findet, der sich

gutwillig befehlen lässt und ihm folgt, dann ist er aufgeschmissen und völlig hilflos. Selber handeln kann er nicht. Du bist es, der ihm die Schwierigkeiten aus dem Weg räumt.
Günesch ist eine Autorität, vor der man unwillkürlich Angst hat, allein schon wegen seines grimmigen, finsteren Aussehens, mit der man sich nicht von gleich zu gleich auseinandersetzen, geschweige denn herumstreiten könnte. Du dagegen bist eine Autorität, die man gerne um Rat fragt und mit der man auch diskutieren kann." - "Mir darf man wohl auch auf dem Kopf herumtanzen?" - "Man dürfte wohl, ohne daß du einem gleich den Kopf abschlägst, aber man würde es nie tun. Man wäre dir gegenüber nie respektlos. Sind wir dir gegenüber doch auch noch nie gewesen - oder?" - "Nein, ich kann mich nicht beklagen." -
"Zu dir schauen wir auf wie zu einem "Lieben Gott". Ihn aber fürchten wir, ich will nicht sagen wie den Teufel, aber wie einen finsteren Walddämon. Vollkommen ungerecht oder von grausamer Brutalität wäre er ja nie. Aber den Zug zur seelischen Grausamkeit hat er. Vielleicht will er jemanden, der einen Fehler gemacht hat, nicht absichtlich quälen, er reagiert eher so, als ob es ihm völlig egal ist, wie jemand, den er zur Sau gemacht hat, hinterher fühlt. Er merkt es einfach nicht, wie niederschmetternd er wirkt." -
"Natürlich nicht; denn er kennt solche Gefühle gar nicht. Er ist aus einem härteren Holz geschnitzt wie wir. Er ist der geborene Herrscher. Es sollte mal einer versuchen, ihn von oben herab anzureden, der würde sein blaues Wunder erleben. Niederschmettern, wie du es nennst, würde er sich schon gar nicht lassen. So etwas kann er gar nicht empfinden, selbst wenn man ihm mit Recht die größten Vorwürfe macht, wie das einmal vorkam, als er eine Fehlentscheidung getroffen

hatte. Der ihm die Vorwürfe machte, schlich so beschämt von dannen, als hätte er sie selber getroffen." - "Warst du das?" - "Nein, ich war es nicht, sondern eine hochrangige Persönlichkeit auf dem politischen Parkett." -
"Du bist das, was man einen guten Kompanievater nennt, du bist kameradschaftlich. Er dagegen würde sich Kameradschaftlichkeit als Kumpelhaftigkeit verbitten. Du verträgst sogar Widerspruch. Den würde man bei ihm gar nicht wagen, und wenn man noch so sehr recht hätte." -
"So, jetzt hast du dich genug bei mir eingeschmeichelt. Da vorne ist die Tankstelle. Lass mich reden und pass du nur auf, daß er gutes Öl nimmt und die Büchsen *ganz* ausleert, damit wir nicht bezahlen müssen, was wir gar nicht bekommen haben!" - "Also einschmeicheln wollte ich mich nicht. Du hast eine Erklärung verlangt, und ich habe sie gegeben, so gut ich das konnte." -
Der Traum enthielt also diese Unterscheidung zwischen zwei Führertypen. Wenn ich jedoch Sigmund Freud's Hinweis bedenke, daß sich Träume nie mit unwichtigen Kleinigkeiten befassen, sondern neben dem scheinbar Oberflächlichen einen Tiefenaspekt in sich einschließen, dann möchte ich diesen hier darin sehen, daß es bei den zwei Führertypen um Höheres geht als etwa darum, wie Offiziere ihre Truppen beherrschen.
Es wäre gefährlich vereinfacht zu sagen, es gehe um den Gegensatz zwischen Gott und Teufel, obwohl an einer Stelle sogar der "Liebe Gott" genannt wird und an anderer Stelle zwar nicht der Teufel, sondern lediglich ein finsterer Walddämon; aber diese beiden Erwähnungen scheinen mir die Richtung anzuzeigen, in der man suchen muss.

Nun kann unmöglich der Leser diese aus dem Trauminhalt erraten. Es wäre zwecklos, wenn er sich hier als Traumdeuter versuchen würde. Traumdeutung ist überhaupt ein höchst fragwürdiges Geschäft. Man kann da nie direkt vorgehen, sondern nur über die Einfälle, die jemand zu einem Traum hat und dann diese Einfälle, wenn sie einen roten Faden ergeben, interpretieren.

Mir fällt nun zu diesem Traum das ein, womit ich mich in den letzten Wochen beschäftigt habe und was auch im allgemeinen Tagesgeschehen ein wichtiges, nie enden wollendes Thema darstellt: Der islamistische Terror.

Aus den vielen Sendungen hierzu will ich nur etwas herausgreifen, was wiederholt von mohammedanischen Frauen in ehrlicher Verzweiflung ausgerufen wurde: "Was sind das für Leute? Die haben nichts mit unserer Religion zu tun! Das sind Mörder. Allah hat aber das Morden verboten. Die Köpfe abschlagen - wo gibts denn sowas? Das ist nicht Allahs Wille."

Nun sind aber diese IS-Leute zweifellos der Ansicht, daß sie mit ihrem Treiben genau Allahs Willen erfüllen, und sie sind sich sicher, daß jeder Selbstmordattentäter unmittelbar ins Paradies aufgenommen wird.

Da fragt man sich doch unwillkürlich: "Wie sind so grundverschiedene Ansichten über ein und dieselbe Religion möglich? Wie mögen sie wohl zustande kommen?

Weil ich dreieinhalb Jahre lang unter türkischen Mohammedanern lebte und den Koran zweimal ganz durchgelesen habe und einige Suren sogar genau studierte und auch in einem anderen Buch darüber geschrieben habe, was zwar immer noch eine oberflächliche Beschäftigung zu nennen wäre, möge man mir trotzdem erlauben, darüber eine Meinung zu äußern. Ich weiß ja aus unserer eigenen Religion, wie wenig Leute es gibt, welche die Bibel ganz gelesen haben; jeder kennt sie nur ausschnittsweise, und diese Ausschnittlichkeit ist meinen Beobachtungen nach im Islam noch viel größer als bei uns. Ich behaupte, daß nahezu jeder Moslem nicht viele ausgewählte Verse des Korans kennenlernt - die Nichtaraber schon allein deshalb, weil ihnen gesagt wird, daß man den Koran nicht übersetzen darf. Die Türken zum Beispiel quälen sich daher mit dem arabischen Text ab wie wir früher mit dem lateinischen oder griechischen der Bibel. Ich lernte in dem Dorf, in dem ich lebte, den Mullah kennen, der den Kindern den Religionsunterricht gab Er war ein einfacher Bauer, kein studierter Theologe und ich würde vermuten, sein Unterricht war mehr als dürftig. Aber die Leute in dem Dorf waren zu mir, also einem fremden Christen, immer freundlich. Niemand hat mich in den dreieinhalb Jahren angefeindet außer einer armen, alten Frau, die ich anscheinend durch irgendetwas persönlich gekränkt hatte. Jener Mullah hat sich mir gegenüber in einer besondern Situation sogar höchst anständig verhalten, was ich ihm nie vergessen werde.

Aber wenn ich so darüber nachdenke, was für einen Religionsunterricht die Kinder auf den Dörfern in allen Ländern, die nicht arabisch sprechen, bekommen, dann sage ich mir, daß der je nach der Mentalität des Mullahs ganz unterschiedlich ausfällt.

Nun hat aber - und das ist genau das, was die Mohammedaner anscheinend nicht wahrhaben wollen - der Koran zwei ganz verschiedene Seiten: Die eine freundschaftlich, versöhnlich, milde, liebevoll, die Barmherzigkeit und das Verzeihen Gottes betonend und auch nicht voller Hass gegenüber Andersgläubigen oder Ungläubigen, sondern eher voller Mitleid, weil sie der Wahrheit nicht teilhaftig und damit der ewigen Höllenpein ausgesetzt seien.

Die andere Seite ist grausam, verlangt daß man die Un- und Andersgläubigen ausrotten soll; die ganze Welt muss mohammedanisch werden, und diese Seite spricht dann auch in der 47. Sure, Vers 5 vom Kopfabschlagen der Gegner. Man lese das selber nach, um die Sache richtig zu begreifen. Darum ist das zur bevorzugten Hinrichtungsmethode der IS-Miliz geworden. Auch an mehreren anderen Stellen des Korans wird zum Kampf "mit Gut und Blut" für die Religion aufgefordert, und daher kommt meiner Meinung nach die aggressive Seite in den Islam. Wenn diese nun im Religionsunterricht betont wird, entstehen kampflüsterne Fanatiker, Gotteskrieger, Salafisten und Hassprediger, was von anderen Mohammedanern, welche nur die freundliche Seite des Korans kennenlernten, gar nicht verstanden wird.

Ich kann mich irren, aber ich glaube, daß mein Traum von den beiden unterschiedlichen Anführern auf diese beiden unterschiedlichen Seiten des Korans, zumindest von Weitem, um es vorsichtig auszudrücken, weil mir ja sowieso nur Wenige darin zustimmen werden, anspielt. Im übrigen gibt es ja nach Freud die sogenannte Mehrfach- oder Überdetermination der Träume, und man kann auch sicherlich alles mögliche andere in den geschilderten Traum hineinlegen.

* * *

Wennauch ich da vielleicht auf wenig Gegenliebe stoße, finde ich die Sätze aus meinem Unterbewusstsein faszinierend und hochinteressant; wer das <u>nicht</u> findet, überschlage alle Stellen, die ich in Kursivschrift gesetzt habe. Ihren Sinn und ihre Bedeutung kenne ich übrigens auch nicht:

....deshalb hat er seinen Freund mit Doppelsülzen und Doppelallüren traktiert - ....am Hinterseerosengartenzaun lehnte der Hansi und blies hingebungsvoll auf seiner Mundharmonika. Außer mir hörten ihm noch die Gänseblümchen, die Buschwindröschen, die Krokusse, der Huflattich und der Löwenzahn zu. Hunde und Katzen hingegen liefen weit weg. Lärm und Musik können sie nämlich nicht voneinander unterscheiden. Das bedeutet ihnen eines wie das andere, und es tut ihren Ohren weh.
Dabei bläst der Hansi so schön die Melodien aus dem "Weißen Rössl am Wolfgangsee"; nur daß er manchmal einige Töne auslässt, weil sie auf seinem Instrument fehlen.
Da warfen die Berge ein klagendes Echo zurück, und die Mücken wurden toll, und die Fische im See sprangen wie verrückt.
Das spielt sich jeden Sonntag in gleicher Weise ab; aber an jenem Sonntag trieb er es besonders schlimm, weil er aufgeregt war. Er tobte auf der Mundharmonika seinen Schmerz über eine unglückliche Liebe aus. Die Ursel hatte ihm einen Korb gegeben. Das hatte er nicht erwartet. Die Enttäuschung war groß und riss ihm das Herz entzwei. Ich war versucht, ihn zu trösten, wusste aber nicht wie, und außerdem hätte es ihn erschreckt, wenn ich plötzlich aus den Büschen hervorgetreten wäre, die mich verbargen. So überließ ich ihn lieber sich selber und störte ihn nicht. Zeit hatte ich ja, konnte nur nicht endlos lange stehen und hoffte, sein elegisches Geblase würde nicht allzu lange dauern. Aber leider besaß Hansi eine erstaunliche Ausdauer. Er blies bis zum Sonnenuntergang. Erst als es dunkel geworden war, hörte er auf und ging langsam mit schwermütig gesenktem Kopf nach Hause. Ich dagegen - froh, von dem bewegungslosen

Stehen erlöst zu sein - folgte ihm heiter in einigem Abstand nach. -

* * *

Jetzt will ich endlich verraten, warum ich mir selber in diesem Buch den Namen John Robspier gab. Das hat einerseits damit zu tun, daß ich mich trotz meiner mangelhaften Sprachbegabung kühn für einen zweiten Shakespeare halte, so unsinnig das klingen mag, und dann damit, daß ich mich dem Maximilien de Robespierre, wiewohl ich seine Intelligenz bei weitem nicht besitze, verwandt fühle.
Mit dreiundzwanzig Jahren schon den Beruf eines Rechtsanwaltes und Notars auszuüben, das will schon etwas heißen. Das hätte ich nie gekonnt, nicht einmal mit sechsundvierzig Jahren, und ob ich so unbestechlich wäre wie er - man nannte ihn ja den "Unbestechlichen" -, das bezweifle ich auch, hatte nur das Glück, daß niemand mich jemals versuchte zu bestechen, weil ich niemals eine entsprechende Position innehatte.
Und ein Tugendapostel, welches Epitheton man ihm ja gab, bin ich im Grunde auch nicht, wennauch ich mich der üblichen Laster anscheinend enthalte; aber nur, weil es mir nicht schwerfällt, da ich an ihnen keinen Geschmack finde. (Den Lastern - allerdings harmlosen Lastern - , denen ich fröne, bin ich haltlos preisgegeben.)
Von strenger Einteilung eines arbeitsamen Tagesablaufes fand und findet sich bei mir auch gar nichts. Aber das sind Nebensächlichkeiten. Im Träumen von einer besseren Welt und einer vollkommenen Gesellschaft, und in der Gefahr, dieses Traumes wegen zum Massenmörder zu werden, gleichen wir uns wie ein Pikbube zweier Kartenspiele dem anderen.

Man nannte ihn auch ein "Monster der Mitleidslosigkeit", weil er keinen Begnadigungsersuchen stattgab. Dabei hinderte ihn nur daran sein Gerechtigkeitsfanatismus. Da las ich die Geschichte von seinem Freund Tallien (auch einem Anführer der Revolution), dessen Geliebte, die übrigens eine sehr schöne Frau gewesen sein soll, welcher den Kopf abzuschlagen allein wegen ihrer Schönheit ein Sakrileg gewesen wäre, irgendeiner Verfehlung wegen zum Tode verurteilt worden war. Dieser bat den Robespierre flehend um Begnadigung, aber der wies ihn nur darauf hin, was wohl all die anderen, die wegen der gleichen Verfehlung hingerichtet werden sollten, sagen würden, wenn man dieser Frau einem hohen Fürsprecher zuliebe den Tod ersparen würde. Er war sogar tieftraurig darüber, daß er nicht anders handeln konnte, ohne sein Gerechtigkeitsgefühl zu beleidigen. Schließlich hatte er die Strafgesetze selber erlassen.
In den meisten Geschichtsbüchern, besonders in den Lesebüchern für die Schulen, wird Robespierre als ein grausames Scheusal dargestellt, weil er so viele zum Schafott bzw. zur Guillotine verurteilte, aber im Grunde war er (genau wie ich) ein herzensguter Mensch, den nur die enormen Widerstände gegen sein gutgemeintes Bestreben verbitterten und ihn schließlich kaltherzig machten.
Und so geht es fast allen Diktatoren, und so würde es auch mir ergehen, wenn ich versuchen würde, meine Weltverbesserungsideen in die Tat umzusetzen, was ich wohlweislich nicht tue. Ich träume nur und beschränke mich aufs Bücherschreiben, was nicht weiter schadet, da kaum jemand meine Bücher liest; die Wenigen, die es tun, werden nicht gleich danach losstürzen und eine Revolution anzetteln.
Das hätte Robespierre ebenfalls tun sollen, dann hätte

man ihn vielleicht mit Rousseau und Voltaire in eine Reihe stellen können. So jedoch ist er umgebracht worden und als abschreckendes Beispiel in die Geschichte eingegangen.
Die Menschen, welche ihn hinrichten ließen, hielten das für eine großartige, befreiende, das Ende der Schreckensherrschaft bedeutende Tat, doch möchte ich behaupten, daß sie eher schlechter als besser waren, und die Revolution war damit auch noch nicht zuende.

Der Hauptfehler in Robespierre's Traum von einer besseren Welt war, zu glauben, daß eine Revolution diese in wenigen Jahren erschaffen könne. Er verlegte sogar seine Hochzeit mit Eleonore Duplay auf die Zeit nach der Revolution und vertröstete sie mit einer Wartezeit von fünf Jahren. Diesen Fehler machen meine eigenen Weltverbesserungsträume nicht. Ich rechne mit einem Zeitraum von etwa hundert Jahren und mit einem Anfang auf einem kleinen Experimentierfeld.
Denn radikal und total müsste *meine* Umwälzung auch ausfallen, und wenn sie auf eine kurze Zeitspanne zusammengedrängt werden würde, wäre das Ergebnis ebenso schrecklich wie die Ereignisse am Ende des achtzehnten Jahrhunderts in Frankreich. Nahezu alles Bestehende stellt ein Übel dar, besteht nur wegen fauler Kompromisse und anderer unseliger Zeiterscheinungen, und müsste weitgehend weg. Da gibt es fast nichts, was Gnade vor meinen Augen finden würde, und ich müsste schlimmer als alle Jakobiner zusammen wüten. Robespierre wäre gegen mich gehalten ein freundliches Väterchen - aber eben nur, wenn - und dieses Wenn soll nach meinen Vorstellungen gar nicht eintreten.
Ich könnte mich mit den bei Politikern beliebten "klei-

nen Schritten" zufrieden geben, wenn ich nur wüsste, daß sie kontinuierlich in die gleiche Richtung gingen. Eben dieses tun sie nämlich nicht! Da geht es immer einen Schritt vor und dann wieder zwei Schritte zurück; oder eine Spur nach links und dann wieder nach rechts. Eine positive Gesamtkonzeption von geschichtlichen Dimensionen fehlt. Man beruft sich auf "Grundwerte", hauptsächlich auf den der Freiheit, der allein für sich genommen gar nichts wert ist. Nur im Verbund mit den Werten Gerechtigkeit, Ordnung, Gleichheit, Brüderlichkeit (die ist mehr wert als Gerechtigkeit), Einigkeit und noch mit einigen anderen dürfte man die Freiheit propagieren. Heutzutage verteilen sich die Werte, die eine Einheit bilden sollten, auf die verschiedenen Parteien und strangulieren sich gegenseitig, sodaß nur faule Kompromisse übrigbleiben.

Mit Robespierre verbindet mich auch die Eigenschaft, trotz aller Vergeblichkeit am utopischen Traum festzuhalten. Ich habe längst erkannt, daß meine Ideen vom größten Teil der Menschheit niemals akzeptiert werden würden, bin aber trotzdem der Überzeugung, daß sie zu der besten aller möglichen Lebensweisen führen würde, sofern sie für die Gesamtheit und nicht für einige wenige Priviligierte gelten soll.

Eines Tages kamen auch dem Robespierre Zweifel an der Richtigkeit der Methoden, mit welchen man die Revolution durchdrücken wollte; aber deshalb ließ er doch nicht davon ab, in Richtung auf klassenlose Gesellschaft weiterzumachen. - Uns verbindet ebenfalls eine Religiosität weitab von den etablierten Kirchen, nämlich die Annahme zwar von einem "Höchsten Wesen", über das man jedoch weiter nichts weiß, welches sich auch nicht offenbart, das auch keine Gebete erhört und auch nicht in die Weltge-

schichte eingreift, welches man aber trotzdem in Dankbarkeit für das Dasein der Welt und ihrer wunderbaren Vielfalt still verehren und sogar lieben kann. Man kann ihm also nichts zu tun überlassen, sondern wir müssen alles wie Prometheus selbst vollenden.
Aber gegen die allgemein üblichen Formen von Religion zu sein, allein das stempelt einen zu einem seltsamen, wenn nicht gar gefährlichen Monstrum. Da war Napoleon schlauer. Der arrangierte sich mit der katholischen Kirche Frankreichs und hatte demnach keinen Widerspruch von ihr zu befürchten, obwohl er innerlich zweifellos einem großen Teil der jakobinischen Grundsätze treu blieb. Der Papst kam sogar eigenhändig nach Frankreich gereist, um ihm die Kaiserkrone aufzusetzen, was ihm jedoch nicht gelang, da hierbei Napoleon der Eigenhändigkeit des Papstes zuvorkam und sich die Krone selber aufsetzte. Jedesmal wenn ich von dieser Krönung lese, frage ich mich, ob es da nicht zu einem Gerangel zwischen Papst und Napoleon kam, welches die Weihe der Stunde schwer gestört hat. Mit diesem Akt war einer der größten Treppenwitze der Geschichte perfekt: Da gab es auf einmal eine Republik mit einem Kaiser an der Spitze. -
Über das Ende Robespierre's gibt es anscheinend mindestens zwei verschiedene Versionen. Nach Friedrich Sieburg soll er sich selbst mit einem Pistolenschuss verwundet haben, nach Otto Zierer wurde er von einem wütenden Konventsmitglied angeschossen. Was wahr ist, weiß ich nicht. Ich vermute, daß er seine Pistole zog, um sich zu wehren, daß man ihm jedoch in den Arm fiel und der Schuss ihn selber traf.
Jedenfalls erwies sich die Schussverletzung als schwer, aber nicht als tödlich, und so musste doch einen Tag später die Guillotine bemüht werden, dieses

Leben zu vollenden. - Aber nicht nur hier gehen die Meinungen auseinander, sondern überhaupt in Bezug auf das ganze Wesen und den Charakter von Maximilien de Robespierre, und heute nach über zweihundert Jahren Forschung ist die Wahrheit so schwer zu erkennen, daß man es eigentlich nicht beanstanden darf, wenn ich aus allem Gelesenen mir eine eigene Meinung bilde in Verbindung und unter Anwendung meiner eigenen Lebenserfahrung. Und diese sagt mir, daß es selbst für den besten und frömmsten Menschen unmöglich ist, ohne blutige Gewalt gegen das Böse anzukämpfen - und der Absolutismus und alles, was damit zusammenhängt, *war* etwas Böses, obgleich man zugeben muss, daß aus seiner Zeit viel Schönes auf uns gekommen ist.

Aber wenn man bedenkt, unter welchen Leiden der niedrigen Schichten dieses Schöne zustande kam, dann kann es einen nicht mehr so recht erfreuen. -

Mit Robespierre verbindet mich schon alleine das Geburtsdatum. Er wurde an einem 6. Mai und ich an einem 3. Mai geboren. Damit wären wir also alle beide Stiergeborene. Nun sagt die Astrologie über die im Sternzeichen des Stieres Geborenen etwas aus, was in Robespierre's und in meinem Fall zuzutreffen scheint, obwohl ich ansonsten von der Astrologie nur sehr wenig halte. Sie sagt in etwa, daß die Stiere, wenn sie eine bestimmte Meinung haben, von dieser nur sehr schwer abzubringen sind, weil sie einfach keine andere Meinung überhaupt rechtens für möglich halten. Bei Robespierre war das gegeben durch seine ganz persönliche Auffassung des "Allgemeinen Volkswillens", den nur er richtig zu kennen glaubte und sonst niemand. -

Meine Ansichten über Robespierre gewann ich hauptsächlich aus der Lebensbeschreibung von Friedrich

Sieburg, und dieser sagt nun, daß bei diesem "Volkswillen" es sich gar nicht um das wirkliche Volk handelte, welches er nämlich angeblich gar nicht kannte, sondern um einen abstrakten Volksbegriff, um ein "Volk an und für sich", den er sich aus der Geschichte, vorzugsweise aus der römischen, gemacht hätte und der nun auf das französische Volk gar nicht passte. Außerdem wandelte er ganz und gar auf den Fußspuren des Jean Jaques Rousseau, dessen Volksbegriff wohl auch von der Realität abwich.

Übrigens bin ich der privaten Ansicht, daß speziell das französische Volk bei der Betrachtung eines möglichen Volkswillens als Vorbild heranzuziehen nicht unbedingt als das Angemessenste erscheint, wenn ich bedenke, wie Napoleons Soldaten in ganz Europa gehaust haben. Sie haben mit ihren Plünderungen, Vergewaltigungen und Zerstörungen die ganze schöne Idee Napoleons von einem Vereinten Europa kaputt gemacht, und er hat da nicht genügend auf sie aufgepasst.

Leider taten viele Franzosen dem Bürger Robespierre nicht den Gefallen, seiner Ausprägung des "Allgemeinen Volkswillens" zu entsprechen und dachten auch nicht daran, dem Club der Jakobiner beizutreten, und die mussten natürlich alle geköpft werden, zumal seit kurzem ein so praktisches Gerät dafür auf dem Place de Greve stand - und so wurde aus Robespierre's gut gemeinten Ideen die "Schreckensherrschaft".

Ich bin in einer ähnlichen psychischen Situation gewesen und wenn ich die Macht besessen hätte, wäre wahrscheinlich ebenfalls keine "bessere Welt", sondern eine Schreckensherrschaft entstanden.

Ich will das als ein Beispiel für Vieles, als pars pro toto am Zigarettenrauchen darstellen. Es gibt wichtigeres und Problematischeres als das Rauchen, es lässt sich aber aufgrund des allgemein Vertrautseins am besten zu einem Beispiel hernehmen.

Das Rauchen wird eigentlich doch von den meisten Menschen, sogar von vielen Rauchern selber, als ein abzulehnendes Übel empfunden, und ich selber kann mir überhaupt gar nicht vorstellen, wie man am Rauchen Geschmack finden kann. Ich habe immer gemeint, daß man es radikal verbieten solle - schon die Zigarettenherstellung, ja, schon den Tabakanbau. Erst durch die Beschäftigung mit Bürger Robespierre bin ich davon abgekommen. Man kann also doch manchmal aus der Geschichte etwas lernen! Das Gleiche hätte ich allerdings auch schon aus der Geschichte der Prohibition in Amerika lernen können.

Denn angenommen man würde ein solches Verbot beim Gesetzgeber durchdrücken, dann würde es automatisch Übertreter des Gesetzes geben, es sei denn, man könnte eine hundertprozentige Kontrolle ausüben, was aber höchst unwahrscheinlich ist - und diese Gesetzesbrecher müsste man ja zwangsläufig bestrafen. Aber wie und wie schwer? Milde dürfte man nicht verfahren, denn dann erreicht man nicht den angestrebten Zweck, nämlich das allgemeine und vollkommene Nichtrauchen. Lebenslange Gefängnisstrafen wären auch nicht so besonders zweckmäßig. Man sieht ja an den heutigen Gefängnissen, daß die Insassen es verstehn, sich alles zu beschaffen, was sie brauchen angefangen von Rauschgiften bis zu Waffen. Sogar Weiber schmuggeln sie sich ein! Was bleibt also nur übrig als zureichende und praktische Maßnahme, die den Staat kein Geld kostet? Der elektrische Stuhl! Und damit wäre die Schreckensherrschaft in vollem Gange. Nun gibt es eine Menge Handlungsweisen in der Welt, die mit Leidenschaft von großen Gruppen betrieben werden und die ich am liebsten vom Gesetz verboten

wissen würde - und zwar handelt es sich dabei um Handlungsweisen, die nach dem Urteil eines großen, wenn nicht gar weit überwiegenden Teiles der Bevölkerung als negativ eingestuft und abgelehnt werden. Doch käme es wirklich zu Verboten, wären gewaltige Unruhen die nächste unabwendbare Folge und je größer sie werden mit desto größeren Strafmaßnahmen muss man antworten, und wenn es hart auf hart geht, folgt aus solchen Situationen die Diktatur, die man sich dann als einzige Rettungsmaßnahme herbeiwünscht. Eine solche Diktatur kann dann, um die Ordnung wieder herzustellen, selten anders als eine "Schreckensherrschaft" auftreten. Indem sie diverse Übel bekämpft, wird sie selber zu einem Erzübel, das man dann eines Tages wieder loswerden will, was zu neuen Unruhen und Bösartigkeiten führt. -
In die Gefahr, solche Geschichtsabläufe hervorzurufen, wäre ich mit meinem "System" auch geraten, wenn ich eine Umsetzung meiner Ideen in Taten erstrebt hätte - und das, obwohl ich so manche Sicherheitssperre eingerichtet habe. Eine wesentliche davon war die Idee, es nicht gleich auf ein ganzes Volk auszudehnen, sondern auf einem Gebiet auszuprobieren, auf dem noch niemand wohnt und nur mit Personen, die sich freiwillig zu diesem Experiment melden. So vorzugehen ist schon allein deshalb nötig, weil zu dem Experiment auch eine ganz neue Architektur gehört, nämlich eine, welche das isolierte Privatwohnen von Einzelfamilien gar nicht erst möglich macht, sondern zur Bildung von Großfamilien zwingt, worüber ich viel geschrieben habe und was ich hier nicht wiederholen will. Man muss eben alle meine Bücher lesen, um hinter das Geheimnis meines "Systems" zu kommen. Da eine solche Angelegenheit kostspielig wäre, könnten Privatpersonen die nötigen

Gelder nicht aufbringen, es sei denn, daß sich zahlreiche Millionäre zu dem Projekt drängen würden, was zwar nicht ausgeschlossen wäre, aber höchst unwahrscheinlich ist. Daher würde eine solche Unternehmung nur von einer großen und reichen Regierung ausgehen können. Deshalb nannte ich das Ganze eine "Revolution von oben".

Außerdem habe ich für die Installation meines "Systems" lange Zeiträume angesetzt. Zunächst einmal mehrere Jahre für die vorbereitende Erforschung; denn die Besonderheit einer autarken Landwirtschaft verlangt besondere Maßnahmen. Dann braucht der Aufbau und die Gewöhnung der Neusiedler an das Neue auch wieder einige Jahre. Ein ganzes Jahrhundert rechne ich - vorausgesetzt das erste Experiment gelingt - für die Übertragung des Experimentes nach und nach auf die restliche Bevölkerung.

Ich betone, das alles soll auf freiwilliger Basis geschehen und nicht durch einen Zwang von oben.

Im Grunde würde diese Verwirklichung meiner Utopie auch auf eine Durchführung nur kleiner Schrittchen hinauslaufen - allerdings mit dem Unterschied, daß ein konkretes, ideales Ziel die stets gleichbleibende Richtung gewährleisten würde. -

Ich lese, daß Robespierre's Schulbildung genau wie meine humanistisch ausgerichtet war, und Friedrich Sieburg wirft ihm das Klebenbleiben am Weltbild der Antike vor. In gewisser Weise, jedoch lange nicht so krass, klebe auch ich an jenen Idealen. Da ich zum Beispiel dem Körperideal der alten Griechen, so wie man es von ihren Skulpturen kennt, anhänge und ganz der Ansicht huldige, daß der menschliche Körper weder durch Schmuck noch durch Bemalung oder Tätowierung verschönert, sondern nur verhunzt werden könne, bin ich ganz und gar gegen diese

"Verschönerungen" eingenommen und möchte sie am liebsten radikal verbieten. Da nun aber eine so hohe Anzahl von Personen sich dieser Dinge erfreut, würde ich ebenfalls zum blutrünstigen Diktator werden müssen, wenn ich ihre Abschaffung durchdrücken wollte.
Und so gibt es noch eine ganze Reihe von anderen Tätigkeiten, derer sich die Menschen erfreuen, die mir absolut unverständlich sind, wo mir so sehr die Antennen fehlen, daß ich manchmal daran zweifle, ob wir uns zur gleichen biologischen Gattung zählen dürften.
In allen Fällen stehe ich allerdings mit meiner Ablehnung nicht alleine da.
Aus diesem Grunde kam ich in meiner Beschreibung des Planeten Go im ersten Teil der "Manuskripte des Thomas Groll" dazu, diese verschiedenen Menschgruppen oder sogar Menschentypen von einander zu trennen und in unterschiedlichen Stadtkulturen ansiedeln zu wollen. Ich weiß zwar nicht wieso, aber man scheint die Durchführung einer solchen Idee für völlig unmöglich zu halten. Jedenfalls hörte ich verschiedene politisch relevante Persönlichkeiten sich in dieser Richtung äußern. Man ist anscheinend heute mehr für eine Durchmischung, was man die "Multikulturelle Gesellschaft" nennt. Mir persönlich gefällt das gar nicht. Ich bin aus schönheits- und friedlichkeitsliebenden Gründen und im Interesse eines schönen Ambiente für jeweilige "Reinkulturen". Sehr bewundere ich daher, was die Araber in Dubai, Abu Dhabi und Katar hingestellt haben, bedaure nur, daß man in jenen Gegenden streng mohammedanisch denkt.
Wie die Welt eigentlich ungefähr gestaltet werden müsste, erkenne ich auch an den phantastischen Pavillons, die man auf der EXPO 2015 in Mailand errichtet hat. Natürlich sehe ich ein, daß man nicht alles nieder-

reißen kann, um derartige Dinge durchgängig und überall zu erschaffen; eben deshalb lasse ich das Experiment in einem Gebiet stattfinden, auf dem noch nichts steht. -
Soeben machte ich die für mich interessante Feststellung, daß auch der berüchtigte Pol Pot innerhalb der letzten Stierdekade geboren wurde, nämlich am 19.5.28 - ob nun wohl auch die Acht am Ende unserer Daten etwas zu bedeuten hat: Ich am 3.5.38 und Robespierre am 6.5.1758?
Meine weiteren Recherchen ergaben, daß auch Karl Marx in diese Reihe gehört; geboren am 5.5.1818 -

Über Pol Pot schrieb ich schon einiges in meinem Buch "Der Kirschbaum" auf Seite 390. Man darf es dort nachlesen, wenn man es der Mühe für wert hält.
Ich sehe in ihm ebenfalls wie in Robespierre einen Mann, der zum Massenmörder wurde, obwohl seine Absichten rein theoretisch durchaus nicht abwegig waren und von einem allgemeinen Standpunkt aus nicht als negativ bezeichnet werden können, und die in einigen Punkten meinen Intentionen sehr nahe kommen. Wenn einzelne, egoistische Interessengruppen etwas als negativ bezeichnen, weil es ihren Interessen zuwiderläuft, so hat das für die Gesamtbewertung eines Revolutionsplanes eigentlich nichts zu sagen, kann ihn aber wesentlich an seiner Verwirklichung hindern.
Ebenso wie Robespierre hat er nicht den Menschen berücksichtigt, sondern nur ein abstraktes System, und wenn ich das Wort System hinschreibe, dann muss ich mich natürlich gleich selber an die Nase fassen.
Etwas Gutes durchdrücken zu wollen gegen den Willen der Massen oder auch nur den einer großen Minderheit, ist eben nicht mehr gut. Da mögen die

Motive der Masse so schlecht sein wie sie wollen. Der natürliche Selbsterhaltungstrieb der Massen darf hierbei gar nicht als negatives Motiv angesehen werden. Aber bei Revolutionen von unten gehen die Handlungsweisen leider oft unter jenen hinunter bis zur Freilassung der niedrigsten Instinkte. Jedenfalls soll das bei der Französischen Revolution der Fall gewesen sein, und damit muss seit damals jeder rechnen, der heutzutage wieder eine Umwälzung starten zu müssen glaubt.
Robespierre und seine Jakobiner gaben der Guillotine ununterbrochen zu tun, indem sie die absonderlichsten Ver- und Gebote in großer Menge aufstellten, die zwangsläufig zu einer großen Zahl von Übertretern führten, welche hingerichtet werden mussten. Außerdem wurde das Denunzieren zur staatsbürgerlichen Pflicht erklärt, und wer dieser nicht nachkam, war ebenfalls ein Verbrecher.
Die kleinsten Merkzeichen für eine antirevolutionäre Gesinnung führten zur Verhaftung.
Wer sich einer gehobenen Sprechweise befleißigte, war bereits verdächtig.
Gewisse Worte, wie zum Beispiel König, durften nicht mehr gebraucht werden.
Wenn ich bei Fr. Sieburg lese, was da alles für Unsinnigkeiten vorkamen, wundere ich mich nicht mehr, daß die Französische Revolution schief ging und das Wort Revolution einen abschreckenden Ruf und die Restauration sehr schnell Zulauf erhielt. Doch ich wundere mich auch, daß nach der Revolution noch so viele Royalisten übrig waren.
Verständlich ist mir, seitdem ich diese Dinge kennenlernte, daß heutzutage jeder Weltverbesserungsversuch als anrüchig gilt und das Wort Weltverbesserung selber einen geradezu negativen Klang bekommen hat.

Aber kann man denn die bestehenden Übel immer so weiterlaufen lassen? Leider gilt bei dem einen als Übel, was dem anderen höchstes Vergnügen bereitet. Darin liegt ein wesentliches Problem, weshalb eines der Anliegen meines "Systems" darin besteht, starke Unterschiede in den Persönlichkeitsentwicklungen unmöglich zu machen - allein durch seine Formung, nicht durch einen obrigkeitlichen Zwang.

Eigentlich wurde aus der Französischen Revolution nichts weiter als ein versuchter Holocaust an den Aristokraten; eine Weltverbesserung kam dadurch nicht zustande.

Es fragt sich übrigens, ob die Aristokraten der damaligen Zeit wirklich so abgrundtief schlecht waren, wie sie von volksnahen Zeitschriften gemacht wurden. Man liest da von Adligen, die im Winter jungen Bauernmädchen die Bäuche aufschnitten, um sich in ihren Eingeweiden die Füße zu wärmen. Das halte ich für eines der vielen Greuelmärchen, die jeweils von der Gegenpartei in die Welt gesetzt wurden.

* * *

Das Gebrumme der Hornochsen um mich herum stört mich doch gewaltig, und auch das Bellen der Hunde, die ihre Lefzen heben und spitze Zähne zeigen; selten ist einmal ein netter Pudel darunter. Meistens handelt es sich um räudige Köter, virulente Exemplare hochgezüchteter und wieder verwilderter Wölfe. Doch auch die Schafe blöken und die Milchkühe muhen so dumm herum, daß einem die Haare grau davon werden können. Man kann seinen Kaffee nicht mehr in Ruhe hinunterschlucken. Da wird gequasselt und gerasselt, gehaspelt und gehechelt. Die Mundwerke stehen gar nicht mehr still.

Da hängen die Fahnen zu den Fenstern hinaus, um deutlich Gesinnung zu zeigen (natürlich gar nicht die wahre) und die andern verbarrikadieren sich hinter Gardinen und Jalousien, ziehen am hellichten Tag die Rollos herunter oder verstecken sich hinter ihren Blumentöpfen. Eine seltsame Bande von Spießbürgern sind doch die Großstädter. Da sind die Ungeheuer der Tiefsee geselliger.
Die Riesenkalmare zum Beispiel umschlingen sich mit ihren acht Saugarmen wie sechzehn Liebespaare zusammen. Da spürt man fiebrige Gewitter der Leidenschaft. Die Liebe nicht vom Zigeuner stammt, sondern von den Oktopussen und Kalmaren. In den Zeitungen steht davon natürlich nichts. Druckerschwärze und Liebe passen auch irgendwie nicht zusammen. Das klinkt sich aus, stranguliert sich gegenseitig.
Wenn zu dem Grunzen und Brummen der Hornochsen, der Rindviecher und dem Bellen der Kanaillen noch das Geläute der Kirchenglocken hinzukommt, dann kann ich es gar nicht mehr aushalten. Dann möchte ich fliehen in die Einsamkeit der Wüste oder in die Stille der Wälder.
Wenn es nur dort nicht wieder andere Gefahren gäbe: Kreuzottern, Klapperschlangen, Kobras, Sandvipern und Korallenschlangen, Pythons, Mambas und Anakondas! Und im Stillen Ozean die Haie, Muränen, Stachelrochen und Orcas!
Nirgendwo gibt es ein wirklich friedliches Plätzchen. Überall läuft man Gefahr aufgefressen zu werden. Am Brunnen vor dem Tor, da findest du deine Ruh. Denkste! Da sitzen die Weiber ratschen und tratschen, daß es von den Bergen widerhallt und sich der liebe Gott erbarm'. Außerdem gibt es keine Brunnen vor den Toren mehr und schon gar keine Lindenbäume; die

hat man abgeholzt, um Tankstellen zu bauen, die ja nicht innerhalb der Stadtmauern stehen dürfen.

Ich weiß nicht, was soll es bedeuten, daß ich so traumhapert bin. Doch keine Märchen aus nahen oder fernen Zeiten kommen mir in den belämmerten Sinn, keine Fülle von Gestalten, nur tote Materie, nur trockenes, fades Gebröckel. Warum kann ich das Singen und Sagen nicht lassen? Keine erhabenen Gedanken! Nur abgeschmacktes Seelengestammel und müdes Geblödel eines abgestumpften Geistes! O Greisentum, lass nach!

"Wenn dir nur so fades Zeug den Kopf anfüllt, dann schweig doch stille, du alter Narr! Kannst du denn gehen ohne Beine? Kannst du schießen ohne Gewehr? Kannst du mahlen ohne Mühle? Was du einst konntest, das zählt nicht mehr. Das Spielzeug von früher wurde abgeschafft. Verschiedene Rohstoffe sind auf der Welt schon ausgegangen und andere so knapp, daß sie bald ausgehen werden. In Dalmatien zum Beispiel gibt es gar keine Dalmatiner mehr, in Rottweil keine Rottweiler und in Doberan keine Dobermänner."

Es ist alles sehr verwirrt, man sollte einen Umsturz wagen - aber keiner will den Anfang machen. Irgendetwas anzufangen heißt sich zu exponieren, und wer in exponierter Lage ist, muss mancher Angriffe gewärtig sein. Wer lange im Meer herumschwimmt, setzt Muscheln und Grüntang an. -

Viele gehen hier auf die Weide, die nicht wissen, daß sie bald geschlachtet werden. Die Metzger warten nur auf die Schlachtreife. Aber einige bekommen Flügel und entweichen über die Dächer. Sie lachen und singen Lieder, sangen sie schon zu sumerischen und babylonischen Zeiten, schöne Lieder, obszöne Lieder, rührselige Lieder, agressive Lider - und sie winken

mit bunten Fähnchen. Auf den Tribünen toben die Zuschauer wie toll. Das hätte Karl Marx nie für möglich gehalten, daß es soviel Überschwang geben kann, obwohl die Klassenunterschiede noch nicht beseitigt sind.
Wie lange geht das jetzt schon? 2015 minus 1789 gleich 226 - also seit zweihundertsechsundzwanzig Jahren regen sich die Läuse auf, daß sie nicht soviel zu fressen kriegen wie die Ratten und Wanzen. -
Ich gehe untergehakt mit Robespierre durch den herbstlichen Bois de Boulogne und weit vorne sehen wir einen Lichtfleck, da wo der Weg aus dem Wald tritt. Ich rede von Riesencontainerschiffen, er von Schlössern und Burgen. Sein Fetisch heißt Versailles, meiner New York, Frankfurt und Brüssel. Ich will wetten, was länger existiert; aber Robespierre wettet nicht.
Wetten hält er für konterrevolutionär und konterrevolutionär gilt ihm gleichbedeutend mit gottlos. Er widerspricht übrigens denen, die behaupten, er habe Gott abgesetzt. Er behauptet, er habe Gott überhaupt erst richtig erkannt. Alle früheren Vorstellungen nennt er nebolus, verworren, verschwiemelt, aberrativ, fiktiv und illusorisch.
Ich weise auf die Schwäne hin, die von alldem nichts wissen. Sie sprechen auch kein reines Französisch, vermischen es mit empörten Zischlauten und rufen Kiss,Kiss,Kiss, als wir am Canal du Riviere vorbeikommen.
Dort saßen viele Kinder auf Schaukeln, schaukelten und schaukelten, immer rauf und runter, immer höher und höher, bis sie sich überschlugen.
Da bekamen wir beide Appetit auf Bratkartoffeln mit Rührei und Champignons und gingen heim in die Rue St. Honoré. -

Am Stadtrand begegneten wir Stephen Hawking, der uns in allem recht gab.
Allerdings wurden wir stutzig, als er anfing zu bezweifeln, daß es Kartoffeln gäbe, obwohl wir vor einem Kartoffelacker standen. Aber er meinte, die Kartoffel sei im Erdboden umgeben von ihrem Negativ, dem Erdloch, in dem sie ruhe, und das sei sozusagen die Unkartoffel oder Antikartoffel und beide zusammen genommen höben sich gegensetig auf und seien nicht mehr und nicht weniger als nichts.
Das dauere solange, bis die Kartoffel aus dem Nichts des Nichtvorhandenseins weil nicht Gesehenwerdens in das Gesehenwerden, also in die Sichtbarkeit gelange. Erst durch das Ausgraben und des Entkleidens von ihrer Negativform entstünde die Kartoffel. Bevor sie ausgegraben werde, sei sie de jure et de facto gar nicht da. Es bliebe nur offen die Frage, warum sie und von wem sie ausgegraben wurde. Wer das damit begründet, daß wir sie essen wollen, gehe an dem entscheidenden Problem vorbei, denn die Kartoffeln seien ursprünglich, genau so wenig wie Hasen und Hühner, dazu konzipiert, von irgendjemandem gegessen zu werden.
Stephen Hawking murmelte etwas davon, das Essen und das Gegessenwerden stieße gegen die Quanten, was wir nicht sofort verstanden. Erst beim Abendessen - es gab Bratkartoffeln, denen auch Hawking eifrig zusprach, obwohl es sie eigentlich gar nicht gäbe - begriff ich, daß er von einem Verstoß gegen die Regeln der Quantenmechanik sprach, von der er ja lang und breit schwätzen konnte, weil wir nichts davon verstanden und sogar, so wie er die Kartoffeln, bezweifelten, daß es überhaupt irgendwelche Quanten abgesehen von unseren Füßen gäbe, weil wir selbige noch nie zu sehen gekriegt hatten.

Dem Bürger Robespierre wollte es nicht einmal einleuchten, daß es Moleküle und Atome gab geschweige denn Elementarteilchen wie Quarks und Bosonen. Damit brachte er den Stephen Hawking dermaßen auf die Palme, daß ihm die Bratkartoffeln wieder hochkamen und er das Tischtuch besudelte, worüber sich Eleonore (Robespierre's Zukünftige) furchtbar ärgerte und ausrief: "Was ist denn das für ein ungezogener Mensch!?" Ich konnte sie nur damit beschwichtigen, daß ich ihr einredete, er sei in Wirklichkeit gar nicht vorhanden und das Tischtuch sei von selber, sozusagen autonom und ohne zureichenden Grund schmutzig geworden. Doch es dauerte lange, bis mir das gelang und sie sich wieder beruhigte.

Plötzlich aber schrak sie zusammen und schrie: "Aber er sitzt ja immer noch da!" Da mussten ihr Bräutigam und ich sich anstrengen, ihr das auszureden - und damit verging der Rest des Abends. Davon wurden wir alle dermaßen müde, daß wir alsbald schlafen gingen.

Am anderen Morgen war Stephen Hawking tatsächlich spurlos verschwunden, und auch ich erwog, ob ich mich nicht lieber schnell aus dem 18. Jahrhundert zurückziehen und mich wieder in das 21. begeben sollte, bevor Robespierre an mir reaktionäre oder konterrevolutionäre Symptome bemerken und mich der Guillotine überantworten würde.

Aber ich wollte doch noch genauer herauskriegen, wie er sich das Endresultat der Französischen Revolution vorstellte und wie nahe meine eigene Utopie, die ich immer als "mein System" bezeichne, damit verwandt wäre. Sowohl er als auch ich bezeichneten ja unsere Ziele als identisch mit dem, was in der Bibel Reich Gottes genannt wird - und zwar gar nicht in irgendeinem mystischen Sinne, sondern einfach nur als das bestmögliche und einzig einen ewigen Frieden gewährende Gesellschaftsmodell, das überhaupt ausgedacht werden könnte.

Diese Verwandtschaft war mir wegen der damaligen schrecklichen Folgen peinlich, und deshalb hätte ich gerne Genaueres über seine Auffassung gewusst. -

Warum mir jetzt gerade der Satz einfällt: Einem lecken Topf sollte man ein gewisses Misstrauen entgegenbringen - verstehe ich nicht.

Er passt gar nicht in den Zusammenhang und zerstört meine ganze schöne Zeitreise. Dabei wollte ich doch noch Hegel in sie einführen; weil sich Robespierre's und meine Ideen irgendwie mit Hegels These berühren, daß der Staat der göttlichen Vernunft entspräche - oder so ähnlich, denn was Hegel genau meint, lässt sich immer schwer begreifen und kaum in anderen Worten wiedergeben.

Nun lohnt es sich allerdings nicht darüber nachzudenken, was Hegel wohl mit seinen dunklen Sätzen gemeint haben könnte. Er wird sowohl von Karl Popper als auch von Schopenhauer als Unsinnschmierer bezeichnet, und ich selber habe mich vergebens bemüht aus seinen Sätzen einen verstehbaren Sinn zu ziehen. Aber es lohnt sich vielleicht, selber über eine Metatheorie des Staates nachzudenken. Wenn Robespierre und ich frisch, fromm, fröhlich und frei an die Sache herangehen, könnte doch etwas dabei herauskommen. Mir geht es mit dem Begriff Staat so ähnlich wie dem Augustinus mit dem Begriff Zeit. Man weiß natürlich, was ein Staat ist, wie man auch weiß, was die Zeit ist; doch soll man diese Begriffe erklären, dann weiß man beides auf einmal nicht mehr.

Es versteht sich von selbst, daß man über den Begriff Staat an und für sich nachdenken muss, das heißt: über

einen vollkommenen Staat und nicht über das, was heute so als Staaten existiert. In diesen herrscht überall die größte Unordnung weit entfernt von jeder Vollkommenheit.
Man muss darüber nachdenken unabhängig davon, ob ein derartig vollkommener Staat mit einer vollkommenen Gesellschaft verwirklicht werden kann oder nicht.

Ein ewiger und vollkommener Friede müsste herrschen und trotzdem keine Langeweile oder Friedhofstille. Der wäre nur unter der Voraussetzung einer vollkommenen Moralität der Bürger möglich. Wir müssten alle fehlerlos, fast wie Engel sein. Eine rein theoretische Überlegung erfordert sie; da braucht man nicht auf Weltfremdheit hinweisen, weil dieser Einwand nur für die praktische Durchführung relevant wäre, welche freilich nur unvollkommen ausfallen kann.
Ich will das am Beispiel des Denunzierens demonstrieren: Platon und Robespierre mit seinen Jakobinern verpflichteten die Bürger zur Denunziation und stellten deren Unterlassung unter Strafe. Das hat immer wieder empört. Aber man kann als Gesetzgeber schlechterdings nicht das Gegenteil fordern. Das Nichtdenunzieren kann man auf keinen Fall gebieten. wobei man den Begriff Denunziation nur richtig verstehen muss. Er bedeutet nicht Verleumdung und falsches Zeugnis, sondern Angabe von ungesetzlichen und für die Allgemeinheit schädlichen Handlungen und Verhaltensweisen, und sie müssen auch anonym bleiben dürfen, weil die direkte Anmahnung nur zu unerquicklichen, folgenschweren, den nachbarlichen Frieden zerstörenden Streitereien führt.
Das Gesetz, welches die Denunziation gebietet, entspricht dem Kategorischen Imperativ und ist daher

moralisch gut. Das Gegenteil zum Gesetz erheben zu wollen, würde nicht gut möglich sein, ohne in innere Widersprüche zu geraten.

In einem Staat, dessen Bürger einigermaßen moralisch handeln und dessen Gesetze auch moralisch vertretbar sind, würde dann dieses Gesetz gar nicht oder wenig zur Anwendung kommen. Zu unhaltbaren Zuständen führt es nur dann, wenn einerseits die Gesetze mangelhaft, überflüssig oder gar selber verbrecherisch sind und wenn andererseits die Bürger mehr auf die Seite der Unmoral neigen.

Während der Französischen war beides der Fall, und deshalb wurden die Gefängnisse übervoll, und die Guillotine bekam viel Arbeit.

Ein gutes Gesetz kann missbraucht werden, dann wird meistens nach einer Gesetzesänderung gerufen; aber eigentlich müsste sich der Charakter der Missbrauchenden ändern.

Man sieht nebenbei bemerkt an diesem Beispiel, mit welchen Problemen der Gesetzgeber es zu tun hat: Seine Gesetze müssen nicht nur in sich gut und ausführbar sein, sondern müssen auch die Möglichkeit verhindern, umgangen, tückisch ausgelegt oder missbraucht zu werden.

Wieso nun Hegel darauf kam, den Staat für etwas Göttliches zu erklären und Robespierre dazu, den "Allgemeinen Volkswillen", der wie gesagt seine ganz persönliche Fiktion war, als Ersatz für Religion herzunehmen, mag auf den ersten Blick völlig unverständlich erscheinen. (Bei Hegel hängt das mit dem Gottesgnadentum seines Brotgebers Wilmhelm III. zusammen.) Tatsache aber ist, daß gute Gesetze zu machen, die in sich übereinstimmen und mit Selbstverständlichkeit und gerne befolgt werden, eine Kunst ist, die nicht jede Regierung beherrscht. Bei den alten Griechen galt nicht umsonst der Gesetzgeber als von den Göttern inspiriert. Er wurde hochgeachtet, und man wagte es auch nicht, die Gesetze ohne seine Zustimmung zu ändern. Das traf insbesondere auf Solon zu, von dem wir diese Dinge wissen, während uns von anderen kaum eine Nachricht überkommen ist.

Nicht jedes Gesetz, das gegeben wird, muss eo ipso auch gut sein. Sogar können Gesetze verbrecherisch sein; keineswegs kann man sagen, was das Gesetz fordert, könne niemals ein Verbrechen genannt werden. (Die Soldaten, die den "Schießbefehl" der DDR befolgten, wollten sich damit rechtfertigen, daß sie keine ungesetzliche Handlung mit der Befolgung begingen und deshalb nicht nach Auflösung der DDR bestraft werden dürften. Damit kamen sie nicht durch.) So fragt sich zum Beispiel auch, ob Gesetze, welche völkische Minderheiten ausgrenzen oder für sie Sondergesetze einführen, als gut betrachtet werden können. Das Gleiche gilt für Gesetze, wenn sie diskriminierende Äußerungen nur für eine einzige Volksgruppe verbieten und nicht für alle.

Ich würde sagen, sie widersprechen dem Kategorischen Imperativ, welcher besagt, daß nur dasjenige als gut bezeichnet werden kann, was sich zu einer <u>allgemeinen</u> Gesetzgebung erheben lässt und nicht, welches Teile der Bevölkerung begünstigt und andere benachteiligt. Das Wesen eines Gesetzes besteht darin, für <u>Alle</u> gelten zu können - so wie ein Naturgesetz darin besteht, immer und in jedem Fall zu gelten (bis auf einige Ausnahmen im Bereich der Elementarteilchen, die jedoch vielleicht nur scheinbar bestehen aufgrund unseres noch nicht vollkommenen Wissens). Und was soll man zum Beispiel zu dem Gesetz der

tschetschenischen Regierung sagen, daß Automobile (und auch noch andere Dinge) unbedingt hellfarbig, vorzugsweise weiß lackiert sein sollen?
So einfach ist das gar nicht zu beantworten. Es handelt sich dabei um eine Sache des Geschmacks, um eine ästhetische Frage - und kann man nun einer Regierung absprechen, einen bestimmten Geschmack zu propagieren, um die Einheit des Stiles einer Kultur zu bewahren? Müssen die Staatsbürger, welche dunkle oder grelle Farben lieben, darauf verzichten, wenn die Staatsführung es verlangt?
Ich persönlich würde ihr das Recht zugestehen; aber ich glaube, allgemein würde man das heute in den gegenwärtigen Demokratien nicht tun, da würde man eine Freiheit in Geschmacksfragen vorziehen genau wie in Bezug auf die Meinungsäußerungen (entsprechend dem Grundsatz, daß Minderheiten nicht benachteiligt werden dürfen). Das entspräche durchaus dem Prinzip der Gerechtigkeit; aber die mir persönlich unangenehme Folge davon ist der allgemeine Mischmasch aller Stile, der für mich etwas von Unkultur an sich hat. Ich bin für "Reinkultur". Kann aber diese von einem Gesetzgeber dem Volk aufgezwungen werden?
Nein, einen bestimmten Geschmack allen zu befehlen, das darf er nicht; das müsste man eine unzulässige Bevormundung nennen, die früher oder später zu einer Revolte führen würde. Eine Volksbefragung ließe sich vielleicht in solchen Fragen durchführen.
Es sei denn, es gäbe so etwas wie einen absolut guten, einen sozusagen göttlichen und zeitlosen Geschmack. Dem müsste dann der Gesetzgeber folgen. Aber gibt es den? Zumindest kennen wir einen solchen nicht. Doch kann man mit Sicherheit ausschließen, daß es ihn gibt? -
Wenn ich nun den Begriff Staat definieren soll, so

würde ich versuchsweise unter Vorbehalt sagen: Der Staat ist die Summe der Gesetze, und zwar solcher Gesetze, die sich nicht gegenseitig widersprechen, sondern ein zusammenhängendes, in sich stimmiges System bilden soweit das überhaupt angängig ist.
Jedenfalls ist Staat auf der Ebene, auf der wir hier reden, kein bestimmtes geographisches Gebiet und hat auch nichts mit einer bestimmten Nation zu tun.
Diese Überlegungen bringen mich darauf, daß es - nicht so wie Kant es anscheinend für möglich und notwendig hält und vorher unsere Zustimmung fand - kein Gesetzessystem gibt, welches für <u>alle</u> Menschen gelten kann. Es gibt eben keine uneingeschränkte "Allgemeinheit". Man sollte daher ganz bewusst Staaten mit verschiedenen Gesetzessystemen gründen (oder wenn sie schon bestehen, ihre Existenz akzeptieren und keine Feindschaft zwischen ihnen aufkommen lassen).
Dann jedoch würde der "Freizügigkeit" ein wesentlich höherer Stellenwert zukommen als das heute der Fall ist; denn dann müsste jeder in die Lage versetzt werden, sich jeweils in demjenigen Gesetzessystem (und das wäre eben ein Staat) zu etablieren, welches ihm am meisten zusagt. Ob man auch jedem erlauben müsste, dieses System mehrere Male im Laufe eines Lebens zu wechseln, ist eine andere Frage, die ich jetzt nicht entscheiden möchte. -
Man würde es heute wohl eher verneinen, daß es einen allgemeingültigen Geschmack und eine allgemeingültige Moral gäbe und daher eine allgemeine Freiheit in diesen Dingen für das Beste halten, wodurch allerdings jede Staatsform etwas Zufälliges und Beliebiges in Abhängigkeit von den Meinungen der jeweiligen Bevölkerung bekommen würde und gar nicht mit einer göttlichen oder absoluten Vernunft in Verbindung

gebracht werden könnte. Darin liegt das Wesen der modernen, demokratischen Auffassung, die bei Hegel noch gar nicht und bei Robespierre erst in ihren Kinderschuhen vorhanden war. In diesem Fall gibt es auch keinen "idealen" Staat mehr.

Aber wie nun, wenn es in Moralität und Ästhetik doch etwas Absolutes gäbe?

Zu Zeiten Hegels hat man das noch angenommen. Damals war alles absolut: Der Herrscher von Gottes Gnaden, die Moral als christliche, die Ästhetik als Klassische Kunst, Raum, Zeit, Materie und Bewegung in der Physik und der Staat als das schlechthin Vernünftige im Zusammenleben der Menschen - die Vernunft gehörte aber zu den Attributen Gottes.

So ungefähr mache ich es mir plausibel, daß Hegel zu einer Art Vergöttlichung des Staates kam. Wesentlich daran war nach Karl R. Poppers Ansicht nur, dem königlichen Brötchengeber Wilhelm III. zu schmeicheln und das Vongottesgnadentum zu legitimieren.

Das "Legitimitätsprinzip" war dann auch der Aufhänger, an den sich die Restauration klammerte (also die Wiederherstellung der Zustände vor der Französischen Revolution), die hauptsächlich von Metternich betrieben wurde.

Würden wir nun auch heute noch fordern, daß der Staat und die Gesetze einem allgemeinen Begriff des Vernünftigen zu dienen hätten?

Heute richten sich die Gesetze auf spezielle Zwecke aus, und man würde sich nur fragen, ob sie ihren Zweck erfüllen, und wenn sie das tun, wird man sie als vernünftig gelten lassen, auch wenn der Zweck in einem höheren Sinne keineswegs vernünftig ist. -

Ich finde es eigenartig: Je mehr ich mich mit dem Begriff Staat beschäftige, desto weniger erkenne ich, was ich mir eigentlich bei dem Wort 'Staat' denke.

Was sehe ich dabei vor meinen Augen? Unwillkürlich die Politiker, die im Fernsehen erscheinen, allen voran den jeweiligen Bundeskanzler - und als nächstes denke ich an die Steuern, die wir alle zahlen müssen. Irgendetwas Göttliches ist daran nicht zu erkennen.
Aber es gibt eben auch kein Vongottesgnadentum mehr, welches irgendwie gerechtfertigt werden müsste.
Zum Begriff Staat gehört der ganze Beamtenapparat, und ob man den, so wie er besteht, für unbedingt notwendig halten muss, scheint mir höchst fragwürdig. Eine Ordnung aufrecht zu erhalten, das macht den Staat. Wenn die Bürger von sich aus ordentlich wären, bräuchte man keine "Ordnunghüter".
Strebt der Staat einem allgemeinen Ziel zu? Etwa dem Wohlstand für Alle oder dem Ewigen Frieden?
Daran denkt wohl niemand - jeder hat lediglich spezielle Kleinziele vor Augen, auch die Politiker. Einen großen Gedanken, der das alles in sich zusammenhält, scheint es mir nicht zu geben - oder nur noch rudimentär in den Kirchen.
Man lebt eigentlich wie über einem hohlen Boden, wie auf einer dünnen Eisschicht, die leicht brechen könnte.

Hegels und Robespierres Konstruktionen rechne ich zu den Fiktionen wie die kirchlichen Dogmen. Mehr oder weniger kommen sie mir unseriös, fast irrsinnig vor, und ich empfinde es als notwendig, mich bei aller Ähnlichkeit meiner eigenen Bestrebungen von ihnen zu distanzieren.

Als ich den Satz hinschrieb: "Den idealen Staat für Alle kann es nicht geben.", sprach daraus die Verzweiflung über die vielen verschiedenen Eigenheiten der Menschen. Außerdem enthält er einen Widerspruch in sich. Denn wer einen solchen Satz hinschreibt, muss doch im Hinterkopf einen Begriff vom idealen Staat für Alle haben oder er schreibt etwas, wovon er gar nicht weiß, was er damit meint.

Der gleiche Widerspruch entsteht auch, wenn jemand sagt: "Es gibt keinen Gott." Dann muss er ja mit dem Wort Gott etwas Bestimmtes meinen, etwas, das es dann zumindest in seinem Hinterkopf, genauer in seiner Vorstellung, in irgendeiner Form doch gibt - oder aber der Satz hat überhaupt keinen Inhalt.

Das, was in ihm als Vorstellung oder als "Schema" (nach Kant) des Begriffes Gott existiert, kann es dann vielleicht in der Wirklichkeit tatsächlich nicht geben, und diese Vorstellung könnte auch schlicht und einfach falsch sein, und dann wäre ein wirklicher Gott von dieser Aussage gar nicht betroffen. Er hätte dann einerseits recht mit seiner Aussage, aber andererseits gleichzeitig auch nicht. Das Paradox löst sich dadurch auf, daß der Begriff "es gibt" sich einerseits auf die allgemeine Realität bezieht, andererseits auf die Vorstellung innerhalb seines Gehirns.

Ein ähnliches Paradox entsteht, wenn jemand behauptet (wie das ja immer wieder vorkommt), es gäbe keine absolute Wahrheit, es sei alles relativ. Denn dann wäre *dieses* die absolute Wahrheit, und er widerspräche sich selbst. Ein solcher Satz widerspricht und bestätigt sich zugleich.

Und wenn nun jemand leugnet, daß es jemals einen idealen Staat auf Erden geben könne, muss er ja irgendetwas mit dem Begriff "idealer Staat" meinen, dieser muss also irgendwie in seinem Hinterkopf existieren, sagen wir meinetwegen "als Idee". Irgendeine Form von Existenz wäre das auch. Wenn ich Platon richtig verstehe, wären diese Ideen überhaupt das einzige wahrhaft Existierende. -

Was kann ich nun mir mit dem eingangs zitierten Satz, den ich hinschrieb, bei dem Begriff 'idealer Staat' gedacht haben, irgendetwas muss ich ja doch damit verknüpft haben, wenn auch nicht mit klarem Bewusstsein.

Ich äußerte bereits in Obigem, daß in einem idealen Staat Frieden herrschen müsste und das Gutsein aller Menschen, und weil ich nun nach der Beschaffenheit der menschlichen Naturen annehmen musste, daß es auch solche Menschen geben könne, für die ein idealer Staat dauernden Kampf und Krieg bedeuten solle, kam ich darauf, daß es nicht den "idealen Staat für Alle" geben könne.

Da unter den Menschen ganz allgemein die unterschiedlichsten Geschmäcker vorkommen, kann es auch vom rein Ästhetischen her keinen "idealen Staat für Alle" geben.

Aber diese Aussagen kommen alle nicht darüber hinweg, daß sie voraussetzen, es gäbe den "idealen Staat ganz persönlich für mich", irgendwo in meinem Hinterkopf, meinetwegen sage man: als meine persönlich *"Idee"* von einem idealen Staat.

An diese persönliche Idee möchte ich nun näher herankommen, sie in ein helleres Licht ziehen und mir darüber klar werden, was ich damit eigentlich meine.

Ob ein solcher Staat auf Erden möglich ist, interessiert mich dabei nicht, und darüber wird auch keine Aussage gemacht

Allein aus der Forderung nach einem ewigen und vollkommenen Frieden lassen sich mehrere Eigenschaften ableiten, die dieser mein idealer Staat logischerweise haben müsste. So hätte er demnach keine Feinde, auch keine potentiellen Feinde, die irgendwann einmal entstehen könnten und weshalb man sich vielleicht für die Zukunft beunruhigen müsste. Solcher Zustand wäre jedoch nur denkbar, wenn es keine Nationalstaaten gäbe. Man müsste also von einem einheitlichen Weltstaat ausgehen. Zu dem würde jedoch eine einheitliche Weltsprache gehören, damit sich jeder mit jedem verständigen kann. Ob es daneben auch örtliche Dialekte geben dürfe und könne, betrachte ich als nebensächlich und beschäftige mich damit nicht.

Wenn es keine Nationalstaaten gibt, braucht es auch keine Staatsgrenzen zu geben. Grenzbeamte und Zöllner fallen damit schon weg. Ich könnte auch nicht einsehen, warum es in diesem Fall unterschiedliche Geldwährungen geben könne, und damit fielen Arbitragegeschäfte, Geldwechselkurse und ein großer Teil des Börsenwesens weg.

Das Geld selber als Berechnungsgrundlage würde wohl nicht wegfallen, denn es ist das praktischste Zahlungsmittel überhaupt. Allerdings muss der Geldverkehr wohl völlig anders als er sich heute abspielt gedacht werden. Im Hier und Heute muss allenthalben mit Betrugs- zumindest mit Übervorteilungsabsichten gerechnet werden und dagegen müssen umfangreiche Kontroll- und Sicherheitsmaßnahmen getroffen werden. Das wäre in meinem idealen Staat nicht der Fall, und damit würde vieles wegfallen, was in unserer unvollkommenen Welt nötig ist und da unsere Welt vermutlich immer unvollkommen bleiben würde, auch immer nötig bleiben wird. -

Geld kann nicht nur gestohlen werden, sondern auch sonstwie verloren gehen, wenn man es immer mit sich herumtragen muss; deshalb könnte ich mir Banken als weiterhin bestehen bleibend vorstellen, obwohl sie vielleicht nur noch Rechnungsstellen wären, da voraussichtlich Bargeldverkehr nicht mehr stattzufinden braucht. Es ist natürlich schwierig, sich rein ideell einen bestimmten Stand der elektronischen Möglich-

keiten vorzustellen. Allerdings darf man eines ganz klar sagen: Wesentliche Veränderungen kann es nicht mehr geben, denn Veränderungen können einen vollkommenen Staat nie verbessern, sondern nur verschlechtern; sonst dürfte man ihn nicht vollkommen nennen. Die Steigerung "noch vollkommener" ist ein Absurdum. Platon hat man in dieser Hinsicht oft falsch verstanden, so als ob er meinte, Änderungen müssten von den Staatswächtern verboten werden. Nein, auch er meinte, in einem vollkommenen Staat wären Veränderungen gar nicht angebracht, da sie nur verschlechtern, aber nie etwas verbessern könnten.
Also dürfte am Stand der elektronischen Einrichtungen, da sie nichts mehr zu wünschen offen ließen, dann keine Veränderung mehr eintreten, und darum wären auf diesem Gebiet alle Forschungen nicht mehr so recht sinnvoll. Aber einen eventuell vorhandenen Forscherdrang gewaltsam eindämmen, das dürfte man freilich auch nicht. -
Auf alle Fälle würde Geld eine weitaus geringere Rolle spielen als in der Realität, weil ja der Autarkiegedanke, der mir als wesentlich gilt, überall verwirklicht wäre - innerhalb meines Gehirns natürlich.
Die Nahrungsmittel würden nirgendwo mehr gekauft und verkauft, sondern nur innerhalb der Gemeinden gleichmäßig verteilt werden. -
Als Grundsatz muss ich aufstellen: In einem idealen Staat darf und braucht es keine Einrichtungen und keine Personen zu geben, welche weiter nichts zu tun und keine andere Berechtigung haben, als Übel zu bekämpfen oder Übeln vorzubeugen, die nur aufgrund von Gesetzesübertretungen oder Ordnungswidrigkeiten entstehen. Feuerwehrleute dürfte es geben, weil Brände aus mannigfachen, unvermeidlichen Gründen entstehen; Brandstifter und Bombenattentäter dagen

wären ein Beweis für die Nichtvollkommenheit eines Staates. Gesetzesübertretungen könnten mehr oder weniger nur aus Irrtum heraus geschehen und für diese seltenen Fälle braucht es Berufe wie Kriminalpolizei, Staatsanwälte, Strafverteidiger, Vollzugsanstalten und dergleichen nicht zu geben.
Kontrollstellen und Kontrollbeamte nicht des Betrugs, sondern der Übersicht und Bestandsaufnahme wegen wird es wohl auch in meinem idealen Staat geben müssen. Nur könnte ich mir nicht denken, daß es sich dabei um bezahlte Berufe handelt, sondern würde mir eine ehrenamtliche Ausführung wünschen. Sollte das nicht möglich sein, müsste natürlich ein Steuersystem nötig werden, welches aber von den Banken, die sonst zu wenig zu tun hätten, mit versehen werden kann. Es wird ja alles nur noch als digitale Bewertung vorgenommen. -
Ich könnte mir auch die völlige Abwesenheit eines Staatsoberhauptes und eines obersten Geschäftsträgers, also eines Kanzlers, vorstellen. Meine persönliche Lebenserfahrung geht dahin, daß die Oberauguste nur stören. Jedoch wird ein Gremium, dessen Angehörige bestimmte öffentliche Funktionen ausüben, ohne daß einer von ihnen mehr Machtbefugnisse besitzt als ein anderer, wohl bestehen müssen. Ein Parlament, in dem nur palavert wird, wo alles schläft und einer spricht, kann ich mir nicht als staatsnotwendig vorstellen. Ich kann mir auch keine Parteien als staatsnotwendig vorstellen.
Allerdings halte ich für notwendig gewisse Personen, die darüber wachen, daß keine Maßnahmen irgendwo getroffen werden, welche gegen die Grundwertekombination von Freiheit, Gerechtigkeit und Ordnung verstoßen, wobei mein Begriff von Ordnung auch den Begriff eines einheitlichen Kulturstiles enthält. -

Die Gesetze dieses idealen Staates sind alle vernünftig, schließen sich nicht gegenseitig aus, werden von allen akzeptiert und nur ganz selten von dem einen oder anderen aus speziellen Gründen nicht befolgt. Solcher selten vorkommenden speziellen Fälle wegen braucht es keinen professionellen Justizapparat zu geben.
Unterschiedliche Schultypen gibt es nicht; alle studieren auf einer Universität und verlieren trotzdem nicht den handwerklichen oder bäuerlichen Boden unter den Füßen.
Die Fächer Theologie und Jura fallen weitestgehend weg, dann kann man durchaus mit einer besseren und gerechteren Welt rechnen.
Zu den Funktionen, welche ausgeübt werden müssen, könnte auch eine gehören, welche man "das Recht des letzten Wortes" nennen könnte. Sie käme in Lagen zum Zuge, in denen keine Einigung erzielt wird, aber man trotzdem nicht endlos weiter diskutieren kann. Wenn man unbedingt will, kann man diese Person dann als Staatsoberhaupt betrachten. Aber eigentlich müsste jede Gemeinde sich eine solche Person auswählen. -

Zu meinem eigenen Erstaunen muss ich generell sagen, daß auf den idealen Staat ziemlich genau dasselbe zutrifft, was ich in dem Abschnitt "Jenseitskonstruktion" in meinen "Manuskripten des Thomas Groll" auf jene Welt nach dem Tode zutreffen ließ, in welcher das Böse nicht mehr bestehen sollte - und da in jenem Buch auf das "System" der Begriff eines Reiches Gottes ohne mystisches Brimborium zutraf, ist auch der "ideale Staat" ziemlich genau das, was ich unter dem "Reich Gottes" verstehe, sofern dieser Begriff einen realen Sinn haben soll. Wenn man natür-

lich darunter Engelchen, die Hallelujah singen, versteht, dann passen wir nicht zusammen. -
Zum Beispiel Gefängnisse kann es weder in einem idealen Staat noch in einem Reich Gottes geben und überhaupt all die Berufe nicht, welche nur deshalb da sind, weil gewisse Mißstände behoben werden müssen, wie etwa Krankheiten und Verbrechen. Sollten Personen vorkommen, die eingesperrt oder hingerichtet werden müssten, kann man nicht mehr von einem idealen Staat reden. In einem idealen Staat wäre auch niemand da, der die Rolle eines Henkers übernehmen würde.
Ich schrieb damals: "Wenn es in einem Staat so viele Krankheiten und so viele Verbrechen gibt, daß dafür eigens Berufsstände nötig werden, sie zu beheben oder wenigstens zu mindern, ist mit dem Staat fundamental irgendetwas nicht in Ordnung."
Und dann fand ich damals heraus, daß die meisten Berufe weder in einem idealen Staat noch in einem Reich Gottes vorkommen könnten. Um nur eine kleine Auswahl zu nennen: Keine Metzger, keine Viehhändler, keine Waffenhändler, keine Putzfrauen, Kassiererinnen, Verkäufer, Soldaten, Verteidigungsminister, Tagelöhner, Hilfsarbeiter, Anlernkräfte aller Art, reine Büromenschen, Vertreter jeder Couleur, Anstreicher, Plakatankleber, Fließbandarbeiter etc. etc. die Liste ist unheimlich lang.
Wer noch längere Listen lesen mag, suche sie an den anderen Stellen meines Werkes auf. (z. B. Manuskripte des Thomas Groll Teil I Seite 77 oder eine kürzere in Über Auroville, geschrieben 1972 in den Materialien zu den Manuskripten des Th. Gr.)
Sollte man nun unseren aktiven Politikern anraten, in irgendeiner Weise auf das Ziel eines idealen Staates hin zu arbeiten? Sehr schwer zu beantworten! Einer-

seits Ja, andererseits Nein! Bei den meisten würde ein solcher Rat auf taube Ohren treffen und bei den wenigen willigen würde man einen Horror erzeugen vor der Ungeheuerlichkeit der Aufgabe. Bei jeder kleinen politischen Maßnahme das ideale Endziel zu berücksichtigen - von wem könnte man das verlangen und erwarten? Dennoch wäre es wünschenswert, wenn in der Politik eine allgemeine, eindeutige Richtschnur auf ein ideales Ziel hin vorhanden wäre. Die Gründe dafür gab ich schon einmal weiter vorne an. Mein Optimismus, daß so etwas geschehen könnte, hält sich jedoch in engen Grenzen. -
Mit all diesem bin ich allerdings weit über das Ziel hinausgeschossen, mir lediglich darüber klar zu werden, was ich mir bei dem Begriff Staat denke, wenn ich ihn verwende. Denn so viele Einzelheiten denke ich mir nicht dabei, sondern nur eine rudimentäre Zusammenfassung - eben jenes "Schema eines Verstandesbegriffes", wie es Kant nennt, was wir gewöhnlich bei solchen Begriffen in unseren Köpfen haben, der eine deutlicher, der andere undeutlicher, und ein dritter denkt sich vielleicht bei dem Begriff etwas ganz anderes, woraus die Missverständnisse entstehen, indem die Personen mit dem gleichen Wort, welches sie in einem Gespräch gebrauchen, etwas völlig verschiedenes meinen und deshalb aneinander vorbeireden.
Das nennt man Worttrug, und das hat auch eine Umkehrung, nämlich daß man verschiedene Wörter gebraucht und doch im Grunde genau dasselbe meint. Ein Dolmetscher kann in dieser Hinsicht die allergrößte Verwirrung stiften, eben weil gleiche von der lateinischen Sprache abgeleitete Wörter inzwischen in den verschiedenen Sprachen eine unterschiedliche Bedeutung angenommen haben. -

Die wunderbare Erkenntnis, daß "Idealer Staat" und "Reich Gottes" genau dasselbe sind, befriedigt mich sehr; denn damit könnte die Trennung zwischen Staat und Kirche endlich aufgehoben sein.
Ich nehme auch an, daß die Menschheitsgeschichte, da gleich von zwei Seiten angetrieben, natürlicher- und logischerweise auf diesen Zustand eines Ineinanderfallens beider Gebilde zubewegt.
Diese Aufeinanderzubewegung wäre jedenfalls zu begrüßen, auch wenn man immer sagt, ein Ideal sei nicht dazu da, jemals erreicht zu werden. Es genügt, wenn es lediglich eine wünschenswerte Richtung angibt.
Im Laufe dieser geschichtlichen Bewegung müssten sich allerdings sowohl Staat als auch Kirche erheblich modifizieren. Was heute Politik und Religion genannt wird, kann ich nur als Vorstufe einer guten und vernünftigen Politik und einer wahren und nicht absurden Religion ansehen. Die wahre Religion gibt es noch nicht und die politischen Vorgänge erscheinen mir irgendwie als noch nicht ausgereift.
Ich glaube schon, daß ich mit dem Wunsch nach einer Vereinigung von Staat und Kirche, bzw. von Politik und Religion eine allgemeine Sehnsucht ausspreche, die sich aktuell darin zeigt, daß jene Bewegung, die einen "Gottesstaat" will, so viel Zulauf erhält und eine so große Kampfbegeisterung hervorruft. Ich finde es nur unendlich schade, wenn sie auf den Lehren eines der bisherigen Religionsstifter beruht, die man allesamt als etwas Vorläufiges verwerfen muss.
Zwar besteht in mir eine Ahnung, wie eine wahre "religio" aussehen müsste, ein wesentlicher Aspekt derselben wäre etwas, was ich mit dem Begriff "Urvertrauen" bezeichnen möchte, und dieser müsste das "Glauben" an irgendwelche historischen Begeben-

heiten ablösen, aber mehr darüber zu sagen, reicht diese Ahnung noch nicht aus.

Jedoch mehr als die Institutionen Staat und Kirche müsste sich die Mentalität der Menschen modifizieren. Zum Beispiel müsste der ewige Widerspruchsgeist verschwinden. Wenn heutzutage jemand einen klugen Gedanken gefasst hat (so wie ich hiermit!), dann fangen gleich Hunderte an zu schreien und das Gegenteil zu wollen. Dazu treibt sie keine wahre Einsicht und genaue Kenntnis der Lage, sondern nur ihr Gebundensein an Vorurteile, an persönliche Interessen, ja auch an Suchten und Laster, die ihr Denken korrumpieren. Und in meinem Fall geschieht das sehr schnell und leicht, weil ich leicht zu verstehen bin - im Gegensatz zu dem, was Universitätsprofessoren zu schreiben pflegen. Sie schreiben alle so verklausuliert, daß sie nicht verstanden und daher auch nicht so leicht angegriffen werden können.

Hingegen ich befleißige mich einer einfachen, leichtverständlichen Sprache, und daher ist es keine Kunst mich anzugreifen. Zu einer klaren Äußerung kann man immer einen Widerspruch finden; das liegt in der dialektischen Natur des menschlichen Geistes. Nur zu Verschwiemeltem lässt sich nichts in deutlichen Gegensatz setzen.

Insbesondere müsste der Gegensatz zwischen "Tauben" und "Falken" erst einmal aus der Welt verschwinden, wenn es in ihr besser zugehen soll - und dann auch der Gegensatz zwischen "Herren" und "Knechten", was in weitestem Sinne gemeint ist. Das heißt natürlich: Beide Sorten sollten verschwinden zugunsten einer mittleren und ausgeglichneren.

* * *

Weitere Bücher von
Johannes v. Lehmann

Die Manuskripte des Thomas Groll
Teil I   Teil II/III
(Die Beschreibung des Planeten Go,
Konstruktion eines Jenseits, Das System,
Abhandlung über Wertbegriffe,
Die Schule der Kapitäne)

Materialien zu denManu-
skripten des Thomas Groll

Die fünf Brüder
(Hier wird das staatliche Projekt von den
Manuskripten des Th. Gr., auf privater Basis
durchgeführt)

Der Motte Kreisen um die Lampe
(Ernste und heitere Variationen um die Begriffe
Zeit, Ewigkeit und anderes)

Epigenesis
(Eine satirische Neuschöpfung
des gesamten Kosmos)

Pyramidenbauer, Bergsteiger
und andere seltsame Wesen
(Über Abstürze diverser ehrgeiziger
Vorhaben und Lebensplanungen)

b. w. !

**Der Kirschbaum
(Summa Autistica I)**
Einzelne Lesestücke, zum Teil
Ergänzungen des "Systems"
und Versuche im spontanen Schreiben

**Die Baustelle
(Summa Autistica II)**
Einzelne Lesestücke, zum Teil
Ergänzungen des "Systems"
und Versuche im spontanen Schreiben